KB034752

악마 같은 여인들

Les Diaboliques

Jules Barbey d'Aurevilly

대산세계문학총서 117

악마 같은 여인들

Les Diaboliques

쥘 바르베 도르비이 지음 — 고봉만 옮김

대산세계문학총서 117_소설
악마 같은 여인들

지은이 쥘 바르베 도르비이
옮긴이 고봉만
펴낸이 주일우
펴낸곳 ㈜문학과지성사
등록   제1993-000098호
주소   121-840 서울 마포구 서교동 395-2
전화   02)338-7224
팩스   02)323-4180(편집) 02)338-7221(영업)
전자우편 moonji@moonji.com
홈페이지 www.moonji.com

제1판 제1쇄 2013년 4월 26일

ISBN 978-89-320-2404-2
ISBN 978-89-320-1246-9 (세트)

이 책은 대산문화재단의 외국문학 번역지원사업을 통해 발간되었습니다.
대산문화재단은 大山 愼鏞虎 선생의 뜻에 따라 교보생명의 출연으로 창립되어
우리 문학의 창달과 세계화를 위해 다양한 공익문화사업을 펼치고 있습니다.

누구에게 이것을 바칠까?

서문

이 자리에 첫번째 이야기 여섯 편을 우선 소개한다.

이 이야기가 읽는 이들의 취향에 맞고 그들의 사랑을 받는다면 다음 기회에는 남은 이야기 여섯 편을 마저 소개해볼 참이다. 원래 이것은 죄인들, 죄를 지은 열두 명의 여인들에 관한 이야기로 모두 열두 편으로 이루어져 있다.

물론 이 책을 지은 사람은 기독교를 신봉하는 모럴리스트*이다. 그렇지만 이것이 기도서나 신앙서 — 제목인 '악마 같은 여인들'을 보고 그리 여길 수도 있겠지만 — 가 되게 하려는 의도는 없다…… 비록 저자는 지나치게 대담하긴 하지만 있는 그대로 관찰했다고 자부한다. 훌륭한 화가란 모든 것을 그려낼 수 있다고 믿고, 작품이란 비극적이고 비참한 세상

---

* moralistes: 프랑스 지성사에서 인간의 본성이나 심리를 탐구했던 사람들을 가리킨다. 인간성 탐구자로서의 모럴리스트는 자신들의 성찰을 주로 에세이나 격언집, 단장의 형식으로 남겼다. 몽테뉴를 필두로 라로슈푸코, 라브뤼예르 같은 이들이 대표적인 모럴리스트다.

을 드러내도록 그려질 때 늘 경이로우리만치 '도덕적'이 된다고 믿는다. 그러한 것이 곧 그의 시학이다. 냉정하고 냉소적인 것은 부도덕한 것이다. 이것*을 쓴 사람은 악마와 악마가 세상에 미치는 영향을 믿고 있기에 그러한 부도덕을 비웃지 않는다. 저자는 맑은 영혼을 가진 이들에게 공포심을 가지게 하려고 이 이야기들을 했을 뿐이다.

솔직히 말해 이 책을 다 읽고 나서 이런 이야기를 써보겠다고 다시 나설 자가 있을 거라곤 생각하지 않는다. 이 책의 도덕성은 바로 그 점에 있다 할 것이다……

예의상 다른 질문을 던져본다. 어째서 저자는 엇비슷한 이러한 소소한 비극들 — 어쩌면 너무나 큰 반향을 불러올 수도 있는 이야기들 — 에 '악마 같은 여인들'이란 제목을 달았을까? 그가 알리고자 하는 이야기가 악마 같다는 건가, 아니면 이야기 속 여자들이 악마 같다는 건가?

이 이야기들은 불행히도 사실이다. 거짓된 건 전혀 없다. 인물의 실명을 밝히지 않았을 따름이다. 그뿐이다! 가면을 씌우고 속옷 상표만 떼어냈을 뿐이다. 사람들은 카사노바가 실명을 밝히지 않았다면서 비난을 한 바 있다.** 그 비난에 카사노바는 "내 이름은 알파벳에 들어 있다"라고 응했다. 소설가에게는 열정과 모험을 즐기는 모든 이의 삶이 알파벳이 되고, 그가 하는 일이란 이 알파벳 철자들을 심오한 기법으로 끼워 맞추는 것이다. 언필칭(言必稱) 이야기의 핵심을 봐달라고 이렇게 당부했음에도 혹자는 분명 '악마 같은 여인들'이란 제목만 보고 격하게 화를 내리라. 그런

---

* 저자는 여기서 '이 책'이나 '이 이야기'라는 표현 대신 '이것'이라는 중립적인 표현을 쓰고 있다.
** 카사노바는 '생갈트Seingalt의 기사'라고 불리길 좋아했는데 그것은 자신이 알파벳에서 아무렇게나 고른 글자들을 모아 만든 발명품이었다.

자들은 이 이야기가 저자가 자부하는 만큼 '악마 같지' 않다고 할지 모른다. 그들은 온갖 곳—심지어 소설까지—에 끼어드는 현대 멜로드라마의 허구, 복잡성, 탐구열, 기교, 전율 같은 것을 기대하리라. 그러나 사랑스런 그 영혼들은 자신의 생각이 잘못된 것임을 알게 될 것이다! ……『악마 같은 여인들』은 '악마극'*이 아니다. 말 그대로 악마 같은 사람들을 다룬 이야기이다. 우리가 사는 진보의 시대에 관한, 그리고 감미롭고 '신성한' 문명의 현실에 관한 이야기이다. 이를 글로 써보려 한다는 것이, 아니 글로 쓰게 하는 것 자체가 악마 같은 것일 듯하다. 악마는 신과도 같다. 중세에 숱한 이단의 원천이 되었던 마니교**는 그냥 터무니없는 종교가 아니었다. 말브랑슈***가 이르길 신은 가장 단순한 수단을 이용하여 인정받는 존재라고 했다. 악마라는 것 역시 그러하다.

이 이야기에 등장하는 여자들이 '악마'가 아니라고 할 근거가 있을까? '악마'란 달콤한 말이 무색하리만치 이 여자들은 스스로 충분히 마성을 갖고 있지 않은가? 악마여! 여기에 그렇게 부르지 못할 인물은 하나도 없다. 과장 없이 '내 천사여!' 같은 말이 진지하게 어울리는 인물 또한 하나도 없다. 악마는 본디 천사였다. 다만 하늘에서 거꾸로 떨어진 천사였을 뿐이다. 주인공들도 악마처럼 머리는 밑에 있고 나머지는 저 위에 있지 않은가! 천진하고 정숙하고 순결한 여자는 여기에 없다. 괴물도 별종

---

* 악마가 등장하는 중세의 성사극.
** Le Manichéisme : 기원후 3세기 페르시아 왕국의 마니가 창시한 종교. 선은 빛이고 악은 어둠이라는 이원설을 제창하고 채식(菜食), 불음(不淫), 단식(斷食), 정신(淨身), 예배를 중시했다. 마니가 처형되면서 박해를 받았으나 페르시아를 넘어 지중해와 중국에서 14세기까지 번성했다.
*** Nicolas de Malebranche(1638~1715) : 프랑스의 철학자. 데카르트 학파의 철학자로 데카르트 철학을 아우구스티누스 신학, 신플라톤 철학과 종합하여 기회 원인론을 주장했다.

괴물로 모두 예민한 감각과 아주 희박한 도덕성을 가진 여자들이다. 그렇기에 굳이 이름을 직접 갖다 대지 않고도 당당히 '악마'라고 부를 수 있는 여자들이다. 그런 여자들을 모아 작은 박물관을 만들어보고 싶었다. 한편으로는 모든 사물은 양면성을 갖고 있기에 사회에서 그런 여자들과 대조를 이룰 훨씬 더 작은 박물관이 만들어지길 기대하면서 말이다. 우리 뇌에 두 개의 엽(葉)이 들어 있듯이 예술은 두 개의 측면을 갖고 있다. 자연은 파란 눈을 한 여자와 검은 눈을 한 여자를 닮았다. 그리고 여기에 '작은 미덕'*의 잉크로 그려진 검은 눈이 있다.

파란 눈은 나중에 그려볼 생각이다.

『악마 같은 여인들』을 끝마치고 『천상의 존재들』을 선보일 예정이다…… 순수하기 그지없는 파란색을 발견한다면……

그러나 과연 존재할까?

1874년 5월 1일, 파리에서

쥘 바르베 도르비이

---

* 이 말에는 '정조 관념이 희박한 여자의 미덕'이란 뜻이 내포되어 있다.

차례

서문   7

진홍빛 커튼   13
동 쥐앙의 가장 아름다운 사랑   79
죄악 속에 꽃핀 행복   112
휘스트의 숨겨진 패   179
무신론자들의 저녁 만찬   240
어느 여인의 복수극   316

옮긴이 해설 · 화산과 지옥과 관능의 時   368
작가 연보   385
기획의 말   389

진홍빛 커튼

정말 그런 일이 일어났을까?

여러 해 전 나는 서부 늪지대로 물새 사냥을 떠난 적이 있다. 당시엔 내가 여행을 하려던 곳까지 철도가 연결되어 있지 않아서 뤼에유 성(城) 교차로를 통과하는 합승마차를 타야 했다. 마차 안에는 나 말고도 한 사람의 승객이 있었다. 그는 모든 면에서 매우 눈에 띄는 인물이었다. 우리는 사교계에서 자주 만났기 때문에 이미 아는 사이였지만, 여기서는 그냥 브라사르 자작이라고 부르도록 여러분에게 허락을 구한다. 하지만 이런 종류의 조심성이란 결국엔 하찮은 것에 지나지 않으리라! 자칭 파리의 사교계 인사 수백 명이 그의 진짜 이름을 단박에 알아채고 말 테니까. 오후 5시경이었다. 먼지가 자욱하게 내려앉은 길 위로 한낮의 태양이 그림자를 드리우고 길 양편으로는 포플러나무와 평원이 펼쳐져 있었다. 우리는 그 길 위를 네 마리의 건장한 말에 몸을 맡긴 채 한껏 달렸다. 마부가 채찍을 휘두를 때마다 말 엉덩이 근육이 씰룩거리며 힘차게 솟구쳤다. 마부, 출발할 때 항상 채찍을 휘둘러대는 이, 그야말로 우리 인생의 상징이 아니던가!

마차에서 내가 마주한 브라사르 자작은 이미 채찍을 휘두를 나이가 지나 있었다. 하지만 그는 치명적인 부상을 입고서도 끝까지 대수로운 게 아니라고 우기며 장렬하게 전사할 수 있는 진짜 영국인 같은 기질을 갖고 있는 사람이었다(실제로 그는 영국에서 자랐다). 경험 부족과 실수로 점철된 행복했던 청춘이 훨씬 지났음에도 불구하고 굳이 자기가 아직 젊다고 우기는 자들은 사람들의 입에서나 책에서나 모두 비웃음거리가 되기 십상이다. 하기야 그런 주장을 표현하는 방식이 어색하다면 세간의 비웃음을 사는 게 어쩌면 당연하리라. 하지만 반대로 그 주장을 북돋고 더 나아가 불굴의 자존심을 지니고 당당한 방식으로 표현한다면, 그건 수많은 몰지각한 행동이 아름다운 것처럼 아름다운 법이다. 비록 그 행동이 정말 쓸모없어서 내가 그게 조금도 몰지각한 행동이 아니라곤 말하지 못할 경우일지라도 말이다. "꿇느니 차라리 서서 죽는다"는 근위대 정신이 영웅적으로 표출된 건 워털루 전투에서였다. 그 정신은 세월이 흘러도 여전히 사라지지 않았지만, 시간이란 총검 같은 것이 지닌 낭만성도 없이 우리를 공격하는 적이었다. 어떤 식으로든 군인으로 길들여진 사람에겐 워털루 전투에서와 마찬가지로 절대로 꿇지 않는다는 것 자체가 걸핏하면 언제나 '문제'가 되는 법이다.

좀체 굴복을 몰랐던 브라사르 자작은(그럼에도 그가 아직까지 생존해 있는 이유도 이야기할 가치가 있으므로 조금 뒤에 다시 언급하도록 하자), 합승마차에서 내가 봤을 때, 세상 사람들이 마치 젊은 여자들처럼 버릇없고 잔인하게 '미남 노인'이라 부를 법한 그런 나이에 이르렀다. 하지만 나이 문제에 있어서 무의미한 빈말이나 공허한 숫자 따위는 아랑곳하지 않고 눈에 보이는 것이 중요하다고 여기는 사람에게 그는 그냥 '미남'으로도 통할 수 있었다. 아무튼 당시 젊은 남자들을 꽤나 잘 후리던 V 후작 부인이 있었다. 이 부인으로 말하면, 사내 열두어 명을 데릴라에게 머리칼이 잘린 삼손 꼴로 만든 바 있는 그런 여자였다. 그녀는, 귀신의 농간으로 그렇게 됐는지, 세월에 비해 훨씬 더 짙게 변한 자작의 붉은 콧수염을 푸른색 천에 싸서 금색과 검정색 바둑판무늬의 폭이 넓은 팔찌에 넣어 가지고 다니며 그걸 어지간히 자랑스러워하기까지 했다. 세상 사람들이 만들어낸 말이긴 하지만 그 '미남'이라는 표현에 나이 든 사람이든 젊은 사람이든 흔히 떠올리는 경박하고 협소하고 자잘한 의미 같은 건 붙이지 말아주길 바란다. 왜냐하면 그런 식으로는 우리의 브라사르 자작을 제대로 그려낼 수 없을 테니까! 그는 정신, 태도, 풍채 등 모든 면에서 넓고 듬직하고 통이 컸고 귀족적 여유가 넘쳤다. 브러멀*이 미치광이가 되는 모습과 도르세**가 죽어가는 장면을 실제로 목격한 나조차 살면서 만난 사람들 중 가장 훌륭한 멋쟁이로 꼽기에 주저하지 않을 만큼.

아닌 게 아니라 브라사르 자작은 정말 멋쟁이 댄디였다. 조금만 덜 댄디다웠더라면 틀림없이 프랑스의 제독이 되었을 것이다. 그는 청년 시절부터 이미 제1제정 말기의 가장 뛰어난 장교로 손꼽혔다. 나는 자작과 같은 연대에 속해 있던 친구들로부터 그가 뮈라***에 마르몽****을 합쳐놓은 듯한 용맹함으로 대단한 명성을 떨쳤다는 말을 수차례 들은 바 있었

---

* George Bryan Brummell(1778~1840) : 19세기 초 영국의 멋쟁이 신사이자 유행의 선구자. 평민 집안의 아들로 태어나 웨일즈 공(훗날 조지4세)의 호의와 옷을 보는 뛰어난 안목 덕분에 패션의 권위자로 인정받아 온갖 사교 모임의 단골손님이 되었다.
** Albert Gaspard Grimold d'Orsay(1801~1852) : 프랑스 장교. 루이 18세의 근위대 중위로 있다가 나폴레옹 보나파르트 편에 가담하여 예술성 장관으로 임명되었다.
*** Joachim Murat(1767~1815) : 프랑스의 군인, 원수. 기병대의 가장 우수한 지휘자로서 중요한 싸움에서 나폴레옹을 따라 활약했으며, 나폴레옹 몰락 때는 왕위를 유지하기 위하여 오스트리아와 교섭을 벌였으나 결국 체포되어 처형되었다.
**** Auguste de Marmont(1774~1852) : 프랑스 제독. 툴롱 포위 공격 이후 보나파르트 편에 가담했다.

다. 전투 북소리가 울리지 않는 평상시엔 그 용맹함에 매우 단호하고 냉철한 두뇌까지 겸비했으니 누구보다도 빨리 최고 계급으로 승진할 수 있는 기질이었다. 한데 하필 그놈의 댄디 기질이! 장교가 지녀야 할 자질에 댄디 기질이 뒤섞여 있다고 생각해보라. 규율 감각, 직무 수행에 따른 규칙 준수 등, 장교가 지녀야 할 자질 중 뭐가 남을 수 있겠는가. 군인 자질이 사라지지 않으면 화약고처럼 폭발해버릴 것이다. 평생 스무 번도 넘는 폭발의 위험이 있었는데도 브라사르가 이를 용케 피할 수 있었던 건 다른 댄디와 마찬가지로 그저 운이 좋았기 때문이다. 그런 행운이라면 마자랭* 이나 그 조카딸들조차도 그를 기용하고 싶어했으리라. 물론 조카딸들은 그가 눈부시게 잘생겼다는 전혀 다른 이유에서 그랬겠지만 말이다.

이처럼 그는 군인에게 필요한 뛰어난 풍모 면에서는 누구에게도 빠지지 않는 인물이었다. 아름다움이 없으면 젊음도 없는 법. 그리고 군대야말로 프랑스다운 젊음의 상징이 아니던가! 비단 여인들만이 아니라 분위기 자체를 송두리째 사로잡아버리는 수려한 용모가 브라사르 대위의 목숨을 보호해주는 유일한 방패막이는 아니었다. 내가 생각하기에 그는 노르망디의, 즉 정복자 기욤**의 후예가 아닌가 싶은 구석이 있었다. 하긴 사람들은 그가 무수히 많은 정복 활동을 했다고도 입을 모아 말했다. 나폴레옹 황제가 폐위되자 그는 자연스럽게 부르봉 왕실에 편입되었고, 백일천하 기간에도 왕실에 놀랄 만큼 헌신적이었고, 부르봉 왕가가 복귀했을

---

* Jules Mazarin(1602~1661) : 이탈리아 태생의 프랑스의 정치가. 1641년에 추기경, 1642년에는 재상을 지냈다. 1643년 루이 13세가 죽고 난 후에는 섭정인 모후(母后)와 함께 국정의 실권을 장악하여 뛰어난 외교 수완으로 프랑스의 국제적 지위를 높이고 부르봉 절대 왕제의 기초를 굳혔다.
** Guillaume : 노르망디 공작·영국 왕인 윌리엄 1세를 말한다. 본디 노르망디 공이었으나 1066년에 영국을 정복하여 정복왕이라 불렸다. 재위 기간은 1066~87년이다.

때 샤를 10세에게서 직접 생루이 기사로 서품되기도 했다. 왕정복고 기간에 우리의 미남 브라사르 씨가 튈르리 궁의 경비를 설 때면, 앙굴렘 공작 부인은 지나가며 어김없이 상냥한 인사를 건네곤 했다. 불상사를 겪은 뒤 친절한 마음과 행동을 잃었던 공작 부인도 자작을 위해선 너그러움을 되찾을 수 있었던 것이다. '왕비'의 특별한 총애가 쏟아지는 걸 보고, 장관은 이 사내를 진급시키려고 무슨 짓이든 했을 것이다. 하지만 아무리 주위에서 힘을 써준다고 한들 군복무 상태에 대해 항의한답시고 다른 때도 아닌 사열식 도중에 연대 맨 앞줄에서 사열관에게 칼을 뽑아 들이대는 격한 성질의 댄디에게 무얼 해줄 수 있겠는가. 사실 이 일로 그가 군법회의에 회부되지 않은 것만 해도 천만다행이었다. 규율에 개의치 않는 브라사르 자작의 행동은 때와 장소를 가리지 않았다. 전쟁터에서만 장교 기질이 온전히 살아날 뿐, 그 이외에는 전혀 군대 규율에 복종하지 않았다. 체포되면 평생 영창 신세가 빤한데도 몰래 부대를 이탈하여 이웃 마을로 놀러 갔다가 열병식이나 사열식 날이 되어서야, 그것도 부하 병사의 연락을 받고서야 부리나케 부대로 돌아오는 일이 부지기수였다. 반복되는 일상사나 규율이라면 한사코 토를 다는 부하를 휘하에 거느리는 게 상사들에겐 탐탁지 못했겠지만, 반대로 수하에 있는 병사들은 그를 대단히 존경하고 따랐다. 병사들에게 자작은 더없이 훌륭한 상사였다. 그는 병사에게 아주 용감할 것, 아주 철저할 것, 그리고 아주 우아할 것, 다시 말해 「열 시간의 휴가」 같은 옛 민요 속에 아름답고 완벽하게 묘사된 전통 프랑스 군인의 모범을 실현하는 것 말고는 어떤 다른 사항도 요구하지 않았다. 그는 병사들에게 심하다 싶을 정도로 결투를 권장했다. 군인 정신을 한껏 배양하는 데는 결투보다 더 나은 방법이 없다는 게 그의 지론이었다. "나는 정부(政府)가 아니다. 따라서 병사들이 용감하게 싸우더라도 그들에게 달아줄 마땅한 훈장을 가지고 있지 않다. 내가 줄 수 있는 훈장은 장갑, 장비용 가죽 벨트 등 군인에게 허용되는 장식품뿐이다(그는 개인적으로 상당한 재산을 소유한 부자였다)"라고 자작은 말하곤 했다. 그래서인지 군복 맵시로 정평이 난 왕실 경호대의 이름난 척탄병 부대도 그가 지휘하는 부대에 대면 상대가 안 됐다. 이런 식으로 그는 언제나 자부심과 우아함으로 무장하게 마련인 군인의 개성을 지나치리만큼 부추기곤 했다. 그는 군인의 자부심은 특유한 분위기 덕분에 좋은 것이고, 우아함은 언제나 사람들의 부러움을 사는 군인의 영원한 매력이라 좋은 것이라 여겼다. 같은 연대에 소속된 다른 부대원들이 어째서 자작의 부대를 유난히 부러워했는지 짐작할 만하다. 병사들은 자작의 부대원이 되려고 갖은 애를 썼고, 일단 들어가면 나가지 않으려고 더 많은 노력을 기울이곤 했다.

이상이 왕정복고 시대에 브라사르 대위가 누렸던 아주 특별한 위상에 대한 설명이다. 한편 매일 아침 영웅적인 행동으로 모든 과오를 용서받을 기회가 생기던 제정 시대가 아닌 만큼, 동료들을 깜짝 놀라게 하는 그의 불복종 곡예가 과연 얼마나 지속될지 아무도 장담할 수 없었던 것 또한 사실이었다. 여하튼 그는 전쟁터에 나갔더라면 자기 목숨을 아무렇지도 않다는 듯 내던졌겠지만, 상관들의 명령을 무시하는 데에도 못지않게 대담하기 짝이 없는 인물이었으니까. 그러나 때마침 발발한 1830년 혁명은 동료들에게 대위를 향한 근심을 덜게 해주었고(정말 그런 걱정을 해주었는지는 잘 모르겠지만), 또한 조심성 없는 대위에게도 나날이 임박해오는 불명예 제대의 치욕을 면하게 해주는 계기가 되었다. 그는 삼일천하* 동안

---

* 1830년 7월에 국왕 샤를 10세의 전제 정치에 맞서 파리에서 일어난 7월 혁명 중 '영광의 3일' 전투를 말한다. 이 치열한 전투 끝에 왕은 망명하고 루이 필리프가 왕이 됨으로써 부유한 시민 계급이 권력을 잡는 계기가 되었다.

중상을 입은 데다 그때껏 경멸해오던 오를레앙 가(家)가 새 왕조로 옹립된 나라에서 군인으로 복무한다는 것을 가소롭게 여겼다. 7월 혁명의 결과 오를레앙 일파가 지키지도 못할 나라의 주인이 되었을 당시 브라사르 대위는 마침 발을 다쳐 침대에 누워 있었는데, 그의 과장된 설명에 따르면 마지막으로 베리 공작 부인이 주최한 무도회에서 춤추다가 그렇게 됐다고 한다. 그런데 전쟁 나팔 소리가 울리자마자 그는 부상 따위는 아랑곳하지 않고 자리를 박차고 일어나 부대에 합류했다. 부상으로 군화를 신지 못하게 되자 무도회 때 꾸민 모양새 그대로 에나멜 구두에 비단 양말을 신은 채로 싸움터로 향했다. 대로에 포진해 있는 적을 소탕하는 임무를 띠고 대위가 바스티유 광장에서 척탄병 부대의 선봉에 선 것도 바로 그런 차림으로였다. 파리엔 아직 바리케이드가 쳐지지 않아 음산하고 불안한 기운만이 감돌고 있었다. 거리는 텅 비어 있었다. 빗발치듯 잇따를 총격을 예고하는 양 햇빛이 수직으로 내리꽂히고 있었다. 덧창들은 꼭꼭 닫혀 있었지만 금방 죽음을 토해낼 것처럼 보였다. 브라사르 대위는 정면에서 날아오는 총탄에만 노출되도록 가능한 한 건물 가까이 붙어 병사들을 길 양쪽에 포진시켰다. 그리고 자신은 그 어느 때보다 댄디 기질을 한껏 발휘하려는 듯 길 한복판으로 우뚝 나섰다. 그러고는 길 양쪽에서 쏟아지는 장총과 권총의 집중포화를 정면으로 받으며 바스티유에서 리슐리외 거리까지 돌파해 나갔다. 그것도 무도회에서 여인이 앞가슴을 내밀 듯 포화 속에 자신의 가슴을 '달랑 드러내놓고' 돌진을 감행했으니 자만심도 도가 지나치지 않나 싶지만, 그의 넓은 가슴은 총알 한 방 맞지 않았다. 그러다가 리슐리외 거리 한 모퉁이 프라스카티 도박장 앞에 이르러 길을 가로막고 있던 첫번째 바리케이드를 걷어내려는 순간, 그만 그토록 멋진 가슴에 총알이 한 방 날아와 명중했다. 가슴 자체가 넓기도 했지만 한쪽 어깨에서 다른 쪽 어깨까지 이어진 번쩍거리는 은빛 장식 끈이 적에게는 더할 나위 없이 좋은 표적이 됐을 것이다. 또한 한쪽 팔은 돌에 맞아 부러졌는데도 아랑곳하지 않고 바리케이드를 걷어내고 사기충천한 병사들 선두에 서서 마들렌 성당까지 진격을 감행했다. 바로 그때 마차를 타고 반란의 아수라장이 된 도시 파리를 탈출하던 두 여인이 공사 중인 마들렌 성당 주위의 돌무더기 위에 피투성이가 된 채 누워 있는 근위대 장교 한 명을 발견하고 마차에 태워 라귀즈 제독이 머물던 그로카이유까지 옮겨주었다. 대위는 제독에게 기개에 찬 목소리로 이렇게 보고했다. "제독님, 저에겐 이제 두어 시간밖엔 남지 않은 것 같습니다. 하지만 남은 두 시간 동안이라도 저를 아무 부대에나 배속시켜주십시오!" 그러나 대위의 판단은 틀린 것이었다. 그에게는 두 시간 이상이 남아 있었던 것이다. 그의 가슴을 관통한 총알은 치명적인 게 아니었다. 내가 그를 알게 된 게 그로부터 15년이 지난 후였으니까. 그때 그는 의사나 의학을 경멸하는 투로 '그놈의 의사가 상처 때문에 생긴 열이 내리기 전에는 술을 절대 마시지 말라고 신신당부를 했지만, 내가 보르도 포도주를 마시지 않았더라면 절대 목숨을 건지지 못했을 거야'라며 뽐내듯이 말했다.

말이 나왔으니 하는 말인데, 한번 술을 마셨다 하면 주량이 얼마나 어마어마한지 다른 모든 면에서도 그렇지만 술 마시는 데에서도 댄디 그 자체라고 할까. 그는 꼭 폴란드인처럼 마셔댔다. 이 말이 정말 거짓이 아닌 것이, 그는 보헤미아 지방의 크리스털로 된 큰 잔을 만들어 거기에 보르도 포도주 한 병을 몽땅 채우곤 그걸 단숨에 들이켰다! 술을 마시고 나면 자신은 뭘 해도 배포가 그만큼 된다는 말을 곁들이곤 했는데, 아닌 게 아니라 사실이 그랬다. 하지만 어떤 형태의 힘이든 약해지는 시기가 되면 우쭐함도 없어지게 마련 아니던가. 그 잰 체하는 태도는 바송피에르* 제

독을 연상시켰고, 정말로 그는 제독처럼 항상 술을 몸에 지니고 다녔다. 나는 그가 보헤미아 술잔으로 단번에 열두 잔을 마시는 것을 본 적이 있었지만, 그렇게 마시고도 별로 취해 보이지 않았다. 더구나 점잖은 사람들이 '광란의 도가니'라고 부르곤 하던 저녁 만찬에서는 그를 마주할 기회가 더욱 많았다. 아무리 지독한 독주를 거푸 마셔댄 후일지라도 그는 군인 특유의 자세를 고쳐 잡았으며, 그의 말처럼 '약간 얼큰한 상태'였을 뿐 도를 넘어서는 적이 없었다. 그렇게 말하면서 군대식으로 모자에 방울술 장식을 얹는 몸짓까지 해보이곤 했다. 이제부터 여러분에게 나는 그가 과연 어떤 인물인지 잘 이해할 수 있게 다음 이야기를 하고자 한다. 19세기판 '허풍선이'(16세기식의 생생한 표현으로라면 그렇게 불렀을 것이다)라 부를 만한 이 대위에게 공식적인 애인 수만 일곱이었다는 사실! 이걸 어떻게 숨기겠는가. 대위는 애인들을 '칠현금의 일곱 줄'이라 불렀다. 물론 자기의 부도덕을 음악에 빗대어 그저 대수롭지 않게 떠벌이는 태도가 옳다고 보는 건 아니다. 하지만 어찌하랴. 브라사르 대위가 지금까지 말한 그런 됨됨이의 인물이 아니었다면 이제 하려는 이야기도 일찌감치 향이 증발해버린 무미건조한 것이 돼버렸을 테고, 그런 이야기라면 여러분에게 들려줄 마음을 먹지도 않았을 테니.

뤼에유 성 교차로에서 올라탄 합승마차에서 내가 대위를 만난 건 좀 뜻밖의 일이었다. 그러나 어쨌든 서로 만난 지도 오래되었고, 동시대를 살면서도 동시대인들과 전혀 다른 인물과 몇 시간을 함께 보내야 한다고 생각하니 그 만남이 더없이 즐거웠다. 브라사르 자작은 프랑수아 1세의 갑옷을 입혀놓아도 왕실 근위대 장교의 날씬한 군청색 예복 차림 못지않

---

* François Bassompierre(1579~1646): 프랑스 제독. 정적 리슐리외에 의해 모반 혐의를 쓰고 바스티유에 갇혔다가 석방되었다.

게 날렵했을 법한 인물로서 그 맵시나 균형이 요즈음의 어떤 젊은이도 따라갈 수가 없을 것이다. 장엄하면서도 우아한 빛으로 한참 동안 세상을 비추며 저물어가는 노을 같은 대위의 모습에 비하면, 이제 겨우 동녘 하늘에 형상을 드러내기 시작한 경박한 초승달 무리 따위야 얼마나 파리하고 가냘픈 것이란 말인가! 그의 수려함은 니콜라스 1세를 닮았고, 특히 체격이 황제와 비견할 만했다. 그러나 얼굴은 황제보다 덜 완벽했으며 옆모습도 덜 그리스인다웠다. 그는 얼굴에 짧은 수염을 기르고 있었다. 특이 체질 탓인지, 화장술 덕인지 알 수는 없지만 수염도 머리칼도 아직 검은색 그대로였고, 턱수염은 남자다운 생기가 넘쳐흐르는 뺨 위쪽까지 덮고 있었다. 더할 나위 없이 귀족적인 넓은 이마는 둥그스름하고 주름살 하나 없는 데다 여인의 팔처럼 새하얗기조차 했다. 거기에 옆머리가 삐져나오는 척탄병의 털모자를 투구처럼 쓰고 나면 이마 윗부분이 조금 가려지긴 해도 넓은 이마가 더욱 흰칠하고 고결하게 드러나 보였다. 이마 아래로는 검은 광채가 뿜어질 만큼 짙푸르면서도 공들여 세공한 사파이어처럼 쏘는 듯한 두 눈이 검은 동공 속에 숨어 있는 듯 박혀 빛을 발하고 있다! 그런 눈을 가진 사람은 애써 남을 유심히 살피는 표정을 지을 필요가 없다. 그 시선 자체가 남을 꿰뚫고 있기 때문이다. 우리는 악수를 한 후 이야기를 나누었다. 브라사르 대위는 느릿느릿 이야기를 했지만, 목소리는 명령 한 마디로 샹 드 마르스* 같은 광장을 채워버릴 만큼 쩌렁쩌렁 울렸다. 말한 대로 그는 어릴 때부터 영국에서 자랐기 때문에 어쩌면 영어로 생각을 하는지도 몰랐다. 느리긴 해도 막힘이 없는 말투 때문인지 무슨 말을 하든, 하다못해 농담을 하더라도 독특한 자신의 개성이 살아나곤

---

* Champs de Mars: 에펠 탑에서 육군사관학교까지 이어져 있는 공원. 본래 육군사관학교의 사관후보생들이 열병을 할 때 이용하는 운동장이었다.

했다. 대위는 농담을 아주 좋아했고, 때로는 좀 과한 농지거리도 서슴지 않았다. 게다가 남들이 격하다고 느끼는 말투를 지니고 있었다. 남편이 죽은 후로 검정, 자주, 흰색의 세 가지 옷만을 입던 아름다운 과부 F 백작 부인도 브라사르 대위는 늘 '도를 넘어버리는' 경향이 있다고 말한 적이 있다. 브라사르 대위가 고약한 사람들과 자주 충돌하지 않으려면 마음이 아주 잘 맞는 친구들만 골라서 어울려야 했다. 정말 좋은 친구들과 함께라면 생제르맹의 사교계에선 못할 말이 없다는 것쯤은 여러분도 잘 아시리라!

　　마차 안에서 이야기를 나눌 때의 장점은 할 말이 별로 없을 때 언제든 그만둘 수 있고 그게 전혀 실례가 되지 않는다는 것이다. 살롱이라면 그런 자유가 허용되지 않는다. 할 이야기가 없어도 예의상 무슨 말이든 계속해야 할 뿐 아니라 이런 식의 죄 없는 위선과 침묵에 대해서는 대가를 톡톡히 치러야 한다. 천성적으로 말수가 적은 경우(그런 자가 있긴 하다)나 어리석은 자일지라도 그때만큼은 어떤 이야기든 꺼내 좌중의 호감을 사려 하기 마련이므로, 그 공허하고 짜증나는 말을 참고 있을 수밖에 없는 것이다. 그러나 합승마차란 제 집 같기도 하고 남의 집 같기도 한 공간이니 마음이 내키면 언제든지 침묵에 젖어들 수 있고 대화를 하다가 몽상에 빠질 수도 있다. 유감스럽게도 나는 내가 살면서 겪은 우연한 사건이라는 게 참 무미건조한 것뿐이었고, 그 옛날까지(그때가 벌써 옛날이 되었구나) 수없이(오늘날 수없이 기차에 오르듯) 합승마차를 탔지만 즐겁고 호기심 당기는 말벗 하나 만난 적이 없었다. 브라사르 자작과 나는 우선 지나온 여행길에서 일어난 사건이나 세세한 풍경, 혹은 전에 우리가 만났던 곳에 얽혀 있는 추억 등에 관해 생각나는 대로 이야기를 나누었다. 이윽고 날이 기울어 그 어둠 속의 적막이 우리를 감쌌다. 가을밤은 하늘에서 땅으로 뚝 떨어진 건지 순식간에 다가와 우리의 온몸을 차가운 기운으로 감쌌다. 우리는 각자 외투로 몸을 감고 머리로 벽을 더듬어 베개 구실을 할 만한 단단한 구석을 찾았다. 내 길동무가 잠이 들었는지는 알 수 없었지만, 나는 좀처럼 잠을 이룰 수 없었다. 우리가 가고 있는 길은 이미 수차례 다녀봐서 신기할 것도 궁금할 것도 없는 터라 질주하는 마차의 반대편 어둠 속으로 사라지는 바깥 풍경 따위에도 별로 관심을 두지 않았다. 우리는 이 기나긴 길에 마부들이 오래 전에 잘라버린 그들의 변발(辮髮)을 기념하여 '변발의 리본'이란 별명을 붙였고, 지금도 그렇게 부르는 기나긴 길가에 띄엄띄엄 흩어져 있는 작은 마을을 몇 군데 지나쳤다. 그 사이 주위는 불 꺼진 화덕처럼 캄캄해졌다. 어둠이 내리자 우리가 지나치고 있는 이름 모를 마을들이 괴상한 모습을 하고 나타나는 꼴이 '세상의 끝에라도 왔나?' 하는 생각마저 들게 하였다. 지금 내가 말하려 하는 이러한 느낌은 마치 이미 사라져버린 어떤 사물의 상태에 대한 마지막 인상과 마찬가지로 더 이상 존재하지도, 다시는 돌아오지도 않을 그러한 느낌과도 같았다. 지금이야 철도가 놓이고 마을 입구에 역이 세워져 있으니, 길 밖으로 달아나는 파노라마 같은 길가 풍경을 마을에서 말을 갈아타느라 잠깐 쉬는 동안 한눈에 감상할 수 있는 기회가 여행객에게 주어지는 경우가 좀체 드물다. 마을은 대부분 최근 생겨난 가로등이라는 사치를 아직 잘 몰라서인지 아까 지나온 길보다도 훨씬 어두웠다. 그나마 마차의 길에서는 드넓은 하늘과 탁 트인 공간이 열려 있어 엷은 빛을 줄 수 있었지만, 마을에서는 서로가 부둥켜안은 듯 다닥다닥 붙어 있는 집들, 비좁은 길에 드리워진 집들의 그림자, 그 지붕들 사이로 겨우 보이는 조각하늘에 드문드문 빛나는 별들, 이 모든 것이 신비감을 더하고 있었다. 그곳에서 우리가 만날 수 있는 사람이라야 기껏 호롱불을 들고 여관 앞에 기다리고 있다가 교대할 말을 데리고 와 마구를 채우면서 힘이 넘쳐 펄펄 날뛰는 드센 말들에게 휘파람을 불거나 욕설을 뱉곤 하는 아이들뿐이었다. 그리고 언제나 잠에 취한 목소리로 승객이 던지곤 하는 영원히 변치 않을 질문이 있을 뿐. 그는 창문을 내리고 적막한 밤공기 탓에 더 크게 울리는 목소리로 "어이, 마부 영감, 여기가 어디요?"라 묻는 것이다. 혹시 나와 비슷한 어떤 몽상가가 합승마차 유리창 바깥으로 지그시 눈길을 던져 어둠이 잠식한 건물의 윤곽을 더듬어본다면, 혹은 밤이란 무릇 잠을 자기 위해 존재한다고 여기는 단순하고 소박한 마을에 이토록 야심한 시각까지 불이 켜진 창문이 있다면 그곳으로 상념에 찬 눈길이 머물지도 모른다. 하지만 그날 밤 잠든 마을에는 곯아떨어진 사람만이 가득한 마차 안과 마찬가지로 어디서도 살아 움직이는 존재의 기척도, 흔적도 전혀 찾아볼 수가 없었다. 세상의 모든 생물이 피로에 지쳐 침잠하는 듯 깊은 잠에 빠져들고 있는 그런 상황에서, 비록 보초병의 밤샘이라 할지라도 누군가가 조금이라도 밤을 밝히고 있는 것을 본다면 당연히 뭔지 모를 엄숙한 기분이 들 것이다. 더구나 커튼이 내려진 어느 창문에서 불빛이라도 새어나온다면 그 방의 주인이 잠들지 않았다는 단순한 사실 말고는 무슨 까닭인지 도무지 알아볼 방도가 없기 때문에 현실의 시(詩)에 상상의 시가 더해지기 마련인 것이다. 적어도 나 같은 사람은 깊은 밤 잠들어 있는 마을을 지나다가 불이 켜진 창문이라도 보게 되면 부지불식간에 그 네모난 틀 속에 과연 어떤 세계가 있을까, 커튼 뒤에서 어떤 내밀한 드라마가 펼쳐지고 있을까 하고 그려보며 상상의 날개를 펼치지 않고는 못 배긴다. 수없이 많은 시간이 흐른 지금도 그러한 창문들은 내 머릿속에 영원히 남아 우수 어린 빛을 발하고 있으며, 그 생각에 잠겨 꿈속에서 그 창문들과 다시 마주치게 되면 이렇게 묻곤 한다.

"그 커튼 뒤에선 도대체 무슨 일이 있었을까?"

그렇다. 내 기억 속에 가장 강하게 남아 있는 창문이 있다면(곧 그 이유를 알게 되겠지만), 바로 그날 밤 우리가 지났던 어떤 마을길의 창문이다. 그 창문은 우리가 말(馬)을 바꾼 호텔에서 세번째 집의 창문이다. 이만 하면 내 기억력도 괜찮은 편 아닌가. 실은 기억이 생생한 것은 그날 밤은 말만 교체하고 곧장 출발하곤 하던 여느 때와 달리 좀 여유 있게 창문을 바라볼 수 있었던 덕분이기도 하다. 우리가 탄 마차의 바퀴 하나가 고장이 나서 누군가 수리할 사람을 깨우러 가는 사건이 생겼던 것이다. 모두가 깊이 잠든 밤 시골 마을에서 마차를 수리할 사람을 깨워 유일하게 이 길을 지나다니는 합승마차의 나사를 조여달라고 하는 일 자체가 그냥이삼 분 만에 끝날 성질의 것은 아니지 않겠는가. 시골 기술자가 마차 안에 있던 승객만큼 깊은 잠에 빠져 있다면 침대에서 깨워 일으키기가 여간어렵지 않을 테니까. 내 자리에서는 승객들이 코를 고는 소리만 들릴 뿐,흔히 그러하듯이 마차에서 내리려는 사람은 하나도 없었다. 아시다시피승객들은 마차가 정지하자마자 내려 자기가 얼마나 날렵하고 멋있게 다시올라설 수 있는지를 남들 앞에서 과시해야 직성이 풀리는 법인데(프랑스전체에 만연된 어떤 허영심이 마차 좌석에까지 전염된 탓이다). 우리가 서있던 맞은편 호텔의 문은 굳게 잠겨 있었다. 아무도 밤참을 먹으려는 사람이 없었다. 그 전에 말을 바꿀 때 밤참을 먹었던 것이다. 호텔도 우리처럼 깊은 잠에 빠져 있었다. 살아 있는 흔적을 보여주는 것은 아무것도없었다. 밤의 깊은 정적을 깨뜨리는 소리도 전혀 들리지 않았다. 보통 출입문 정도는 열어두는 편인데, 그날 밤 이 침묵의 호텔 마당에서는 누군가가(너무 어두워서 남자인지 여자인지 분간할 수 없었다) 내는 단조롭고무거운 비질 소리를 빼고는 그 어떤 소리도 없었다. 그나마 돌로 포장한 마당 위에서 질질 끄는 것 같은 그 비질 소리조차도 잠자고 있는 듯한 느낌, 혹은 최소한 졸려 죽겠다는 듯한 느낌을 주고 있었던 것이다. 호텔의 정면은 거리의 다른 집들처럼 어두컴컴했으며 그 집들 중에 딱 한 집 창문에서만 불빛이 보였다. 그렇다. 지금까지 내 기억 속에 뚜렷이 새겨진 채 언제까지나 그대로 남아 있는 창문은 바로 그 창문이다! 그곳은 이층집일 뿐이었지만 아주 높이 솟아 있었다. 이중으로 된 진홍빛 커튼이 창문을 두텁게 가리고 있었지만, 그 두툼한 커튼을 뚫고 신비스럽게 불빛이 새어 나오고 있었기에 그냥 단순하게 불빛만이 새어 나온다고 말할 수는 없었다.

브라사르 자작이 혼잣말을 중얼거리듯 말했다.

"거참 이상한 일이야! 여전히 예전과 똑같은 커튼인 것 같으니……"

나는 자작을 향해 고개를 돌렸다. 어두운 마차 속에서도 마치 그의 얼굴을 분간할 수 있다는 듯 말이다. 그런데 하필 그 순간에 말과 길을 밝히라고 켜놓은 마부석 밑 램프가 꺼져버렸다. 난 자작이 잠들어 있는 줄 알았건만, 그도 나처럼 이층집 창문에서 뿜어 나오는 분위기에 젖어 있는 듯했다. 게다가 나보다 한술 더 떠 그 창문의 분위기에 얽힌 내막까지 알고 있는 듯했으니!

그런데 그 대수롭지 않은 일에 대해 운을 떼는 어조가 브라사르 자작의 평소 어투와 사뭇 달랐다. 놀란 나는 갑작스레 그의 얼굴을 보고 싶은 충동이 치밀어 올랐다. 그래서 담뱃불을 붙이는 척하며 슬그머니 성냥을 그었다. 푸르스름한 성냥 불빛이 순식간에 어둠을 갈랐다.

그의 얼굴은 창백했다. 죽은 사람의 낯빛이라기보다는 오히려 죽음 그 자체 같았다.

왜 갑자기 그의 얼굴이 백짓장처럼 창백해진 걸까? 창문이 뿜어내는 독특한 분위기와, 워낙 다혈질이라 평소에도 좀체 얼굴이 창백해지는 일이 별로 없을뿐더러 감정이 격해지면 머리끝까지 빨개지는 그 사람의 창백한 낯빛이 서로 묘한 대조를 이루고 있었다. 마차 안 좁은 공간에 소매에 닿을 듯이 가까이 앉은 내 팔까지 대위의 강인한 어깨 근육에서 나오는 모종의 떨림이 생생히 전해졌다. 미루어 짐작건대 거기엔 이야기 사냥꾼인 나 같은 이가 절대 놓쳐선 안 되는…… 무엇인가가 감추어져 있다는 느낌이 들었다.

나는 호기심을 드러내지 않으려는 속셈으로, 대답엔 관심이 없다는 투로 말을 건네보았다.

"대위님께서도 저 창문을 보고 계셨습니까? 마치 대위님께서는 저곳을 알고 계신 듯하군요."

"물론 알고 있다마다요."

대위는 단어 하나하나에 힘을 주며 평소의 윤기 있고 맑은 목소리로 또박또박 대답했다. 어느 누구보다 절도 있고 위엄 있는 댄디인 대위는 어느새 평상심을 되찾은 듯했다. 아시다시피 진정한 댄디란 일체의 감정 동요는 열등한 것이라 보고 멸시하며, 멍청이 괴테처럼 잘 놀라는 짓이 인간 정신에 명예로운 자리를 차지할 수 있다고 여기지는 않는 법이다.

브라사르 자작은 매우 차분한 목소리로 말을 이었다.

"나는 이곳을 자주 지나다니지는 않소. 더구나 될 수 있으면 이리로 지나가지 않으려고 애쓰는 편이지요. 하지만 누구에게나 결코 잊을 수 없는 일이 있는 법이오. 많지 않지만 나에게도 그런 일이 몇 있지요. 아마 셋 정도가 될 거요. 처음 입었던 군복, 처음 참가했던 전투, 처음 관계했던 여자 정도. 그리고 저 창문은 아마 내가 잊을 수 없는 네번째 추억쯤 되지 않을까 싶소."

그는 여기서 일단 말을 끊고 마차의 창문을 내렸다. 방금 언급한 그 창문을 더 잘 보기 위한 것일까? 마부 영감은 마차 바퀴를 수리할 기술자를 부르러 가서 아직 돌아오지 않았고, 일이 늦어지는지 갈아맬 말도 여전히 도착하지 않고 있었다. 우리를 끌고 온 말들은 여전히 마차에 묶인 채 피로에 지친 듯 다리 사이로 머리를 조아리며, 적막한 길 위에 꼼짝없이 서서 어서 마구간에 보내 달라는 재촉의 발길질조차 못하는 상태였다. 사람들이 모두 잠들어 있는 마차는 『잠자는 숲 속의 미녀』에 나오는 한 장면처럼 마술 지팡이에 의해 교차로에 있는 숲 속의 빈터에서 마법에 걸려 꼼짝도 못하고 있는 듯했다. 나는 말했다.

"상상력이 풍부한 사람이라면 저 창문에 표정이 있다고 할 만하겠어요."

그러자 브라사르 자작이 하던 말을 계속 이어나갔다.

"당신에게 저 창문이 어떻게 보이는지 잘 모르겠소만, 내게 어떤 창문인지는 잘 알고 있소. 저 창문은 바로 내가 처음 군에 배속 받았을 때 살던 방의 창문이오. 그때 저기 살았지. 맙소사! 벌써 35년 전이구먼. 저 커튼 뒤…… 그토록 오랜 세월이 흘렀건만 저 커튼은 하나도 변하지 않았구려. 게다가 저렇게 그때와 다름없이 훤하게 불까지 켜져 있으니……"

그는 더 이상 생각하기 싫은지 다시 말을 멈추었다. 그러나 쉽게 포기할 내가 아니었다.

"대위님. 대위님의 소위 시절요? 작전을 연구하느라 밤샘을 많이 하셨던 그때 말씀인가요?"

그러자 그가 대답했다.

"날 너무 치켜세우지 마시오. 당시 소위였던 건 사실이지만 밤을 샌 것은 작전 때문은 아니었다오. 규칙적인 생활을 해야 하는 사람들이 이렇게 터무니없이 늦은 밤에 불을 켜놓고 삭스 제독의 전술책이나 읽고 있다는 것도 실상 말이 안 되는 일이지요."

"하지만 어쨌든 제독의 흉내를 내려고 한 것만은 틀림없지 않습니까?"
나는 라켓으로 공을 받아치듯이 재빨리 말했다.

그러자 그가 되받아넘겼다.

"오! 내가 삭스 제독을 흉내낸 게 그때라고 생각하신다면 잘못이오.
그건 아주 훗날의 이야기니까. 신출내기 소위였던지라 나는 군복을 대단히
자랑스러워했지만, 한편으론 여자들 앞에서 수줍음이 많고 서투르기 짝이
없었소. 내 용모 때문인지 그 사실을 여자들은 믿어주질 않았지만…… 하
여간 난 수줍음 때문에 여자들한테 이득을 본 적이 결코 없었소. 게다가
그 호시절에 난 열일곱 살밖에 되지 않았고, 군사 학교를 졸업하자마자
배속됐기 때문이오. 요즘으로 따지면 군사 학교에 입학할 나이에 이미 졸
업을 했던 셈이지요. 사람을 물 쓰듯 부리던 황제께서 좀더 오래 재위해
계셨더라면 아마 열두 살짜리 병사도 생기고 말았을 거요. 동양에서 술탄
들이 아홉 살짜리 궁녀들을 뒀던 것처럼."

'황제니, 궁녀니 하고 시작하면 아무것도 건질 게 없는데' 싶어 나는
화제를 바꾸었다.

"그건 그렇고요, 자작님. 자작님께서 저 창문에 대한 추억을 그토록
생생하게 간직하고 계신 건 틀림없이 저 커튼 뒤에 어떤 여자가 있었기
때문일 것 같은데요. 어떤가요, 내기할까요?"

"그렇다면 당신이 이겼구려."

그는 엄숙하게 이렇게 말했다. 내가 다시 말을 받았다.

"아 그랬군요. 틀림없이 그런 줄 알았습니다. 대위님 같은 분이라면
첫 주둔지부터 거슬러 올라가 헤아려보더라도 이런 시골 마을은 채 열번
째도 안 될 텐데, 더구나 포위 작전이라고 해봐야 한 번 정도 될까 말까

하실 테고요. 그게 아니라면 대위님에게 창문을 활짝 열어준 여자 덕분에 사다리를 타고 올라가 하룻밤을 지낸 후 까맣게 잊고 있었는데, 마침 오늘 와 다시 보니 그때 그 창문이 어둠 속에서 좀 이상스럽게 빛을 뿜어내고 있더라, 뭐 대강 이런 말씀이시군요!"

"포위 작전을 펼친 건 아니고, 적어도 군사적으로는."

그는 여전히 숙연하게 말했다. 그러나 그에게 그런 태도는 곧 농담을 한다는 신호인 경우가 많았다.

"게다가 그렇게 쉽게 항복해버리는 것도 포위 작전이라 할 수 있겠소? 하지만 사다리를 타고서건 아니건 여자를 정복한다는 건 아까 말씀드린 대로 당시의 내겐 무척이나 힘에 부치는, 거의 능력 밖의 일이었다오. 그러니 거기서 정복당한 것은 여자가 아니라, 바로 나지!"

나는 그에게 경례를 했다. 그러나 어두운 마차 안에서 그런 내 모습이 대위의 눈에 띄기나 했을까?

"드디어 베르헌옵좀*을 정복했다 이거군요."

그러자 브라사르 자작이 덧붙였다.

"굳이 비유하자면, 열일곱 살 먹은 소위가 함락시키긴 힘든 예지와 금욕으로 무장된 베르헌옵좀이었소! "

내가 장난기 섞인 말투로 말을 되받았다.

"그렇다면 보디발 부인** 아니면 그 딸이었겠군요."

그는 사람좋은 표정으로 익살스럽게 말을 가로챘다.

---

* Bergen Op Zoom: 네덜란드 도시. 1747년 프랑스 군대가 점령할 때 오랫동안 포위 공격을 한 것으로 유명하다.
** 성서에서 요셉을 유혹했던 이집트 파라오의 경호대장 보디발의 부인. 보디발 부인이 집사인 요셉을 유혹하지만 요셉은 옷을 내던지고 도망친다. 그러자 부인은 요셉의 옷을 증거로 대고 요셉이 자기를 유혹했다고 고발하기에 이른다.

"딸이었지요."

"대위님의 그 수많은 아가씨 중에 하나란 말씀이군요. 단지 여기선 요셉이 군인이고 도망치지 않았다는 게 조금 다를 뿐인……"

그러자 그가 대단히 냉정한 어투로 대답했다.

"그게 아니라 완전히 줄행랑을 쳤소. 비록 때늦은 줄행랑이었지만, 공포에 질려서 도망쳤소! 저 유명한 미셸 네* 제독이 '한 번도 겁을 먹어본 적이 없다는 장 프……(그는 내내 이 이름을 내뱉더군요)가 대체 누구야'라고 말한 것을 내 귀로 똑똑히 들은 적이 있는데, 그 말이 이해가 되는 그런 공포였소. 솔직히 말해 그런 사람도 그런 소리를 하는 게 내게 큰 위안이 됐지."

"대위님께서 그런 감정을 직접 경험하셨다니, 이건 정말이지 기막히게 재미있는 이야기일 것 같군요."

그러자 그가 갑자기 내 말을 받았다.

"그건 정말 그럴 게요! 흥미가 있으시다면 그 이야기를 해드릴 수 있소. 철판을 부식시키는 염산처럼 내 인생을 갉아먹으며 내 방탕한 쾌락적 삶에 새까만 얼룩을 남겨 결코 지워지지 않을 각인을 해놓은 그런 사건이었소. 아! 방탕한 인생을 산다는 게 늘 이로운 건 아닌가 보오!"

그 말을 듣자 나는 그리스 범선처럼 구리로 씌워져 있을 거라고 생각한 그의 낙천성 속에서 무언가 가슴을 저미는 우수가 느껴졌다.

그는 열었던 창문을 다시 닫았다. 버려진 채 꼼짝 않고 있는 마차 주위에는 아무도 없었건만, 혹시 목소리가 새어 나가 자신이 하려는 이야기를 혹시 누가 듣지 않을까 걱정하는 듯했다. 아니면 호텔 앞마당의 포도

---

* Michel Ney(1769~1815): 제1제정 시대의 프랑스의 장군. '세상에서 가장 용맹한 장군'이란 별명이 있었다.

(鋪道) 위를 규칙적으로 오가며 긁어대는 둔중한 비질 소리가 자신의 이야기에는 어울리지 않는 배경음이라 생각했는지도 모를 일이다. 이윽고 나는 브라사르 자작의 그 이야기를 듣게 됐다. 온통 그의 말에만 주의를 기울였기 때문에 목소리의 뉘앙스가 세밀하게 변하는 것조차 놓치지 않았다. 어쩌면 깜깜한 어둠 속에서는 서로의 얼굴을 좀체 볼 수 없기 때문인지 몰랐다. 진홍색 커튼 사이로 여전히 매혹적인 불빛을 뿜어내고 있는 불 켜진 창문, 이제 대위가 펼칠 이야기의 주무대가 될 바로 그 창문에 두 눈을 고정시킨 채.

그가 말을 이었다.

"그러니까 나는 열일곱 살, 막 사관학교를 졸업한 몸이었소. 일반 전투보병 연대에 소위로 임관했는데, 당시만 해도 독일과의 전투 출전 명령이 떨어지기만 목이 빠지게 기다리던 처지였지. 당시는 황제가 독일과 전쟁을 치르는 중이었소. 흔히 1813년의 전쟁이라 부르는 그 전쟁 말이오. 우리 집이 외진 촌구석에 있는지라 임지인 이곳 부대로 떠나올 땐 정작 늙으신 아버님께 변변한 작별 인사조차 없이 허둥지둥 급히 서둘러야 했지. 이 작은 마을은 인구라 해봐야 기껏 몇 천이 고작이라 주둔 부대도 우리 제1대대와 제2대대밖에 없었소. 다른 두 개 대대는 이웃 마을에 흩어져 있었고, 당신이야 당신이 사는 서부로 돌아갈 때 잠깐 지나치는 게 다였을 이 마을, 이런 곳에 억지로 살아야 한다면 그 사람에게 이 마을이 어땠을지, 적어도 30년 전에 어떤 곳이었을지 쉽게 상상할 수 없을 게요. 당시만 해도 난 우연이란 것을 전쟁의 신(神)쯤으로 믿고 있었건만, 하필 그놈이 초짜 장교에게 최악의 장소를 골라줄 게 대체 뭐란 말이오! 벼락 맞을 놈의 마을! 어쩌면 그리 재수가 없었을까! 지금껏 내 인생을 통틀어 그처럼 침울하고 답답한 곳은 없었소. 내가 어렸고 처음 군복을 입어 도취된 탓(당신은 그 기분을 잘 모르시겠지만 제복을 입어본 사람은 이해하리라 믿소)에 지금으로선 어떻게 참고 지냈을까 하는 생활도 그땐 별로 지겹거나 하지 않았소. 사실 이 후미진 시골 마을에서 무슨 일이 있었겠소? 예서 살긴 했지만 외려 군복 속에서 살았다고 하는 편이 더 옳을지 모르오. 난 토마생과 피에의 걸작 군복에 완전히 매료돼 있었으니까. 그렇게 미쳐 있던 군복은 적절히 나를 잘 가려줬고 나의 모든 것을 아름답게 만들었소. 심하게 들릴지 모르나, 당시 군복이야말로 글자 그대로 진짜 내 주둔지였다는 게 가감 없는 말일 게요! 별난 사건도 이렇다 할 재미도 생기도 없는 마을이 마냥 지루하게 느껴질 땐, 갖고 있던 장식이란 장식은 몽땅 달고 군복을 입으면 빳빳한 옷깃의 서슬에 답답함이 멀찍이 달아났지! 딱히 만날 사람도 없는데 곱게 화장을 하는 여인처럼 말이오. 옷을 차려입긴 했지만 그건 나 자신을 위해서였다오. 오후 4시쯤, 특별히 봐줄 사람이 없다는 걸 잘 알면서도 햇빛에 반짝이는 견장이며 칼 손잡이에 아로새겨진 장식을 보고 혼자 흐뭇해하며 인적 없는 산책로 한 구석을 걷곤 했소. 한번은 강Gand 대로(大路)에서 한 여인과 팔짱을 끼고 걷는데 뒤에서 '저 장교 좀 봐, 정말 멋지지 않니?' 하는 말이 들려, 그때나 이때나 늘 그렇듯이 절로 우쭐해지기도 했소. 상업 활동도 지지부진하고 이렇다 할 활동도 전무한 형편없는 빈촌인 이 마을에는 거의 몰락해가는 몇몇 집안이 있었지만, 그들도 기껏 제위에 올려놓은 황제가 과거 혁명군이 도적질한 것 하나 제대로 되찾아주지 않는다며 증오에 휩싸여 있던 탓에 장교들이 환영받을 분위기가 아니었다오. 해서 마을에선 어떤 모임도 무도회도 야유회도 파티도 없었소. 화창한 일요일에 정오미사가 끝나면 부인네들이 산책로 귀퉁이로 딸들을 데리고 나와 2시까지 여봐란 듯 산책을 하는 게 다였소. 2시에 다시 오후 미사 시간을 알리는 종이 울리면 기다렸다는 듯 치마 입은 소녀들이 싹 사라져 텅 빈 거리만 덩그러니 남았지. 나도 처음엔 정오미사 같은 덴 통 나가지 않았소. 그러다 왕정복고 시대가 되니 정오미사가 군대에서 정식 미사 시간으로 정해지더군요. 게다가 연대 소속 장교들은 반드시 참석하도록 규정이 바뀌는 바람에 나도 미사에 나가기 시작했지요. 이렇게 해서 미사는 죽은 듯 공허한 주둔지에서 그나마 생기가 도는 유일한 행사가 됐소! 그땐 우리 모두 여인의 사랑과 정열이 생의 큰 비중을 차지하는 혈기 왕성한 청년들이었던지라 군대 미사야말로 갈증을 풀어줄 유일한 샘물이었지요. 당직 근무자만 빼고 장교들은 모두 여기저기 좋은 자리에 앉았소. 십중팔구 미사에 온 아가씨 중 가장 예쁜 아가씨 뒤에 진을 치는데 그녀들도 우리가 보고 있다는 걸 뻔히 알고 있었소. 이내 우린 그녀들에게 최고의 소일거리를 제공하며 끼리끼리 목소리를 낮춰 이야기하지요. 그렇다고 아예 목소리를 죽인 건 아니고 아가씨들에게 들릴락말락 작은 목소리로 얼굴은 어디가 제일 예쁘고 몸매는 어디가 매력적이라느니 하며 속닥대지. 그때가 그립구려! 얼마나 많은 사건이 일어났는지 몰라. 젊은 처녀애가 어머니 옆에 앉았을 땐 의자에 올려놓은 방한용 토시에 달콤한 사연의 종이쪽지를 몰래 넣어 건네주면 아가씨들은 다음 미사 때 그 소매에 답장을 숨겨놓곤 했지요! 하지만 제정 시대에는 군대 미사가 한 번도 열리지 않았소. 그래서 마을의 얌전한 처녀들에게 접근할 길은 완전히 끊겨버렸고 처녀들은 저만치 가물거리는 베일에 감추어진 꿈에 지나지 않게 됐소! 마을에서 가장 관심을 끌 만한 주인공들을 강탈해갔으니 보상이 될 만한 게 있을 리 있나. 점잖은 사람들이 모인 자리에서는 감히 입에 올릴 수조차 없는, 외지인들이 주로 드나드는 여관들이, 당신도 알다시피 있기는 있었지만 으스스한 곳이었지요. 지긋지긋하고 무료한 부대 생활에서 비롯된 향수병을 달래려 병사들이 많이 들르는 찻집은 조금만 계급에 대해 숙고한다면 도저히 발길을 돌릴 수 없는 곳이고 말이오. 지금이야 다른 곳들처럼 이 마을까지 사치가 흘러넘치고 있지만, 당시만 해도 장교 신분에 맞게 그럭저럭 봐줄 만한 식탁도 있고 숲 속에서 노숙하는 강도한테 털릴 걱정도 없는 그런 호텔다운 호텔이 없었던 거요. 우린 대부분 공동생활을 포기하고 각기 하숙을 했는데 별로 잘살지는 못하는 부르주아들이 가능한 한 비싸게 방값을 받아내어 형편없는 반찬을 마련하는 데 보태기도 하고 얼마 안 되는 수입을 벌충하기도 했다오.

나도 그런 하숙생 중 하나였지. 그 당시 이 길가에 있었던 역마차의 이름을 따 동료 한 명이 '역마차 호텔'이라 부르던 곳에 세들어 살았지요. 저쪽으로 몇 집 건너일 텐데. 시계판 모양을 한 해바라기 그림이 정면에 붙어 있었소. 날이 밝았다면 아마 여기서도 보였을 게요. 낡아 칠이 벗겨지긴 했지만 '일출을 향해서'라고 새겨져 있었지. 그런데 어느 날 친구가 자기 동네에 방 하나를 봐두었다는 거였소. 저기 높게 창문이 달린 저 방이지. 오늘밤은 이상하리만큼 어제 일처럼 생생해 내 방 같은 착각이 드는구려. 난 그 친구가 하자는 대로 내버려뒀소. 나이도 나보다 많고 군에도 먼저 들어왔고 해서. 게다가 걱정도 경험도 없던 초년 장교 생활에 대해 시시콜콜 지도하고 가르치길 즐겨하는 자였으니까. 아까도 말했지만 나는 군복 외에는 정말 관심이 없었소. 내가 그렇게 군복, 군복 타령하는 건, 평화협정이란 인도주의적이고 철학적인 저질 희극에 익숙한 지금 세대는 얼마 안 가서 깡그리 잊어버릴 감동이 군복에 담겨 있었기 때문이오. 덧붙여 나를 사로잡고 있었던 건 군인의 처녀성을 바쳐야 할(이런 군대식 표현을 용서하시오) 첫 전투의 포성이 언젠가 울리겠지 하는 희망이었소! 난 이 두 가지만 생각하며 살았소. 특히 두번째에 대한 상념이 가득했는데 아마 기대가 커서 더 그랬던 모양이오. 사람은 현재 살고 있는 삶보다는 아직 살지 않은 삶 덕분에 살아가는 것 아니겠소. 난 탐욕스러울 정도로 내일을 사랑했고, 그래서인지 사람들이 밤을 틈타 슬쩍 지나가기만 해도 될 위험한 길목에 왜 굳이 자리를 잡는지, 왜 독실한 신도들이 하늘나라를 마다하고 이 땅에 있겠다고 하는지 이해가 되더구먼. 그런데 군인만큼 수도승을 닮은 직업이 또 어디 있겠소. 그리고 나야말로 군인 아니던가 말이오! 이렇게 그럭저럭 주둔지에 적응하게 되었소. 곧 이야기하게 되겠지만 하숙집 주인네 식구들과 함께하는 식사 시간, 근무 시간, 매일 반복되는 훈련 시간 외에는 대부분 나는 하숙방에서 짙푸른 모로코 가죽으로 된 신기한 대형 소파에 누워서 보냈소. 그 희한한 소파는 고된 훈련을 마치고 끼얹는 목욕물과 같이 항상 시원한 느낌을 줬소. 일단 누우면 무기를 손질해야 한다거나 친구인 루이 드 묑이 묵는 건너편 집에 카드놀이를 하러 갈 때가 아니면 절대 일어나고픈 맘이 안 드는 안락한 소파였소. 참, 루이 드 묑으로 말할 것 같으면 마을의 바람난 계집들 중 그런 대로 예쁘장한 애들을 골라 정부로 삼곤 했던 친구요. 자기 말로는 시간 때우는 데 쓸 만하다나. 그는 어쨌든 나보다 덜 한가로웠던 셈이지. 그때 여자에 대해 내가 가지고 있던 지식은 루이 그 친구를 본받고 싶은 생각이 별로 안 들게 하더군요. 내가 가진 지식이라야 생시르 사관학교를 졸업할 무렵 으레 들르는 장소에서 상스럽게 되는 대로 배운 것들뿐이라…… 세상에는 늦깎이 체질이 있는 법 아니오. 생레미라는 사람 아시오? 마을 전체에서 가장 못된 놈이었소. 그 행실이 더러워 우리는 그 인간을 '미노타우로스'*라고 불렀지. 자기 부인의 정부를 죽였으니

---

* 그리스 신화에 나오는 뿔이 달린 괴물로 사람의 몸에 소의 머리를 하고 있다. 크레타 섬의 미노스의 아내가 소와 정교(情交)하여 낳았는데 미노스에 의해 미궁(迷宮)에 갇혔으며 후

뿔 달린* 괴물이라 할 만하지만, 그래서 그렇게 부른 건 아니오. 엄청나게 술을 마셨기 때문에 그런 거지.

그 말에 내가 대답했다.

"알지요. 본 적이 있어요. 하지만 도저히 어찌해볼 도리가 없는 늙은 노인네인 데다가 해가 갈수록 그 못된 정도는 심해지기만 했지요. 어유! 그 생레미를 제가 모를 리가 있나요! 브랑톰**식으로 말한다면 망나니 중에 상망나니라고 할 사람인걸요."

그러자 자작이 다시 말했다.

"맞소. 그는 정말 브랑톰 소설에 나올 만한 인물이지. 그건 그렇고, 그 생 레미란 작자는 스물일곱 살 생일을 맞을 때만 해도 술 한 모금 마셔본 적도, 여자 치맛자락 한 번 건드려본 적도 없던 자라오. 확실한 사실이니 누구에게 물어볼 테면 물어보시오. 스물일곱까지만 해도 갓난아이보다 여자를 모르던 사람이었소. 젖꼭지를 더 빨지 않아도 될 만큼 다 자란 후에도 우유와 물만 마셨다고 합디다."

그때 내가 말했다.

"뒤떨어진 진도를 빨리도 따라갔군요."

자작이 대답했다.

"그런 셈이지. 나도 그런 셈이고 말이야. 아마 그 진도를 내가 더 빨리 뽑았을 게요! 절도 있게 보낸 시절이라고 해봐야 여기 마을에서 보낸 시간과 얼추 맞아떨어질 정도에 지나지 않으니까. 생레미처럼 완전한 동

에 테세우스에게 살해되었다.

* '뿔cornes이 달렸다'라는 말은 '마누라가 바람 핀 남편'을 뜻한다.

** Pierre de Brantôme(1540?~1614): 프랑스의 군인·작가. 『회상록』에서 르네상스의 귀족 풍속을 그렸다.

정은 아니었어도 그래도 맹세할 수 있소. 나 역시 진짜 몰타 기사단원*이라 해도 될 순결한 청년 그 자체였으니까. 태어날 때부터 이미 기사단 일원이었고, 잘 모르시겠구면! 혁명으로 기사단이 해체되지만 않았어도 내가 우리 아저씨의 바통을 이어 기사가 됐을지 모르거든. 벌써 수년 전에 없어졌지만 해체되기 전까지 가끔 기사단 훈장을 달고 다닌 적도 있소. 그저 허영심에서였지만 말이오."

그는 계속해서 말을 이었다.

"내가 세들어 살던 집주인에 대해 말하자면, 그들은 정말 '부르주아' 하면 으레 예상되는 바로 그런 부류의 사람들이었지. 내외만 있는 단출한 살림에, 둘 다 나이가 지긋했고 심술궂게 굴지도 않았소. 나를 대할 때는 특히 오늘날 부르주아들에겐 찾아볼 수 없는 깍듯한 예절(사라진 과거의 향기 말이오)까지 지켜줬지요. 당시 내가 다른 사람을 관찰하길 즐길 나이도 아니었고 두 노인네 역시 어떤 인생을 살아왔는지 파고들고 싶도록 별난 사람도 아니어서 내가 그들 삶에 끼어드는 건 기껏 하루 두 시간, 정오와 저녁에 한 시간씩 식사할 때뿐일 만큼 지극히 표면적인 관계였소. 내 앞에서 두 사람의 과거사에 얽힌 곡진한 화제가 대두된 적도 없었지. 두 노인의 대화는 대개 마을에 사는 사람들이나 거기서 일어난 사건에 대한 게 보통이었고, 나도 마을에 관한 모든 정보라면 그네들의 대화로 얻어듣는 정도였소. 영감은 신랄한 유머 감각의 소유자였고 마누라는 독실한 신자라 남편보다 훨씬 점잖았어도 남편만큼 나를 재미있어 하는 게 분명했지. 그래도 남편에게서 들은 게 한 가지 있긴 있는데, 젊었을 때 누

---

* 1080년 성지를 순례하는 순례자들을 위해 예루살렘에 세워진 아말피 병원에서 시작된 전투적 종교기사단의 이름이다. 지역에 따라, 병원 기사단, 구호 기사단, 로도스 기사단, 성 요한 기사단 등 다양한 이름으로 불린다.

구 때문인지, 무엇 때문인지 몰라도 하여튼 멀리 여행을 떠났다가 고향으로 돌아와 지금의 아내와 결혼했다는 거였소. 부인이 영감을 기다렸다는 거요. 어쨌든 이 부부는 온화한 품성에 평범한 운명을 타고난 아주 선량한 사람들이었소. 아내는 평생 남편의 줄무늬 양말을 뜨개질하며 보냈고, 남편은 조금은 음악에 광적인 사람이라 내 방 바로 위의 다락방에서 바이올린으로 케케묵은 비오티의 곡을 연주하며 보내곤 했지요. 혹시 옛날엔 좀더 잘살았는지 모르겠소. 말은 하지 않지만, 아마 무슨 일로 재산을 다 날려버리고 하숙을 치지 않으면 안 되게 됐는지 말이오. 하지만 그들 부부는 하숙 친다는 것 외에 궁색한 티를 전혀 내지 않았어요. 냄새 좋은 수예품이라든가 대단히 묵직한 은그릇 따위, 혹은 번거롭게 새것으로 바꿔볼까 하는 생각은 아예 품은 적도 없는 거의 부동산에 가까운 오래된 가구 등이 집 안 구석구석에서 부유한 옛 생활의 흔적을 역력하게 남기고 있었으니까! 난 거기서 잘 지냈소. 식사도 괜찮은 편이었고, 식사 시중을 들던 올리브 할머니 말마따나 '수염까지 다 닦았으면' 그냥 내 방으로 올라갈 수도 있었소. 참, 할머니도 아직 채 자라지도 않은 세 가닥 고양이 수염이 난 애송이 소위의 터럭을 '수염'이라 해주었으니 꽤나 내 체면을 봐준 거지요!

하숙을 한 지 한 반년쯤 될 때까지 주인집 부부나 나나 그저 조용하게 살았고, 나중에 알게 된 그 집 가족에 대한 이야기 같은 건 한 번도 나눈 적이 없었소. 그러던 어느 날 여느 저녁식사 때처럼 방에서 내려오는데 식당 구석에 이제야 집에 돌아왔다는 듯 까치발로 서서 모자 끈을 옷걸이에 걸고 있는 웬 훤칠한 여자가 눈에 확 띄더군. 옷걸이가 꽤 높아서 몸을 쭉 펴 모자 끈을 걸려는 참이었는데, 활처럼 휜 눈부신 허리의 곡선이 마치 무용수같이 고스란히 드러나 보입디다. 허리를 붙들어 묶은(어찌

40

나 허리를 꽉 조였던지, '묶었다'는 말이 그리 틀리지는 않을 거요) 반짝거리는 초록색 비단 레이스의 상의가 하얀 치마 위를 살짝 덮고 있었어요. 당시의 유행을 좇아 엉덩이에 딱 달라붙은 품새의 치마라 풍만한 곡선이 완전히 드러났죠. 그녀는 옷걸이를 향해 팔을 든 채 내 인기척에 몸을 살짝 틀더니 고갤 돌려 얼굴을 보였소. 그러곤 나는 안중에 없다는 듯이 하던 동작으로 자기 일을 마저 끝내더니, 혹시 옷걸이에 걸다가 모자 끈이 구겨지지는 않았는지 살펴보더군요. 그것도 아주 천천히 조심스레, 아니 무례하게라고 해야겠지. 내가 그 자리에 서서 인사를 하려고 한참 기다리고 있었으니 말이오. 그렇게 자기 할 일을 다 마치고서야 제대로 나를 쳐다보았소. 차가운 기운이 서린 까만색 두 눈으로 드디어 날 봐주는 영광을 베푼 것인데, 머리를 티투스식으로 잘라 이마 위로 말아 올려서 그런지 인상이 더 차갑게 느껴지더군요. 여기 있을 만한 사람이 누굴까, 얼른 떠오르지 않았어요. 하숙집 주인은 저녁식사에 누굴 초대한 적이 전혀 없었으니까. 어찌 됐건 식탁이 네 사람 분으로 차려져 있으니 그 여자가 저녁을 먹으러 온 것 같다는 짐작을 했어요. 난데없이 나타난 여자와 처음 마주쳤을 때 놀란 것은 그녀의 정체를 알았을 때, 그러니까 때마침 식당으로 들어온 하숙집 주인 내외가 그 애는 자기 딸인데 오늘 막 기숙학교를 졸업하고 돌아오는 길이고 이제부터 함께 살 거라고 했을 때 놀란 것에 비하면 정말 아무것도 아니지요.

그 여자가 딸이라니! 이보다 더 어울리지 않는 조합이 또 있을까! 절세미인이 아무 부모한테서나 태어날 수 있다는 그런 정도가 아니오. 그런 일이 전혀 없는 것은 아니니까, 안 그렇소? 생물학적으로만 따지면 못생긴 부모라고 해서 기막히게 잘생긴 자식 하나쯤 낳지 말라는 법은 없는 거니까. 하지만 그녀는 아예 부모와 종족 자체가 다른 그런 여자였소. 생물학적으로 본다면(우리 땐 이런 거창하고 학자연하는 하는 말을 좀처럼 사용하지 않았지만 당신 세대가 이런 말을 잘 쓰니 나도 좀 빌리겠소) 그녀에게서 풍기는 분위기, 젊은 처녀에겐 어울리지 않는 기이한 분위기가 없었다면 그리 눈에 띌 만한 여자는 아니었지. 딱히 그녀가 눈에 띈 건 냉정하고 무표정한, 뭐라 딱 꼬집어 말할 수 없는 분위기가 풍겨 나오고 있었기 때문이오. 사람들이 '야, 저 아가씨 정말 미인인데!' 할 정도는 아니고 길 가다가 우연히 봤을 때 예쁘장하다 싶은 그런 여자애들 정도랄까. 그보다 나을 것도 없고, 설사 그런 칭찬을 한다고 해도 다시 그 사실을 기억해내지도 못할 그런 얼굴이었소. 하지만 그녀의 분위기는 부모와도, 아니 이 세상 어느 누구와도 매우 달랐소. 감정도 열정도 없어 보이는 그 분위기와 맞닥뜨리면 아마 당신도 놀라 제자리에 딱 얼어붙고 말 게요. 혹시 알고 있는지 모르겠소만 벨라스케스의 「시녀들」이란 그림에 나오는 '스패니얼 개와 함께 있는 왕녀'가 꼭 그런 느낌이지. 오만하다고도 거만하다고도 건방지다고도 할 수 없는, 한마디로 무표정하다고밖에 할 수 없는 분위기. 오만하다거나 거만하다거나 건방지다거나 하는 태도는 그래도 상대가 존재한다는 사실을 인정하기라도 한 거잖소. 상대를 멸시하고 무시하는 수고를 해주는 거니까. 그런데 그녀의 태도는 아예 '내게 당신은 존재하지도 않아'라는 식이에요. 내게 그 여자의 표정은 처음 그녀를 만난 이후 지금까지도 풀리지 않는 의문으로 남아 있소. 후리후리한 키의 그런 여자가 어떻게 하숙집 주인영감같이 땅딸막한 뚱보에게서 태어날 수 있었을까? 부인이 만든 잼 같은 거친 피부색, 꽉 끼는 황록색 프록코트, 흰색 조끼, 수놓은 모슬린 넥타이 위로 삐져나온 목덜미엔 혹이 솟아 있고, 거기다 말이 빨라 다 알아들을 수도 없는 그런 영감에게서? 설사 그런 문제에서 남편들은 전혀 관계가 없다손 치더라도, 어머니를 놓고 생각해봐도 그런 딸이 어떻게 나왔는지 선뜻 이해가 되지 않았소. 알베르틴 양(이게 바로 하늘에서 이 부르주아 부부를 골려주려는 심산이었는지 난데없이 두 사람에게 떨어뜨려놓으신 고귀한 대공비의 이름이었소)의 부모는 그 이름 대신 그냥 간단히 알베르트라 불렀소. 어쨌든 알베르틴은 외모로 보나 됨됨이로 보나 알베르트라는 이름이 훨씬 잘 어울렸고, 그녀의 아버지나 어머니 어느 쪽의 딸로도 보이지 않았소. 그녀는 첫 저녁식사 때나 그 이후로도 교육을 잘 받은 소녀로만 보였어요. 그 태도에 가식이 없고 대체로 과묵했지만 일단 입을 열면 꼭 해야 할 말만 조리 있게 할 뿐 절대 도를 넘어서는 법이 없었기 때문이지요. 물론 우리가 같이한 식사 시간만 갖고는 그녀 성격의 다른 일면까지 알아낼 수 있는 건 아니었지만. 딸이 함께하자 당연히 두 노인네의 수다에도 약간의 변화가 일어나지 않을 수 없었소. 미주알고주알 입에 담던 마을의 작은 염문들이 화제에서 사라져버렸지요. 식사 시간의 대화는 날씨가 좋냐 나쁘냐 하는 말 그대로 일상 차원에서 맴돌기 시작했소. 그 덕인지 처음엔 그 알베르틴인지 알베르트인지 하는 여자의 무표정한 얼굴에 놀라기도 했지만 차츰 무덤덤해졌어요. 그 표정 외엔 더 보여준 것이 없었으니까. 내 천성에 맞는 사교계에서 그녀를 만날 운명이었다면 강렬한 호기심을 느꼈을 법도 한데 말이오. 하지만 그녀는 추파를 던져 수작을 걸 만한 그런 처녀가 아니었소. 그리고 하숙생의 입장에서 좀 껄끄러웠고, 조금만 삐끗해도 아주 난처한 지경에 빠질 게 뻔했지. 그녀의 생활은 나하고는 일정한 거리를 두고 있었소. 그러다 보니 나 역시 일부러 그러려던 것도 아닌데 자연스레 그녀와 똑같이 완전히 무덤덤하게 응수하게 됐지요.

그런 관계는 깨지지 않고 유지돼갔소. 우리 사이에는 지극히 냉랭하고 간단명료한 말만 예의 바르게 오갔을 뿐이에요. 내겐 그녀가 겨우 보일까 말까 하는 그림에 불과한 셈이었지. 그럼, 그녀에게 난 무엇이었을 까? 식탁에 앉으면(다른 데서는 전혀 만난 적이 없으니까) 그녀는 내 얼굴 을 보는 게 아니라 물병 주둥이나 설탕 그릇만 쳐다보았어요. 그녀가 던 지는 말은 조리 있고 정확하긴 했지만 별 다른 뜻이 감춰져 있는 것도 아 니고 성격의 일면을 보여줄 어떤 단서가 있는 것도 아니었소. 하긴 그녀 를 파악해봤자 달라질 게 뭐 있었겠소? 이렇게 조용하고 거만하며 스페인 왕녀처럼 무심한 표정의 여자 하나 정도는 아예 쳐다볼 생각 한 번 않고 평생을 보낼 수도 있는 일이거늘. 사실 사건이 생기려면 마른하늘에 날벼 락 치듯 갑작스런 뭔가가 정수리로 뚝 떨어져야 하는 것 아니겠소? 그래 요, 깜짝 놀랄 그런 사건이 있었어!

어느 날 저녁이었소. 알베르트 양이 집에 온 지 한 달쯤 됐을까, 막 저녁식사를 하려고 자리에 앉았을 때였소. 그날 그녀는 내 옆에 있었는 데, 그동안 내가 그녀에게 얼마나 무신경했던지, 알아챘더라면 깜짝 놀랐 을 작은 사건이 일어났다는 것조차 난 눈치채지 못하고 있었소. 그게 뭐 냐 하면 평소엔 자기 아버지와 어머니 사이에 앉던 여자가 그날따라 내 옆에 앉았다는 것이었는데, 내가 냅킨을 펴서 무릎에 놓는 순간…… 내 참, 그때 그 순간 소스라치게 경악했던 기분은 도저히 뭐라 말로 풀어낼 수가 없구려! 웬 손 하나가 탁자 밑으로 해서 무릎의 냅킨을 가로질러 쑥 들어와 내 손을 대담하게 잡는 것이 아니겠소. 나는 꿈이라도 꾸는 듯했 소. 아니 아무 생각도 없었다는 편이 차라리 옳겠소. 그 대담한 손이 내 손을 더듬고 있다는 것 말고는 아무 감각도 느끼지 못했으니까! 내게 일 어나리라곤 생각도 못했을뿐더러 이런 일은 듣도 보도 못했으니까! 손이 잡힌 순간 온몸의 피가 자석에 끌리듯 손으로 우르르 쏠려오더니 곧이어 흡입기로 빨아낸 듯 심장으로 다시 쑥 밀려 들어가는 거예요! 눈앞에 별이 번쩍거리고 귀가 윙윙거리더군요. 내 얼굴은 새파랗게 질려 있었을 거야. 현기증이 나 쓰러지는 것만 같았지요. 남자아이의 손처럼 힘 있게 손을 덮쳐 누르던 큼직한 그 손의 살집이 야기한 형언할 수 없는 황홀경에 모든 것이 녹아내리는 것 같았소. 당신도 알다시피 인생의 첫 장에선 이런 관능적 쾌락이 좀 무섭기도 한 법 아니오. 순간 미친 듯한 그 손으로부터 내 손을 빼내려 안간힘을 썼소. 그러자 그 손은 자기가 황홀한 쾌락을 불어넣고 있다는 걸 잘 안다는 듯 더 힘차게 더 위압적으로 꽉 조여오더군요. 내 손은, 힘없이 무너져버린 내 의지와 똑같이, 화끈거리는 장면 속에 갇힌 채 감미롭게 가쁜 숨을 몰아쉬고 있었소. 이미 35년 전의 일이고, 내 손은 이제 여인들의 포옹에 무뎌져버리고 말았지만, 그러나 그 순간만 생각하면 그토록 무모한 정열로 내 손을 붙들고 있던 폭압적인 그 손에서 전해지던 감촉이 지금도 생생하게 되살아나곤 한다오. 그런데 내 손을 덮친 손이 전신에 수많은 전율의 화살을 꽂아 포로로 만들어놓고 있는 와중에도 내 감정이 그녀의 아버지와 어머니 앞에서 탄로가 날까 봐 두렵더군요. 딸은 부모가 빤히 보는 앞에서 그런 짓거리를 해대고 있는데 타락에 몸을 맡기고도 그 광기를 소름 끼치도록 침착하게 숨길 수 있는 대담한 그녀보다 오히려 내가 더 남자답지 못하다는 수치심에 초인적인 노력으로 피가 나리만치 입술을 꽉 깨물었소. 내 욕망이 부르르 떨지 않게 말이오. 그랬다간 전혀 경계할 줄 모르는 그 가엾은 노인네들에게 모든 게 들통 나고 말 테니까. 그녀의 손이 어떻게 생겼는지 한 번도 눈여겨본 적도 없던 내가 그때에야 나머지 한 손이 어디 있나 두리번거리기 시작했소. 그랬더니 머리카락이 쭈뼛할 상황인데도 나머지 손은 식탁 램프의 심지를 태연히 돋우고 있더군요. 아닌 게 아니라 날이 막 어두워지고 있던 참이었소. 그 손을 가만히 바라보았어요. 저 손이 바로 어마어마한 벼락을 확확 뿜어대며 내 혈관을 타고 전신에 뻗친 화로같이 내 손아귀 안으로 파고든 바로 그 손의 다른 한쪽이란 말인가. 마침 램프 불빛이 약간 도톰하면서도 선이 곱고 긴 손가락의 손에, 바로 손끝에 떨어지면서 투명한 장밋빛 살결을 비추었소. 그 손은 침착하고 우아한 동작으로 램프불의 심지를 돋우는 작은 임무를 거침없고 태연자약하게 완수하는 것이었소! 하지만 우리가 계속 그런 상태로 있을 수는 없었소. 식사를 하려면 손이 있어야 하니까. 아나나 다를까 알베르트 양의 손이 내 손을 떠나갔소. 그런데 손이 떠나가자마자 이번엔 손만큼이나 간절한 욕망이 가득한 발이, 아까같이 저항할 수 없는 힘을 가진 침착하고 뜨거운 발이 내 발 위에 턱 얹히는 게 아니겠소. 짧은 식사가 계속되는 동안 그 발은 내내 그대로 있었소. 그날 저녁은 마치 처음에는 견딜 수 없이 뜨겁지만 이내 익숙해지고 나중엔 상쾌한 기분까지 들게 하는 뜨거운 목욕물과 같았소. 하늘의 저주를 받아 지옥에 떨어진 죄인들도 언젠간 때마침 물을 만난 물고기처럼 시원하고 상쾌하게 느낄 수 있을 만한 믿음을 주는 그런 것이었소. 그날 음식이 코로 들어갔는지 입으로 들어갔는지, 선량한 하숙집 내외의 판에 박은 대화에 제때 박자를 맞추기나 했는지 하는 것은 당신 상상에 맡기겠소. 그들은 평화로운 생활에 젖어 코앞의 탁자 밑에서 어떤 해괴망측한 일이 벌어지고 있는지 조금도 의심하지 않았거든. 아무 낌새도 차리지 못했소. 하지만 무슨 일이 있다는 걸 알 수도 있는 거 아니오? 난 정말 그들이 걱정되더란 말이오. 내게 열일곱 살 소년다운 양심과 동정심이 있었던 건지. 속으로 '원래 뻔뻔한 여잔가, 아니면 미쳤나?' 자문하기까지 했소. 그러면서 힐끔 봤더니 그 미친 여자는 식사 시간 내내 어떤 흐트러짐도 없이 격식대로 왕녀의 모습을 하고 있더군요. 그 얼굴 표정이 너무 조신해서 그녀의 발이 내 발에 하고 있는 짓이 정말 그녀의 발에서 나온 것인지 의심할 정도였어요. 고백하지만, 나는 그 어처구니없는 행동보다 그 태연자약함에 오히려 더 놀랐지요. 함부로 몸을 굴리는 여자들이 나오는 통속소설은 나도 꽤 읽어봤고, 군사학교에서 교육을 받은 적도 있는 몸이었소. 문 뒤나 층계참에서 어머니가 부리는 여자 몸종의 입술을 훔치는 자칭 꽃미남 소년들처럼, 적어도 공상 속에서만은 나 또한 허영심 강한 바람둥이 러블레이스*였단 말이오. 그런데 그 사건이 이 열일곱 살 먹은 러블레이스의 변변찮은 침착성을 온통 흔들어놓았던 거요. 여자들이란 아무리 격렬하고 깊은 감정이 있어도 교묘히 가면을 쓰는 놀라운 힘을 가지고 있고 거짓말하는 것이 여자들의 본성이라고 읽기도 하고 듣기도 했지만, 그 사건은 어린 나에겐 정도가 너무 심했소. 생각해보시오! 그녀도 고작 열여덟 살이었어! 그런데 정말 열여덟 살이 맞는 건지? 그녀를 낳은 어머니의 도덕성과 신앙심으로 봐서 그녀가 기숙학교를 마치고 돌아왔다는 건 의심의 여지가 없었소. 그런데 털끝만큼도 거리낌이 없는 행동, 어쩌면 저럴까 할 정도로 수줍음이 결여돼 있는 태도, 어린 소녀로서 무모하고 위험하기 짝이 없는 짓을 저지르면서 동시에 힘도 안 들이고 마음대로 자신을 지배할 줄 아는 의지력, 징그러우리만큼 먼저 몸을 던지면서도 상대방에게는 단 한 마디, 단 한 번의 눈짓으로 귀띔조차 해주지 않는 그런 여자…… 이런 생각들이 뒤죽박죽된 감정 상태 속에서도 뇌리에 선명했던 것 같소. 하지만 그때나 그 후로나 그 문제로 골치를 썩었다거나 하진 않았어요. 무서우리만치 조숙한 소녀가 첫눈에 반해서 와락 달려들었는데 그녀가 나 때문에 타락했다고 여긴다면, 당시의 나 같은 애송이든 노련한 남자든 그 누구라도 말이 안 되는 자책 아니겠소. 거꾸로 전혀

---

* Lovelace: 영국의 작가 새뮤얼 리처드슨Samuel Richardson(1689~1761)의 장편소설 『클라리사 할로*Clarissa Harlowe*』에 등장하는 호색한 주인공.

대수롭지 않게 여기려고까지 할 게요. '불쌍한 여자 같으니!' 하고 동정하는 인간은 차라리 겸손한 거지. 아무튼 난 수줍어지긴 했지만 좁쌀영감같이 굴기는 싫었소! 제 아무리 곤란한 일이라도 일단 결심을 굳히고 나면 후회하지 않는 지극히 프랑스인다운 발상으로. 그녀가 내게 느끼는 감정이 사랑이 아니라는 건 의심할 여지도 없었소. 사랑은 그렇게 뻔뻔하고 대담하게 진행되는 게 아니잖소. 더구나 나도 그녀가 불러일으킨 내 감정이 사랑이 아니라는 걸 아주 잘 알았고, 하지만 그게 사랑이든 아니든 난 갖고 싶었어요! 식탁에서 일어날 때 이미 난 어떤 결심을 굳혔소. 내 손을 잡기 전엔 전혀 관심 밖이었던 그 알베르튼가 하는 여자의 손은, 나의 전부를 그녀의 전부와 꽁꽁 묶어두고픈 강렬한 욕망을 내 가장 깊은 곳에 남기고 그렇게 떠나갔소. 내 손에 감긴 그녀의 손처럼!

방으로 돌아온 나는 미친 사람 같았소. 그러나 방금 일어났던 일을 되새기며 어느 정도 냉정을 되찾게 되자, 그 지방 사람들이 흔히 하는 말처럼 지나치게 도발적인 소녀와 정말로 불장난을 하려면 우선 무엇부터 착수해야 할지 생각하게 됐소. 어렴풋이 알기론(뭐, 그리 잘 알려고 한 적도 없지만) 그녀는 좀처럼 어머니 곁을 떠나지 않았소. 대개 어머니와 거실 겸 식당의 화롯가에 앉아 늘 나란히 바느질을 하곤 한다는 것, 마을에서 그녀를 만나러 오는 친구도 거의 없고 일요일마다 부모와 함께 미사를 드리거나 저녁기도를 위해 교회에 가는 것 외에는 거의 외출을 하지 않는다는 것 등은 대강 알고 있었지. 그렇다면? 모든 상황이 실망스러운 거였지! 그렇게 되고 보니 그동안 사람좋은 주인 내외에게 거만스럽게 굴지는 않았어도 내 인생에 그리 중요하지 않은 사람을 대하듯 무심히 대하며 겨우 예의나 차리는 정도에 그치고 더 친밀하게 지내지 못한 것이 후회되더군요. 그렇다고 새삼스럽게 노인들과의 관계를 바꾸려고 했다간 자칫 무슨 꿍꿍이인가 싶어 의혹을 살 수도 있고, 심할 경우 당장 들통이 나버릴지도 모르는 일이었지요. 그러니 알베르트 양에게 말을 걸 수 있는 기회란 그녀가 내 방에 올라오거나 내려갈 때 층계에서 우연히 마주칠 때뿐이었소. 하지만 그런 장소에서 이야기를 했다가는 당장에 눈에 띄거나 말소리가 새어 나가거나 할 게 뻔하지. 일상사가 지극히 규칙적으로 돌아가는 데다가 서로 팔꿈치가 닿을 정도로 비좁은 그 집에서 내가 동원할 수 있는 유일한 방법은 뭔가를 써서 그녀에게 보내는 것뿐이었소. 더구나 그 대담한 소녀의 손은 귀신같이 탁자 밑으로 내 손을 찾아온 적이 있으니 내 쪽지 역시 별로 힘들이지 않고 눈에 띄지 않으리라 생각했지요. 오로지 내 심경을 글로 옮겼을 뿐이지요. 행복의 술을 한 잔 마시고 또다시 한 잔을 더 요구하는 취한 남자의 집요한 애원이었소. 그렇게 하고 나니, 쪽지를 건네줄 이튿날 저녁 시간까지 기다려야 한다는 게 매우 답답했소. 마침내 그 저녁식사 때가 되었소. 내 마음에 불을 지른 손, 스물네 시간 전부터 변함없는 감촉을 내 손에 남겨놓은 그 손이 전날과 마찬가지로 어김없이 탁자 밑을 지나 내 손을 찾아왔소. 알베르트 양은 쪽지가 있음을 알고서 예상대로 아무 탈 없이 그것을 가져갔소. 그러나 내가 미처 예상하지 못했던 건, 거만한 무관심 속에서도 매사 경계를 늦추지 않는 스페인 왕녀 같은 태도로 그녀가 가슴에 접힌 레이스를 펴는 척하며 아무 일도 아니라는 듯이 태연히 옷 속에 쪽지를 떨어뜨렸다는 것이오. 동작이 얼마나 자연스럽고 날렵하던지 그릇을 돌리며 수프를 덜어주던 그녀의 어머니도, 난롯불만 쳐다보며 늘 하던 대로 바이올린 생각에 빠져 흥얼거리는 바보 같은 그녀의 아버지도 전혀 눈치채지 못했지요. 정말 자연스럽고 감쪽같았다오."

"우린 또 그런 것밖에는 안 보이지 않습니까, 대위님!"

신이 난 내가 말을 막았다. 이야기가 너무 빨리 주둔지에서 일어난 분방한 연애모험담으로 바뀌는 게 아닌가 싶어서. 하지만 이야기가 어디로 흐를지 누가 알겠는가! "참! 며칠 전 오페라 극장에 갔는데, 대위님께서 말씀하신 그 알베르트라는 아가씨와 똑같은 유형의 여자가 제 옆에 앉아 있더군요. 물론 열여덟 살은 넘었지요. 하지만 제 명예를 걸고 맹세하건대, 그렇게 우아하고 정숙해 보이는 여인도 그리 흔치 않을걸요. 오페라가 계속되는 동안 대리석 조각처럼 꼼짝 않고 앉아 있는데, 왼쪽 오른쪽 그 어디로도 눈길 한 번 돌리지 않더군요. 하지만 깊이 파인 아름다운 두 어깨에 눈이 있었나 봐요. 왜냐하면 바로 제가 있던 칸, 그러니까 그녀와 제 뒤쪽에도 무대 위의 오페라 공연이고 뭐고 다 관심 없다는 듯한 젊은이가 있었거든요. 공공장소에서 남자가 여자한테 깍듯이 대하는 것도 말하자면 간접적인 고백이라고 할 수 있잖습니까. 장담하는데요, 그는 고백이란 걸 해본 적이 없는 사내로 보였어요. 그런데 노래가 끝나고 자리를 뜨는 관객으로 북새통이 됐을 때 여자가 망토 단추를 채우려고 자기 자리에서 일어나더니만, 그지없이 낭랑한 아내의 거역할 수 없는 목소리로 남편에게 말하는 겁니다. '앙리, 내 외투 좀 집어주세요!' 그러자 앙리라는 남자가 황급히 고개를 수그렸고, 여자는 그 틈을 타 팔을 뻗쳐 그 젊은이의 편지를 받아 가는 겁니다. 남편이 건네주는 부채나 꽃다발을 받을 때와 똑같이 태연자약한 태도로 말이에요. 그러자 그 불쌍한 남편은 아내의 외투를 들고 일어났지요. 빨간색 새틴 외투였는데 기절할 위험을 무릅쓰고 좁은 의자 밑에서 건져 올린 남편 얼굴이 더 빨갛더군요. 정말로요! 그걸 보고 극장을 나오면서 이런 생각을 했어요. 외투를 아내에게 돌려주지 않았다면 사람을 난데없이 그런 데 처박히게 한 편지는 외투 모자 속에 숨겨졌겠구나!"

그러자 자작이 좀 냉랭하게 말했다.

"당신 이야기도 재미있소. 다른 곳에서는 한술 더 떴을 것이오. 하지만 내가 이야기를 끝내게 해주시오. 잠깐이면 될 거요. 그런 여자에게 쪽지를 보내서 그런지 솔직히 말해 나는 전혀 걱정이 되지 않았소. 어머니 허리에 붙들어 매놔도 기어이 내 편지를 가져다 읽고 답장 보낼 방도를 찾아낼 그런 여자였으니까. 우리가 편지 교환을 계속하는 데는 방금 구축해놓은 그 탁자 밑 진지가 절대 안전할 거라 안심이 될 정도였소. 마음속 깊이 이런 생각을 한 끝에 전날 보낸 편지에 상당히 고무적인 답변을 받을 것이란 확신이 차서 식당에 들어갔소. 그런데 식기의 위치가 바뀌어 있는 게 아니겠소. 나는 허깨비가 보이나 했소. 알베르트가 다시 원래의 자리, 즉 아버지와 어머니 사이에 앉게 되어 있었소. 왜 이렇게 자리를 바꿔놓았을까? 그새 내가 알지 못할 무슨 일이 일어난 걸까? 아버지나 어머니가 무언가 낌새를 알아차렸나? 나는 무슨 일인지 캐내려는 일념으로 앞에 앉은 그녀를 쳐다보았소. 그녀를 보는 내 눈에는 스물다섯 개나 되는 의문 부호가 그려져 있었을 게요. 그래도 그녀의 눈은 평소처럼 잔잔하기만 했소. 사람을 안달 나게 하는 그런 빛은 난생처음이었지. 호기심, 억울함, 조바심, 그리고 한 뭉텅이의 실망과 울화가 가슴에서 부글부글 끓어올랐소. 그토록 자신만만한 태도 때문에 섬세하고 보드라운 피부 밑에는 신경 세포 대신 남자들만큼이나 근육으로 가득 차 있다고 믿게 만드는 이 여자가 우리가 마음이 맞았다거나, 둘 다 그 은밀한 사건의 공범자이자 공모자라거나, 아니면 그게 사랑이라든가 혹은 사랑조차 아니라든가 하는 따위, 어떤 내용이 됐건 뭔가 전하거나 알려주거나, 최소한 나로 하여금 그녀가 어떻게 생각하는 것 같다는 추측이라도 할 수 있게 은밀한 신호라도 보낼 엄두를 왜 내지 못하는 건지 나는 도무지 이해가 안 갔소.

그녀가 정말 탁자 밑으로 다가온 손과 발의 주인인지, 전날 부모가 있는 앞에서도 쪽지를 받아 꽃송이 집어넣듯 태연하게 제 가슴속에 감추던 여자가 맞는지 의심이 들 정도였소. 그 모든 짓을 저지른 여자가 내게 살짝 눈길 한 번 던지는 걸 곤란하게 생각할 리가 없잖소. 그런데 아니었소. 정말 아무것도 없더군! 난 아무것도 받지 못하고 말았소. 곁눈질로 살펴가며 기다리던 그녀의 시선, 내 눈길로 불을 지르고 싶었지만 결국 아무것도 못한 채, 그녀의 눈을 마주치지조차 못한 채 저녁식사는 싱겁게 끝나버리고 말았소! 식탁에서 일어나 방으로 올라가면서 한순간 믿기지 않을 만큼 과감하게 앞서갔던 여자도 이내 뒤로 물러서기도 한다는 것을 생각하지 못하고 속으로 '답장할 다른 길을 찾고 있을 거야' 하고 생각했소. 그녀는 적어도 무엇을 두려워한다거나 조심한다거나 할 그런 여자가 아니었소. 더욱이 그렇게 환상에 빠진 채 하는 일에서야…… 정말 그랬소! 더 노골적으로 말하면 적어도 나에게만큼은 그런 환상을 가지고 있다는 것을 확신할 수 있었소.

난 또 이렇게도 생각해봤지. '그녀 부모가 전혀 의심하지 않은 상태에서 식탁 자리 배치가 그냥 우연히 그렇게 된 것이라면 내일은 다시 그녀 곁에 앉게 되겠지'라고. 하지만 다음 날도, 그다음 날도 내 자린 알베르트 양 옆이 아니었어요. 예의 그 알쏭달쏭한 표정과 믿을 수 없으리만큼 편안한 말투로 시골 부르주아의 식탁에 흔히 올라오는 시시껄렁한 이야기나 계속할 뿐이었지. 사태가 어떻게 돌아가는 건지 궁금해서 그녀를 관찰하기 시작했다는 건 당신도 쉽게 짐작이 될 게요. 그녀는 조금도 거북한 티를 내지 않더군요. 맞은편에 앉은 난 어찌나 불편한지, 분통이 터질 지경인데! 화가 머리끝까지 치밀어 몸이 둘로 쪼개질 지경의, 절대 표출할 수도 없는 그런 울화통 말이오! 그 냉랭한 표정, 그건 단 한 순간의 흐트러짐도 없이 우리 사이에 놓인 탁자보다도 더 멀찌감치 날 밀어내고 있었소. 어찌나 분통이 나던지 여자야 곤란하든 말든 얼굴을 빤히 쳐다보기도 하고, 꿰뚫을 수 없는 여자의 차가운 두 눈에 이글거리는 협박의 시선을 실어 보내기도 하고, 별의별 시선을 다 지어보았소. 날 길들이려는 건가? 교태를 부리나? 변덕을 한 번 부리고 다른 변덕을 부리려는 건가? 이도 저도 아니면 이 여자 혹시 천치 아닐까? 그때 난 여자들이 남자의 관능에 발동을 걸어놓은 다음 으레 그 천치 같은 짓거리를 한다는 걸 깨닫게 됐소. 니농*은 '그때가 언제인지 알 수 있다면!' 이라고 말하곤 했지요. '니농이 말하던 그 순간은 벌써 지나갔단 말인가?'라고 반문하면서, 그래도 난 계속 기다렸소. 무엇을? 한마디 말이나 신호, 모두 자리에서 일어나는 어수선한 틈을 타서 위험을 무릅쓰고 속삭여주는 사소한 것, 그런 것을 기다렸소. 그러나 아무리 기다려도 그런 일은 일어나지 않았고, 그래서 난 정말 말도 안 될 황당한 상황까지 그려보았소. 우리를 둘러싸고 있는 그 모든 불가능한 상황을 생각해볼 때 그녀가 우편으로 무언가 써 보낼지도 모른다, 눈치 빠르고 재치가 있으니 어머니와 함께 외출할 때 편지함에 쪽지를 살짝 떨어뜨릴지도 모른다, 뭐 이런 생각을. 이내 이런 생각이 들자 규칙적으로 하루에 두 번씩 들르는 우체부가 오기 한 시간 전부터 조바심에 바짝바짝 피가 마르곤 하는데, 그 시간만 되면 볼멘소리로 열 번은 올리브 할멈에게 물었소. "올리브 할멈, 나한테 온 편지는 혹시 없나요?" 그러나 되돌아오는 것은 항상 "아뇨. 없는데요" 하는 차가운 대답뿐이었소. 그러면 신경은 날카로워질 대로 날카로워진다우! 어느새 좌절된 욕망은 증오로 바뀌어갔소. 알베르트가 가증스러웠고, 기

* Ninon de Lanclos(1616~1706) : 파리 살롱의 여왕. 고전주의 시대 프랑스 자유사상가들의 대모이자 연인이었다.

만당한 욕망의 증오심 탓인지 그녀가 그런 식으로 행동하는 게 바로 스스로 멸시받고 싶기 때문이라고 생각하기 시작했소. 증오란 언제나 경멸에 굶주리는 법 아니겠소. 경멸이야말로 증오에서 나오는 정수일 테고. '비겁한 탕녀, 편지 한 장 쓰는 게 뭐 그리 무섭다고!' 이렇게 중얼거렸소. 욕설이 나오기 시작한 것이오. 마음속으로 중얼대며 욕을 먹어도 싸다고 생각했소. 어떤 때는 군대의 상소리를 총동원해 그녀를 아예 벌집으로 만들어놓고 다시는 생각도 안 하려고 했지요. 하지만 결국 루이 드 뮝에게 이 여자 이야기를 하고 말았소. 다 쏟아놓고야 말았소. 그녀가 밀어넣은 모욕의 늪에 빠져 내 기사다운 품성까지 죄다 빼앗겨버렸는지, 사람좋은 루이에게 그간의 이야기를 모험담인 양 다 떠벌이고 말았던 게요. 기다란 금발 콧수염을 돌돌 말며 내 이야길 듣던 루이는 별일 아니라는 듯 이렇게 말하더군요. 하기야 우리 27연대가 성인군자 집단은 아니었으니까.

"나처럼 해보게. 못을 새로 박으면 있던 못은 밀려나거든. 마을에 바람난 여자애 하나를 애인으로 만들고, 그 망할 놈의 계집애는 잊어버리는 거야!"

하지만 난 루이의 충고 따위 듣지 않았소. 그러기엔 난 게임에 너무 열중해 있었으니까. 내게 애인이 있다는 걸 그녀가 알 수만 있다면 질투심을 이용해서 어떻게든 그녀의 마음과 허영을 자극하기 위해 애인을 만들어볼 생각이 들었을지 모르지만, 어떻게 그걸 알겠소? 그녀는 내게 애인이 있다는 걸 모를 테니 다 허튼 짓 아니겠소? 루이가 '역마차 호텔'에 자기 애인을 데려가듯 정부를 구해 내 방으로 데리고 온다 칩시다. 이건 한마디로 내가 살던 집주인과 인연을 끊는 짓이지. 당장 다른 하숙을 알아보라 할 테니까. 그 대담한 짓을 저지르고도 여전히 '무감동'한 위대한 아가씨, 저주스러운 알베르트, 비록 그녀의 손이나 발로 만족해야 한다

해도 난 그걸 되찾을 가능성마저 잃긴 싫었던 게요.

'차라리 무가능성의 아가씨라고 하지그래' 하고 루이는 나를 놀렸지만 말이오.

그렇게 대략 한 달가량이 지나갔소. 난 알베르트와 똑같이 모르는 척하고 똑같이 무덤덤해져야 하겠다고, 돌에는 돌, 얼음엔 얼음으로 응수하겠다고 단단히 마음을 먹었지만 여전히 초경계 잠복 태세를 하고 있었소. 사냥할 때조차 매복은 질색인 내가 말이오. 그래, 정말 그렇게 되더군. 하루하루를 염탐하는 것으로 때웠으니! 저녁 먹으러 내려갈 때도 염탐했소. 첫날처럼 그녀 혼자 식당에 있지는 않을까 기대하면서 말이오. 저녁 식사 중에 맞은편이나 옆에서 내 시선과 마주치면 그냥 빤히 쳐다보기만 하는 소름 끼치도록 조용한 그녀의 시선은 날 피하지도 않았지만 그렇다고 반응을 보이는 것도 아니었소. 난 식사가 끝난 후에도 두 여자가 바느질을 시작할 때까지 혼자 식당에 머물렀고, 그사이 혹시 그녀가 무얼 떨어뜨리지 않을까, 골무나 가위나 헝겊이나 뭐 그런 것들을 떨어뜨리지나 않을까 하며 기회를 엿보게 됐지요. 혹시 주워주는 척하며 손을 만질 수도 있지 않을까, 내 머릿속을 꽉 채우고 있는 저 손을! 방에 돌아와서도 염탐은 계속됐어요. 그렇게 호기롭게 내 발 위에 얹혔던 그 발이 복도에서 울릴 발소리를 기다리면서 말이오. 계단에서도 그녀를 마주칠지 모른다는 생각에 항상 신경이 곤두서 있었소. 어느 날은 몰래 보초를 서다가 나는 올리브 할멈 때문에 깜짝 놀라 혼비백산한 적도 있었소. 창문에서, 저기 보이는 창문 말이오. 그녀가 어머니와 함께 외출한 낌새가 있을 때마다 꼼짝도 않고 서서 그녀가 돌아오기를 기다렸소! 하지만 이것도 별 효과를 보지는 못했지. 그녀는 외출할 때 젊은 여자들이 흔히 걸치는 숄, 지금도 잊히지 않는, 빨간색 하얀색 줄무늬가 있고 가운데 두 줄에는 검고 노란 꽃무늬가 있는 그 숄을 두르고 나갔는데 단 한 번도 그 오만한 고개를 돌리는 법도 없었고, 돌아올 때도 어머니 곁에 붙어 있을 뿐 내가 기다리고 있는 창문 쪽으로 고개를 들거나 눈길을 보낸 적이 없었으니까. 이상이 그녀가 내게 강요했던 비참한 훈련이었소. 너나 할 것 없이 여자들은 남자를 안달 나게 만든다는 것쯤 나도 알고는 있지만, 그 여자는 해도 너무 심하잖소! 내 안에 있는 허풍선이는 벌써 죽었어야 할 것인데 아직까지도 반항하고 있었소. 아, 그렇게 되니 군복에서 얼곤 하던 행복마저도 까마득히 잊어버렸던 것 같소. 주간 근무가 있는 날에 훈련이나 사열이 끝나면 재빨리 집으로 돌아오곤 했지만, 방 안 가득 쌓여 있는 회고록이나 소설(당시 내가 탐독하던 것들)을 읽기 위해선 아니었소. 루이 드묑의 방에도 좀처럼 찾아가질 않았고. 검술에도 더는 관심이 없었고. 격심한 활동이 온몸을 집어삼킬 때 피로를 둔화시켜주는 담배는 내 뒷세대의 당신 같은 젊은이들이 많이 배우는 것 같은데, 제기랄 그때 그런 출구가 있길 했나! 경계근무 중에 북을 엎어놓고 카드놀이를 할 때 말고는 그당시 27연대에서 병사들이 담배 피우는 일이 좀처럼 없었으니까. 난 아무 일도 할 수 없었고 그저 나 자신만 물어뜯으며 보냈소. 심장을 물어뜯고 있었는지도 모르겠소. 아무튼 사방 여섯 걸음밖에 안 되는 그 방 안에 놓여 있는 긴 소파도 예전엔 그토록 좋아했건만 이제 시원하지도 편안하지도 않았지요. 난 그저 싱싱한 살코기 냄새에 킁킁거리는 우리 속에 갇힌 사자 새끼마냥 잔뜩 촉각을 곤두세운 채 기다릴 뿐이었소.

그렇게 하루를 보내면 대부분 밤도 그렇게 지나가곤 했소. 늦게 잠자리에 들고 어떤 때는 거의 잠을 이루지 못하기도 했소. 그녀 때문에 뜬눈으로 밤을 새우기가 일쑤였소. 그 지옥 같은 알베르트는 내 혈관에 불을 질러놓고 멀어진 거요. 자기가 불을 지른 뒤 현장을 뒤도 돌아보지 않고 줄행랑을 쳐버리는 방화범처럼 말이오. 나는 이렇게 오늘밤처럼 커튼을 내린 채……" 브라사르 자작은 얘기하다 말고 장갑을 벗어 김이 오른 마차 유리창을 닦아냈다. "저것과 똑같은 진홍색 커튼을 말이오. 이 마을 이웃들은 도시 사람들보다 훨씬 호기심이 많기 때문에 지금 보이듯 방 안을 들여다보지 못하게 예전에도 항상 창에 덧문을 달았지. 양탄자 대신 헝가리식 격자무늬로 마룻바닥을 깐 내 방은 그 시대, 그러니까 제정 시대 스타일이라 사방에는 벗나무 대신 구리투성이였다오. 우선 침대 네 귀퉁이가 스핑크스 머리 조각을 하고 있었고, 네 개의 침대 다리에는 각각 사자의 발 모양이, 그리고 모든 옷장 서랍과 책상 서랍엔 잡아당길 수 있는 둥그런 구리 손잡이가 사자 머리의 푸르스름한 아가리에 물려 있었다오. 네모난 탁자에는 다른 가구들보다도 좀더 붉은색이 도는 벗나무 바탕 위에 회색 대리석이 입혀 있고 구리로 격자무늬를 넣었는데, 침대 맞은편 창문과 커다란 욕실 문 사이 벽 귀퉁이에 박혀 있었소. 벽난로 앞에는 앞서 말했던 푸른색 모로코 가죽소파가 떡하니 놓여 있고, 이렇게 고상하고 품위 있는 널찍한 방 사방 구석에는 세모꼴로 된 가짜 중국 칠기 옷장이 놓여 있었지요. 그것들 중 하나에는 세속적인 부르주아의 취미로선 전혀 뜻밖인 오래전에 만들어진 신비하고 고풍스런 새하얀 니오베* 흉상이 어두운 한 귀퉁이에 자리하고 있었소. 그러나 이것들보다는 이해할 수 없는 알베르트야말로 더욱 예상 밖의 존재 아니었겠소? 목재로 내벽을 두르고 기름을 칠한 미색 벽면엔 그림이나 조각조차 걸려 있지 않았소. 금박 입힌 긴 구리 못에 내가 무기를 걸어놓은 게 고작이었지. 시적인 묘사라는 걸 모르는 루이 드 묑 중위가 이를 보고 바가지 같다고 했지만. 아닌 게

---

* 그리스 신화에 나오는 테베 왕 암피온Amphion의 왕비.

아니라 휑하기만 한 큰 방을 빌릴 때 방 한복판에 커다란 원탁을 놔달라고 했던 터라 그 위에 군사용 지도나 책, 종이 같은 것이 어지럽게 나뒹굴고는 했소. 그게 내게는 책상이랄 수 있었지. 편지 쓸 게 있으면 쓰기도 하고. 그런데 어느 날 저녁, 아니 늦은 밤이 맞겠구려. 그날 나는 소파를 그 커다란 탁자 앞까지 끌어당겨 앉아 램프를 켠 채 그림을 그리고 있었소. 한 달 전부터 헤어나지 못하고 있는 집념에서 벗어나려는 게 아니라 반대로 그 속으로 더 파고들어가기 위해서였소. 내가 그리고 있었던 건 다름 아닌 바로 수수께끼 같은 알베르트의 얼굴이었소. 교회 다니는 사람들은 곧잘 악마에 홀린다고들 하는데, 난 바로 그 마녀의 얼굴에 사로잡혀 있었던 것이오. 밤 늦은 시각, 거리에는 오늘날처럼 각기 반대 방향에서 두 대의 합승마차(한 대는 0시 45분에, 또 한 대는 새벽 2시 30분에, '역마차 호텔' 앞에서 말을 교체하려고 정거하는 것도 똑같았지)가 지나가곤 했는데, 그렇게 마차가 지나면 거리는 마치 우물 바닥처럼 고요해졌지요. 파리가 나는 소리만큼 작은 음성이 어쩌다 들렸다 해도 유리창 어느 한구석이나 비단으로 짠 견고한 커튼 주름 사이에서 잦아들고 말 그런 시간이었소. 묶지 않은 커튼은 수직으로 고정된 벽처럼 유리창을 덮고 있었어요. 그러니까 그 완벽하도록 깊은 적막 속에 앉은 내 주위에서 들리는 소리라야 기껏 연필과 지우개를 긁적거리며 내가 내는 소리가 고작이었지. 그렇소, 그때 그린 게 그녀의 얼굴이었소. 하느님은 아실 거요. 그걸 그리는 내 손이 얼마나 정성스러웠고 내 눈이 얼마나 불타는 집중력을 가지고 있었는지! 그런데 그 순간 내가 알아채지 못하게 손잡이가 돌아가고 마른 경첩이 삐걱 하며 방문이 살짝 열리더니 이내 반쯤 입을 벌린 채 그대로 멈추어 섰소. 자기가 낸 소리가 무섭기라도 하다는 듯이 말이오. 잠 못 든 사람에겐 소름을 돋게 만들고 잠든 사람은 깨울 그런 신음 소리를 흘리며 저절로 문이 열리다니, 처음엔 그냥 내가 문을 잘못 잠갔나 했소. 그런데 문을 닫으려고 자리에서 일어난 순간, 숨을 죽인 채 아주 조용히 쥐 죽은 듯 고요한 집 안에 또다시 끼익 하는 신음을 울리며 빠끔히 열린 문이 마저 다 열리는 게 아니겠소. 그러고 나서 보니 완전히 열린 문 앞에 바로 알베르트가 서 있는 게요! 분명 몹시 겁이 나 조심조심했을 텐데 그 망할 놈의 문이 비명을 지르는 건 어쩔 수 없었던 거지.

이런 청천벽력이! 귀신을 믿는 사람들은 정말 유령이 나타난다고들 하지만, 아무리 섬뜩한 유령이 나타난다 해도 방금 문이 열릴 때, 잠시 뒤 문 닫을 때 난 경첩 소리에 잔뜩 겁을 먹은 알베르트가 다른 사람도 아닌 바로 내게 다가올 때, 심장이 가격당한 듯 마구 팔딱이는 박동으로 이어진 그때 내가 느낀 경악에 비할 수 있을까! 내가 열여덟 살도 채 안 된 애송이였다는 걸 한번 생각해봐요. 그녀도 나와 비슷한 공포를 느꼈을지도 모르오. 하지만 그녀는 단호한 몸짓으로 내게서 막 터져 나오려는 비명을 힘껏 눌러 막았소. 그러지 않았더라면 난 틀림없이 '악' 하는 비명을 지르고 말았을 거요. 그녀는 문을 닫았소. 이번엔 방금 전처럼 천천히 닫는 것이 아니라(그랬다간 또 그 마찰음이 터져 나올 테니) 경첩 소리를 의식하지 않고 재빨리, 더 거침없고 분명하게 아주 날카로운 한 번의 '찰칵' 소리로 끝을 내더군요. 그러곤 혹시 다른 소리가 뒤따르지 않나 닫힌 문에 귀를 바짝 가져가더군요. 더 불안하고 무서운 소리가 뒤따르지 않나 싶어서였겠지. 그녀는 비틀거리는 것 같았소. 난 몸을 날려 재빨리 그녀를 품에 안았어요."

"대위님께서 말씀하신 그 알베르트라면 그다지 별일은 없었을 것 같은데."

내가 놀리는 투로 말했지만, 그는 그런 소리가 들리지 않는다는 듯이 말을 이어나갔다.

"당신은 그녀가 무서워서, 열정 때문에, 그도 아니면 제정신이 아니라서, 쫓기는 사람처럼 내 팔에 쓰러졌다고 생각할지도 모르오. 그런 여자가 미친 짓을 하기 시작하면, 그러니까 여자라면 다 마음 한구석에 가지고 있다는 악마, 그것에 대항하는 비겁과 수치라는 두 힘이 사라지면 온 마음을 지배하게 마련인 그 악마한테 당장 몸을 던진다고 생각할지 모르오. 자기가 무슨 짓을 하는지도 모르게 되듯이 말이오. 그런데 그녀는 그렇지 않았소, 전혀 그렇지 않았어! 그렇게 봤다면 완전히 오해야. 그녀는 그런 경박스럽고 뻔뻔한 두려움은 전혀 없었소. 내가 그녀를 안았다기보다 차라리 그녀가 날 끌어안았다고 해야 할 거요. 첫 몸짓은 이마를 내 가슴에 던진 것이었지만 이내 고개를 들어 그 왕방울처럼 커다란 눈으로 정말 날 잡고 있는지 확인이나 하려는 듯이 내 얼굴을 바라봤소! 두렵도록 창백한 얼굴, 그렇게 백짓장 같은 얼굴을 한 건 처음이라 더 하얀 것 같단 느낌을 주었소. 그러나 그 왕녀 같은 표정엔 전혀 흔들림이 없었소. 언제나 그렇듯 조각같이 정지된 표정, 그 단호한 얼굴 그대로였소. 단 하나, 약간 입술이 부풀어 오른 그녀의 입가에는 결코 달콤한 사랑의 기쁨 때문이라 할 수도, 그렇다고 곧이어 올 희열의 순간에 대한 부푼 기대 때문이라 할 수도 없는, 뭔지 내가 알 수 없는 혼란이 감돌고 있었소! 그런 순간의 혼란에는 항시 지나친 어두운 그림자가 드리워지는 법. 난 그 혼란을 보지 않으려고 마치 승리한 왕처럼 아름답게 곧추선 채 그녀의 붉은 입술에 천둥 같은 욕정의 키스를 쏟아부었소! 그녀의 입술은 열렸지만…… 하지만 그 눈, 그윽하게 검은 눈, 내 속눈썹과 닿을 듯 가까이 있던 그 긴 속눈썹의 눈은 결코 닫히지 않았고, 심지어 깜빡거리지도 않았소. 그냥 두 눈 깊은 곳에서 방금 전 입술에서처럼 광란의 빛이 짧게 스치고 지나가는 것을 볼 수 있었을 뿐이오. 나는 불같은 포옹에 꼭 매달린 채, 그 입 속으로 파고든 내 숨결에 숨을 빼앗긴 채 바짝 붙어 있던 그녀를 안아 푸른 모로코 가죽소파 위에 눕혔소. 한 달 전부터 '산 로렌초'*의 형틀이 되었던 소파, 온종일 그녀를 생각하며 뒹굴었던 그 소파에 말이오. 그러자 벗은 그녀의 등 밑에서 모로코 가죽이 자지러지게 행복의 비명을 지르기 시작했소. 그녀는 거의 발가벗은 상태였소. 얇은 잠옷만 입은 채로 침대에서 빠져나와 내 방으로…… 믿어지오? 아버지 어머니가 자고 있는 방 앞을 건너와야 했으니! 가구에 머리를 부딪혀 '쿵' 하는 소리가 나서 혹시 깰까 봐 손으로 더듬거리며 겨우겨우 왔던 거요."

"아! 참호 속에서도 그렇게 용감하진 못할걸요. 진정 그녀는 군인의 애인이 될 자격이 있군요."

내가 이렇게 말했다.

그러자 자작도 말을 이었다.

"그것도 첫날밤부터 그랬소. 맹세하건대 나는 정말로 격렬했고 그녀 또한 나 못지않았소! 하지만 그래 봤자 마찬가지였지. 대가를 치러야 했던 게요. 나나 그녀나 아무리 흥분의 순간이 찾아와도 처음 그녀가 만들었던 그 무시무시한 상황을 결코 잊을 수 없었으니까. 내게서 찾아내어 그녀가 내게 가져다준 행복의 한복판에 있으면서도 단호한 의지와 고집스런 열정으로 모든 걸 통제한 그녀의 행동에 나는 어안이 벙벙해질 듯했어요. 단순히 놀란 게 아니라 그냥 마비가 됐던 거지. 비록 나는 그녀에겐 아무 말도 내색도 하지 않았지만, 그녀가 숨이 막히게 날 껴안고 있는 동안에도 마음은 두렵기 짝이 없는 불안으로 가득 차 있었소. 그녀의 숨결,

---

* San Lorenzo: 서기 258년 로마에서 달구어진 석쇠 위에 올라가 순교를 했던 성자.

그 입맞춤, 그리고 마음 푹 놓고 곤히 잠든 그 집을 짓누르는 정적을 뚫고 인기척이 들리지 않을까 귀가 쫑긋 서 있었소. 그녀의 어머니나 아버지가 자리에서 벌떡 일어나는 소리 말이오! 그 소리가 들려올까 봐 아예 열쇠조차 뽑아두지 않은 저 문이 다시 열리면서 우리가 지금 대담하고도 비겁하게 속이고 있는, 분노로 새하얗게 질린 두 늙은 메두사의 얼굴이 정의와 강간당한 환대의 이미지로 어둠 속에서 갑자기 나타나는 것은 아닌지, 그녀의 어깨 너머 지켜보곤 했지. 푸른색 모로코 가죽소파가 사랑의 여신이 울려주는 북소리인 양 황홀하게 삐거덕거렸지만, 내 심장이 그녀의 가슴 위에서 두방망이질 치면 그녀의 심장 고동이 화답하는 것 같았소. 한없이 도취시키면서도 취기를 싹 가시게 하는 순간이랄까, 뭐랄까, 여하튼 굉장한 순간이었지! 나중엔 차츰 이 상황에도 익숙해졌어요. 뭐라 불러야 좋을지 모를 그 무모한 모험을 들키지 않고 계속할 수 있게 되자 나도 마음이 좀 놓였던 게요. 언제 현장에 발각될지 모르는 위험에 항상 노출되다보니 그 상황 자체에 최면이 됐다고나 할까. 아무튼 걱정 따위는 더 이상 않게 됐소. 단지 행복감만 있었던 것 같소. 위태위태한 첫날밤을 보내고 그걸 지속한다는 게 겁이 났을 법도 한데, 그녀는 하루 걸러 한 번 내 방으로 오기로 했어요. 부모의 방 안쪽에 그녀의 방이 있어서 내가 그리로 간다는 건 아예 생각조차 할 수 없었지. 오히려 그녀가 이틀마다 규칙적으로 나를 찾아왔소. 언제나 첫 만남 때의 그 짜릿함, 그 경악 그대로였지! 시간이 흐르면서 약간의 변화가 있기도 했지만 그녀는 거의 변함이 없었다고 해야 할 거요. 매일 밤 위험이 도사리고 있긴 했지만 그녀를 숯덩이로 만들 만한 일은 생기지 않았소. 내 가슴에 가슴을 맞대고 있을 때조차 그녀는 늘 조용했고, 말을 건네도 거의 들릴까 말까 한 목소리로 했어요. 이건 그녀가 감동적인 말솜씨가 있는 여자로 오해할 것 같아 덧붙이는 말이오. 나중에 위험을 이겨내고 다시 평정심을 되찾았을 때는 두 팔로 그녀를 안고 있을 때였으니, 이미 과거지사가 되었다고 할 수 있을 그녀와의 지난 관계, 그러니까 내가 처음으로 과감한 시도를 했던 그날 이후 그녀가 보여준 이해할 수 없는 냉대와 적의에 대해 그녀에게 마치 정부(情婦)를 대할 때 쓰는 말투로 물어보았을 때, 그리고 아무리 해도 후련히 풀리진 않았지만 사실은 단순한 호기심에 불과할 수도 있을 그 사랑에 관한 것들을 물어보았을 때, 그녀의 대답은 항상 길고긴 포옹뿐이었소. 그녀의 슬픈 입은 늘 묵묵부답이었지…… 키스할 때를 빼고는 말이오. 당신에게 이렇게 말하는 여자들이 있을 게요. '난 당신을 위해 몸을 망쳤어요.' 혹은 이렇게 말하는 여자들도 있을 게요. '당신은 곧 나를 버리겠지요.' 그런 말은 모두 사랑이 운명이라는 걸 달리 표현한 것에 불과하오. 그런데 그녀는 결코 그러지 않았소! 단 한 마디 말도 없었소. 이상한 일이지. 그녀는 누구보다 더 이상했어요. 마치 안에서부터 뜨겁게 달아오르기 시작한 두껍고 단단한 대리석 덮개와도 같았소. 언젠가는 그 돌덩이가 고열을 견디다 못해 마침내 갈라지리라 여겼소. 하지만 그녀는 절대 그 단단한 밀도를 잃지 않았소. 나를 찾아오는 밤, 좀처럼 느슨해진다거나 말을 한다거나 하지 않았던 거요. 굳이 종교적인 표현을 빌리자면 그녀는 나를 찾아왔던 첫날밤 못지않게 언제나 '지독하게 고해시키기 힘든' 여자로 남아 있던 셈이지. 그녀에게선…… 낮 동안 차갑고 무심해 보이면 보일수록 더욱 격렬히 소유하고픈 그 아름다운 입술에선 기껏해야 단 한 마디, 무언가를 뿌리째 뽑아내는 듯 흘러 나오는 강박적인 단 한 마디뿐이었소. 그녀가 도대체 어떤 여자인지, 그 한마디만 가지곤 여전히 파악되지 않는 수수께끼일 수밖에…… 그녀는 제정 시대 풍의 내 방 구석구석에서 날 둘러싸고 있던 모든 스핑크스들을 단지 혼자서 능가해버리는 진짜 스핑크스였소."

그때 다시 내가 끼어들었다.

"하지만 대위님, 그 모든 것에도 결말은 있었을 게 아닙니까? 대위님은 강한 남자고 스핑크스라 해봐야 결국 전설 속 동물이 아닙니까. 현실에 그런 사람이 있을 턱이 없지요. 그리고 그 아가씨가 가슴속에 무엇을 담고 있었는지는 어찌 됐건 알아내셨겠지요?"

그러자 브라사르 자작이 "결말? 그래요, 결말이 있긴 있었소" 하며 갑자기 좌석 옆에 있는 창문을 활짝 열어젖혔다. 자신의 넓고 멋진 가슴조차 맘껏 숨쉬기엔 공기가 모자라서 기왕 시작한 말을 마치려면 더 많은 양의 공기가 필요하겠다는 듯이 말이다. "그러나 그렇다고 해도 당신이 말한 그 괴상하기 짝이 없는 소녀의 가슴이 나를 향해 더 열린 건 아니었소. 우리의 사랑, 우리의 관계, 우리의 불장난(좋으실 대로 부르시오)은 우리 둘, 아니 나, 특히 나 자신에게, 그 후로 알베르트보다 더 사랑했던 어떤 여자에게서도 결코 느껴보지 못한 강렬한 자극이었소. 알베르트도 날 사랑한 게 아니고 나도 그녀를 사랑한 게 아닐지도 모르지만 말이오. 우리의 관계가 6개월이나 지속됐는데도 내가 그녀에게 느낀 감정, 그녀가 내게 느낀 감정의 정체가 무엇인지 한 번도 제대로 이해가 된 적이 없소. 그 6개월 동안 내가 이해한 거라곤 내가 겪는 이 모든 일이 젊은이로서는 경험할 수 없는 그런 행복일 거라는 사실뿐이었소. 난 남의 눈을 피해야 하는 행복이 어떤 건지 알게 됐지요. 왜 죄악을 공모하는 자들이 개선되기는커녕 성공 가능성이 없음에도 늘어나기만 하는지, 공모라는 게 인간에게 얼마나 큰 신비한 행복을 맛보게 해주는지 알게 됐던 것이오. 알베르트는 자기 부모와 함께 식탁에 앉아 있을 때도 언제나처럼 처음 만난 날 그토록 나를 놀라게 했던 스페인 왕녀의 모습 그대로였다오. 푸르스름한 빛이 나도록 새까만 머리는 굵게 말아 눈썹에 닿을까 말까 할 정도로 단단하게 올리고 있었고, 그 밑에 드러난 이마는 죄에 물든 간밤의 흔적 따위는 찾을 수조차 없게 아예 홍조 한 점 띠지 않았소. 나 역시 그녀처럼 남들이 꿰뚫어볼 수 없는 존재가 되려고 무던히 애를 썼소. 하지만 확언하건대 나의 비밀은 관찰력 있는 사람에겐 열 번도 더 들켰을 게 뻔하고, 정작 나 스스로도 그녀의 오만한 무심함이 온전히 내 것이라는 착각에 거만해져 관능적으로 도취되어 있었다고 말할 수 있을 게요. 그녀는 날 위해 그 어떤 비열한 짓도 다 감수한 셈이오. 정열에 비열하다는 수식어를 붙일 수 있는지 잘 모르겠지만 말이오. 지상에 존재하는 그 누구도 우리 말고는 그 사실을 모르고 있다니, 생각만 해도 너무나 달콤하기 짝이 없었소! 어느 누구도, 심지어 내 친구 루이 드 묑조차 모르고 있었어요. 행복감에 들면서부터 그를 경계하기 시작했으니까. 그 친구, 말은 안 해도 아마 모든 걸 눈치챘을 게 분명하지만, 나만큼 입이 무거운 친구지. 여하튼 그는 아무것도 묻지 않았소. 우린 어렵지 않게 친한 사이로 돌아갔고 일상복 차림, 제복 차림으로 함께 어울려 다시 대로를 산책했고, 카드놀이와 무술을 즐겼고 펀치를 나누어 마시기도 했지. 정말 그렇게 되더군! 행복이 '극심한 격정'을 가슴에 꼭꼭 간직한 여자의 모습을 하고 정해진 시각에 어김없이 날 찾아줄 거라 생각하니 하루하루가 굉장히 단순해지고 마는 것이!"

"그런데 알베르트의 부모란 사람들은 '마법에 걸린 일곱 형제'*마냥 잠만 자고 있었나요?" 한참 감회에 젖어 있는 옛 댄디의 말에 적절하게 농담을 곁들여 이렇게 다시 이죽거렸다. 그의 이야기에 열중하고 있었지

---

* 동방에 널리 알려져 있는 전설 속의 인물. 기독교 신도로서 일곱 형제였는데 모두 벽 속에 갇혀 마법의 잠에 빠져 있다가 2백 년 후에야 구출되었다.

만, 이야기에 너무 빠져 있다는 인상을 심어주지 않으려는 속셈에서였다. 댄디와 이야기할 때 조금이라도 대접을 받고 싶으면 농담을 하는 것밖에 다른 방도가 없으니까.

그러자 자작이 대답했다.

"그럼 내가 사실도 아닌 것을 그럴싸하게 지어내고 있다고 생각하는 거요? 난 소설가가 아니오. 어떤 날은 알베르트가 오지 않을 때도 있었소. 문은 이미 기름칠을 해놓아서 솜털같이 부드러워졌건만 밤이 새도록 열리지 않는 것이오. 그녀의 어머니가 때마침 그녀가 일어나는 소리를 듣고 작은 비명을 질렀다거나, 이도 아니면 더듬거리며 방을 빠져나오려는 순간 아버지 눈에 띄고 말았거나 할 때가 그런 날이지요. 그러나 냉철한 알베르트의 머리는 그때마다 잘도 구실을 찾아냈지. 아파서 그런다, 설탕 그릇을 가지러 가는데 사람들을 깨우지 않으려고 촛불을 켜지 않아서 그렇다 등등, 재치 있게 잘 둘러댔어요."

자꾸 반발심이 들어 내가 또 그의 말을 가로막았다.

"그런 강심장을 가진 여자들이 생각하시는 것보단 많은데요, 대위님! 당신의 알베르트도 뭐 결국 커튼 뒤에 할머니가 자고 있는데 밤마다 창문으로 애인을 불러들여 푸른 모로코 가죽소파가 없으니 그냥 양탄자 위에서 격식 차리지 않고 일을 치렀던 그런 여자보다 더 대단할 것도 없어 보이는데요. 대위님도 그 이야기 아실 겁니다. 어느 날 밤 너무나 행복에 겨워 다른 날보다 좀 크게 신음 소리를 냈더니 할머니가 잠에서 깨어, '애야, 무슨 일이냐?' 하고 커튼 뒤에서 묻더라는. 애인의 가슴에 얼굴을 파묻고 기절할 일이지요. 그런데 그 손녀는 태연하게, '코르셋이 너무 꽉 조여서 그래요, 할머니. 바늘이 양탄자 위에 떨어졌는데 거북해서 잘 찾지 못하겠어요!'라고 했다는 우스개 이야기도 있잖습니까."

그 말에 브라사르 자작이 이렇게 대답했다.

"그래요, 알지요. 내 기억이 맞다면 당신이 말한 그 이야기의 주인공은 기즈 가문의 아가씨요. 그녀 이름에 어울리게 잘 모면했지. 그런데 그후 그녀가 다시는 애인한테 창문을 열어주지 않았다는 건 말하지 않으시는군요. 아마 애인 이름이 누아르무티에였나. 하지만 알베르트는 그런 예기치 않은 사건이 있은 다음 날도 날 찾아왔고, 아무 일도 없다는 듯 계속 위험을 무릅썼소. 그 당시 나는 수학엔 그저 젬병인 데다 별 신경도 안쓰던 소위에 불과했소. 그래도 확률이라는 것에 대해 조금이라도 들어본 사람이라면 언젠가는…… 기어코 어떤 결말이 나리라는 것쯤은 쉽사리 짐작할 수 있었을 것이오."

나는 알베르트와 다른 여자를 비교해서 자존심이 좀 상했나 보다 하고 생각했다.

"아! 그래요! 공포란 게 어떤 건지 가르쳐주었던 그 결말 말씀이군요. 대위님."

내가 말했다. 갑자기 이야기를 시작하기 전에 그가 했던 말이 생각났기 때문이다. 그러자 그의 말투가 더 진지해져 농담조의 내 말투와는 현격하게 달라졌다.

"바로 맞혔소. 알 것 같지 않소? 탁자 밑에서 손을 잡혔던 그 순간에서 문이 스스로 열리며 귀신처럼 나타났던 그날 밤까지 알베르트는 내게 어떤 감정도 협상하지 않았소. 그녀는 내 마음속을 휘저으며 여러 종류의 전율과 공포를 경험하게 해주었소. 그러나 지금까지 한 이야기는 당신 귓전을 휙 스친 총알이나 바람을 일으킨 포탄 같은 것에 지나지 않지요. 떨리긴 해도 여전히 앞으로 진격할 수는 있는 그런 것 말이오. 그런데 이번엔 결코 그런 종류의 것이 아니었어! 날 기다리던 그건 정말 공포 중에

공포였지. 게다가 알베르트에게 공포를 느낀 게 아니라 바로 나 자신이
무서워지기 시작한 거요! 내가 경험한 것은 정말 얼굴뿐 아니라 심장까지
도 하얗게 질리게 하는 그런 느낌이었소. 그것은 일개 연대 병력이 혼비
백산할 공포였소. 당신에게 이렇게 말하는 나란 사람은 그 영웅적인 샹보
랑 연대 병사들이 공포에 사로잡혀 연대장 이하 전 장교들을 에워싼 채
전력을 다해 기어서 도망가는 것도 목격한 사람이오! 그때만 해도 아직
어떤 전투 경험도 없었던 때였지만…… 설마 하던 일이 드디어 터졌던
거지.

　그러니 좀 들어보오. 어느 날 밤이었소. 우리가 함께 보내던 여느 밤
과 똑같은 밤, 길고긴 겨울밤, 다른 날보다 중뿔나게 더 고요하다고 할
수도 없는 그런 평범한 밤이었소. 하긴 우리들의 밤은 언제나 고요했으니
까. 우리가 함께 보낸 밤은 늘 행복으로 가득한 평온한 밤이었지만 우리
는 장전된 대포 위에서 잠자고 있는 줄 모르고 있었던 게요. 터키인들의
지옥의 다리처럼, 깊은 심연을 가로질러 놓인 사브르 칼날 위에서 정사(情
事)를 벌였지만 조금도 불안하지 않았소. 마침 알베르트도 그날은 더 오래
있으려고 평소보다 좀 일찍 나를 찾아온 터였지. 그녀가 내게로 왔을 때
내 첫 애무, 내 첫 사랑의 행위는 우선 그녀의 두 발, 녹색 혹은 수국색의
장화를 벗어버린, 내 기쁨의 원천인 그 귀여운 두 발에게 바쳐졌소. 소리
를 내지 않으려고 아무것도 신지 않은 채 부모의 방에서 반대편 끝 내 방
까지 벽돌로 된 차갑고 긴 복도를 밟고 와준 발이 아니겠소. 그 발이 따뜻
한 침대를 마다하고 날 위해 꽁꽁 얼어붙었으니 그 발을 위해 진지한 가
슴앓이라도 해야 하는 것 아니겠소? 난 차갑고 창백한 그녀의 두 발을 정
성껏 녹여 다시 그 발에 분홍이나 진홍색 화색을 찾아주는 방법을 알고
있었소. 그런데 그날은 그 방법이 말을 듣지 않았소. 내 입이 아무리 진

분홍 꽃잎 같은 핏빛 반점(나는 발목에 이런 흔적을 남기는 것을 좋아했지) 을 활처럼 휘고 매력적인 그녀의 발목 위로 빨아올리려 해도 예전처럼 잘 되지 않는 거였소. 알베르트는 그 어느 때보다도 조용히 날 사랑해줬어 요. 그 포옹은 참으로 아련한 한편 부서지도록 강하기도 해서 어떤 언어 같았지요. 아주 표현이 풍부한 언어라서 나는 끊임없이 내 모든 황홀과 도취를 그녀에게 이야기했지만, 대답을 하라든가 다른 말을 해보라든가 하는 요구를 할 필요는 없었소. 그녀의 포옹으로 다 알아들을 수 있었으 니까. 그런데 갑자기 아무것도 내게 들려오지 않았소. 곧이어 나를 부둥 켜안았던 두 팔이 스르르 풀리는 게 아니오. 처음엔 그녀가 종종 그랬듯 절정의 순간 혼절한 것이라 믿었다오. 단지 평상시라면 혼절 중에도 경련 하듯 나를 꼭 끌어안고는 했는데…… 우린 결코 얌전 빼는 그런 관계가 아니었으니까 말이오. 당신과 나는 속 좁은 여자들 사이가 아니지요. 사 내들끼리니까 사내들끼리 할 수 있는 이야기를 다 하겠소. 이미 절정감에 오르는 때의 알베르트를 겪어본 적이 있었기에 난 그 순간에도 애무를 계 속했소. 그녀가 다시 의식을 찾을 때까지 가슴 위에 그대로 포개어져서. 건방지게도 그녀가 내 감촉을 느끼면 다시 제정신이 돌아올 거라고, 그녀 를 후려친 번갯불이 다시 한 번 그녀를 제자리로 되돌려놓을 거라고 믿어 의심치 않으며 말이오. 그러나 그날은 내 예상이 들어맞지 않았소. 그래 서 푸른 소파에 누워 내게 늘어져 있는 그녀를 가만히 뜯어보았소. 커다 란 눈꺼풀 속으로 사라진 두 눈망울이 언제 다시 제자리로 돌아와 까만 벨벳처럼 빛나는 눈동자를 다시 내게 보여줄까 살피면서. 목덜미에 짧게 키스한 후 천천히 어깨로 더듬는 행위 하나로도 이를 부러뜨릴 듯 앙다문 입이 벌어지고 이내 숨을 내쉬길 빌었소. 하지만 눈도 떠지지 않고 입도 열리지 않았소. 이윽고 두 발의 냉기가 알베르트의 입술과 내 입술 밑까지 차올라왔소. 그 섬뜩한 냉기가 몸에 닿자 난 반쯤 일으켜 그녀를 바라보았소. 그러고는 그녀의 팔에서 소스라치듯 빠져나왔소. 그러자 그녀의 한 팔이 몸 위로 툭 힘없이 떨어졌고, 다른 팔은 누워 있던 소파에서 바닥으로 미끄러져 덜렁거렸소. 난 조금 무섭긴 했지만 아직 정신이 있었던지라 그녀의 심장에 손을 대보았지. 아무런 미동이 없었어요! 팔목, 관자놀이, 그 어디서도 전혀 맥동이 느껴지지 않는 것이었소. 온몸 구석구석이 죽음의 징후뿐인 데다가 전신이 무섭도록 뻣뻣하게 굳기 시작하는 게 아니겠소!

난 그녀가 죽었다는 것을 알았지만 좀체 믿기지가 않았소. 아무리 명백한 운명이나 증거가 있다고 해도 인간의 두뇌는 그걸 거스르고야 마는 어리석기 짝이 없는 멋대로의 생각이 있게 마련이오. 알베르트는 죽었소. 그런데 무슨 이유로 죽어? 알 수가 없었소. 비록 내가 의사는 아니었지만 죽은 건 명백한 사실이었지요. 내가 할 수 있는 일이 없다는 건 분명히 알았지만, 그래도 절망 속에서나마 모든 수단을 다 써봤습니다. 지식도 도구도 약도 아무것도 없이 가지고 있던 약병이란 약병은 죄다 꺼내 그녀의 이마 위에 쏟아부었소. 바늘 떨어지는 소리에도 흠칫 놀라곤 했던 우리였는데, 위험을 무릅쓰고 손바닥으로 그녀를 찰싹찰싹 때려보기도 하고. 문득 제4기병대 장군이었던 삼촌 이야기가 생각났소. 질식사할 뻔한 친구를 말의 응급처리에 사용되는 방혈침(放血針)으로 즉시 피를 뽑아 목숨을 구했다는. 나는 불쑥 단도 하나를 집어 알베르트의 팔을 피가 나도록 그었소. 그런데 그녀의 희고 눈부신 팔에 흠집을 냈는데도 피는 흐르질 않고 그냥 몇 방울 엉겨붙고 마는 게 아니겠소. 이미 사후강직이 왔던 거예요. 입으로 빨아도 꼬집어 뜯어도 뻣뻣한 그녀, 내 입술 밑에서 주검이 된 그녀는 풀어질 줄 몰랐소. 난 내가 무슨 짓을 하고 있는지 분간도 못하고 그냥 그 위에 벌러덩 나자빠졌소. 옛날이야기에서처럼 죽은 영혼을 부르는 신통한 자들이 즐겨 쓰던 수법처럼 생명을 다시 불어넣을 수 있으리라 기대한 것은 아니지만, 거꾸로 내 행동은 마치 그걸 바라는 사람과도 같았던 것이오! 차가운 몸 위에 누워 있자니 터무니없이 갑작스러운 알베르트의 죽음으로 혼란에 내팽개쳐졌을 땐 미처 생각지 못한 것들이 생각나기 시작했소…… 무서워졌소!

아! 공포…… 어마어마한 공포. '알베르트가 내 방에서 죽다니. 그 하나로 모든 게 환해지는구나. 이제 난 어떻게 될까? 어떻게 해야 하는가?' 머리칼이 전부 바늘처럼 쭈뼛이 서고 그사이로 끔찍한 공포가 살아 있는 손처럼 스멀스멀 몸을 더듬거리기 시작했지요. 등뼈가 녹아내려 얼어붙은 진흙 덩어리가 된 기분이었소. 침착해야 한다고 스스로에게 말했소. 어쨌든 남자가 아니냐, 그것도 군인이 아니냐. 머리를 감싸쥐고 내 눈앞에서 벌어진 끔찍한 사태를 차근차근 따져보려 안간힘을 썼지만, 이런저런 생각들이 쉴 새 없이 돌아가는 팽이처럼 뇌리를 후려쳤소. 방에 누워있는 시체, 다시는 자기 방으로 돌아갈 수 없는 알베르트의 생명 없는 몸, 다음 날 아침 그녀의 어머니가 '장교의 방에서' 발견할, 더럽혀지고 죽어 있는 그 몸에 대한 생각들이 충돌을 일으킬 때마다 그것을 놓치지 않도록 머릿속에 단단히 붙들어 매서 낱낱이 검토해보려고 애를 썼소. 내가 딸을 더럽힌 후 죽였다고 생각할 그 어머니에게 생각이 가 닿자 오히려 알베르트의 시체보다 그게 더 무겁게 내 가슴을 짓눌러오는 거였소. 죽은 사람을 숨길 수는 없는 것. 그렇지만 내 방에서 발견된 시체가 증명해줄 불명예를 숨길 방도가 따로 없을까? 이것이 내게 떠오른 질문인 동시에 머릿속에 못처럼 박혀 있던 고민이오. 생각하면 할수록 어지러워 급기야 이 모든 것이 절대로 불가능한 무엇처럼 보이기 시작했소. 그러자 끔찍한 환영이 나타났소! 어떤 순간엔 알베르트의 시체가 점점 커져 내 방을 가득 메워버려 더 이상 그 시체를 밖으로 꺼낼 수 없을 것이라는 환각을 겪기도 했소. 아! 만일 그녀의 방이 부모의 방 뒤에 있지만 않았더라면 어떤 위험을 무릅쓰고서라도 다시 제 침대에 옮겨놓았을 텐데. 하지만 살아 있을 때 종종 대담하게 감행한 그녀처럼 과연 내가 시체를 들고 그런 일을 해낼 수 있을까. 한 번도 들어가본 적이 없는 데다 지금은 불쌍한 그녀의 아버지 어머니가 살풋 잠들어 있을 그 방을 과연 가로질러 갈 수 있을까. 그럴 수 없으리란 판단에도 내 머릿속에서는 다음 날 벌어질 일에 대한 상상과 내 방에 있는 시체에 대한 공포가 미친놈처럼 사방에서 날뛰고 있어, 가여운 처녀의 명예도 건지고 그녀의 어머니 아버지의 원망에서 비롯될 망신도 면할, 이 난처한 상황에서 빠져나갈 유일한 방도는 오직 알베르트를 그 방에 도로 데려다놓는 것뿐이라는 말도 안 되는 생각이 끈덕지게 떠오르고 있었소. 내 말이 믿기시오? 지금 생각하면 나도 왜 그랬는지 모르겠소. 알베르트의 시체를 들 힘은 있었던 모양이오. 두 팔부터 들어올려 마침내 어깨 위에 들쳐 업었소. 휴! 단테의 「지옥」편에 나오는 유배된 죄인들의 외투 자락보다 더 끔찍하게 무거운 허물이더군! 불과 한 시간 전만 해도 욕정의 피를 끓게 하더니 지금은 날 배신한 채 누워 있는 허물! 그것을 나처럼 어깨 위에 짊어져봐야 하오. 그 허물이 과연 어떤 것이었는가를 알기 위해서 말이오. 난 시체를 업은 채 문을 열었소. 되도록 인기척을 안 내려고 그녀처럼 맨발로 그녀의 부모가 곤히 잠든 방으로 이어지는 복도를 나섰소. 방은 복도 맨 끝에 있는지라 후들거리는 다리 탓에 한 걸음 옮길 때마다 밤의 정적이 깨져 혹시 무슨 소리라도 나지 않나 싶어 자주 멈춰 서곤 했소. 그러나 내 심장에서 울리는 고동 소리가 그렇게 큰데 무슨 소리가 들렸겠소! 한참 시간이 흘렀소. 아무것도 움직이지 않은 채 그냥 그대로였소. 한 발짝 또 한 발짝 묵묵히 걸음만 내디딜 뿐. 그런데 그녀 부모의 방문 앞에 다다랐을 때였소. 방을 지나가긴 해야겠는데, 알베르트가 나중에 돌아갈 때를 대비해 내 방으로 오면서 살며시 열어두었는지 세상모르고 곤히 잠든 두 불쌍한 노인이 오랫동안 나지막이 숨 쉬는 소리가 들렸소. 더 이상 그 짓을 해나갈 수가 없었소! 무덤 속으로 입을 벌린 검은 문지방을 감히 넘을 수 없었소. 뒷걸음질 치고 말았소. 들쳐 업은 내 짐과 함께 도망쳤다고 하는 편이 차라리 낫겠지! 방으로 돌아오니 점점 더 겁이 났소. 알베르트를 소파에 다시 올려놓고 옆에 무릎을 꿇고 애원조로 자문하기 시작했소. '어떻게 하지? 어떻게 되는 걸까?' 내 안에서 무언가 와르르 무너지는 느낌과 함께 6개월 동안 애인이었던 이 예쁜 여자의 시신을 창문으로 던져버릴까 하는 잔인하고 황당한 생각이 머릿속을 누비는 것이었소. 나는 욕을 먹어도 싸지요! 이윽고 창문을 열었소. 여기서 보이는 저 창문의 커튼을 열고 바깥을 내다보니 굉장히 깜깜한 밤이라 거리는 아예 보이지도 않고 어둠이 그냥 새까만 구덩이 같았소. 바닥이 보이지 않는 구덩이! '자살한 줄 알겠지.' 이렇게 생각했소. 그리고 알베르트에게 돌아가서 그녀를 들어올렸소. 그런데 그때 이미 제정신이 아닌 내 머리에도 한 가닥 이성의 빛이 비쳤소! '그럼 어디서 죽은 게 되는 거지? 내일 내 창문 밑에서 죽은 채로 발견된다면 어디서 뛰어내린 게 되는 거지?' 자문했던 것이오. 내가 하려는 게 불가능한 짓이라는 생각이 나를 후려쳤소. 창문을 다시 닫을 때 손잡이가 긁히는 소리가 났소. 그래서 커튼을 칠 때처럼 살금살금 온 정성을 기울여 소리를 죽이는 데 힘썼소. 창문, 계단, 복도 등등 시체를 집어 던지거나 갖다놓을 만한 곳은 위험하지 않은 데가 없다고 생각하게 됐고, 결국 시신에 대한 모독은 포기하기에 이르렀소. 시체를 검사하면 단박에 모두 드러날 테고, 그 잔혹한 소식을 들으면 아무리 의사나 판사가 감추려 해도 그녀의 어머니 눈만은 모든 사태를 다 꿰뚫어버리고 말 테니. 그런 생각을 한다는 게 정말 견디기 어려웠소. '사기가 꺾인'(이 말은 황제가 한 말인데, 좀 후에 그 뜻을 이해할 수 있었소) 비겁한 정신 상태에서 벽에 걸린 무기들이 반짝이는 것을 보니 피스톨 한 방으로 모든 걸 끝낼까 하는 생각 또한 빠르게 스치고 지나갔소. 내가 달리 뭘 할 수 있었겠소? 솔직히 말하리라. 그때 난 열일곱 살이었고 내 검을 몹시 아끼고 있었소. 군인이 된 것은 기질과 취미가 맞았기 때문이오. 난 한 번도 화약 터지는 걸 보지 못했고, 그래서인지 한 번쯤 보고 싶기도 했소. 난 군인으로서 야심이 있었소. 그렇지 않아도 연대에서는 당시의 영웅 베르테르*를 놀리는 농담이 퍼져 있던 참이었소. 그는 우리 모든 장교들에게 연민을 불러일으켰지요. 그러자 끈질기게 나를 붙잡고 있는 역겨운 공포를 자살로 모면해보려는 생각이 없어지고, 문득 내가 처한 그 막다른 골목에서 구원의 손길이라 하지 않을 수 없는 하나의 해결책이 떠오르지 않겠소. '연대장에게 가볼까?' 난 이렇게 중얼거렸소. 군대에서 그는 아버지나 다름없는 분이었소. 난 공습이 떨어질 때의 속도로 황급히 옷을 챙겨 입었소. 군인답게 만약의 사태에 대비해 총도 챙겼어요. 무슨 변고가 있을지 누가 알겠소. 마지막으로 나는 열일곱 살 아이의 감성으로(우린 언제나 열일곱 살 먹은 사내처럼 감상적인 법이지) 살았을 때나 죽어서나 말이 없는 알베르트, 6개월 동안 그토록 황홀한 애정으로 나를 가득 채워준, 그러나 이젠 싸늘하게 굳어버린 아름다운 알베르트의 조용한 입술에 키스를 했소. 그리고 발끝

---

* Werther: 괴테의 작품 『젊은 베르테르의 슬픔』의 주인공 이름. 병적으로 과민한 감수성과 자의식을 가진 청년으로 감상적(感傷的) 연애의 전형적 인물로 등장하며 친구의 아내 샬로테를 사모하다가 이루지 못하는 사랑을 비관하여 자살했다.

으로 계단을 조심조심 내려와 알베르트가 누워 있는 집을 빠져나갔소. 쫓기는 사람처럼 숨을 헐떡거리며 한 시간여(한 시간은 족히 걸린 기분이었소)만에 대문 빗장을 풀고 커다란 열쇠를 자물쇠에 꽂아 문을 딴 다음 도둑처럼 조심스레 다시 잠그고, 그 길로 연대장의 숙소로 걸음아 나 살려라 하며 내뺐소.

그 숙소에 도착한 나는 불이라도 난 것처럼 요란스럽게 벨을 울려댔소. 적에게 연대 깃발을 탈취당했을 때 울리는 트럼펫처럼 요란을 떨었던 게요! 그리고 이런 시각에 상관의 방에 들어가는 것을 저지하려는 당번병까지도 밀어젖히며(내 앞을 방해하는 모든 장애물을 닥치는 대로 넘어뜨리며) 돌진해 나아갔소. 내가 내는 소란통에 연대장이 잠을 깨자 난 모든 사실을 말씀드렸소. 시간이 없었으므로 용기를 내 그동안 일어났던 일을 단숨에 다 말해버린 후에 구해달라고 사정사정을 했소.

연대장 역시 사나이더군요! 그는 내가 어떤 곤궁에 빠져 허우적대고 있는지 단박에 눈치를 채더군요. 자기 '자식들'(그는 우리를 이렇게 불렀소) 중 가장 나이가 어린 나를 가엽게 생각했는데, 사실 내 몰골이 불쌍하지 않을 수가 없을 게요. 연대장은 정말 프랑스인다운 판결을 내렸소. "너는 즉시 마을에서 철수하며, 모든 책임은 연대장이 지겠다. 네가 떠난 즉시 여자의 부모를 만나겠다. 단 너는 10분 뒤에 '역마차 호텔'을 지나는 합승마차를 타고 내가 지정해준 마을로 가서 편지를 기다려야 한다." 그러고는 내가 허둥지둥 빈손으로 나왔음을 간파한 그는 내게 돈을 주고는 자신의 회색 수염을 내 두 뺨에 다정하게 비비며 작별을 고했소. 인사를 나누고 10분이 지난 후, 나는 지금 우리가 타고 있는 마차와 똑같은 합승마차의 지붕 위 좌석(거기밖에 없었으니까)에 기어올랐소. 마차는 곧 알베르트를 놔두고 온 그 방, 오늘밤처럼 불이 환하게 켜져 있던 그 방창 밑을 지나쳐 달려갔소. 내 표정이 어땠는지는 나도 잘 모르겠소."

브라사르 자작은 여기서 말을 멈추었다. 그의 기운찬 목소리가 한풀 꺾인 듯했다. 나는 농담할 기분마저 사라져버렸다. 그리고 우리 사이에는 잠깐 동안 침묵이 흘렀다.

"그러고 나서는 어떻게 되었습니까?"

내가 말했다.

"물론 그게 끝이오. 그다음은 없소! 오래전부터 나도 바로 그게 궁금해서 못 견딜 지경이었소. 난 무조건 연대장의 명령대로 했소. 연대장이 어떻게 일을 처리했는지, 내가 떠난 후 무슨 일이 있었는지 편지로 알려주시기를 초조히 기다렸소. 한 달가량 기다렸던 것 같소. 그렇게 한 달이 지난 후에 연대장으로부터 내가 받은 것은 편지가 아니라(적의 얼굴에 칼로 금을 긋는 것 외에는 무얼 써본 사람이 아니었죠) 고작 전속명령서뿐이었소. 일선 전투 부대인 35연대로 가라는 결정에 따라 나는 명령이 떨어진 스물네 시간 이내에 부대로 합류해야 했소. 그런데 신기한 것은 처음 참전한 전투가 갖는 위대한 망각의 힘이었소. 몸으로 부딪친 전투, 누적된 피로, 그리고 전투와는 별도로 진행되던 여인들과의 모험, 이 모든 것 때문에 연대장께 써야 할 편지는 자꾸 뒤로 미루어졌고, 알베르트와 있었던 쓰라린 기억도, 완전히 지우진 못해도 적어도 어느 정도는 거기서 벗어날 수 있게 되었소. 내게 그 기억은 내 살에 박힌 뽑아낼 수 없는 총탄 같소. 언젠가 연대장을 만나 궁금했던 이야기를 여쭈어보리라 다짐했건만, 장군이 그만 라이프치히 전투에서 전사하고 말았소. 내 친구 루이도 연대장이 전사하기 한 달 전에 전사해버렸고 말이오." 그리고 대위는 이렇게 덧붙였다. "그건 좀 불행한 일이지요, 안 그렇소? 하지만 아무리 강인한 사람의 마음도 언젠가는 가라앉는 법, 아니 강하기 때문에 더 잘 가라앉는지도 모르오. 내가 떠난 후의 사정을 알고픈 초조함이 어느 새 사라지더군요. 몇 해 전부터인가, 꽤 오래됐소만, 내 모습도 이래저래 많이 변했을 때, 아무도 모르게 살짝 그 마을에 들러 사람들에게 알려진 것만 이라도, 내 비극적인 모험에서 새어 나온 소문 같은 것이라도 들을 수 있었겠지만 말이오. 그러나 내가 평생 사람들 말을 우습게 여겼던 탓인지, 아니 꼭 그래서라기보다는 또다시 느끼긴 싫은 그 두려움과 닮은 어떤 공포 때문일 것 같은데, 결국 못 가고 말았소."

전혀 댄디의 멋을 부리지 않고 전해준 슬픈 이야기는 여기서 잠시 끊겼다. 나도 그 이야기의 감동에 젖어 잠시 몽상에 잠겼다. 그리고 댄디즘에 있어서는 완두콩 꽃 정도가 아니라 자존심 강한 붉은 양귀비꽃이라 할 만한 멋쟁이이자 영국인의 풍모를 지닌 호탕한 술꾼 브라사르 자작이 그 순간 갑자기 다른 사람처럼, 보기보다 깊이가 있는 사람처럼 보이기 시작했다. 그가 처음에 이야기를 시작하면서 했던 말이 떠올랐다. 평생 동안 쾌락을 추구한 그의 방탕한 삶에 칼집을 냈던 '검은 얼룩'이라는 말이…… 그때 그가 나를 한층 더 놀라게 하려는 듯이 갑자기 내 팔을 붙잡으며 말했다.

"저 봐요! 저 커튼을!"

우아한 여인의 그림자가 어른거리며 지나가고 있었던 것이다. 대위는 말했다.

"알베르트의 그림자요!"

그러더니 그는 쓸쓸한 듯이 덧붙였다.

"오늘밤에는 우연이라는 놈의 장난이 너무 심하군."

커튼에는 어느새 아무 흔적도 없었고 단지 붉은 등불만 환히 켜져 있었다. 자작이 이야기하는 동안 마차를 고치던 수리공이 마침내 일을 끝낸 참이었다. 새로 교대한 말은 거칠게 앞발로 땅을 두드리고 있었다. 양털 귀마개를 한 마부가 입에 장부를 물고 고삐를 잡고 마차에 올랐다. 그리고 마부 석에 자리를 잡고 앉더니 어둠을 향해 카랑카랑한 목소리로 출발 명령을 내렸다.

"이랴!"

그리고 우리는 달리기 시작했다. 수수께끼 같은 그 창문을 순식간에 지나쳤지만, 지금도 나는 항상 꿈속에서 그 진홍빛 커튼의 창을 보곤 한다.

동 쥐앙의 가장 아름다운 사랑

악마가 가장 좋아하는 음식은 순결함이다

(A.)*

1

"그럼 그 나쁜 사람이 아직도 살아 있단 말씀이군요?"

"신을 걸고 맹세하건대! 살아 있고말고요. 하느님의 섭리인가 봐요, 부인."

나는 다시 말을 바꾸어 이렇게 대답했다. 부인이 독실한 신자라는 사실이 생각났기 때문이다.

"생트클로틸드 교구에 살고 있답니다. 바로 공작님들의 교구이죠! 오래된 세브르 도자기 같던 우리 옛 왕정이 산산조각 나기 전에는 사람들이 '왕이 돌아가셨다! 왕에게 축복을!'이라고 했죠. 그러나 동 쥐앙은 아무리 민주주의가 득세를 해도 절대 깨지지 않을 왕 중의 왕이죠."

"사실 악마는 불멸이니까요!"

방금 전의 부인이 스스로 설명하듯 말했다.

---

* 무명씨 또는 작가 바르베 도르비이의 오르비이Aurevilly를 가리키는 것 같다.

"그는 심지어……"

"누구 말이죠? 악마요?"

"아뇨, 동 쥐앙 말입니다. 3일 전에 어떤 저녁식사에서 좀 취했죠. 어딘지 아시겠습니까?"

"아마 당신들의 그 끔찍한 '메종도르'*에서였겠죠."

"에이, 아닙니다, 부인! 동 쥐앙은 더 이상 거기 안 갑니다. 먹을 게 없어요. 자신의 고귀한 신분에는 어울리질 않거든요. 동 쥐앙 경은 오직 영혼의 피만 마시고 살았다는 저 유명한 수도사 아르날도 다 브레시아와 비슷한 데가 있죠. 샴페인 잔도 영혼으로 채우길 즐겼던 사람인데 요즘 행실 나쁜 여자들의 술집에선 그게 안 되거든요!"

그러자 부인이 비꼬는 목소리로

"두고 보세요, 베네딕토 수도원이라도 그런 여자들을 데리고 들어가 저녁식사를 할 사람이니……"라고 응수했다.

"영원한 숭배**의 수도원이라면 그러고도 남죠, 부인! 정말 희한한 사람이라니까요! 일단 그를 숭배하게 된 여자는 영원히 변치 않을 것 같으니 말이에요."

그러자 그녀가 얼굴을 약간 찡그리며 천천히 말했다.

"기독교 신자가 듣기엔 신을 모독하는 말로 들리는데요. 그리고 오늘 저녁 운을 떼시는 걸 보니 동 쥐앙에 대한 소식을 전하려는 속셈이신 것 같은데, 제발 당신 애인들하고 하는 저녁식사 이야길랑은 피해주셨으면 고맙겠어요."

---

* Maison-d'Or: 1840년부터 제2제정 말기까지 파리에서 인기 있던 레스토랑.

** 여기에서 사용된 '영원한 숭배adoration perpétuelle'라는 표현은 '상시(常時) 영성체'와 동일한 표현이다.

"부인 전 지어내진 않습니다. 제가 말씀드리려는 여자들은 물론 방탕한 여자들이긴 합니다만 유감스럽게도 제 애인이 아니라……"

"됐어요, 그만하세요!"

"소박하게 말씀드리자면 그 여자들은……"

"천 명*이나 된다는 애인 말이잖아요?"

호기심이 동한 부인이 생각을 바꾸었는지 거의 상냥하기까지 한 태도를 취했다.

"오! 전부 다 모인 게 아닙니다. 한 열두 명 정도였으니까요. 그 정도면 뭐 적당하다고 할 수 있지 않을까요?"

"파렴치하다고 할 수 있죠."

그녀가 이렇게 덧붙였다.

"어쨌든 아시다시피 시프르바 공작 부인의 규방은 사람을 많이 초대할 수는 없으니까요. 성대한 파티를 열 수도 있었지만 워낙 장소가 좁아서……"

그러자 그녀가 깜짝 놀라 외쳤다.

"뭐라고요? 저녁식사를 한 곳이 규방이란 말이에요?"

"네, 그렇습니다. 규방이었죠. 안 될 것까진 없지 않겠습니까? 전쟁터에서도 식사를 하잖아요. 모두 동 쥐앙 경을 위해 아주 특별한 자리를 마련하고 싶어 했죠. 그리고 그의 영광의 무대, 오렌지 나무**는 없지만

---

* 모차르트의 오페라 「돈 조반니」 제1막 제2장에서 돈 조반니(돈 후안)가 1003명의 여자와 사랑을 나눴다고 하는 대사에서 가져온 것이다.

** 프랑스의 오페라 작곡가 샤를 토마(Charles Louis Ambroise Thomas, 1811~1896)의 작품 「미뇽Mignon」(1866) 제1막에 나오는 대사 "당신은 아시나요? 오렌지 꽃이 피는 나라를?(Connais-tu le pays où fleurit l'oranger?) 거리엔 황금빛의 과일들, 호수에는 새들이 날고, 건물들은 대리석으로 지어져 있어요."를 암시한다.

추억의 꽃이 만발한 그곳에서 만찬을 갖는 것이 그에게도 어울리지 않을까 생각했던 겁니다. 감미로우면서도 서글픈 느낌이 드는 기발한 생각이 아닙니까! 자신에게 희생된 여인들과 무도회* 아닌 만찬을 갖는다는 것이 말이에요."

"그럼 동 쥐앙은요?"라고 그녀가 물었다. 그 말이 '그럼 타르튀프는?' 하는 오르공**의 대사처럼 들렸다.

"동 쥐앙은 상황에 잘 대처했고 만찬도 무난히 끝났습니다. 그야말로 '여인들과 오직 여인들과 혼자뿐이었다네!'***―였던 거죠. 그리고 거기 앉은 인물은 부인도 알고 계시는 사람…… 바로 쥘아메데엑토르 드 라빌라 드 라빌레스 백작이었답니다."

그러자 그녀가 말했다.

"그 사람이라고요! 그렇다면 정말 동 쥐앙이라 할 만하네요."

그러자 독실하고 억척스러운 기독교 신자인 부인은 몽상에 젖을 나이가 지났음에도 쥘아메데엑토르 백작, 쥐앙 족속―고대의 영원불멸한 후안 족속―인 이 남자를 마음속에 그리기 시작했다. 신이 그에게 나라를 내려주진 않았지만 대신 악마에게서 나라를 허락받은 족속인 이 백작을.

---

* 테르미도르 반동(1794. 7. 27.) 이후 공포정치 기간 중 가족이 단두대에 희생된 사람들만 출입이 허용되었던 무도회를 암시한다.
** Oregon: 프랑스 극작가 몰리에르의 운문 희극(韻文喜劇) 「타르튀프Le Tartuffe」(1664)에 등장하는 인물.
*** 몰리에르의 「타르튀프」 제1막 제4장에 반복해서 등장하는 대사이다.

2

방금 내가 나이 든 기 드 뤼 후작 부인에게 한 말은 틀림없는 사실이다. 한 3일 전 훌륭한 사람들이 많이 사는 생제르맹 가의 열두 명의 여인들(걱정하지 않아도 된다. 이름은 밝히지 않을 테니!), 말 많은 노부인들에 의하면 라빌라 드 라빌레스 백작의 마지막 '사이좋은 애인' —— 아름다운 옛말이다——이던 열두 명의 여인들이 '단 한 명의 남자', 라빌레스 백작을 위해 기념 만찬을 준비하자는 기상천외한 생각을 하게 되었다. 그런데 무엇을 기념한단 말인가? 그들은 거기에 대해 아무 말도 하지 않았다. 그런 만찬을 갖는다는 건 사실 무모한 생각이다. 그러나 여자들이란 혼자서는 비겁해도 여럿이 모이면 대담해지는 법. 이 여성들만의 만찬에 참석한 여자들 중 감히 쥘아메데엑토르를 단독으로 저녁식사에 초대할 사람은 없을 것이다. 그러나 다함께 모여 서로 어깨를 맞대고 있을 땐 자석의 흡인력을 지니고 있는 위험한 라빌라 드 라빌레스 백작 주위에서 나무통 주변에 줄줄이 손을 잡고 있는 메스머*의 환자같이 되는 걸 두려워하지 않는다.

"굉장한 이름이죠!"

"신의 섭리가 들어 있는 이름입니다, 부인."

라빌라 드 라빌레스 백작은 평생 이 이름에 담긴 운명에 복종하면서 살았다고 할 만하다. 그는 소설이나 역사에서 언급된 모든 유혹자의 전형

---

* Friedrich Anton Mesmer(1734~1815): 독일의 의학자. 1775년 '동물 자기론(磁氣論)'을 발표하여 메스머리즘(최면술)을 실시하였다. 메스머의 진료실에는 자기가 뜨는 욕조가 있고, 자기화하는 것을 도와주는 조수들이 들어올 때까지 여성들은 손을 잡고 다가서 있었다. 잘 생긴 젊은 남자 조수들이 환자들을 무릎 사이에 안고, 척추를 따라 목 밑이나 가슴을 문질러주어 자기화를 도왔다.

이다. 기 드 뤼 후작 부인은 차갑고 날선 파란 눈에 늘 못마땅한 표정을 하고 있는 노인인데, 가슴은 그 눈보다 더 차가웠고 인품은 더 날이 서 있었다. 여자들의 주장이 점점 덜 중요시되는 시대이긴 하지만 동 쥐앙을 연상시키는 남자가 한 명 있다면 그게 바로 백작이라고 부인도 인정한 바 있다. 그런데 백작은 말하자면 제5막에 들어선 동 쥐앙이다. 리뉴 공(公)은 자신의 똑똑한 머릿속에 알키비아데스*가 나이 오십이었다는 사실을 입력하지 못했다. 라빌라 백작은 바로 이런 점에서까지 알키비아데스의 계승자인 셈이었다. 미켈란젤로의 청동상과 똑같은 몸매를 타고난 멋쟁이였으며 마지막 임종의 순간까지도 아름다웠다는 댄디 도르세도 그랬지만 라빌라 역시 아버지에게서 아들로 유전되는 것이 아니라 인류 전체를 통틀어서 드문드문 나타나는 특별한 족속, 쥐앙 족속만이 가진 특별한 아름다움을 지니고 있었다.

그의 아름다움이야말로 진정한 의미의 아름다움, 무례하고 유쾌하고 제왕 같은 바로 쥐앙의 아름다움이었다. 이 쥐앙이라는 말이 모든 설명을 대신하기 때문에 달리 묘사할 필요가 없다. 그는 악마하고 계약을 맺기라도 한 것일까? ─그 계약은 평생 유지되었다. 신은 다만 그 대가를 치르게 했을 뿐이다. 수많은 장밋빛 입술로 아로새겨진 그의 이마에 인생의 호랑이 발톱이 자국을 내기 시작하고, 불경한 넓은 관자놀이에도 임박한 야만족의 침입과 뒤이은 제국의 종말을 예고하는 흰머리가 돋기 시작했다. 힘이 넘치는 공작은 이것들을 오만한 무관심으로 맞이했다. 하지만 그를 사랑했던 여인들은 가끔 그를 보며 우수에 잠기곤 했다. 누가 알랴?

---

* Alkibiades (?B.C.450~B.C.404): 아테네의 정치가·군인. 훌륭하고 부유한 가문 출신으로 잘생기고 기지 넘치는 청년의 대명사로 알려져 있다. 소크라테스도 알키비아데스의 준수한 외모와 지적인 소양에 매혹되었다고 한다.

아마 여인들도 그의 이마를 보면서 자신의 나이를 함께 읽은 게 아닐까? 아아, 백작에게나 여인들에게나 이제 하얀 대리석의 냉혹한 '기사(의 석상)'*와 만찬을 해야 하는 끔찍한 순간이 온 것이다. 그리고 나면 오직 노년이라는 지옥만 남게 된다. 또 다른 지옥을 기다리면서 말이다. 아마도 그래서 씁쓸한 최후의 만찬을 그와 함께 나누기 전에 그에게 자신들이 준비한 만찬을 열어 하나의 걸작으로 남기려 한 것이리라.

세련되고 우아한 취향, 귀족적인 사치와 정성과 재치로 가득한, 그야말로 최고의 만찬이었다. 이제까지 열렸던 파티 중에서 그 어느 파티와도 견줄 수 없는 매혹적이고 감미로우며 호화롭고 성대할 뿐 아니라 더없이 독특한 만찬이었다. 독특하다고! 생각해보라! 보통 만찬이라 하면 즐기고자 하는 갈망과 환희로 가득하기 마련이다. 그런데 그곳에는 추억이 있었고 회한이 있었고 그리고 거의 절망이라고 할 만한 것이 있었다. 그 절망은 화장 속에 감춰져 있고 미소나 웃음 위에 가려져 있다. 영영 끝났을지라도…… 아직 그 축제와 마지막 광란을 잊지 못하고, 단지 한 시간 동안 머무를 젊음으로의 탈주를 꿈꾸며 열광을 염원하는 절망인 것이다!

이 전대미문의 만찬에 둘러앉은 암피트리온**의 여인들 ―그들이 속해 있는 세계의 흔들리는 풍속에서는 찾아보기 힘든 여인들 ―은 거기에서 아마 자신의 애첩과, 노예, 말이며 보석, 그 밖에 생전에 가지고 있던 온갖 보화를 장작 더미에 쌓아놓고 선 사르다나팔루스***가 된 듯한 기

---

* 동 쥐앙의 전설에 등장하는 기사의 석상(石像). 복수의 이미지를 나타냄.
** Amphitryon: 그리스 신화에 나오는 영웅으로 제우스가 신들을 도와줄 수 있는 영웅을 낳을 여성으로 선택한 알크메네Alcmene의 남편. 암피트리온이 전장에 있는 동안 제우스는 그의 모습으로 변신하여 알크메네와 동침하였는데, 훌륭한 영웅을 낳기 위해서 밤의 길이를 3배나 늘렸다는 이야기도 전한다.
*** Sardanapalus(?~?): 아시리아의 마지막 왕. 역대의 어느 왕보다도 사치스러운 생활

분을 느꼈을 것이다. 그 여인들 역시 그날의 활활 타오르는 만찬에 온갖 사치를 쌓아올렸고, 그녀들이 가지고 있는 모든 아름다움과 재치, 재능, 치장, 그리고 역량을 다 가져와서 이 타오르는 불길에 단 한 번에 던져넣었다.

이렇게 마지막 불길을 몸에 걸치고 자랑하려는 여인들 앞에 앉아 있는 그 남자는, 그녀들에겐 사르다나팔루스에게 아시아 전체가 가졌던 의미 이상으로 소중한 의미를 가진 존재였다. 여인들은 그에게 이 세상 어떤 여인이 한 남자에게 부렸던 교태와도 견줄 수 없는, 그리고 사람들로 꽉 차 있는 살롱에선 한 번도 나타내본 적이 없는 그런 교태를 부렸다. 사람들 앞에선 드러내지 않았지만 그에게만은 감출 필요가 없는 질투로 불타는 교태였다. 모두 이 남자가 각자의 것이었던 적이 있다는 걸 잘 알고 있었다. 수치심도 나누어 가지면 그렇게 창피한 일도 아니리라…… 그의 이름은 여인들이 모두 자기의 묘비명을 새기기 전에 가장 먼저 가슴속에 새겨놓을 이름이다.

그날 저녁 그는 수녀들의 고해를 듣는 신부, 혹은 이슬람의 지배자 술탄같이 무사태평하고 지고하며 충만한 쾌락을 음미하고 있었다. 테이블 중앙 시프르바 백작 부인 맞은편 자리에 왕처럼 또는 주인처럼 복사꽃 향기 가득한, 아니 차라리 죄에 물든(이 규방의 색깔을 어떻게 적는지 아직도 잘 모르겠다) 방에 앉아 있는 라빌라 백작은 지독하게 파란—불쌍한 수많은 피조물이 하늘의 색깔이라 말하는 색—두 눈을 들어 열두 명의 여인들로 기막히게 짜인 눈부신 고리를 사랑으로 어루만졌다. 크리스털 장식과 불 켜진 초, 그리고 꽃으로 멋지게 차려진 이 테이블에 둘러앉은 여

을 한 것으로 알려져 있다. 화가 외젠 들라크루아가 29세의 나이에 살롱에 출품한 「사르다나팔루스의 죽음」은 격렬한 주제와 표현으로 큰 화제가 되었다.

인들은 활짝 핀 진홍빛 장미에서부터 황갈색 꽃송이의 부드러운 황금색 열매에 이르기까지 저마다 독특한 색깔이 담긴 성숙미가 넘쳐흘렀다.

그들에겐 연한 초록빛 젊음, 바이런이 싫어했던 파이 냄새 풍기는 어린 소녀들, 아직 작은 열매에 불과한 아름다움이 아니라 눈부시게 감미롭고 가을처럼 풍성하며 풍만하게 무르익은 아름다움, 깊게 파인 옷 위로 당당하게 솟아오른 눈부신 가슴, 고운 돌을 깎아 다듬은 듯 드러난 어깨, 그 밑으로 이어진 동그랗지만 힘센 근육질의 팔, 로마인과의 전투를 중재한 사비니 여인들*의 팔, 한번 힘을 모았다 하면 인생이란 수레의 바퀴까지 멈추게 할 것 같은 힘센 근육질의 팔이 있었다.

그날 만찬이 기발했다는 말을 위에서도 잠깐 했지만 특히 참신했던 것은 하녀들에게 시중을 들게 했다는 것이다. 그것은 그녀들만이 유일한 주인공인 그 축제의 조화를 깨지 않기 위해서이고, 또한 그녀들이 만찬을 대접하는 날에 아쉬움을 남기지 않기 위해서였다. 동 쥐앙――라빌라도 쥐앙 족속이므로 백작을 동 쥐앙이라 불러도 될 것이다―― 은 굵고 역동적인 루벤스의 그림에서처럼 밝고 생기 넘치는 여인들의 살의 바다 속에 마음껏 야수의 시선을 적실 수 있었다. 그러면서도 조금은 순수한 듯 조금은 혼란스러운 듯 설레는 그 모든 여인들의 마음속 하늘에 자신의 자존심을 던져보기도 했다. 그것은 믿기지 않는 그의 모든 행적에도 불구하고 동 쥐앙이 사실은 대단한 유심론자(唯心論者)이기 때문이 아닌가! 그렇다. 그는 악마가 그러하듯 육체보다 정신을 훨씬 더 사랑하며 정신을 거래하

* 로마를 건국한 로물루스는 도시에 여자가 적어 인구를 늘리기 위해 이웃 도시 사비니를 침략하여 그곳의 여인들을 납치해오도록 명령했다. 얼마 뒤 이번에는 사비니인들이 빼앗긴 그들의 딸과 여동생들을 데려오고 로마에 복수하기 위해 군대를 결성하여 로마를 공격하였다. 격렬한 전쟁 속에서 양 군대를 중재한 사람들은 다름 아닌 로마에 살고 있던 사비니의 여인들이었다. 그녀들은 모두 사비니인들의 딸인 동시에 로마인의 아내였기 때문이다.

길 더 즐기는 잔혹한 노예상이다.

영성이 넘치고 고상하며 가장 생제르맹다운 기품을 지닌, 그러나 그날 저녁만은 궁정과 근신(近臣)이 있었던 시절의 궁정 여인처럼 대담해진 여인들은 반짝이는 재치를 거침없이 쏟아냈고 가벼운 몸놀림에서나 재기 넘치는 말솜씨에서나 눈부신 재능을 유감없이 발휘했다. 여인들은 스스로도 지금까지 어떤 만찬에서보다 더 뛰어났다는 것을 실감했다. 그리고 내부 깊은 곳에 감춰져 있던 지금까지 짐작하지 못했던 믿기 어려운 힘이 솟아나는 기쁨도 맛보았다.

그곳에선 이런 발견의 기쁨과 두 배, 세 배 불어나는 삶에 대한 감동이 있었다. 그뿐만 아니라 예민한 사람들에게 큰 영향을 미치는 물질적인 것도 빠지지 않았으니, 휘황찬란한 빛, 그녀들에겐 너무 강한 육체의 열기로 후끈 달아오른 방 안 공기, 그 속에서 몽롱해져 가는 꽃들에서 풍겨나오는 강렬한 향기, 바늘 끝처럼 톡 쏘는 포도주의 요염한 향이 있었다. 이러한 만찬의 구상에는, 소르베*가 맛있지만 만약 그것이 하나의 죄악이었다면 더 맛있다고 생각했던 나폴리 여자 이야기**가 지닌 짜릿함이 들어 있다. 물론 위험한 만찬이었다. 하지만 여기에는 섭정 시대***풍의 만찬처럼 난잡하게 진행되지 않은 그런 자리에 가담했다는 황홀한 공범 의식이 있었다. 포부르 생제르맹과 19세기의 만찬풍으로 진행된 그 만찬에

---

* 과즙·술·향료로 만든 일종의 아이스크림. 서양 요리에서 생선 요리나 앙트레entrée 다음에 나온다.
** 바르베 도르비이는 스탕달의 작품 「첸치 일가Les Cenci」에서 이 일화를 찾았다.
*** 어린 루이 15세를 대신하여 오를레앙 공이 섭정을 하던 시기(1715~1723). 파리가 세련된 취향의 중심이 되었다. 이후 루이 15세의 애첩 퐁파두르 후작 부인을 비롯해 귀족 부인들이 운영하는 살롱이 사교와 정치의 중심이 되었다. 당시 귀족들은 유회를 즐기고 연애 사건을 벌이는 데 엄청난 에너지를 쏟았다.

서는 사랑의 불길도 경험했고, 아직도 남자의 마음을 들뜨게 만들곤 하는 그 가슴들이 들어앉은 사랑스러운 블라우스에서 핀 하나 떨어지지 않았다. 그런데 그날 밤은 그 모든 것이 함께 움직여, 그 자리에 모인 모든 멋진 신체가 들고 있는 신비의 하프를 끊어지기 직전까지 팽팽히 당겨 최고의 음역, 뭐라 말로 형언할 수 없는 신비한 화음에 도달하게 했다. 이쯤에서 호기심이 당기지 않는가? 자신의 회고록에 전대미문의 한 페이지를 장식할 이 만찬을 언젠가 라빌라가 쓸까?…… 이건 그냥 질문에 지나지 않는다. 쓸 수 있는 사람은 백작뿐이기 때문에…… 기 드 뤼 부인에게도 말했지만 나는 그 만찬에 참석하지 않았으므로 만찬에 대한 자세한 설명이나 만찬이 어떻게 끝났는지에 대해서는 모두 라빌라 본인에게서 들은 것임을, 전통적으로 비밀을 숨기지 않는 쥐앙 족속의 특성에 충실한 그가 어느 날 밤 내게 들려준 이야기에 불과함을 말해둔다.

3

그러니까 밤이 깊은 시간, 아니 아주 이른 새벽이었다. 동이 트고 있었다. 붉게 물든 규방에서 밤새 무슨 일이 벌어지는지 엿보던 해가 호기심을 못 이긴 듯, 완전히 차단되어 있던 규방의 천장과 분홍빛 커튼 한쪽에서부터 오팔의 눈을 크게 뜨고선 찌르고 자르기 시작했다. 방금 전까지 활기가 넘쳤던 원탁의 여기사들에게도 피로가 찾아오기 시작했다. 밑으로 자꾸 처지는 머리채에서부터 화끈거리는 빨갛고 하얀 뺨, 무거워지는 눈꺼풀과 피곤한 시선, 그리고 대형 샹들리에의 수천 개 양초, 황금과 구리로 조각된 촛대에 다발로 달려 있는 이 불꽃들에서 점점 길게 드리워지는 불빛까지, 지난밤의 피로와 고조된 감정의 피로가 그 모든 것 위에 내리기 시작하는 모든 만찬의 이 순간을 사람들은 알고 있다.

모두가 열과 성의를 다해 공을 받아 넘긴 배드민턴 시합처럼 그들의 대화도 몇 명씩 나뉘어 쪼개지고 분산되고, 모두의 목소리가 한데 뒤섞여 새벽 숲가에서 지저귀는 새들의 노래처럼 우아한 화음으로 바뀌어 누구의 말소리인지 분간할 수가 없었다. 그때 갑자기 여인 중에서 한 명이 높은 음역의 목소리로, 공작 부인의 목소리처럼 위엄이 서리고 도도하기까지 한 목소리로, 좌중의 모든 소리를 넘어서 라빌라 공작에게 말을 걸어왔다. 그들이 작은 목소리로 나눈 말들은 어떤 대화의 중간과 결말이었을 텐데, 다른 여인들은 옆 사람과 이야기를 나누느라 미처 듣지 못했다.

"우리 시대의 동 쥐앙이라 불리는 분이신 백작님이 정복한 여인 중에서 사랑받는 남자로서의 당신의 자존심을 가장 만족시켜준 여인, 그러니까 지금 이 순간 머리에 떠오르는 가장 아름다운 사랑은 누구였는지 말씀해주셔야 하지 않겠어요?"

그 질문은 목소리 못지않게 내용으로도 지리멸렬한 대화의 소음을 일시에 중단시키고 모두의 입을 다물게 할 만했다.

그건 * * * 공작 부인의 목소리였다. 나는 그 부인의 이름에 붙인 별표를 떼지 않으려 한다. 하지만 포부르 생제르맹에서 가장 창백한 피부색과 가장 옅은 금발, 그리고 긴 황갈색 눈썹과 새까만 눈동자를 가진 부인이라 하면 당신은 금방 누구인지 알 것이다. 신의 오른쪽에 앉은 판관처럼 부인은 바로 그날 밤 파티의 신, 적을 자기 발판으로 삼지 않는 신인 라빌라 백작의 오른쪽에 앉아 있었다. 그녀는 아라비아 여인이나 요정과 같이 날씬하고 호리호리한 이상적인 몸매에 은빛이 어른거리는 초록색 벨벳 드레스를 입고 있었다. 긴 치맛단이 의자 주위를 감싸고 있는 모양은 바로 멜뤼진*의 탐스러운 엉덩이에 달린 뱀 꼬리 같았다.

"그것 참 좋은 생각이군요"라고 시프르바 백작 부인이 말했다. 공작 부인의 요구와 제안을 지지하는 집주인다운 말이었다.

"그래요. 헤아릴 수 없이 많았던 당신의 사랑 중에 최고의 사랑, 당신이 받은 사랑이든 느낀 사랑이든, 당신이 가장 열렬히 다시 시작하고 싶은 사랑이 있다면 우리에게 좀 들려주세요."

그러자 매사에 무감동한 사람에게도 가끔 로마 황제의 탐욕이 찾아오는 듯 라빌라가 말했다.

"아! 모두 하나같이 아름다운 사랑이라 다 새로 시작하고 싶군요."

그리고 샴페인 잔을 들었다. 그 잔은 야만스러운 이교도의 잔이 아닌 진짜 샴페인 잔, 플루트— 우리 마음속에 천상의 멜로디를 부어주기 때문인지—라고 부르는 날씬하고 우아한 우리 선조들의 잔이었다. 그리고 나서 공작은 식탁 주위를 아름답게 둘러싸고 있는 여인들의 무리를 한 번 빙 둘러보았다. 아직까지 음식으로 먹을 수 있는 식물이라곤 카페 앙글레**에서 파는 타라곤*** 샐러드밖에 먹어보지 못한 그런 네부카드네자르**** 같은 인물이 그런다는 게 좀 놀랍지만, 애수에 젖은 표정으로 손에 든 잔을 들며 이렇게 덧붙였다.

"그런데 정말 하나가 있었던 것이 사실입니다. 살아가면서 겪는 여러 감정 중에서 시간이 갈수록 다른 감정보다 더 강렬한 빛을 발산하는 추억

---

* Mélusine: 켈트 신화에 나오는 허리 아래가 뱀인 반인반수.
** Café Anglais: 당시 파리의 멋쟁이들이 즐겨 찾던 카페.
*** 쑥속(屬)의 식물로 달콤한 향이 있어 들짐승 요리의 냄새 제거용으로 사용됨.
**** 네부카드네자르 2세Nebuchadnezzar II(?~562)를 말한다. 별칭은 느부갓네살 2세. 바빌로니아의 왕. BC 597년 예루살렘을 공략하였으며, 이어 BC 587년에는 유대를 철저하게 파괴하고 멸망시켜 그곳의 수천 주민을 바빌로니아로 강제 이주시켰다.

이 된 것, 그걸 되찾을 수만 있다면 다른 걸 다 주어도 아깝지 않은 그런 것 말입니다."

"보석상자 속에 든 다이아몬드 같은 거군요."

사려 깊은 시프르바 백작 부인이 말했다. 그녀는 자신이 낀 반지의 모양을 눈여겨보는 듯했다.

이번에는 자블르 공주가 말했다. 그녀는 우랄 산맥 기슭의 어떤 지방 출신이었다.

"……우리나라 전설에 나오는 다이아몬드 같은 거예요. 처음에 분홍색이었다가 검은색으로 변하는데 분홍색일 때보다 검은색일 때 훨씬 더 찬란한 빛을 내는 유명한 가공의 보석이죠."

그녀가 말을 하면 보헤미아 여인 특유의 이국적인 매력이 넘쳐흘렀다! 아닌 게 아니라 그녀는 원래 보헤미아 출신이었는데 뛰어난 미남이며 이민을 온 폴란드 왕손과 열렬히 사랑한 끝에 결혼했다. 그만큼 그녀는 야기에우워 왕조*의 성에서 태어난 왕녀의 기품을 지니고 있었던 것이다.

그러자 모두 봇물 터진 듯 한꺼번에

"네, 그래요"라고 말하고 나서, "이야기해주세요, 백작님!" 하며 열심히 졸라대기 시작했다. 목 뒤로 내려온 곱슬머리까지 파르르 떨릴 정도로 호기심이 발동하여 목소리는 벌써 애원조로 변했다. 여인들은 서로 어깨가 닿을 듯 바짝 다가앉으며 어떤 이들은 팔을 탁자 위에 얹고 손으로 턱을 괴는가 하면 또 어떤 이는 의자 등받이에 기대어 몸을 젖히고 부채로 입을 가리기도 했다. 그러나 두 눈을 동그랗게 뜨고 탐문하는 듯한 시

---

* 야기에우워 왕조(리투아니아어: Jogailaičiai, 폴란드어: Jagiellonowie, 1386년~1572년)는 리투아니아 대공(大公) 브와디스와프 2세 야기에우워(1348~1434)가 세운 폴란드의 왕조이다.

선으로 백작에게로 얼굴을 향한 것은 한결같았다. 안달하게 만들수록 욕망을 더 부채질할 수 있다는 것을 잘 아는 백작이 느긋하게 이야기를 이어갔다.

"여러분 모두가 정말로 원하신다면……"

그러자 터키의 전제군주가 자신의 칼날을 바라보듯 황금색 디저트 나이프 날을 보고 있던 공작 부인이 "정말이고말고요!"라고 대답했다. 그래도 그는 느긋하기 짝이 없는 말투로 말했다.

"그러면 말씀드려야겠군요."

그의 얼굴을 너무 열심히 쳐다봐서 여인들은 녹아내릴 지경이었다. 그들은 백작을 눈으로 먹고 눈으로 마셨다. 사랑 이야기는 어떤 것이든 여인들의 호기심을 끌게 마련이다. 게다가 누가 알겠는가? 매력적이게도 지금 백작이 하려는 이야기가 바로 그들 중 한 사람에 대한 이야기일지도 모르는데…… 물론 그녀들은 백작이 지극히 점잖은 신사이고 훌륭한 인격자이므로 익명을 사용하여 본인의 이름을 감춰줄 것이 틀림없고, 세세하게 언급할 때는 어떤 인물을 연상할 수 없도록 조심할 것임을 잘 알고 있었다. 이런 생각 혹은 이런 확신이 이야기를 듣고 싶은 마음을 더욱 부채질했다. 아니, 이야기를 듣고 싶은 욕망보다 그 이야기가 바로 자기 이야기였으면 하는 희망이 더 강했다고 해야 할 것이다.

아름다운 사랑의 추억을 수없이 많이 가지고 있는 백작이 아닌가! 바로 그가 자신의 삶에서 가장 아름다운 추억이라고 말하자 여인들의 허영심은 서로를 연적으로 바꿔버렸다. 이제 나이 든 터키의 술탄은 다시 한번 손수건을 던질 참이다. 아무도 그것을 줍지 않겠지만 그가 손수건을 던진 여인은 그 손수건이 조용히 마음속에 내려앉는 기분을 맛보게 될 것이다.

그런데 그 자리에 있던 여인들의 기대와 달리 정작 나온 이야기는 전혀 예상치 못했던 놀라운 이야기로, 열심히 듣고 있던 여인들의 얼굴에 작은 천둥이 되어 떨어졌다. 그의 이야기는 다음과 같다.

4

라빌라 백작은 말했다.

"인생의 위대한 탐구자인 모럴리스트들이 흔히 말했듯이 우리 사랑 가운데 가장 강한 사랑은 사람들 생각처럼 첫사랑도 아니고 마지막 사랑도 아니랍니다. 그들 말로는 두번째 사랑이 제일 강하답니다. 그러나 사랑의 문제에서는 모든 말이 옳기도 하고 그르기도 합니다. 그래서 그런지 그 말은 나에게는 맞지 않았습니다. 여러분이 마침 청하셨기에 오늘 밤 들려드리고자 하는 이야기는 내 젊은 시절의 가장 아름다운 순간에 일어난 이야기입니다. 그때 나는 이미 사람들이 젊다고 하는 나이는 지났죠. 하지만 나이 많으신 우리 아저씨, 몰타 기사단원이셨던 그분이 '이제 기사 수련 과정은 끝났다'라고 하시던 때이니 젊은 축이었던 셈이죠. 그래서 원기도 왕성했고 어떤 한 여인과의 '관계'—이탈리아에선 예쁘게도 이런 말을 쓰더군요—도 한참 절정에 있을 때였습니다. 그 여인은 여러분도 잘 알뿐더러 굉장히 칭찬까지 하셨던 여인이죠."

이야기가 이쯤 이르렀을 때 늙은 구렁이의 이야기를 부추기던 이 여인들이 서로가 서로에게 동시에 던지던 눈길이 어떠했는지, 직접 보지 않으면 도저히 설명이 안 될 정도다.

라빌라가 말을 계속했다.

"그 여인은 훌륭한 여인이었죠. 여러분이 상상할 수 있는 범위 내에서 가장 기품 있는 여인이었습니다. 여러분이 기품이라는 말에 어떤 의미를 부여하든지 말입니다. 그녀는 젊고 부유했으며 지체 높은 가문 출신인 데다 아름답고 지적이며 예술에 대한 지식도 해박했고, 거기다가 그 모든 것이 아주 자연스러운 여인이었습니다. 여러분의 세계에 들어오면 자연히 그렇게 되는 그런 자연스러움 말입니다. 게다가 그땐 나를 기쁘게 해주고 내게 정성을 다하는 것 외엔 다른 욕심이 없었죠. 내 애인 중에서 가장 다정한 애인인 동시에 가장 좋은 친구가 되려는 욕심뿐이었어요.

그런데 내가 첫사랑은 아니었던 듯싶습니다. 벌써 한 번 사랑의 경험이 있었죠. 남편과의 사랑은 아니었지만, 여하튼 고상하고 유토피아에 간 듯하며 플라토닉한 사랑이었어요. 마음을 채워주기보다는 마음을 단련시키는 그런 사랑 말입니다. 곧이어 올 또 다른 사랑을 위해 힘을 비축하게 하는 사랑이죠. 다시 말하면 모의 사랑인 거죠. 젊은 사제가 빵과 포도주를 축성하며 진짜 미사를 집전하기 전 연습으로 청중 없이 올리는 모의 미사라고나 할까. 내가 그녀의 삶에 다가갔을 때 그녀는 아직도 모의 미사에 머물고 있었죠. 진짜 미사는 바로 나였던 겁니다. 그녀는 추기경처럼 성대하고 화려한 의식과 함께 그걸 고백했죠."

그 이야기를 주의 깊게 듣고 있던 여인들의 감미로운 열두 입술 위에 동그란 미소가 퍼졌다. 맑고 잔잔한 호면(湖面) 위에 떨어진 물방울처럼. 짧지만 황홀한 순간이었다.

백작이 다시 말을 이었다.

"그녀는 정말 독특한 여자였어요. 난 그렇게 진정으로 착하고 동정심 많고 뛰어난 감성을 가진 사람은 처음 보았습니다. 정념에 대해서도 마찬가지였습니다. 여러분도 아시다시피 정념이 언제나 고상한 것은 아니지 않습니까. 나는 그녀에게서 기교나 새침함이나 애교를 본 적이 없어요. 대개 여성들에게서는 이 두 가지가 고양이 발톱이 지나간 실타래처럼 엉켜 있잖아요. 그런데 그녀에겐 이런 고양이가 없었어요. 책을 마구 지어내면서 그들의 말하는 방식으로 우리를 더럽히는 그 악마 같은 작가들은 그녀를 문명의 옷을 입고 있는 원시인이라 했겠죠. 그러나 그녀는 매력적인 사치품만 가지고 있을 뿐, 우리 눈에 이런 사치품보다 더 매력적인 소소한 타락을 조금도 가지고 있지 않았어요."

그때 백작의 이 모든 형이상학적인 묘사를 견디다 못한 공작 부인이 단도직입적으로 물었다.

"갈색인가요?"

라빌라는 능숙하게 받아 넘겼다.

"아! 그렇게 예리하진 않으시네요! 머리는 갈색이죠. 갈색을 넘어서 흑단처럼 반짝이는 칠흑 같은 머리였는데 그렇게 관능적이고 부드럽게 윤기가 흐르는 머리채를 가진 사람은 본 적이 없어요. 하지만 얼굴은 황금색이었어요. 금발인지 갈색인지는 머리카락 색보다는 피부색으로 결정해야겠죠."

그러고 나서 꼭 초상화를 그리기 위해서는 아니었지만 여인의 아름다움에 대해서는 일가견이 있는 그 뛰어난 관찰자가 이렇게 덧붙였다.

"그러니까 검은 머리의 금빛 미녀라 해야겠죠."

그 자리에 앉아 있던 금발의 여인들이 눈에 띄지 않을 정도로 살짝 몸을 움직였다. 분명 그녀들에겐 나머지 이야기의 재미가 이미 달아나기 시작했을 것이다.

라빌라가 다시 말을 이었다.

"그녀는 밤의 여신을 닮은 머리카락을 가지고 있었죠. 하지만 얼굴은 새벽의 여신이었어요. 아무리 어여쁜 장밋빛이라도 큰 촛불로 그슬려놓고야 마는 파리의 밤 생활을 그녀도 몇 년째 하고 있지만 그녀의 얼굴은 보기 드물게 눈부신, 늘 상큼하고 환하게 홍조를 띠어 눈부셨던 얼굴이었어요. 거기에서는 그녀의 입술과 뺨만 발그레하고 달아올라 진홍빛으로 빛이 날 정도였다니까요! 게다가 그녀의 입술과 뺨의 두 광채는 그녀가 늘 이마 위에 두르던 루비 장식과도 잘 어울렸죠. 당시만 해도 이마에 보석 장신구를 두르는 것이 유행이었어요. 이마의 루비는 눈동자 색이 안 보일 정도로 이글거리며 타오르던 두 눈동자와 함께 세 개의 루비를 이루었죠! 그녀는 호리호리했지만 결코 허약하지 않았으며 당당하다고까지 할 수 있었어요. 흉갑기병 연대의 연대장 부인감으로 아주 잘 어울리는 모습인데, 당시 그녀의 남편은 경기병 부대의 중대장에 불과했죠. 그녀는 귀족 신분인데도 피부는 햇빛을 마시는 농부와 같았고 영혼이나 몸속에 흐르는 피도 햇빛처럼 강렬했죠. 바로 그렇습니다. 그녀 속에는 항상 강렬한 기질이 흐르고 있었죠. 그런데 바로 거기서부터 이상한 일이 시작되는 겁니다! 그 강하면서 순진하기 짝이 없는 존재, 그녀의 아름다운 두 뺨과 두 팔을 물들이던 피처럼 순수하고 자줏빛인 기질이…… 믿어지나요? 애무에서만큼은 서투르기 짝이 없었다는 것을……"

여기서 몇몇이 시선을 아래로 떨어뜨리다가 장난꾸러기들처럼 이내 제자리로 돌아왔다.

라빌라가 계속했다. 이젠 아까처럼 무언가를 알려주려고 애를 쓰지 않았다.

"인생에서 무모한 면이 있었던 데 비해 애무는 지독히도 서툴렀죠. 그녀가 사랑한 남자는 계속해서 두 가지를 가르쳐줘야 했지만 그녀는 결국 배우지 못했어요. 늘 무장을 하고 있는 냉혹한 세계에서 자기 자신을 지킬 것. 단둘이 있을 때는 사랑의 기교를 부릴 것—그것이 사랑을 죽지 않게 하는 길임—, 이 두 가지였죠. 그런데 그녀는 사랑은 가지고 있지만 사랑의 기교라는 건 없는 여자였어요. 기교만 있는 수많은 여자와는 정반대였죠! 그런데 『군주론』의 계책을 습득하고 적용하기 위해서는 보르자*가 되지 않으면 안 되죠. 보르자는 마키아벨리의 선배가 아닙니까. 보르자는 시인이고 마키아벨리는 비평가니까요. 그녀는 전혀 보르자가 아니었어요. 그녀는 그 어마어마한 아름다움과는 어울리지 않게 문 뒤에 숨은 소녀처럼 정직하고 순진한 사랑에 빠지는 여인이었어요. 목이 말라 두 손으로 샘물을 퍼서 허겁지겁 입으로 가져가지만 손가락 사이로 다 흘려버리면서도 왜 그런지 영문을 모르죠……

그녀가 가진 이런 부끄러움과 서투름은 그녀의 정열적인 기품과 대조를 이뤄 오히려 그녀를 예뻐 보이게 했죠. 사교계에서 그녀를 만났다면 아마 날카로운 관찰력을 가진 사람도 많이 속았을 거예요. 사랑이나 행복까지도 갖고 싶은 대로 가졌지만 자기가 받는 만큼 남에게 주는 데는 젬병인 여인이죠. 나의 경우는 그런 '예쁜 예술가'에 만족할 정도로 관조적인 사람이 아니었고, 또 바로 그런 이유 때문에 때때로 그녀를 불안하게 하고 질투에 빠지게 하고 난폭하게 만들기도 했죠—사랑할 땐 다 그렇게 될 수 있죠. 그리고 그녀 또한 사랑에 빠져 있었으니까요! —그런데 애무하는 데나 상처를 주는 데나 서투르기 짝이 없어서 내게 상처를 주고 싶거나 주었다는 생각이 드는 순간 질투, 불안, 난폭, 그 모든 것이 한없이 착한 마음속으로 사그라지곤 하는 겁니다! 사자는 사잔데 어떤 종인지 알

---

* Cesare Borgia(1475~1507): 르네상스 시대 이탈리아의 전제 군주. 권모(權謀)와 냉혹한 수단으로 이탈리아 통일을 꾀하였으나 실패하였다. 마키아벨리의 『군주론』에서 이상적인 전제 군주로 묘사되었다.

수 없는 사자라고 할까, 자기도 발톱이 있다고 믿지만 정작 내밀려고 하면 부드러운 털로 덮여 발 속을 아무리 뒤져도 나오질 않죠. 하긴 바로 그 부드러운 털로 남자를 할퀴려 하지만 말입니다!"

"어디까지 이 이야기가 계속되는 건가요? 그게 정말로 동 쥐앙의 사랑 중에서 가장 아름다운 사랑은 아니겠지요!" 하고 시프르바 백작 부인이 옆에 앉은 여인에게 말했다. 그 자리에 있는 어느 누구도 그렇게 단순한 이야기라곤 믿지 않았다.

라빌라는 말했다.

"그래서 우리의 친밀한 관계는 가끔 비바람이 치긴 했어도 완전히 찢어지지는 않은 채 계속되었죠. 파리라 불리는 이 촌스러운 동네에서 우리 관계를 알지 못하는 사람은 아무도 없었어요. 후작 부인…… 그녀는 후작 부인이었어요."

그 테이블엔 후작 부인이 세 명 있었고 다 갈색 머리였다. 그러나 아무도 눈을 깜박거리지 않았다. 백작의 여인이 자신이 아니라는 것을 너무 잘 알고 있었기 때문이리라. 그 세 여인들 중에서 벨벳 같은 느낌을 주는 것이라곤 한 여인의 윗입술뿐이었다. 육감적으로 두루뭉술한 입술이었는데 그녀는 그 순간 어지간히 거만하게 있었던 게 틀림없었다.

라빌라가 말을 계속했다. 이제 이야기에 흥이 나기 시작했다.

"옛날 터키에 머리를 세 갈래로 길게 늘어뜨려 세를 과시하던 파샤*가 있었듯이 그녀도 후작 부인 셋을 합친 것 같았어요! 부인은 뭐든지 숨길 줄도 모르고, 또 숨기려 해도 숨기지 못하는 여자였어요. 그녀에게는 열세 살 난 딸이 있었는데 그 아이는 아무것도 모르는 철부지인데도 자기

---

* pasha: 예전에 터키에서 장군 · 총독 · 사령관 따위의 신분이 높은 사람에게 주던 영예의 칭호.

어머니가 나에 대해 가지고 있는 감정을 훤히 들여다볼 정도였어요. 누군지 모르지만 어떤 시인이 우리가 어떤 어머니를 사랑할 때 그 딸이 우릴 어떻게 생각하는지에 대해 물은 적이 있지요. 얼마나 의미심장한 질문입니까! 소녀의 어둡고 커다란 눈 안쪽에서, 몰래 날 살피고 있는 위협적인 까만 감시의 눈과 마주쳤을 때, 난 자주 그런 질문을 던졌습니다. 조용하지만 사납다고나 할까, 대개는 내가 살롱에 들어서자마자 나가버리고 그럴 수 없을 땐 될 수 있는 한 내게서 멀리 떨어져 앉을 만큼 나를 지독하게도 혐오했죠.(가히 발작을 일으킬 정도로 말이오.) 그 애가 아무리 마음속에 감추려 해도 자기 자신보다 훨씬 강한 그 증오심이 자신도 모르게 튀어나오곤 했습니다. 그 애의 감정은 아주 미세한 행동에서 드러나곤 했지만 내 눈을 피할 수는 없었죠. 관찰력이 그렇게 뛰어나지 않은 후작 부인도 항상 이렇게 말했어요.

  '조심하세요. 내 딸이 당신을 질투하고 있으니까……'

  그러나 사실 내가 그녀보다 훨씬 더 조심하고 있었죠.

  그 아이가 악마 그 자체였다면 나의 수가 읽히지 않도록 발뺌을 했을 텐데…… 그 애 엄마의 수는 너무나 뻔했어요. 자줏빛 거울이나 다름없는 얼굴에서 감정의 변화가 생기면 모든 게 훤히 드러났어요! 딸이 가지고 있는 증오심 같은 것을 볼 때 자기 엄마가 감정을 표현하거나 본의 아니게 부드러운 시선을 던진다거나 하는 걸 통해 그 애가 자기 엄마의 비밀을 눈치챈 건 아닌가 생각했죠. 그 애가 어떤 소녀인지 궁금하시죠? 아주 연약한 아이였어요. 그리고 그 애 엄마도 인정했지만 그녀를 낳은 틀이 다름 아닌 그 아름다운 후작 부인이라고는 도저히 상상이 안 가게 못생겼죠. 그래도 엄마는 딸을 끔찍하게 귀여워했습니다. 그을린 작은 황옥(黃玉) 같은…… 뭐라고 하면 좋을까? 청동 가면 비슷하다고 해야 될까요.

그런데 그 검은 눈만은 정말 마술 같았어요! 그리고 그 후부터……"

그 결정적인 순간 그가 말을 멈추었다. 너무 말을 많이 해서 불을 꺼야겠다 싶었는지…… 모두 또 한 번 호기심에 불이 붙은 듯 긴장의 표정이 역력했다. 그리고 백작 부인 같은 사람은 예쁜 치아 사이로 "드디어!"라고 속삭이며 조바심을 드러내기까지 했다.

5

라빌라가 말을 이었다.

"그 애 엄마와 만나기 시작했을 때 난 보통 어른들이 어린아이들에게 하듯이 그 애와 다정하게 가족처럼 지냈죠. 아몬드 사탕 봉지도 갖다주곤 했죠. 난 그 애를 '작은 가면'이라 불렀고 그 애 엄마와 이야기를 하면서 머리카락을 양쪽으로 갈라 매만져주곤 했죠. 앞가르마를 탄 머리를 램프의 노란 심지에 비춰보면 검고 결도 좋지 않았어요. 그 '작은 가면'은 다른 사람에겐 다 큼직한 입으로 함박웃음을 지어주면서도 내게는 미소를 감춰둔 채 이맛살만 있는 대로 찌푸리곤 했어요. 내 손이 그 애 이마라도 스치는 날이면 얼마나 얼굴을 찡그리던지, '작은 가면'이 정말로 주름진 자존심 상한 여인상 기둥의 가면처럼 변하니 내 손에 무슨 기둥 위의 갓돌 무게라도 실렸나 싶어지죠.

퉁명스러운 얼굴로 적대감 같은 걸 나타내면서 늘 똑같은 자리에 앉아 있는 그 애를 보고 결국 난 그 (조금만 만져도 강하게 오그라드는 금잔화 색깔의) '미모사'*를 그냥 내버려두었고…… 더 이상 말도 걸지 않았어요.

후작 부인은 이렇게 말했죠.

'당신이 자기에게서 뭘 훔쳐간다고 생각하나 봐요. 자기에게 돌아올 엄마의 사랑 일부를 당신한테 뺏긴다는 걸 본능적으로 아는 거예요.'

또 어떤 때는 정직한 성격대로 이렇게 말하기도 했죠.

'그 애는 내 양심이에요. 그 애의 질투는 내 회한이고요.'

어느 날 부인이 아이에게 왜 그렇게 나를 피하고 싫어하는지 코르크 따개로 포도주 마개를 따듯 끈질기게 반복해서 물어보았는데, 돌아온 건 대답하기 싫어하는 모든 아이들이 말하는 '아무것도 아니야…… 잘 모르겠어'라는 제대로 이어지지도 않고 바보같이 되풀이되기만 하는 대답 뿐이었답니다. 그 청동 가면이 어찌나 고집불통인지 나중에는 그 애 엄마도 캐묻는 걸 단념하고 말았죠.

참 한 가지 잊은 게 있는데, 이 괴상한 아이는 신앙심이 굉장히 깊었어요. 중세 스페인 같은 어둡고 미신이 가득한 신앙이죠. 말라빠진 몸에다 수녀들이 가슴에 드리우는 온갖 종류의 스카풀라리오를 걸치고 손등처럼 밋밋한 가슴 위와 거무죽죽한 목에는 성모 마리아나 성자들의 십자가를 한 다발씩 감고 다니는 것이었어요!

'당신은 불행히도 신앙이 없는 사람이잖아요. 언젠가 이야기하다가 그 앨 놀라게 했나 봐요. 그 애 앞에서 이야기할 땐 조심해주세요. 부탁이에요. 내가 더 나쁜 엄마가 되지 않게 해주세요. 그렇지 않아도 미안해 죽겠는걸요' 하고 후작 부인은 말하곤 했죠. 그래도 그 꼬마 아이의 행동은 전혀 변화가 없었어요. 조금도 말입니다. 그렇게 되니 걱정이 된 엄마가 '당신 결국 그 애를 미워하겠군요. 그래도 당신을 원망할 순 없을 거예요'라고 말하더군요.

---

* 콩과의 한해살이풀. 잎을 건드리면 이내 닫히고 아래로 늘어지는데, 그 모양이 마치 수줍어서 부끄럼을 타는 것 같다 하여 '함수초(含羞草)'라 이르기도 한다.

그러나 그녀는 잘못 생각하고 있었어요. 그 침울한 애에 대해서 나는 단지 무관심해졌을 뿐. 그 다음부터 그 애가 나를 짜증 나게 하는 일은 없어졌어요.

우린 서로 싫어하는 어른들 사이처럼 예의 바르게 행동했죠. 난 그 애를 거창하게 '마드무아젤'이라고 부르며 아주 점잖게 대했죠. 그러면 그 앤 쌀쌀맞게 '므시외'라고 했고요. 그 앤, 내가 칭찬할까 봐서인지, 내 앞에선 아무 짓도 하려 하지 않았어요. 그냥 별개의 인물인 것처럼 있고 싶은가 봐요. 아무리 엄마가 애를 써도 내겐 자기가 그린 그림 한 점 보여준 적도 피아노 한 번 쳐준 적도 없었어요. 아주 조심스레 기회를 보다가 그 애 몰래 살짝 듣다가 들키면 그 앤 그 자리에서 손을 딱 멈추고 의자에서 벌떡 일어나 총총히 나가버렸어요.

꼭 한 번 그 애 엄마가 억지로 시켜서(사람들이 여럿 있었죠) 뚜껑이 열린 피아노 앞에 앉아 '희생양'를 위한 곡 같은 걸 하나 친 적이 있는데, 여간 퉁명스러운 게 아니었죠. 무슨 곡조를 쳤는지는 모르지만 하여튼 손가락을 얼마나 엇갈리게 놓는지. 나는 난로 옆에 서서 비스듬히 그 애를 바라보고 있었죠. 그 앤 내 쪽으로 등을 돌리고 있었고 앞엔 거울이 없어서 내가 자길 보고 있는지 알 수가 없었을 텐데 말이죠. 그런데 어느 순간인지 갑자기 아이의 등이—평소엔 늘 구부정하기 때문에 그 애 엄마가 '애야, 늘 그렇게 하고 다니다간 가슴 병 얻겠다'라고 하며 자주 걱정을 할 정도였어요—, 그 등이 갑자기 쭉 펴지는 겁니다. 마치 내 시선이 총알처럼 척추를 부러뜨리기라도 한 줄 알았어요. 그리고 피아노 뚜껑을 쾅 닫는데 소리가 또 얼마나 무섭게 울리던지. 그러고는 살롱을 나가버리더군요. 그 애를 찾으러 갔지만 그날 밤에는 그 애를 돌아오게 할 수가 없었죠.

어쨌든 그 애 앞에선 아무리 자존심 강한 남자들도 별수 없었습니다. 내게 아무런 호기심의 대상도 되지 못하는 이 불가해한 아이는 무엇보다도 나에 대해서 도대체 어떤 감정을 갖고 있는지 털끝만 한 단서도 주지 않았으니까요. 그건 그 애 엄마도 알 수가 없었어요. 그 애 엄마는 살롱에 오는 모든 여자를 질투했지만 그 아이와는 내가 덤덤하게 지냈던 만큼 그 애에 대해선 아무런 질투도 없었죠. 그런데 어느 날 단 둘이만 있으면 심정을 토로하고야 마는 후작 부인이 경솔하게도 발설을 하는 바람에 사실이 드러나고야 말았죠. 그녀는 아직도 두려움에서 깨어나지 못했는지 얼굴이 하얗게 되어가지고 큰 소리로 웃더군요."

그는 어조의 변화를 주면서 '경솔하게도'라는 말을 강조했다. 마치 능수능란한 배우처럼 자신이 하고 있는 이야기의 모든 관심은 이 말에 달려 있다는 듯이 말이다.

그리고 그 말만으로도 상당한 효과를 낸 것이 분명했다. 열두 명의 아름다운 여인들의 얼굴이 신의 옥좌 앞에 선 케루빔* 천사처럼 또다시 강렬한 감정에 휩싸였다. 여인의 호기심은 신을 숭배하는 천사의 마음만큼 강렬한 게 아닌가? 그는 어깨는 물론이고 온 전신이 케루빔 천사인 여인들의 얼굴을 한 사람씩 쳐다보면서 모두 지금부터 하려는 이야기를 잘 들을 준비가 되어 있음을 확인하더니 나머지 이야기를 한달음에 끝냈다.

"그렇습니다. 후작 부인은 그 생각만 하면 웃음보가 터진다나요! 내게 자초지종을 이야기해줄 때 그러더군요. 그렇지만 그냥 웃기만 한 건 아니죠! 부인은 나에게 말했죠─그녀가 한 말을 그대로 잘 옮기도록 할게요─.

---

* cherubim: 구품천사 가운데 상급에 속하는 천사. 숭고한 지혜를 가졌다고 한다. 날개가 달려 있으며 어린 아이의 모습이다.

'상상해보세요. 저는 우리가 지금 앉아 있는 것처럼 이렇게 앉아 있었죠.

우리가 앉은 의자는 자리를 바꾸지 않고 서로 토라졌다 화해했다 하기 좋도록 만들어진 일명 '서로 등을 맞대고 앉는' 2인용 소파였어요.

하지만 다행히 당신은 그때 거기에 없었어요! 그때 하인이 손님이 왔다고 하는데…… 누군지 맞혀보세요? 도저히 상상 못하실 거예요. 생제르맹데프레 교회의 신부님이셨어요. 그분을 아세요? 모르신다고요. 당신은 한 번도 미사에 간 적이 없으니까요. 그게 문제예요. 그러니 어떻게 그 불쌍하신 신부님을 뵐 기회가 있었겠어요. 그분은 성자셔서 교구에 사는 여신도의 집엔 절대 안 가시죠. 가난한 사람들이나 교회를 위한 모금을 할 때를 제외하고는요. 나도 처음엔 그 일로 오신 줄 알았어요.

당시 신부님은 내 딸에게 첫영성체를 하게 하셨어요. 그 이후 딸애는 영성체를 자주 했는데 오직 그분에게만 고해를 해요. 그런 이유로 여러 번 신부님을 저녁식사에 초대했지만 허사였어요. 그날 들어오실 때 신부님은 당혹한 표정을 지었어요. 평소 온화하셨던 그분의 표정이 너무 심각하고 당혹감이 역력하게 드러나서 혼자서 맞이할 자신이 없을 지경이었어요. 그러니 그날 신부님이 오신 걸 보고 나온 나의 첫마디가 '아니 맙소사! 신부님, 대체 무슨 일이세요?'인 것도 무리가 아니었죠.

신부님은 이렇게 말씀하시더군요.

'부인, 당신 앞에 선 이 사람은 세상에서 가장 난처한 사람일 겁니다. 성직에 들어온 지 50년이 되었지만 이번처럼 미묘한 일을 맡아보기는 처음입니다. 어떻게 해야 좋을지 모르겠군요.'

신부님께선 그 말을 끝내고 자리에 앉으셨어요. 내게 우리가 이야기할 동안 문을 잠가달라고 하시면서요. 하도 엄숙하셔서 좀 무서울 정도였죠. 당신도 느끼시죠. 그분은 뭔가 알아내신 거였어요. 그러고는 이렇게 말씀하셨어요.

'너무 무서워하지 마세요, 부인. 침착하셔야 합니다. 제 얘기를 들으시고, 그리고 이 전대미문의 사건을 저에게 좀 설명해주세요. 전 정말로 수긍할 수가 없군요. 제가 여기에 온 이유는 따님 때문인데 어머님도 아시다시피 따님은 순결하고 경건한 천사가 아닙니까. 저도 따님의 영혼을 알고 있죠. 일곱 살 때부터 제 손으로 인도해왔으니까요. 따님이 순진하기 때문에 잘못 알고 있는 거라고…… 전 확신하고 있습니다. 그런데 오늘 아침 제게 고해를 하러 왔는데, 이야기인즉, 부인 놀라지 마십시오, 저도 믿지 않으니까요. 그래도 말씀은 드려야 할 것 같아서…… 그 아이가 임신을 했다고 하지 않겠습니까!'

난 비명을 질렀죠.

그러자 신부님께서 다시 말씀하셨어요.

'저도 오늘 아침 어머님처럼 고해실에서 비명이 나오더군요. 따님은 어찌나 깊은 절망에 빠져 괴로워했는지 몰라요! 전 그 아이를 아주 잘 압니다. 인생이니 죄악이니 하는 데 대해서는 아무것도 모르는 어린애죠. 제게 고해성사하는 소녀들 중에서 가장 신뢰할 수 있다고 하느님께 말씀드릴 수 있는 아이죠. 제가 부인께 말씀드릴 수 있는 것은 이것뿐입니다! 우리 사제들은 마음의 병을 치료하는 외과 의사라 할 수 있죠. 그래서 마음속에 감춰둔 수치스러운 일을 밖으로 꺼내줍니다. 우리의 손은 상처를 입히지도 흉터를 남기지도 않죠. 전 가능한 한 아주 조심스럽게 절망에 빠진 따님에게 몇 가지 질문을 해보았습니다. 그런데 따님은 일단 잘못을 고백하고 난 다음에는 더 이상 대답을 하지 않았습니다. 자기 잘못을 죄악이라고, 지옥에서 영원히 벌을 받을 거라고 하더군요. 불쌍한 따님은 하느님의 영벌(永罰)을 받았다고 생각합니다. 그러고 나선 입을 딱 다물어 버리고 막무가내로 어머님한테 가서 자기가 어떤 죄악을 저질렀는지 알려주라고 졸라대는 것입니다. 어머니는 알아야 한다고 그러더군요. 어머님껜 도저히 말할 힘이 안 난대요!'

나는 생제르맹데프레 교회 신부님의 말씀을 듣고 있었어요. 내가 얼마나 놀라고 걱정이 되었는지 당신도 짐작하시겠죠! 신부님과 똑같이, 아니 신부님보다 훨씬 더 딸애의 순결함을 믿고 있었어요. 하지만 순결한 사람들이 순결하기 때문에 죄를 짓는 경우도 종종 있잖아요. 그러니 그 애가 신부님께 고백한 게 사실일 수도 있을 것 같았어요. 난 믿을 수가 없었지만…… 믿고 싶지도 않았고요. 하지만 어쨌든 사실이 그럴 수도 있지 않겠어요! 열세 살밖에 안 된 아이지만 그래도 다 컸거든요. 아닌 게 아니라 그 애의 조숙함이 무서울 때도 있었으니까요. 그러자 일종의 열(熱)이랄까, 맹렬한 호기심 같은 것이 내 안에서 끓어오르기 시작했어요.

'모든 걸 알고 싶어요. 그리고 모든 걸 알아봐야겠어요!'

내 앞에서 얼이 빠져 앉아 계시던 신부님께 난 이렇게 말했어요. 신부님은 내 말을 들으며 당황해서 모자를 벗어 손에 쥐고 계셨어요.

'신부님, 제게 맡겨주세요. 그 애는 신부님 앞에선 더 이상 말을 안 할 겁니다. 하지만 제겐 다 말할 거예요. 전 모든 사실을 털어놓게 할 수 있어요. 그렇게 되면 지금은 납득이 안 되는 것도 다 이해가 되겠죠!'

그러고 나서 신부님은 교회로 돌아가셨어요. 신부님이 떠나시자마자 난 딸아이 방에 올라갔어요. 조바심이 나서 사람을 시켜 오게 하고 기다릴 정신이 없었어요.

방에 들어가니 그 애가 벽에 걸어놓은 십자가 앞에 있더군요. 무릎을 꿇지는 않았지만 엎드려 있었어요. 얼굴은 죽은 사람처럼 하얗게 질려 있고 눈물은 없었지만 오래 울고 난 사람처럼 눈이 굉장히 충혈되어 있더군요. 난 우선 그 애를 가까이 끌어당겨 안았어요. 그러고 나서 내 무릎에 앉혔죠. 고해신부님이 한 말씀을 나는 믿을 수가 없다고 했어요.

그런데 그 애는 내 말을 가로막더니 고뇌와 고통에 찬 목소리로 신부님이 하신 말씀은 틀림없는 사실이라고 하는 거예요. 그러니 난 더 놀라고 걱정이 될 수밖에요. 그래서 물었지요. 그 사람 이름이 뭐냐고.

난 말을 마치지 못했어요. 아! 그 순간의 괴로움이란! 그 애는 머리를 숙이고 얼굴을 내 어깨에 파묻었어요. 그때 나는 그 애의 목에 불같은 것이 뒤로부터 확 들어오는 걸 느꼈어요. 그 애는 파르르 떨고 있었어요. 고해 신부님에게 그랬던 것처럼 나에게도 침묵으로 대항했죠. 벽이 있는 것 같았어요.

'그렇게 창피해하는 것을 보니 굉장히 신분이 낮은 사람인가 보구나?……'

내가 이렇게 말했죠. 자존심이 강한 아이라 그런 말을 들으면 제꺼덕 아니라고 대들 거라는 속셈이었죠. 그래도 그 애는 여전히 말을 안 했어요. 고개를 내 어깨에 푹 파묻은 채. 그러다가 갑자기 얼굴을 파묻은 그대로 이렇게 말하더군요.

'엄마, 날 용서해준다고 맹세해요.'

난 그 애가 해달라는 건 뭐든지 다 해줄 거라고 맹세했죠. 백 번 배반자가 될 위험에 처한다 하더라도 정말 걱정이 되어 견딜 수가 없었어요! 말도 못하게 다급해지더군요. 어쩔 줄을 모르겠더라고요. 머리가 터져서 속에 있던 골이 다 튀어나오는 줄 알았어요.

그 애가 낮은 목소리로 말하더군요.

'저, 그게 라빌라 씨예요!'

그러고는 내 팔에 그대로 있더군요.

아! 그 이름이 뭘 불러일으켰는지 알아요, 아메데! 내가 살면서 지은 큰 죄에 대한 벌을 단 한 방으로 심장 한복판에 얻어맞았던 거예요! 당신은 여자 문제에서 너무도 견디기 힘든 존재였고 수많은 연적으로 애간장을 태웠기 때문에 그 순간 사랑은 해도 믿을 수 없는 남자를 두고 하는 말, '안 될 거 있겠어?'라는 끔찍한 말이 가슴속에서 치밀어 오르더군요. 하마터면 그 말을 할 뻔했어요. 고통받는 그 아이가 듣는 데서 참느라고 혼이 났어요. 그 애는 아마도 자기 엄마가 누굴 사랑하는지 눈치채고 있었을 테니까요.

'라빌라 씨라고?'

이렇게 말하는 내 목소리에 모든 게 다 드러나는 것 같더군요.

'하지만 넌 그 아저씨에게 말 한 마디 한 적이 없잖니?'

난 그리고 이렇게 말할 뻔했어요.

'맨날 피해 다녔잖아.'

화가 나기 시작해서죠. 참고 있던 분노가 점점 위로 끓어 올라오는 것 같았어요.

'그럼 두 사람 다 일부러 그런 거란 말이니?'라는 말을 하고 싶었지만 꾹 참았죠. 그 끔찍한 유혹에 대한 자세한 전말을 하나씩 다 알아내야 될 게 아니겠어요? 그래서 난 아주 다정하게 그 애에게 물었죠. 죽는 줄 알았어요. 그러자 그 애가 있는 그대로 하나둘 이야기를 털어놓으면서 나를 고통과 형벌에서 꺼내주었어요.

'엄마, 어느 날 저녁이었어. 작은 2인용 소파 앞에 난로가 있었고 난로 옆에 1인용 안락의자가 하나 있었는데, 아저씬 그 안락의자에 앉아 있었어. 아저씨가 거기 한참 앉아 있다가 일어나서 딴 데로 갔는데, 어떡하면 좋아, 잘못해서 아저씨가 앉았던 그 의자 위에 앉아버렸지 뭐야. 오!
엄마!…… 그랬는데 꼭 불 속에 떨어진 줄 알았어. 일어나려 했는데 도
저히 안 되는 거야. 힘이 쭉 빠져서 말이야! 그래서 알게 된 거예요. 자!
봐, 엄마. 그때 내가 가지게 된 게 바로 아기라는 걸!'"

라빌라는 후작 부인이 이 이야기를 하면서 웃었다고 말했다. 그런데
그 식탁 주위에 앉아 있던 여인 가운데 아무도 웃을 생각을 하지 않았다.
라빌라도 마찬가지였다.

"자, 여러분 괜찮으시다면 제 얘긴 여기서 마치겠습니다. 믿어주십시
오. 이것이 내 인생에서 내가 불러일으킨 가장 아름다운 사랑입니다."

라빌라가 결론으로 이렇게 말을 맺었다.

그러고 나서 그는 입을 다물었다. 그리고 여인들도 입을 다물었다.
생각에 잠긴 것 같았다. 그를 이해했단 말인가?

코란에 이런 이야기가 있다. 보디발 부인의 노예였던 요셉은 어찌나
미남이었는지 그가 시중을 들면 여인들이 넋을 잃고 쳐다보다가 칼로 손
가락을 베곤 했다고. 그러나 지금은 요셉이 살던 시대도 아니고 후식에
대한 관심도 옛날 같진 않다.

"그렇게 총명하다는 그 후작 부인은 참 바보로군요. 당신에게 그런
말을 다 하다니!"

공작 부인이 빈정대는 말투로 바꾸면서 이렇게 말했다. 하지만 들고
있던 황금 나이프로는 아무것도 자르지 않았다.

시프르바 백작 부인은 라인 지방 포도주가 담긴, 부인의 생각만큼이
나 신비로운 에메랄드빛 크리스털 잔 속을 주의 깊게 들여다보았다.

부인은 이렇게 물었다.

"그리고 그 '작은 가면'은 어떻게 되었나요?"

라빌라가 대답했다.

"오! 그 애는 아주 젊은 나이에 시골로 시집을 갔다가 요절했죠. 그 어머니가 이 이야길 해준 건 그 애가 죽은 다음의 일입니다."

생각에 잠긴 공작 부인이 말했다.

"그렇지 않았다면!"

죄악 속에 꽃핀 행복*

이 감미로운 시대에
실존 인물들의 이야기를 쓰려고 한다는 것
그 자체가 악마의 농간 아닌가……

　　지난해 가을 어느 날 아침, 나는 식물원을 산책하고 있었다. 옆에는 가장 오랜 지인으로 꼽을 만한 토르티** 선생이 함께 있었다. 토르티 선생은 내가 어렸을 때 V시에서 병원을 운영했던 분으로 약 30여 년 동안 아무 탈 없이 자신의 직분을 다한 뒤, 환자들도 죽고 해서 더는 환자를 받지 않았다. 선생은 환자를 '소작인'이라고 불렀는데, 노르망디에서 제일 비옥한 땅을 가진 어떤 지주도 선생만큼 소작료를 많이 받지 못했다. 나이가 들면 독립하는 게 소원이던 선생은 마치 평생을 끌려다니다가 결국 자기 굴레를 부숴버린 짐승처럼 어느 날 갑자기 파리로 증발해버렸다. 그

---

　* 이 작품은 1854년에 작가가 한 편지에서 밝힌 일화를 소설화한 듯하다. 파리의 식물원에서 한 젊은 여자가 맹수에게 도전했고, 이 여성이 남자와 동행하고 있었다는 내용이다.
** 의사인 토르티 선생은 작가의 외삼촌인 장루이 퐁타스 뒤 메릴Jean-Louis Pontas du Meril을 모델로 삼고 있다. 발로뉴Valognes에서 군의관이었으며 자유주의자였고 또한 자유사상가였던 그는 작가의 청소년 시절에 커다란 영향을 끼쳤음에 틀림없다. 이 작품은 외삼촌 장루이 퐁타스라는 인물을 자세히 묘사하고 있는 몇 안 되는 작품들 가운데 하나이다. 그는 1826년에 사망했다.

후 선생은 파리의 식물원 근처 퀴비에 거리에 자리를 잡은 듯했고, 진찰은 개인적으로 보고 싶을 때만 봐주고 있는 모양이었다. 말이 났으니 하는 말이지만, 선생은 정말 환자를 잘 돌보는 탁월한 의사였다. 그는 뼛속 깊숙이 의사의 천성을 타고난 사람이라 할 수 있었기 때문이다. 뿐만 아니라 생리학이나 병리학에만 국한되지 않고 다방면에 걸쳐 대단히 날카로운 관찰가의 면모를 과시하기도 했다.

혹시 당신도 토르티 선생 같은 인물을 만나본 적이 있는지? 대담하고 혈기왕성한 양반이라 웬만해선 겨울에도 장갑을 끼지 않았다. '장갑 낀 고양이는 쥐를 잡지 못한다'는 퍽 그럴싸한 경구를 지어 그 이유를 대곤 했다. 섬세하면서도 강인한 그는 이제껏 무수히 많은 쥐를 잡아왔고 앞으로도 그럴 거라고 말했다. 사실 이런 인물은 나 같은 사람이 굉장히 좋아하는 유형인데, 특히 다른 이들이 싫어하는 면들이 내겐 더 좋게 느껴졌다(나는 나 자신을 잘 안다). 대개 사람들은 평소 자신들이 건강할 때에는 토르티 선생같이 퉁명스러운 괴짜를 싫어한다. 하지만 아무리 싫어한다 해도 일단 병이 생기면 로빈슨 크루소의 총구 앞에서 벌벌 떠는 야만인마냥 지극히 공손해지기 마련이다. 총 앞(죽이지 마라)과 의사 앞(살려달라)에서 굽실대는 이유는 서로 반대겠지만! 만약 그들이 이렇게 존경해주지 않았다면 귀족 같고 외골수에 잰 체하는 그가 이런 작은 도시에서 2만 리브르의 고수입을 올린다는 건 도저히 불가능했으리라. 만약 자기 편견이나 의사에 대한 반감을 표출하는 데 아무 장애가 없었다면, 사람들은 이미 오래 전에 그를 마을에서 추방해버렸을 거다. 선생 자신도 굉장히 냉철한 이성의 소유자라 그걸 모를 리 없었고 이를 두고 농담까지 일삼곤 했다. 30년 동안 V시의 강제 노동에 시달리면서 자주 이렇게 빈정대곤 했던 것이다. "이 인간들, 날 택하거나 종부성사(從夫聖師)를 택하거나 둘

중 하나를 정해야 했을 때, 아무리 독실한 신자라도 결국은 성유(聖油)보다 날 더 좋아하던걸." 보다시피 선생은 도대체 거리낄 게 없었다. 그의 농담에는 약간 불경스러운 면조차 있었다. 의사로서 갖추어야 할 철학적 덕목에 있어선 카바니스*의 진정한 제자였지만, 지긋지긋한 의과 대학의 오래된 친구 쇼시에**와 함께 철저한 유물론자인 데다 뒤부아***——아버지 뒤부아——를 능가할 만한 지독한 독설가이기도 했다. 뭐든지 아래로 끌어내려야 직성이 풀리는 위인이라 공작 부인에게든 여왕의 시녀들에게든 격의 없이 이야기했고, 무조건 생선장수를 부르듯 전부 '아줌마'라고 불렀다. 그 냉소적인 독설이 어느 정도였는지 잠깐 예를 들어볼까 한다. 어느 날 저녁 가나슈 클럽에서 선생은 마치 자신이 주인이라도 되는 양 2백 20여 명이 둘러앉아 있는 화려한 사각 식탁을 흐뭇한 표정으로 둘러보며 이렇게 말한 적이 있다. "이들이 바로 내가 창조해낸 사람들이야!" 그때의 의기양양한 표정이란 지팡이 하나로 바위를 연못으로 만든 모세가 무색할 지경이었다. 허나 어쩌랴. 그에겐 존중 따위의 재능이란 태생적으로 아예 결여되어 있었던 것을! 한술 더 떠서, 그는 스스로 남들은 머리에 그런 자리가 있지만 자기는 없다고까지 말하곤 했다. 이미 칠십이 넘은 나이에도 선생은 토르티란 이름에 잘 어울리게 뼈마디가 툭툭 불거져나온 체격과 꼿꼿하고 건장한 체형에 차가운 인상을 지녔다. 자르르 윤기가 흐르는 밤색 가발과 아주 짧은 머리칼에 빛나는 눈, 시력이 좋아 안경을 써본 적 없는 두 눈은 항상 남을 꿰뚫는 듯했다. 거의 언제나 회색 아

---

* Pierre Jean Georges Cabanis(1757~1808) : 프랑스의 생리학자·철학자. 프랑스 관념
  학파의 대표자이며 생리학적 심리학의 창시자 가운데 한 사람으로, 인간의 의식 작용이
  감각의 결과라는 것을 임상적·생리학적으로 증명하고자 했다.
** François Chaussier(1746~1828) : 해부학·생리학 교수.
*** Antoine Dubois : 19세기 프랑스의 유명한 산부인과 의사.

니면 오랫동안 '모스크바의 매연 색'이라 불리던 밤색 양복 차림이라 그런지, 옷이나 행동은 꼭 죽은 환자의 수의(壽衣)처럼 흰색 일색인 파리의 단정한 의사들과는 전혀 딴판이었다. 사실 그는 괴짜 중의 괴짜였다. 사슴 가죽 장갑을 끼고 굽이 딱딱하고 넓은 장화를 신고 한 걸음 한 걸음 규칙적인 소리로 걸으면 그 걸음이 마치 경계경보 같기도 하고 기사의 행진 같기도 했다. 그래, 기사 같다고 하는 편이 낫겠다. 30년 중 몇 년 동안, 하여튼 아주 오랫동안 그는 각반에 단추를 채운 '번잡스러움'의 대명사로 통했고, 길에 나설 때면 으레 전설의 반인반마(伴人伴馬) 괴물 켄타우로스라도 무찌를 기세로 요란하게 말을 몰곤 했으니까. 게다가 떡 벌어진 가슴을 하고 흔들림 없이 허리를 구부리거나 마부들처럼 좀 휘긴 했지만 관절염 증세가 전혀 없는 튼실한 두 다리로 균형을 잡아 서는 품만 봐도 이 모든 걸 짐작하고도 남았다. 아메리카 대륙의 숲 속을 누비던 쿠퍼*의 전사(戰士)처럼 토르티 선생은 말하자면 코탕탱**의 늪지에서 자란 전사였다. 쿠퍼의 주인공이 그랬듯이 선생도 사회의 통념과 규칙을 조롱하는 자연주의자였다. 하지만 문제는 인간과 사회의 모순을 신으로 대체하는 쿠퍼식 해결을 원치 않았기 때문에 그는 결국 가차 없는 관찰자 내지는 인간 혐오주의자가 될 수밖에 없었다는 점이다. 이것으로 그의 행로는 피할 수 없는 운명을 맞이했고, 선생은 그 운명의 길을 말없이 뒤따랐다. 다만 가죽 끈으로 묶은 말 옆구리로 진흙을 튀기며 달리는 그 험한 와중에도 인생의 흙탕물에 신물을 느낄 정도의 여유가 있었다는 점이 남과 다르다면

---

* James Fenimore Cooper(1789~1851): 미국의 소설가. 문명을 떠나 광야에서 모히칸족 인디언 추장 칭가치국과 더불어 모험을 계속하는 백인 청년 호크 아이(본명 내티 범포)를 주인공으로 하는 소위 『가죽 각반 이야기 Leatherstocking Tales』(호크 아이가 가죽 각반을 신었기 때문에 생긴 이름) 시리즈를 썼다.
** Cotentin: 프랑스 노르망디 지방의 작은 도시.

다르다고 할까. 아무튼 그의 혐오는 알세스트*식과도 전혀 달랐다. 인간성에 분노하는 고상한 사람이 못 되었던 것이다. 선생은 노여워하는 것이 아니었다. 그건 절대로 아니었다. 그는 담배를 피워 무는 것 이상으로 조용히 인간을 경멸할 뿐이었고, 담배를 집어 드는 행동이나 인간을 경멸하는 행동 둘 다를 똑같이 즐겼다고까지 말할 수 있다.

이 정도면 나와 함께 산책하고 있던 토르티 선생에 대한 적당한 설명이 됐을 것이다.

우리가 산책하던 그날은 제비가 강남 가길 주저할 만큼 맑고 화창한 전형적인 가을 날씨였다. 노트르담 성당에서 정오를 알리는 종소리가 울렸다. 진동하는 공기가 어찌 그리 투명한지! 묵직한 종소리는 교각에 일렁이는 초록빛 강물을 넘어서 우리 머리 위까지 길고 윤택한 파동을 쏟아붓는 듯했다. 붉게 변한 공원의 나뭇잎들이 하나둘씩 안개 긴 10월 아침에 잠겨 푸른 물방울로 몸을 씻고, 늦가을의 아름다운 태양은 황금빛 솜털로 선생과 나, 두 사람의 등을 따스하게 어루만져주고 있었다.

어느덧 우리는 그 유명한 흑표범 앞에 다다랐다. 이듬해 겨울에 여자아이처럼 가슴앓이를 하다가 죽게 될 그 표범이었다. 주변에는 식물원을 들렀다 가는 평범한 관람객들이 흩어져 있었다. 이들은 병사나 아이들을 돌보는 하녀 같은 특정 계층으로, 철창 앞을 어슬렁대다 그 속에서 마비된 듯 꼼짝 않고 잠을 자는 맹수들에게 호두 껍데기나 밤송이 나부랭이를 던지며 환호하는 사람들이었다. 우리가 이리저리 돌아다니다 만난 그 표범은, 아실지 모르겠지만, 자바 섬에만 사는 고유의 품종이었다. 세상에서 가장 강렬한 자연을 가진 고장, 인간이 길들일 수 없는 커다란 암호랑

---

* Alceste: 프랑스의 극작가 몰리에르의 희곡 「인간 혐오자La Misanthrope」에 나오는 주인공.

이 같은 곳, 거칠고 환상적인 땅에서 자라는 모든 것이 사람을 물어뜯는 동시에 사람의 마음을 매혹시키는 그런 곳 말이다. 자바는 다른 데서 찾을 수 없는 진한 향기와 화려한 색깔의 꽃, 다디단 맛있는 과실이 가득하고 그리고 아름답고 힘센 동물이 사는 곳이라 아르미드*와 로쿠스타**를 합친 듯 황홀하고도 독기가 서려 있다. 그런 땅이 주는 자극적인 짜릿한 감각을 맛보지 못한 사람은 그 격렬한 생명력을 상상조차 못하리라.

표범은 매끈한 발을 앞으로 내민 채 걱정 없이 몸을 쭉 뻗고 누워 있었다. 특히 곧게 세운 머리와 한 곳에 고정된 에메랄드빛 두 눈은 녀석의 고향에서 나오는 감탄을 자아내는 모든 산물을 대표하는 훌륭한 표본처럼 보였다. 노란색 반점도 하나 없는 털은 새까만 벨벳같이 어둡고 깊어서 그 위에 햇빛이 내리비쳐도 반사되기는커녕 갯솜〔海綿〕을 만난 물처럼 그대로 흡수될 듯했다. 그 탄력 있어 보이는 아름다움의 극치, 휴식 속에서 뿜어나오는 괴력, 왕처럼 냉혹한 거만함에서 잠시 주위를 돌려 눈을 동그랗게 뜨고 입을 헤벌린 채 겁을 내면서 표범을 응시하고 있는 인간 족속을 보노라면, 그 자리의 승자는 인간이 아니라 표범이라 해야 하지 않나 하는 착각마저 들었다. 짐승의 우월감은 모욕적이기까지 했다! 그런 생각을 선생에게 나직이 속삭이고 있는데, 갑자기 표범 앞에 모인 구경꾼들을 비집고 들어와 바로 표범 정면에 떡하니 자리를 잡은 두 사람이 눈에 들어왔다. 그 순간 선생이 대답했다. "그렇소. 하지만 지금은 좀 달라졌지! 봐요, 짐승과 인간 사이에 균형이 생기지 않았나!"

---

* Armide: 이탈리아 시인 토르쿠아토 타소Torquato Tasso(1544~1595)의 작품 『해방된 예루살렘』에 나오는 마법사.
** Locusta: 로마 시대의 유명한 독살 전문가. 그녀는 황제 네로에게 브리타니쿠스를 제거할 수 있는 독약을 제공했다.

그들은 한 쌍의 남녀로 둘 다 키가 훤칠했고 파리의 상류 사교계 사람임을 한눈에 알 수 있었다. 두 사람은 모두 젊은 나이는 아니었음에도 완벽한 아름다움을 소유하고 있었다. 남자는 한 마흔일곱 살이거나 그 이상도 되는 것 같았고, 여자는 마흔 살쯤 되었을까…… 그러니까 그들은 '남미의 남쪽 섬들'에 있다가 돌아온 선원들의 표현을 빌리자면 이미 '선(線)을 넘은' 나이였다. 한 번 넘어가면 다신 인생의 항해를 할 수 없는 운명의 선, 이 선은 실은 적도보다 훨씬 무시무시한 선이리라! 하지만 그들은 그런 것에 별로 신경을 쓰지 않는 듯했다. 이마나 다른 어디서도 그들을 찾아볼 수 없었으니까…… 몸매가 호리호리한 남자가 말에 올라탄 기병장교처럼 단추를 꽉 잠가 입은 검은 프록코트는 귀족적인 분위기를 풍겼다. 만약 그가 티치아노*의 초상화에 나오는 차림만 한다면, 구부정한 어깨, 오만하고도 조금은 여성스러운 분위기, 고양이처럼 가느다랗고 끝부터 하얗게 세기 시작한 콧수염, 이 모든 것이 영락없는 앙리 3세 시대의 멋쟁이처럼 보였으리라. 더구나 머리까지 짧게 깎아서 양 귓볼에 반짝이는 짙푸른 사파이어 귀고리가 눈에 확 띄는 것까지 기가 막히게 닮은꼴이었다. 그걸 보니 스보가르**가 똑같은 자리에 에메랄드 귀고리를 하고 다녔던 게 생각났다…… 사실은 그게 당시의 취미나 고정 관념에 대한 경멸의 표시이기도 했지만, 하여튼 그런 '우스꽝스러운 일면' (사람들은 이렇게 말할 것이다) 만 빼고는 전체적으로 소박하면서도 브러멀식 분위기가 풍겨나는 '댄디'라 할 수 있었다. 다시 말해 그는 어느 부분도 '확 눈에

---

　*　Vecellio Tiziano(?1490~1576) : 이탈리아 화가. 베네치아파의 대표적인 인물로 바로크 양식의 선구가 되었다.
　**　Jean Sbogar : 프랑스 소설가 샤를 노디에Charles Nodier의 동명작품 『장 스보가르』에 등장하는 유명한 사기꾼.

띄지 않는' 차림, 이를테면 옷 입는 사람 자체의 매력이 아니면 눈길을 끌지 못하는 것은 물론, 같이 팔짱을 끼고 있던 그 여자만 아니었어도 척 보기엔 그저 평범한 차림이었다. 아닌 게 아니라 눈길을 끄는 것은 오히려 남자보다는 그와 같이 있는 여자 쪽이었다. 그녀는 키도 남자의 머리에 닿을 정도로 컸고, 더욱이 남자와 똑같은 검은 옷차림과 육감적인 몸매나 신비한 자태, 거기서 느껴지는 기이한 힘이 이집트 박물관에 있는 키 큰 검은 여신 이시스를 연상시켰다. 그 아름다운 남녀를 가까이서 보니 여자가 근육질인 편이었고 오히려 예민해 보이는 것은 남자였으니…… 이상한 일이 아닌가! 그땐 여자의 옆모습만 볼 수 있었다. 하지만 옆모습만으로도 그녀가 형언할 수 없이 빼어난 미의 화신임을 단번에 알 수 있었다. 나는 그렇게 순수하고 오만한 아름다움을 본 적이 없는 것 같다는 생각이 들었다. 여자의 눈이 표범을 응시하고 있어 그리 잘 볼 순 없었지만, 아마 놈은 자석에 끌리듯 기분 나쁜 느낌을 감지한 모양이었다. 그렇지 않아도 꼼짝 않고 있는 참이긴 했지만 여자가 바라보고 있어서 더 뻣뻣한 부동자세로 굳은 것 같았다. 어떤 미동도 없고 수염 끝 하나의 떨림도 보이지 않던 표범은 갑자기 음지에서 양지로 나온 고양이처럼 한동안 두 눈만 깜빡거리더니 더 이상 못 참겠다는 듯이 천천히 눈꺼풀을 내려 이내 초록별 같은 두 눈동자를 가려버렸다. 스스로를 가두어버린 것이다.

"저것 좀 봐! 표범 대 표범 아니오! 하지만 어떻소, 벨벳보다는 비단이 더 강하지 않소."

내 귀에 대고 선생이 이렇게 말했다. 비단이란 바로 여자를 가리키는 말이었다. 여자는 광택이 번쩍이는 비단옷을 입고 있었다. 뒷자락이 길게 끌리는 그런 옷이었다. 이번에도 선생의 눈은 정확했다! 검고 탄력이 있으면서도 강인한 골격을 지니고 왕녀 같은 태도를 보이는 그녀는 표범과 같은 종족이었다. 아름다움 자체는 비슷했지만, 사람의 마음을 뒤흔드는 엄청난 매력을 지녔다. 그 낯선 여자는 표범 앞에 우뚝 서서 우리에 갇혀 있는 표범을 압도하고 마는 인간 표범이었다. 놈이 눈을 감은 걸 보면 놈도 그걸 느낀 것 같았다. 그러나 여자—그렇게 부를 수 있다면—는 그 정도의 승리로는 만족하지 않았다. 자비심이라곤 없는 여자였다. 그녀는 모욕감을 느낀 적수가 눈을 떠 자신을 쳐다봐주기를 원했다. 그녀는 아무 말 없이 열두 개의 단추를 풀어 미끈한 팔에 꼭 달라붙은 보라색 장갑을 벗더니 대담하게도 철책 사이로 손을 집어넣어 표범의 아가리를 철썩 때리는 거였다. 순간 멈칫하던 표범이 확 움직였는데, 그 한 번의 동작으로…… 번개처럼 재빨리 무언가를 덥석 무는 게 아닌가! 주위 사람들이 '악!' 하는 비명을 질렀다. 그녀의 장갑만 사라지고 없었다. 다행히 표범이 집어삼킨 건 그녀의 장갑이었다. 그 감탄할 만한 맹수는 화가 치민다는 듯이 두 눈을 부릅떴고 계속 콧등을 부르르 떨었다.

"당신 미쳤소!"

예리하기 짝이 없는 표범의 이빨을 가까스로 모면한 그녀의 손목을 붙들고서 남자가 외쳤다.

당신도 가끔은 '미쳤어!'라고 소리를 칠 때가 있을 것이다. 그 남자도 바로 그런 목소리를 냈다. 그러고는 떨면서 여자의 손목에 입을 맞추었다.

여자는 우리 쪽에 서 있던 남자를 향해 몸을 비스듬히 돌려 장갑을 잃어버린 자신의 손목에 입을 맞추는 남자를 쳐다보았다. 덕분에 우리는 여자의 두 눈을 볼 수가 있었다. 호랑이라도 홀려버릴 듯한 눈, 그러나 지금은 한 남자에게 홀려 있는 그녀의 두 눈. 인간이 살아생전에 얻을 수 있는 영광만을 위해 다듬어진 커다랗고 새까만 다이아몬드 두 알, 남자를 쳐다보면서 온갖 사랑의 찬사 외엔 일체의 다른 것을 표현하지 않는 두 눈을!

그 눈은 시적인 것으로 보였다. 아니 시 그 자체였다. 남자는 팔을 놓지 않았다. 헐떡이는 표범의 입김이 채 가시지 않은 팔을 가슴에 품고 여자를 공원의 산책로로 데리고 나갔다. 놀라서 웅성거리는 구경꾼들에겐 관심도 없다는 듯, 여자의 무모한 모험이 준 충격으로 정신이 얼떨떨한 군중을 뒤로 하고 그들은 유유히 멀어져갔다. 그들은 선생과 내가 서 있는 옆을 지나가면서도 허리를 꼭 붙인 채 여자는 남자의 몸속으로 남자는 여자의 몸속으로 들어가 하나로 합쳐지겠다는 듯 서로의 얼굴만 쳐다보고 있었다. 당신도 그들을 봤다면 발끝이 땅에 닿지 않고 걷는 우월한 족속, 호메로스의 주인공처럼 구름을 타고 다니는 불멸의 족속 같다고 했을 것이다!

파리에서 이런 사건은 참 드문 일이라 할 수 있다. 그래서인지 우린 빚어놓은 조각상 같은 한 쌍의 남녀가 멀리 사라질 때까지, 그러니까 여자가 깃털을 뽐내는 공작새처럼 긴 검정 옷자락을 끌며 공원의 뽀얀 먼지 속으로 완전히 사라질 때까지 그들을 바라보고 있었다. 서로 꼬아 만든 것 같은 두 존재가 정오의 햇빛을 받으며 멀찍이 사라져가는 모습은 정말 멋있었다. 그들은 마침내 공원 정문까지 다다랐고 번쩍이는 구리 장식과 마구를 단 마차에 올라탔다.

이 광경을 바라보던 내가 선생에게 이렇게 말했다. 선생도 내 말을 알아들은 것 같았다.

"저들은 세상만사를 잊은 사람들이군요!"

그러자 선생은 입속을 물어뜯는 듯한 말투로 이렇게 대답했다.

"아니! 오히려 자기들 세상에 너무 몰두해 있는 것 같구려! 다른 사람은 아무도 눈에 들어오지 않는 모양이오. 자기들을 치료해준 의사 옆을 지나면서도 눈길 한 번 안 주다니 정말 심한 것 같소."

"아, 선생님께서! 그렇다면 저 사람들이 누구인지 아시겠네요. 제발 말씀 좀 해주세요."

내가 이렇게 매달렸다. 그러자 선생은 이른바 뜸이란 걸 좀 들일 자세였다. 매사에 빈틈없는 노인이니 사람을 안달 나게 하고도 남았을 것이다! 그러고 나서도 "자, 저들이 누구인고 하니 바로 '필레몬'과 '바우키스'*요. 그게 다요!"라고만 하는 게 아닌가.

"쳇! 필레몬과 바우키스가 저렇게 오만하고, 저렇게 고대와는 아예 딴판이었단 말씀인가요? 그게 진짜 이름은 아닐 테고…… 도대체 진짜 이름이 뭡니까?"

내가 물어보았다. 그러자 선생이 답했다.

"아니 무슨 소리요! 한 번도 못 만났다고 해도 세를롱 드 사비니 백작 부부를 모른단 말이오? 부부 금실이 신화 같은 한 쌍인데?"

"맹세코 못 들어봤습니다. 선생님. 제가 드나드는 사교계에선 부부 금실 이야기는 하지 않아요."

그랬더니 선생은 내 말에 대답한다기보다는 차라리 혼잣말을 하는 양 말했다.

"하긴! 그럴 수도 있겠구먼. 그들이 속한 사교계만 해도 그다지 올바르지 못한 일도 그냥 눈감아주곤 하니까. 하지만 그들이 사교계 출입마저 끊고 일 년 내내 코탕탱 마을의 사비니 고성(古城)이나 지키고 있는 데엔

---

* Philemon & Baucis: 그리스 신화에 나오는 인물. 필레몬과 그 아내 바우키스는 궁핍한 살림살이에서도 변장한 채 프리기아 지방을 방문한 제우스와 헤르메스를 환대하여 농가를 홀륭한 사원으로 바꾸어 받고 소원대로 부부가 죽을 때를 함께했다.

122

그만한 이유가 있소. 포부르 생제르맹*에서 그들에 대한 소문이 나돈 적이 있소. 하지만 귀족들의 유대감이 살아 있는 동네여서 소문을 떠벌리고 다니기보다 서로 입단속을 해주는 편이었지요."

"무슨 소문인데요? 아! 정말 구미가 당기는 얘기로군요. 선생님! 뭔가 알고 계시죠. 사비니 성은 선생님께서 개업하셨던 V시에서 그리 멀지 않은 곳이잖아요."

그러자 선생은 담뱃가루를 한 움큼 집어 들며 이렇게 말했다.

"그러니까 그게…… 이구동성으로 헛소문이라고들 하던 거요! 이미 지나간 일이기도 하고. 어쨌든 눈이 맞아 하는 결혼이나, 그런 결혼이 주는 행복은 낭만과 환상을 좋아하는 여염집 아낙들이라면 한번쯤 꿈꿔봄직한 이상이지요. 그래도 내가 아는 부인네들은 자기 딸들한텐 그 일을 말하지 않더구먼!"

"그런데 선생님께서 좀 전에 필레몬과 바우키스라 하셨던가요?"

그러자 토르티 선생이 검지손가락을 갈고리처럼 구부리고 앵무새 부리 같은 콧잔등을 쓰윽 하고 쓸어내리다가 갑자기 내 말을 막았다. 콧등을 만지는 동작은 선생이 자주 반복하는 습관이다.

"바우키스, 바우키스! 흠! 저…… 이보시오. 아까 그 대담한 여자 말인데, 그 여자가 바우키스보다는 오히려 여장부 맥베스 부인을 더 닮은 것 같지 않소?"

나는 동원할 수 있는 아부를 모조리 동원하여 선생의 말에 대답했다.

"선생님, 제게 둘도 없는 존경하는 선생님, 사비니 백작 부부에 대해 아시는 걸 제게 모두 다 말씀해주시지 않겠습니까?"

---

* faubourg Saint-Germain: 파리 중앙부, 센 강가에 있는 생제르맹데프레 수도원과 부속 교회, 또는 이 부근을 이르는 이름. 17~18세기 이후 파리 상류 사회의 주거지역이 되었다.

그러자 선생은 아주 엄숙한 음성으로 약을 올렸다.

"의사란 현대에는 고해성사를 받아주는 신부나 마찬가지요. 요즘은 의사가 신부의 역할을 대신하고 있단 말이오. 그러니 의사도 고해받은 이야기를 함부로 발설하지 않을 의무가 있지 않겠소."

선생은 장난기 어린 눈으로 내 얼굴을 들여다보았다. 선생 자신은 기독교를 좋게 생각하지 않았지만 내가 얼마나 기독교를 존중하고 사랑하는지 잘 알고 있었기 때문이다. 그러더니 한쪽 눈을 찡긋했다. 그는 이미 내가 마음이 빼앗겼다는 것을 알고 있었다. 그리고 선생 특유의 냉소적인 웃음을 터뜨리며 이렇게 덧붙였다.

"세월이 흘러 나중에는 정말 의사가 기독교를 떠맡게 될 게요. 사제나 신부처럼 된단 말이오! 아무튼 이리로 오시지. 이야기나 한번 해봅시다."

그렇게 운을 뗀 선생은 나를 식물원과 오피탈 대로 쪽으로 늘어선 가로수 길로 데리고 갔다…… 그러고는 초록색 등받이 의자에 앉아 이야기를 시작했다.

"친구 양반, 벌써 오래전 일이라 이 이야기를 하려면 기억을 한참 더 듬어 올라가야 되오. 살에 박힌 탄환도 새살이 자라나면 찾기 힘들지 않소. 그게 바로 망각이란 게요. 살아 있는 생물의 새살처럼 사건이 터져도 그 위로 다시 올라와서는 무슨 일이 있었는지 알아보지 못하도록 감춰버리고 말지요. 어디 그뿐인가, 시간이 좀더 지나면 그게 어느 자리였나조차 기억이 희미해지지 않소. 아무튼 그때는 왕정이 막 복고되기 시작하던 때였소. 근위 연대 하나가 V시를 지나게 되었소. 그런데 무슨 이유에선지 V시에서 이틀을 더 주둔하게 됐는데, 연대 장교들은 시에 주둔했던 것을 기념하는 의미에서 그 이틀간 검술대회를 열자고 제안했어요. 그 시는 근위대 장교들이 기념잔치를 열어줄 만했소. 국왕보다 더한 왕당파라고 할 만한 이들이 많았으니까. 그도 그럴 것이 인구라야 기껏 5, 6천여 명밖에 되지 않는 도시에 귀족 천지라 할 만큼 많은 귀족이 넘쳐났거든. 당시 그곳에서 가장 훌륭한 가문 출신의 젊은이 30여 명이 궁정 근위대와 귀족 근위대에서 복무하고 있기도 했고. 그래서인지 V시에 들른 연대 장교들도 이곳 출신 장교들과 거의 다 안면이 있었지. 하지만 군대에서 검술 시합이라는 축제를 열게 된 가장 중요한 이유는 '검객의 도시'라는 그 시의 명성 때문이었소. 당시만 해도 그 시는 프랑스에서 가장 결투가 많은 도시였소. 1789년 혁명으로 귀족들은 칼을 차고 다니지 못하게 됐지만, V시의 귀족들은 칼이란 게 꼭 허리춤에 차지 않아도 얼마든지 쓸모 있다는 것을 보여주었소. 여하튼 무술 시합에서 장교들이 보여준 경기 내용은 눈부실 정도로 매우 훌륭했지. 내로라하는 전국의 검사(劍士)들이 전부 모인 데다 취미로 검술을 즐기는 한 세대 아래의 젊은이들까지 가세했기 때문이오. 검술이란 지극히 정교하고 어려운 기예인데, 참여했던 아마추어 검사들은 예전과 달리 제대로 훈련을 받지 못한 형편이었소. 마을 사람들은 선조들이 만들어놓은 영광의 산물인 검술의 진수를 맛보며 열광했소. 그 성원이 어찌나 뜨거웠던지, 서너 차례의 군복무로 완장들을 어깨에 산더미처럼 뒤덮은 나이 많은 연대 검술 교관 하나가 V시에서 검술장을 열면 여생을 보내기에 안성맞춤이겠구나 하고 생각했던 거요. 그는 상관인 대령에게 그 뜻을 전했고 대령도 쾌히 승낙했지. 대령은 그 길로 교관을 제대시켰고 부대는 이내 도시를 떠났소. 전쟁터에서 '몸 찌르기의 달인'이란 별명을 얻게 된 그의 이름은 스타생으로 검술 시합에서 정말 기막힌 생각을 해낸 것이지. 공교롭게도 V시에는 오래전부터 제대로 된 검술 수련장이 없었어요. 아들에게 직접 검술을 가르치거나 겨우 입문 수준에 있는, 아니면 무얼 가르쳐야 하는지도 제대로 모르는 퇴역 장교들에게 자식의 검술 교육을 맡겨야 했던 귀족들로선 수련장이 없다는 것 자체가 개탄스러운 일이었지요. V시 사람들은 자기들의 까다로운 성격에 자부심이 대단했소. 그래서인지 그들에겐 신성불가침의 신념이 하나 있었소. 적을 그냥 죽여선 안 되고 원칙에 입각해 정교하고 예술적으로 죽여야 한다는 것. 그리고 입버릇처럼 말하는 대로 남자는 무기를 들었을 때 멋져야 진짜 남자라는 것. 물론 실제 전투에선 기술보다 힘센 놈이 오히려 훨씬 용맹해 보일지는 모르지만, 그들 눈에 그런 자들은 엄밀한 의미의 '검사'가 아니며 그저 경멸의 대상에 지나지 않았소. 우리 '몸 찌르기의 달인' 교관은 청년 시절 미남으로 이름을 날렸고 나이가 든 그때에도 여전히 미남이었소. 그는 아주 젊은 시절 네덜란드 주둔지에서 다른 교관들의 코를 모두 납작하게 만들어 상으로 은장식 투구 두 개와 칼 두 자루를 하사받은 적도 있었소. 특별한 신체 조건을 타고난 그는 학교 교육만으로는 길러낼 수 없는 천부적인 자질의 검사였소. 당연한 이야기지만 V시에서 열렬한 환영을 받았고, 정착한 뒤에는 더욱 존경의 대상이 됐지. 검술만큼 인간 평등을 실현하는 것도 없을 게요. 옛날 왕정 시대에 국왕에게 검술을 가르치는 사람은 귀족으로 서품이 됐지. 내 기억이 정확하다면 루이 15세도 검술 교과서를 남긴 자기 스승 다네에게 작위를 내렸잖소? 엇갈린 두 칼날 사이에 백합 네 송이를 얹어주며 자기 부대에 배속시켰고 말이오. 시골 귀족들은 여전히 왕정 분위기에 흠뻑 젖어 있던 사람들이라 늙은 교관을 두말없이 자기들 사회에 편입시켰소. 그가 이전부터 귀족이었다는 듯이.

그렇게 하여 '몸 찌르기의 달인' 스타생 영감은 차츰 재산을 모았고 주변의 일들 또한 순조롭기만 했소. 다만 한 가지 불행이라면 검술을 지도할 때에는 흰 가죽으로 누빈 가슴받이를 하고 숙달된 솜씨로 시범을 보이곤 했던 그가, 그 가슴받이 위에 붉은 모로코 가죽을 덧대 심장을 한 번 더 보호하진 못했다는 거요…… 가슴받이 밑에 또 다른 심장이 있다는 걸 깨닫게 된 거요…… 바로 그 심장이 나머지 생을 보낼 마지막 항구인 V시에서 나름대로 새로운 사건을 만들었소. 군인의 심장이란 화약으로 만들어진 것인가 보오. 시간이 흘러 건조해질수록 점화성이 높아지는 게 화약 아니오. 게다가 V시의 여자들은 하나같이 예뻤으니, 사실상 우리 늙은 교관님의 바짝 말라붙은 화약에 불을 댕길 불똥이 지천에 널려 있었던 셈이지. 그래서 그에 얽힌 이야기도 다른 노병들의 결말과 똑같이 흐르게 됐던 게요. 유럽 천지 안 가본 데 없이 두루 돌아다닌 연륜이 풍부한 제1제정의 노병, 시기마다 악마가 마련해준 아가씨의 입술과 허리를 놓친 적이 없었던 노병이 쉰 살이 넘은 나이에 시청과 교회에 들르는 번거로운 예식 절차를 다 갖춰 V시의 한 바람둥이 아가씨와 결혼함으로써 그 행각에 종지부를 찍었던 거지요. 내 그런 유의 여자를 잘 알지. 그만큼 아기를 많이 받기도 했고! 하여튼 스타생의 아내는 아홉 달을 꼭 채우고 아기를 하나 낳았소. 딸이었고, 그 아이가 바로 방금 전 사람이 어디 있냐는 듯 도도하게 치맛바람을 일으키고 지나간 그 여자요!"

"사비니 백작 부인이!" 하고 내가 소리쳤다.

"그렇소. 바로 그 사비니 백작 부인이오. 아! 출신을 따져서는 안 되는 거라오. 여자도 국적도 그렇게 따져선 안 되오. 그 누구를 막론하고 요람 따위는 보나마나요. 난 스톡홀름에서 카를 12세*의 요람을 구경한 적이 있는데, 빨간 칠을 대충 한 말구유 같은 통에 네 발의 길이까지 들쭉

---

* 스웨덴의 왕. 스웨덴을 분할하려는 열강에 대항해 북방 전쟁을 일으키고 덴마크에 침입하여 나르바 전투에서 승리했으나 폴타바 전투에서 러시아에 패했다. 재위 기간은 1697~1718년이다.

날쭉해서 기우뚱합디다. 그 폭풍 같은 인물이 그런 데서 났다니! 본질적으로 요람이란 하루에도 몇 번씩 기저귀를 갈아야 하는 오물통에 불과한 것 아니겠소. 아무리 찾아봐도 아기를 빼면 시적인 구석은 전혀 없던걸."

이 대목에서 선생은 자신의 원칙을 강조하느라 가운뎃손가락으로 들고 있던 사슴가죽 장갑 한 짝으로 자기의 넓적다리를 탁 쳤다. 소리를 분간할 줄 아는 사람이라면 그 가죽장갑이 넓적다리에 부딪히는 음향만으로도 선생의 근육이 아직 단단하다는 것을 알아차릴 수 있었을 것이다.

선생은 잠시 뜸을 들였다. 그러나 난 선생의 철학을 반대할 입장이 못되었다. 내가 아무 말도 하지 않자 선생은 말을 계속 이어가기 시작했다.

"다른 노병들도 다 그렇지만 우리의 '몸 찌르기의 달인' 양반도 아이라면 다른 집 자식까지 귀여워 어쩔 줄 몰라 하는 사람이었으니 자기 아이는 어땠겠소? 그저 깜박 죽는 시늉을 하는 수밖에. 놀랄 게 없소. 나이 지긋한 남자가 아이를 낳으면 젊었을 때 낳은 아이보다 오히려 훨씬 더 귀여워하는 법이지. 사람이 우쭐해지면 모든 걸 확대해서 해석하기 마련이고 부성애도 허영심이 섞이면 갑절로 늘어난다오. 내가 여태껏 살아오면서 느지막이 자식을 본 초로(初老)들을 좀 봤는데, 하나같이 자신의 왕성한 번식력에 도취되어 그게 무슨 빛나는 전적(戰績)이나 되는 듯 뽐내는 게 어찌나 우습던지. 자연의 조화가 사람을 놀리려고 젊다는 환상을 잠시 불어넣어 준 것도 모른다니까! 그보다 더 사람을 행복으로 취하게 하고, 더 해괴망측하고 우쭐하게 만드는 게 있다면 노인네가 한꺼번에 아이 하나도 아닌 둘을 볼 때뿐이오! 쌍둥이 아빠가 되는 영광까지는 맛보지 못했지만 '몸 찌르기의 달인'에게 그 아인 두 사람 몫을 하고도 남았다는 게 틀린 말이 아닐 게요. 당신도 좀 전에 봤으니 그 아이가 어떻게 자랐는지 짐작하고 남겠지요! 아무튼 교관의 딸은 어릴 때부터 힘과 미모가 출중했소. 이 늙은 교관의 첫번째 걱정은 자기 검술장을 드나드는 귀족들 중 과연 누구를 아이의 대부(代父)로 택하느냐 하는 거였소. 결국 여러 후보 가운데 검을 좀 아는 귀족이면서 가장 나이가 많은 아비스 백작에게 부탁하게 됐지. 백작은 런던에 망명해 있으면서 몇 기니의 대가를 받고 몸소 교관 노릇을 한 적도 있는 이였소. 또한 아비스 드 소르토빌앙보몽 백작은 생루이 기사단의 기사였고 혁명 전에는 용기병(龍騎兵) 대위로도 복무한 바 있었소. 당시 적어도 칠십을 넘긴 나이였지만 여전히 젊은이를 '칼끝으로 찌르기'로 공략하거나 검술 용어로 '멋지게 마스크를 벗기는' 실력의 소유자였소. 게다가 격한 행동과 독설을 겸비한 자로 빈정대길 잘하는 노인이었지요. 그는 칼날을 촛불 위로 오가게 하곤 했는데, 그러면 칼도 잘 휘지 않고 명치뼈나 갈비뼈에 닿기만 해도 뼈를 부러뜨릴 만큼 칼이 단단해진다나. 이렇게 단단해진 칼에 '성당지기'라는 희한한 이름을 갖다붙였소. '몸 찌르기의 달인' 교관과 말을 트고 지내는 백작은 평판이 아주 좋았지요. 그런데 하루는 그 백작이 이런 말을 했소. '자네 같은 친구가 낳은 딸이라면 이름을 용맹한 군인의 보검처럼 지어야 하지 않겠나. 그러니 오트클레르라고 하는 게 어떻겠나!' 그리고 바로 이게 딸의 이름이 됐소. 과연 V시의 신부도 낯선 그 이름을 듣고 고개를 갸웃거리더구먼. 교회당 세례반에 그런 이름이 울려 퍼진 건 처음 있는 일이었소. 하지만 아기의 대부가 다른 사람도 아닌 아비스 백작인 데다 비록 귀족들 가운데 교회를 비방하며 악악거리는 무신론자들이 있긴 해도 귀족과 성직자는 확고한 친분을 계속 유지하는 법이고, 게다가 달리 생각해보면 로마력에 클레르라는 성녀의 이름이 있다는 점을 감안해서 올리비에*의 검 명

* 프랑스에서 가장 오래되고 유명한 중세의 무훈시 「롤랑의 노래Chanson de Roland」에 등장하는 주인공 롤랑의 동료. 그가 차고 있던 검의 이름이 오트클레르이다.

칭이기도 했던 예의 그 이름은 별다른 물의 없이 무사히 통과됐지요. 하지만 그 이름은 어떤 운명을 예언하는가 보오. 딸에 대한 사랑 못지않게 교관이란 직업을 사랑했던 노병은 딸에게 검술을 가르쳐 훗날 그 재능을 지참금조로 가져가게 하리라 결심했소. 슬픈 지참금이지! 오늘날로 보면 얼마나 초라한 결혼 예물이오! 가엾은 검술의 거장이 그걸 예견이나 할 수 있었겠나! 아무튼 그 아이는 겨우 걸음마를 뗐을 때부터 검술을 시작했소. 그런데 교관은 그 조그만 계집애가 단단한 사내아이나 다름없이 발목 손목은 물론이고 뼈 마디마디가 가는 철근 같다는 걸 알고는 아주 특이한 교육을 시키기 시작했소. 덕분에 꼬마는 열 살에 이르러 이미 열다섯 살 정도로 보였고 아버지나 혹은 V시의 최강자들과 검술을 겨루어도 기막히게 잘 싸웠다오. 마을 어딜 가나 꼬마 오트클레르 스타생에 대한 이야기뿐이었소. 그 애가 자라서 방금 본 오트클레르 스타생 양이 됐지. 짐작하겠지만 마을 처녀들은 믿기지 않을 만큼 강렬한, 아니 오히려 충분히 이해가 가는, 그럴 만한, 더러 의심과 질투가 뒤섞인 야릇한 호기심으로 그녀를 바라보았소. 하긴 스타생의 딸, '몸 찌르기의 달인' 교관의 딸이 아버지 같은 사람들하고 지낼 때가 아니라면 어디 남들처럼 정상적인 사회생활이 가능하기나 했겠소. 마을 처녀들의 오빠나 아버지들이 한결같이 경이와 찬탄으로 그녀 이야기에 열을 올리니, 다른 처녀들이 그토록 검술과 미모가 뛰어나다는 여자 '생조르주'*를 한번 가까이에서 보기를 원하는 것은 어쩌면 당연한 일 아니겠소? 하지만 바람대로 오트클레르를 가까이서 볼 수는 없었소. 당시 나는 V시에 도착한 지 얼마 되지 않았을 때였는데, 여자애들이 얼마나 안달을 해대던지, 원 참. '몸 찌르기의 달

---

* Le chevalier de Saint-Georges(1745~1799) : 18세기 파리의 유명한 검술가.

인' 교관은 나폴레옹 제정 시대 때 경기병으로 복무한 경험도 있고 검술 수련장 운영으로 돈도 꽤 벌었고 해서 큰 맘 먹고 말 한 필을 사서 딸에게 마술(馬術)까지 가르치기 시작했소. 그렇지 않아도 스타생 교관은 검술장을 자주 들락거리는 사람들의 어린 말을 일 년 계약으로 맡아 길들여주곤 했고, 오트클레르와 함께 말을 타고 시내 대로변이나 외곽도로를 산책하곤 했소. 나는 왕진을 다니는 길에 그들 부녀와 자주 마주쳤지요. 그 부녀를 보면 어째서 이 멀쑥한 처녀아이가 마을 처녀들에게 그리 엄청난 호기심을 불러일으키는지 이해할 수 있었소. 당시 난 대로변을 골라 다닌 덕택에 부모님과 마차를 타고 주변의 성으로 놀러 가는 다른 처녀들과도 자주 마주칠 기회가 있었소. 참, 오트클레르 양이 아버지와 함께 또각또각 말을 타고 오는 소리가 들리기만 해도 마을 처녀들이 길 끝부터 창문에 바투 몸을 기대거나 마차 문에 바짝 몸을 붙여 어찌나 기를 쓰고 고갤 내밀던지. 혹시 그녀를 볼 수 있지 않을까 해서. 상상이 잘 안 갈 게요. 그래 봤자 마을 처녀들은 허탕을 치기 일쑤였지. 이튿날 아침 그 아이들의 어머니한테 왕진 가서 듣게 되는 거라곤 늘 한숨 섞인 실망뿐이었지. 아마존으로 살게 태어났는지 오트클레르는 어슴푸레한 윤곽밖에 안 보이더라고 하면서. 좀 전에 봤으니 당신도 그 처녀들 말이 무슨 뜻인지 이해가 갈 거요. 늘 두껍고 푸르스름한 숄로 가려져 있는 오트클레르 양의 얼굴은 V시의 일부 남자들에게만 알려져 있지요. 종일 검을 들고 있는 그녀의 얼굴은 대개 남자들에게도 쉽게 벗어 보이지 않는 검술용 마스크 그물로 덮여 있었어요. 그녀는 아버지의 검술장을 거의 벗어나지 않았소. 게다가 아버지의 몸이 뻣뻣하게 굳어질 나이가 되자 아버지 대신 검술 지도를 해주는 일이 잦았소. 그러다 보니 거리에 나오는 일은 더욱 드물어졌고, 기품 있는 집 여자들은 길거리에서나 우연히 그녀를 만날 수 있었지요. 아니면 일요 미사에서 보든지. 하지만 오트클레르 양은 일요 미사 때에도 검술장에서처럼 검은 베일로 얼굴을 가리고 있었어요. 검술장의 마스크 그물보다 더 어둡고 촘촘한 베일로 말이오. 사람들의 호기심 어린 상상을 자아내기에 딱 좋은, 숨기려는 건지 튀려는 건지 알쏭달쏭한 행색이지. 그녀가 일부러 그랬을까? 어쩌면 그랬을 수도 있겠지. 하지만 진실을 어찌 알겠소? 꼭 그렇다고 단정지을 수 있겠소? 베일을 마스크처럼 쓰던 그 처녀가 실상은 얼굴보다 마음속이 더 수수께끼 같다는 건 훗날의 사건으로 충분히 증명이 되고도 남았으니 말이오.

자세히 말해주고 싶은 마음은 굴뚝같지만, 당시 상황에 대한 자세한 설명은 생략하고 이야기를 좀 빨리 진척시켜봅시다. 진짜 이야기가 시작되는 부분으로 곧장 갑시다. 오트클레르 양이 열일곱 살쯤 됐을 때였소. 젊었을 때 미남이었던 '몸 찌르기의 달인' 교관은 아내가 죽고 7월 혁명이 일어난 뒤로 마음마저 시든 진짜 영감이 돼버렸소. 혁명으로 슬픔에 잠긴 귀족들은 검술장을 떠나 자신의 성으로 각기 돌아가버렸고, 노인은 아무리 '발을 구르며' 위협해도 까딱하지 않고 시시각각 다가오는 죽음의 그림자를 쫓아내려 무진 애를 썼소. 하지만 이 모두가 허사인지라 성큼성큼 무덤을 향해 가고 있었소. 진찰 경험이 많은 의사에게 그 정도는 불 보듯 뻔한 일이오. 척 보면 알지. 내가 차마 그에게 오래 못 살 거라는 말을 못 하고 있던 차였는데, 어느 날 아침 타유부아 자작과 메닐그랑 기사가 청년 하나를 검술장으로 데리고 왔소. 그 청년은 먼 외국에서 자랐는데 최근에 부친이 돌아가시는 바람에 부친의 성에서 살기로 했다고 하더군. 그 자가 바로 세를롱 드 사비니 백작이었소. 그는 델핀 드 캉토르 양과는 '정혼한 배우자'(V시에서는 이런 촌스런 말을 썼소) 사이였소. 당시 젊은이들은 무슨 일을 하든 혈기가 넘쳐흘렀는데, 그중에서도 특히 사비니 백작이 가장 뛰어나고 팔팔한 기질의 소유자였다고 할 수 있을 것이오. 바로 이렇게 오래된 사회에도 진정한 젊음이 살아 있었소(V시뿐만 아니라 다른 데도 다 그랬지만). 지금은 그런 것을 찾아볼 수 없지만 말이오. 유명한 오트클레르 스타생에 대해 여러 사람이 이야기를 한 바 있었고, 백작도 마침 그런 기적 같은 인물을 한 번 보고 싶어 했소. 더구나 백작은 있는 그대로 보았던 게 틀림없소. 경탄할 만한 처녀, 짜릿하고 도발적인 마력을 지닌 아가씨로 말이오. 비단 스타킹은 팔라스 드 벨트리* 같은 몸매를 더욱 두드러지게 했을 뿐 아니라 검은색 가죽 상의는 강인하면서도 유연한 허리를 으스러질 정도로 바짝 죄고 있었소. 시르카시아** 여자들 같으면 아이 때부터 가죽 띠로 꽁꽁 묶어놓고 다 자란 후 띠가 끊어질 때까지 그대로 있어야 할 게요. 오트클레르 스타생은 클로린다***를 방불케 하도록 성실했소. 백작은 그녀가 수업하는 것을 지켜보고 나서 자기와 대결을 해보자고 청했소! 그러나 사비니 백작은 탄크레디****와는 전혀 딴판이 아니었겠소! 오트클레르 스타생 양은 몇 번이나 칼이 낫처럼 휘도록 미남 세를롱의 심장을 눌렀는 데 비해 세를롱의 칼은 단 한 번도 오트클레르의 몸에 닿지 못했다오.

백작은 아주 정중하게 말했소.

'당신에게는 도저히 칼을 맞힐 수가 없군요.'

그것이 무슨 전조라도 됐던 것일까? 젊은이의 자존심이 완전히 사랑

---

  * Pallas de Velletri: 루브르에 보관되어 있는 아테네의 전쟁의 여신상.
 ** Circassia: 캅카스 산맥 북쪽의 흑해 연안.
*** Clorinda: 토르쿠아토 타소Torquato Tasso의 『해방된 예루살렘Gerusalemme liberata』
     에 등장하는 용감한 무슬림 여전사.
**** Tancredi. 『해방된 예루살렘』에 등장하는 십자군 용사. 기사로 변장한 클로린다와 싸워 그를 살해한다.

에 굴복한 것일까?

　아무튼 그날 저녁 수업 이후 사비니 백작은 매일 '몸 찌르기의 달인' 교관의 검술장에 가서 수업을 받았소. 백작의 성은 거기서 몇 리 되지 않는 가까운 거리였으니까. 때로는 말을 타고 때로는 마차를 타고 번갯불처럼 수련장으로 달려오곤 했소. 아무리 사소한 일이라도 혀끝에 달고 다니지 않으면 직성이 풀리지 않는 수다쟁이의 천국인 그 작은 도시에서조차 그러한 행동에 대해 아무런 문제를 삼지 않았소. 왜냐하면 검술을 좋아한다면 만사형통이었기 때문이오. 한편 사비니는 아무도 신뢰하지 않았소. 심지어 그 시에 사는 다른 사람들이 오는 시간조차 피할 정도로 말이오. 사비니라는 그 청년, 도대체 속을 알 수 없는 젊은이였소. 백작과 오트클레르 사이에 무슨 일이 있었다 해도 그게 어떤 일인지 당시로선 아는 사람도, 아니 의심해본 사람조차 없었소. 델핀 드 캉토르 양과의 결혼은 옛날부터 양가의 부모가 정해놓은 혼사인 데다 결말을 짓지 않을 수 없는 시점에 도달한 형편이라 사비니 백작은 돌아온 지 석 달이 지나서 식을 치렀소. 바로 그 기간 동안 한 달 내내 백작은 정기적으로 V시의 약혼녀 곁에서 낮 한나절을 보내고 저녁이면 어김없이 검술 수업을 받으러 왔소.

　V시에 사는 다른 사람들처럼 오트클레르 양도 사비니 백작과 드 캉토르 양의 결혼을 알리는 종소리를 들었지만, 그녀의 태도나 표정을 봐서는 그런 발표 따위엔 전혀 관심이 없는 듯했소. 사실 그녀 주위에 있는 사람들 중 아무도 이를 유심히 지켜볼 생각을 하지 않았던 게요. 사비니와 어여쁜 오트클레르 사이에 무슨 관계가 있지 않느냐 하는 의혹이 생기기 전이었고, 이 문제를 물고 늘어질 이렇다 할 관찰가도 아직 나타나지 않은 상태였소. 결혼식이 끝나자 백작 부인은 남편의 성으로 들어가 살림을 차렸고, 곧 아주 평온한 신혼생활이 시작됐소. 그런데도 남편은 매일 시내

에 들르더란 말씀이오. 결혼했다고 시내에 나오는 습관까지 버린 건 아닌 모양이었소. 뭐 근방에 사는 다른 성주들 중에도 그런 사람이 많았으니 까. 그렇게 세월이 흘렀소. 어느덧 늙은 '몸 찌르기의 달인' 교관도 세상 을 떠났고, 검술장은 잠시 동안 문을 닫았다가 다시 열었소. 오트클레르 스타생 양은 아버지가 하던 수업을 자기가 이어받아 한다고 했소. 그녀의 아버지가 돌아가셔서 사람들이 줄어들 줄 알았는데, 오히려 사람이 점점 늘어나더구먼. 남자들은 다 똑같소. 남자들끼리는 유별나게 튀는 사람을 싫어하고 기분 나빠 하지만, 그런 별종이 치마만 둘렀다 하면 좋아서 사 족을 못 쓰니까! 프랑스는 말이오, 남자가 하는 걸 할 줄 아는 여자는 비 록 그것을 남자보다 훨씬 못한다 하더라도 다른 여자들에 비해 단연 유리 한 입장에 서게 되는 그런 나라요. 그런데 오트클레르 스타생 양은 뭐든 지 했다 하면 남자들보다 훨씬 더 잘하는 여자인 거요. 그녀는 아버지보 다도 더 강해져 있었소. 수업에서 시범을 보일 때는 도저히 비교할 수가 없었고 시합을 하면 그 기술이 가히 예술이라고 할 정도였소. 그녀가 한 번 찌르면 저항을 못해요. 현악기의 활 놀림이나 바이올린의 최고음 운지 법에 숙달한 거장의 솜씨도 그렇잖소. 가르쳐 줘어줄 수 있는 것도 아니 고 아무나 할 수 있는 것도 아닌 기술 말이오. 당시 나도 검술을 좀 배우 긴 했소. 내 주위에 있는 사람들이 너나 할 것 없이 배웠으니까. 아마추 어인 내 눈은 그녀가 몇 번 공격하는 것만으로도 완전히 넋이 빠졌소. 가 령 4번 자세에서 3번 자세로 돌아가는 동작은 정말 마술 같더구먼. 칼끝 이 지나간 게 아니라 총알에 맞은 줄 알 정도라니까! 받아 젖히는 기술에 서는 제일 빠르다는 남자도 헛바람만 일으키기 일쑤였소. 그녀가 이제 칼 풀기 자세로 넘어가겠다고 예고해줘도 소용없었소. 눈 깜짝할 사이에 찌 르기로 들어오니 어깨, 가슴, 그 어디고 칼을 피할 도리가 없는 거지. 그녀를 직접 보지 않곤 검술을 봤다고 할 수가 없지! 그 솜씨를 보면 칼깨나 쓴다는 사람들도 하나같이 변신술이라고 넋을 잃었고, 어찌나 기가 질려 하는지 들고 있던 칼이라도 꿀꺽 삼키지 않나 걱정스러울 정도였다니까! 여자만 아니었다면 솜씨를 보려고 사방에서 결투 신청이 쇄도했을 게요. 모르긴 해도 한 사람마다 스무 번씩은 싸워줘야 했을걸.

그 가난뱅이 처녀에겐 비단 여자에겐 거의 주어지지도 않는 데다 고상한 생활까지 할 수 있게 해준 검술에 관한 놀라운 재능 외에도 남의 이목을 집중시킬 만한 점이 많았소. 검술 솜씨 외에는 아무것도 가진 것이 없는 데다가 하고 있는 일이 일이었던 만큼 시에서도 가장 부유한 젊은이들과 어울리지 않을 수 없었고, 그러다 보면 개중에 질이 좋지 않은 놈, 건방진 놈도 없지 않았을 텐데 한 번도 깨끗한 이름에 흠이 난 일이 없었던 거요. 사비니뿐 아니라 그 누구의 이름도 오트클레르 스타생 양의 평판에 흠집을 낸 적이 없었으니까…… '매우 정숙한 여자 같은데' 하고 고상한 여자들은 말했소. 왜 그러니까 여배우에 대해 얘기할 때 흔히 하는 그런 말투 있잖소, 그런 투로 말이오. 이왕 이야기를 시작했으니 하는 말이지만 나 자신은 어땠나 하면 하여튼 나도 관찰이라면 일가견이 있다고 자부하는 터였는데도 오트클레르의 덕성에 대해서는 글쎄 시 전체의 의견과 같지 않았겠소. 몇 번 검술장에 나간 적이 있었는데 그녀는 사비니 씨가 결혼하기 전이나 결혼한 후에나 그저 변함없이 묵묵한 자세로 자기 할 일이나 하는 성실한 처녀였소. 꼭 말해둘 것은 그녀가 굉장히 위엄이 있었다는 것, 그녀 앞에 서면 누구라도 그녀를 존경하지 않을 수 없게 된다는 것, 상대방이 누구든 친한 척하지도 않고 무신경지도 않는 일관된 태도를 유지했다는 것이오. 지극히 오만한 얼굴에는 방금 당신이 보고 놀란 것과 같은 정열적인 표정이 없었던 것은 물론이고, 슬픔이든 걱정이든 일체의 어떤 변화도 존재하지 않았소. 그러니 단조롭고 조용한 소도시의 분위기로선 온 도시에 물의를 일으키는 대포 소리 같은 큰 사건이 터지리라고 누가 감히 상상이나 할 수 있었겠소. 어림짐작으로라도 말이오.

'오트클레르 스타생 양이 어느 날 사라져버린 것이었소!'

그녀가 증발한 거요. 그런데 왜 그랬을까? 어떻게 사라졌을까? 어디로 간 것일까? 도무지 알 수가 없었소. 하지만 확실한 것은 그녀가 정말로 없어졌다는 거였지. 그러자 우선 마을에서는 외마디 비명이 울리는 것 같더니 이내 침묵에 잠기고 말았소. 그러나 침묵은 오래 가지 않았소. 이윽고 혀가 돌아가기 시작한 거요. 갇혀 있던 물이 수문이 열리기가 무섭게 콸콸 쏟아져 격렬하게 물방아를 돌리듯, 오랫동안 억제되어 있던 혀들이 꿈에도 예상치 못한 믿기지 않는 이 난데없는 실종 사건을 둘러싸고 거품을 물며 수다를 떨기 시작했소. 사건이 도대체 어떻게 된 건지, 아무리 해도 속 시원히 설명이 되지 않았소. 이는 오트클레르 양이 그 누구에게도 한 마디 말도 않고 쪽지 한 장 써놓지 않은 채 사라져버린 탓이었소. 정말로 사라지고 싶은 사람은 바로 이렇게 증발하는 거요. 크든 작든 하여튼 뭔가를 뒤에 남기는 사람, 그래서 남은 사람들이 그가 왜 없어졌는지를 밝히려고 달려들게 만드는 사람은 정말로 없어졌다고 할 수 없지. 반대로 그녀는 정말 철저하게 사라졌소. 빚은 말할 것도 없고 도대체 남겨 놓은 게 하나도 없었고, 그렇다고 흔히 수군대는 야반도주 같은 것도 아니었소. 전혀 그런 성질이 아니었고, 오히려 바람 속으로 숨어버렸다고 하면 어울릴까. 그러나 바람이 불어도 그녀는 나타나지 않았소. 헛돌거나 말거나 헛바닥 물레방아는 쉬지 않고 돌아갔소. 그러더니 잔인하게도 지금까지 단 한 번의 추문도 없었던 그녀의 평판을 갉아먹기 시작했소. 그녀를 자꾸 집어들어 껍질을 까고, 체에 치고, 솔로 긁고…… 도대체 어떻게, 누구와 도망을 갔을까, 그토록 행동거지 바르고 자존심 강한 아이가? 아니면 도대체 누가 납치라도 한 건가? 그래 분명 납치된 걸 거야…… 그러나 이 모든 것에도 불구하고 해답은 없었소. 그래도 작은 도시를 광포하게 만들 만한 일이긴 했소. 실제로 V시는 이 일로 완전히 미쳐버렸소. 화를 낼 만도 하지 않소! 사람들은 제대로 파악도 하지 못한 것을 잃어버린 것과 마찬가지라고 여겼소. 훤히 다 안다고 생각했지만 사실은 전혀 몰랐던 처녀애 때문에 제정신을 잃게 된 거요. 설마 그녀가 '그런 식'으로 사라질 거라곤 아무도 생각지 못했기 때문이오. 마을 사람들은 장기판의 네모난 칸 같은 소도시에서 헛간의 말처럼 갇혀 지내던 다른 처녀들처럼 그들 가까이에서 결혼도 하고 늙는 것도 보겠거니 믿어왔던 그녀를 잃어버렸던 거요. 끝으로 이젠 '그 스타생'이라 불리게 된 그녀의 실종은 근방까지 명성이 자자한 그 마을의 검술장이 없어지는 것을 의미했소. 검술장은 그 시의 특별한 장식이자 자랑으로 그것은 영롱한 귀고리 같은 영광이자 종탑 위로 펄럭이는 깃발과 같은 거였소. 아, 그 손실이 얼마나 견디기 힘든 것인지! 그러니 깨끗했던 오트클레르에 대한 기억 위에 진흙탕 같은 억측을 콸콸 쏟아붓는 것도 무리가 아니었을 것이오. 정말 그렇게 되더구먼. 몸은 비록 초라한 시골 귀족이지만 정신은 아직 대(大)영주인 몇몇 노인 외엔 어느 누구도 오트클레르를 두둔하지 않더군. 게다가 스타생 양의 대부 아비스 백작처럼 어릴 적부터 그녀를 지켜봐온 사람도 아마 그녀에게 검술 신발보다 더 나은 다른 신발이 생겼거니 할 뿐이었소. 그렇게 증발함으로써 그녀는 결국 모든 사람의 자존심을 상하게 했던 거요. 특히 그녀에게 앙심을 품고 지독한 욕설을 내뱉은 자들은 바로 젊은 남자들이었소. 그들 중 아무도 그녀에게 선택되지 못한 셈이었으니까요.

그들의 슬픔과 불안은 한동안 가라앉을 줄 몰랐지요. 도대체 누구랑?

해마다 한두 달 정도 파리에서 겨울을 보내곤 했던 몇몇 젊은이가 그녀와 마주쳤다고도 하고 멀리서 본 것 같다고도 했어요. 큰 행사가 있을 때였다거나, 그도 아니면 샹젤리제에서 말을 타더라는 따위의 말을 했소. 혼자일 때도 있고 누군가와 동행하기도 했다고 덧붙이면서. 하지만 확실한 건 아니었소. 분명 그녀였다고 확신한 사람은 없었으니까요. 그 여자라고 생각하지만, 어쩌면 아닐지도 모른다, 뭐 그냥 그 정도였다오. 하지만 이것만으로도 사람들의 관심을 붙들어 매기에 충분했어요. 모두 그녀 생각을 하지 않을 수가 없었소. 그들이 그토록 경탄해 마지않던 여자, 시의 위대한 예술가이자 최고의 프리마돈나, 마을의 빛이었던 그녀가 사라지자 온 시는 마치 상을 당한 꼴을 하고 있었던 게요. 광채가 사라지자, 즉 그 유명한 오트클레르가 사라지자 V시는 다른 평범한 다른 도시들과 똑같이 무기력과 쇠약이란 병에 걸렸소. 정열과 고상한 취미를 응집시킬 만한 활동의 중심이 빠진 거요. 검술 열기도 식고, 예전에는 군대의 젊음이 넘쳐흘렀건만 이제 V시는 슬픔과 탄식에 빠져버렸소. 근처에 있는 성에 살며 매일 검술 연습을 하러 오던 청년들도 그때부턴 아예 칼이 아니라 총을 들고 사격 연습을 시작했고 사냥꾼이 되어 자기 영지나 숲 속에 틀어박혔어요. 사비니 백작도 그랬지. V시에 나오는 횟수가 점점 줄면서, 내가 주치의로서 백작 부인의 친정에 들를 때를 빼곤 만날 수 없더군. 그러나 당시만 해도 갑작스레 사라진 오트클레르와 백작 사이에 무슨 일이 벌어진 게 아닐까 하는 의심 따윈 눈곱만큼도 없었기 때문에 사비니 백작을 만나도 그 이야기를 꺼낼 하등의 이유가 없었소. 그리고 마침 지친 혓바닥에서 부화한 침묵이 서서히 퍼지기도 했고, 백작 자신도 오트클레르나 검술장에서 우리가 만났던 일은 좀체 화제로 올리지 않았어요. 물론 그에 대해 내가 어떤 암시적인 말도 건넨 적이 없었고 말이오."

"아, 선생님이 무슨 말씀을 하시려는지 '나막신'을 신고 오는 소리처럼 뻔하군요. 백작이 그녀를 납치한 거로군요!"

이야기의 무대이자 내 고향이기도 한 이곳의 표현을 빌려 내가 말했다. 그러자 선생은 이렇게 말했다.

"에이! 천만의 말씀. 그보단 낫지! 당신은 그게 어찌 된 영문인지 도통 짐작을 못하시는구먼. 시골에서는 특히 비밀 유지가 어려워. 납치는 안 돼. 게다가 사비니 백작은 결혼한 뒤로 성에서 통 나오질 않았거든.

모두가 다 아는 사실이지만 그는 밀월여행이 한없이 연장된 듯 달콤한 신혼 재미에 폭 빠져 있었소. 더구나 시골에선 입에 오르지 않는 게 없잖소. 사비니 하면, 남편치곤 하도 희귀종이라 불에 태워 그 재를 다른 남자들한테 뿌려야 한다(시골 농담이지만)고까지 했소. 내가 얼마나 오랫동안 그렇게 더 속았을지 누가 알겠소. 어느 날 그러니까 오트클레르가 사라지고 일 년이 넘었을 때쯤 사비니 성에서 주인마님이 편찮으니 들러 주십사 하는 급한 전갈만 받지 않았어도 말이오. 난 곧장 출발해 성에 도착하자마자 백작 부인의 방으로 안내를 받았지요. 그녀는 복잡하고도 병명이 확실치 않은 병에 걸려 있었소. 그런 병은 증세가 분명한 병보다 훨씬 위험해요. 부인은 고풍스럽고 우아하고 훌륭하고 오만해 보였지만, 쇠잔한 피를 물려받은 여자였소. 창백하고 야윈 얼굴 깊은 데서 이런 말이 들리는 것 같았지요. '내 핏줄처럼 난 세월에 졌어요. 난 죽어요. 하지만 당신 같은 사람은 경멸스러울 뿐이에요!' 그런데도 불구하고 악마한테 홀렸나, 귀족도 아닌데다 철학적 머리도 없는 내가 그 자태가 아름다워 보이니 못 말리겠더구먼. 백작 부인은 긴 의자 위에 누워 있었소. 검은 기둥과 흰 벽이 있는 응접실 같은 방이었소. 아주 널찍하고 천장까지 높았소. 역대 사비니 백작들이 수집한 귀중품들 중 가장 수준 높은 예술 작품들만 갖다 놓았더군요. 큰 방에 램프 하나가 고작이었는데, 램프에 초록색 갓을 씌워 한층 신비스러운 불빛이 백작 부인의 얼굴을 비추고 있었소. 부인의 뺨에선 열이 펄펄 끓고 있었소. 벌써 며칠 전부터 앓고 있다고 하더군요. 사비니는 사랑하는 아내를 가까이서 돌보려고 작은 침대를 부인의 침대 옆에 갖다놓았더군요. 아무리 간호해도 열이 내리지 않고 오히려 갑자기 열이 많이 나서, 다급한 마음에 왕진을 청하게 되었다고 했소. 백작은 난로를 등지고 서 있었소. 아내를 열렬히 사랑한다는 것, 위중한 병 같다는 생각을 나한테 보이려는 듯 어둡고 걱정스러운 표정을 지었소. 하지만 이마를 주름지게 한 걱정은 아내에 대한 것이 아니라 다른 여자, 나로선 사비니 성에 있으리라곤 꿈에도 생각하지 못한, 그래서 다시 마주친 순간 머리가 아득해지도록 놀란 한 여자 때문이었던 거요. 그게 오트클레르였소!"

그때 내가 말했다.

"굉장하군요! 어떻게 그런 일이!"

선생이 말을 이었다.

"그 여자를 보고 헛것을 봤나 하지 않았겠어요! 백작 부인은 남편에게 종을 쳐서 하녀를 불러달라고 했소. 내가 권한 약을 미리 준비해두라고 이르면서. 잠시 후 문이 열렸소.

'외랄리, 내 약은?'

백작 부인이 다급한 목소리로 짧게 끊어서 물었소. 그러자 '가져 왔습니다, 부인!'하고 어디서 들어본 목소리가 들렸소. 그런데 그 소리가 귓전을 때리자마자 응접실 가장자리 부분을 감싸고 있던 어둠 속에서 침대 가에 둥그렇게 비치던 불빛 안쪽으로 오트클레르 스타생이 서서히 나타나는 거였소. 그렇소, 바로 오트클레르였소! 예쁘장한 두 손엔 은쟁반이 들려 있었고 쟁반 위에는 백작 부인이 가져오길 부탁한 약 그릇에서 김이 피어오르고 있었소. 그걸 보고 나는 숨이 막히는 줄 알았소! 외랄리가…… 다행스럽게도 나는 부인이 외랄리라는 이름을 지극히 자연스럽게 부르는 걸 듣고 모든 걸 한순간에 눈치챌 수 있었소. 그 소리가 얼음 망치로 한 대 맞은 듯 냉정을 되찾게 해준 거지. 하마터면 의사이자 관찰자로서 내가 지니고 있던 수용적 태도나 이성 같은 그 모든 게 단번에 끝장날 뻔했지요. 오트클레르가 사비니 백작 부인의 하녀 외랄리가 되다니! 그여자이기에 가능한 완벽한 변장술인 셈이었지. 그녀는 V시의 바람난 아이들이 곧잘 하던 그런 옷차림을 하고 있었소. 투구같이 생긴 머리쓰개도 그랬고, 돌돌 말린 채 뺨 위까지 길게 내려오는 곱슬머리도 그랬소. 당시 도덕군자들은 이런 머리를 뱀이라고 불렀는데, 그러면 젊은 여자들이 질색하지 않을까 하는 속셈이었겠지만 어림도 없었지요. 더구나 그녀가 고상하게 두 눈을 내리깔고 다소곳이 아리땁게 숨어 있는 모습은 참 뜻밖이었소. 이런 뱀 같은 여자들은 아주 사소한 이익이라도 있을 때에는 그 가증스러운 육체로 무슨 일이든 마음먹은 대로 해치울 수 있겠다 싶지요. 나는 금방 제정신이 들었고 이내 놀라 비명을 지를 듯한 기분을 가라앉혀 이를 악물며 자신감을 회복했소. 그리고 조금 마음이 누그러져서 그 대담한 여자아이에게 다가가 그녀가 누구인지 내가 알아봤다는 걸 알려주고 싶기까지 했소. 그런 의도로 백작 부인이 고개를 숙이고 탕약을 마시는 동안 난 마치 두 개의 못을 박아 넣듯이 뚫어져라 그 여자와 눈을 맞췄소. 그런데 그날 밤따라 사슴처럼 양순한 그 눈은, 방금 전 그녀가 내리깔게 만들었던 표범의 눈보다도 더 평온해 보이는 거요. 눈 하나 깜빡이지 않더구먼. 쟁반을 들고 있던 손이 어느 순간 보일 듯 말 듯 떨렸을 뿐…… 백작 부인은 아주 천천히 약을 다 마시더니 '잘 달였구나, 내 가거라' 하더군요.

그러자 오트클레르, 아니 외랄리가 돌아섰는데 그 모습은 아마 아하수에로*의 처녀들 2만 명 가운데 섞여 있더라도 한눈에 알아볼 수 있을 게요. 그녀는 이내 쟁반을 들고 나갔소. 이제 와서 하는 말이지만, 난 사비니 백작을 쳐다보지 않고 딴청을 피웠소. 내 시선을 어떻게 생각할지 짐작이 가고도 남았으니까. 그러다 그에게 시선을 옮기자 백작은 한참 날 보다가 이젠 극도의 불안 상태에서 벗어났다는 표정으로 바뀌더군요. 그는 내가 '보긴 봤지만' 그럼에도 무슨 일이 일어나고 있는지 '아무것도 보지 않으려 한다'는 걸 알아차린 눈치였소. 곧 안도의 한숨을 내쉬더군요. 내가 철통같이 입을 다물어주리란 확신이 섰던 거지요. 어쩌면 자기 같은 고객을 놓치지 않는 게 좋다는 직업적인 계산이라 생각했겠지만 말이요. 뭐 아무러면 어떻소! 사실은 관찰하길 좋아하는 내 습성 탓인데 말이오. 그렇게 흥미진진한 일이 지구상 아무에게도 알려지지 않은 채 진행되고 있는데, 갑자기 나 때문에 문을 닫게 해선 안 된다는 마음뿐이었으니까……

그래서 나는 정신을 가다듬고 손가락을 입술에 갖다대며 결심했소. 쉿! 설마 이런 일이 있을까 꿈에도 생각 못하는 세상 사람들에게 절대 발설하지 않으리라. 아, 관찰의 즐거움을 당신은 아시는지! 다른 어떤 즐거움보다 고독한 익명의 기쁨을 최상으로 여기고 있던 내가 촌구석의 낡고 외진 성에서 그걸 실컷 맛보게 된 게요. 의사니까 마음만 내키면 언제든지 찾아갈 수 있지 않겠소. 게다가 마침 초조감에서 해방된 사비니가 '선생님, 상황이 변할 때까지는 매일 좀 와주십시오' 하고 말하는 게 아니오. 그래서 난 계속 흥미진진하게 환자를 지켜보며 누구를 잡고 이야기해도 믿을 것 같지 않은 사건의 추이를 놓치지 않고 쫓아갈 수 있게 됐소. 내가

---

* Ahasuerus: 구약성경 「에스더」에 나오는 페르시아의 왕. 그리스어로 '크세르크세스'라고도 한다.

언뜻 본 첫날부터 그 수수께끼는 내 추리력을 강렬하게 자극하기 시작했소. 추리력은 학자들 사이, 특히 의사들에겐 자신의 강렬한 지적 호기심을 만족시켜주는 장님의 지팡이나 마찬가지요. 난 즉시 상황이 어떻게 된 영문인지 추적하기 시작했소. 그녀가 언제부터 여기 와 있었던 걸까? 오트클레르가 사라진 날부터인가? 그렇다면 이 상태가 계속되어 오트클레르 스타생이 사비니 백작 부인의 하녀로 일한 게 일 년도 넘었다는 말 아닌가? 나야 의사니까 오라 하지 않을 수 없는 사람이니 예외로 치고, 어떻게 나 이외에 이 사실을 아는 이가 하나도 없었을까? 난 이렇게 대번에 알아봤는데…… 이 모든 질문은 나를 따라 함께 말에 올랐고, 나와 함께 말 잔등에 앉아 V시까지 달려갔소. 오는 길에 떠오른 질문까지 고스란히 주워온 건 두말할 나위도 없고 말이오. 사비니 백작 내외는 서로 끔찍이 사랑하는 부부로 알려져 있었고, 한편 일체의 사교 모임도 삼가한 채 호젓이 사는 것도 사실이었소. 그렇지만 어쨌든 더러 방문객도 있었을 텐데. 방문객이 남자라면 오트클레르가 나타나지 않았겠지. 그러나 여자라면 V시에 사는 여자일 테고, 거기 여자들은 대부분 그녀를 자세히 본 적이 없으니 얼굴을 알아보지 못했을 테지. 그녀는 여러 해 동안 검술장에서 수업에만 파묻혀 지냈고 말을 타거나 교회에 있는 모습이 멀리서 보일 때에도 두터운 베일로 얼굴을 가리고 있었던 금단의 처녀였던 게요. 오트클레르는 오만한 사람이 전형적으로 가지고 있게 마련인 그런 특징을 소유하고 있었소. 다른 사람이 너무 관심을 가져도 싫어하고 다른 사람의 시선이 모인다 싶을수록 더 숨어드는 그런 특징 말이오. 그녀가 함께 생활하지 않으면 안 되는 사비니 성의 다른 하인들도 설사 그들이 V시에서 왔다 해도 그녀를 제대로 보았을 리 없고, 어쩌면 V시 출신이 아닌지도 모르고…… 이런 생각들이 터덜터덜 말을 몰고 오는 내내 연쇄반응을 일으켰소. 그런 질문들은 얼마간 길을 걸으며 곰곰 생각해보면 답이 다 나오게 마련이오. 말안장에서 내려오기도 전에 벌써 내 머릿속에는 그 모든 추측으로 잘 맞물려 돌아가는 그럴싸한 시나리오 한 편이 완성돼 있었소. 나처럼 이것저것 논리를 따지기 좋아하는 사람이 아니면 납득 못할 그 이상한 일은 그렇게 이해가 된 거였소. 한 가지 잘 들어맞지 않는 부분이 있다면 그건 사비니 백작 부인의 하녀로 들어오는 데 오트클레르처럼 눈부신 미모가 어째서 걸림돌이 되지 않았느냐 하는 점이었소. 그토록 남편을 사랑한 부인이니 분명 질투심이 없을 리 만무한데 말이오. 하지만 V시의 귀부인들은 적어도 샤를마뉴 황제 휘하에 있던 귀족 부인들만큼이나 자존심이 강한 여자들이오. 아무리 하녀가 예뻐도 그녀들이 잘생긴 남자 시종을 거들떠보지도 않듯 자신의 남편들도 그렇게 해주리라 생각하는 거요(대단한 착각이오. 그도 아니면 그 여자들은 「피가로의 결혼」 같은 작품을 읽지도 않았던지!). 그래서 나는 마구간에서 나오면서 사비니 백작 부인도 남편이 자기만 사랑한다고 믿었을 것이고, 사기꾼 같은 사비니가 부인이 의심이라도 하는 기미가 있으면 재빨리 남편에 대한 사랑 탓으로 돌리게 했을 것이라고 생각했소."

"흠! 모든 게 일리가 있네요. 선생님. 하지만 그런 상황에선 너무 무모한 행동 아닐까요?"

내가 의심스럽다는 투로 말했다. 순간적으로 나도 모르게 말을 가로막고 말았던 것이다.

그러자 선생이 대답했다.

"그렇진 않소!"

그러고 나서 인간의 본성에 대한 대가인 선생은 이렇게 덧붙였다.

"그런 상황을 만든 게 바로 그 무모한 성격이라면 어떻소? 무모해서 오히려 더 불같은 정열도 있는 법이오. 그런 정열은 위험 없이는 있을 수도 없지요. 어떤 시대도 흉내 낼 수 없는 정열의 시대였던 16세기에는 사랑을 하는 가장 큰 이유가 바로 그런 사랑이 갖는 위험성 때문이었다오. 정부(情婦)의 품을 떠날 때마다 칼에 찔릴지도 몰랐고, 당신 애인의 남편은 아내의 옷소매에 독을 발라 당신을 독살하기도 했을 것이오. 당신이 수없이 입술을 대고 온갖 장난을 치던 그 소매에 말이오…… 그런 아슬아슬한 위험이 사랑을 질리게 하기는커녕 오히려 자꾸 부추기고 불을 붙여 도저히 저항할 수 없게 만들어버리지! 아무리 법률이 정열을 대신하는 무미건조한 현대라지만 남편이 '부부의 거주지에 간통한 여자를 끌어들였을 때'(법전의 표현은 이렇게 상스럽소) 처벌할 수 있는 형법 조문이 있다는 사실이 이미 흉측한 위험인 게요. 더구나 고상한 사람에겐 흉측하다는 그 이유가 더 큰 위험을 불러일으키는 것이오. 그러니 사비니도 그런 위험에 처함으로써 진정 강한 정신만이 얻을 수 있는 불안한 쾌락을 찾았는지도 모르오."

토르티 선생은 말을 계속했다.

"당신의 예상대로 난 다음 날 아침 일찍 서둘러 성에 가보았소. 하지만 그날도 그다음 날도 아주 정상적이고 평범한 가정 분위기일 뿐 아무것도 눈에 띄거나 하지 않았소. 환자도 그렇고 백작도 그렇고, 하다못해 그 가짜 외랄리도 마치 태생이 하녀였나 싶을 만큼 자연스럽게 자기 일을 할 뿐, 전날 내가 우연히 목격했던 비밀에 대해선 어떤 정보도 얻을 수 없었소. 다만 사비니 백작과 오트클레르 스타생이 소름 끼치도록 무모한 연극을 능수능란한 배우 뺨치게 해치우고 있다는 것, 모든 게 둘이 짜놓은 각본이라는 것만은 분명했소. 하지만 내가 확신하지 못하고 궁금해했던 점은 우선 백작 부인이 정말로 속고 있냐는 것, 만일 그렇다면 앞으로도 계속 속을 것이냐 하는 점이었소. 그래서 나는 부인을 집중적으로 관찰하기로 했소. 내 환자였으니 속을 읽기가 더 쉬웠지. 환자라는 사실 덕분에 내 첫 관찰 대상이 됐던 거요. 아까도 말했지만 부인은 정말 V시의 여자였소. 자기는 귀족이고 귀족 외에 다른 사람은 관심을 끌 가치가 없는 사람들이다, 뭐 이런 생각을 하고 있는. V시의 상류층 부인들은 귀족이라고 자랑할 때에만 열광하는 사람들이잖소. 나머지 계층의 여자들까지도 여느 때는 시큰둥한 성격이지만 그 말만은 굉장히 좋아했소. 델핀 드 캉토르는 베네딕트 수녀원에서 교육받았지만 종교적인 열정이 조금도 없는 데다 수도원도 따분하기 짝이 없어 도중에 나와버렸소. 그 후 집에서 딱히 하는 일 없이 지내다 사비니 백작과 사랑에 빠졌는지, 아니면 사랑한다고 믿었는지 하여튼 결혼을 했던 것이오. 무위도식에 지친 처녀들이란 처음 보는 남자에게 쉽게 넘어가는 법이니까. 백작 부인은 피부는 하얗고 살은 부드러운 데 비해 뼈는 단단한 여자였소. 우윳빛 피부에 주근깨가 더러 박힌 얼굴을 하고, 머리칼은 아주 은은한 붉은빛을 띠었는데, 피부에 점점이 뿌려진 주근깨 색이 약간 더 진해서 그렇게 보였지요. 푸르스름한 자개처럼 정맥이 비치는 창백한 팔을 뻗으면 가늘고 귀부인다운 손목에 규칙적인 맥박이 힘없이 뛰곤 했소. 그걸 보면 부인은 마치 희생양이 되려고 태어난 사람 같았소. 하녀 노릇도 마다 않고 그녀에게 복종하고 있는 그 오만방자한 오트클레르의 발밑에 으스러지려고 말이오. 그러나 부인의 마른 얼굴 끝에 두드러져 나온 턱을 보면 또 그런 첫인상이 다 옳진 않은 것 같기도 하였소. 로마 시대 메달에 조각된 풀비아* 부인의 턱처럼 피로가 만연한 얼굴 아래쪽에 따로 떨어져 있는 턱이었으니. 더구나 윤기 없는 머

* Fulvia: 고대 로마의 군인·정치가이자 클레오파트라의 연인으로 유명한 마르쿠스 안토니우스의 첫 부인.

리칼 밑으로 고집스럽게 불거져 나온 이마를 보아도 그랬소. 그 모든 것 때문에 결국 판단을 못 내리고 말았소. 오트클레르의 걸음도 마찬가지였지. 판단을 내리지 못한 까닭이 바로 '거기에' 기인하는지도 몰랐소. 지금은 조용하지만 이 집에서 내가 언뜻 목격한 그 상황은 어떻게든 무서운 결말로 치닫지 않을 수 없을 테니까. 언제 닥쳐올지 모를 파국의 날을 기대하며 난 더욱 세심하게 그 자그마한 부인을 진찰했소. 자기 주치의에게 그렇게 오랫동안 입을 다물기는 힘드리라고 봤지요. 몸을 맡기면 마음도 기대게 되는 게 보통이지 않소? 백작 부인이 앓는 이유가 도덕적이든 비도덕적이든, 하여튼 의사인 나와 숨바꼭질을 해봤자 마음을 감춰봤자 소용없는 일, 언젠가는 내 앞에 다 펼쳐놓게 되어 있는 것이오. 이상이 내 생각이었소. 하지만 정말로 아무리 날카로운 의사의 발톱으로 이리 뒤지고 저리 뒤지고 해도 모두가 허사였소. 며칠 그런 헛수고를 하다가 나는 부인이 남편과 오트클레르가 범죄의 공모자라는 것도, 자기 집이 은밀하고 조용한 범죄의 무대가 되고 있다는 것도 전혀 눈치채지 못하고 있다는 것을 분명히 알게 됐소. 부인이 명철하지 못했기 때문일까? 아니면 질투심 때문에 입을 다물어버린 걸까? 도대체 어떻게 그럴 수 있다는 말인가? 부인은 남편을 제외한 모든 사람에게 약간은 오만스러울 정도로 점잖게 대했소. 시중 들고 있는 가짜 외랄리에게는 위엄이 있었지만 부드럽게 대했소. 앞뒤가 좀 안 맞는 이야기로 들릴지 모르겠구려. 하지만 그렇지 않소. 확실히 부인의 태도는 그랬으니까. 부인은 뭘 시킬 때 짧게 끊어서 말하곤 했지만 한 번도 목소리를 높인 적이 없었소. 시중만 받으며 살았고 앞으로도 그러리라 믿는 다른 여자들처럼…… 부인도 물론 다른 여자들과 비슷했지만 그래도 부인은 상냥한 편에 속했소. 그 대단한 외랄리가 어떻게 그랬는지 교묘히 부인의 집에 잠입해 들어온 것도 그렇지만, 더 놀라운 것은 그녀가 주인마님을 잘 보살피면서도 상대방이 싫증 내기 전에 멈출 줄도 알았다는 점이오. 시중 드는 세세한 동작이 하나하나 마님의 성격을 얼마나 열심히 또 감각 있게 파악하고 있으며, 얼마나 재치 있게 실행에 옮기는지 역력했기에…… 그래서 나는 결국 백작 부인에게 그 외랄리에 대한 이야기를 먼저 꺼내게 되었소. 내가 백작 부인을 진찰하고 있는 동안 외랄리가 얼마나 자연스럽게 부인 주위를 왔다 갔다 하는지 등골이 오싹해질 지경이었어요. 잠든 여인의 침대로 소리 없이 미끄러져 드는 뱀을 본 것처럼 말이오. 어느 날 저녁 백작 부인이 뭔가를 가져오라고 외랄리에게 심부름을 시킨 적이 있었소. 난 외랄리가 행동이 민첩한 여자라 언제 어느새 돌아올지 모른다 싶어 담아뒀던 말을 재빨리 꺼냈소.

'발걸음이 사뿐하기도 하군요! 백작 부인께서는 참 시중을 잘 드는 아이를 구하신 것 같습니다. 실례가 아닐지 모르겠습니다만 어디서 데리고 오셨는지요? 혹시 V시에서 온 아이는 아닌지?'

그러자 백작 부인은 초록색 벨벳 테두리에 공작 깃털로 장식된 손거울을 보며 건성으로 답했소. 다른 사람의 말은 안중에도 없고 자기 일에만 정신이 팔려 있을 때 보이는 그런 무성의한 태도로 말이오. '네, 시중을 참 잘 드는 아이지요. 전 더 바랄 게 없을 만큼 대만족이에요. V시에서 온 아이는 아니에요. 하지만 어디서 데려왔는지는 잘 모르겠네요. 정 알고 싶으시면 사비니 씨에게 물어보시지요, 선생님. 결혼하고 얼마 뒤에 남편이 데리고 왔으니까요. 남편 말로는 나이 많은 사촌 할머니가 부리던 아이였는데 할머니가 돌아가시는 바람에 있을 곳이 없어 데려왔다고 했죠. 애가 참해 보여서 마음에 들었는데 데리고 있길 잘한 것 같아요. 하녀로 이만 한 애는 없을 거예요. 실수란 게 없는걸요.'

나는 좀 심각한 척하며 이렇게 말했소.

'부인께서는 그렇게 생각하실지 몰라도 제가 보기에는 결점이 하나 있던데요.'

'그러세요! 그게 뭔데요?'

부인이 나른한 목소리로 물었어요. 여전히 별 관심이 없다는 투로 말이오. 그러고는 거울에서 눈을 떼지 않고 핏기 없는 창백한 입술만 보고 있더구먼. 그래 내가 말했소.

'너무 예쁘단 거죠. 하녀치곤 정말 과하게 미색이군요. 좀 있으면 다른 사람이 채갈지도 모르겠어요.'

'그럴 것 같으세요?'

부인이 그러더군요. 계속 거울만 보며 내 말은 아예 관심 밖이라는 듯한 태도로 말입니다.

'부인과 같은 귀족 신분에다가 성품이 점잖은 남자 정도라면 자칫 한눈을 팔지도 모르지 않습니까? 저 아이의 미색은 공작님이라도 홀릴 만한데요.'

물론 나 자신조차 화끈거릴 빤한 질문을 했소. 마음을 떠보려 했던 거지요. 하지만 부인이 도통 아무 반응이 없으니 난들 달리 캐볼 길이 없었어요. 자기가 들고 있던 거울처럼 주름 하나 없이 팽팽한 이마를 가진 백작 부인은 'V시에는 공작이 없지요' 하더니 속눈썹을 만지작거리면서 말하더군요.

'그리고 선생님, 그런 아이들은 자기가 나가려고 마음만 먹으면 아무리 아끼고 정을 주어도 소용없는 아이들이에요. 외랄리가 아주 마음에 드는 하녀긴 하지만, 다른 애나 똑같이 사람의 정 따위는 아랑곳하지도 않을걸요. 그래서 전 그 아이에게 마음을 주지 않으려고 늘 조심하고 있답니다.'

이런 대화가 오간 뒤로 나는 외랄리에 대해 더 이상 묻지 않았소. 백작 부인은 완벽하게 속고 있었던 거요. 그리고 또 누가 속았을까? 바로 나였소. 난 오트클레르를 그녀의 아버지가 운영하던 검술장에서 하도 여러 번 봤기 때문에 칼을 얼마나 길게 잡는가 하는 것만 봐도 그녀를 알아볼 수 있었소. 그런 나조차 그녀가 정말 외랄리라는 아이일까 의심한 적이 한두 번이 아니었소. 그녀에 비해 훨씬 더 태평스럽고 여유가 있으며 거짓말도 그럴듯하게 잘할 것 같은 사비니는 전혀 그렇지 않았소. 더구나 그 여자는 어땠는지 아시오! 내 참! 성에서 돌아다니며 행동하는 짓을 보면 꼭 물 만난 물고기 같았어요. 성에서 하는 짓이며, 비범한 삶에서 얻을 수 있는 모든 것을 버린 것이며, 비록 괴상한 방식이긴 해도 그녀는 분명 백작을 사랑하고 있었던 게 틀림없소. 비록 소도시에 불과했지만 그녀에게는 우주나 다름없는 곳에서 남의 시선을 한 몸에 모으며 허영심을 만족시킬 수도 있었고, 그곳 젊은이들이 다 그녀를 갈망하고 숭배했으므로 그중 하나와 사랑하고 결혼을 하면 그때까지와 다른, 즉 남자 구성원만 알고 있는 더 높은 계층으로 신분 상승을 할 수도 있었소. 그러니 두 삶으로 나뉜 사랑에서 백작이 거는 위험 부담은 그녀에 비하면 오히려 적은 셈이지요. 더구나 사랑에 대한 진지함에서도 여자만 못했다고 할 수 있을 게요. 사랑하는 애인을 그런 모욕적인 입장에 처하게 하다니 남자로서 자존심 상하는 일 아니냐 말이오. 사비니의 성격이 격정적이라고들 하지만, 모든 정황이 오히려 그 평판과 어울리지 않았소. 아내를 희생시킬 정도로 오트클레르를 사랑했다면 이탈리아 같은 곳으로 도망갈 수도 있었을 텐데 말이오. 이 또한 당시만 해도 심심찮게 일어나는 일 아니었소! 그렇게 한다면 수치스럽게 몰래 간통을 저지르는 볼썽사나운 단계 따윈 필요 없었을 텐데. 그러니 백작의 사랑이 덜한 게 아닐까 하는 거요. 혹시 오트클레르가 백작을 훨씬 더 사랑하니 그냥 그녀가 하는 대로 내버려둔 건 아닐까. 자기 발로 성까지 걸어와 자진해서 남자의 침실로 들어간 게 아닐까. 백작은 대담하고 짜릿한 쾌감에 매순간 유혹의 화신처럼 등장한 전혀 새로운 보디발*이 하는 대로 내버려둔 게 아닐까? 내게 보이는 것만으로는 사비니와 오트클레르에 대해 자세히 알 수 없었지만, 둘은 진짜 공범이었던 게요. 어떤 식으로든 간통의 공범자였단 말이오! 하지만 죄를 범하며 느낀 진심은 어땠을까. 서로에게 어떤 입장이었을까? 난 어떻게든 이 둘의 방정식이 남긴 미지수를 풀고 싶었소. 아내를 대하는 사비니의 태도는 흠잡을 데 없이 훌륭했소. 그러나 오트클레르, 즉 외랄리가 곁에 있으면 평소보다 조금 더 조심스러워한다는 사실쯤은 몰래 한쪽 눈을 떼지 않고 보고 있노라면 간파할 수 있는 일이었소. 그 자체가 아마 그의 심기가 불편하다는 신호였을 게요. 매일매일의 일상에서 책이나 신문이나 뭐 다른 잡다한 것을 가져오라고 외랄리에게 시키고 나서 그 물건을 받아드는 태도는, 베네딕트 수녀원에서 교육받은 아내라는 여자만 빼고, 누구라도 대번에 눈치챌 만한 것이었소. 제 손이 오트클레르의 손에 닿을까봐 겁을 내는 게 확연히 드러났으니까. 자칫 스치기라도 하는 날이면 그 손을 덥석 붙들지 않고는 못 배길 거라는 듯한 행동 말이오. 그런데 오트클레르는 그런 부자연스러움이라든가, 겁에 질린 조심성이라든가 하는 게 전혀 없더구면. 그런 여자들은 하늘나라가 있다면 하느님을, 지옥이 있다면 마왕을 유혹하길 마다하지 않을 여자라 그런지 욕망과 위험을 동시에 일으키고 싶어 하나 보오. 어떻게 하다 내가 저녁식사 시간에 그 성에 들른 날도 한두 번 있었는데, 그런 날 유심히 보면 사비니는 매우 헌신적으

---

* 성서에서 요셉을 유혹했던 이집트 파라오의 경호대장 보디발의 부인.(창세기 37~50)

로 아내의 침대 곁에 붙어 저녁을 함께했소. 그리고 오트클레르는 시중을 들고 있었고, 다른 하녀들은 부인의 방에 일절 들어오지 못하게 했어요. 그런데 오트클레르가 식탁에 접시를 놓으려면 사비니 어깨 앞으로 몸을 좀 숙여야 했소. 그때 접시를 놓으면서 가슴 끝으로 백작의 뒷덜미나 귀를 스치는 걸 본 적이 있소. 그러자 백작은 하얗게 질려서……, 혹여 아내가 보고 있지 않은지 눈치를 살피더군요. 정말이오! 당시만 해도 나 역시 젊은 나이였고 사람들이 감각의 충동질이라고들 하는 조직 세포의 출렁거림, 그게 고단한 생의 유일한 낙이라 믿던 시절이었소. 나는 결국 두 눈 시퍼렇게 뜨고 있는 아내 앞에서 하녀로 위장한 여자와 밀통(密通)하는 생활에도 분명 어떤 굉장한 행복이 있겠구나 하는 상상에 빠져들었소. 그렇소, 형법이라 불리는 늙은 율사의 말처럼, 결혼생활을 영위하는 집에서 발생한 간통 사건이었소. 그때 비로소 감을 잡았던 거요!

그러나 사비니가 얼굴이 하얘지고 겁에 질린 표정을 참고 있는 것을 빼면 그들 사이에 어떤 이야기가 얽혀 있는지 전혀 알 수 없었소. 이 아슬아슬한 곡예의 피할 수 없는 종말과 파국은 올 테지만 말이오. 그 둘이 어디까지 간 것일까? 그게 바로 그들이 써내려가고 있는 소설의 비밀이었고, 난 그걸 캐고 싶었던 거요. 그 의문이 스핑크스 발톱처럼 내 머리를 꽉 움켜쥔 채 놓아주질 않고 점점 더 세게 조여왔고, 마침내 나를 관찰자에서 염탐꾼으로 바꿔버렸지요. 하긴 염탐꾼이 별건가, 위험을 무릅쓰고 관찰하는 사람이지 뭐. 허허! 알고픈 강렬한 욕구는 사람의 넋을 완전히 빼앗지 않소. 모르는 걸 알아내기 위해서라면 나는 치사하고 비열한 행동쯤은 얼마든 감수할 각오가 되어 있었소. 내겐 전혀 맞지도 않고 그렇게 생각해본 적도 없는 행동이지만 어쩔 수 없었어요. 염탐하는 습성에 사로잡히다니! 난 촉수를 사방에 뻗어보았소. 성을 방문할 때면 늘 마구간에 말을 매놓곤 하는데 그때마다 시치미를 뚝 떼고 하녀들한테 주인 내외에 대해 수다를 떨게 유도했소. 오직 호기심을 채우려는 욕심으로 난 고자질(이런, 못하는 말이 없구려!)도 사양하지 않았소. 그런데 이상스러울 만큼 하녀들도 백작 부인과 마찬가지로 속고 있는 게 분명했소. 한마디로 오트클레르를 아주 성실한 동료라 생각하고 있었던 게요. 하마터면 호기심의 대가가 고작 이 따위에 머물고 말 뻔했소. 매사가 다 그렇겠지만, 어떤 책략보다 효과적이고 어떤 염탐보다 많은 정보를 단번에 알려주는 그 우연이 없었다면 말이오.

백작 부인을 왕진하러 다닌 지 두 달이 지났을 즈음이었소. 건강은 별 차도를 보이지 않고 쇠약증이 점점 더 심해지더니, 결국 그 증세가 전신으로 퍼질 지경이었소. 무기력한 그 시대에 의사들이 빈혈이라는 이름을 붙였던 병에 이르렀소. 여전히 사비니와 오트클레르는 완벽하게 연극을 지속하고 있었어요. 내가 성에 들락거리며 그들 앞에 버젓이 앉아 있는데도 좀처럼 움츠러들지 않는 위험한 연극 말이오. 그런데 그 배우들에게서 약간씩 피로의 기색이 보이는 것 같았소. 사비니 백작이 차츰 야위는 것을 본 V시 사람들은 '사비니 씨처럼 훌륭한 남편이 또 있을까! 부인이 병상에 누운 뒤 몰라보게 달라졌네. 서로 사랑한다는 건 얼마나 아름다운 일일까!' 했지요. 한편 오트클레르는 미모는 여전했지만 눈가에 푸른 자국이 생겨나고 있었소. 단순히 울어서 생긴 자국과는 달랐소. 하기야 그 눈으로 울었을 리는 없고 그보다 오히려 며칠 밤을 샌 눈같이 보였소. 그럼에도 보랏빛으로 둘러싸인 시선은 더 강렬히 빛납디다. 사비니가 여위고 오트클레르의 눈가가 퍼렇게 된 까닭에는 그들이 스스로 짊어진 위험에서 오는 긴장 말고 다른 뭔가가 있는지도 몰랐소. 생각해봄직한 원인이야 얼마든지 있지 않겠소. 부글부글 끓어오르는 화산 같은 상황이니 말이오. 그들 얼굴에 나타난 흔적을 보며 저게 무엇의 징표일까 의문이 생겼지만 곧 명쾌한 답을 내릴 순 없었지요. 그러던 어느 날 도시 외곽으로 왕진을 돌고 저녁 무렵이 되어 사비니 백작의 성을 거쳐서 귀가하던 길이었지요. 애당초 평소처럼 성에 들를 생각이었소. 그런데 그날따라 아기를 낳는 시골 아낙이 어찌나 시간을 끌던지 성에 다다랐을 때는 이미 상당히 시간이 늦어 감히 들어갈 엄두를 못 내고 있었소. 게다가 갖고 있던 시계도 멈춰버려 몇 시인지도 정확히 분간이 안 갔고. 그나마 마침 둥근 달이 하늘 저편으로 막 기울고 있어서 어렴풋이나마 자정을 약간 넘었겠구나 싶더군요. 사비니 성의 키 큰 소나무 맨 끝자락에 닿을 듯 말 듯 이울어가던 달은 금세라도 나무 뒤로 넘어갈 것 같은 분위기였소."

이때 선생이 갑자기 말을 끊고 고개를 돌리며 물었다. "사비니 성에 가본 적 있소?" "예" 하고 내가 주억거리자 선생이 다시 말을 이었다. "그래요! 그렇다면, V시에서 사비니 성으로 곧장 이어지는 길을 찾으려면 소나무 숲으로 들어가 성벽을 따라 한참 올라가야 한다는 것도 아시겠구면. 그러니까 성을 반 바퀴 정도 우회해서 가야 하는 거지요. 그렇게 길을 오르고 있는데 바스락거리는 소리 하나, 불빛 한 점 없는 깜깜한 숲속 어디에선가 난데없이 무슨 퉁탕대는 방망이질 같은 소리가 들리는 게 아니겠소. 처음에는 온종일 들일에 시달리던 가난한 여인이 낮에 미처 하지 못한 빨래를 달 밝은 밤이 돼서야 하나 보다 했소…… 그런데 성 쪽으로 조금 더 다가서면서 처음에 들었던 소리와 어우러지는 다른 소리를 듣게 됐어요. 그건 두 칼이 서로 부딪치고 (마찰되며) 뒤엉키고 긁힐 때 나는 소리였소. 잘 아시겠지만 고요하고 맑은 밤공기 속에선 미세한 소리도 이상하리만치 또렷하지 않던가요! 챙챙, 숨 가쁘게 부딪치며 단속적으로 슬근거리는 쇳소리, 의심의 여지 없이 두 칼이 부딪치는 소리였소. 퍼뜩 어떤 느낌이 머리를 스쳤소. 과연 소나무 숲을 벗어나자 허연 달빛 아래 성채가 나타났고 창문이 하나 열려 있는 거였소.

'오호라! 저게 저들이 사랑을 나누는 방식이로구나!'

나는 취미나 습관까지도 힘이 넘쳐 오르는 그들이 감탄스럽기까지 했소. 그 늦은 시간에 사비니 성에서 검술을 할 수 있는 사람은 세를롱과 오트클레르밖에 없었소. 보지 않고 소리만 들어도 검술 연습을 한다는 것쯤은 누구나 알 수 있었지. 내가 방망이질 소리라고 생각했던 것은 실상 두 검사가 공격의 신호로 '발을 구르는' 소리였던 것이오. 열린 창문은 네 채의 성관 중에서도 백작 부인의 내실이 있는 건물과 가장 멀리 떨어진 건물에 있었소. 달빛 아래 잠든 성이 마치 침울하고 창백한 송장같이 보이더구먼. 발코니 주위를 둘러싼 창에는 덧문이 반쯤 열려 있었고, 그들이 일부러 택한 것이 틀림없는 그 건물을 제외하고 다른 데는 아주 조용하고 깜깜했소. 그 가운데 유독 발코니에 줄무늬 그림자를 드리우며 반쯤 열린 덧문에서 발을 구르고 칼을 부딪치는 소리가 새어 나오고 있었던 게요.

그 소리가 너무나 맑고 생생하게 들려왔기 때문에 나는 7월의 날씨가 하도 더워 덧문은 반쯤 열어놨지만 그 안의 창은 아예 활짝 열어놓았다는 걸 짐작할 수 있었소. 잠시 숲 가에서 말을 멈춘 채 그들이 매우 격렬하게 싸우는 소리에 귀를 기울였소. 전에도 칼을 들고 사랑을 나누었고 지금도 그런 식으로 사랑하고 있는 두 연인이 서로 공격을 주고받는 그 소리에 솔깃했던 거요. 그렇게 얼마간 그 소리를 듣고 서 있는데 어느 순간인가 칼 부딪치는 소리, 발 구르는 소리가 딱 멈추었소. 이어 발코니 덧문이 활짝 열리는 바람에 난 급히 소나무숲 그늘로 말을 몰아 뒷걸음질 쳤소. 하마터면 환한 달빛에 내 모습이 드러날 뻔했어요. 세를롱과 오트클레르는 발코니 난간으로 나와 팔을 기대고 섰소. 그 둘이란 걸 분명히 알겠더군. 달은 좁은 숲 뒤로 넘어갔지만 그들 뒤편에서 흘러나온 샹들리에 빛을 받아 둘의 윤곽이 비쳤소. 오트클레르의 옷차림은 글쎄 그게 옷을 입은 거라 할 수 있을지, 하여튼 V시에서 수업할 때 수없이 본 모습처럼 갑옷 같은 샤무아 가죽 조끼가 몸을 꽉 죄고 있었고 팽팽히 달라붙는 비단 스타킹이 근육질의 다리 선을 잘 드러내주었소. 사비니도 거의 비슷한 옷차림이었소. 둘 다 멋졌고 튼튼한 체격이라 환한 빛에 둘러싸인 모습이 정말 강한 힘과 싱싱한 젊음의 동상 같더군요. 방금 공원에서 당신이 그들의 오만해 보이는 아름다움에 경탄하셨듯이, 세월이 그렇게 흘렀는데도 옛날 그 모습은 여전합니다. 하여튼 아까 보셨으니 그 몸에 꼭 끼는 옷을 입고 발코니에 선 남녀가 내게 얼마나 멋있게 보였을지 상상이 갈 거요. 둘은 난간에 기댄 채 이야기를 나누었소. 소리가 작아 무슨 말인지 듣지 못했지만, 두 몸의 자세가 그들의 말을 대신해주었소. 그러다 한순간 사비니의 팔이 열정적으로 아마존의 처녀 같은 그녀의 허리에 감겼소. 싸우기 위해서만 태어난 줄 알았던 그녀는 정작 그냥 가만히 있었소. 그리고 거의 동시에 오만한 오트클레르가 세를롱의 목에 매달렸소. 그 자태만으로도 우리 모두의 기억에도 생생한 관능의 조각, 그 유명한 카노바*의 남녀가 된 듯했어요.

그들은 그렇게 입술과 입술을 맞댄 조각처럼 서서, 정말이오, 숨도 쉬지 않고 포도주를 병째 들이켜듯 키스를 하는 게 아니겠소! 당시의 내가 지금보다 젊고 그런 장면을 목격해서 더 빠르긴 했겠지만, 아무튼 급박하게 콩콩대는 내 맥박으로 족히 육십은 세었을 시간이 지나갔소.

---

* Antonio Canova: 이탈리아의 조각가(1757~1822). 신고전주의의 대표적인 작가로, 대리석으로 초상 조각이나 신들의 조각상 따위를 주로 제작하였다. 대표적인 작품으로 「아모르와 프시케」가 있다.

곧 두 생명이 서로 엉겨붙은 채 방으로 들어가고, 뒤이어 짙은 커튼이 길게 드리워지더군요. 그 광경을 보고 나는 '저런! 조만간 나한테 다 털어놓아야겠군. 이제는 자기들만 숨으려 해봤자 별 소용 없겠어' 하며 숲 속을 빠져나왔소. 그 친밀한 포옹의 장면 덕에 난 모든 걸 확인할 수 있었고 어떤 결말이 나게 될지도 따져볼 수 있었소. 하지만 그들 열정의 강도로 볼 때 내 예상은 빗나갈 것이라 생각했어요. 나나 당신이나 아는 이야기지만, 서로 끔찍하게 사랑하면(냉소적인 선생의 실제 표현은 달랐지만) 아이도 생기지 않는 법이라오. 나는 다음 날 아침 사비니 성에 갔소. 오트클레르는 다시 외랄리로 돌아와 주인마님의 방에 이르는 기다란 복도 끝 창가에 앉아 있었소. 간밤에는 검사(劍士)였던 여자가 다음 날 아침에는 헌옷과 내의류가 산더미같이 쌓인 의자 앞에 앉아 묵묵히 바느질에만 파묻혀 있다니! 누가 의심이나 할 수 있을까? 난 하얀 앞치마를 입은 그 모습과 간밤에 불빛이 환한 발코니에 서 있던 거의 벌거벗은 듯한 그녀의 몸매를 함께 떠올리며 생각했소. 그녀를 겹겹이 둘러싸고 있는 치마 주름도 결코 어제의 모습을 집어삼키진 못했소. 난 그 앞을 지나갔지만 말을 걸진 않았소. 애초부터 내가 뭔가 알고 있다는 티를 내는 것도, 목소리나 눈초리로 그런 낌새가 새 나가는 것도 싫었던 까닭에 가능한 한 접촉을 피했으니까. 그녀에 비해 나는 배우 기질이 부족해도 한참 부족하다는 걸 절감했소. 그래서 그런지 좀 겁이 나더구먼. 그녀는 딱히 백작 부인의 시중이 아니라면 늘 그 복도에 앉아 일을 했습니다. 내가 지나가는 소리가 들리면 나라는 것을 잘 알 만한데도 고개 한 번 들지 않았소. 그녀는 주로 투구 모양의 풀 먹인 흰 삼베 모자를 썼고 가끔은 이자보 드 바비에르*의

* 바이에른 공작 에티엔 2세의 딸로 샤를 6세와 결혼하여 프랑스의 왕비가 되었다. 1392년 왕이 발작을 일으킨 후 시동생인 오를레앙 공작 루이와 사통하여 섭정을 맡았다. 영국과 공

158

원추형 모자를 닮은 전형적인 노르망디식 하녀 모자를 쓰기도 했는데, 고개를 숙이고 오로지 일에만 골몰해 있었소. 돌돌 말린 길고 검푸른 곱슬머리가 갸름하고 창백한 두 뺨을 가리고 있어 보이는 건 단지 촘촘한 곱슬머리가 욕망과 함께 똬리를 튼 뒷덜미의 머리채뿐이었소. 다른 어떤 것보다 오트클레르의 멋진 점은 그녀의 동물성이라고 할 수 있소. 그 어떤 여자도 그런 식의 아름다움을 소유하진 못했을 거요…… 남자들끼리는 무슨 말이든 다 하니까 나도 아는데, 아무튼 하나같이 그녀에 대해 그렇게 말하곤 했소. V시에서 검술 수업을 하던 당시 그녀가 잠시 자리를 비우면 남자들은 그녀를 에사오* 양이라고 불렀다오. 악마는 여자에게 진정한 여자가 되게 가르치는 법이오. 아니 여자들은 악마가 모르는 것도 스스로 배우곤 하지…… 평상시 교태라곤 전혀 없던 오트클레르에게 좀 특이한 점이라면, 다른 사람의 말을 들을 적에 그녀의 목 뒤에 있는 길고 풍성한 그 곱슬머리를 손가락에 감아 야릇하게 꼬는 버릇이 있었다는 거요. 아무리 빗으로 빗어 올려도 말을 안 듣는 그 머리카락은 성경에서 말한, 단 몇 가닥만으로도 남자의 '마음을 빼앗아버린다'는 그런 머리카락이었소. 물론 그녀는 자신의 그 무의식적인 버릇이 어떤 일을 야기하는지도 또렷이 알고 있었지요! 하지만 하녀로 들어오고 나서부터는 사비니를 보더라도 그녀 특유의 불춤을 추는 듯이 마력을 발산하는 그러한 행동을 삼가더군요.

이것 참, 쓸데없는 말이 너무 길어졌소. 하지만 오트클레르 스타생이 어떤 여자인지 제대로 설명해드리기 위해서는 중요한 이야기인 걸 어쩌겠소. 그날따라 그녀는 수고스럽게도 방으로 들어와 내게 얼굴을 비쳐야 했

모하고, 급기야는 아들인 미래의 샤를 7세가 서출이라고 선언하여 아들임을 부인했다.
* Esaü: 이삭과 리브가 사이에서 태어난 쌍둥이 형제 에사오와 야곱의 이야기를 암시하고 있다.

소. 백작 부인이 벨을 눌러 그녀를 부른 후 내게 처방전을 작성할 잉크와 종이를 가져오라고 일렀기 때문이오. 이윽고 그녀가 들어왔소. 미처 벗어 놓을 여유가 없었던지 손가락에 골무를 낀 채였고 실을 뗀 바늘을 그대로 가슴에 꽂고 있었소. 그렇지 않아도 도발적인 가슴에 이미 바늘이 촘촘히 꽂혀 그녀를 장식하고 있었소. 쇠로 만든 바늘마저도 그 신비한 여자아이에겐 기막힌 장식이 되는 것이었소. 쇠를 위해 태어난 여자라 중세 같았으면 갑옷을 둘렀을 텐데…… 처방전을 쓰는 동안 그녀는 내 앞에 서서 필기구를 집어주곤 했는데 검술로 단련된 그녀의 팔 동작은 아무도 흉내낼 수 없을 만큼 우아하고 부드러웠소. 처방전을 다 쓰고 나서 얼굴을 들어 그녀를 쳐다봤소. 아무렇지도 않다는 듯이 보이려고. 그녀의 얼굴은 간밤의 일 때문인지 몹시 피곤해 보였소. 바로 그때, 내가 도착했을 때에는 없던 사비니가 갑자기 방으로 들어왔소. 그녀보다 훨씬 더 피곤한 얼굴을 하고…… 그는 회복될 줄 모르는 백작 부인의 용태에 대해 물어왔소. 아내의 병세에 차도가 없어 초조해하는 남편처럼 말이오. 아주 초조해하는 남자의 씁쓸하고 격하고 응어리진 말투로 우왕좌왕하며 말을 건넸소. 난 그런 모습을 차갑게 바라보았지요. 일격치고는 너무 심하다 싶었지만, 나한테 나폴레옹 같은 말투를 쓴다는 것이 너무 무례하게 생각되었기 때문이오. '내가 당신 부인을 치료하면 당신은 정부와 밤새 검술도 사랑도 나누지 못할 텐데.' 나는 속으로 그렇게 생각했소. 마음만 먹으면 백작이 잊고 있는 현실 감각이라든가 예의 같은 걸 일깨워줄 수도 있고 대답 대신 각성제를 코밑에 들이댈 수도 있는 상황이었소. 하지만 나는 그를 물끄러미 쳐다보는 것으로 그쳤소. 그러자니 백작이 어떤 인간인지 전에 없이 궁금해지기 시작하더군요. 백작이야말로 그 어느 때보다도 더 진지하게 연극을 하고 있는 게 틀림없었으니까 말이오."

선생은 다시 말을 멈추더니 노끈을 꼰 듯한 문양이 새겨진 은빛 상자에 엄지와 검지를 집어넣더니 마쿠바* 가루를 한 줌 집어 코로 흡입했다. 그는 자기 담배를 과장해서 그렇게 부르곤 했는데, 선생이야말로 재미난 사람이라는 생각이 들었다. 난 아무 대꾸 없이 다음 이야기가 이어지길 기다렸고, 그는 담배를 다 빨아들이곤 그 매부리 같은 콧등을 굽은 손가락으로 쓱 문질렀다.

"아! 백작은 정말로 초조해했소. 하지만 그게 아내의 병세가 회복되지 않아서 걱정하는 게 전혀 아니더란 말씀이오. 반대로 아내한텐 철저히 배신을 저지르고 있었던 거요. 희한한 일도 다 있지. 자기 집에서 버젓이 하녀와 간통을 저지르고 있으니, 어찌 아내의 병세가 회복되지 않는다고 화를 내겠소. 아내가 낫는다면 불륜을 저지르기가 훨씬 어려워지지 않을까요? 하지만 어쨌든 끝도 없이 병든 아내 탓에 신경이 날카로워지고 지친 것만은 틀림없었소. 예상보다 더 버틴다고 생각한 것일까? 돌이켜보니 남자 편에서건 여자 편에서건, 아니면 이 둘 다이건 환자도 의사도 질질 끌고 있는 이 지루한 상황을 빨리 끝내버리자는 생각을 했다면 그건 아무래도 바로 그때가 아닌가 싶구려."

"뭐라고요! 선생님, 그렇다면 두 사람이?"

나는 차마 말을 마칠 수가 없었다. 선생이 방금 한 말은 너무나 기가 막히지 않은가!

선생은 날 쳐다보며 고개를 끄덕였다. 저녁식사를 수락하는 운명의 사자처럼 슬픈 표정이었다.

이런 내 추측에 답하려는 듯 그는 목소리를 낮춰 한숨을 내쉬며 천천

---

* macouba: 서인도 제도 마르티니크 섬의 마쿠바에서 재배되는 고급 담배.

히 말했다.

"그렇소! 며칠 지나지 않아 백작 부인이 독살됐다는 소문이 쫙 퍼졌소."

"독살이라고요!"

"하녀 외랄리의 짓이지. 약병을 혼동해서 내가 처방한 약 대신 농축된 잉크병을 건네주고 다 마시게 했다는 소문이었소. 아무튼 그런 식의 혼동은 있을 수 있는 일이기도 했으니까. 하지만 난 외랄리라는 하녀가 다름 아닌 오트클레르라는 걸 알고 있지 않았겠소. 또한 발코니에서 두 사람이 카노바의 조각상처럼 엉켜 있는 걸 목격하지 않았던가 말이오! 물론 내가 목격한 걸 증명해줄 사람은 아무도 없었지만. 대개 처음에는 부인의 죽음을 그저 우연한 사고인 줄만 알더군요. 그러나 사건이 있은 지 이태가 지나 세를롱이 정식으로 '스타생의 딸'과 결혼을 한다는 게 사람들에게 알려지고(가짜 외랄리가 누구인지는 밝혀야 했소) 아직도 첫 부인인 델핀 드 캉토르 양의 온기가 남아 있는 침대에 그녀를 눕힌다는 소식이 알려지자, 허참, 그때서야 수군대던 의혹의 소리가 멀찍이서 으르렁대는 천둥처럼 여기저기 터져 나오기 시작했소. 소문의 전달자들도 자기 말을 무서워했고 말이오. 아무튼 상상한다는 자체가 소름이 돋을 그런 일이었소. 그런데 사실 그 소문의 와중에도 내막을 제대로 아는 사람은 아무도 없었소. 사람들은 비천한 신분과 결혼한다는 것 자체에 몸서리치며 사비니를 손가락질하고, 더욱이 전염병 환자처럼 자기들 사회에서 따돌릴 뿐이었지요. 그럴 만한 이유야 얼마든지 있었소. 요즘은 많이 변해서 옛날 같진 않지만, 그때만 해도 그 고장에서 하녀와 결혼한다는 게 얼마나 치욕스러운 일이었는지 잘 알잖소! 세를롱에겐 이때 입은 불명예가 영원히 더러운 낙인으로 남게 됐소. 독살에 대한 의혹이 한때 사람들 입에 오르

내리긴 했지만 그것도 사슴이 길바닥에 지쳐 쓰러지듯 이내 수그러들고 말더구먼. 그래도 진실을 알아채고 독살에 확신을 가진 사람이 있긴 했소."

"선생님 말고 또 있었나요?"

내가 끼어들었다.

"그래요, 나 혼자가 아니었지요. 내가 진실을 알 만한 위치에 있던 유일한 사람이긴 했지만, 어쩌면 난 희미하게 감만 잡은 데 불과하다고 할 수 있소. 그리고 그런 건 오히려 아예 모르느니만 못하잖소…… 그래서인지 하마터면 전혀 확신을 갖지 못할 뻔했소."

그리고 선생은 아주 분명한 목소리로 "지금은 분명히 알고 있지만 말이오!"

이렇게 힘주어 말했다. 그러고는 마디가 불거진 손을 마치 핀셋처럼 가지런히 내 무릎에 올려놓았다.

"내가 어떻게 자초지종을 분명히 알게 되었는지 잘 들어보시오!"

게의 집게발같이 내 무릎을 꽉 쥐고 있는 듯한 선생의 무시무시한 손가락보다도 그가 하고 있는 이야기는 더 따갑게 느껴졌다. 선생의 말이 계속되었다.

"이미 짐작하시겠지만, 백작 부인의 독살을 처음으로 안 건 나였소. 그들의 소행이든 아니든, 결국 의사인 날 부르지 않으면 안 되었던 거요. 말안장을 얹고 말고 할 시간도 없었소. 마구간 심부름꾼이 '혀가 빠지게' 달려 V시에 있는 우리 집으로 찾아왔고 나도 곧장 그 아이를 쫓아 사비니 성으로 향했소. 도착해 보니, 그것도 이미 계산된 각본이었는지는 모르겠지만, 하여튼 부인의 몸 구석구석으로 이미 독이 퍼져버린 후라 너무 늦은 감이 있었소. 세를롱은 허겁지겁 마당으로 뛰쳐나와 막 말에서 내리려는 내게 말했소. 자기가 말을 하면서도 그 말에 겁이 난다는 투로 말이오.

'하녀 하나가 실수를 했습니다(이튿날 만천하에 퍼질 이름인데도 외랄리란 이름은 한사코 피하더군요). 하지만 선생님, 어떻게 그럴 수 있나요, 농축된 잉크도 독이 될 수 있습니까?'

'잉크 원료에 따라 다르죠.'

내가 대답했지요. 백작은 나를 부인의 방으로 안내했소. 부인은 고통으로 기운을 모두 소진한 상태였고, 찡그린 얼굴은 초록색 염색통에 빠진 하얀 실타래같이 끔찍한 모습이었소. 부인은 나를 보더니 까맣게 탄 입술을 조금 움직여서 일그러진 미소를 지어 보였소. 입을 다물고 있는 나에게 '당신 무슨 생각하는지 다 알아요' 하는 듯한 미소였소. 나는 방 안을 둘러보고 외랄리가 어디 있나 살폈소. 그런 순간에도 얼마나 침착할 수 있는지 한번 보고 싶어서였소. 하지만 그녀는 방에 없었소. 아무리 용감무쌍한 여자라지만 그때만큼은 내가 두려웠던 것일까. 아, 역시나 내가 가진 정보는 불확실한 것들뿐이었소…… 백작 부인은 내가 온 것을 보고 억지로 팔을 짚고 일어나 말했소.

'아! 선생님이시군요. 하지만 너무 늦으셨어요. 곧 죽을 몸이란 것 잘 알고 있습니다. 의사 선생님보다 신부님을 불렀어야 했는데. 여보. 좋아요! 선생님을 이리 모셔주세요. 그리고 2분간만 선생님과 있게 다들 나가라고 해주세요. 빨리, 그렇게 하세요!'

그때 '그렇게 하세요'라는 말은 부인에게선 한 번도 들어본 적이 없는 어조를 통해 입 밖으로 나왔소. 앞서 말씀드린 바 있는 그런 이마와 턱을 가진 여자다운 말투가 비로소 나온 것이었소.

'나까지도 말이오?' 하고 사비니가 힘없이 말했소.

'네, 당신도요.'

부인이 대답했소. 그리고 다정하기까지 한 목소리로 이렇게 덧붙였소. '당신도 아시다시피 여자는 사랑하는 사람들에게는 특히 부끄러움을 갖게 되는 법이잖아요?'

백작이 나가자 부인의 태도는 무서우리만큼 돌변했소. 다정한 모습이 사납게 변하더니 증오에 찬 목소리로 말을 시작했소.

'선생님, 제가 죽는 건 사고 때문이 아니에요. 이건 범죄예요. 세를 롱은 외랄리를 사랑해요. 그리고 그 애가 날 독살한 거죠! 선생님께서 하녀치고 너무 예쁘게 생겼다고 하실 때만 해도 선생님께서 하고자 했던 말씀을 저는 믿지 않았어요. 그런데 제가 틀렸어요. 날 죽인 이 천벌 받을 사악한 계집애를 그가 사랑하다니. 남편이 더 나빠요. 그 계집애를 사랑했고 그 애 때문에 날 배신했으니까요. 며칠 전부터 내 침대 양편에서 서로 주고받는 눈빛을 보고 다 알았어요. 그들이 내게 마시게 한 이 지독한 잉크의 맛을 보니 더욱 분명했죠. 하지만 난 다 마셨어요. 맛이 지독했지만 다 먹었어요. 죽는 게 훨씬 편하니까요! 해독약 같은 건, 주지 마세요. 어떤 약이라도 절대 사양할 겁니다. 저는 죽을 거예요.'

'그럼 왜 날 오라고 했습니까?'

그러자 백작 부인이 헉헉 숨을 몰아쉬며 말을 계속했소.

'아, 그거요! 그 이유를 말씀드리죠. 선생님께 두 사람이 날 독살시켰다는 걸 말씀드리고 싶었고, 또 이 비밀을 지켜주신다는 약속을 받고 싶어서였어요. 이 사건으로 세상이 얼마나 시끄러워지겠어요. 하지만 그래선 안 돼요. 그 둘이 꾸며낸 이야기지만 주치의 선생님께서 제 죽음이 정말로 실수로 생긴 사고였다고 하고, 그리고 제가 오래 아프지만 않았어도 결국 죽음에는 이르지 않았을 거라 말씀해주시면 사람들은 의심하지 않을 거예요. 그러니 그렇게 하겠다고 제발 저에게 약속해주세요, 선생님……'

내가 대답을 하지 않자 부인은 내 생각을 금세 눈치챘소. 나는 그녀가 남편에 대한 사랑 때문에 남편을 구하려 한다고 여기고 있었소. 속되지만 당연한 추측이었소. 사랑과 헌신만을 위해 태어났고 살해당하는 순간까지도 반항하지 않는 여자들이 있기도 하거든요. 하지만 나는 사비니 백작 부인이 그런 여자일 것이라고는 전혀 생각하지 못했소!

'아! 선생님께서 생각하시는 그런 이유 때문에 약속해달라고 애원하는 게 아니에요. 선생님, 그건 아니에요, 절대! 지금은 너무나 세를롱을 미워하기 때문에, 날 배신했어도 사랑하는 것일 뿐 저는 남편을 용서할 만큼 겁쟁이는 아니에요! 그 사람 도저히 용서할 수 없어요. 끝까지 질투하며 이승을 떠날 거예요. 하지만 세를롱이 문제가 아니죠, 선생님.' 이렇게 말하는 부인의 목소리에는 힘이 배어 나오고 있었소. 진작부터 짐작은 했으면서도 도저히 속 깊이 파고들어 알아볼 수는 없었던 부인의 강인한 성격이 비로소 드러나더란 말이오. '중요한 건 사비니 가문이에요. 내가 죽은 후 사비니 가문의 백작이 부인을 죽인 살인자란 소릴 듣는 게 싫어요. 그가 법정에 끌려다니거나 아내를 독살한 정부와 범죄를 공모했다고 고발당하게 하고 싶지 않아요. 그런 불명예가 사비니란 내 이름에 붙게 할 순 없어요. 오, 남편만이라면 어떤 참형도 시원치 않겠죠. 난 그의 심장이라도 뜯어먹었을 거예요! 하지만 이건 아무런 흠 잡을 데 없는 모범적인 사람들과 가문에 관한 문제예요. 우리가 마땅히 누려야 할 권력을 행사할 수 있었다면 외랄리 같은 건 벌써 사비니 성 지하 감옥에 처넣었을 거예요. 그러면 아무 문제도 없었을 텐데! 하지만 지금 우리는 더 이상 성에서 절대권력을 가지고 있지 않아요. 소리 없이 신속하게 처리할 사법권이 없어요. 그리고 선생님께서 추문을 폭로하거나 마을 사람들에게 광고하시는 것도 저로선 안 될 일이에요. 난 그냥 두 사람을 살려주려 해요. 죽어서 V시 귀족 중에 살인자가 나왔다는 치욕스러운 말을 듣느니, 차라리 제가 독살당해 저희끼리 행복하게 살게 내버려두겠어요. 이렇게 한을 품고 죽더라도 말이에요.'

부인은 턱을 덜덜 떨고 이빨을 딱딱 부딪쳤지만 전에 없이 공명이 큰 목소리로 말을 했소. 부인이 어떤 인물인지 겨우 알았다 싶었는데 또 새로운 모습을 본 거였지! 그건 바로 귀족의 딸 그 자체의 힘이라 할까, 그녀가 숨을 거두는 마지막 순간까지 보여준 면모는 질투보다 더 강한 귀족의 기질이었소. 부인은 정말 프랑스에 마지막으로 남은 귀족의 도시 V시의 귀족답게 죽음을 맞이하였소. 어쩌면 난 그 순간 필요 이상으로 깊은 감명을 받았나 보오. 부인의 생명을 건지지 못할 경우 부인이 부탁한 대로 하기로 그만 맹세를 해버렸지 뭐요.

결국 그렇게 하게 됐소. 부인은 죽었소. 구할 수가 없었소. 부인은 한사코 약을 거부했으니까. 난 부인이 죽자 부탁받은 대로 말했고 사람들을 설득했소. 벌써 그 일이 있은 지 25년이 지났구려. 지금은 그 무시무시한 사건이 송두리째 침묵 속으로 가라앉아 사람들의 기억에서 잊힌 지오래라 조용한 편이지요. 물론 당시 살았던 사람들도 많이 죽었고. 아무것도 모르는 또 다른 무심한 세대가 죽은 이의 무덤 위에 새로 돋아나지 않소? 이 끔찍한 이야기를 한 것은 당신이 처음이오!

사실 우리가 방금 보고 온 그들의 모습만 아니었어도 이런 이야기는 애당초 하지 않았을 것이오. 세월이 그렇게 지났건만 아름다움은 변함이 없고 죄를 저지른 범죄자임에도 행복과 사랑이 넘치며 강인한 힘도 그대로인 채 서로에게만 빠져 있잖소. 두 사람은 방금 공원에서 우리를 지나쳤던 자태 그대로 인생의 행로를 지나온 거요. 네 폭의 날개로 황금빛 그늘을 만들어 함께 승천하는 두 천사상 같지 않소."

나는 공포에 사로잡혔다. 그래서 "하지만 선생께서 하신 말씀이 사실이라면 그런 인간들이 행복하게 산다는 건 도대체 세상의 질서에 어긋나는 게 아닌가요." 그러자 이야기의 주인공들 못지않게 냉정하고 절대적 무신론자인 토르티 선생이 답했다. "그게 질서이든 질서의 파괴든 좋을 대로 생각하시오. 하지만 사실은 사실인 걸 어찌하겠소. 둘은 남들이 흉내 낼 수 없을 만큼 뻔뻔스럽고 행복하잖소. 난 나이도 많고 이 나이까지 사는 동안 수많은 사랑이 깨지는 것을 보았소. 하지만 그들처럼 변할 줄 모르는 깊은 사랑은 처음이오!

정말이지 그들의 사랑을 이리저리 연구도 해보고 몰래 엿보기도 많이 했소! 혹시 두 사람의 사랑에 조그마한 흠집이라도 있지 않을까 얼마나 뒤졌는지! 이런 표현을 용서하시오. 하지만 이 잡듯이 까뒤집어보았다 해도 틀리지는 않을 거요. 난 두 발과 두 눈을 두 사람의 생활 속으로 가능한 한 깊이 밀어넣고는 눈꼴사나운 그 놀라운 행복의 보이지 않는 어느 구석에 아주 미세한 결점이나 틈새가 없는지 찾았어요. 하지만 찾은 거라곤 늘 부럽기 짝이 없는 기쁨뿐이라니. 하느님과 악마가 정말 있다면 이거야말로 악마가 하느님을 의기양양하게 놀려먹는 기막힌 장난이 아니고 뭐겠소! 당신도 짐작하시다시피 백작 부인이 죽은 후에도 나는 사비니 백작과 잘 지냈소. 두 사람에게 독살 사건을 은폐하기 위해 꾸며낸 어설픈 각본을 보증해준 공이 있으니 그들이 날 멀리해 봐야 좋을 일이 하나도 없었고, 나로서는 사건 이후가 어떻게 진행될까, 둘이 또 무슨 짓을 벌일까, 일이 어떻게 될까 등등의 문제를 계속 추적할 수 있다는 아주 중요한 이해관계가 걸려 있었소. 머리카락이 다 쭈뼛하더구먼. 그래도 꾹 참았지요…… 그 후에 일어난 일은 우선 사비니의 복상(服喪)에 관한 일이 대부분인데, 대개 그렇듯 2년 동안 지속되었소. 과거, 현재, 미래를 통틀어

유일무이한 남편 중의 남편이 사비니라고 여기고 있는 사람들의 기대에 어긋나지 않게 그 기간을 무사히 넘기더구먼. 그 2년 동안 백작은 아무도 만나지 않았소. 너무 철저히 고독하게 성에 파묻혀 지냈기 때문에, 고의가 아니라 하더라도 백작 부인의 죽음에 원인이 된 외랄리, 설사 무죄가 확실하다 하더라도 남들 눈을 봐서 의당 쫓아냈어야 할 외랄리가 그곳에 있었다는 사실은 아무도 몰랐소. 하지만 나는, 세를롱에게 어떤 광적인 열정이 있다면, 그런 사건이 일어났다 해도 분별없이 그 아이를 계속 데리고 있었을 것이라고 추측을 하고 있었소. 그래서 어느 날 왕진을 다녀오다 사비니 성 가는 길목에서 우연히 만난 하인에게 성 안의 근황을 물었을 때 외랄리가 '아직도 있다'는 말을 듣고도 전혀 놀라지 않았던 거요. 또한 건성으로 답하는 하인을 보면서 백작의 성에선 아무도 외랄리가 백작의 정부라는 걸 모르고 있다는 사실도 깨닫게 되었고 말이오. 순간 머릿속으로 이런 생각이 들더군요. '조심은 여전히들 하시는군. 하지만 왜 외국으로 떠나지 않지? 백작은 돈도 많은데. 어딜 가도 호사스럽게 살 수 있잖아. 왜 그 예쁜 악마(정말로 나는 여자 악마가 있다고 믿소)와 도망이라도 가지 않는 걸까? V시에 외딴 집을 마련해놓고 은밀하고 안전하게 백작을 오라고 할 수도 있을 텐데. 모든 게 끝장날 각오까지 하면서 백작을 더 잘 붙잡아두기 위해 그 집에 들어가 살다니 정말 대단한 여자야!' 여기엔 내가 이해할 수 없는 뭔가가 감추어져 있었소. 그들의 광기나 탐닉이 너무 강해 신중함이나 조심함이 없었던 걸까? 세를롱보다 더 강한 성격의 소유자이자 둘의 불륜 관계에서도 우위를 점하고 있는 오트클레르가 왜 자신이 하녀라는 것을 사람들이 다 아는데, 정부라는 것마저 탄로날지 모르는 그 성에 남아 있길 원했을까? 혹 사람들이 사실을 알아서 세상이 발칵 뒤집힌다 해도 그냥 있으면 백작과의 결혼이라는 더 기가 막힐 추문에 금세 묻힐 거라는 계산일까? 지금 내가 이렇게 말하고 있지만, 그녀는 정말 그렇게 생각했는지는 모르겠소. 검술장을 버티던 늙은 기둥 '몸 찌르기의 달인'의 딸 오트클레르 스타생이 V시에서 착 달라붙는 바지 차림으로 검술 수업도 하고 상대방 깊숙이 칼을 찌르기도 한 여자라는 것은 모두 아는 사실인데 난데없이 사비니 백작 부인이 되다니, 설마 그럴리가! 그 시골에서 누가 그런 역전극을 상상이나 했겠소. 맙소사, 나만 해도 말이오, 두 사람이 첫눈에 같은 족속인 걸 알아보고 백작 부인이 보는 앞에서 간통도 불사한 오만무도한 짐승들이니까 끝까지 불륜 관계를 지속할 것이라고 생각하던 터였소. 하지만 하느님이 굽어보고 사람들이 쳐다보는 앞에서 뻔뻔스럽게도 두 사람의 결혼이 결행되었으니, 사람들의 여론에 대한 그들의 도전은 마을의 풍속과 감정을 완전히 뒤집어놓을 만한 것이었소. 물론 나를 포함해서! 그런 일이 일어나리라고 상상조차 하지 못했던 나는 세를롱이 상을 당한 지 2년 후에 갑자기 모든 일을 뒤엎었을 때 뒤통수에 번개라도 맞은 기분이었소. 나 역시 다른 멍청이들처럼 그들이 결혼식을 올리리라곤 추호도 예상하지 못했던 거요. 그제야 사람들은 이상하다는 듯 시끄럽게 떠들어대기 시작했소. 오밤중에 집 안에서 흠씬 두들겨 맞은 개가 길거리에 나와 짖어대는 꼴이었소.

나는 세를롱이 그렇게 철저히 지켰던, 그러나 막판에는 위선자에 비열한 인간이라 욕을 먹은 2년간의 복상 기간 중에는 사비니 성에 잘 가질 않았소. 가서 딱히 할 일이 있나…… 모두 건강에 이상이 없었고, 금방 발각되겠지만 한동안 감춰야 할 아이가 생겨 밤중에 나를 찾으러 오면 모를까 그렇지 않고서야 날 필요로 할 일이 뭐 있었겠소. 그럼에도 난 가끔씩 큰맘 먹고 백작을 찾아가곤 했소. 영원히 사그라지지 않는 호기심에 예의라는 가면을 덧씌우고 말이오. 세를롱은 경우에 따라 성 안 여기저기

170

서 날 맞아주었고, 내가 도착했을 때 아예 그 장소에서 맞아주기도 했소. 그럴 때마다 나를 전혀 불편해하지 않으며 예전처럼 환대해주었소. 백작은 진지했소. 난 행복에 빠진 사람들이 매사에 진지하다는 걸 이미 알고 있었소. 그런 사람들은 찰랑찰랑 넘칠락 말락한 유리잔 같은 마음을 조심스레 간직하지요. 살짝이라도 움직이면 그것이 넘치거나 깨질 양하지요. 그러나 그 진지한 태도나 검은 상복에도 불구하고 세를롱의 눈에는 무한한 행복감이 흘러넘칠 듯 가득 차 있었소. 그러나 다른 한편 그 눈에서 빛나던 행복감은 예전에 내가 백작 부인의 방에서 오트클레르를 알아보고서도 모른 척해준 데서 본 그런 종류의 안도감이나 해방감은 아니었소. 글쎄, 전혀 그게 아니더란 말이오! 정말 행복한 얼굴이었소! 의례적이고 짧은 방문에서는 그저 수박 겉핥기식으로 표면적인 이야기만 하고 마는 게 상례지만, 같은 말을 해도 사비니 백작의 목소리는 아내가 살아 있을 때와 느낌이 전혀 달랐소. 억양이 달아올라 거의 뜨겁다시피 할 정도였고, 누가 봐도 가슴속에서 터져 나오는 감정을 억제하기 힘들다는 걸 대번에 알 수 있었소. 오트클레르(전에 길에서 하인이 내게 얘기해주었듯이 하녀 신분으로 성에 계속 남아 있던 외랄리 말이오)는 어땠냐 하면 얼마간 만날 수가 없었소. 백작 부인이 살아 있을 때에는 내가 지나갈 때마다 복도에 앉아 바느질만 하더니 부인이 죽은 후로는 좀체 볼 수가 없었소. 하지만 바느질감은 그 자리에 그대로 산더미처럼 쌓여 있었구먼. 가위나 반짇고리, 골무도 창가에 있었고. 그걸 보면 그녀가 비어 있는 저 의자에 앉아 좀 전까지도 일을 했으며, 아마도 내가 오는 소리에 금방 다른 데로 가버렸고, 그래서 손을 대보면 여전히 미지근한 온기가 남아 있으리라는 것을 알 수 있었소. 내 시선이 파고드는 걸 그녀가 두려워한다고 생각했던 내가 얼마나 멍청했던가 하는 것은 당신도 알고 있지 않소. 더구나 이제 그녀는 사실상 아무것도 겁낼 필요가 없는데. 내가 백작 부인에게 모든 걸 다 들었다는 사실을 모르고 있었을 테니까. 내가 아는 오만하고 안하무인의 그녀라면 설사 그런 눈치를 챘다 해도 그리 기가 죽을 여자도 아니고. 그리고 실제 내 추측은 옳았소. 어느 날 결국 그녀를 만나게 됐는데 이마에 행복이란 단어나 어찌나 번쩍번쩍하던지 백작 부인을 독살한 잉크 한 병을 다 부어도 지워지지 않을 것 같지 뭡니까!

사건이 일어난 후에 내가 처음으로 그녀를 만난 건 성의 중앙 계단에 서였소. 그녀는 내려오고 난 올라가던 중이었소. 그쪽에서 좀 빨리 내려오고 있었지, 아마. 그런데 날 보자 갑자기 걸음이 느려지는 게 아니오. 아마 자기 얼굴을 자랑스럽게 보여주고 싶어서거나 아까 표범까지 눈을 감게 만든 두 눈을 내 눈 깊이 박으려는 심산에서였나 보오. 하지만 난 눈을 감지 않았소. 그녀는 날렵한 동작으로 계단을 내려왔는데 움직임에 맞춰 계단에 사각사각 옷자락 스치는 소리가 하늘에서라도 내려오나 싶을 정도였소. 행복에 넘치는 얼굴은 바로 천상의 지고지순한 아름다움 그 자체였소. 아, 세를롱에 비하면 만 5천 리는 더 높은 데 있었소. 난 예의를 차리지는 않았지만 그렇다고 피해서 갈 수도 없는 처지였소. 루이 14세는 계단에서 마주치면 그가 하녀라도 인사를 했다지만 독살범들이라면 이야기는 달라지지! 그날도 그녀는 태도나 하얀 앞치마 차림이 하녀 신분 그대로였소. 하지만 얼굴은 그저 무표정한 노예의 얼굴이 아니라 말할 수 없이 의기양양하고 위압적이며 행복에 겨운 정부의 얼굴로 바뀌어 있었소. 그때 보았던 그 얼굴은 지금도 여전하더구먼. 당신도 방금 봤으니 알게요. 타고난 미모보다는 오히려 거기에 깃든 행복한 그 표정이 더 놀라왔소. 사랑의 행복 덕분에 공중에 발이 떠 있는 듯한 의기양양함을 세를롱에게 줬을 테고, 세를롱도 차츰 그녀와 똑같아졌을 게요. 그래서인지

20년이 지난 지금도 두 사람의 표정은 그때 그대로더군. 인생의 기이한 특권을 누린 자로서 그 둘의 표정은 어디 한 구석이 사그라지거나 전혀 퇴색하지 않았소. 언제나 그 표정으로 고립과 험담과 성난 여론과 비난에 맞서온 까닭에 사람들도 그 겉만 보아서는 세간의 의심이 한낱 잔인한 중상모략이 아닌가 생각하게 되었소."

그때 내가 말을 가로막았다.

"하지만 선생님, 선생님께선 모든 걸 다 알고 계셨으니 그들이 아무리 의기양양한 얼굴을 해도 찔끔했을 리 없었겠죠? 내내 그들을 쫓으셨잖아요? 항상 그들을 관찰하지 않으셨나요?"

그러자 활달하면서도 속 깊은 토르티 의사가 말했다.

"밤에 침실은 빼고요. 하지만 거기도 마찬가지지 뭐요. 그들이 결혼한 뒤로부터 한시도 쉬지 않고 그들의 일거수일투족을 관찰했던 것 같소. 귀족은 귀족들대로 극성스럽고 하층민은 하층민대로 시끄러운 V시의 소음을 피해 그들은 아무도 모르는 곳에서 식을 올리고 왔소. 두 사람이 혼인을 하고 돌아오자 하녀였던 여자는 공히 사비니 백작 부인이 된 반면, 남자는 하녀와 결혼했으니 완전히 가문의 치부처럼 취급을 받게 되었소. 사람들은 그들을 사비니 성 밖으로 얼씬도 못하게 했소. 모두 그들에게 등을 돌렸소. 물릴 때까지 실컷 서로를 맛보라는 듯이…… 그런데 둘은 좀처럼 물리질 않는 것이었소. 방금 전에도 보았듯 아직도 서로에 대한 허기가 채워지지 않은 것처럼 말이오. 의사의 능력을 살려 살아생전에 기형학에 관한 책을 쓰고 싶었던 내 입장에서는 괴물 같은 두 존재가 나타났으니 좋았소. 그래서 그들을 피하는 사람들 줄에 설 순 없었소. 진짜 백작 부인이 되어 돌아온 외랄리를 성에서 만났을 때, 그녀는 마치 날 때부터 이미 백작 부인이었던 것 같은 태도로 나를 맞이했소. 내가 아직도 하얀 앞치마를 입고 쟁반을 들고 서 있는 그녀를 기억할까 봐 굉장히 걱정을 하더라고! '난 이제 외랄리가 아니에요. 난 오트클레르, 그이를 섬겼던 걸 자랑스러워하는 여자지요……' 그녀는 정말 다른 사람이 돼버린 것 같았소. 그들이 결혼식을 하고 돌아온 후에 사비니 성에 가는 유일한 사람이라는 이유로 자기 합리화를 시킨 후 나는 염치없을 정도로 자주 그들을 찾아가기 시작했소. 그러고는 사랑으로 이루어진 완벽한 행복 속에 사는 두 사람의 내밀한 관계를 꿰뚫어보려고 갖은 애를 다 썼소. 허 참! 틀림없이 범죄로 얼룩져 있음에도 불구하고 두 사람의 순수한 행복은 바래진다는 말 자체가 어림없다는 듯, 단 하루 아니 단 한 순간도 그늘을 보이지 않았다오. 그 비열한 범죄에서 튄 진흙도 둘이 만들어놓은 행복의 창공만은 멀리 비켜갔소! 악은 벌을 받고 선은 상을 받는다는 법칙을 만들어낸 성인군자들은 기가 막힐 노릇이지! 안 그렇소? 그들을 찾는 사람이라곤 나 하나밖에 없었소. 모두로부터 외면 받는 이들에게 줄기차게 들락거린 덕분인지, 그들은 나를 의사보다는 격의 없는 친한 친구처럼 경계하거나 불편해하지 않게 됐소. 때론 내가 있다는 사실도 잊고, 아니 있건 없건, 내 평생 그런 사람들이 있을까 싶을 정도로 열정에 취해서 살더군요. 짐작하시겠죠? 방금 전에도 내 앞으로 지나갔는데도 전혀 날 못 알아보는 걸 봤잖소. 우리가 바로 코앞에 있지 않았소! 그들은 나를 그저 자신들 생의 지극히 일부분만 차지하는 사람으로 봤지, 그 이상 생각을 해주진 않았소. 공손하고 다정했지만 대개 딴 데 정신이 팔려 있었소. 사람을 접하는 태도가 그러했기 때문에 나는 그들이 보였던 믿기지 않는 행복을 세밀하게 연구했소. 그 둘 사이에서 권태와 고통, 후회라고까지 할 수 있다면 더 좋고, 뭐 그런 모래알 같은 미세한 흔적이라도 찾고 싶다는 개인적인 욕심이 없었다면 사비니 성이란 곳에 다시 발길을 옮기지 않았을 게요. 허나 모든 게 헛수고였소, 헛수고! 서로의 사랑이 당신들 말마따나 도덕적 관념이니 양심이니 하는 걸 붙들어 매놓았고, 사랑은 모든 걸 채우고 그들 속에 가두어주게 했던 것이오. 그들이 행복해하는 걸 보고서야 난 비로소 동료 의사인 브루세*의 농담, '30년간 시체 해부를 했지만 양심이라는 그 조그만 놈의 코빼기도 못 봤다'는 그 농담이 얼마나 심오한지 새삼 곱씹게 됐지요."

늙은 괴짜 토르티 선생은 내 의중을 눈치챘는지 말을 계속 했다.

"절대로 내가 한 말이 그냥 가설에 지나지 않는다고 생각지 마시오. 브루세도 그랬고 나 역시 옳다고 믿는, 양심 같은 것은 없다는 주장을 뒷받침하는 증거요. 여기엔 어떤 가설도 없소. 당신의 견해를 반박하려는 의도는 전혀 없소. 당신과 나를 놀라게 한 실제 사실들만 있을 뿐이오. 불어나기만 하는 비누 거품, 꺼지지 않고 멈추지 않는 행복이라는 현상만 있을 뿐이오! 행복이 멈추지 않는다는 것도 놀랄 일인데, 죄악 속에서 행복을 누린다는 건 완전히 까무러칠 일이 아니오? 난 20년 동안 이 까무러칠 만한 상태에서 벗어날 수가 없었소. 늙은 의사이자 관찰자이며 도덕가, 아니 '배덕자'라는 게 낫겠군(이때 선생은 말을 잠시 끊었다가 내가 미소 짓는 걸 보고 말을 이었다). 난 벌써 그렇게 오래전부터 보아온 그 일에 기가 질렸소. 그걸 어떻게 일일이 다 설명할 수 있겠소. 어디를 가나 빠지지 않고 입에 오르는 건 그만큼 옳은 소리이기 때문에 그런 게 아니오. 뭔고 하니, 행복할 땐 할 말이 없어진다는 것. 행복은 뭐라 묘사할 수가 없는 것이오. 한 차원 높은 삶에서 용해되어 나오는 행복은 혈관 속을 순

---

* François Joseph Victor Broussais(1772~1838): 프랑스의 외과의사. 식사를 제한하는 절식법과 환자의 온몸에 거머리를 붙여 피를 빨아내는 방혈법을 주된 치료법으로 사용하였다.

환하는 뜨거운 피만큼이나 보여주기 어려운 것이오. 혈액이 돌고 있다는 것을 정맥의 박동으로 확인하는 것같이 나도 우리가 방금 만난 그들의 행복을 그저 짐작할 뿐이라오. 그러고 보니 그 수수께끼 같은 행복의 맥을 짚고 감지한 것도 꽤 오래됐구려. 사비니 백작 부부는 일부러 그러는 것도 아니면서 매일 스탈 부인*의 「부부 사랑」에 멋진 한 페이지를 장식하고 있는 것이오. 아니 밀턴의 장편 서사시 『실낙원』 중 가장 아름다운 시구를 장식하고 있다고 하는 게 나을지 모르겠소. 나란 사람은 그렇게 감상적이지도 않고 시적이지도 않지만, 내가 불가능하다고 확신했음에도 그들이 이루어낸 이상 덕분에 사람들이 부러워하는 다른 어떤 사랑에도 일체 구미가 당기지 않게 되었소. 그 두 사람과 비교해볼 때 나머지 사랑은 얼마나 열등하고 무미건조하고 차가운 것인지를 내가 절감하고 있으니 말이오. 운명, 자기들의 별, 우연 등등이 과연 어떤 것인지 난들 짐작이나 하겠소? 하여튼 이런 것들이 두 사람을 맺어준 게요. 둘은 부자였소. 하긴 여유가 없으면 사랑도 불가능한 것이니, 그런 여유도 이미 타고난 셈이지. 하지만 여유는 사랑을 싹트게도 하지만 사랑을 죽일 때도 많지 않소. 따라서 그러한 여유가 그 둘의 사랑을 죽이지 않았다는 건 매우 이례적인 일에 속하는 것이라 할 수 있지. 사랑은 원래 생활을 단순하게 만들기도 하지만 그들의 생활이야말로 단순하기 짝이 없었소. 그들 부부의 생활엔 이렇다 할 사건이라는 것이 개입할 여지가 있을 리 없었소. 겉으로 보기에 지구상의 모든 성주처럼 그들은 뭐 하나 딱히 아쉬워하지 않으며 바깥 세상과 멀리 떨어진 채, 사람들이 자신들을 칭찬하든 욕하든 상관하지 않

---

* Germaine Necker Staël(1766~1817): 프랑스의 여류 소설가. 낭만주의의 선구자로, 자유사상을 탄압한 나폴레옹과 대립하였다. '부부 사랑L'amour dans le mariage'은 스탈 부인의 『독일론De l'Allemagne』 제3부 제9장에 실려 있다.

고 살았소. 둘은 한시도 떨어지지 않았소. 한 사람이 어디를 가면 다른 사람이 따라갔소. V시 외곽도로에서는 가끔 '몸 찌르기의 달인'이 살아 있던 시절처럼 오트클레르가 다시 말을 타는 모습을 볼 수 있었소. 하지만 항상 그 곁에 사비니 백작이 있었소. 시골 여자들은 여전히 마차를 타고 다니곤 했는데, 키 크고 신비한 아가씨 오트클레르가 검푸른 베일을 덮어쓴 채 사람들 눈을 피하던 때보다 오히려 더 열심히 그녀의 얼굴을 보려고 애를 썼을 거요. 그녀는 이제 베일도 벗어던졌고, 귀족과 결혼까지 한 하녀의 얼굴을 대담하게 드러내놓고 다녔소. 그러면 여자들은 화가 치밀어 내민 머리를 마차 안으로 다시 끌어오지만, 그 표정에는 꿈꾸는 듯한 느낌이 묻어났소. 더구나 사비니 백작 내외는 여행도 안 했소. 가끔 파리에 며칠 머물다 돌아가는 게 고작이었고, 둘의 생활은 온통 사비니 성 안에 집중돼 있었소. 범죄의 무대이기도 한 그곳, 아, 그 기억이 가슴 밑바닥 암흑 속으로 사라지고 없는지……"

"그런데 둘 사이에 아이는 없었나요?"

내가 물었다. 그러자 토르티 선생은 이렇게 대답했다.

"아이 말이오? 바로 그게 그들의 틈새, 운명의 여신이 이 둘에게 내린 보복, 아니면 신이 내린 정의의 응징이라 생각하시는구먼? 그래요, 둘은 아이가 없었소. 생각 안 나오! 둘 사이에 아이는 힘들지 않을까 생각했다오. 아이가 없다면 그건 둘의 사랑이 지나쳐서 그렇소. 불이란 만물을 삼켜버리고 태워 없앨 뿐 무언가를 생산하진 않소. 어느 날인가 난 오트클레르에게 '백작 부인께서는 아기가 없는 게 슬프지 않으신가요?' 하고 물은 적이 있소. 그러자 그녀는 여왕처럼 근엄한 목소리로 '아이는 바라지 않는답니다! 아이가 생기면 아이 때문에 세를롱을 덜 사랑하게 되겠죠' 하더군요. 그리고 좀 경멸스럽다는 말투로 '아이란 불행한 여자들에게

나 필요한 거예요!'라고 덧붙이는 것이었소."

토르티 선생은 이 말을 끝으로 자신의 이야기를 갑자기 멈추었다. 마지막 그녀의 말이 의미있는 말이라 생각하고 있었다.

선생의 얘기를 재미있게 듣던 나는 "그 오트클레르라는 여자, 죄를 짓기는 했지만 흥미로운 여자군요! 죄만 아니었다면 세를롱의 사랑도 이해가 될 것 같은데요"라고 말했다.

그러자 이 대담한 노신사가 말했다.

"죄가 있어도 이해가 될 게요!"

그리고 "나 역시 그렇소!" 하고 덧붙였다.

휘스트의 숨겨진 패

"신사 양반, 그런 이야기로 우릴 놀리시려는 겁니까?"
"부인, 얇은 망사 중에 환상망사라는 아주 곱고 투명한 망사가 있지 않습니까?"
(『T 왕자의 만찬에서』)

1

지난해 어느 여름날 저녁 나는 마스크라니 남작 부인 댁에 있었다. 예전 사람들 못지않게 재치를 사랑한 부인은 우리 중 남아 있는 몇 안 되는 사람들을 위해 하나만 열어도 족할 살롱 문을 둘이나 열어준 진정한 파리의 귀부인이다. 재치가 아직도 지성이라는 바보 허풍선이로 변질되지 않은 덕택인가? 마스크라니 남작 부인의 남편 쪽은 그리종 지방 출신으로 그의 가문은 아주 유서 깊고 명망 있는 집안이었다. 부인은 다 아시다시피 '독수리 오른쪽으로는 은으로 만든 열쇠를, 왼쪽으로는 투구 자체를, 가운데는 황금 백합꽃 문양의 청색 방패꼴 무늬가 있는 방패' 문장을 달고 있었다. 방패 문양의 상부 장식과 그 위를 뒤덮은 많은 추상 도형(抽象圖形)은 역사의 중요한 순간마다 빛을 발한 마스크라니 가문의 공로에 대한 보답으로 유럽 각지의 군주들이 선사한 것들이다. 만약 유럽의 군주들이 해결해야 할 복잡한 사건들만 없었다면, 그들은 부인이 '담화(談話)'라는 한가한 귀족과 절대 군주제가 남긴 시들어가는 이 후손에게 쏟는 영웅적인 정성에 보답하고자 이미 귀한 장식들로 가득한 그 방패 가문(家紋)에 몇 개의 새로운 추상 모형들을 더 붙여줄 수 있었을 것이다. 마스크라니란 이름에 걸맞은 재치와 태도를 갖춘 부인은 실용적이고 분주한 문화에 밀려 망명길에 올라 있는 프랑스 정신의 최후의 영광인 과거의 '담화'가 피난처를 찾을 수 있도록 자신의 살롱을 일종의 매력적인 코블렌츠*로 만들었다. 바로 여기에서 우리의 담화는 더 이상 소리가 들리지 않을 때까지 백조의 가장 아름다운 노래**를 숭고하게 부른다. 담화라는 우리의 위대한 전통을 지켜온 몇 안 되는 파리의 저택답게 그 살롱에서는 거만하거나 현학적인 어투로 말하는 것은 생각할 수도 없고, 상대방 없이 혼자서 중얼거리는 일 또한 드문 일이다. 그뿐만 아니라 신문 기사나 정치 연설―19세기에 들어와서 사상의 아주 천박한 틀이 되어버렸다―의 냄새가 나는 어투도 발을 붙이지 못한다. 재치가 있는 사람은 매력적이거나 깊이가 있는 단어를 제때 말하는 것으로 만족한다. 때때로 어조의 변화만으로, 그도 아니면 간단하고 총기 있는 몸짓만으로도 충분할 때가 있다. 행복한 분위기의 이 살롱 덕분에 나는 단음절 단어에도 이제까지 생각도 못한 큰 힘이 있다는 걸 깨달았다. 연극 무대에서 기막힌 어휘 구사력으로 이름을 날린 단음절의 여왕 마르스 양***보다 더 뛰어난 재능이 발휘되는 것을 수차례

---

* Coblentz: 모젤 강과 라인 강이 만나는 지점에 위치한 독일 중부의 도시. 프랑스 혁명 당시 루이 16세의 아우 프로방스 백작과 아르투아 백작이 1792년 이 도시에 집결한 프랑스 망명 귀족들의 지원을 받아 혁명을 반대하고 왕정복고를 주장하는 '코블렌츠 선언'을 발표했다.
** 백조가 죽기 전에 노래하는 마지막 노래를 말한다.
*** Mademoiselle Mars: 당시 파리의 국립극장 테아트르 프랑세를 주름잡던 안 부테Anne Boutet(1779~1847)를 말한다.

들었다. 그녀가 생제르맹에 들어왔다간 당장 쓰고 있던 왕관을 벗어야 했으리라! 이곳의 여인들은 어찌나 대단한지 세련된 말솜씨에서는 마리보 연극의 여배우처럼 '세련됨을 세련되게 다듬을' 필요조차 없는 여인들이다.

그런데 그날 저녁에는 여느 때와 달리 단음절 바람이 불지 않았다. 마스크라니 남작 부인 댁에 들어가니 부인이 내 '측근'이라고 부르는 사람들이 꽤 많이 모여 있었고 대화도 여느 때와 다름없이 활발하게 오가고 있었다. 까치발 달린 탁자 위에 놓인 벽옥(碧玉) 화병을 장식하고 있는 이국적인 꽃들처럼 남작 부인의 측근에도 세계 구석구석에서 온 사람들이 많았다. 영국 사람도 있고 폴란드 사람, 러시아 사람도 있었다. 그러나 모두 프랑스어를 썼고 일정 수준 이상의 사회라면 어디나 가지고 있는 재치와 예의범절을 갖추고 있었다. 어떤 화제에서 출발해서 거기까지 도달했는지는 모르겠지만 하여튼 내가 들어갔을 때의 화제는 소설이었다. '소설을 말하다'라는 것은 각자가 자기 이야기를 하는 것과 같다. 사교계의 남녀로 구성된 그 모임이 문학 문제를 토론할 정도로 현학적인 분위기는 아니라는 점을 굳이 밝힐 필요가 있을까? 그곳에서는 표현 양식이 아니라 내용이 관심사일 뿐이었다. 여기 모인 사람들은 수준 높은 모럴리스트이며 정도는 서로 다르지만 열정과 생명력을 실천하는 사람들로, 겉으로는 말도 가볍고 태도도 무관심한 것 같아도 속으로는 진지한 경험을 감추고 있어서 소설이란 주제를 가지고도 인간의 본성, 풍습과 역사, 이런 것만을 문제 삼는다. 그 외엔 아무것도 문제가 되지 않는다. 그리고 바로 그게 전부가 아닐까? 하여튼 이 문제에 대해 벌써 상당히 많은 이야기를 주고받은 듯 한참 동안 뭔가를 열심히 하고 났을 때의 상기된 표정들이었다. 미묘하게 서로를 채찍질한 듯 한결같이 입에 거품을 물고 있었다. 몇몇 격한 사람 — 서너 명 정도였다 — 만 고개를 숙이고 있거나 혹은 무릎

위에 놓여 있는 손가락의 반지에 시선을 집중한 채 침묵을 지키고 있었다. 그 사람들은 자신들의 몽상을 구체화하려고 노력하는 것 같았는데, 그것은 감각의 물질성을 제거하는 일만큼이나 어려운 일이었다. 나는 사람들이 토론에 정신이 팔려 있는 틈을 이용해서 아름다운 담나글리아 백작 부인의 눈부시게 부드러운 등 뒤로 살짝 들어갔다. 부인은 접힌 부채를 입술 끝으로 자근자근 씹으면서 다른 사람들과 똑같이 열심히 듣고 있었다. 여기에서는 들을 줄 안다는 것이 하나의 매력이다. 날이 저물고 있었다. 행복한 인생 같은 장밋빛 하루가 마침내 검게 물들고 있었다. 석양의 희미한 빛이 비치는 살롱에 각양각색의 자세를 한 사람들이 둘러앉아 느슨한 듯하면서도 열심히 이야기를 나누는 걸 보니 마치 남자와 여자들로 엮은 하나의 화환 같았다. 그것은 한 개의 영롱한 팔찌 같은 것이었는데, 이집트 여인의 옆얼굴을 한 여주인이 클레오파트라처럼 몸을 눕히곤 하는 긴 의자가 그 팔찌를 채우는 고리였다. 열려 있는 창문으로 하늘 한 귀퉁이가 보이고 발코니에는 한 무리의 사람들이 모여 있었다. 공기가 너무나 맑았고 그날따라 센 강의 도르세 기슭이 유난히 고요하여 발코니에 있는 사람들도 살롱에서 들리는 목소리 — 창에 드리워진 베니션* 커튼이 이 목소리의 울림을 흡수하여 주름 사이사이마다 소리의 파동을 붙잡아둘 것 같은데 말이다 — 를 한 마디도 빠짐없이 다 들을 수 있었다. 누가 말하는지 알게 되었을 때 나는 사람들이 그렇게 열심히 듣고 있는 것—신으로부터 받은 은총이라고만은 할 수 없는 것—과 그리고 이처럼 세련된 분위기의 살롱에서는 이야기를 독점하지 않도록 조심하기 마련인데 감히 그렇게 오래도록 이야기를 붙들고 있다는 것도 전혀 놀랍지 않았다.

---

* 모나 무명으로 짜서 드레스나 외투의 감으로 쓰이는 새틴의 한 종류.

왜냐하면 그가 이 담화의 왕국에서도 가장 돋보이는 이야기꾼이었기 때문이다. 그것이 그의 이름은 아니지만 그를 대표하는 칭호다! 아, 죄송합니다. 그는 다른 칭호도 가지고 있군요. 중상과 모략이라는 이 메나에크무스 형제*는 서로 분간할 수 없을 만큼 닮은 데다 일기를 쓸 때도 알아볼 수 없도록 거꾸로 쓰는데도(히브리어는 흔히 그렇게 쓰지 않던가?) 그 명성에 걸맞지 않게 그를 수많은 모험의 영웅이라고 치켜세웠다. 그런데 정작 그는 그날 밤에 이야기하고 싶지 않은 게 분명했다.

내가 담나글리아 백작 부인의 어깨 뒤로 숨어 소파 쿠션에 자리를 잡았을 때 그는 말했다. "인생에서 가장 아름다운 소설들은 오다가다 팔꿈치나 발끝에 툭 차인 현실들이죠. 우리 모두 한번쯤은 그런 경험이 있죠. 소설은 역사보다 더 보편적입니다. 내가 말하는 건 큰 물의를 빚은 엄청난 사건들, '여론'이란 점잖은 수염을 달고 극도로 고조된 감정의 대담함이 빚은 참사, 이런 게 아닙니다. 과거에는 위선적이었고 오늘날에는 비겁하기만 한 우리 귀족 사회에서는 보기 드물게 시끄러웠던 그런 추문을 제외하고 한 사람의 운명을 송두리째 앗아간 감정과 열정의 이 비밀스러운 사건들, 지하 감옥의 깊은 구렁 속으로 떨어지는 시체처럼 둔탁한 소리만 날 뿐 수많은 목소리 혹은 침묵에 가려진 채 산산조각난 이 심장들을 목격한 사람은 우리 가운데 아무도 없을 것입니다. 몰리에르가 미덕에 대해 '도대체 어디에 둥지를 틀 작정인가?'라고 했는데 이 말을 소설에 대해서도 자주 할 수 있을 것입니다. 우리가 가장 생각하지 못한 곳에서 소설을 발견할 때가 얼마나 많습니까! 여러분 앞에서 이야기하고 있는 저

* 고대 로마의 희극 작가 티투스 마키우스 플라우투스Titus Maccius Plautus(?B.C.254~B.C.184)가 쓴 「메나에크무스 형제」를 말한다. 똑같이 닮은 시라쿠사 상인의 쌍둥이 아들 메나에크무스와 소시크레스가 서로 뒤바뀌어 일어나는 소동을 다룬 희극이다.

역시 어릴 때 봤죠, 아니 봤다고 하면 틀린 말이죠. 관객들이 배우들을 매일 보는데, 관객 앞에서는 상연되지 않는 잔인하고 끔찍한 연극, 파스칼 말대로 '피비린내 나는 극'* 가운데 하나이면서도 장막 뒤에서 비공개로 공연되는 사생활이나 은밀함의 막(幕)을 감지하고 또 예감했죠. 숨겨지고 억눌린 이 연극, 내가 '속으로 땀이 난다'라고 부르는 이런 연극이 더 음산하고, 우리 눈앞에서 작품 전체가 공연되는 것보다 더 많이 상상력과 기억을 자극합니다. 우리가 잘 모르는 일이 잘 아는 일보다 백배나 더 강한 인상을 주는 법입니다. 내 생각이 잘못된 것인가요? 하지만 지옥도 한눈에 전체를 파악하는 것보다 채광 환기창으로 보일락 말락 해야 더 무섭지 않겠어요."

여기서 그는 잠시 말을 멈추었다. 얼마간 상상력을 가진 사람이라면 누구나 한번쯤 상상해보곤 하는 지극히 인간적인 이야기라 반박하는 이가 없었다. 모두의 얼굴이 강렬한 호기심으로 달아올랐다. 엄마가 누워 있는 긴 의자 발치에 무릎을 세우고 앉아 있던 어린 시빌도 움칠하며 엄마 곁으로 다가갔다. 아직 납작한 어린 가슴과 코르셋 사이로 누군가 살무사라도 슬그머니 집어넣은 것처럼.

"그만하시게 해요, 엄마, 그런 소름 끼치는 무서운 이야긴 싫어요" 하고 어릴 때부터 응석받이로 자라 폭군이 되어버린 그런 아이의 친숙함으로 시빌이 말을 했다. 그러자 아이가 이름을 대지 않았는데도 불구하고 이야기꾼은 "시빌 양, 아가씨가 듣기 싫다면 제가 입을 다물죠"라고 말했다. 친한 친구에게 하듯 꾸밈없고 다정하기까지 한 태도였다.

남자는 그 아이의 집 가까이에 살았기 때문에 아이의 호기심과 공포

---

* "연극에서 다른 모든 막이 아름답다고 할지라도, 최후의 막은 피비린내가 난다. 결국에는 머리에 흙을 뒤집어쓰고 그것으로 영원한 고별이다."(파스칼, 『팡세』, 제3편, 단장 210)

를 잘 알고 있었다. 그 아이는 대기의 온도보다 차가운 목욕물에 발을 담글 때 그리고 살을 에는 차가운 그 물속으로 들어갈수록 점점 더 숨이 막히는 것과 비슷한 느낌을 가졌을 것이다.

"내가 알기로 시빌은 우리 친구분들이 침묵하기를 바라는 것은 아니에요. 무섭다면 다른 분들과 똑같이 하면 되는 거예요. 자리를 비키는 거죠. 그러니 우리 아가씬 나가도 되겠어요."

남작 부인이 나이에 비해 너무 사색적인 딸의 머리를 쓰다듬으며 말했다.

하지만 변덕쟁이 그 여자아이는 자기 엄마 못지않게 이야기가 듣고 싶었던 모양으로 도망을 가지 않고 그녀의 마른 몸을 다시 일으켜 세우더니 두려움에 떨면서도 귀를 쫑긋 세운 채 심연을 들여다보듯 검고 깊은 시선을 남자 쪽으로 던졌다.

소피 드 레비스탈 양도 "자 그럼! 이야기해주세요"라고 말하며 초롱초롱한 커다란 갈색 눈동자를 그를 향해 돌렸다. 그의 눈동자는 유난히도 반짝였지만 아직도 젖어 있었다. 그러고 나서 그녀는 미세한 동작과 함께 "자! 이제 우리 모두 들어보죠!"라고 다시 말했다.

그래서 그 남자는 말을 계속했다. 그런데 내가 과연 그가 한 이야기를 목소리와 동작의 미묘한 변화를 살려 제대로 전달할 수 있을까, 특히 그날 살롱에 모여 기분좋게 담소를 나누던 모든 사람에게 불러일으킨 큰 반향을 다시 불러일으킬 수 있을까?

아무튼 좌중의 독촉을 받은 이야기꾼은 다음과 같이 말을 이어갔다.

"전 시골에서 자랐습니다. 아버지 일가 집에서 말입니다. 저희 아버지가 살던 작은 마을은, 꼭 어디라고 말씀드리지는 않겠지만, 당시 프랑스에서 가장 맹렬하고 가장 철저하게 귀족적인, 아니 귀족적이었던 도시라고 하면 알아차리실 작은 도시 부근에 있었습니다. 산이 하나 있고 그 아래에 있는 물에 두 발을 담근 듯 세워진 작은 마을이었어요. 저는 이제 까지 그와 같은 곳을 본 적이 없어요. 우리 포부르 생제르맹이나 리옹의 벨쿠르 광장, 그 밖에 배타적이고 거만한 귀족 정신의 예를 들 때 흔히 언급되는 서너 개의 대도시도 있지만, 1789년 이전에 50대나 되는 마차가 귀족의 문장을 달고 자랑스럽게 달리던 인구 6천 명의 작은 도시가 주던 느낌과는 비교할 수가 없더군요.*

귀족들이 무례한 부르주아지에게 하루하루 설 땅을 빼앗기며 밀려나다가 그곳에, 움푹한 도가니 바닥에 모였던 것입니다. 루비가 불에 타도 보석의 본질을 간직한 채 끈질기게 빛을 발하면 그 빛은 보석이 사라지지 않는 한 없어지지 않죠.

그곳 귀족의 둥지에 정착한 귀족들이야말로 편견—저는 이것을 사회의 숭고한 법칙이라고 부릅니다—을 가진 채로 죽거나 죽을 것이고 그들이 모시는 하느님과 마찬가지로 타협을 거부했습니다. 그들은 다른 모든 귀족이 겪었던 치욕, 신분이 낮은 사람과의 결혼이라는 끔찍한 경험을 거부했어요.

혁명으로 몰락한 집안의 딸들은 의연하게 처녀로 살다 나이 들어 죽었습니다. 어떤 상황에서도 가문의 문장(紋章)에 의지하면서 말이죠. 아름다움이란 쓸데없는 것이고, 가슴속에서 고동치고 두 뺨을 붉게 물들이도록 피가 끓어봐야 소용없다는 것을 잘 아는 이 아름답고 매혹적인 처녀들이 타는 듯이 열을 내면 사춘기 소년인 나는 그 불에 활활 타오르곤 했어요.

열세 살인 나는 인생에 첫발을 내딛는 시점에 '운명의 신'에게 버림받

---

* 여기서 묘사되고 있는 도시와 바르베 도르비이의 고향인 생소뵈르Saint-Sauveur와는 상당히 유사점이 있다.

은 것처럼 재산이라곤 멋진 문장이 새겨진 관(冠)뿐인 이 가난하고 장엄하게 슬픈 아가씨들에게 정성을 다 바치는 내 모습을 상상해보았습니다. 바위 틈 사이에서 흘러나오는 물처럼 맑은 그 귀족들은 자신들의 안식처 밖의 사람들은 아무도 만나지 않았어요.

그들은 '부르주아는 우리 조상들에게 세금을 바치던 사람들의 자식들인데 어떻게 만날 수 있겠어요?' 하곤 했어요.

그들이 옳습니다. 사실 있을 수 없는 일이 아닙니까. 그 작은 도시에선 사실 그랬어요. 서로 멀리 떨어져 사는 곳이라면 신분을 뛰어넘는 일도 이해가 되지만 손수건만 한 땅에선 서로 다른 족속이 가까이 사는 것 자체가 바로 뛰어넘지 못할 벽입니다. 그들은 자기들끼리만, 아니면 기껏해야 몇몇 영국인만 만났어요.

영국인들은 이 작은 도시가 그들의 백작령에 속하는 어떤 곳들과 닮았기 때문에 매력을 느꼈습니다. 조용한 분위기, 엄격한 태도와 변화에 무관심한 사람들이 살고 있고, 네 발짝만 떼면 영국일 정도로 가까우며, 물가가 싼 덕분에 자기 나라에 있는 얼마 안 되는 재산에서 나오는 형편없는 수입을 두 배로 불릴 수 있기 때문이었죠.

노르만족과 같은 해적들의 후예이기도 한 영국인들의 눈에는 이 노르망디 지방의 도시가 일종의 '대륙에 있는 영국'으로 비쳐졌던지 한번 오면 꽤 오랫동안 머물곤 했어요.

이곳에 온 어린 '미스'들은 부대 집결지의 헐벗은 참나무 아래서 굴렁쇠를 던지며 프랑스어를 배웠어요. 그러나 열여덟 살쯤 되면 그들은 영국으로 날아가버리죠. 왜냐하면 몰락한 프랑스 귀족들은 영국 처녀들처럼 소박한 지참금밖에 없는 처녀들과 결혼하는 위험한 사치를 자신들에게 감히 허용할 수 없기 때문이죠. 그래서 처녀들은 떠납니다. 그러나 또 다른 이주민들이 와서 그들이 버리고 간 빈 집과 베르사유처럼 풀이 무성하고 인적이 드문 거리를 채워주었으므로 이 도시에는 늘 비슷한 숫자의 아가씨들이 체크무늬 치마와 스코틀랜드 망토 그리고 초록색 베일을 하고 산책하곤 했죠. 대개 7년에서 10년 사이의 긴 간격으로 살다가 바뀌는 영국인 가족들을 제외하고는 아무것도 그 작은 도시의 단조로운 생활을 깨뜨리지 못하죠. 이곳의 단조로움은 정말 끔찍할 정도였답니다.

사람들은 흔히 작은 지방 도시 생활의 좁은 교제 범위에 대해 이야기합니다—이제는 더 이상 그렇게 이야기하지 않습니다만. 하지만 이곳은 어디에서도 사건이라고 할 만한 것이 없는 데다 계층을 뛰어넘는 정념이나 허영심 때문에 생기는 반목은 더더욱 생각할 수 없는 곳이라 더 단조롭기만 합니다. 좁은 마을에선 질투나 증오, 혹은 자존심의 상처가 모여 소리 없이 들끓고 있다가 가끔 추문이나 중상모략, 혹은 재판할 거리도 못 되는 배신 행위로 폭발하기 십상인데 말이에요.

여기서는 귀족과 평민의 구분이 철저하고 둘 사이의 벽이 높고 두꺼워서 귀족과 평민 사이에 어떤 투쟁도 불가능했어요.

아닌 게 아니라 투쟁이 있으려면 함께 참여하는 무대와 함께 활동하는 영역이 있어야 하는데 그게 없었어요. 그런 데라면 사람들 말대로 악마가 빠질 리가 없겠죠.

아버지가 '세금을 바치던' 부르주아들의 가슴 깊은 곳, 혹은 신분을 뛰어넘어 부자가 된 하인의 아들의 머릿속엔 아직도 증오심과 질투의 시궁창이 있어 종종 귀족들을 향해 악취와 소음을 뿜어댔죠. 귀족들은 하인들이 제복을 벗어던진 이후에 자신들의 관심과 시선에서 벗어나게 해주었는데도 말입니다.

그래봤자 자신들의 최종 보루인 저택의 문을 닫고 밖에서 뭐라 하든 일절 신경을 쓰지 않는 귀족들에겐 들리지 않았습니다. 그들은 자기들과 동류인 귀족들에게만 문을 열어주었으며, 그들 계급의 경계에서 삶이 끝난다고 생각했죠. 천한 것들이 귀족들에 대해 무슨 말을 하든 상관할 거 있나요? 그들은 들은 척도 안 했어요. 젊은이들끼리 욕을 하거나 싸움을 할 가능성도 있었겠지만 그들은 공공장소에서는 절대 부딪치지 않았어요. 그랬다면 여자들이 보는 앞에서 얼굴이 시뻘게지도록 싸우는 경기장이 되었을 텐데요.

그 작은 도시에는 구경거리가 없었어요. 극장도 없고 배우도 들르지 않았죠. 이곳의 카페는 다른 시골 카페와 마찬가지로 상스러워서 당구대 주변에 모이는 치들이라야 기껏 부르주아 중에서도 가장 저급한 작자들, 행실이 요란하고 나쁜 놈들, 아니면 나폴레옹 제국의 전쟁에 지친 늙다리 퇴역 장교들이 고작이었어요. 하지만 여기 모인 부르주아들은 비록 상처 입은 평등 사상에 미쳐 있긴 해도(이 한 가지 감정만으로도 왜 그렇게 혁명이 잔인해졌는지 설명하고도 남죠.), 속으로는 지금은 사라지고 없는 존경심이란 미신을 가지고 있었죠.

민중의 존경심은 반짝이는 재치로 우스갯소리를 지어 성유병*을 조롱하면서도 존경하는 것과 비슷한 데가 있습니다. 더 이상 존경심이 없을 때가 아직 존경심이 남아 있는 때죠. 예를 들면 장난감과 잡화를 파는 상인의 아들이 신분 차별 철폐를 맹렬히 떠들어대도, 모두 서로 훤히 알고 있고 어릴 때부터 살았던 고향 마을에 가면 비록 모욕을 당한다 해도 마을 광장을 혼자 질러가지 못합니다. 예를 들어 귀족인 클라모르강타유페르의 아들이 자기 누이에게 청혼을 했다고 해서 그에게 욕하러 가는 경우

---

* sainte Ampoule: 프랑스 왕의 대관식에 쓰이던 성유병(聖油瓶)을 말한다.

라 하더라도. 그랬다간 마을 사람 전체를 다 적으로 만들게 되죠. 무릇 부러움 섞인 미움을 산다는 것이 다 그렇지만, 귀족 출신이라는 것도 그걸 싫어하는 사람에게 물리적인 영향을 가합니다. 그게 바로 출신에 따른 차별이 정당하다는 가장 확실한 증거입니다. 혁명 기간엔 출신이라는 것에 반대했는데 어찌 보면 그것은 영향을 받는다는 것이죠. 그러나 그들도 평화로운 시기가 되면 아무 말 없이 차별을 감수하죠.

그런데 그땐 182…년, 평온하다고 하는 그런 시기였어요. 헌법 헌장*의 보호하에, 마치 빌려온 개집에서 자라는 사냥개처럼, 성장한 자유주의가 왕당파를 질식사시키기 전이라 망명지에서 귀국한 왕자들이 지나가면 모든 사람이 온 마음으로 환영해줄 정도였어요. 이 시기는 누가 뭐라건 프랑스로선 영광의 시기였습니다. 당시 회복기에 들어선 왕실도 혁명 때 단두대의 날에 젖가슴을 잘렸지만 희망을 잃지 않고 살 수 있다고 굳게 믿고 있었어요. 이미 한번 온몸에 퍼졌고 결국은 죽음으로 몰아넣게 될 암세포가 아직은 나타나지 않은 상태였지요.

제가 지금 여러분께 소개하고 있는 그 작은 도시로서는 아주 안전하고 걱정 없는 평화의 시기였어요. 직전에 종결된 어떤 한 임무가 귀족 사회에서 마지막 남은 생명의 흔적, 젊음의 기쁨과 환희를 마비시켰죠. 사람들은 이젠 춤도 추지 않았습니다. 무도회는 퇴폐 행위로 금지되었어요. 젊은 처녀들은 장식깃에 선교회 목걸이를 걸고 회장이 지도하는 대로 종교 모임을 만들었습니다. 웃겨 죽을 일이지만 춤을 추었다간 '중죄인'

---

* (la) Charte Constitutionnelle: 1814년 루이 18세가 공포한 1814년 헌장을 말한다. 신성 불가침의 세습 왕권을 부르봉 왕조의 지배 이념으로 내세우는 한편, 법 앞의 평등, 소유권 보증, 기본 인권 인정과 같은 대혁명의 결과인 새로운 시민 사회의 여러 관계를 받아들인다는 타협책을 모색한 헌장이다.

취급을 당했어요. 지체 높은 집안의 늙은 부인이나 나이가 지긋한 신사들을 위해 휘스트 판 네 개가 펼쳐지고 그 옆에 젊은이들을 위한 에카르테* 카드 판이 두 개 펼쳐지면, 이곳 젊은 처녀들은 교회에서처럼 각자의 부속 예배당에 자리를 잡곤 했죠. 아가씨들은 살롱 한쪽에 몰려 있었고, 여자들치곤 좀 말이 없는 편이랄까? (모든 것은 상대적이니까요) 말을 해도 속삭이는 정도였죠. 하지만 속으로는 눈이 빨개지도록 하품을 하고 있었고, 부드럽고 탄력 있는 허리에 약간 꼿꼿한 자세는 드레스의 장미나 라일락 무늬, 비단 레이스 달린 망토와 리본의 익살스러운 가벼움과 대조를 이루고 있었어요."

2

"단 한 가지" 하고 이야기꾼은 말을 이었다. 이야기의 무대인 그 작은 도시가 실제로 존재하는 것과 마찬가지로 이야기의 모든 내용도 진실이며 사실이다. 게다가 그 도시에 대해 이야기꾼이 너무 실제와 '흡사'하게 묘사해버려 신중하지 못한 누군가가 그 이름까지 말해버렸다. "단 한 가지, 여기서 내가 어떤 열정의 특징에 대해 말하려는 건 아니지만, 하여튼 젊은 처녀들이 맑고 차분한 영혼 속에 80년 동안이나 따분함을 담고 살아가는 이 이상한 사회에서 움직임이나 욕망, 강렬한 감정과 비슷한 것이 있다면, 그건 지칠 대로 지친 영혼들에게 마지막으로 남은 즐거움, 즉 카드놀이뿐이었어요."

---

* écarté: 2~4인이 7, 8, 9, 10, A, 잭, 퀸, 킹으로 32장을 사용하는 카드놀이.

"이곳의 옛날 귀족들은 과거의 대영주들을 본떠 재단된 사람들임에도 불구하고 눈먼 노파나 다름없이 할 일이 없어서 가장 큰 일이라야 카드놀이가 고작이었습니다. 영국이 세계에서 제일 카드를 많이 치는 나라라 그런지 여기서는 영국인의 조상 노르만인의 방식으로 쳤어요. 그들이 휘스트를 선택한 이유는 영국인들과 조상이 같고, 그들처럼 영국으로 망명한 것이며, 놀이도 중요한 외교 회담같이 조용히 하고 감정을 잘 드러내지 않아서 품격이 있었기 때문입니다. 끝없이 계속되는 공허한 날들을 채우기 위해 선택한 것이 바로 휘스트입니다. 매일 저녁식사가 끝나면 어김없이 자정이나 새벽 1시까지 놀이를 계속했습니다. 그건 바로 시골에서 벌어지는 진짜 사투르누스 축제*였습니다. 그중에서도 생탈방 후작의 집에서 벌어지는 카드놀이가 가장 특별했습니다. 후작은 이 도시에 모인 귀족들의 영주 같아서 주위 귀족들의 정중한 예우가 후광같이 빛나던 분이었습니다. 물론 존경을 표하는 사람들도 그에 못지않게 훌륭한 분들이었죠.

후작은 휘스트를 아주 잘 쳤어요. 나이가 일흔아홉 살이었죠. 그러니 후작이 대적해보지 않은 사람이 있었겠어요? 모르파**와도 쳤고, 휘스트를 손바닥으로 친다는 아르투아 백작하고도 쳤고, 폴리냐크 왕자와 루이 드로앙 주교,*** 칼리오스트로,**** 리페의 왕, 폭스, 던더스, 셰리

---

* 로마인들은 낮이 가장 짧았다가 다시 길어지기 시작하는 12월 동지 때부터 새로운 태양의 탄생, 새해의 시작을 기념하는 사투르누스 축제를 성대하게 벌였다. 고대 문헌에 따르면 축제일에는 연령, 성별, 계급과 상관없이 온 시민이 모든 업무를 중단하고 축제 분위기에 흠뻑 취해 밤낮으로 향락을 즐긴 것으로 기록돼 있다.
** 프랑스의 왕 루이 15세 때의 국무장관.
*** 프랑스 왕국의 성직자로 스트라스부르의 추기경이다. 목걸이 사건에 연루되어 곤욕을 치르게 된다.
**** 이탈리아의 여행가이자 사기꾼, 신비주의자이자 연금술사였던 주세페 발사모의 별명이다.

든,* 웨일스 공,** 탈레랑,*** 그리고 악마와도 쳤어요. 망명지에서 비참한 날들을 보낼 때엔 어떤 위험한 사람도 마다하지 않았죠. 그러니 적수가 있어야 했어요. 보통은 이곳 귀족들이 받아들인 영국인들이 예비 병력이었는데, 사람들은 그걸 무슨 게임의 한 종류인 양 말했고 마치 궁정에서 '왕의 휘스트'라고 부르듯이 그걸 '생탈방 휘스트'라고 했어요.

어느 날 저녁 보몽 부인 댁에서였어요. 초록색 탁자가 차려지고 모두 그 위대한 후작과 한판 승부를 벌일 하트퍼드 씨라는 영국인을 기다리고 있었어요. 이 영국인은 도시의 아치교 근처에서 면화 공장을 운영하고 있다는 기업가인가 뭔가 하는 사람이었는데, 이 공장은 이 지역에 가장 먼저 들어온 공장이었죠. 그런데 한 가지 짚고 넘어갈 게 있군요. 이 지역은 새로운 기술을 받아들이는 데 인색했는데, 그건 무식해서도 아니고 복잡한 걸 이해하지 못해서도 아니고 단지 노르망디 사람들의 전형적인 신중함 때문입니다. 한 가지 덧붙이자면 노르망디 사람들을 보면 언제나 몽테뉴의 책에 등장하는 삼단논법의 명수인 여우를 보는 느낌입니다. 그 여우들이 발을 디디는 강은 틀림없이 꽁꽁 얼어 있으니 얼마든지 두 발로 힘껏 밟아도 되죠.

그건 그렇고 이제 우리의 영국 신사 하트퍼드 씨에게로 돌아가죠. 머리에 쓴 은빛 투구 ── 하얀 비단 빵모자처럼 짧고 윤기 있는 머리칼이 지

---

* 찰스 제임스 폭스: 영국의 정치가. 한때 휘그 내각의 외무장관을 지냈다. 헨리 던더스: 스코틀랜드의 정치인. 리처드 브린즐리 셰리든: 영국의 극작가이자 정치인.
** 조지 3세의 장남 웨일스 공(미래의 조지 4세)을 말한다. 황태자 시절부터 난잡한 성생활과 폭음, 노름벽으로 부왕과 의회를 괴롭혔다.
*** Périgord Charles Maurice de Talleyrand(1754~1838): 프랑스의 정치가. 성직자 출신으로, 나폴레옹 몰락 이후 유럽의 전후 처리를 위하여 열린 빈 회의에 참석하였으며, 정통주의를 내세워 프랑스의 이익을 옹호하였다.

금도 눈에 선하군요 — 위에서 쉰 살의 종이 울린 지 벌써 오래됐는데도 불구하고 젊은이들은 그냥 '하트퍼드'라고 불렀죠. 그는 후작이 총애하는 사람 가운데 하나였어요. 당연한 일 아니겠어요. 아주 대단한 실력을 갖춘 사람이었고, 일생 동안(진짜 마술 환등 같은 인생이었다고 해요) 카드를 쥐고 있을 때만 삶의 의미와 현실감을 느꼈던 사람입니다. 그는 늘 첫번째 행복은 카드놀이에서 이기는 것이고 두번째 행복은 카드놀이에서 지는 것이라고 입버릇처럼 말하고 다녔죠. 셰리든에게서 취한 멋진 논법이죠. 하지만 남의 것을 가로챘다는 비난을 듣지 않게끔 요령껏 사용했습니다. 지나치게 카드놀이에 열중한다는 점을 제외하면(생탈방 후작은 바로 그 나쁜 점을 고려하여 그 많은 덕을 다 용서해주었나 봅니다), 하트퍼드 씨는 영국인들이 '존경할 만함'이라는 아주 편리한 단어에 함축하고 있는 바리새인 혹은 개신교 신자들의 특성을 고스란히 가지고 있는 사람으로 알려져 있었어요. 모두 그를 완벽한 젠틀맨이라고 생각했습니다. 남작은 그를 바닐리에르에 있는 자기 성에 일주일씩 초대하곤 했죠. 시내에서 매일 저녁 만나면서도요. 그렇기 때문에 그날 저녁 그토록 정확하고 성실한 외국인이 지각을 한다는 데 대해 후작은 물론 다른 사람들도 놀라지 않을 수 없었죠.

8월이었어요. 시골에서만 볼 수 있는 그런 아름다운 정원 한 곳으로 창문이 열려 있었고, 처녀들은 열린 창가에 모여 꽃줄 장식에 얼굴을 숙이고 소곤거리고 있었죠. 후작은 카드놀이 탁자 앞에 앉아 하얗게 센 긴 눈썹을 찌푸리고 있었어요. 그는 탁자에 팔꿈치를 괴고 있었어요. 연륜이 쌓인 멋진 두 손은 턱 밑에 깍지를 끼고 이렇게 기다리게 하다니 놀라운 일이라는 듯한 근엄한 얼굴을 받치고 있었어요. 루이 14세의 근엄함을 닮았더군요. 마침내 하인이 하트퍼드 씨가 도착했다고 알려왔습니다. 늘 그랬던 것처럼 나무랄 데 없는 차림에 셔츠는 눈부시도록 하얗고, 불워* 씨가 처음 그랬던 것처럼 열 개의 손가락 하나하나에 반지를 끼고 있었어요. 손에는 인도산 스카프를 들고 있었고, 입술에는 (저녁식사를 막 끝낸 참이라) 멸치 요리나 매운 갈색 소스가, 그리고 포트와인의 향과 맛을 지우기 위해 향긋한 드롭스를 물고 있었어요.

그런데 혼자가 아니더군요. 그는 후작에게 가서 인사를 하고 마르모르 드 카르코엘 씨라는 스코틀랜드인 친구를 소개했습니다. 마치 모든 비난에 대한 방패처럼 말입니다. 카르코엘 씨는 저녁식사를 하는 중에 포탄처럼 그에게 떨어졌다는데, 영국의 세 왕국을 통틀어서 가장 휘스트를 잘 친다고 하더군요.

이렇게 영국의 세 왕국에서 가장 뛰어난 '휘스트꾼'이란 걸 설명하자 후작의 파리한 입술에 반가운 미소가 번졌죠. 당장 팀이 구성되었는데 카르코엘 씨는 빨리 카드놀이에 끼고 싶었는지 장갑도 벗지 않더군요. 그 장갑을 보니 완벽해서 브라이언 브러멀이 특별히 세 명의 장인을 시켜— 두 사람은 장갑의 손 부분을, 다른 한 사람은 엄지손가락을 — 따로따로 재단하도록 한 그 유명한 장갑이 생각나더군요. 그는 생탈방 씨의 편이 되었어요. 나이 든 오카르동 부인이 앉아 있다가 자리를 양보했죠.

그런데 여러분, 이 마르모르 드 카르코엘이란 사람은 차림새로 봐서는 스물여덟 살 정도 되어 보였어요. 하지만 이글거리는 태양, 피로를 모르는 힘, 아마도 정열이겠죠, 이런 것들이 합쳐져 그의 얼굴을 서른다섯 살 먹은 남자의 얼굴로 보이게 했어요. 그는 미남은 아니었지만 강렬한 인상을 주는 남자였어요. 검은 머리카락은 아주 뻣뻣한 데다 곧게 서 있

---

* Edward George Earle Bulwer-Lytton(1803~1873) : 영국 정치가 겸 소설가. 문필 생활을 하면서 정계에 진출하여 1858~59년 식민지 담당 대신으로 활약했다.

고 약간 짧았어요. 그는 머리카락을 관자놀이에서 뒤로 자주 쓸어내리곤 했어요. 이런 동작 속엔 분명한 그러나 불길한 뭔가가 있었어요. 그는 어떤 회한을 털어내려는 것 같았죠. 그런 모습은 처음에도 깊은 인상을 주었지만, 심오한 것들이 다 그렇듯 볼 때마다 늘 변함없이 충격을 주곤 했습니다.

저는 그 카르코엘이라는 사람과 몇 년 동안 알고 지냈는데, 한 시간에 열 번쯤 반복되는 그 불길한 동작은 늘 강한 인상을 주었고 나뿐만 아니라 다른 많은 사람에게도 같은 생각을 심어주었어요. 좁지만 반듯한 그의 이마는 대담해 보였어요. 깨끗이 면도한 입술은(당시에는 요즘처럼 수염을 기른 사람이 없었죠) 꽉 다문 채 움직이는 법이 없었어요. 라바터*를 비롯해서 눈의 표정보다는 말할 때 입이 움직이는 선이 인간 본성의 비밀을 더 잘 말해준다고 생각하던 사람들은 그의 입술에 모두 두 손을 들고 말았죠. 미소를 지어도 눈은 웃지를 않고 진주 같은 하얀 이만 드러내곤 했어요. 바다의 자손인 영국인들은 가끔 중국인들처럼 독한 차 때문에 이가 빠지거나 검게 되는데 말입니다. 얼굴은 길고 볼이 움푹 들어갔고 올리브색과 비슷한 색을 띠었는데 그와 자연스럽게 어울렸어요. 그뿐만 아니라 피부는 햇볕에 뜨겁게 그을려 있었는데, 그렇게 잘 태운 걸 보면 안개 긴 영국 하늘에 떠 있는 쇠잔한 태양 덕은 아닌 것 같았어요. 맥베스를 닮은 검은 두 눈 사이엔 길고 곧은 코가 이마보다 높이 솟아 있었어요. 단지 맥베스보다 훨씬 눈이 어둡고 미간도 좁았죠. 사람들 말로는 괴상한 성격이나 비상식적인 면을 지니고 있음을 알려주는 것이라고 하죠. 옷차림엔 아주 세심한 정성을 들였더군요. 상반신이 약간 긴 편이라 휘스트용

---

* Johann Kasper Lavater(1741~1801): 스위스의 신학자, 시인. 기독교적인 시를 많이 썼으며 관상학과 골상학(骨相學)의 연구로 유명하다.

탁자에 무사태평하게 앉아 있으면 실제보다 더 커 보였어요. 그는 사실 키가 작았죠. 하지만 이런 약점만 빼놓으면 아주 잘 빠진 몸매에 부드러운 털에 싸인 호랑이처럼 유연한 힘이 잠들어 있었죠. 프랑스어를 잘하느냐고요? 목소리야말로 듣는 사람의 영혼에 우리의 생각을 조각해 넣고 유혹을 새기는 황금 연장인데, 그가 지금까지 나의 몽상을 자극한 행동에 어울리는 목소리를 가졌냐고요? 확실한 건 적어도 그날 밤에는 그의 목소리가 아무도 떨리게 하지 못했다는 겁니다. 극히 평범한 음조로 카드놀이의 표현인 '트릭'과 '오뇌르'*라는 두 단어만 말할 뿐이었어요. 휘스트 판 주위를 에워싸고 있는 엄숙한 정적을 규칙적으로 끊어주는 유일한 말이었죠.

그래서 그랬는지 넓은 살롱을 가득 메운 사람들에게 영국인의 방문은 별로 특별한 상황이 아닌지라 후작의 탁자에 있는 사람들을 빼고는 하트퍼드가 데리고 온 그 낯선 '휘스트꾼'을 주목하는 사람이 없었어요. 아가씨들도 그의 얼굴을 보기 위해 어깨 너머로 고개조차 돌리지 않았죠. 아가씨들은 자기들 종교 단체의 부서를 구성하는 일과 그날 보몽 부인 댁에 참석하지 않은 부회장 한 사람의 사퇴에 대한 이야기를 하고 있었죠(바로 그 순간부터 토론이 시작되었거든요). 그게 영국 남자나 스코틀랜드 남자보다 조금은 더 중요한 일이었죠. 아가씨들은 영국인이나 스코틀랜드인이 끝없이 수입돼 들어오는 데 대해 좀 무감각해져 있었어요. 어차피 카드의 다이아몬드 퀸이나 클로버 퀸에만 관심이 있는 남자인걸요! 게다가 그들은 개신교도이고 이단 아니겠어요! 다음에 올 사람은 가톨릭 신자인 아일랜드 귀족이면 얼마나 좋을까! 나이가 많은 사람들로 말할 것 같으면 그

---

* 트릭trick은 카드놀이에서 '한 판'이라는 뜻이고, 오뇌르honneur는 '최고 패', '으뜸 패'를 뜻한다.

들은 하트퍼드 씨가 도착했다고 알려오기 전부터 이미 카드놀이를 하고 있었기 때문에 그의 뒤를 따라온 낯선 사람에 대해 한번 힐끗 쳐다보고 말았을 뿐, 이내 온 정신을 집중하여 카드 속으로 다시 뛰어들었죠. 백조가 목을 최대한 뽑아 물에 잠수하는 것처럼 말이죠.

카르코엘은 생탈방 후작 편으로 뽑혔고, 하트퍼드 맞은편에서 칠 사람으로는 트랑블레 드 스타스빌 백작 부인이 뽑혔어요. 부인의 딸 에르미니는 살롱 창가에서 꽃처럼 피어오르던 아가씨들 가운데 가장 청초한 한 송이 꽃이었는데, 그녀는 에르네스틴 드 보봉 양과 이야기를 나누고 있었어요. 우연히 에르미니 양의 눈길이 어머니가 카드를 치고 있는 탁자 쪽으로 향했어요.

'에르네스틴, 저 스코틀랜드 사람이 패 돌리는 걸 좀 봐' 하고 속삭였어요.

카르코엘 씨는 그때 막 장갑을 벗었어요. 향수를 뿌린 샤무아 가죽 장갑 속에서 조각한 듯한 하얀 손이 나오는 걸 보니 저 손을 가져본 애인은 저 손에 깊이 빠져 숭배하게 될 것 같더군요. 그는 우리가 휘스트를 치는 방식대로 한 장씩 돌렸어요. 그런데 그 손놀림이 어찌나 빠르던지 리스트가 피아노를 치는 솜씨를 방불케 했어요. 그렇게 능숙하게 카드를 다루는 사람은 카드놀이도 마음대로 지배할 거예요. 점복관(占卜官)이 점을 치듯 번개같이 패를 돌리는 솜씨는 10년 동안 도박장을 다니면서 습득한 기술이었죠.

오만한 에르네스틴은 지극히 경멸스럽다는 듯 입술을 삐죽거리며 말했죠. '저거야말로 품위 없는 기술을 쓰면서 극복한 난관이죠. 품위 없는 기술이 늘 이겨요'라고 했는데 젊은 처녀의 판단치곤 가혹하죠. 하지만 젊고 아름다운 아가씨에겐 볼테르의 재치를 갖는 것보다 '품위를 지니는'

것이 더 중요한 거죠. 에르네스틴 드 보몽 양은 스페인 여왕의 '첫번째 시녀'가 되려다 결정적인 기회를 놓치고 원통해서 죽었을 겁니다.

마르모르 드 카르코엘은 카드 치는 솜씨도 패를 돌리는 솜씨 못지않았어요. 그가 보여준 뛰어난 솜씨는 늙은 후작을 열광케 했어요. 후작의 솜씨도 예전엔 폭스의 파트너를 할 정도였지만 그가 그걸 한 단계 더 올려주었으니까요. 무슨 일에서건 뛰어난 사람은 저항하기 어려운 매력을 갖나 봅니다. 다른 사람의 마음을 빼앗아 자신의 영향권 안으로 데려가죠. 그러나 그게 전부는 아닙니다. 당신을 데려가면서 오히려 당신의 능력을 고양시키니까요. 위대한 이야기꾼들을 보세요! 그들은 대사(臺詞)를 만들어내고 대사에 영향을 불어넣어 줍니다. 그들이 이야기를 멈추면, 바보들이 황금빛 후광도 없이 윤기도 없이 대화의 물에 뛰어들지만 그건 죽어 뒤집힌 물고기가 비늘도 없는 배를 보여주는 것과 다름없었어요. 카르코엘 씨는 이미 감성을 다 써서 없애버린 노인에게 새로운 감성을 가져다주었을 뿐만 아니라, 후작 자신이 가지고 있던 생각까지 증대시켜주었으니 혼자 고독하게 자존심을 지키며 오벨리스크를 쌓던 휘스트의 왕에게 꼭대기 돌 하나를 더 얹어준 셈이었죠.

그를 젊어지게 한 그 감동에도 불구하고, 후작은 카드를 치면서 그의 정신의 눈을 묶는 잔주름(이것을 우리는 '세월의 발톱'이라 하는데 그건 세월이란 놈이 건방지게 얼굴에 그걸 들이댄 데 대해 대가를 치르게 한다는 의미도 있습니다) 속에서 상대편 이방인을 관찰하는 것을 게을리하지 않았어요. 그 스코틀랜드인은 아주 강력한 힘을 가진 카드 선수 정도 되어야 음미하고 평가하고 맛볼 수 있는 사람이었어요. 판이 돌아갈 때마다 깊이 있게 관찰하고 곰곰이 생각하여 카드놀이 속으로 파고들면서도 그걸 깜짝 놀랄 정도의 냉정함으로 감추고 있었어요. 그리고 옆에 앉은 스핑크스들은 현무암 용암 속에 웅크리고 있는데, 마치 그 스코틀랜드인에 대해 무한한 신뢰를 보내는 정령들의 동상 같았고요. 그는 마치 세 쌍의 손으로 카드를 치나 싶을 정도였죠. 8월의 그 밤에 불어오는 마지막 미풍이 숨결과 향수의 파도를 일으키며 모자를 쓰고 있지 않은 서른 명의 아가씨들의 머리칼 위에 부서진 후 그들의 찬란한 머리에서 얻은 새롭고 순결한 향수와 향기를 싣고서 다시 넓고 좁은 구릿빛 이마, 단 한 줄의 주름도 없는 인간 대리석 암초에 밀려와 산산이 부서지고 있었죠. 그는 그것도 모르고 있었어요. 그의 신경은 아무 말 없이 가만히 있었어요. 이 순간에 그와 그의 이름 마르모르*는 정말 잘 어울렸다는 것을 고백해야겠어요. 그러니 그가 이겼다는 것은 두말할 필요도 없죠.

후작은 늘 자정쯤 자리에서 일어났어요. 비굴할 정도로 공손한 하트퍼드가 마차까지 팔짱을 끼고 후작을 안내했어요.

파트너에게 완전히 반한 후작이 눈을 휘둥그렇게 뜨고 '그 카르코엘이라는 사람, 과연 '슐램'**의 신이던데요! 너무 빨리 우리를 떠나지 않도록 애를 좀 써주세요'라고 말했죠.

하트퍼드는 그렇게 하겠다고 약속을 했고, 후작은 연로하고 남자임에도 불구하고 손님을 맞는 인어 역을 자처하게 되었습니다.

제가 첫날 저녁에 대해 장황하게 이야기를 늘어놓았습니다만 그런 저녁이 몇 년 동안 계속되었지요. 전 거기 없었어요. 하지만 저보다 나이 많은 친척 한 분이 다 이야기해주셨어요. 그분도 카드놀이가 삶의 유일한 원천이던 이 작은 도시의 모든 젊은이처럼 카드놀이를 했고, 정열의 고갈

---

* Marmor는 라틴어로 '대리석'이라는 뜻이다.
** 프랑스어로 chelem(영어 slam)은 카드놀이에서 패를 전부 따는 것을 말한다. '전승, 완승'으로 옮길 수 있다.

에 시달리던 중이어서 이 '슐램'의 신에게 넋을 빼앗겼죠. 돌이켜보면 과거는 언제나 마법의 힘을 갖는 거겠지만, 누구나 알고 있는 평범한 지루한 분위기에서 그날 저녁 휘스트가 한 판씩 끝날 때마다 폭발적인 환호가 터지는데, 여러분도 계셨다면 깜짝 놀라셨을 겁니다. 이 카드놀이의 네번째 인물인 스타스빌 백작 부인은 귀족답게 아무리 돈을 잃어도 눈 하나 깜짝하지 않고 평소 표정 그대로였다고 하더군요. 부인의 운명이 결정된 것이 혹시 그 휘스트 판에서였을까요? 거기야말로 운명이 왔다 갔다 하는 곳이니까요. 인생의 수수께끼를 한 단어로 풀 사람이 있겠습니까? 그때는 아무도 백작 부인을 관찰하려는 사람이 없었어요. 살롱은 동전이나 칩이 왔다 갔다 하는 소리만 우글거릴 뿐…… 누구나 그 부인을 매끄럽고 날카로운 얼음 조각이라 생각했기 때문에 설사 사람들이 불안한 마음으로 숙덕이기 시작한 소문의 내용이 바로 그때부터 시작되었다 해도 바로 그 자리에서 포착한 사람은 이상한 사람 취급을 당했을 겁니다.

트랑블레 드 스타스빌 백작 부인은 마흔 살이고 몸이 아주 약했으며 창백하고 가냘팠지요. 다른 사람에게선 찾아보기 힘든 특이한 안색과 체구였어요. 부르봉 왕가의 특징을 지닌 약간 뾰족한 코, 밝은 밤색 머리카락, 아주 얇은 입술은 뼈대 있는 집안의 자손임을 말해주기도 하지만 동시에 그 오만함이 잔인함으로 바뀌기 쉽다는 것도 알 수 있지요. 유황빛의 창백한 피부는 병자의 안색이고요.

기번* 시대의 경구(警句)까지 수집하는 에르네스틴 드 보몽 양은 '콩스탕스**라고 불렸는데, 콩스탕스 클로르***라고 불러도 될 뻔했어요' 하고

---

* Edward Gibbon(1737~1794) : 영국의 역사가 부유한 지주 계급 출신으로, 옥스퍼드 대학을 다니다 중도에 그만두었다. 계몽주의적 관점에서 역사 서술을 하였으며, 저서에 『로마 제국 쇠망사』 등이 있다.

말했죠.

보몽 양과 같은 유형의 여자를 아신다면 그게 얼마나 잔인한 의도를 담은 말인지 자유롭게 상상하셔도 좋습니다. 트랑블레 드 스타스빌 백작 부인은 안색도 창백하고 입술도 한물 간 수국(水菊) 색깔이지만, 날카로운 관찰력을 가진 사람이라면 자세히 보아야 겨우 보이는 입술, 활시위의 가는 끈처럼 가냘프게 바르르 떨리는 바로 그 입술이 억눌린 격정과 의지를 나타내주며 소름 끼치는 인상도 거기서 나온다는 걸 알 수 있을 겁니다. 시골 사교계에선 그런 걸 알아차리는 사람이 없죠. 단지 좁고 위험하고 경직된 이 입술에서 차가운 날 위에 가시 돋친 경구의 말들이 오가는 정도밖에 보지 못했습니다. 청록색 눈동자 ─ 백작 부인의 시선이나 문장(紋章)에는 금빛으로 번쩍이는 녹색 칠보가 박혀 있었으니까요 ─ 는 움직이지 않는 두 개의 별처럼 차갑게 얼굴을 비추고 있었어요. 노란 줄무늬가 있는 이 두 개의 에메랄드는 튀어나온 이마의 흐릿한 황금색 눈썹 밑에 박혀 있었는데, 폴리크라테스*의 물고기 배나 그 알에서 꺼냈다 싶도록 차가웠죠. 오직 그 반짝이는 재치, 칼날처럼 섬세하고 예리한 재치 덕분에 유리처럼 투명한 이 시선에도 때때로 성경의 '회전하는 칼' 같은 섬광

** Flavius Valerius Constantinus(274~337): 콘스탄티누스 대제(大帝) 또는 콘스탄틴 1세라고도 불린다(프랑스어로는 콩스탕스라고 한다).

*** 에르네스틴 드보몽 양은 여기서 콘스탄티누스 1세의 아버지 콘스탄티누스 클로루스의 이름을 가지고 말장난을 하고 있다. 클로루스(프랑스어 클로르chlore)는 산화제·표백제·소독제로 쓰이는 염소(鹽素)를 뜻한다. 여기서는 스타스빌 백작 부인의 창백한 안색을 나타낸다.

* Polykrates(?~BC 523): 고대 그리스 시대 사모스 섬을 지배한 참주. 해군을 증강하여 해적과 같은 행위로써 부를 축적하였다. 전설에 의하면 폴리크라테스는 갖고 있던 반지를 신에 대한 선물로 바다에 던졌다. 그러나 그 반지는 물고기가 삼켰고, 물고기는 어부에게 잡혔다. 어부는 물고기 배에서 나온 반지를 다시 참주 폴리크라테스에게 바쳤다. 폴리크라테스가 버린 반지를 다시 찾은 것이다.

이 번득였죠. 여자들은 트랑블레 백작 부인의 재치를 싫어했습니다. 마치 재치도 아름다움에 속하는 것처럼 말입니다. 하긴 바로 그것이 부인의 아름다움이었습니다. 젊은 시절 마지막으로 빈둥거리면서 한눈을 팔았던 자신의 눈을 씻으며 추기경*이 남겨놓은 연인의 초상화 가운데 등장하는 레츠 양처럼, 백작 부인은 키에 결함이 있었습니다. 결함을 넘어서 악(惡)이라고까지 말하는 사람도 있었어요. 그러나 재산이 상당히 많았어요. 남편이 죽으면서 아이 둘만 남겼으니 부담이 많지 않았죠. 남자아이는 기가 막힐 정도로 바보였는데 나이 많은 신부님에게 맡겼더니 신부님이 아버지처럼 정성을 들이긴 했지만 시간만 낭비했을 뿐 그 아이는 아무것도 배운게 없었어요. 딸은 에르미니인데 파리에서 가장 까다롭고 예술적인 모임에 나가도 찬탄을 받는 뛰어난 미인이었어요. 그 딸만큼은 '나무랄 데 없이' 키웠지요. 공식적인 교육의 관점에서 보자면 말입니다. 스타스빌 부인이 사용하는 '나무랄 데 없이'라는 말은 늘 조금은 '버릇없이, 무례하게'와 비슷했어요. 부인은 자기의 미덕까지도 그렇게 말을 했어요. 혹시 누가 알겠어요, 자꾸 그 점을 강조하는 이유가 다른 데 있었던 건 아닌지? 어쨌든 그녀는 훌륭한 여자였죠. 그녀에 대한 평판은 중상모략에도 불구하고 전혀 손상되지 않았습니다. 독사의 이빨도 이 강철로 된 줄**위에선 날이 무뎌지니까요. 그녀에게 상처를 내지 못한 울분을 씻기 위해 사람들은 그녀가 차가운 여자라고 엄청나게 흉을 보았죠. 그것은 분명히 피가 탈색되어서 그렇다고들 말입니다(사람들은 논리를 따지고 과학을 동

---

* 17세기 프랑스의 정치가이자 회상록 작가인 장 레츠Jean Retz(1613~1679)를 말한다. 그는 파리 부주교로서 프롱드의 난에서 중요한 역할을 했다. 특히 1648년 '바리케이드의 날'의 지도자로 유명하다.
** 라퐁텐의 우화 「뱀과 줄」에 나오는 이야기.

원합니다). 그러나 그녀의 가장 친한 친구들을 부추기면 부인의 마음속에 있는 그 어떤 '역사적인' 빗장이라는 것을 털어놓게 할 것입니다. 지난 세기에 매력으로 명성을 날린 어떤 여인*을 두고 사람들이 지어낸, 즉 10년 동안 전 유럽을 발밑에 두고서도 단 한 칸도 올라서지 못하게 한 바로 그 빗장 말입니다."

이야기꾼은 신랄한 마지막 말을 명랑한 어조로 마무리하면서도 무례할 정도로 신중한 태도를 취했다. 짜증나지 않을 정도의 점잖은 체하는 태도 말이다. 신분 높은 여자들은 점잖은 척하지 않기 때문에 훨씬 더 우아해 보인다. 어쨌든 날이 더 어두워져서 그의 움직임은 눈에 보였다기보다는 그냥 느껴졌다고 해야 할 것이다.

이때 연로하고 꼽추에 말더듬이인 라시 자작이 평소와 다름없이 "스타스빌 백작 부인은 정말 이분이 말한 그대로였어"라고 더듬더듬 말했다.

파리에서 라시 자작을 모르는 사람이 있을까. 18세기의 자잘한 부패상을 아직도 기억하는 살아 있는 '비망록'인 분을? 젊었을 때는 뤽상부르 제독**을 닮아 미남인 동시에 그늘도 있는 사람이었는데 이젠 그늘만 남았다. 그때의 얼굴은 어디다 두었을까? 당시의 젊은이들은 그의 행동이 시대착오적이라고 놀리곤 했는데, 그래도 자작은 그의 흰머리를 더럽히지

---

* 나폴레옹 시대 프랑스 사교계를 지배했던 레카미에 부인Madame Récamier(1777~1849)을 암시하고 있다. 그녀는 수많은 남자들의 친구였지만 어느 누구의 정부(情婦)도 아니었다. 천사처럼 순수하고 창부처럼 관능적이며 자유분방하면서도 정숙한 여인의 이미지를 지녔던 그녀는 남자의 심리를 간파하는 천부적인 재능으로 당시 남자들의 마음을 사로잡았던 전설적인 여인이다.
** François-Henri de Montmorency-Bouteville, duc de Piney-Luxembourg(1628~1695): 프랑스의 루이 14세가 일으킨 프랑스-네덜란드 전쟁(1672~78)에서 큰 공을 세운 프랑스의 제독. 꼽추였다.

는 않았다고 했다. 그는 인조 가죽으로 가르마가 그려져 있는 데다 믿기지도 않고 형용할 수도 없는 꼬부랑 애교머리까지 있는 니농*식의 밤색 가발을 쓰고 다녔으니까!

그러자 말을 멈춘 남자가 "아니! 부인을 알고 계시군요? 잘됐군요! 그럼 자작님께선 제가 과장해서 말을 했는지 아닌지 잘 아시겠군요."

자작은 자꾸 더듬더듬 말을 하게 되어 그런지 볼이 불룩해지도록 숨을 내쉬면서 말했다. 자작은 매사에 주책이 없어서 볼에 붉은 연지까지 바른다고 하는데 그러다간 연지 가루가 다 떨어질 지경이었다.

"당신이 얘기한 바로 그대로예요. 나는 당신이 이야기하는 거의…… 그…… 시기에 그녀를 알게 되었어요. 겨울이 되면 그녀는 며칠씩 파리에 묵었어요. 쿠…… 르……트네 공주 집에서 만났어요. 친척이라더군요. 부인의 재치는 얼음에 잔뜩 쟁여서 나오는 재치였는데, 하여튼 너무 차가워 기침이 나올 정도였어요."

그러자 이야기꾼이 말을 받았다. 그는 자기 주인공들에겐 아를르캥**의 검정 반가면만큼도 가면을 씌워주지 않는 대담한 사람이었다.

"파리에서 보낸 겨울 며칠을 빼면, 트랑블레 드 스타스빌 백작 부인의 생활은 언제나 규칙적이었어요. '품위 있는 시골 여자의 생활'이라는 제목이 달린 지루한 악보처럼. 1년에 6개월은 집 안에 있었어요. 제가 부인이 살고 있는 도시를 '정신적인 관점'에서 설명을 드린 바 있죠. 나머지

---

* Ninon de Lanclos(1616~1706) : 루이 14세 시대 프랑스의 유명한 사교계 여성. 자유사상가들의 대모이자 연인이었다.
** arlequin : 이탈리아에서는 아를레키노Arlecchino, 영국에서는 할리퀸Harlequin이라고 한다. 이탈리아의 즉흥 희극인 코메디아 델라르테에 나오는 익살스러운 광대. 시골 출신의 소년 하인으로서, 흔히 검정 가면(얼굴을 반만 가린)을 쓰고 마름모꼴 얼룩무늬가 있는 타이츠를 입고 등장한다.

6개월 동안에는 집에서 4리외* 떨어진 그녀가 소유한 아름다운 땅에 있는 성으로 자리를 바꾸죠. 2년에 한 번씩 겨울이 시작되면 딸을 데리고 파리로 오는데, 혼자 올 경우엔 친척인 노처녀 트리플바 양에게 아이를 맡기죠. 하지만 스파나 플롱비에르나 피레네 같은 데는 절대 안 간답니다! 온천장에는 나타나지 않죠. 남들이 뭐라 할까 무서워서였을까요? 시골에서 혼자 사는 스타스빌 같은 조건을 가진 여자가 그렇게 멀리 온천하러 갔네하면 굳이 안 믿을 사람이 있을까요? 의심할 사람이 있을까요? 남아 있는 사람들은 질투심에서 여행 간 사람의 즐거움에 대해 나름대로 복수하는 법이죠. 어디서 나왔는지 모를 이상한 바람이 야릇한 입김처럼 솔솔 불어서 맑고 고요한 수면에 물결이 일게 하죠. 중국으로 말하자면 황허강이나 양쯔 강에 어린애들을 띄워 보내는 거라고나 할까요? 프랑스에서는 온천이 이런 강과 약간 비슷한 역할을 하죠. 어린애가 아니라도 사람들은 여행 못 가는 사람들에게 뭔가를 드러내는 법이죠. 남들을 조롱하기 좋아하는 트랑블레 백작 부인은 여론 때문에 자신의 변덕 가운에 하나를 포기하기에는 자존심이 너무 강했어요. 물론 그녀가 온천을 좋아한 것은 아니었어요. 주치의도 부인이 2백 리외나 떨어진 데까지 가는 것보다 의사 가까이 있었으면 했어요. 2백 리외나 떨어진 곳에 10프랑짜리 왕진을 자주 갈 수야 없지 않겠어요. 문제는 백작 부인이 어떤 변덕이라도 있었느냐 하는 것이었어요. 재치가 상상력은 아니거든요. 부인의 재치는 농담을 해도 너무 분명하고 단호하고 명확해서 변덕이라는 생각 자체를 자연스럽게 몰아냈어요. 기분이 명랑할 땐(그런 경우는 드물었지만) 흑단 나무 캐스터네츠 소리, 혹은 가죽을 팽팽하게 당긴 바스크 지방의 탬버린에서

---

* lieue: 예전의 거리의 단위(1리외는 약 4km).

나는 금속성 방울 소리를 내곤 했죠. 그녀의 메마른 머릿속에 '등 뒤에서'라는 것이 있으리라곤 상상할 수 없고, 대신 '칼날' 같은 것이 있었겠죠. 공상이나 몽상적인 호기심이라 할 만한 것이 들어 있으리라 상상할수 있겠어요. 그런 게 있어야 자기가 살던 곳을 떠나 아무도 없는 곳으로가고 싶어지는 거죠. 부유한 미망인이 된 후 10년 동안 자기 자신과 여러물건들을 애인 삼은 채 살면서 자신의 고정된 삶을 이 귀족의 소굴로부터멀리 떨어진 곳으로 옮길 수도 있었을 것입니다. 하지만 부인은 올빼미당의 봉기*를 경험한 노처녀 할머니들이나 데투슈**를 구출한 이름 없는 영웅들인 옛날 기사들과 함께 보스턴이나 휘스트 카드놀이를 하면서 세월을보냈습니다.

아니면 바이런 경처럼 책과 요리 기구와 새장을 싣고 세계 곳곳을 돌아볼 수도 있었을 텐데. 하지만 부인은 그런 걸 전혀 좋아하지 않았어요.게으르다고 할 수는 없고 무관심한 거지요. 휘스트를 치는 마르모르 드카르코엘과 비슷했죠. 다른 게 있다면 마르모르는 인생의 휘스트가 없었을 뿐이지 휘스트 자체에 무관심하지는 않았다는 것이죠. 그러나 어쨌든결과는 마찬가지죠. 그녀는 그저 가만히 있는 기질이었고, 영국인들이 보기에는 일종의 '여자 댄디'였을 거예요. 신랄한 말을 하는 걸 제외하고 그녀는 우아한 유충의 상태로만 존재했어요. 주치의는 '그녀는 하얀 피를가진 동물과 일족이야'라는 말을 귓속말로 하곤 했죠. 증세를 보고 병을알 듯 인상을 보면 사람을 알 수 있다고 믿는 분이었으니까요. 부인은 병색이 완연했어요. 하지만 의사는 어리둥절해하면서도 병이 있음을 부정했

---

  * 1793~1815년 사이에 프랑스 서부 지방의 왕당파들이 일으킨 반혁명 봉기.
** Jacques Destouches de La Fresnay(1780~1858): 프랑스의 반혁명주의자. 올빼미당 봉기의 영웅이다.

어요. 입이 무거워서인가요? 아니면 정말로 병이 보이지 않아서일까요? 그녀는 한 번도 몸이 아프다거나 마음이 괴롭다는 이야기를 한 적이 없었어요. 여자가 마흔 살쯤 되면 보통 이마에 세월의 흔적이 나타나면서 생리 현상이라 할 수 있는 우울증의 기미가 퍼지는데 그런 것조차 없었어요. 그녀가 보낸 날들은 떨어져 나가면서 그녀에게서 아무것도 떼어내지 못했어요. 물의 요정 운디네의 눈을 닮은 그녀의 청록색 눈은 그 시간들이 떨어져 나가는 걸 다른 걸 볼 때와 마찬가지로 조롱하듯 쳐다보았어요. 정신적인 것을 중요시하는 부인이라는 평판에 어긋나는 점도 많은 것 같았어요. 흔히 기행이라고 부르는 독특한 태도로 행동에 변화를 주는 일도 없었지요. 그저 다른 여자들이 하는 대로 조금도 어긋남이 없이 자연스럽게 따라할 뿐, 그 이상도 그 이하도 아니었어요. 그녀는 상놈들의 망상인 평등이라는 것이 귀족들 사이에서만 가능한 것임을 보여주길 원했어요. 동등한 사람이란 거기에만 있는 것입니다. 출신에 따른 구별, 귀족이 되려면 네 세대 이상 귀족 계급을 유지해야 한다는 것, 이런 것은 일종의 기준선입니다. 앙리 4세도 '난 귀족 중에 첫번째 귀족일 뿐이다'라고 한 바 있습니다. 이 말로 그는 개개인의 주장을 통일시켜 구분의 기준을 만들었습니다. 같은 카스트의 다른 모든 여자와 마찬가지로 너무 귀족적이라 오히려 특권을 바라지 않았던 백작 부인은 종교적 의무든 세속적 의무든 엄격한 절제—모든 열광이 엄격하게 금지되는 이 세계 최고의 예의—아래 실행하고 있었어요. 그녀는 자신이 속한 사회의 이쪽이나 저쪽 어느 곳에도 머물지 않았어요. 남아 있는 젊음마저 고갈되어가는 단조로운 지방 도시 생활을 인정하고 받아들인 것일까요? 수련 아래 잠들어 있는 물처럼 말입니다. 움직이려는 동기, 이성적이고 의식적인 동기, 본능, 성찰, 기질, 취향에서 나오는 동기, 우리의 행동에 빛을 던질 수 있는 이런 내면의 불꽃이 그녀에 대해선 희미한 미광조차 내지 못했어요. 내적인 어떤 것도 이 여인의 외적인 어떤 것을 밝게 하지 못했어요. 외면의 모습이 전혀 내면을 반영하지 않았던 거죠. 스타스빌 부인을 그렇게 오랫동안 관찰했는데도 보이는 게 없자 이 시골 사람들도 그만 지쳐버렸어요. 뭔가 알고 싶은 게 있으면 죄수나 낚시꾼의 인내력까지 불사하는 시골 사람들도 마침내 그 골치 아픈 인물을 포기하고 말았습니다. 아무리 해도 그 비밀이 풀리지 않는 고대의 양피지를 궤 속으로 휙 던져버렸던 거죠.

어느 날 저녁 오카르동 백작 부인은 단정적으로 이렇게 말했어요.

'우린 정말 바보예요. 벌써 몇 년 전부터 우리는 부인의 영혼 깊은 곳에 무엇이 있는지 알기 위해 야단법석을 떨었잖아요. 그런데 진짜로 아무것도 없나 봐요!'"

3

"그러자 연로하신 오카르동 부인의 의견에 모두 동의했지요. 부인의 말은 오랜 관찰이 수포로 돌아가서 실망하고 분개한 상태에서 다시 잠잘 구실을 찾고 있던 사람들에게 법과 같은 효력을 가졌지요. 이런 의견은 여전히 지배적이지만, 게으른 왕들처럼 느슨하게 군림했어요. 바로 그때 트랑블레 드 스타스빌 부인과는 전혀 인연이 없을 것 같은 마르모르 드 카르코엘이란 남자가 세상 저편에서 마침 자리가 하나 비었던 녹색 놀이판으로 걸어온 것이죠. 그를 소개한 하트퍼드의 말에 따르면 그는 셰틀랜드 섬의 안개 자욱한 산에서 태어났다고 합니다. 월터 스콧이 지은 훌륭한 소설의 배경이 된 나라에서 태어난 마르모르가 영불 해협 근처의 이름

없는 작은 도시에 '해적'*의 나라를 재건할 참이었어요. 그는 클리블랜드의 배들이 항해하던 이 바닷가에서 성장했고, 아주 어렸을 때부터 모던트 청년이 트로일 노인의 딸들과 추던 춤을 배웠죠. 북극 지방의 이 춤이 지니고 있는 야성적이고 기이한 시정(詩情)과 무미건조하지만 고상한 그 도시와는 어울리지 않았는데, 그는 이 춤을 나한테도 여러 번 참나무 마루에 서서 보여주었죠. 열다섯 살 때 마르모르는 누군가 인도로 가는 영국 연대에 소위 자리를 사줘서 12년 동안 마라트족과 싸웠어요. 이상이 본인과 하트퍼드로부터 들은 이야기입니다. '피 묻은 심장'으로 유명한 스코틀랜드의 더글러스** 가문과 친척 간인 귀족이라는 말도 들었죠. 하지만 그것이 전부였어요. 나머지는 아는 사람도 없었고 이후로도 더 이상 알려지지 않았어요. 인도에서 겪은 모험에 대해서도 전혀 말을 하지 않았어요. 위대하고 무시무시한 그 나라에서는 심장에 문제가 있는 사람들이 서양 사람들에게는 쉽지 않은 호흡법을 따로 배운다고 하더라고요. 그곳에서 그가 겪은 모험은 굳게 닫힌 황갈색 상자 뚜껑에 흔적을 남겼는데, 그것은 인도의 술탄들이 패배나 재앙의 날을 대비해 보석함에 간직하는 극약 상자처럼 좀처럼 열리지 않았어요. 모험은 그의 검은 눈에서 나오는 한 줄기 날카로운 빛을 통해서만 모습을 드러낼 뿐이었죠. 그러나 그 빛마저도 사람들이 쳐다보면 모습을 감추기 위해 촛불을 불 듯이 끌 줄 알았죠. 그가 겪은 모험은 또 다른 빛에도 모습을 드러냈는데, 그것은 상대편이 두 판을 이기고 난 다음의 세번째 판 휘스트나 에카르테 카드놀이에서 한

---

* *The Pirate*: 19세기 초 영국의 역사소설가·시인·역사가인 월터 스콧Walter Scott(1771~1832)이 1821년에 발표한 역사소설. 클리블랜드, 트로일, 모던트는 이 소설에 등장하는 인물들이다.
** Jacques Douglas: 십자군 전쟁 때 활약한 스코틀랜드의 기사. 섬기던 왕의 유지를 받들어 그의 심장을 팔레스타인까지 가지고 갔다.

번에 열 번씩 옆머리를 쓸어 넘길 때입니다. 하지만 관찰력이 있어야 읽을 수 있는 이런 몸짓과 표정을 제외하고, 게다가 이것들도 이집트 상형문자처럼 단어 개수가 적은 탓에 마르모르 드 카르코엘은 해독이 불가능——트랑블레 백작 부인도 그 나름대로 해독이 안 된다는 점에서는 똑같았죠——했어요. 그는 조용한 클리블랜드라고 할까요. 그가 살던 도시의 젊은 귀족들 중에 여자들처럼 재기발랄하고 호기심 많고 성질도 뱀처럼 꼬인 남자들이 있었는데, 그들은 마르모르가 메릴랜드 담배를 두 대 피우는 사이 이제껏 들려준 적이 없는 젊은 시절 이야기를 해달라고 안달이었죠. 하지만 그게 되나요. 라호르*의 햇볕에 검붉게 그을린 헤브리디스 제도의 바다사자는 허영심에 사로잡힌 살롱이 내민 함정에도, 자랑하고 싶어 깃털을 다 내보이는 공작 같은 프랑스인다운 자만심이 놓은 덫에도 절대 안 넘어갔습니다. 피할 수 없는 장애물이지요. 그는 코란을 믿는 터키인처럼 늘 정신을 똑바로 차리고 있었죠. 자기 생각을 술탄의 궁전에 가두어놓고 물 샐 틈 없이 지키는 벙어리 같다고 할까요! 물이나 커피 외엔 절대 안 마셨죠. 카드놀이를 아주 좋아하는 것 같은데 진짜 좋아한 건지, 아니면 좋아하는 체한 건지? 병도 앓는 체할 수 있듯이 정열도 가진 체할 수 있으니까요. 마음을 감추기 위해 장막을 친 건 아닐까요. 그가 카드 치는 모습을 볼 때마다 그런 게 아닌가 했지요. 진작부터 카드놀이를 좋아했던 그 작은 도시 사람들의 혼을 완전히 빼앗았고 카드놀이에 대한 열정을 마음속 깊이 박아놓았죠. 어느 정도였냐면 그가 떠나자 끔찍한 우울, 배신당한 열정으로 인한 우울이 저주받은 사하라의

---

* Lahore: 파키스탄의 동북부, 펀자브 지방의 중심 도시. 인도로 가는 교통의 요지로 상업의 중심지이며, 농산물의 집산지이다. 파키스탄 최대의 문화 · 학술의 도시로 16세기에서 17세기 사이에는 무굴 제국의 수도였으며 무굴 제국의 유적과 이슬람교의 사원이 많다.

시로코* 바람처럼 그 도시로 불어닥쳐 더욱더 영국 도시처럼 만들어버렸어요. 그의 집에서 아침부터 휘스트 판이 벌어졌죠. 낮에 바닐리에르 성이나 근처의 다른 성에라도 가지 않는 날이면 한 가지 일에만 파묻혀 있는 사람의 특징인 단순하기 짝이 없는 생활이 이어졌어요. 9시에 일어나 휘스트를 치러 온 친구와 차를 마시고 나서 판을 시작하면 오후 5시나 되어야 끝이 났죠. 그 자리에 많은 사람이 모이기 마련이라 줄을 서서 5판 3승제의 3승째가 되기를 기다렸고 카드를 치지 않는 사람들은 내기를 했어요. 덧붙인다면 일종의 주간(晝間) 모임인데도 젊은이들만 모인 게 아니라 마을에서 가장 점잖은 인사들도 모였다는 겁니다. 서른 살쯤 된 여자들 말마따나 '집안의 아버지'들이 한나절씩 카드 판에 앉아 있기 일쑤였고 그 하루하루는 모든 경우에 청포도즙으로 맛을 낸 많은 파이에 교묘히 버터질을 한 셈인데, 그것도 모두 그 스코틀랜드인 앞으로 돌아갔죠. 이 지역에 있는 남편들 모두에게 페스트균을 뿌려놓기라도 한 듯 말입니다. 여자들은 남편들이 카드 치는 데에는 곧 익숙해졌지만 그 정도로 끈질기게 열광하는 데에는 익숙해지지 못했습니다. 사람들은 5시쯤 되면 흩어졌다가 다시 사교계의 저녁 모임에 왔죠. 명목은 모임을 주최한 여주인을 위해 공식적으로 놀이를 진행하기 위해서라지만 실제 본심은 그날 아침에 합의한 대로 '카르코엘 휘스트'를 치려는 심산이었어요. 이제 한 가지 일에만 매달리게 된 사람들이 힘을 모아 어디까지 도달했는지는 여러분의 상상에 맡기겠습니다. 덕분에 휘스트는 극히 어렵고 아름다운 펜싱 수준으로 올라갔어요. 아주 큰돈을 잃는 경우도 있었겠죠. 허나 카드놀이에 으레 따라다니는 파국이나 파산이 없었던 것은 바로 카드 치는 사람들의 열성과

---

* sirocco: 지중해 주변 지역에서 저기압이 통과하기에 앞서 아프리카의 사막 지대에서 불어오는 더운 열풍(熱風).

능력 덕택이었어요. 여기 모인 사람들의 힘이 결국에 가면 서로 균형을 이루곤 했으니까요. 그리고 좁은 바닥이라 얼마 동안 판이 돌면 결국 짝이 되지 않는 사람이 없어서 카드 용어를 쓴다면 결국 따라잡지 않을 수 없었죠.

분별 있는 여자들이 마르모르 드 카르코엘의 영향력에 몰래 저항했지만 그의 영향력은 전혀 줄어들지 않고 오히려 커지기만 했어요. 사람들도 그것을 알고 있었죠. 마르모르라는 사람이나 완전히 독특한 그의 존재 방식 때문이라기보다는 사람들이 진작부터 가지고 있던 열정을 그가 알아낸 것이고, 그의 존재가 그걸 더욱 고양시켜준 것입니다. 남자들을 지배하는 가장 좋은 수단, 아니 유일한 수단은 그들의 열정을 사로잡는 것이죠. 그러니 카르코엘이란 사람이 힘을 갖지 않을 수 있었겠어요? 그는 정부(政府)가 가진 권력 같은 힘이 있었으면서도 남을 지배하겠다는 생각 따윈 없었어요. 그래서 그의 지배는 사람을 홀리는 마법과 유사했습니다. 사람들은 카르코엘만 찾았어요. 그 도시에 머무는 동안 그는 언제나 환영받은 손님이었고 누구나 애타게 그를 초대하려 했어요. 여자들은 그가 두려웠기 때문에 남편이나 아들이 그의 집에 가느니 차라리 그를 자기 집으로 초대했어요. 그리고 그녀들은 마치 여인들이 사랑하지도 않으면서 어떤 관심이나 집착, 변화의 중심이 되는 인물을 집으로 맞이하는 것처럼 그를 맞이했어요. 여름이 되면 그는 보름 또는 한 달 동안 시골에 가서 보냈죠. 생탈방 후작은 유별나게 그를 좋아해서 보호자란 말도 모자랄 지경이었어요. 시골에서도 도시에서와 마찬가지로 늘 휘스트를 했어요. 난 그때 초등학생이었는데 여름방학에 멋지게 차려입은 사람들이 반짝거리는 두브* 강

---

* Douve: 프랑스 노르망디 지방의 셰르부르Cherbourg 근방 톨레바스Tollevast 코뮌에서 발원하여 영국 해협으로 흘러드는 강.

물에서 연어 낚시를 하던 기억이 납니다. 그런데 마르모르 드 카르코엘은 보트를 타고 그 지방의 한 귀족과 함께 '두 개의 더미'*를 놓고서 내내 휘스트만 쳤어요. 물에 빠져도 카드는 놓지 않았을 거예요! 참! 그런데 그 사교계에서 단 한 명, 그를 시골집으로 초대한 적도 없고 도시의 집에서도 거의 불러주지 않은 여자가 있었어요. 바로 트랑블레 백작 부인이었죠.

놀랄 일이었나요? 전혀 아니죠. 부인은 과부에다가 매력적인 딸이 있었어요. 지방 도시의 사교계에서는 다른 사람의 일에 시시콜콜 참견하는 질투심 많고 공격적인 사람들이 많기 때문에 본 걸 가지고 안 본 것까지 쉽게 추론하는 데 대해서 조금이라도 경계심을 늦춰선 안 되죠. 트랑블레 백작 부인의 경우 자신의 스타스빌 성엔 아예 마르모르를 초대하지 않았고, 도시에서는 아주 공개적으로 친구들이 다 모인 자리에만 초대하는 것이었어요. 그에게 예의를 표현하는 방식도 냉정하고 객관적이었어요. 사람들이 모든 사람과의 관계에서 가져야 할 바람직한 예의범절의 결과였지요. 물론 다른 사람에 대해서가 아니라 자기 자신을 위해서 말이에요. 마르모르도 똑같이 예의 바른 태도로 대응했죠. 두 사람의 태도도 별로 가식적이지 않고 자연스러워서 4년 동안 아무도 눈치를 챌 수 없었습니다. 아까도 말씀드렸지만, 카드놀이를 벗어나면 카르코엘은 존재하지 않은 것 같았어요. 말수도 적었죠. 뭔가 숨길 게 있다면 그는 그걸 침묵의 습관으로 덮어버렸어요. 하지만 백작 부인은, 기억하시겠지만, 아주 외향적이고 신랄한 기질이었어요. 끊임없이 외부로 발산하며 공격적이고 두뇌가 명석한 이런 종류의 사람들은 자제하고 자신을 감추기가 쉽지 않죠. 자신을 감추는 것도 무심결에 자기를 드러내는 하나의 방식이 아니겠어요? 그런

---

* dummy: 다른 사람들이 보게 들춰 놓은 패를 말한다. 여기서는 휘스트에 참여한 네 사람 가운데 두 사람 몫에 해당하는 패를 들춰 놓고 게임을 한다는 것을 의미한다.

데 부인은 매력적인 비늘과 뱀의 세 갈래 혀를 가진 여자이면서도 조심성
이 대단했어요. 부인의 일상적인 농담에 담긴 사나운 재치와 표현을 변하
게 할 것은 아무것도 없었어요. 부인은 카르코엘에 대해서도 자주 이야기
했는데, 그때도 그런 야유와 비수 섞인 말을 쏘아댔죠. 경구(警句) 분야에
서 경쟁자인 보몽 양도 그녀를 부러워했죠. 그것도 거짓말이었다면 그렇
게 대담한 거짓말도 없었을 겁니다. 그녀는 위축되고 무뚝뚝해지는 체질
을 숨기는 기막힌 능력을 가지고 있었단 말인가요? 그런데 그녀는 왜 그
런 수법을 썼을까요? 자신의 사회적 위치에서 비롯되는 독립성 그리고 오
만한 성격을 가진 부인이? 만약 그녀가 카르코엘을 사랑했고 그도 부인을
사랑했다면 왜 그걸 숨겼으며, 말도 안 되는 불경스러운 농담이나 비아냥
을 툭툭 던지면서 자기의 우상을 깎아내렸을까? 사랑할 때 가장 조심해야
할 일인데."

"하느님 맙소사! 누가 알겠어요? 그 모든 것에 자신만의 행복이 있
는지도……"

이야기꾼이 벨라세 박사 쪽으로 얼굴을 돌리며 말했다. 박사는 불르*
가 만든 진열장에 팔꿈치를 기대고 있었다. 마침 하녀들이 박사의 머리
바로 위에 있는 커다란 촛대에 불을 붙인 참이라 그 불빛이 박사의 멋진
대머리에 반사되고 있었다.

"박사님, 박사님 같은 의사 선생님께선 '병리학적' 관점에서 볼 수 있
으시겠죠. 모럴리스트들도 박사님 같은 분들께 많이 배워야 할 거예요.
스타스빌 백작 부인을 이런 관점에서 한번 관찰해본다면 '한물간 수국 색
깔'의 입술 윤곽을 비롯해서 하나같이 '속으로 들어가 숨어' 있는 형국이

---

* André-Charles Boulle(1642~1732) : 상감 세공으로 이름을 떨친 루이 14세 시대의 유명
한 가구 제작자.

었습니다. 그 정도로 입술을 오므리고 있었죠. 콧방울은 옆으로 솟아 있다기보다 속으로 박혀 있다고 하는 게 좋을 정도인 데다가 움직이지도 떨리지도 않았죠. 두 눈은 눈 위 돌출부 아래 깊이 박혀 있어 언뜻 보면 뒷머리 쪽으로 쑥 들어가 있는 느낌을 주는 것도 그랬고요. 겉으로 봐도 예민해 보이는 데다 병약한 기색이 온몸에 퍼져 있는 게 확연했지만— 물체를 바싹 건조시키면 갈라진 틈이 훤히 보이듯 말입니다—그럼에도 불구하고 신경이 그쪽으로 흘러드는 볼타 전지를 내부에 가지고 있는 듯한 뚜렷한 의지의 소유자로 비쳤어요. 부인의 모든 것이 그 생생한 증거였는데, 곰곰이 생각해보면 그런 성격이 부인만큼 분명한 사람도 없었던 것 같습니다. 잠자고 있는 의지의 이 영액(靈液)은 부인의 귀족적이고 왕녀 같은 두 손끝까지, 제 표현이 학자연하는 듯해서 죄송합니다만, '동력학적으로' 순환하고 있었죠. 부인의 손은 광택 없는 백색으로 우아했고 손톱은 무지갯빛 오팔 같았어요. 하지만 말라서 그랬을까요, 푸르스름한 정맥이 서로 엉키고 부풀어 있어서 그랬을까요, 그것도 아니라면 조심스럽게 물건을 집는 동작 때문이었을까요, 고대인들의 전설에 등장하는 괴물의 발톱 같더군요. 고대인들은 몇몇 괴물에게 여자의 얼굴과 가슴을 부여했지요. 미개인들이 사용하던 독을 바른 생선뼈처럼 세련되고 재기 번득이는 말을 던지고선 살무사 같은 혀끝으로 피리 소리를 내며 입술을 훔치는 부인의 모습을 보노라면, 인생의 중요한 순간이나 최후의 순간에 전체적으로 허약하고 강한 이 여인은 대필 작가의 방법을 감지하고선 부드러운 자신의 혀를 물어 죽음을 택할 결심을 하게 될 것 같았죠. 부인을 보면 좋아서든 본능적으로든 사물의 표피가 아닌 깊은 본질을 찾는 체질이라는 걸 의심할 수 없었어요. 자연계엔 그런 존재가 더러 있죠. 은밀한 공존의 운명을 타고난 사람들 말입니다. 위대한 수영 선수가 물속에서 잠수하고 헤엄치듯, 광부가 땅 밑에서 숨을 쉬듯, 삶 속으로 파고들어—그 심오함 때문에—신비에 열광하는 사람들은 자기 주변에 신비를 만들고 거짓말을 해서라도 그 신비를 지키죠. 거짓말이란 배가된 신비이며, 두터운 장막이며, 온갖 대가를 치르고 얻는 어둠이 아니겠어요? 혹시 부인과 같은 그런 체질의 사람들이라면 예술을 위해 예술을 사랑하듯, 그리고 폴란드인이 싸움을 좋아하듯 거짓말을 위해 거짓말을 사랑할지도 모르죠(이때 박사가 진심에서 나오는 동의의 표시로 머리를 끄덕였다). 여러분도 그렇게 생각하지 않으세요? 저도 물론 그렇게 생각하고말고요! 위선에서 행복을 느끼는 사람도 있다고 믿습니다. 거짓말하고 사람을 속이고 있다고 생각하면 두렵기는 하지만 더할 나위 없는 행복감에 취할 수도 있어요. 이 세상에 단 한 사람, 나 혼자만이 무언가 알고 있을 때, 그리고 사회를 대상으로 사회를 속이는 연극을 할 때, 그 연출의 대가를 환불해 받을 때 느끼는 경멸의 쾌감 말입니다."

"그래도 그런 말씀은 좀 지나치신데요!"라고 마스크라니 남작 부인이 갑자기 말을 가로막았다. 독실한 신앙심에서 나온 반발이었다.

듣고 있던 모든 여자가(그들 중 몇몇은 감춰진 즐거움이 뭔지 아는 여자들이었을 것이다) 이야기꾼의 마지막 구절을 들으며 전율 같은 것을 느끼고 있었다. 나와 가까이 있던 담나글리아 백작 부인도 등이 드러난 옷을 입고 있어서 확인할 수 있었다. 이런 신경의 떨림 같은 기분은 여기 모인 모든 사람이 다 경험하고 느껴보았다. 어떤 사람은 그걸 시적으로 '죽음이 지나간다'라고 말하기도 한다. 그렇다면 그날 밤 지나간 것은 '진실'이었을까?

그러자 이야기꾼이 대답했다.

"네, 끔찍한 일이긴 하죠. 하지만 정말 그럴까요? '마음이 너그러운'

사람은 위선이란 고독한 즐거움이 어떤 것인지, 가면을 단단히 졸라매고 숨 쉬며 사는 게 어떤 것인지 상상이 안 되죠. 하지만 조금 더 생각해보면 그들이 느끼는 것이 정말로 활활 타는 지옥의 깊은 맛이라는 걸 이해할 수 없을까요? 지옥은 땅구덩이 속에 들어 있는 천국이죠. '악마에 홀렸다'라는 말이나 '신의 축복을 받았다'라는 강렬한 기쁨은 똑같죠. 초자연적인 상태까지 올라가는 감정이라는 거 말입니다. 스타스빌 부인이 그런 영혼의 소유자였을까요? 저는 부인을 비난하려는 것도 옹호하려는 것도 아닙니다. 아무도 제대로 알지 못했던 부인의 이야기를 아는 대로 전하는 것, 부인의 됨됨이에 대해 퀴비에*식으로 연구하여 밝혀내려는 것, 그게 전부예요.

덧붙여 말한다면, 그녀의 모습——밀랍 위를 끌로 깊이 휘저어놓은 마노(瑪瑙) 봉랍(封蠟)처럼 기억 속에 새겨져 있다——에 대한 기억을 바탕으로 제가 지금 트랑블레 백작 부인에 대해 분석을 하고 있지만 당시에는 전혀 그럴 생각이 없었다는 것입니다. 부인이 어떤 인물인지 이해하게 되었다 해도 그건 훨씬 나중의 일이었죠. 곰곰이 생각해보면 제가 그녀에게 알아낸 것은 그녀가 절대적인 의지를 가지고 있다는 것입니다. 신체가 얼마나 마음을 드러내는지를 경험을 통해 알게 된 제가 보기에 그건 대단한 것이었습니다. 그녀의 그런 의지는 육지로 둘러싸인 바다 같은 호수에 파도가 흔적을 남기기 어려운 것처럼 조용하게 처박혀 살아가는 그녀의 삶에 동요나 변동을 일으킬 수가 없었습니다. 카르코엘이란 영국 보병 장교가 이 도시에 오지 않았다면——그의 동료들은 영국 땅이라 해도 무방할

---

* Georges Cuvier(1769~1832): 프랑스의 동물학자. 동물계의 분류표를 만들었으며, 고생물학을 창시하였다. 라마르크의 진화론을 부정하고 천변지이설(天變地異說)을 주장하여 종(種)은 변하지 않는다고 주장하였다.

이 노르망디 도시에 가서 급료의 반을 쓰고 오자고 했다──사람들이 웃으면서 '지브르* 부인'이라고 했던 가냘프고 창백한 독설가인 트랑블레 백작부인은 자신의 가슴속에 얼마나 엄청난 욕구가 있었는지 끝내 깨닫지 못했을 것입니다. 에르네스틴 드 보몽 양은 부인의 마음이 녹은 눈덩이 같다고 했지만, 정신적으로 볼 때 북극 빙하 중에서도 제일 단단한 둥근 얼음 덩어리라 설사 그 위에 무엇이 떨어진다 해도 그냥 미끄러졌을 거예요. 그 남자가 왔을 때 그녀는 어떤 감정을 느꼈을까요? 그녀는 자기와 같은 성향의 사람에겐 강한 인상을 받는 것이 곧 욕구를 느끼는 것이라고 문득 깨달았을까요? 카드놀이 외에 다른 것을 사랑하면 안 될 것 같은 남자를 자기 의지로 잡아끈 것일까요? 지방이라 더욱 감추기 어려운 내밀한 관계를 어떻게 해서 그토록 교묘히 맺을 수 있었을까요? 그 모든 수수께끼는 영원히 풀리지 않은 채 남아 있었어요. 물론 나중에는 의심이 일기 시작했지만, 적어도 182…년 말에는 아무도 감을 잡지 못했어요. 다만 그 시기에 매일 낮과 거의 매일 저녁 카드 치는 게 가장 큰 일인 이 도시의 가장 평화로운 집 가운데 하나에서, 평온한 생활을 나타내는 조용한 덧창과 반쯤 들린 깨끗하고 우아하며 수를 놓은 모슬린 커튼 아래 불가능하다고 장담할 한 편의 소설 같은 이야기가 실제로는 오래전부터 일어나고 있을 것만 같기는 했어요. 그래요, 그런 소설 같은 이야기가, 옳고 나무랄 데 없으며 규칙적이고 신랄하고 병적으로 차가운 정신만 있었지 영혼이 없었던 바로 그 존재의 이야기였어요. 그것은 바로 부인에게 벌어진 일에 대한 이야기였고, 겉모습과 평판이라는 그늘 아래서 아직 숨도 안 넘어간 시체에 구더기가 끓듯이 부인을 파먹고 있었던 겁니다."

---

* givre: '서리' '성에'라는 뜻이다.

그러자 또다시 마스크라니 남작 부인이 지적했다.

"무슨 그런 징그러운 비유를 하시는 거예요! 불쌍한 내 딸 시빌이 당신 이야기를 들으려 하지 않은 것은 올바른 판단이었어요. 오늘 밤엔 정말 고약한 상상을 다 하시는군요."

"여기서 이얄길 그만둘까요?" 하고 이야기꾼이 대답했다. 속이 뻔히 보이는 예의 바름, 자기 이야기가 사람들의 귀를 쫑긋하게 했다는 걸 잘 아는 시시한 술책이었다.

남작 부인이 "좋습니다! 이제 우리의 관심을 접고 이야기의 반을 이대로 남겨두는 게 어떻겠어요?"라고 말하자, "그것도 피곤하긴 마찬가질 거예요!"라고 로르 달잔 양이 보기 좋게 검푸른 긴 나선형 곱슬머리를 풀며 말했다. 모인 사람 중에서 행복한 게으름뱅이의 가장 따분한 모습을 보여주고 있는 그녀는 무사태평한 시간이 끝나버리지 않나 은근히 걱정이 되었던 것이다.

"실망스러운 일이기도 하고요! 이발사가 얼굴 반쪽만 면도를 해놓고 면도칼을 집어넣으면서 이제 더 못하겠다는 것과 뭐가 다르겠어요?"라고 의사 선생이 명랑하게 덧붙였다.

그러자 이야기꾼이 다시 말을 이었다. 최고의 예술이 지닌 자기 자신을 잘 드러내지 않고자 하는 그런 단순성과 함께.

"그러니 제 말을 계속하겠습니다. 182…년 나는 삼촌의 살롱에 있었어요. 그분은 제가 말씀드린 열정과 모험에 반감을 갖고 있는 그 작은 도시의 시장이었는데 마침 그날이 성왕 루이의 축일이었죠. 이날은 망명지에서 돌아온 왕당파들과 '그래도 국왕 폐하 만세!'라는 순수한 사랑이 담긴 신비한 구호를 만든 정치적 정적주의자*들이 성대하게 축하를 하는 날임에도 불구하고 살롱에서는 늘 하던 대로 카드를 치고 있었어요. 여기서 여러분께 제 이야기를 해서 죄송합니다. 마음에 들진 않으시겠지만 지금은 안 할 수가 없네요. 그때 저는 아직 소년이었어요. 하지만 특별한 교육 덕분에 제 또래 아이들보다는 열정과 사교계에 대한 관심이 많았어요. 전 미숙하고 학교에서 배우는 책밖에 모르는 남자 중학생보다는 문틈으로 엿듣거나 들은 이야기로 상상의 나래를 펴면서 경험을 쌓아가는 호기심 많은 소녀를 닮았지요. 그날 저녁 도시에 살고 있는 모든 사람이 삼촌의 살롱에 밀려들었어요. 그리고 늘 그랬듯이 ― 카드 흔들 때가 아니면 감은 붕대조차 움직일 것 같지 않은 그 미라의 세계에선 변하지 않는 사물들밖에 없었어요― 모임에 온 사람들이 두 무리로 나뉘었어요. 카드 치는 무리와 카드를 치지 않는 아가씨들의 무리였죠. 이 아가씨들도 미라인 건 마찬가지여서 독신자의 지하 묘지에 나란히 줄을 서게끔 되어 있었어요. 하지만 무용(無用)한 생활과 아무도 마셔주지 않아 상큼한 젊음 덕분에 빛나는 얼굴들은 내 탐욕스러운 눈을 사로잡아버렸죠. 거기 모인 아가씨들 가운데 신분에 걸맞은 사람과 연애결혼을 하는 기적을 일으킬 만큼 돈이 있는 아가씨는 에르미니 드 스타스빌 양뿐이었어요. 저는 이 젊은이들 무리에 끼기에는 나이를 충분히 먹지 않았고, 아니 너무 어렸어요. 그들은 소곤소곤 말하다가 이따금 킬킬거리기도 하고 가끔은 큰 소리로 웃기도 했어요. 저는 고통스럽기도 하고 감미롭기도 한 수줍음 때문에 화끈거려 '슐램'의 신, 마르모르 드 카르코엘 옆에 자리를 잡고 피신해 있었어요. 저 역시 그 사람을 굉장히 좋아하고 있었죠. 우린 친구라 할 만한 사이는 아니었어요. 그러나 감정에도 비밀스러운 위계라는 것이 있잖아요. 아직 다 자라지 않은 사람들에게서 구체적이고 가시적인 것만으로 설명할

---

* 정적주의란 외적 활동을 배제하고 마음의 평온을 통해 신과의 합일을 추구하는 사상. 좁은 의미로는 17세기 스페인의 몰리노스Molinos, M. 등이 주창한 가톨릭 내의 한 사조를 이룬다.

수 없는 이런 호감을 발견하기는 어렵지 않아요. 그런 감정은 젊은이들도 나이 든 사람들 — 나이에도 불구하고 그들은 약간은 다 어린애들이다 — 처럼 대장을 필요로 한다는 점을 이해하게 하죠. 저에게 대장은 카르코엘 이었어요. 그는 우리 아버지 집에 자주 왔는데 아버지도 그 사회에 속한 사람답게 카드를 잘 치는 분이었어요. 그는 내가 형제들과 함께 운동할 때 함께 어울리기도 하고 우리 앞에서 굉장한 힘과 탄력성을 과시하기도 했어요. 그리고 앙기앵 공작*처럼 카드를 치면서 열일곱 자나 되는 냇물을 뛰어넘기도 했어요. 우리처럼 전사가 되기 위한 교육을 받은 젊은이들에겐 그거 하나만도 큰 매력이었죠. 하지만 카르코엘이 사람들을 끌어당기는 힘의 비밀이 거기에 있는 것은 아니에요. 나한테는 뭐니 뭐니 해도 범상치 않은 사람들까지도 움직일 수 있는 강력한 힘으로 나의 상상력을 지배하는 사람이어야 했죠. 범속한 사람은 양모 자루로 포화를 보존하듯이 뛰어난 사람의 영향을 보존하죠. 그의 이마에 무엇이 들어 있을까 얼마나 상상했는지 말로 다 할 수가 없어요. 수채화를 그리는 화가들이 '시에나** 물감'이라 부르는 그런 물질에 조각한 것이라 할 만한 이마죠. 그 음산한 눈, 짧은 눈꺼풀, 그 밖에 형 집행관이 차형(車刑)을 당한 사람의 관절을 몽둥이로 내려친 듯 정체를 알 수 없는 열정이 스코틀랜드인에게 남겨놓은 흔적들, 그 모든 흔적이 내 상상을 자극했지요. 특히 문명인의 손이라 해도 더할 나위 없이 보들보들한 손—그의 야생성은 손목에서 멈추었어요—, 불꽃이 돌아가는 것과 유사하게 카드를 빠르게 돌릴 때의 그의 손, 처음 눈에 뜨인 순간부터 에르미니 드 스타스빌을 사로잡은 바

---

* Louis Antoine Henri de Bourbon-Conde, duc d'Enghien(1772~1804): 프랑스 콩데 가문의 마지막 후손. 망명지에서 왕당파 군대를 결성하여 혁명에 반대하였다.
** sienna: 산화철을 포함한 특수 점토로, 그것에서 볼 수 있는 황갈색의 광물 안료이다.

로 그 손이 더욱 그랬어요. 그런데 그날 저녁에는 카드놀이 탁자가 차려진 쪽의 덧창이 반쯤 닫혀 있었어요. 카드놀이는 해가 지고 어스름해질 때의 빛처럼 심각했죠. 고수끼리 붙은 한판이었죠. 후작 중에 므두셀라* 격인 생탈방 씨가 마르모르의 짝이었어요. 트랑블레 백작 부인은 혁명 전엔 프로방스 연대의 장교이자 루이 14세가 창설한 성령 기사단의 기사였던 타르시스 기사를 짝으로 선택했죠. 그는 위대한 인물은 아니었지만 두 세기에 걸쳐 말을 탔고, 지금은 사라지고 없는 자기 세대에서 유일하게 남은 노인이었어요. 그런데 카드놀이 도중 어쩌다 트랑블레 드 스타스빌 부인이 카드를 집어들 때에 초록색 탁자는 덧창의 그림자에 가려 한층 더 초록색을 띠었는데, 그 가운데로 난데없이 한줄기 빛이 날아와 부인의 손가락 위에서 빛나던 다이아몬드 반지에 번쩍하고 부딪치는 것이었습니다. 인간의 기술로는 그렇게 결합시키기가 불가능하다는 듯 말이에요. 하얀 불꽃이 전기로 작동된 듯 탁 튀는데 마치 번갯불이 튀듯 눈이 아플 지경이었어요.

'아니! 뭐가 이렇게 반짝이죠?'라고 고음의 맑은 목소리를 가진 타르시스 기사가 말했어요. 다리처럼 가는 목소리를 가진 분이었어요.

'그리고 기침하는 건 누구죠?'라고 생탈방 후작이 에르미니 쪽을 돌아보며 동시에 말했죠. 누군가 무섭도록 탁한 기침 소리를 내는 바람에 카드놀이에 골몰하고 있다가 빠져나왔던 거죠. 에르미니는 자기 엄마의 케이프에 수를 놓고 있었어요.

'제 다이아몬드 반지고요, 우리 딸아이 기침 소리예요.'

트랑블레 백작 부인이 가느다란 입술에 미소를 띠며 두 질문에 한꺼

---

* Methuselah: 구약성서에 나오는 인물로 에녹의 아들이며 라멕의 아버지요, 노아의 할아버지이다. 성서에 나오는 인물 중 최고령인 969년을 살았다고 한다. (창세 5: 21~27)

번에 대답했죠.

'하느님 맙소사! 부인, 다이아몬드가 정말 아름답군요'라고 타르시스 기사가 말했습니다. '오늘 밤처럼 이렇게 반짝이는 걸 저는 본 적이 없습니다. 아무리 심한 근시라도 이 반지만은 알아보겠습니다.'

그렇게 말하면서 카드놀이는 끝이 났고, 타르시스 기사는 백작 부인의 손을 잡고 '제가 좀 봐도 되겠습니까?'라고 하더군요,

백작 부인은 기운 없이 반지를 빼서 기사를 향해 카드놀이 탁자 위에 던져주었어요.

그는 만화경을 들여다보듯 반지를 이리저리 살펴보았어요. 하지만 빛도 나름의 우연과 변덕이 있는 건가 봐요. 보석의 면을 이리저리 바꿔서 굴려보았지만 조금 전에 순간적으로 반짝했던 그 미묘한 빛이 재현되질 않더군요.

에르미니는 일어나 덧창을 밀었어요. 햇빛이 어머니의 반지에 더 많이 닿게 하여 아름다운 빛이 더 잘 보이게 하려는 것이죠. 그리고 팔꿈치를 탁자에 괴고 앉아 영롱한 보석의 광채를 바라보았죠. 그런데 휘파람 소리 같은 기침이 다시 나왔어요. 에르미니의 얼굴은 새빨개지고 진주처럼 맑고 아름다운 푸른 눈은 몸속 깊은 곳에서 나오는 어떤 기운으로 충혈되더군요.

그러자 생탈방 후작이 '이렇게 귀여운 아가씨가 어디서 그런 심한 감기가 들었을까?'라고 말했어요. 반지보다는 아가씨가 더 중요했죠. 돌로 된 다이아몬드보다는 다이아몬드 같은 인간이 더 중요한 거니까요.

'저도 모르겠어요, 후작님. 아마 밤에 스타스빌 연못가를 산책해서 그렇겠죠'라고 에르미니가 대답했어요. 영원히 살 것같이 생각하는 젊은이다운 무심한 말투였어요.

나는 그때 그 자리에 있던 네 명의 태도에 놀랐어요.

열린 창문을 통해 석양의 붉은 빛이 방 안에 차올랐습니다. 타르시스 기사는 다이아몬드를 살피고 있었고, 생탈방 씨는 에르미니를, 트랑블레 부인은 멍한 눈으로 다이아몬드 퀸을 보는 카르코엘을 쳐다보고 있었고요. 그런데 특히 나에게 강한 인상을 준 것은 에르미니였어요. 이 '스타스빌의 장미'는 얼굴이 어머니보다 더 창백했어요. 저물어가는 하루의 자줏빛 햇빛이 창백한 두 뺨에 투명한 반사광을 뿌리고 있는 게 마치 희생자의 얼굴을 피칠한 거울로 비추는 것 같았어요.

그 순간 갑자기 신경이 얼어붙는 것 같더군요. 그리고 나도 모르게 번개처럼 뭔가 연상이 되었는지, 한 가지 기억이 나를 사로잡았어요. 치밀어 오르는 생각을 유린하면서도 엄청나게 풍요롭게 하는 저항할 수 없을 만큼 돌연하게 떠오르는 이런 상상과 함께 말입니다.

보름 전쯤인가, 아침에 마르모르 드 카르코엘 집에 간 적이 있었어요. 그는 혼자 있더군요. 이른 시간이었어요. 다른 때 같으면 오전 중에 카드 치는 사람이 있었을 텐데 마침 그날은 아무도 없었어요. 내가 들어갔을 때 그는 책상 앞에 혼자 서 있었어요. 뭔가 아주 섬세한 작업을 하고 있었는데 극도의 정신 집중과 정확한 손놀림을 필요로 하는 일 같았습니다. 그의 얼굴은 보이지 않았어요. 고개를 숙이고 있더군요. 오른쪽 손가락으로 작은 병을 들고 있었는데 그 속에 뭔가 검고 반짝이는 물질이 들어 있었어요. 부러진 단도 끝 같기도 했어요. 그는 그 작은 병에 들어 있던 액체를 열린 고리 형태의 반지에 따라 붓고 있었어요.

난 앞으로 다가서며 '도대체 뭘 하고 계신 거예요?'라고 물었어요.

그러나 그는 아주 엄한 목소리로 '가까이 오지 마라! 거기 있어. 네가 지금 내 손을 떨게 하고 있잖아. 내가 지금 하고 있는 건 40보 밖에서

권총으로 코르크 마개 따개를 맞추기보다 더 어렵고 위험한 일이야.'

얼마 전 우리들이 한 장난을 두고 하는 말이었죠. 우리는 가능한 한 가장 형편없는 권총을 골라서 사격 시합을 했거든요. 연장이 형편없을 때 진짜 실력을 가릴 수 있는 거죠. 그러다 권총의 총구가 터지는 날엔 머리가 날아갈 테지만요.

병 주둥이가 뾰족해서 그 뭔지 모를 액체를 한 방울씩 떨어뜨릴 수 있었어요. 다 붓고 나자 그는 반지를 닫고 책상 서랍 한구석에 던져넣었어요. 감추고 싶어 하는 눈치였어요.

그러고 보니 유리 마스크를 쓰고 있었어요.

내가 장난스러운 목소리로 '언제부터 화학에 그렇게 관심을 가지셨어요? 휘스트에서 안 지는 약을 만드시는 거예요?'라고 말하니까, '약을 만드는 게 아니야. 이 안에 있는 건(그러면서 검은 병을 보여주더군요) 뭐든지 할 수 있는 액체야.' 그러고는 자살의 나라 출신다운 음산한 유머를 사용해 이렇게 덧붙였죠. '운명을 상대로 카드를 칠 때 마지막 판을 확실히 이기기 위해 카드에 표시를 하는 거란다.'

'무슨 독인데요?' 하고 병을 집으며 내가 물었어요. 이상하게 생긴 모양이 나를 사로잡더군요.

그는 마스크를 벗으면서 '인도의 독 가운데 가장 훌륭한 독이지'라고 말하더군요. '코로 들이마시기만 해도 죽음을 가져올 수 있단다. 마시는 방법을 달리 하면 서서히 죽게 되지. 기다린다고 해서 잃는 건 아무것도 없으니까. 숨겨져 있어서 그렇지 효과는 확실해. 천천히, 거의 따분할 정도로 그렇지만 확실하게 생명 속으로 파고들어가 몸속에 있는 기관 안쪽에 병을 일으키는 거야. 누구나 걸리는 흔한 병인데 증상이 너무 뻔하니까 의심하는 사람도 없고 누군가 고발을 해도 독약을 먹었다고는 절대 생각하지 않을 그런 약이야. 인도의 탁발 고행자들이 자기들만 아는 희귀한 식물로 만든다고 해. 그건 티베트 고원에서만 난대. 생명의 줄을 끊는 게 아니라 녹이는 거야. 그 점에서 무기력하고 나약한 인도인의 기질에 잘 맞는 거야. 그들은 죽음을 잠처럼 사랑하고 죽음으로 떨어지는 걸 로터스* 침대 위로 떨어지는 것처럼 생각해. 또 하나, 이건 굉장히 구하기 어렵단다. 거의 불가능하다고 할 수 있어. 나를 사랑한다고 말한 어떤 여자에게서 이걸 구하려고 무슨 짓을 했는지 안다면! 나처럼 영국 연대에서 장교로 복무했고 인도에서 7년 동안 근무하다가 귀국한 것도 나랑 똑같은 친구가 있었는데, 그 친구가 이걸 찾으려고 얼마나 날뛰었는지 몰라. 영국인들의 상상력이 보여주는 그 광포한 욕구를 짐작할 수 있겠어. 너도 나중에 경험을 더 쌓게 되면 알 거야. 하여튼 그 친구는 결국 못 찾았어. 금을 주고 보잘것없는 가짜를 사긴 했지만. 실망한 그 친구가 내게 반지를 보내며 그 죽음의 넥타르**를 몇 방울 뿌려달라고 애원을 하더군. 네가 들어올 때 내가 하고 있던 게 바로 그거야.

그가 한 말이 놀랍지가 않았어요. 남자들이란 사실 나쁜 의도나 위험한 생각 없이도 독을 가지고 싶어 하거든요. 무기를 갖고 싶어 하는 거나 똑같죠. 수전노들이 재산을 쌓아두듯 사람을 죽이는 수단들을 모아놓는 겁니다. '내가 부숴버리겠다고 마음만 먹으면!'과 '내가 즐기려고 마음만 먹으면!'은 다 마찬가지입니다. 어린아이들이 현실을 무시하고 상상 속으로 빠져드는 것과 다를 게 없어요. 나도 그 시절엔 어렸기 때문에 마르모르 드 카르코엘이 하는 걸 아주 단순하게 생각했어요. 인도에서 살다 왔

---

* Lotos(또는 lotus): 망각을 가져온다는 신비의 식물.
** nektar: 그리스 신화에 나오는 신들이 마신다는 신비로운 술. 이 술을 마신 사람은 죽지 않는다고 한다.

기 때문에 다른 데선 구할 수 없는 신기한 독을 가지고 있고, 장교 트렁크 속에 아시아 칼이나 화살들과 함께 싣고 왔다가 검은 돌로 된 그 병, 예쁜 장난감 같은 무기를 나에게 보여준 거라고 말이에요. 그 보석은 수정처럼 겉이 반들반들하고, 동방의 무희의 손에 들어갔다면 가슴에 두른 두 개의 토파즈 알 사이에 달았을 법한 모양이었고, 속에는 황금 땀방울 같은 작은 구멍들이 채워져 있었어요. 난 그걸 한참 동안 이리저리 살피다가 벽난로 위에 놓여 있던 큰 잔 속에 던져놓고는 까맣게 잊어버리고 있었죠.

그런데 말이에요! 믿으실지 모르겠지만, 문득 머리에 떠오른 게 바로 그 병이 아니겠어요! 에르미니의 편치 않은 얼굴, 창백한 안색, 스펀지 같은 폐, 의학에선 생생하게 공포를 유발하는 표현을 써서 '공동'(空洞)이라고 하던데요, 박사님? 아무튼 조직의 괴사가 이미 심각할 정도로 진행된 폐에서 나오는 듯한 기침. 그리고 설명할 수 없는 우연의 일치인지, 그녀가 기침을 한 바로 그 순간 갑자기 번쩍하는 기이한 섬광을 발한 반지. 치명적인 그 보석의 반짝임은 마치 환희에 찬 살인마의 고동 같았죠. 내 기억에서 지워졌다가 다시 나타난 그날 아침의 상황, 이런 것들이 파도처럼 나의 뇌리를 스쳤어요! 하지만 당시에는 지금처럼 두 개의 상황을 묶을 끈을 가지고 있지 않았어요. 나도 모르게 두 상황이 나란히 생각나기는 했지만 얼토당토않은 연상이라고 생각했어요. 머릿속에 그런 상념이 떠올랐다는 사실만으로 소름이 끼쳤죠. 그래서 그 번쩍이던 빛, 초록색 탁자 위를 스친 다이아몬드의 섬광처럼 내 마음을 스친 그 빛을 잘못 본 것이라 생각하고 억누르고 지우려고 애를 썼어요. 내 의지를 뒷받침하고, 순간적으로 떠오른 터무니없고 사악한 믿음을 내 의지로 무산시키기 위해 나는 조심스럽게 마르모르 드 카르코엘과 트랑블레 백작 부인을 관찰하기 시작했어요.

그들의 표정과 태도는 내 의심에 대한 기가 막힌 응수였죠. 내가 멋대로 의심을 품어보았지만, 실제로 그것은 불가능한 일이라고 말이에요. 마르모르는 여전히 마르모르였어요. 자신이 들고 있는 다이아몬드 퀸 카드가 그의 인생에서 마지막이자 결정적인 사랑이라도 되는 듯 그것만 뚫어지게 쳐다보고 있었죠. 트랑블레 부인으로 말하자면 이마와 입술, 시선에 그녀를 결코 떠나지 않는 평정을 유지하고 있었어요. 경구를 지어 사람을 놀릴 때조차도 유지되는 그 평정 말이에요. 그녀가 하는 농담은 죽는 자의 경련을 손으로 느끼는 칼이라기보다는 자기는 흥분하지 않으면서 다른 사람을 죽이는 유일한 무기인 총알과 비슷했어요. 부인과 남자, 남자와 부인, 둘 다 마주 앉은 심연이었어요. 다만 카르코엘은 밤처럼 어둡고 캄캄했다면, 창백한 부인은 환해서 눈어림할 수 없다는 점이 달랐죠. 부인이 그녀의 짝을 바라보는 시선은 언제나 그렇듯이 무심하고 차가웠죠. 그런데 타르시스 기사가 내가 뭔가 있을 거라고 했던 그 비밀스런 반지를 '끝없이' 살피는 동안 몽상적이고 야릇한 쾌락과는 거리가 먼 줄 알았던 부인이 뜻밖에도 허리에 매단 물푸레나무* 꽃다발 향기를 육감적으로 들이마시기 시작했어요. 뭐라 형언하기 어려운 황홀한 기분에 사로잡혀 눈을 감더니, 욕정을 갈구하는 듯 핏기 없는 가느다란 입술로 향기 나는 꽃의 줄기들을 자근자근 씹는 것이었어요. 우상을 숭배하는 표정으로 그리고 야생의 눈빛으로 카르코엘을 다시 돌아보면서 말이에요. 조용히 꽃을 씹어 삼키는 것이 연인 사이의 신호나 약속, 혹은 공모 같은 것이었을까요? 솔직히 난 그렇게 생각했어요. 부인은 타르시스 기사에게 반지

---

* 레제다 오도라타Reseda Odorata를 말한다. 물푸레나뭇과로 예로부터 최면이나 자극작용 같은 신비한 힘을 발휘한다고 알려졌다.

를 실컷 감상하게 한 후 태연하게 손가락에 끼었고, 휘스트 또한 어둡고 말없는 원래의 자리를 찾아서 아무 일 없다는 듯이 계속되었어요."

여기서 또 한 번 말이 끊겼다. 이야기꾼은 이제 서두를 필요가 없었다. 모든 사람을 손아귀에 넣었기 때문이다. 아마도 그가 들려준 이야기의 가치는 그가 이야기를 풀어 나가는 방식에 있었을지도 모른다. 그가 입을 다물자 살롱 여기저기에서 숨을 고르는 소리가 들렸다. 나는 나의 흰 대리석 요새인 담나글리아 백작 부인의 어깨 너머로 시선을 뻗어 사람들 얼굴에 저마다 감정의 동요가 일어나는 것을 확인했다. 본의 아니게 나는 이야기 초반에 거부감을 보이며 반항했던 시빌의 얼굴을 찾고 있었다. 그녀의 눈은 베네치아에 있는 어둡고 음산한 오르파노 운하를 생각나게 했는데, 그런 검은 눈이라면 거기에 빠질 남자가 한둘이 아닐 것 같았다. 그 눈에도 불안과 공포의 빛이 스치는지 보고 싶었는데. 하지만 어머니의 소파에 앉아 있던 아이는 이미 그 자리에 없었다. 어떤 이야기가 계속될지 걱정이 된 어머니가 살짝 나가라고 신호를 했을 것이다.

이야기꾼은 말을 계속했다.

"어쨌든 아무리 시간이 흘러도 그 장면만은 선(線) 하나 지워지지 않은 채 고스란히 남아 있는데, 과연 그토록 내 마음을 흔들고 동판에 에칭 기법으로 새긴 것처럼 강렬한 기억이 될 만한 일이 있을까요? 아무튼 마르모르의 얼굴, 백작 부인의 확실하게 차분한 표정이 순간적으로 떠올라 물푸레나무 꽃향기를 맡다가 자근자근 꽃잎을 씹는 관능적인 감각 속으로 녹아들던 게 아직도 눈에 선하군요. 내 기억 속엔 아직도 그 모든 것이 생생하게 살아 있습니다. 그리고 그 이유는 이제부터 설명하겠습니다. 두 사람이 어떤 관계인지 확실히 모르겠다는 점, 스스로 자책하고 있던 통찰력 부족으로 오리무중이기만 한 사실들, 그럴 수도 있을 것 같은 일과 이해할 수 없는 일들, 이런 모든 게 엉킨 실타래처럼 뒤섞여 있었지만 곧 단 한줄기 빛이 머릿속의 혼돈을 말끔히 걷어주었죠.

이미 말씀드린 것 같습니다만 저는 아주 늦게 중학교에 들어갔습니다. 그래서 졸업을 앞둔 두 해 동안 고향에 가보지 못했어요. 그러니까 에르미니 드 스타스빌 양이 죽었다는 소식을 들은 것도 가족들의 편지를 통해서였죠. 병명은 쇠약증이었는데 말기가 되도록 병이라 생각한 사람이 없었고, 병을 발견했을 땐 이미 늦었다 하더군요. 아무런 설명이 없이 소식만 전해왔기 때문에 더 등골이 오싹해지던데요. 삼촌의 살롱에서 죽음을 알리는 그 기침 소리를 처음 듣고 불현듯 끔찍한 추측이 고개를 들었던 그 순간도 꼭 그랬어요. 마음에 깊이 남는 경험을 해본 분이라면 젊은 처녀가 어머니의 사랑도 생의 희망도 제대로 누리지 못한 채 갑자기 죽었다는 소식을 전해듣고 더 이상 어떤 질문도 할 수 없었다는 걸 이해하실 겁니다. 사실 사건이 너무 비극적이라 누구에게도 말할 마음이 나지 않았습니다. 고향으로 돌아와 보니 * * * 시는 많이 변해 있었어요. 몇 년밖에 흐르지 않았는데, 여자들이 그렇듯 그 도시도 알아볼 수 없을 정도로 변해 있더군요. 1830년 이후였어요. 샤를 10세가 셰르부르에서 영국으로 가는 배를 타기 위해 이곳을 들른 후로 내가 어릴 때 보았던 대부분의 귀족은 근방에 있는 성으로 은신했어요. 당시의 정치 상황도 한몫했어요. 귀족들은 자신들이 지지하던 정당이 승리하리라는 희망에 한껏 부풀어 있다가 실망한 참이라 충격이 굉장히 컸어요. 왕정복고 시대가 낳은 단 한 명의 정치인다운 정치인 덕분에 장자 상속 제도가 부활되어 프랑스 사회를 위대함과 힘의 바탕 위에 복구시키려 했던 참이었어요. 왕에 대한 충성심 하나로 숭고하게 속으면서 살아왔던 사람들의 시선은 정당함과 정의에서 나온 온당한 희망에 빛났죠. 그러나 관을 덮어주고 영면의 고통을 덜어주는 회색 다람쥐 모피와 흰 담비 모피*의 마지막 조각처럼 자신들이 겪은 고통과 몰락을 보상해주리라는 희망마저도 교화와 통제 불가능한 여론에 밀려 사라졌어요. 이야기 중에 여러 번 언급했던 그 작은 도시는 이제 꼭꼭 닫힌 덧창과 굳게 채워진 대문만 늘어선 사막이 되어버렸어요. 영국인들은 7월혁명에 겁을 먹고 다 떠나버렸고 그동안의 풍속과 습관은 하루아침에 사라지고 말았죠. 나의 첫번째 관심사는 마르모르 드 카르코엘 씨가 어떻게 되었느냐 하는 것이었습니다. 고국의 부름을 받고 인도로 돌아갔다고 하더군요. 내게 그 소식을 전해준 사람은 다름 아니라 그 굉장한 '다이아몬드 판'(적어도 나에게는 굉장했어요)의 네 사람 가운데 하나였던 영원한 기사 타르시스 씨였는데, 소식을 알려주면서 그는 나의 눈을 뚫어지게 쳐다보았어요. 마치 그에게 무슨 질문을 해주었으면 하는 표정이었어요. 그래서 나는 나도 모르게 말했죠. 의지보다 먼저 우리의 마음이 속내를 알아차리지 않던가요.

'그리고 트랑블레 드 스타스빌 부인은요?'

그랬더니 그는 '그럼, 부인에 대해 뭔가 알고 있었군?' 하고 비밀스럽게 대답했어요. 우린 단둘이었는데 마치 우리를 엿듣는 귀가 백 개나 있는 듯한 태도였어요.

'전혀 그렇지 않습니다. 전 아무것도 모릅니다' 하고 내가 말했죠.

그러니까 그가 '부인은 죽었지. 딸하고 마찬가지로 폐병으로. 그 마르모르 드 카르코엘이라는 괴상한 자가 떠난 뒤 한 달 후에'라고 했어요.

그래서 내가 '왜 그 날짜인가요? 그리고 왜 저에게 마르모르 드 카르코엘 이야길 하시는지?'라고 했어요.

---

* 이 두 가지 물건은 프랑스 왕정의 상징이다.

그러니까 그가 이렇게 대답하더군요.

'그럼 자넨 정말 아무것도 모르는군! 이것 봐! 부인이 그 사람 정부였던 것 같아. 하여튼 사람들은 두 사람에 대해 그렇게 수군거리고 있어. 현재로선 아무도 감히 이야길 못 꺼내지. 백작 부인은 일급 위선자였어. 금발 머리나 갈색 머리도 태어날 때부터 정해지지 않나. 부인도 태어날 때부터 '그렇게' 태어난 여자였네. 거짓말도 꾸밈없이 자연스럽게 진실로 만들 정도였네. 뭐 애를 쓰거나 일부러 꾸밀 필요가 전혀 없는 여자였지. 부인이 그렇게 고도로 교묘한지 알게 된 것도 아주 최근의 일이었는데 수군대는 사람들이 겁이 나서 오히려 자기 입을 막곤 했네. 소문에 의하면 카드만 좋아하는 줄 알았던 그 스코틀랜드인은 백작 부인만 정부로 거느린 게 아니었네. 백작 부인은 다른 사람은 다 초대해도 그만은 초대하지 않았고, 우리 중 아무에게도 하지 않았던 경구를 그에게는 기회만 있으면 날리곤 했는데, 정말로 그녀는 악마같이 사악했어! 하지만 그게 다가 아냐. 그랬다면 좋았겠지만. 더 나쁜 것은 그 '슐램'의 신이 온 가족을 대상으로 슐램을 했다 이 말이야. 그 불쌍한 아이 에르미니도 몰래 그를 흠모했네. 못 믿겠다면 에르네스틴 드 보몽 양에게 물어봐. 그건 운명의 장난이었어. 그가 그 아이를 사랑했을까? 어머니를 사랑했을까? 둘 다 사랑했을까? 아니면 아무도 사랑하지 않았을까? 카드놀이를 계속하기 위해 어머니를 필요로 했던 걸까? 누가 알겠나? 그 부분은 굉장히 애매하지. 확인된 건 몸만큼 마음도 말랐던 그녀가 딸에 대해 증오심을 느꼈고 딸의 죽음과도 전혀 무관하지 않다는 것뿐이지.'

그 말을 듣고 나는 다시, '사람들이 그런단 말이죠!' 하고 말했어요. 내 짐작이 옳았다는 것이 오히려 더 경악스럽더군요. '하지만 그런 걸 어떻게들 알았대요? 카르코엘은 거들먹거리는 사람이 아닌데요. 그가 털어놓은 이야긴 아닐 테죠. 그의 삶이 어땠는지는 아무도 모르잖아요. 스타스빌 백작 부인에 대해서만 유독 남에게 털어놓거나 경솔하게 굴진 않았을 텐데요.'

그러자 타르시스 기사는 '그런 게 아니었어. 두 위선자는 한 쌍이었지. 그는 올 때처럼 떠나버렸어. 누구한테도 '그는 카드만 치는 사람은 아니야'라는 의심을 받지 않고서 말이야. 그러나 백작 부인은 그렇지 못했어. 아무리 나무랄 데 없이 말이나 태도에서 완벽하게 연기를 했다 해도 하녀들에겐 그런 여주인공이란 없는 법이지. 하녀들은 '그녀가 딸하고 둘이서 몇 시간 동안이나 방 안에 틀어박혀 있곤 했는데, 한 사람 얼굴이 더 하얗게 되어 나오고 그리고 그게 언제나 딸 쪽이었으며 안색도 안색이지만 얼굴이 온통 눈물로 얼룩져 있더라는 거야'라고 하더군요. 그래서 나는 좀더 알아볼 양으로 다그치듯 물었죠.

'기사님, 다른 정보나 확인된 사실은 더 없습니까? 기사님도 하녀들의 이야기란 게 어떤지 아시잖아요. 차라리 보몽 양한테서 듣는 게 나을 텐데요.'

그러자 타르시스 씨가 말했어요.

'보몽 양이라고! 부인과 그 아가씬 서로 좋아하지 않았지. 둘은 같은 부류의 정신을 가졌거든! 그래서 죽은 사람에 대한 이야기만 나오면 저주의 눈을 하고 굳게 입을 다물어버리는 것이야. 확실한 건 사람들로 하여금 뭔가 끔찍한 일이 있었을 거라고 의심하게 하려고 했다는 거지……
그러나 그녀가 알고 있었던 단 한 가지, 즉 에르미니가 카르코엘을 사랑하고 있었다는 건 끔찍하지 않았다는 사실이야……

그래서 난 '기사님, 그 정도라면 별로 많이 안다고 할 수 없네요. 두 아가씨 사이에 오간 비밀 이야기를 다 알게 된다면 처음에 찾아온 몽상을 사랑 탓으로 돌리겠죠. 그렇지만 카르코엘 같은 남자를 보면 사랑이 아니라도 몽상에 빠지게 된다는 건 기사님도 인정하시겠죠'라고 했어요.

그러자 늙은 타르시스 씨가 말했어요.

'그건 그래. 하지만 두 아가씨의 비밀 이야기 말고도 다른 게 있지. 기억이 날지 모르겠지만…… 아니야 자넨 그땐 너무 어렸어. 어쨌든 우리 사교계에서 알 만한 사람은 다 알고 있었지. 원래 스타스빌 부인은 아무 취미도 없는 여자였어. 꽃은 물론 다른 것에도 마찬가지였지. 그 여자의 취향이 뭐라고 말할 수 있는 사람 있으면 나와보라고 해. 그런 그녀가 죽기 얼마 전부턴 허리춤에 물푸레나무 꽃다발을 차고 다녔어. 그리고 휘스트를 치든 다른 곳에 가든 늘 꽃잎을 따서 자근자근 씹었어. 그래서 하루는 보봉 양이 약간 비아냥대는 어투로 에르미니에게 물었지. '언제부터 어머니가 초식 동물이 되셨냐고.'

'그래요. 생각나요'

내가 대답했어요. 아닌 게 아니라 내게도 큰 사건이었던 그 휘스트 판에서 백작 부인이 꽃다발 향기를 들이마시다가 꽃잎을 뜯어 씹던, 사납기도 하고 잔인한 사랑의 몸짓 같기도 한 그 모습을 잊을 수가 없었죠.

그러자 그 사람좋은 기사는 '자 그런데! 스타스빌 부인이 가지고 있던 물푸레나무 꽃은 자신의 살롱에 있는 아름다운 화분에서 따온 것이었어. 오! 그때는 이미 꽃향기가 부인을 괴롭게 하지 않을 때였지. 마지막 출산 땐 투베로즈 한 다발만 있어도 죽을 것 같다고 우리에게 기운 없이 이야기할 정도였지. 어쨌든 당시에 그녀는 물푸레나무 꽃향기를 좋아했고 미친 듯이 그 향기만 찾았네. 부인의 살롱에 들어가면 정오까지도 환기를 시키지 않은 온실처럼 숨이 콱 막혔지. 덕분에 예민한 여자들 몇몇은 부인 집에 발을 끊었지. 바로 그런 게 달라진 점이었지. 그러나 사람들은 그냥 병이 있거나 신경이 예민해져서 그런가 보다 했네. 그녀가 죽고 난 다음 그녀의 살롱을 폐쇄해야 했을 때—왜냐하면 아들의 후견인이 부자가 된 그 멍청한 꼬마를 중학교에 밀어넣었으니까—, 화분에 있는 그 아름다운 물푸레나무 꽃을 바깥으로 옮겨 심으려 했는데 그 상자에서 뭐가 나왔는지 알아? 태어났다 곧 죽은 아기의 시체였어!'"

이때 여자들 두세 명이 비명을 지르는 바람에 이야기가 끊겼다. 자연스러움과는 인연이 없는 여자들이었지만 그 순간만큼은 오래전에 잃어버렸던 그걸 되찾았나 보다. 좀더 자제력이 강한 사람들은 몸을 움찔하기만 했을 뿐이지만, 그래도 거의 경련을 일으키는 것 같았다.

'어떻게 그걸 그렇게 감쪽같이 잊을 수 있지!'라고 무슨 일이든 웃어넘기는 구르드 후작이 아무렇지도 않다는 듯 말했다. 후작은 용연향을 뿌리고 다녔는데 약간 비열하긴 해도 밉상은 아니라서 우리는 그를 '마지막 후작'이라고 불렀다. 관에 들어가기 직전까지, 아니 들어가서도 농담을 할 사람이었다.

"타르시스 기사는 비늘로 만든 상자 안에서 담배를 만지작거리면서 이렇게 덧붙였어요.

'그 아인 어디서 온 걸까? 누구의 아이일까? 그냥 자연스럽게 죽은 아이인가? 아니면 누가 죽인 걸까? 죽였다면 누가 죽였을까? 이 점이 아무도 분명히 알 수 없고 끔찍하게도 그저 아주 작은 소리로 추측만 하던 것들이라네.'

나는 '당신이 옳습니다, 기사님. 이 수수께끼는 풀리지 않겠네요. 그리고 아무도 다시는 그 이야기를 꺼내지 않는 날까지 덮어두는 게 낫겠네요'라고 대답했지만 속으로는 내가 그보다 더 잘 알고 있다고 생각하면서 가만히 있었죠.

그러자 그는 '하긴 어떤 일이 있었는지 정말로 아는 사람은 세상에 단 두 사람뿐일 텐데 그들이 발표를 할 리는 만무하지'라고 말했다. 그러고 나서 슬쩍 웃음을 띠면서 '한 사람은 마르모르 드 카르코엘인데, 그는 우리들에게서 딴 돈으로 가방을 꽉 채워서 인도로 떠났지. 다신 못 볼 거야. 그리고 다른 한 사람은……'라고 말하는 것입니다.

난 놀라서 '다른 사람이라뇨?' 하고 말했죠.

그러자 기사는 자기가 아주 예리한 사람이라는 듯 한쪽 눈을 찡긋하더니 이렇게 말해주더군요.

'아! 다른 한 사람이 누군가 하면, 훨씬 덜 위험한 사람이지. 백작 부인의 고해 신부님 말이야. 자네가 아는지 모르겠지만, 뚱뚱한 트뤼덴 신부님이신데 최근에 바이외로 가셨지.'

나는 그때 계시와도 같은 하나의 생각에 사로잡혔어요. 타고났다고 할 만큼 자연스럽게 자신을 감춘 그 여자, 열정을 강력한 의지로 제어한다고 해서 타르시스 같은 안경 쓴 관찰자는 그녀를 위선자라고 부르지만, 그건 아마 자신의 격정에 넘친 행복의 강도를 높이기 위해서였을 것이라고. 그래서 난 '기사님, 기사님께서 잘못 아신 거예요. 주변의 어떤 사람도 격리되고 밀봉된 부인의 마음을 조금이라도 들여다보지 못했을 거예요. 지금보단 16세기 이탈리아에서 태어났어야 하는 부인이죠. 트랑블레 드 스타스빌 백작 부인은 죽는 것도…… 살아온 방식과 똑같았어요. 자신의 비밀을 안고 가는, 절대 뚫리지 않는 성격이라 신부님의 목소리도 그 앞에서 부서지고 말았을 거예요. 만일 부인이 회개를 해서 신부님의 자비로운 마음에 비밀을 털어놓았다면 살롱의 화분에서 아무것도 나오지 않았겠죠'라고 말했어요."

이야기꾼은 자신의 이야기, 자기가 약속했고 그리고 자기가 알고 있는 것만, 즉 극단의 것만 보여주겠다고 한 그 소설 같은 이야기를 끝냈다. 감정의 동요 때문에 계속 침묵이 흘렀다. 모두 생각에 잠겨서 각자의 상상력으로 여기저기 맞지 않는 부분을 맞추고 있었다. 파리에서는 감동이 어찌나 순식간에 재치에 밀려나는지 살롱에 앉아 있던 사람들이 침묵한다는 것 자체가 가장 커다란 성공을 거둔 것이라 할 수 있었다.

"당신의 휘스트 판은 정말로 기막힌 숨겨진 패를 가지고 있더군요!"라고 생탈뱅 남작 부인이 말했다. 그녀는 나이 많은 대사 부인처럼 명랑했다. "당신이 말씀하신 것은 정말로 사실입니다. 반만 보여주었기 때문에 카드를 다 뒤집어 보여주거나 카드놀이에 있는 것을 모두 다 보여준 것보다 더 강한 인상을 줍니다."

"현실에 존재하는 환상이군요" 하고 이번엔 의사 선생이 엄숙하게 말했다.

그러자 소피 드 레비스탈 양이 정열적인 목소리로 "아! 음악이나 인생이나 똑같군요. 화음보다는 정적(靜寂)이 둘을 더 잘 표현하니까요"라고 말했다.

그리고 친한 친구인 오만한 담나글리아 백작 부인을 쳐다보았다. 그녀는 상반신을 곧추세우고 늘 금으로 장식한 상아 부채 끝을 자근자근 씹는 버릇이 있었다. 백작 부인의 차갑고 푸르스름한 눈이 무얼 말하고 있는 걸까? 나는 그녀의 얼굴을 볼 수 없었다. 하지만 살짝 땀에 젖은 부인의 등이 얼굴 표정을 대신했다. 사람들은 담나글리아 백작 부인도 스타스빌 부인처럼 자기의 정념과 행복을 감쪽같이 숨길 수 있는 여자라고들 한다.

마스크라니 남작 부인이 소설가 쪽으로 거의 완전히 몸을 돌리면서 "내가 좋아하던 꽃들을 다 버려놨군요"라고 말하더니 블라우스에 달고 있던 죄 없는 장미의 줄기를 꺾어서 무서운 꿈이라도 꾸는 표정으로 꽃잎을 하나씩 흩뿌렸다. 그리고 이런 말을 덧붙였다.

"자, 이제 끝났어요! 다시는 물푸레나무 꽃을 달고 다니지 않겠어요."

무신론자들의 저녁 만찬

이 이야기는 신을 믿지 않는 자들에게 걸맞으리.
——앨런*

한 도시의 거리에 땅거미가 지고 있었다. 하지만 서부 지방의 활기찬 소도시에 있는 이 성당은 초저녁에 이미 어둠에 잠겨버렸다. 성당은 거의 언제나 가장 먼저 어두워진다. 채색 유리창을 투과한 흐릿한 반사광 때문이건, 종종 숲의 나무에 비유되는 기둥들이 천장에 서로 엇갈리게 드리운 높고 긴 그림자 때문이건, 성당은 그 어느 곳보다 더 빨리 어두워진다. 하지만 바깥 해가 다 지기도 전에 밤을 맞고 어둠을 받아들인다고 해서 성당 문마저 일찍 닫히는 건 아니다. 성당 문은 대개 삼종기도 종이 울릴 때까지, 더러는 그보다 더 늦게까지 열려 있다. 예컨대 종교적인 도시들은 성대한 축일 전야면 이튿날 영성체를 하기 위해 고해성사를 하러 오는 독실한 신자들을 맞기 위해 늦게까지 문을 열어둔다. 지방의 성당은 해 질 녘에 가장 붐빈다. 일이 끝나고 해가 지는 것과 동시에 기독교도의 영혼은 죽음과도 같고 정말 죽음일 수도 있는 어두운 밤을 맞을 채비를 한

* 바르베 도르비이 연구자들은 이 말을 영국의 고위 성직자인 윌리엄 앨런William Allen (1532~1597)이 한 것으로 추측하고 있다.

다. 그때에야 이들은 기독교가 고대 지하 묘지의 후손이며 그 초창기의 서글픔 같은 무엇을 간직하고 있음을 뚜렷이 감지한다. 여전히 기도의 위력을 신봉하는 이들은 깊이 갈구하는 영혼과 잘 어울리는 텅 빈 중앙 홀의 신비한 그 어둠 속으로 기도를 하러 찾아와 무릎을 꿇고 팔을 괸 채 두 손으로 머리를 감싼다. 사교를 즐기는 정열적인 우리가 사랑하는 여자와 단둘이 밀담을 나누는 일도 그런 어둠 속이라야 더 은밀하고 야릇해지듯, 하느님과 함께하려는 독실한 신자들도 어둠이 내려야 성체를 모셔 둔 감실 앞으로 가서 하느님께 직접 말을 걸며 우리와 마찬가지의 기분을 맛보지 않겠는가.

그날 평소처럼 저녁 기도를 하러 성당에 온 독실한 신자들도 그런 식으로 하느님께 말을 거는 듯했다. 그날은 일요일이었으므로 저녁 예배가 끝난 지 두 시간도 넘었고, 예배를 드리는 동안 성당 제단과 성가대석이 있는 내진(內陣) 쪽의 둥근 천장 꼭대기로 피어올라 오랫동안 푸르스름한 닫집 모양을 이루던 자욱한 향도 걷혔지만, 황혼 녘 가을 안개가 끼어 흐릿한 가로등에도, 바랑주리 수녀원 앞에 있다 지금은 사라진 성모상의 격자무늬 등잔에도 아직 불이 켜지지 않았다. 어느새 성당 안에 짙게 드리워진 어둠의 장막이 돛대에 펼쳐진 돛처럼 아치형의 통로를 펄럭이게 하는 듯했다. 중앙 홀의 서로 멀리 떨어진 두 기둥 사이 모서리에 놓인 가느다란 촛대 두 개와 주변보다 더 어두컴컴한 성당 내진에 고정되어 별처럼 꽂혀 있는 성소의 등잔에서, 빛이라기보다 흡사 유령 같은 미광(微光)이 흘러나와 중앙 홀과 측랑을 뒤덮은 암흑 위로 퍼져 나갔다. 이 흐릿한 빛 가운데 사람들은 어렴풋이 형체가 드러나긴 했지만 얼굴을 분간하기는 어려웠다…… 빛이 가 닿는 곳이 군데군데 배경을 뒤로 하고 어슴푸레 형체를 내보였으나, 알아볼 수 있는 것은 웅크린 등이나 바닥에 무릎을 꿇은 아낙들의 하얀 머리쓰개 몇 개, 그 앞으로 쏠린 소매 없는 짧은 망토 두어 개가 고작이었다. 보이는 것보다 들리는 것이 훨씬 많았다. 고요와 정적으로 소리가 더 크게 울리는 넓은 내부 공간, 특유의 나직한 목소리로 웅얼웅얼 기도를 하는 입술에서 하느님의 눈에나 보일 우글거리는 영혼들의 소리가 흘러나오는 듯했다. 끼어드는 한숨으로 이따금씩 끊기긴 했지만 연속적으로 들려오는 가느다란 웅얼거림, 어둠이 깔린 적막한 성당에서 그토록 인상적으로 들려오는 입술의 속삭임은 그 무엇으로도 중단되지 않았다. 누군가 문을 열고 들어오는 통에 측랑의 문들 중 하나가 닫히면서 삐거덕거리는 경첩 소리나 제실 가장자리를 따라 걷는 잰걸음의 맑은 나막신 소리, 아니면 어둠 속에서 발에 차여 넘어지는 의자 소리, 믿음이 두텁고 성실한 사람들답게 주님의 집에 거하는 거룩한 울림을 지키려고 기침을 참다 플루트같이 탁한 소리로 콜록대는 이들 사이에서 한두 차례씩 쩌렁쩌렁 울리는 기침 소리가 터져 나와 정적을 깨트릴 따름이었다. 하지만 잠시 사위를 흐트러뜨렸다 잠잠해지고 마는 이러한 여러 소리도 주의 깊고 열렬한 영혼들이 변함없이 되뇌는 기도와 끊임없이 내뱉는 웅얼거림에 이내 파묻혀버렸다.

매일 저녁 그 성당에 모여 말없이 묵상기도를 드리는 이 독실한 가톨릭 신자들 무리에서 아무도 그 사람을 주목하지 않았던 것은 바로 이런 사정 때문이다. 만일 그를 알아볼 수 있을 만큼 빛이 있었다면 그는 확실히 여러 신자들을 놀라게 했으리라. 그는 성당에 자주 드나드는 사람이 아니었다. 성당에서는 그를 한 번도 본 적이 없었다. 수년간 고향을 떠났다가 돌아와 잠시 머물게 된 뒤로 그는 성당에 발을 들여놓지 않았다. 그런데 도대체 그날 저녁에는 왜 성당에 갔던 것일까? ……어떤 감정, 어떤 생각, 어떤 계획이 그로 하여금 하루에도 몇 번이나 마치 존재하지 않는 듯이 지나치곤 했던 이 문의 문턱을 넘기로 결심하게 했을까? ……어느 모로 보나 몸집이 큰 사람이기에 그가 들어가기에는 낮고 작은 문, 비가 많이 내리는 서부 지방의 습한 기후로 푸르스름하게 변한 아치형 문밑으로 지나가려면 큰 키만큼이나 자존심도 굽혀야 했을 것이다. 요컨대 그의 불같은 머릿속에 들어 있는 것들이 진부한 것은 아니었을 것이다. 그가 그 문 안으로 들어서서 무덤처럼 음산한 성당의 모습에 충격을 받았을까? ……그는 아마 잊고 있었을 테지만, 이 성당 내부는 광장의 보도보다 낮고 중앙 제단보다 높은 곳에 위치한 정면 현관이 몇 단의 계단을 거쳐 안쪽으로 내려가야 하는 구조로 되어 있어 흡사 지하 납골당 같았다. 그는 『성 브리제트』*를 읽지 않았을 것이다. 만일 읽었다면 신비로운 속삭임으로 가득한 이 어두운 분위기 속으로 들어가면서 연옥의 광경이라든가, 아무도 보이지 않는데 벽에서는 낮은 목소리와 한숨이 들려오는 음울하고 소름 끼치는 수도원의 공동 침실을 떠올렸을 것이다. ……그러나 그가 어떤 인상을 받았건 자신에 대한 확신도 별로 없고 기억도 확실하지 않은 탓에, 측도(側道)에 들어가 한복판에 멈춰선 건 사실이다. 그를 지켜본 사람이 있었다면, 틀림없이 그가 어두워서 눈에 띄지 않는 어떤 사람이나 물건을 찾고 있다고 생각했을 것이다. ……하지만 눈이 어둠에 약간 익숙해지고 주변 사물의 윤곽이 보이기 시작하자, 그는 마침내 '빈민석'** 끝자리에 무릎을 꿇는다기보다 쓰러지듯 주저앉아 묵주기도를 드리

---

　* Sainte Brigitte: 스웨덴의 수호 성인 성 비르기타Saint Birgitta(1303~1373)가 쓴 대중적이고 신비적인 『계시』의 프랑스어 번역본을 말한다.
** 성수대 가까이에 있는 가난한 사람들을 위한 긴 의자.

는 한 거지 노파를 얼핏 보았고, 그래서 그녀의 어깨를 건드려 성모 마리아 제실이 어디인지, 이어 본당 신부 이름을 대며 그 고해소가 어디인지 물었다. 이 성당에만 있는 '빈민석'에, 50년 전부터 성당 집기였을 석루조(石漏槽)의 잡상(雜像) 조각과도 같이 특이한 모습으로 앉은 노파가 알려준 대로 남자는 성무일도로 여기저기 어질러진 의자들을 가로질러 별 어려움 없이 마리아 제실 안쪽 고해소 앞에 우뚝 섰다. 기도를 하러 성당에 오거나 하진 않았지만 근엄한 태도를 취하려는 이들이 그러하듯 그는 팔짱을 끼고 단정히 있었다. 그때 이 제실 주위에는 성 로사리오 수녀회의 부인 몇 명이 한창 기도를 올리고 있었다. 만약 그들이 이 사람을 봤다면, 그를 불경스럽다고 말할 수는 없었겠지만 태도로 보아 그는 신앙심이 없는 것 같다고 말했을 것이다. 일반적으로 고해성사가 있는 저녁이면, 색띠로 장식된 방추형의 성모 마리아 씨아 곁에 제실을 밝히는 구부러진 노란 밀랍 양초 하나가 켜져 있었다. 그러나 오전에 영성체를 한 사람들이 한바탕 빠져나간 뒤 고해소에는 아무도 없는 시간이었으므로 사제는 혼자 명상을 하다 밖으로 나와 노란 밀랍 양초를 끄고 나무로 된 작은 독방 같은 자기 자리로 되돌아가 주의를 분산시켰던 외부의 모든 요소를 차단하고 묵상을 풍요롭게 하는 어둠 속에서 다시 명상에 들었다. 매우 단순한 사제의 이 행동은 명상을 위해서였을까, 어쩌다 그런 것이었을까, 일시적인 기분에서 그런 것이었을까? 양초를 아끼기 위해, 아니면 다른 어떤 이유라도 있어서 그랬던 것일까? 어쨌든 이 상황은 제실에 들어와 잠시 머물렀던 그 남자가 자기 신분을 감추려 했다면 확실히 큰 도움이 되었을 것이다…… 그가 도착하기 전에 촛불을 끈 사제는 격자무늬 창살을 통해 그를 얼핏 보고는 고해소 안쪽에 그대로 앉은 채 문을 활짝 열었다. 남자는 팔짱을 풀더니 알아볼 수 없는 물건 하나를 품에서 꺼내 사제에게 내

밀었다.

"자요, 신부님!" 나직하지만 또렷한 소리로 말했다. "제법 오랫동안 제가 지니고 다녔죠."

그러고는 더는 말이 없었다. 사제는 마치 그 물건이 무엇인지 잘 아는 양 받아들곤 다시 고해소의 문을 조용히 닫았다. 성 로사리오 수녀회의 부인들은 사제에게 말을 건 남자가 무릎을 꿇고 고해를 할 것이라고 생각했지만, 그가 제실 계단을 빠르게 내려가서 처음 들어올 때 이용한 측도로 돌아가는 모습을 보고는 대단히 놀란 기색이었다.

하지만 그녀들이 놀란 것은 그가 놀란 것에 비하면 아무것도 아니었다. 그는 성당 밖으로 나가려고 다시 되돌아 올라간 측도 한복판에서 갑자기 건장한 두 팔에 붙들렸고, 이내 그 신성한 장소에서 끔찍하리만큼 파렴치하게 울리는 웃음소리가 코앞에서 들리기 시작했기 때문이다. 다행히도 그는 바로 앞에서 웃고 있는 자의 번득이는 치아를 보고 그가 누군지 알아보았다.

"제기랄!" 상대방은 웃으면서 나직한 목소리로, 그러나 동시에 지척에 있는 사람은 그 불경하고도 무례한 언사를 또렷이 들을 수 있게끔 말했다. "이봐 메닐, 이런 시간에 성당에서 대체 뭘 하고 있는 거야? 이제 우리는 아빌라에서 수녀들의 흰 베일을 멋지게 구겨놓던 그때마냥 스페인에 있는 게 아니잖아."

그가 '메닐'이라고 부른 사람은 화가 난 듯한 몸짓을 취했다.

"쉿, 조용히!" 그가 폭발할 듯한 목소리를 억누르며 말했다. "취했어? ……여긴 경비대가 아니라 성당이야. 막말을 할 수 있는 곳이 아냐. 어서! 바보짓 그만해! 자, 예서 얌전히 나가자."

그러고는 그가 잰걸음을 놀리고 상대가 뒤따르는 가운데 작고 낮은 출입문을 빠져나왔다. 그들은 바깥 거리의 자유로운 공기를 마시고 나서야 비로소 큰 소리로 대화를 나눌 수 있었다.

"제길, 벼락이나 맞고 뒈져 지옥에나 가, 메닐!" 몹시 화가 난 듯한 상대가 말을 이었다. "그래, 왜 프란체스코 수도사가 되고픈 거야? 그러니까 미사로 먹고살겠다 그 말씀인가? 너, 메닐그랑, 샹보랑 기병대 대위였던 네가 한낱 성직자처럼, 성당에서 이 꼴이⋯⋯!"

"그래 제대로 맞혔어!" 메닐이 침착하게 답했다.

"널 뒤따라왔어. 네가 성당으로 가는 걸 보고 아주 경악했다. 맹세코, 설령 내 어머니가 능욕당하는 걸 봤다 해도 그렇게 놀라진 않았을 거야. 속으로 중얼거렸지. 사제라는 족속을 쟁여두는 저 곳간에 도대체 뭘 하러 간 걸까? ⋯⋯어째 수상한 낌새가 난다 싶어, 웬 천하고 바람기 많은 젊은 여공이나 도시에 사는 유명한 귀부인을 꼬드기려 그러나 싶어, 확인하러 쫓아간 거지."

"거긴 오직 나만을 위해서 간 거야, 이 친구야." 메닐이 상대방 속을 훤히 꿰고 있을 때 짓는 표정, 즉 가장 철저한 경멸을 나타내는 차갑고 거만한 표정으로 말했다.

"그래서 여느 때보다 더 크게 놀란 건가!"

"이 친구야." 메닐이 걸음을 멈추고 말을 이었다. "⋯⋯나 같은 사람들은 아주 오래전부터⋯⋯ 오직 자네 같은 사람들을 놀라게 하려고 만들어졌지."

그는 추적당하길 원치 않는 그런 잘난 사람처럼 등을 돌리고 발걸음을 재촉하여 지조르 가로 올라간 뒤 모퉁이를 돌아서 자기 집이 있는 튀랭 광장 쪽으로 가버렸다.

그는 그 도시 사람들이 흔히 늙은 메닐그랑 씨라고 부르는 자신의 부친 집에 살고 있었다. 그의 부친은 부유했지만— 사람들 주장에 따르면— 구두쇠였고, 사람들 말을 빌리면 '빡빡한 방아쇠' 같은 노인이었다. 이 노인은 수년 전부터 세상과 담을 쌓고 살다가 파리에서 온 아들이 묵던 석 달 동안에는 전혀 달랐다. 평소 아무도 만나지 않던 늙은 메닐그랑 씨가 아들의 옛 친구와 군대 동료를 초대해 수차례 호화로운 구두쇠의 만찬을 열어 돈을 실컷 썼다. 지역의 호사가들이 언급한, 구두쇠의 만찬은 평민의 밥상과 같다던 속담*처럼 너무 푸짐하게 음식을 차려 지저분하고 불쾌한 사건이 곳곳에서 벌어질 지경이었다.

독자들의 이해를 돕기 위해 말하건대, 그때 그 도시에는 유명하고 별난 세금 징수관이 하나 있었다. 여섯 필의 말이 끄는 호화로운 사륜마차가 성당으로 들어가듯 도시에 들어온 이 뚱보 남자는 보잘것없는 세금 징수관이었지만, 운명의 장난인지 훌륭한 요리사의 자질을 타고나기도 했다. 1814년에 그는 강**으로 도망치던 루이 18세에게 한 손에는 그 지역에서 거둔 돈궤짝을, 다른 한 손에는 송로버섯 소스를 갖다 바쳤는데, 풍문에 따르면 이 송로버섯 소스는 일곱 가지 대죄를 행사하는 악마들이 조리한 양 기가 막힌 맛이었다고 한다. 루이 18세는 돈궤짝을 받을 적에는 고맙다는 말 한마디 없이 당연시했지만, 소스에 관해서는 감사의 뜻으로 학자나 예술가 말곤 거의 수여하지 않는 성 미카엘 훈장의 커다란 검정 리본을 달아주었다는 것이다. 바쁜 징세 업무에도 탁월한 요리 솜씨를 발휘한 이 사내의 불룩한 윗배에 말이다. 물결무늬의 넓은 리본을 항상 흰 조끼에 붙이고 뚱뚱한 배를 빛나게 할 금빛 훈장을 달고 다니다, 성 루이

---

* '음식은 평민의 것만 한 게 없다'라는 뜻. 구두쇠가 식사대접을 하기로 결정하면 다른 사람보다 훨씬 더 성대하게 차린다는 의미이다.
** 1794년 프랑스에 합병되었으나 오늘날은 벨기에에 속하는 항구 도시.

축일이면 칼을 차고 프랑스식 벨벳 옷을 걸쳐 마치 은빛으로 분칠한 서른 여섯 명의 영국 마부처럼 오만하고 건방지게 자신이 만든 소스의 절대적 권위에 모두가 굴복하게 되어 있다고 여기는 튀르카레* 같은 델토크 씨(그의 이름은 델토크였다)는, 그 도시에서 거의 태양 같은 호사를 누리는 허풍 가득한 인물로 통했다…… 아, 저녁식사를 하면서 다른 종류의 기름기 없는 포타주를 마흔아홉 가지나 만들 수 있다고 우쭐대던 그자는 사실은 그것이 얼마나 기름진 음식인지도 몰라서— 이런 일은 비일비재했다 — 늙은 메닐그랑 씨의 여자 요리사와 자주 다투었고, 아들이 머무는 석 달간 늙은 메닐그랑 씨는 바로 이런 점에 노상 신경을 곤두세우곤 했다.

이 귀족 노인은 아들을 자랑스럽게 여겼을 뿐 아니라 아들 때문에 슬퍼했는데, 거기에는 그럴 만한 이유가 있었다. 그 젊은이(그는 자기 아들을 이렇게 불렀다)가 마흔 살이나 먹었는데도, 제정(帝政)을 붕괴시키고 당시 이름만 남았을 뿐인 황제 양반의 운명을 되살릴 힘을 상실하고 제 역할과 영광을 다 잃은 양 삶의 의욕을 상실했기 때문이다. 그는 그 시대에 장군이 될 자질을 갖추고 열여덟 살에 엽보병(獵步兵)으로 출발해 장래가 촉망되는 자들에게만 허용되는 깃털 장식을 털모자 챙에 잔뜩 꽂고 제정 시대에 벌어진 온갖 전투에 참여했다. 하지만 워털루의 마지막 포성이 그 야망을 무참히 짓밟고 말았다. 제아무리 강한 남자라도 엘베 섬의 황제가 귀환한다는 소식에는 자유의지를 상실하고 자신의 맹세를 잊게 하는 어떤 불가항력적인 매혹을 느꼈으리라. 그런 탓에 그는 다른 사람들처럼 왕정복고가 이루어진 부대로 복귀하지 않았다. 소설의 주인공같이 용감해서 샹보랑 연대의 장교들에게서 "누군가 메닐그랑만큼 용맹할 수는 있겠지만

---

* Turcaret: 르사주의 산문희곡, 징세 청부인을 날카롭게 풍자한 「튀르카레 또는 징세 청부인Turcaret ou le Financier」(1709)에 나오는 주인공.

그를 능가하기는 어렵다"라는 찬사를 받던 대대장 메닐그랑은 자신과 비교도 안 될 만큼 경력이 뒤처지는 몇몇 동료가 황실 근위대에서 가장 뛰어난 연대들을 지휘하게 되는 것을 지켜보았다. 그가 비록 질투심을 갖고 있지 않았다 할지라도 이것은 가혹한 고통이었다. ……그는 놀랍도록 강한 성격의 소유자였다. 18년 전 고향 도시를 분노로 들끓게 하고 자신도 병에 걸려 죽을 뻔했던 이 과격한 자의 무서운 정열을 막을 수 있는 건 로마 시대와 같은 군대 규율뿐이었다. 실제로 18년 전 그는 지나친 여성 편력과 무분별한 행동으로 척수노증(脊髓癆症)이라는 일종의 신경 질환에 걸려 척추를 따라 몹시 뜨거운 뜸을 떠야 했다. 과거 그의 방탕이 그러했듯이 그 도시를 공포로 몰아넣은 이 끔찍한 치료 행위는, 공포를 이용해 민중을 교화하듯이 도시에서 집안의 아버지가 자식을 교화할 목적으로 본보기로 삼아 치르게 한 일종의 형벌이었다. 아버지들은 자식들을 끌고 와서 젊은 메닐그랑의 살이 뜸으로 타들어가는 광경을 지켜보게 했다. 의사들은 메닐그랑이 뜨거운 불의 고통을 이겨낸 건 순전히 지옥 체질을 타고난 덕이라고 했다. 그 불을 그토록 잘 견뎌낸 것을 보면 이는 적절한 말이었다. 따라서 뜸 치료가 끝난 후 닥칠 수 있는 피로와 상처 그리고 참혹한 일들을 견뎌낸 그 특출한 체질 덕에 건장함을 유지하던 메닐그랑은 팔이 부러지고 칼은 칼집에 처박힌 채 가슴에 품은 위대한 군인의 꿈이 꺾이고 장래가 불투명해진 중년의 자기 모습을 깨닫고는 부글부글 끓는 극심한 분노를 맛보았다…… 그런 메닐그랑의 처지를 빗댈 만한 역사적 인물을 찾는다면 유명한 부르고뉴 공작 샤를 르 테메레르*까지 거슬러 올라가야

---

* Charles le Téméraire(1433~1477): 부르고뉴의 공작으로, 실질적으로 부르고뉴를 통치한 마지막 공작이다. 그의 치세에 부르고뉴 공국은 가장 크게 번성하였으나, 그의 죽음 이후 부르고뉴 공국은 급격히 와해되어 결국 프랑스 왕국에 합병되고 말았다. '테메레르'는 본

할 것이다. 인간의 덧없는 운명에 관심이 많았던 어느 기발한 도덕주의자는, 실제 인간은 비교할 수 없으리만치 커서 액자에 머리나 가슴이 잘리거나 혹은 액자가 터무니없이 커서 난쟁이마냥 줄어들고 작아진 초상과 같다고 했다. 불후의 역사적 명성을 남기고 싶었으나 그 기회를 놓치고 개인적 삶을 살다 죽을 처지가 된 메닐그랑, 바스노르망디의 보잘것없는 시골 귀족 자제는 냉혈한이라 불리던 역사상의 인물 샤를 르 테메레르처럼 끝없는 분노, 독기, 원한 같은 무서운 힘을 갖게 됐지만, 대체 그걸 어디다 쓴단 말인가. 워털루 전투는 그의 삶을 망쳐버렸다. 한두 군데 차이점이 있긴 하지만, 그건 마치 그랑송과 모라 전투가 벼락같은 인간 샤를을 낭시 설원에 파묻고 만 것과 같았다.* 저속한 말로 남을 헐뜯길 즐기는 자들의 말마따나 경쟁에서 밀린 대대장 메닐그랑에게는 낭시도 설원도 없었다. 당시 사람들은 그가 자살하거나 미쳐버리겠거니 했다. 그러나 그는 자살하지 않았고 미치지도 않았다. 멀쩡하기 그지없었다. 말 많은 자들은 그가 오래전에 맛이 갔다고 했다. 말 옮기길 즐기는 부류는 어디에나 있는 법이다. 그가 자살하지 않았다 해도 그의 강건한 기질 탓에 친구들은 그 이유를 물으려 하지 않았다. 아무튼 그는 독수리 부리가 심장을 파먹게 그 부리를 짓이기지 않고 그냥 내버려둘 위인이 아니었다. 그가 아는 것이라곤 말 길들이기가 고작이었지만, 마흔 살에 그리스어를 배우고 심지어 그리스어로 시를 쓴 놀라운 의지의 작가 알피에리**처럼 메닐그랑은 그림 그리기에 몸을 던졌다. 정확히 말하면 냅다 달려들었다. 투신하려는 자가

　명이 아니라 별명이다. 우리말로는 '용담공' '호담공' '대담공' 등으로 번역되고 있다.
*　프랑스 동부 로렌 지방을 정복하기 위한 전투에서 샤를은 그랑송과 모라에서 패배하고 이듬해 낭시를 앞에 두고 사망하였다. 그의 시신은 눈에 반쯤 파묻힌 상태로 발견되었다.
**　Vittorio Conte Alfieri(1749~1803): 이탈리아의 비극 작가. 영웅적 행위를 찬양하고 자유를 찬미한 비극을 발표하였다.

확실히 하려고 가장 높은 곳으로 올라가듯이 자신과 가장 거리가 먼 일에 뛰어들었던 것이다. 그는 소묘가 무언지 전혀 몰랐지만 총사(銃士) 시절에 알게 된 제리코*처럼 화가가 되었다. 그가 쓴웃음을 지으며 말했듯이 적 앞에서 싸움에 패해 달아날 때와 같은 분노에 휩싸여 그림을 그렸고, 전시를 했으며, 소동을 불러일으켰다. ……그러다 전시를 등한시하며 그림을 그린 뒤 화폭을 찢어버렸고 지칠 줄 모르는 열정으로 재작업을 했다. 말을 타고 유럽을 가르던, 늘 손에 구부러진 기병용 칼을 쥐고 살던 이 장교는 이젤에 놓인 화폭을 칼로 베듯 붓질을 하면서 제정신이 아닌 사람처럼 살았다. 그는 뭔가를 열렬히 숭배하던 자가 한순간 염증을 느끼듯이 전쟁에 진저리 치며 세월을 보냈다. 그 염증이 어찌나 강했던지, 그는 주로 자신이 짓밟았던 것과 같은 참혹한 풍경들을 그렸다. 그림을 그리면서 아편 조각인지 뭔지를 밤낮 펴대던 담배에 섞어 씹었다. 실제 그는 일종의 수연통(水煙筒)을 손수 제작해 수면을 취하면서도 담배를 피울 수 있었다. 하지만 마취제도, 마약도, 사람을 마비시키거나 죽이는 어떤 독도 괴물 같은 분노를 진정시키지 못했다. 마음속 분노는 전혀 가라앉지 않았다. 그는 이 분노를 연못의 악어, 불의 연못에서 빛을 발하는 악어라고 불렀다. 그를 잘 알지 못하는 이들은 누구나 그가 카르보나리 당원이라고 믿었다. 하지만 그를 잘 아는 이들이 보기에 너무 거창하고 터무니없이 자유주의 색채가 짙은 카르보나리 운동은 그처럼 고압적인 사람에게 전혀 어울리지 않았다. 사실 한없이 괴팍한 열정만 아니라면, 그는 명확한 현실 감각을 지닌 영락없는 노르망디 사람이었다. 그는 절대로 국가 전복의

---

* Jean Louis André Theodore Géricault(1791~1824) : 프랑스의 화가. 강렬한 색채 효과와 극적 표현으로 들라크루아 등과 함께 낭만파의 거장으로 불린다. 말을 주로 그렸으며, 「메뒤스 호의 뗏목」이라는 작품이 있다. 제리코는 백일천하 이전에는 총사였다.

음모를 꾸미거나 하는 환상에 빠지지 않았다. 그는 베르통 장군*의 운명을 예언한 바 있었다. 다른 한편으로 왕정복고 때 제정주의자들이 더 효율적으로 국가를 전복하려는 의도에서 기댔던 민주주의 사상에도 본능적으로 혐오감을 느꼈다. 그는 골수 귀족이었다. 태생, 계급, 사회적 신분, 이 모든 면에서 그랬다. 귀족 아닌 다른 사람이 될 수 없었다. 도시의 마지막 구두 수선공이 될지언정 귀족이길 포기하지 않을 타고난 귀족이었다. 요컨대 그는 과시를 통해 자기를 내세우던 부르주아나 벼락 출세자나 벼락부자와 달리, 하인리히 하이네의 말처럼 "위대한 감성으로 말미암은" 귀족이었다. 그는 훈장을 달고 다니지 않았다. 그의 부친은 그가 대령으로 승진하기 직전 제정이 붕괴될 즈음 남작의 작위와 재산을 상속하려 했지만, 그는 한사코 작위를 거절했다. 그는 사람들에게 명함에 적힌 대로 자신을 '메닐그랑 기사'로만 소개했다. 과거 특권으로 가득하고 전쟁 무기의 가치를 지녔던 작위가 더 이상 아무 정치적 특권도 갖지 못하게 되었다. 그의 눈에 작위란 알맹이 없는 오렌지 껍질에 불과했으며, 작위를 존중하는 이들 앞에서도 그것에 대해 경멸을 감추지 않았다. 어느 날 그는 귀족 사회에 심취해 있던 그 소도시에서 이를 증명해 보였다. 이 소도시에서 대혁명으로 몰락해 재산을 빼앗긴 토지 귀족들은 아마도 헛헛한 마음을 달래려고 그런 것이었겠지만, 백작이니 후작이니 하는 작위를 서로에게 부여하려 하는 그렇고 그런 편집증이 있었다. 그들 가문이 매우 유서 깊은 탓에 예전에는 작위가 없어도 대단히 귀족다웠다. 그런 식으로 어리석게 귀족 칭호를 주고받는 행위를 근절시키기 위해 메닐그랑은 무례

---

* Jean-Baptiste Berton(1769~1822): 프랑스의 장군으로 제정 시대에 많은 공을 세웠으나 왕정복고 후에는 수차례의 모반과 카르보나리 운동에 가담했다. 소뮈르에서 봉기를 시도하다 체포되어 사형당했다.

한 시도를 감행했다. 이 도시에서 가장 귀족적인 가문 가운데 한 곳에서 열린 저녁 만찬 모임에 찾아가 하인에게 일렀다. "메닐그랑 공작이 왔다고 알리게." 그러자 깜짝 놀란 하인이 큰 소리로 그가 방문했음을 알렸다. "메닐그랑 공작 납시오!" 이 외침에 모두가 몸을 움찔했다. 그는 자신이 불러일으킨 소동의 결과를 보고 말했다. "정말이지, 어중이떠중이 다들 작위를 하나씩 갖는 마당이니, 기왕이면 공작 작위를 갖는 게 좋겠지." 이 말에 아무도 대꾸하지 않았다. 성격 좋은 몇몇 사람이 구석에서 키들거리긴 했으나 크게 웃음을 터뜨리지는 않았다. 세상에는 언제나 방랑하는 기사들이 있는 법이다. 그들은 이제 창으로 잘못된 일을 바로잡는 것이 아니라 조롱으로 우스꽝스러운 세태를 꾸짖는데, 메닐그랑도 바로 그런 기사 가운데 하나였다.

메닐그랑은 빈정거리는 데 일가견이 있었다. 그렇다고 그것만이 전지전능하신 하느님이 그에게 불어넣은 유일한 재능은 아니었다. 이론보다 행동이 앞서는 대다수 사람들처럼 그의 본능적 원칙에서 성격이 가장 우선한다 해도, 제2선에 머물러 있는 정신 역시 자신을 위하고 다른 사람들에 대항하는 힘이었다. 메닐그랑 기사가 행복한 마음을 지닌 사람이었다면 재기발랄했겠지만, 불행히도 그는 절망한 사람의 사고방식을 지니고 있었다. 드물지만 그가 명랑해 보일 때조차 그 명랑함은 절망한 자의 모습이었다. 무엇보다 불행이란 고정관념은 정신의 변화무쌍한 활동에 지장을 초래하고 정신이 눈부시게 돌아가는 것을 방해하는 것이다. 다만 그가 지닌 특별한 것이 있다면 그것은 그의 가슴속에서 들끓는 열정과 비범한 웅변 능력이었다. 미라보에 대해 사람들이 말했던 이야기, 그리고 모든 웅변가에 대해 할 수 있는 이야기, 즉 "당신이 그의 말을 들었더라면⋯⋯!"이라는 말이 특히 잘 어울리는 듯했다. 사소한 논쟁이라도 벌어지면 가슴이 화산처럼 들끓고 낯빛은 점점 심하게 창백해지며, 사나운 태풍에 바다가 세차게 흔들리듯 이마가 주름살로 일렁거릴뿐더러, 마치 두 눈동자가 두 개의 불타는 총알처럼 상대방을 쏘려는 듯 이글거리는 그 모습을 봤어야 했다. 숨을 헐떡거리고 떠는 모습, 빠른 호흡, 갈라지면서 더욱 비장해지는 목소리, 비웃거나 깔보는 말을 하고 나서 계속 떨리는 입술 위에서 부서지는 거품, 이렇게 폭발한 뒤엔 녹초가 되지만 오레스트 역을 맡은 탈마*보다 더 숭고해 보이고, 그보다 더 멋지게 기진맥진하여 쓰러지지만 죽지는 않으며, 분노했다가 수그러드는 것이 아니라 이튿날, 한 시간 뒤, 1분 뒤에 분노를 되찾는 모습, 잿더미가 되었다가 언제든 되살아나는 불사조의 격분을 봤어야 했다! ……실제로 그의 마음속에 늘 팽팽하게 당겨져 있는 줄을 몇 가닥 건드리기만 해도 그게 언제든 무모하게 줄을 건드린 사람을 쓰러뜨릴 만한 울림이 퍼져 나왔다. "그가 어제는 우리 집 저녁 모임에 왔어." 한 아가씨가 자기 친구에게 말했다. "그런데 말이지, 시종일관 고함을 지르더라고. 악마 같은 인간이야. 앞으로 아무도 메닐그랑 씨를 초대하지 않을 거야." 살롱에도, 살롱을 찾아오는 사람에게도 맞지 않는 이런 고약한 어조의 울부짖음이 없었다면, 그는 아가씨들의 혹독한 비웃음을 사지 않았을 것이고 그녀들의 관심을 사로잡았을 것이다. 그 무렵 바이런이 큰 인기를 끌기 시작했는데, 메닐그랑이 말없이 감정을 드러내지 않고 있을 때에는 바이런의 주인공 같은 면모가 있었다. 그는 냉철한 정신을 소유한 젊은이들이 바라는 그런 반듯한 미남은 아니었다. 그는 몹시 못생긴 남자였지만, 여전히 윤기가 흐르는 밤색 머리카

---

* François-Joseph Talma(1763~1826): 나폴레옹 시대에 활동한 프랑스의 유명한 비극 배우.

락 아래로 보이는 창백하고 고뇌에 찬 얼굴, 라라나 코르세르*의 이마처럼 너무 일찍 주름이 잡혀버린 이마, 표범의 코처럼 납작한 코, 지나치게 거칠어 길들이기 힘든 말처럼 흰자위에 약간 핏발이 선 청록색 눈은 그 도시의 빈정대기 좋아하는 여자들마저 뒤흔드는 그런 표정을 만들고 있었다. 그가 자리한 곳에서는 냉소적인 여자라도 차갑게 웃지 않았다. 짊어진 삶이 엄청나게 무거운 갑옷이라도 되는 양 살짝 굽은 등을 하고 있었지만 훤칠한 키에 강건하고 호리호리한 몸매의 메닐그랑은 현대 복장을 한 위엄 있는 가문의 초상화에서 찾아볼 만한 우수에 찬 표정을 짓고 있었다. "그는 걸어다니는 초상화야." 살롱에 들어가는 그의 모습을 처음 본 한 아가씨가 말했다. 아가씨들의 눈에 메닐그랑의 우월성은 다른 모든 우월성을 앞지르는 한 가지 우월성으로 절정에 이르렀다. 그는 항상 옷을 완벽하게 차려입었다. 여자들에게 둘러싸였던 한 절망한 남자의 삶이, 마치 저녁놀이 구름 뒤로 가라앉으면서 마지막 장밋빛 광선을 내뿜는 것처럼, 끝장나고 매장된 그 삶이 뿜어내는 마지막 휘황함이었을까? 아니면 샹보랑 연대가 해산됐을 때 늙은 구두쇠 아버지에게 말 안장깔개와 붉은 장화에 들어간 호랑이가죽 비용으로 2만 프랑을 지불해달라고 하던 이 장교가 페르시아 태수같이 누리던 호사스런 지난날의 잔영이었을까? 아무튼 파리나 런던의 어떤 젊은이도 우아함에서는 이 인간혐오자를 이길 수 없었다. 그는 사교계와 무관한 인물이었다. 그 도시에 머문 석 달 동안 사교 모임에 몇 번 참석하긴 했지만 나중에는 그마저도 그만두었다.

그 도시에서도 파리에서 그러하듯 늦은 밤까지 그림에 몰두하며 지냈다. 몽상가들을 위해 세워졌고 몽상가의 외관을 한 이 깔끔하고 매력적인

---

* 1814년에 발표된 바이런의 시 「해적The Corsair」과 「라라Lara」에 등장하는 주인공 해적 콘래드Conrad를 말한다.

도시, 시인의 도시 같지만 어쩌면 시인이 하나도 없을 것 같기도 한 이곳에서 그는 좀체 나들이를 하지 않았다. 때로 몇 안 되는 거리를 지나갈 때 외지인이 그의 고상한 풍채를 눈여겨보면 상점 주인은 누구나 메닐그랑 지휘관을 알고 있어야 한다는 듯 "메닐그랑 지휘관이야"라고 속삭이곤 했다. 메닐그랑을 한 번이라도 본 사람은 그를 잊지 않았다. 삶에 더 이상 어떤 기대도 품지 않는 사람이 대개 그렇듯이 그도 경외심을 갖게 만드는 그런 사람이었다. 왜냐하면 삶이 우리에게 야비하게 굴지라도 삶에 아무 기대도 품지 않는 사람은 삶보다 더 고매해질 수 있기 때문이다. 그는 왕정복고기에 지휘관 명부에서 이름이 삭제된 다른 장교들과 마주칠 때면 어김없이 악수를 청하면서도 결코 그들과 어울려 카페에 가진 않았다. 지방 카페는 귀족 신분인 그에게 혐오감을 주었다. 그런 곳에 가지 않는 건 그에게 취향의 문제였다. 그렇다고 해서 사람들의 빈축을 사지는 않았다. 친구들은 메닐그랑의 아버지 집에서 그를 만나게 되리라 확신했다. 그의 부친은 그가 집에 없을 때는 인색하다가 그가 머무는 동안에는 관대해져서, 비록 성경을 읽은 적은 없지만 '발타자르*의 연회'라 부를 법한 향연을 베풀었다.

향연에서 그는 아들 맞은편에 앉았는데, 비록 연로하고 옷차림이 후줄근해 희극배우처럼 보이긴 했어도 당시에는 분명 그런 자식을 낳았다는 사실을 뿌듯해하고 있었을 것이라고 사람들은 생각했다…… 그는 키가 컸고, 깡마르고 돛대처럼 곧은 몸으로 늙는 것에 도도하게 맞서는 노인이었다. 늘 짙은 색의 긴 프록코트를 입고 있어서 키는 실제보다 훨씬 더 커 보였다. 그의 외모는 사색가나 속세의 허영을 다 떨쳐버린 사람에게서나

---

* 「다니엘서」 5장에 등장하는 바빌로니아의 마지막 왕. 그는 페르시아의 왕 키루스의 군대에 포위된 상태에서도 방탕한 연회에 빠져 있었다.

볼 수 있는 엄격함을 지니고 있었다. 몇 년 전부터 그는 늘 넓은 자홍색 면직 모자를 쓰고 다녔다. 하지만 아무리 짓궂은 자라도 '상상병 환자'* 가 쓰던 이 전통 모자를 조롱하려 들지는 않았다. 늙은 메닐그랑 씨는 누구의 농지거리가 된 적이 없었듯이 희극의 대상이 되지도 않았다. 그는 르냐르**의 유쾌한 입술에서 웃음을 거두어버렸을 테고, 사색에 잠긴 듯한 몰리에르의 시선을 더 사색에 잠기게 만들었을 게다. 어쨌거나 이 제롱트, 아니면 거의 위풍당당하다고 할 만한 이 아르파공***의 젊은 시절은 사람들이 기억하기엔 아득한 옛날이었다. 마리 앙투아네트의 의사인 비크 다지르****와 친척이었음에도 그는 대혁명을 지지했다(지지했다고들 말했다). 하지만 이런 성향이 오래가지는 않았다. 위업(偉業)의 인간— 노르망디 사람들은 재산을 위업이라고 부르는데, 참으로 심오한 표현이다—, 즉 토지를 소유한 지주로서 그는 재빨리 자기 마음속에 사상가 하나를 다시 세웠다. 혁명에 동조할 때는 종교적 무신론자였고 혁명에서 멀어질 때는 정치적 무신론자였다. 이 두 가지 무신론이 마음속에서 굳게 결합되어, 그는 볼테르도 당황할 만큼 격렬하게 대혁명을 부정하는 자가 되었다. 그러나 그는 자신의 견해를 거의 말하지 않았다. 다만 자기 아들을 위해 연회를 베푸는 저녁식사 자리에서는 이례적으로 상념에 빠져들

---

　* 몰리에르의 마지막 작품인 희곡 「상상병 환자Le Malade imaginaire」는 자신이 병을 앓고 있다고 믿는 주인공 '아르강'을 통해 17세기 프랑스 사회의 허세와 의사들의 권위주의, 물신주의를 날카롭게 풍자한 작품이다.
　** Jean-François Regnard(1655~1709): 17세기 프랑스의 극작가. 18세기~19세기에는 몰리에르 이후 최고의 희극 작가로 간주되었다.
　*** 몰리에르의 희곡 「억지 의사Le Médecin malgré lui」와 「수전노L'Avaré ou l'École du mensonge」에 등장하는 우스꽝스러운 노인들이다.
**** Félix Vicq d'Azir(1748~1794): 작가 바르베 도르비이의 친척. 왕립의사협회를 창설했고, 뷔퐁의 뒤를 이어 아카데미 프랑세즈의 회원이 되었다.

어, 도시 여기저기 사람들이 그에 관해 숙덕거리는 바를 해명해줄 만한 생각의 편린을 피력했다. 사실 그는 이 도시에 넘쳐나는 신실한 자들과 귀족들에게 배척당한 늙은이였다. 자신의 분수를 깨달아 아무한테도 찾아가지 않는 터라 만나볼 수 없는 이였다…… 생활은 퍽 단조로웠다. 절대로 집 밖으로 나가지 않았다. 집 정원과 안마당 언저리가 세상의 끝이었다. 겨울이면 그는 넓게 귀가 달려 있고 위트레흐트산(産) 벨벳으로 마감한 큼직한 적갈색 안락의자를 부엌 벽난로의 커다란 장식용 선반 아래로 옮겨놓고는 거기에 말없이 앉아 지켜봄으로써, 불편하게도 하인들로 하여금 감히 큰 소리로 말하지 못하게 하고 성당에 온 듯 나직이 속삭이면서 대화하게 했지만, 여름이 되면 아예 모습을 나타내지 않아 그 불편을 해소해주었다. 그는 서늘한 식당에 틀어박혀 경매로 구입한 신문이나 옛 수도원 도서관의 고서들을 뒤적이거나, 소작인이 오면 한 층 올라올 필요가 없게 식탁도 아닌데 모서리에 구리를 씌운 작은 단풍나무 책상을 식당에 갖다놓게 해서 그 앞에 앉아 영수증을 분류했다. 그의 머릿속에 이자 계산 말고 다른 무슨 생각이 들어차 있는지 아무도 몰랐다. 납작하고 짤막한 코에 백연(白鉛)을 바른 듯 하얗고 마마 자국이 있는 그 얼굴에선 어떤 생각도 읽어낼 수 없었다. 난롯가에서 가르랑거리는 고양이만큼이나 그의 머릿속은 수수께끼 같았다. 천연두는 얼굴에 곰보 자국을 남겼을 뿐 아니라 눈을 벌겋게 물들이고 속눈썹을 안쪽으로 말리게 해서 잘라내지 않을 수 없게 만들었고, 수차례 해야 했던 끔찍한 수술 탓에 그는 수시로 눈을 깜박거리게 되었다. 그래서 상대에게 말할 때면 시야를 확보하려는 듯 전등갓 같은 눈꺼풀을 손으로 조금 까뒤집어야 했기에 이 동작이 그를 대단히 무례하고 오만한 사람으로 보이게 했다. 늙은 메닐그랑 씨가 당신에게 말을 걸 때, 시선을 모아 당신을 더 잘 응시하려고 눈꺼풀에 떨리는 손을 대는 무례함은 확실히 어떤 코안경으로도 얻을 수 없는 효과였다…… 그의 목소리는 다른 사람에 대한 명령권을 갖고 있는 자의 목소리, 마음보다 머리가 앞서는 자의 목소리처럼 가슴에서 울리는 낮은 음역의 목소리가 아니라 머리 전체를 울리는 높은 목소리였지만, 그는 그런 목소리를 많이 사용하지 않았다. 돈을 아끼듯 목소리도 아끼는 것 같았다. 백 살에 죽음을 맞이했던 퐁트넬*만큼은 아니더라도, 마차가 지나가면 덜컹거림이 잦아들고 나서야 말을 이을 정도로 자신의 목을 아꼈다. 그렇다고 늙은 메닐그랑 씨가 늙은 퐁트넬처럼 혹시나 갈라진 틈이 더 벌어졌는지를 노심초사하는 금간 도자기 같은 노인은 아니었다. 그는 고인돌같이 묵묵했고, 그가 말을 적게 한 것은 라퐁텐 우화 속의 정원**처럼 말수가 적기 때문이었다. 더욱이 말을 해야 할 적에는 타키투스***를 본받아 간결하게 끝을 맺었다. 대화를 나눌 때 그는 말을 새겨넣었다. 그는 간결한 방식으로 촌철살인의 짧막한 화법을 구사했다. 그는 정말 타고난 독설가였고, 에둘러 비난할 적에도 어김없이 누군가에게 상처를 입혔다. 과거의 여느 아버지들처럼 그도 아들의 엄청난 씀씀이와 터무니없는 짓에는 가마우지같이 고함을 질러댔다. 그러나 가족들 사이에서 '메닐'이란 애칭으로 통하던 아들이 나폴레옹 제정이라는 산이 무너져

---

  * Bernard Le Bovier de Fontenelle(1657~1757): 프랑스의 사상가·문학가. 18세기 계몽사상의 선구자로, 처음에는 시·비극 등 문학 작품에 관여하였다가 나중에는 미신을 타파하고 과학적 사고를 보급하는 데에 힘썼다.
  ** 라퐁텐의 우화 「곰과 정원 가꾸기를 좋아하는 사람」에는 다음과 같은 구절이 있다. "내 책에서 말고는 정원은 말을 거의 하지 않는다. 그래서 말이 없는 친구와 사는 데 지친 우리의 노인은 어느 날 아침 친구를 찾아 시골로 갔다."
 *** Cornelius, Tacitus(?56~?120): 고대 로마의 역사가·웅변가·정치가. 뛰어난 변론술로 공화정(共和政)을 찬미하고, 간결한 문체로 로마 제국 초기의 역사를 서술하였다. 저서에 『게르마니아 Germania』, 『역사』, 『연대기(年代記)』 등이 있다.

그 밑에 티탄*처럼 깔리게 되자, 그는 인생이란 것을 온갖 멸시의 덫으로 헤아려보고 끝끝내 덧없는 운명에 짓눌린 인간의 힘보다 아름다운 것은 아무것도 없노라고 여기는 자에게 표하게 마련인 존경심을 아들에게 품게 되었다.

그는 아들에게 나름의 의미심장한 방식으로 존경의 뜻을 표했다. 아들이 말을 하면 잿빛 종이에 하얀 색연필로 그린 달같이 차갑고 핏기 없는 늙은 메닐그랑의 얼굴은 열렬한 관심을 내비쳤고, 그렇지 않아도 천연두로 불그스름한 눈은 적철석 빛을 띠었다. 그가 아들 메닐을 존중하고 있다는 가장 확실한 증거는, 집에 아들이 머무는 동안에는 그를 사로잡고 있던 차갑고 강압적인 열정인 구두쇠 근성을 까맣게 망각했다는 점, 다시 말해 델토크 씨를 잠 못 들게 하고 햄에 든 월계수 잎을…… 머리 위로 휘두르게 하는 그 유명한 저녁식사를, 악마만이 만들어낼 법한 푸짐한 저녁식사를 자신의 귀염둥이들에게 베풀었다는 점이다…… 실제로 그 저녁식사에 초대된 손님들은 악마가 남달리 총애하는 자들은 아니었을까…… "이 도시와 인근 지역의 망나니와 악당이 거기 다 모이지." 1815년의 열정을 고스란히 간직한 왕당파와 독실한 가톨릭 신자들이 중얼거렸다. 그러면서 이렇게 덧붙였다. "틀림없이 비열한 말들을 엄청나게 쏟아내겠지. 어쩌면 비열한 짓거리가 행해질지도 모르고." 밤참을 먹는 돌바크** 남작처럼 후식 시간이 다 끝날 때까지 시중을 들던 하인들은 그 진수성찬에서 무슨 말이 오가는지에 관해 도시에 고약한 소문을 퍼뜨렸다. 그 여론이

---

* 그리스 신화에 나오는 거인족. 우라노스와 가이아 사이에서 태어난 여섯 명의 남신과 여섯 명의 여신을 이른다. 올림포스 신들에게 멸망되었다.
** Paul Henri Dietrich d'Holbach(1723~1789): 프랑스의 철학자 · 계몽 사상가. 계몽기의 대표적인 유물론자의 한 사람으로서 무신론적 유물론을 전개하였다.

하도 안 좋아서 늙은 메닐그랑의 여자 요리사는 친구들한테 험한 소리를 들었고, 주임신부로부터는 아들 메닐그랑이 집에 머무는 한 영성체를 하게 내버려두지 않겠다는 위협까지 받았다. 당시 도시의 주민들은 튀랭 광장에 있는 늙은 메닐그랑 집에서 벌어지는 그 애찬(愛餐)*을 대놓고 비난했다. 마치 중세 기독교도가 면병**을 모독하며 아이를 희생물로 바쳤던 유대인들의 식사에 갖는 감정에 버금가는 혐오감을 느꼈다. 이 혐오감은 아주 강한 감각적 쾌락을 추구하는 자들의 욕망 덕분에, 도시의 미식가들 앞에서 늙은 메닐그랑 씨의 저녁식사를 화제로 삼아 군침이 도는 이야기를 한 사람들 덕분에 다소 누그러지긴 했다. 지방 소도시에서는 온갖 일이 다 소문이 되는 법이다. 지방 소도시 저잣거리는 로마인의 유리로 된 집보다 더 투명한, 벽 없는 집이나 다를 바 없다. 매주 튀랭 광장에 위치한 그 집 저녁식사에서 무슨 일이 일어났는지, 또 무슨 일이 일어날지 경찰뿐 아니라 미욱한 계집애까지 모두가 알고 있었다. 저잣거리의 최상품 생선과 조개는 보통 금요일마다 열리는 저녁식사를 위해 몽땅 팔려나갔다.*** 끔찍하지만 불행하게도 감미로운 이 만찬에서는 누구나 뻔뻔스럽게 '고기-생선 식사'를 했으므로. 가톨릭 교회에서 규정한 금욕과 고행의 율법을 더 분명히 위반하도록 호사스러운 고기에 생선이 곁들여졌……이는 늙은 메닐그랑 씨와 악마같이 고약한 손님들의 머리에서 나온 발상이었다. 이 때문에 그들은 고기 먹지 않는 날을 고기 먹는 날로 만들었고, 고기가 없으면 고기가 들어가지 않은 맛있는 음식까지 만들어 저녁식사의

---

* 작가는 이 연회를 초기 기독교 신자들이 성찬식이 끝난 뒤 한자리에 모여서 음식을 함께 먹던 잔치에 빗대어 표현했다.
** 가톨릭 미사 때 신부가 신도들에게 먹여주는 성체(하얀 밀떡)를 말한다.
*** 가톨릭에서는 사람들이 금요일(그리스도가 십자가에 못박힌 날)에 고기를 먹는 것을 금지했지만 생선을 먹는 것은 허락했다.

홍취를 돋우었다. 고기가 없는 식사라 해도 그건 정말이지 추기경이나 먹을 법한 것이었다! 그들의 사고방식은 소르베*는 맛있지만 그것을 먹는 게 죄악이라면 더욱 맛있다고 여기는 나폴리 여자를 닮았다.** 이 불경한 자들에겐 죄악 하나가 아니라 여러 죄악이어야 했으리라! 사실 그 저주받은 만찬 참석자들은 다들 노골적이고 오만하기 짝이 없는 불경한 이들로 사제—그들은 사제에게서 가톨릭 교회 전체를 보았다—의 치명적인 적이자 아주 특별한 무신론 시대에 살았던 자들과 같은 절대적이고 사나운 무신론자들이었다. 실제로 당시 무신론은 엄청난 위력으로 대혁명과 제정기의 전쟁을 겪고 무시무시한 광신에 빠져 뒹굴던 사람들이 활동하던 시대의 무신론이었다. 그것은 18세기 무신론에서 싹튼 것이지만 18세기 무신론은 결단코 아니었다. 진실과 사유를 표방한 18세기 무신론은 이치를 따지고 궤변을 늘어놓고 과장하고 떠벌리고 무엇보다 무례했다. 그러나 제정 시대의 난폭한 군인과 1793년 국왕 시해에 가담한 배교자의 오만불손한 태도는 없었다. 이들의 후손인 우리에게도 우리의 무신론이 있다. 절대적이고 농축되어 있으며 복잡하고 싸늘한 증오, 종교적인 모든 것에 대해, 들보를 쏠아대는 벌레에 대해 갖는 정도의 가차 없는 증오심에서 비롯되는 무신론이 있다. 그러나 금세기 초의 사람들, 자신들의 아버지인 볼테르주의자들에게 개처럼 길러지고 성인이 되자마자 정치와 전쟁의 온갖 참화를 겪으며 이 두 영역에서 끔찍하게 몰락한 자들의 광적인 무신론에 비하면, 18세기 무신론이나 우리의 무신론은 무신론이라고 할 수조차 없다. 신성을 모독하며 서너 시간 동안 먹고 마시고 나자, 늙은 메닐그랑

---

* 과즙·술·향료로 만든 일종의 아이스크림. 서양 요리에서 생선 요리나 앙트레entrée 다음에 나온다.
** 바르베 도르비이는 스탕달의 작품 「첸치 일가Les Cenci」에서 이 일화를 찾았다.

씨의 요란한 식당은 최근 몇몇 괴상한 문학계 중진들*이 조촐히 모여 1인당 5프랑을 내고 하느님을 씹어대며 신나게 즐겼다는 그 초라한 식당 별실과 아주 다르게 들썩였고, 그곳과 판이한 모습을 보였다. 이곳에서는 그곳과 전혀 다르게 풍성한 향연이 벌어진 것이다. 이 대향연은 적어도 같은 방식으로는 다시 볼 수 없을 것이다. 따라서 풍속의 역사를 위해서라도 이 대향연을 상기해보는 일은 흥미롭고 필요한 것이리라.

이 불경한 대향연을 벌인 자들은 이제 세상을 떠나고 없다. 하지만 그 당대에는 살아 있었고 그것도 아주 잘살았다. 능력은 그대로인데 불행이 커질 때 삶은 더욱 강렬해진다. 메닐그랑의 벗들이나 아버지 집의 손님들은 모두 예전처럼 활기차고 힘이 넘쳤다. 기력이 있는 상태에서 온갖 엄청난 욕망과 쾌락을 통째로 마셔댔기에 독한 술에 제압당해 꼭지가 돌지는 않았다. 그렇다고 양손이 잘려나가면서도 배를 붙들려 했던 로마인 쿠나이게이로스**처럼 죽기 살기로 술통에 매달린 건 아니었다. 그들은 빨던 젖을 충분히 빨지 못했지만 그걸 수긍하며 이를 떼야 했고, 한번 맛을 보았기에 심하게 갈증을 느꼈다. 메닐그랑이나 그들 모두에게 울분이 치미는 시간이었다. 그들은 격노한 롤랑 같은 메닐—만일 아리오스토***

---

* 19세기 프랑스의 유명한 문예비평가인 샤를 오귀스탱 생트뵈브Charles Augustin Sainte-Beuve(1804~1869)가 1868년 4월 10일 금요일 저녁에 무신론자 친구들과 함께 벌인 만찬을 비유한 것이다.
** 고대 마라톤 전투에서 그리스군에 패한 페르시아군이 배를 타고 퇴각할 때 끝까지 추격했던 그리스 군인. 그가 페르시아의 배에 매달렸을 때 한 페르시아 군인이 칼을 들어 그의 오른손을 잘랐다. 그러자 그는 다시 왼손으로 배를 잡았다. 군인은 왼손마저 잘랐다. 그러자 이번에는 이로 배에 달라붙었다고 한다.
*** Ludovico Ariosto(1474~1533): 이탈리아의 시인. 르네상스 후기의 대표적 서사 시인으로 서사시 「광란의 오를란도Orlando Furioso」로 유명하다. 이 작품은 11세기 프랑스 무훈시 「롤랑의 노래La Chanson de Roland」를 새롭게 쓴 것으로 오를란도는 샤를마뉴 대제의 무장(武將) 롤랑의 이탈리아식 이름이다.

가 메닐을 주인공으로 작품을 썼다면 비극 분야의 천재성에서 셰익스피어와 비슷했으리—의 고상한 영혼을 지니고 있지는 않았다. 그러나 그들 역시 자신들에게 알맞은 영혼의 층위에서, 열정과 지성의 층위에서, 메닐처럼 죽음 이전에 이미 삶이 끝장나 있었다. 죽음은 종종 삶이 끝나는 순간이 아니라 삶이 끝나기 훨씬 이전에 다가온다. 무기를 들 힘이 있는데 무장해제를 당한 자들. 이 장교들은 모두 루아르 부대에서 해산당한 자들이자 삶과 소망으로부터 해고당한 자이기도 했다. 제정이 붕괴되고, 용을 섬멸해 발아래 둔 대천사장 미카엘 같진 않더라도 반동 세력에 대혁명이 짓밟히면서 자신들의 지위, 직장, 야망, 특권을 박탈당한 이들은 모두 귀향했건만 다시 무능해지고 해고되고 모욕당한 처지로 전락했고, 그들 자신이 분노에 차 뱉었던 말처럼 "개같이 비참하게 죽을 지경"에 빠져 있었다. 중세였다면 양치기, 용병(傭兵), 산적이라도 했을 테지만, 시대를 골라 태어나는 사람은 없으니 기하학적인 균형감과 절대적인 정확성을 갖춘 문명이 파놓은 홈에 걸려 넘어진 그들로선 잠자코 얌전히 지내거나, 분을 삭이며 꼼짝 않고 입에 거품을 물거나, 제 피를 마시면서 반감을 되삼킬 수밖에 없었다. 결투라는 수단이 있긴 했지만, 뇌동맥이 터질 듯이 차오른 격분을 진정시키려면 대지를 잠식할 만큼 피를 쏟아도 시원찮을 판에 칼질, 총질 몇 번 하는 게 무슨 소용이란 말인가. 그러니 그들이 신 앞에 무릎 꿇고 어떤 오레무스*를 드렸을지 미루어 짐작할 수 있으리라. 왜냐하면 설령 그들은 신을 믿지 않았을지라도 그들의 적수들은 신을 믿고 있었을 것이기 때문이다. 이러한 이유만으로도 그들은 사람들이 기리는 거룩하고 신성한 것은 죄다 저주하고 모독했으며 욕을 퍼부었다. 어느 날

---

* '기도합시다'라는 뜻의 라틴어.

저녁 메닐그랑은 찰랑찰랑 잔에 가득 찬 펀치를 흔들어대며 아버지 식탁에 둘러앉은 벗들에게 이렇게 말했다. "멋진 사나포선*을 마련해야겠어!" 제복을 빼앗긴 이들 군인 틈에 섞여 있는 환속 수도사 두세 명을 흘끔 보며 그는 말했다. "거기에는 모든 게 갖추어져 있겠지. 심지어 부속사제들도 있을걸. 해적과 함께하는 부속사제라, 기발하지 않아!" 하지만 대륙봉쇄가 해제되고 뒤이어 평화에 열광하는 시대가 오자 사나포선은커녕 배에 승선하려는 이는 코빼기도 안 보였다.

자, 그런데 말이다! 매주 금요일마다 주민들을 분노하게 하던 손님들은 한 사내가 메닐이 성당에 가는 것을 목격하고 분개해 팔을 확 잡아챘던 그 일요일의 사건이 있고 나서 처음 맞는 금요일에도 여느 때처럼 메닐그랑의 저택으로 저녁식사를 하러 갔다. 메닐의 팔을 낚아챘던 옛 동료는 제8용기병(龍騎兵)** 연대장이었던 랑소네라는 인물이었다. 여담이지만 그는 그날 이후 일주일 내내 메닐그랑을 다시 만나지 못했다. 그리고 그날 메닐이 성당을 찾았다는 사실이나, 왜 왔느냐는 그의 질문에 일언반구없이 내뺀 태도를 영 납득할 수 없었다. 그래서인지 그는 일찌감치 와서 저녁식사 손님들 틈에 앉아 있었다. 자신이 목격한 깜짝 놀랄 만한 일을 금요일의 손님들 앞에서 거론하여 반드시 진실을 밝히고 무너진 자존심을 회복하겠다고 생각했다. 연대장 랑소네는 금요일의 '나쁜 남자'들 중 가장 최악이라고 할 순 없어도 가장 말이 많고 가장 순진한 신성모독자 중 하

---

* 승무원은 민간인이지만 교전국의 정부로부터 적선을 공격하고 나포할 권리를 인정받은, 무장한 사유(私有) 선박. 16~17세기에 유럽에서 성행하였다.

** 16세기에 프랑스에서 생겨난 기병의 일종. 당시의 기병전술은 승마전투만을 행하는 것이 상식으로 되어 있었으나, 용기병은 이동시에만 승마하고 실제 전투시 말에서 내려 보병전투를 하는 것이 특징이다. 용기병이라는 것은 그들이 항상 드래건dragon(龍)이라는 이름의 소총을 장비하고 승마한 데에서 비롯된 명칭이다.

나였고, 그 때문에 바보는 아니더라도 어리석은 사람으로 취급받는 인물이었다. 그의 머릿속에는 신에 대한 관념이 콧속의 파리처럼 들어 있었다. 머리에서 발끝까지 시대의 장단점을 두루 구현한 장교, 전쟁터에서 전쟁을 위해 태어난 오직 전쟁만 믿고 전쟁만 애호하는 장교, 옛 용기병 군가에 나올 법한 박차를 울리는 용기병이었다. 그는 비록 메닐이 성당 안으로 들어가는 것을 본 뒤 '나의' 메닐이라는 생각을 버렸지만, 그날 메닐그랑 씨 저택에서 저녁을 먹은 스물다섯 명 중 가장 메닐을 좋아하는 사람이었으리라. 저녁을 함께 나눈 이들이 어떤 이들이었는지 굳이 알릴 필요가 있을까…… 그 스물다섯 명의 사람들은 대부분 장교 출신이었지만 전부 군인이었던 건 아니다. 이 도시 최고의 유물론자인 의사들, 아버지 메닐그랑 씨와 동년배로 신에 대한 맹세를 저버리고 수도원에서 도망쳐 나온 전직 수도사 몇 명, 결혼한 척하지만 사실은 내연 관계의 여인을 두고 있는 사제 두세 명, 국왕의 처형에 찬성표를 던진 전직 국민공회 의원 등도 포함돼 있었다. 붉은 보네 모자를 쓴 자나 원통형 경기병 모자를 쓴 자도 있었다. 전자는 열렬한 혁명주의자들이고 후자는 광적인 나폴레옹주의자들이라 언제든 서로 물고 뜯고 싸울 태세였지만, 양측 모두 신을 부정하고 어느 교회든 교회라면 무조건 경멸하면서 감동적으로 하나가 되는 무신론자란 점에선 같았다. 여러 부류의 뿔 달린 악마로 구성된 이 최고 자치기관은 면직 보네 모자를 쓴 우두머리 악마, 즉 모자 밑에 창백하고 무시무시한 얼굴을 감추고 있는 메닐그랑의 아버지에 의해 주재되었다. 그는 그렇게 무서운 얼굴을 한 채 웃음기 어린 표정을 전혀 내비치지 않았다. 그는 마녀집회에서 사제가 관(冠)을 쓰고 제를 집전하듯 식탁 가운데 자리에 꼿꼿이 앉아서, 피곤해 휴식을 취하는 사자 같은 표정으로 연신 주름진 콧등을 실룩이면서 눈을 부릅뜨고 섬광을 내뿜을 준비가 되어 있는 아들 메닐그랑을 마주보고 있었다.

솔직히 말해 아들 메닐그랑은 그 위풍당당한 모습에서 다른 이들과 크게 달랐다. 물론 이 멋쟁이 장교들은 옛 제국에 즐비했던 멋쟁이들과 같은 아름다움과 우아함을 갖추고 있었다. 단정하고 개성이 강한 아름다움은 순진하기도 하고 불순하기도 한 육체적인 것이었고 그 우아함은 군인다운 것이었다. 그들은 부르주아의 복장을 하고 있었지만 제복만 입고 살았던 군인의 경직된 태도를 감출 순 없었다. 그들이 쓰는 어휘로 말하자면 옷차림이 지나치게 '어색'했다. 다른 손님들, 이를테면 의사나 과학자, 성직자다운 화려하고 신성한 의복을 벗고 신경 써서 옷을 차려입은 과거의 수도사들, 풍부한 경험을 쌓고 복귀한 자들은 옷 때문에 비천한 겁쟁이 같아 보였다…… 하지만 메닐그랑은 멋지게 ─ 여자라면 이렇게 얘기했으리 ─ 옷을 입었다. 아침나절이었으므로 그는 아주 멋진 검은색 프록코트를 입었고, 당시 유행에 따라 한 땀 한 땀 손으로 수놓은, 미세한 황금별이 점점이 박힌 천연색의 흰색 비단 넥타이를 맸다. 주로 집 안에 머무는 시간이 많았기에 목이 긴 장화 같은 것은 신지 않았다. 메닐그랑의 발에는 문신이 새겨져 있었다. 그가 지나가면 거리 보도에 걸터앉은 거지들 입에서 "아, 왕자님!"이란 탄성이 절로 나오게 하는 힘차고 날씬한 그 발에는 투명한 비단 스타킹과 발목이 훤히 드러나는 굽 높은 무도화가 신겨져 있었다. 이 무도화는 콘스탄틴 대공* 이래 유럽에서 발에 가장 많은 신경을 썼던 샤토브리앙이 애지중지하던 그 신발이었다. 이름난 재단사 스토브**가 만든 프록코트는 앞이 벌어져 그 사이로 보랏빛 스카

---

* Constantin Pavlovitch(1779~1831) : 러시아의 황제 파벨 1세의 아들.
** Jean-Jacques Staub(1783~1852) : 발자크가 언급했던 "당대 최고 명성의 재단사." 스탕달의 『적과 흑』에서도 언급된다.

비오사* 광택의 모직 바지와 금줄은 없지만 슐이 달린 검은색 캐시미어 조끼가 보였다. 사실 그날 메닐그랑은 보석을 착용하지 않았다. 매듭 없는 넥타이의 펴진 주름들을 근무장(勤務章)**같이 거의 군대풍으로 가슴에 고정해주는 아주 낡고 값비싼, 알렉산드로스 황제의 얼굴이 새겨진 접시 모양의 장신구 카메오를 빼면 변변한 보석 하나 없었다. 확실한 안목을 느끼게 하는 옷차림 하나만 봐도 그가 군인이 되기 전에 예술가의 길을 걸었고 그 영향을 받았음을, 게다가 이런 옷을 입고 있는 남자는 비록 많은 사람과 허물없이 지낸다 할지라도 그들과는 다른 부류에 속한다는 것을 감지할 수 있었다. 이 타고난 귀족, 흔히 군대에서 하는 말로 이른바 '장군의 견장'을 타고난 이 장교는 원기 왕성하고 용감무쌍하지만 저속함이 그지없어 상급 지휘권을 갖기에는 부적합한 군인들에 비해 단연 돋보였다. 자신의 아버지가 식탁에서 손님을 직접 환대하고 있었기에, 뒷전에 물러나 앉은 집주인 젊은 메닐그랑은 페르세우스가 고르곤의 머리를 자르듯 제 머리카락을 쥐어뜯게 하고 자신으로 하여금 격렬한 웅변을 거침없이 쏟아내게 하는 논쟁이 일어나지 않는 한 그 소란스러운 모임에서 좀체 입을 열지 않았다. 그곳에 모인 이들은 굴을 먹을 때부터 언성이 높아져 온갖 발상을 부풀리며 떠벌이곤 해서 그들을 제압할 만큼 큰 소리를 내는 게 쉽지 않았다. 그들의 대화는 병뚜껑이란 병뚜껑을 전부 튀게 할 만큼, 그리고 맨 마지막에는 식당의 뚜껑이라 할 천장을 뻥 뚫을 만큼 요란했다.

사소한 것 하나까지 트집 잡는 이 무례한 조롱꾼들은 짓궂은 관례에 따라 가톨릭 교회를 경멸하려는 심산으로 정확히 낮 12시에 식탁에 모여

---

* scabiosa: 산토끼꽃과 체꽃속의 식물을 통틀어 이르는 말.
** hausse-col: 1881년 이전의 보병사관이 목에 걸치던 근무장(勤務章).

앉았다. 이 신실한 프랑스 서부의 사람들은 으레 낮 12시, 즉 정오가 되면 교황이 자리에 앉아 온 세계의 기독교도에게 축복을 내린 뒤 점심을 먹는다고 믿었다. 그러나 '베네디치테'*라 불리는 교황의 그 엄숙한 기도가 이 자유사상가들 눈에는 조롱거리로 비쳤다. 도시의 이중 종탑에서 정오를 알리는 타종 소리가 울리면, 늙은 메닐그랑은 꿈쩍도 않은 채 볼테르 풍의 웃음 같은 파안대소의 표정을 짓고 할 수 있는 한 크게 목청껏 공개적으로 외치곤 했다. "다들 어서 자리에 앉읍시다, 여러분! 우리 같은 기독교인은 교황의 강복을 포기해선 안 되오!" 이와 같은 말이 던져지면 불경한 이 남자들이 중구난방으로 쏟아내던 온갖 대화는 단번에 정리가 되었다. 일반적으로 여자 주인이 운용의 묘를 발휘해 식사 자리를 조정해 주지 않으면, 예컨대 헤스메스의 지팡이가 뿜어내는 것 같은 모종의 힘을 쓰지 않으면, 식탁에 둘러앉은 이 재기발랄한 남자들은 어김없이 자기 자랑을 일삼거나 억지 주장을 펼치거나 다혈질인 사람처럼 화를 내고 급기야 저들끼리 물어뜯는 끔찍한 인신공격으로 라피타이**와 켄타로우스의 향연 같은 막장 난투극을 연출할 가능성이 있었다. 이는 당연한 일이었다. 아무리 공손하고 예의바른 남자라 해도 여자가 없는 데서 그 천품을 드러내 예를 갖추기는 어려운 일 아닌가. ……남자란 무릇 보는 여자가 없는 자리에선 멋대로 굴고 금세 뻔뻔해지는 법이다. 사소한 마찰이나 정신을 뒤흔드는 미약한 상호 충돌만 빚어져도 남자는 거칠어지고 나빠진다. 사교계에서는 이기주의를 상냥한 예절로 감추는 것이 일종의 수완이

---

* "주 예수님, 저희에게 오시어 내려주신 양식에 축복하소서"로 시작되는 가톨릭의 식사 기도.
** 그리스 신화에 나오는 전설적인 부족. 결혼식 피로연에서 벌어진 켄타우로스들과의 싸움 이야기로 유명하다.

다. 하지만 이기주의는 설명할 수도 없이, 잠자코 있다가 한순간 사람의 옆구리를 쿡 찔러 통제력을 상실하게 하기도 한다. 지극히 아테네적인, 가장 섬세한 정신의 소유자들도 이러할진대 메닐그랑 저택의 손님들, 투사와 검투사 같은 자들, 늘 야영지나 집회소에, 때로는 더 고약한 곳에서 잔뼈가 굵어진 이 자코뱅 클럽과 군대 야영지의 사람들이야 두말하면 잔소리 아닐까? 그들 목소리를 직접 듣기 전에는 변비를 일으키는 음식물로 배를 가득 채우고 독주로 목구멍에 불을 지르는 대식가이자 대주가인 이들의 두서없고 요란하고 난리법석인 대화를 상상하기 어려우리라. 그들은 세번째로 음식을 내오기 전에 온갖 화제를 다 쏟아냈고 요리들을 허겁지겁 먹어치웠다. 그런데 그들의 대화가 항상 종교에 대한 모독만을 바탕에 둔 건 아니었다. 여러 꽃병마다 온갖 꽃이 꽂혀 있었고 종교에 대한 모독의 꽃은 그중 하나였다고 해야 하리라. 생각해보시라! 그때는 그런 저녁 식사 자리라면 정말로 얼굴을 내비쳤을 법한 폴루이 쿠리에가 프랑스인을 자극하고 흥분시키려고 다음과 같은 문장을 휘갈기던 시절이었다. "지금 문제는 우리가 독실한 수도사가 될 것인지, 제복 입은 하인이 될 것인지를 아는 것이다." 하지만 여기서 그치는 게 아니었다. 정치 문제나 가증스러운 부르봉 왕가, 콩그레가시옹 수도회를 떠도는 음산한 유령이라든가 회한에 가득 찬 패배주의자의 과거 같은 것들이 격한 분위기에 싸여 식탁 끝에서 끝으로 이리저리 눈사태처럼 한바탕 휘돈 뒤에도 다시 격론과 소란을 불러오는 화제가 있었다. 예컨대 여자들 이야기가 그랬다. 세상에서 가장 거들먹거리길 좋아하는 프랑스란 나라에서 그것도 남자끼리 나누는 대화라면 특히 여자는 영원한 주제다. 일반적인 여자들과 내가 아는 한 여자──여러 지방의 여자에서 이웃집 여자까지──와 같이 그 대상은 끝이 없다. 영예롭게 빛나는 제복 차림의 군인이 우쭐대며 만났던 여러 지방의 여자도 있고, 아마 군인이 찾아간 게 아니었을 텐데도 허물없는 사이처럼 방자하게 이름이나 성만 부르면서(도대체 무슨 권리로!) 거리낌없이, 껍질 벗겨 복숭아를 먹고 나서 단단한 씨를 부수듯 후식 시간에 웃으면서 맛을 속속들이 평가하는 도시의 여자도 있다. 아무리 나이가 많은 남자거나 완고한 남자라도, 또는 냉소적으로 말하듯 아무리 암컷을 혐오하는 남자라도 일단 여자를 향한 집중 포화가 시작되면 대화에서 빠지는 법이 없었다. 남자란 추잡한 사랑을 그만둘 수 있다. 여자와 나누는 추잡한 사랑도 마찬가지다. 하지만 여자에게 자존심이 꺾이는 건 결코 용납 못한다. 설령 자기 무덤을 파는 한이 있더라도 온갖 거드름을 피우며 언제든 주둥이를 들이밀 수 있는 것이 남자이기 때문이다.

늙은 메닐그랑 씨가 베풀던 저녁식사 중에서도 혀가 풀릴 만큼 유독 노골적이었던 그날 식사 자리에서 그들은 입이 귀에 걸릴 정도로 실컷 마시고 떠들어댔다. 지금은 잠잠하지만, 벽이 말을 할 수 있다면—다행히 벽은 내가 지니지 않은 냉정함을 지니고 있다—엄청난 이야기가 쏟아질 식당에서 저녁식사를 하면서 남자들은 삽시간에 허풍의 세계로 빠져들기 시작했다. 짐짓 점잖은 체하다 이내 저속해지고, 그러고 나서 단추를 풀고 마침내 셔츠를 벗어던지고 뻔뻔스러워지면서 저마다 자기가 겪은 일화를 풀어놓았고 온갖 이야기가 식탁에 끌려 나왔다. 그건 악마의 고백 같았다. 불경한 조롱꾼들이라도 수도회 형제들 앞에서 수도원장의 발치에 엎드려 큰 소리로 고해하는 어느 가련한 수도사를 심하게 비웃지는 않았을 것이다. 물론 가련한 수도사처럼 겸허해지려고 그런 것이 아니라 자신의 가증스러운 삶을 뽐내고 자랑하려고 그런 것이었지만, 그들은 완전히 똑같은 일을 했다. 모두 어느 정도는 신을 향해 자신의 영혼을 높이 뱉은 것인데, 그들이 뱉은 영혼은 그들 얼굴로 다시 떨어졌다.

그런데 과도해 보이는 온갖 종류의 이 허풍 가운데 뭐라 딱히 정의 내리기 힘든 허풍 하나가 있었다. 가장 신랄하다고 할까? 아니 신랄하다는 말로는 충분하지 않은, 지극히 상스러운, 지극히 음탕한, 독한 술을 삼켰을 이 광란자들의 얼얼한 입천장에 제일 잘 어울릴 이야기였다. 그러나 이 이야기를 꺼낸 이는 이 악마들 중에서 가장 냉정한 자였다…… 사탄의 엉덩이처럼 차가운 이였다. 마녀집회 의식에서 사탄과 통정하는 마녀가 전한 바와 같이, 사탄의 엉덩이는 아무리 뜨거운 지옥 불이 가해진다 해도 아주 차갑다고 하므로. 주인공은 의미심장하게도 르니앙*이란 이름을 지닌 사람이었다. 그는 한때 사제였다가 모든 것이 해체되는 대혁명기에 사회가 혼란한 가운데 신앙을 버리고 의학을 불신하는 의사가 되어, 수많은 이의 목숨을 앗아갈지도 모를 수상쩍은 민간 의술을 몰래 행하던 자였다. 그는 교양 있는 자에게는 자기 술책을 인정했다. 하지만 도시나 근교에 사는 하층민에게는 그가 면허증과 학위가 있는 의사보다 더 많은 것을 아는 양 믿게 했다. 사람들은 그가 비방(秘方)을 쓴다고 수군거렸다. 비밀의 치료법. 어떤 것에도 들어맞지 않기에 모든 것에 들어맞는 과장된 말, 오늘날은 한낱 주술사로 치부되지만 과거에는 엄청난 영향력으로 대중의 상상력을 사로잡았던 돌팔이 의사들이 노상 떠들어대는 말, 비법! 전직 사제 르니앙은 "사람 이름 앞에 붙는 사제라는 괴상한 호칭은 고약을 만들어 정수리에 갖다 처발라도 결코 떼어낼 수 없는 두피 부스럼 같은 것!"이라며 치를 떨곤 했다. 돈을 벌자고 목숨을 앗아갈 수도 있는 비밀 약을 쓰는 게 아니었다. 그는 먹고살 만했다. 다만 그는 경험이라는 위험한 악마, 사람을 대상으로 실험을 시작하여 결국 생트크루아와 브랭

---

* Reniant: '부인하는'이라는 뜻.

빌리에*가 되는 것으로 끝나는 악마에 복종했을 뿐이다. 허가받은 의사를 경멸해서 그런 의사를 상대하려 하지 않았던 그는 자기 방식대로 약을 지어 특별한 효력이 있는 물약을 팔았다. 때로는 약병을 도로 가져오라는 조건으로 거저 주기도 했다. 그렇게 거저 준 적이 정말 많았다. 그가 어설프기만 한 건 아니어서 치료를 받은 환자들은 그에게 열광했다. 술을 마시고 탈이 나 수종이 생긴 이에게는 낯선 풀을 백포도주에 섞어 건네주었고, 농부들이 눈짓을 하면서 말하는 애 밴 처녀에게는 근심을 풀게 하는 탕약을 지어주었다. 표백되지 않은 아마빛** 얼굴로 정수리 부분에 역겨운 색조의 양초처럼 뻣뻣하고 퇴색한 금발 머리칼(사제였음을 알려주는 유일한 표징)이 둥글게 돋아난 르니앙은 중키에 냉랭하고 신중한 낯빛을 하고 있었다. 그의 옷차림은 파란 옷 색깔만 빼면 늙은 메닐그랑 씨와 똑같았다. 과묵하기 그지없었고 그나마 하는 말도 용건만 간단히 했다. 온갖 이야기가 쏟아졌던 저녁식사에서 다른 이들이 포도주를 한입에 꿀꺽 털어넣고 있을 적에 식탁 한구석에 네덜란드식 벽난로 냄비걸이처럼 단정히 앉아 포도주를 홀짝거리는 모습은 사람들의 호감을 사긴 어려웠다. 격정적인 이들은 르니앙을 자신들이 꾸며낸 가상의 포도농장 생트니투슈의 맛이 간 포도주에 빗댔다. 그러나 그 자리에서 르니앙이 진지한 태도로 자신이 제일 잘한 일은 어느 날 볼테르라는 파렴치한***에 대항해 성체 미사용 밀떡인 '면병'을 돼지들에게 던져준 것―사실 누구나 제 깜냥

---

  * 독살자를 뜻한다. 브랭빌리에 후작 부인(?1630~1676)은 자신의 친아버지 및 연인 생트크루아를 독살한 죄로 재판을 받아 처형되었다.
 ** 황색을 띠는 옅은 갈색.
*** 볼테르의 유명한 말 "파렴치를 분쇄하시오"에서 따온 것이다. 볼테르는 인간성을 굴복시키고 그것의 진보를 방해하는 것, 특히 종교에 있어서 미신, 맹신, 교의의 절대성에 기반을 둔 비관용, 신학적 논쟁을 파렴치로 규정했다.

만큼 하는 법!—이었다고 한 말은 일시에 자극적인 매력을 풍기며 사람들의 주목을 끌었다.

우레 같은 탄성이 터져 나왔다. 그때 늙은 메닐그랑 씨가 날카롭고 가는 목소리로 끼어들었다.

"신부님, 아마 마지막 성찬식 때 그랬단 말씀이겠지?"

웃음기 없이 농담을 하면서 그는 희고 가는 손을 눈가에 대고 르니앙을 보았다. 그는 몸집이 큰 두 사람 사이에 술잔을 놓고 초라하게 앉아 있었다. 그의 양쪽으로는 얼굴이 불콰하게 달아오른 랑소네 대위와 가슴이 두툼한, 군용 탄약차 같은 제6흉갑기병대 연대장 트라베르 드 모트라베르가 있었다.

"그 이전부터 성찬식을 맡지 않았소." 전직 사제가 말을 이었다. "성직을 떠나 환속했으니까. 대혁명이 한창이었지요. 여기 우리와 함께 있는 르 카르팡티에 시민이 민중의 대표자로 지방을 순시하던 때였고요. 당신은 당신이 구치소에 집어넣은 에메베스의 젊은 아가씨를 기억하시오? 미친 여자! 간질 환자 말이오!"

"아니!" 모트라베르가 말했다. "면병 더미에 여자도 섞여 있었나! 돼지들에게 여자도 주었소?" "이봐 모트라베르, 스스로 재치 있다고 생각하는 모양이지?" 랑소네가 말했다. "신부님의 말씀 좀 끊지 마. 신부님, 이야기를 마저 하시죠."

"그래요, 이야기를 이어서 하겠소." 르니앙이 말을 이었다. "그러니까 르 카르팡티에 씨, 에메베스의 그 아가씨를 기억하겠소? 이름이 테송…… 내 기억이 맞다면 조제핀 테송이오. 뺨이 통통하고 몸매가 아주 풍만한—다혈질이란 점에서 '마리 알라코크'와 같다고도 할 수 있을—여자, 올빼미 당원들과 사제들에게 피가 끓을 정도로 세뇌를 받고 광신도가 되어 미쳐버린 여자.

그녀는 사제들을 숨겨주면서 일생을 보냈지요…… 매번 사제를 구해주면서 서른 번이나 단두대에서 처형당할 위험을 무릅써야 했지요. 아, 주님의 종이시여! 그녀는 사제들을 이렇게 부르면서 집 안 곳곳에 숨겨주었죠. 침대 밑, 침대 안, 치마 속에라도 숨겼을지 모릅니다. 그들을 머물게 할 수 있는 방법만 있다면 그녀는 무슨 수를 써서라도 숨겼을 겁니다. 이런 말을 하면 악마에게 잡혀가겠지만, 그들의 면병 상자를 집어넣은 바로 그곳, 젖무덤 사이에라도 전부 쑤셔넣었을 겁니다.”

“포탄을 퍼붓는군!” 흥분한 랑소네가 말했다.

“아니죠. 포탄을 퍼붓는 게 아니라 단지 두 발의 포탄이지요. 랑소네 씨.” 환속한 늙은 자유사상가가 랑소네의 말장난을 비꼬며 말했다. “그렇지만 포탄의 지름이 대단히 컸죠.”

이 말장난은 반향이 꽤 있었다. 사람들이 요란하게 웃어젖혔다.

“여자 젖가슴은 특이한 성체함(聖體函)이지!” 의사 블레니가 몽상에 잠긴 채 말했다.

“꼭 필요한 성체함이죠!” 어느 새 냉정을 되찾은 르니앙이 말을 이었다. “그녀가 숨겨준 사제들은 하나같이 교회도 비밀 장소도 그 어떤 은신처도 없이 박해받고 추적당하고 쫓기는 처지여서 그녀에게 성체함을 보관해달라고 맡기면서, 그녀의 가슴이라면 아무도 뒤져보지 않으리라고 생각하고 그것을 바로 거기에 넣어두게 했소! ……오, 사제들은 그녀를 전적으로 믿었어요. 그들은 성녀라고 단언했고, 그녀 스스로 성녀라는 것을 믿게 만들었소. 그녀에게 신념을 불어넣으면서 순교를 갈망하게 했죠. 대담하고 정열적인 그녀는 성체함을 옷의 가슴 안에 집어넣고 오가면서 살았습니다. 비가 오건 바람이 불건, 눈이 내리건 안개가 끼건, 아무리 날

씨가 나빠도 그녀는 밤마다 위험을 무릅쓰고 죽음을 앞둔 이들에게 성체 배령을 하고자 하는 숨어 있는 사제들에게 은밀히 성체함을 갖다주었죠. ……그러던 어느 날 저녁, 로시뇰 장군*의 콜론 앵페르날에 참여했던 몇몇 사내와 나는 죽어가는 올빼미 당원 한 명이 있는 농가에서 그녀를 덮쳤습니다. 격렬한 욕정에 사로잡힌 초소의 우두머리에게서 부추김을 받은 한 사내가 그녀를 덮쳤지만, 여자를 다루는 솜씨가 모자랐던지 그녀 손톱에 얼굴을 긁히고 말았죠. 어찌나 깊이 파놓았는지, 손톱 자국이 평생 남았소! 사내는 그녀 손에 피투성이가 됐는데도 사나운 개처럼 자기가 붙잡은 것을 놓지 않았고, 그녀의 젖가슴에서 성체함을 찾아 빼앗았습니다. 내가 세어보니 면병이 열두 개쯤 되더군요. 미친 듯이 고함 지르고 버둥거리며 달려드는 여자한테 어서 그걸 돼지 여물통에 던져버리라고 했지요.

그는 곪았던 종기가 터져 몸이 낫게 된 사람처럼 그 멋진 일을 으스대며 이야기하더니 말을 멈췄다.

"그러니까 복음서에서 예수 그리스도가 악령들로 하여금 들어가게 만든 돼지님들**의 원수를 갚은 셈이로군요." 늙은 메닐그랑 씨가 빈정거리는 투로 소리 높여 말했다. "돼지님들의 몸에 악령 대신 성체를 집어넣으셨군. 눈에는 눈, 이에는 이로 대응하셨네."

"그런데 돼지님들, 아니 그것을 먹은 애호가들이 소화불량에 걸렸나, 르니앙 씨?" 르에라는 이름의 흉측한 부르주아, 입버릇처럼 만사에는 그 끝을 염두에 둘 필요가 있다는 말을 자주 하곤 하는 중간치 고리대금업자

---

* Jean-Antoine Rossignol(1759~1802) : 혁명기의 장군. 방데 전쟁 당시 반혁명파를 제거하기 위해 튀로(Louis Marie Turreau, 1756~1816) 장군이 수행했던 콜론 앵페르날('지옥 기둥들'이라는 뜻) 작전에 참여했다.
** 마르코 복음서 5장, 1~20절, 누가복음 8장, 26~39절에 나오는 이야기.

가 정중하게 물었다.

상스러운 신성모독의 파도가 잠시 잦아든 듯했다.

"한데 메닐, 자넨 왜 르니앙 신부 이야기에 일언반구도 없나?" 어떤 구실을 대서라도 메닐그랑의 성당 방문 이야기를 거론할 틈을 노리던 랑소네 대위가 말을 꺼냈다.

그때까지 메닐은 입도 뻥긋하지 않았다. 식탁 가장자리에 팔꿈치를 올리고 턱을 괸 채, 그는 이 인정머리 없는 무신론자들이 지껄이는 온갖 악담을 흥분하거나 분개하지도 않고 별로 끌리지 않는다는 듯 그저 덤덤하게 듣고만 있었다…… 그는 이런 말들을 허구한 날 듣는 환경에서 살았다! 인간에게 환경은 거의 운명과 같다. 중세라면 메닐그랑 기사는 신앙심에 불타는 십자군의 병사였으리라. 그러나 그는 19세기 나폴레옹 보나파르트의 군인이었고 신을 믿지 않는 아버지 탓에 신 이야기는 전혀 들어본 적이 없었던 데다, 특히 스페인에 주둔했을 당시 부르봉 총사령관의 병사들이 로마를 함락했을 때만큼이나 아무 거리낌 없이 수많은 불경을 저지르던 군대에 소속된 바 있기도 했다. 다행히 환경은 평범한 영혼이나 천재에게만 숙명적일 뿐이다. 정말 강한 인물에게는 아주 미약한 것일지언정 환경에서 벗어나고 그 전지전능한 환경의 작용에 저항하려는 무언가가 있기 때문이다. 메닐의 내면에는 그런 불굴의 요소가 숨겨져 있었다. 그날 그는 아무 말 없이 자기 앞에서 지옥의 역청마냥 부글거리며 도는 불경한 소용돌이의 진창을 청동상같이 초연하게 받아들이려 했다. 그러나 끝내 랑소네의 시비에 휘말리고 말았다.

"내가 무슨 얘기를 하길 바라나?" 메닐은 우울해 보이리만치 맥 빠진 어투로 말했다. "르니앙 씨가 해준 멋진 이야기가 자네가 탄복할 만큼은 아니었나 보군! 르니앙 씨가 정말 복수하는 하느님, 살아 있는 하느님으로 믿으면서 당장 벼락을 맞거나 훗날 지옥에 떨어질지도 모를 위험을 무릅쓰고 돼지에게 면병을 던진 거라면 최소한 죽음보다 더한 경멸을 각오하고 한 짓이겠지. 정말 하느님이 있다면, 그는 영원히 가혹한 형벌에 처해지고 말 테니까. 아마 경박한 허세에서 한 일이었겠지만 아무튼 자네 정도의 허세에 찬 두뇌를 유혹할 만큼은 되는 허세 같은데! 그런데 말이야, 일이 실제로 그렇게 멋지진 않았던 거지. 르니앙 씨는 그 면병이 하느님이라고 믿지 않았거든. 추호도 그렇게 생각하지 않았단 말일세. 그 면병, 하느님께 바쳐진 그 빵조각은 한낱 어리석은 미신에 지나지 않았던 거지. 이보게 랑소네, 르니앙이나 자네에게 성체함에 든 면병을 꺼내 돼지 여물통에 집어 던진 행동은 밀봉한 코담배 갑이나 빵 봉지를 여물통에 던져버린 것과 다를 게 없는, 영웅적이랄 게 전혀 없는 일이란 걸세."

"흠! 흠!" 이번에는 늙은 메닐그랑이 말을 했다. 생각이 일치할 때나 그렇지 않을 때나 늘 관심 깊게 아들의 말을 경청하던 그가 의자에서 몸을 당겨, 아들이 정확히 조준해 권총 한 발을 쏘는 장면을 보기라도 한 듯 손을 모자의 챙처럼 머리에 대고 아들 쪽으로 크게 인기척했다. "흠! 흠!"

"그러니까 말일세, 랑소네." 메닐이 말을 이었다. "뭐랄까…… 음란한 말만 있을 뿐이지. 하지만 내가 아름답다, 아주 아름답다고 생각한 건, 여러분, 저도 대단치는 않다고 여기지만, 르니앙 씨 당신이 테송이라 부르는 아가씨입니다. 그녀는 자신이 하느님이라 믿는 것을 가슴에 지니고, 제 순결한 젖가슴을 온전히 순수한 하느님의 감실(龕室)로 만들었지요. 그녀는 온갖 저속한 말과 생명의 위험을 들이마시고 체험하며 침착하게 헤쳐나갔지요. 하느님과 감실과 제단을, 어느 때고 자신의 순수한 피가 뿌려질 수도 있는 제단을 그 대담하고 열정적인 가슴에 힘겹게 품은 채 말입니다! ……나를 포함해서 랑소네, 모트라베르, 셀륀, 이보게들, 우리는 모두 황제를 가슴에 품었기에 황제로부터 레종도뇌르 훈장을 받은 것 아닌가, 그리고 그 덕에 싸움터에서 더 용기를 낼 수 있었던 게 아닌가. 하지만 그녀가 가슴에 품은 건 이미지가 아니라 실체였다네. 만질 수 있고 주고받을 수 있고 먹을 수도 있는, 그녀가 목숨을 걸고 내준 건 하느님을 갈망하는 사람들에게 가져가는 실질적인 하느님이었단 말일세! 자, 진심으로 말하건대, 나는 그것이 숭고하기 그지없는 일이라고 보네…… 나는 자신의 하느님을 맡겼던 그 사제들과 똑같이 그 아가씨를 생각하네. 그녀가 어떻게 됐을지 참 궁금해. 아마 죽었겠지. 어쩌면 어느 촌구석에서 비참한 삶을 사는지도 모르고. 확실한 건, 내가 그녀를 만나게 된다면, 내가 설령 프랑스 총사령관이고 그녀는 진창에서 맨발로 먹을 걸 찾고 있는 거지라 하더라도, 나는 말에서 내려 그 고결한 아가씨에게 무릎 꿇고 예를 표하겠네, 하느님께서 정말로 그녀 가슴에 계신 듯, 모자를 벗고 정중히 하겠네! 앙리 4세도 가난한 사람에게 가져가던 성체 앞에서, 내가 하겠다는 것보다 더 감격적으로 진창에 무릎을 꿇지 않았던가."

그는 이제 턱을 괴고 있지 않았다. 이미 고개를 뒤로 젖힌 상태였다. 무릎을 꿇겠다고 할 때 그는 괴테의 시에 나오는 코린트의 신부처럼 의자에서 일어나지도 않았는데 상반신이 천장까지 자란 듯 커 보였다.

"말세군, 말세야!" 모트라베르가 꽉 쥔 주먹을 망치처럼 내려쳐 복숭아씨를 깨면서 말했다. "이제는 경기병 연대장이 여자 신자 앞에 무릎을 꿇겠다고!"

"그러게 말이야." 랑소네가 말했다. "기병대 앞에 선 보병대처럼, 다시 일어서서 적군의 배를 밟고 지나는 거라면 모를까! 기도문 외는 여자, 성체 받은 여자가 불쾌한 정부도 아니고. 우리에게 행복을 주고 행복을 나누는 정부와 달리 그런 여자들은 영원히 벌을 받고 있다고 생각하니까.

하지만 모트라베르 연대장, 군인에게 종교에 미친 여자를 유혹하는 것보다 더 나쁜 것이 있어. 기병용 칼을 차고 다니던 자가 겁쟁이 민간인처럼 독실한 신자가 돼버리는 게 그런 거지! ……여러분, 제가 지난 일요일, 저물 녘에 바로 지금 이 자리에 있는 지휘관 메닐그랑과 딱 마주쳤소. 어디서 그랬을까?"

모두 말이 없었다. 다들 골똘하게 생각하다 랑소네에게 일제히 눈길이 쏠렸다.

"내 칼을 걸고 맹세하건대!" 랑소네가 말했다. "메닐과 마주친 건……아니 내가 장화를 신고 예배당에 가서 똥이나 묻히고 다닐 그런 놈은 아니잖소, 마주친 게 아니라 사실은 메닐이 광장 모퉁이 나지막한 문 아래로 허리를 굽혀 성당 안으로 미끄러지듯 들어가는 걸 보지 않았겠소. 메닐 뒷모습을 얼핏 보고 뒤쫓았지요. 어찌나 놀랐는지, '이럴 수가, 저런, 헛것을 봤나?' 하고는 '어, 분명 메닐그랑인데! ……그가 대체 성당에 뭘 하러 가나?' 하고 중얼거렸지요. ……스페인 성당의 악마 같은 여신도와의 애정을 다루던 옛 소극 생각이 퍼뜩 머리에 떠올랐소. '설마! 아직도? 빤하지만 또 여자 탓이로군. 좋아, 이 친구 뭘 하려는지 알아내지 못한다면, 악마가 발톱으로 내 눈을 뽑아버려도 좋아!' 이러고는 그들의 미사 가게로 들어갔지요. ……불행히도 그곳은 지옥의 아가리처럼 컴컴하더이다. 무심코 걷다 무릎 꿇고 주기도문을 중얼대는 노파들에게 발이 걸려 넘어질 뻔했는데, 앞에 뭐가 있는지 도통 분간할 수 없었고 기도하는 독실한 노파들의 몸뚱이와 어둠이 뒤섞인 그 지옥 같은 곳에서 더듬다시피 해서, 이미 측도를 따라 빠져나가고 있던 메닐을 붙잡았죠. 그런데 글쎄 그가 내게 그 생지옥 같은 성당에 무얼 하러 간 건지 말하지 않겠다지 뭡니까? ……그래서 오늘 나는 여러분에게 해명을 요구하도록 그를 고발하는 바입니다."

"자, 말해, 메닐. 무죄를 증명해봐. 랑소네에게 대답하라고." 식당 구석구석에서 고함이 들렸다.

"내 무죄를 증명하라고?" 메닐이 당당하게 말했다. "내가 좋아서 한 일에 무죄를 증명해야 할 이유가 있나? 대낮에 공공연히 펼쳐지는 종교재판을 비판하던 여러분이 지금 거꾸로 종교재판을 하겠단 거요? 나는 그냥, 일요일 저녁에 성당에 가고파서 간 거뿐인데."

"그런데 왜 그런 생각이 들었지?" 모트라베르가 말했다. 만약 악마가 논리학자라면 흉갑기병 연대장인 그 또한 논리학자일 것이다.

"아, 그래!" 메닐그랑이 웃으며 말했다. "뭐 하러 갔더라…… 고해하러? 어쨌든 고해실 문을 열긴 했네. 하지만 랑소네 자네가 내 고해가 너무 길다고 뭐라 할 건 없잖아……"

식탁에 둘러앉은 그들은 메닐이 자신들을 농락하고 있다는 것을 또렷이 알아차렸다. 하지만 이렇게 희희낙락하는 데에는 신경을 자극하는 불가사의한 뭔가가 들어 있었다.

"자네가 고해를 했다고? 엄청 화끈한 이야기네! 그럼 자넨 이미 거기에 귀의하기라도 했단 건가?" 문제를 심각하게 받아들인 랑소네가 얼빠진 표정으로 서글프게 말했다. 그러곤 생각을 이리저리 굴리더니 뒷발로 곧추선 말처럼 몸을 뒤로 젖혔다. "말도 안 돼!" 그가 소리쳤다. "그럴 리 없어! 있을 수 없는 일이야! 여러분, 기병대 대장 메닐그랑이 늙은 할망구처럼 사제의 초소 안에서 보조의자에 두 무릎을 모으고 격자 창문에 코를 박고 고해를 하다니? 내 머리로는 도저히 상상도 못할 광경이군. 차라리 수만 발의 총탄 세례를 받고 말겠어!"

"자네, 대단해, 정말 고마워." 메닐그랑이 어린 양처럼 온화하게 비아냥거리며 말했다.

"진지하게 이야기하세." 모트라베르가 말했다. "나 역시 랑소네와 똑같네. 이봐, 메닐, 자네같이 훌륭한 남자가 독실한 신자인 척하다니 절대로 믿을 수가 없네. 죽음의 순간에도 자네 같은 사람들은 성수통(聖水桶) 안에서 겁을 먹고 펄쩍 뛰어오르는 개구리처럼 굴진 않을 거잖아."

"죽을 때 어떻게 할지, 여러분은 아시오?" 메닐그랑은 천천히 대답했다. "하지만 나는 저승으로 떠나기 전에 위험을 무릅쓰고라도 기병대 승마용 전대(纏帶)를 만들어놓고 싶소."

기병 장교들에게 익숙한 이 말이 무척 엄숙하게 들려서, 권총이 방금 발사되어 요란한 소리를 내고선 방아쇠가 부서진 것처럼 침묵이 흘렀다.

"그건 그렇고……" 메닐그랑이 말을 이어갔다. "보아 하니, 여러분은 전쟁으로 망가진 우리의 지난 인생 탓에 나보다 훨씬 멍청해지셨군…… 여러분이 마음으로 믿으려 하지 않는데 무슨 말을 하겠소. 랑소네 자네, 자네 친구인 이 메닐그랑이, 자네 자신만큼이나 무신론자라 믿던 이 메닐그랑이 요 전날 저녁 왜 성당으로 들어갔는지 그토록 알고파 하니, 알려주도록 하지. 다 사연이 있어. 하느님을 믿지 않는 자네라도 이 사연을 들으면 왜 내가 거기로 들어갔는지 이해하게 될 걸세."

그는 자신이 하려는 말에 엄숙함을 부여하기라도 하듯 잠시 숨을 멎더니 말을 이어갔다.

"랑소네, 자네가 스페인 이야기를 했지. 그래, 그 스페인에서 일어났던 일이야. 자네들 중 몇 사람은 1808년부터 제정을 무너뜨리고 우리 모두를 불행에 빠트린 비운의 스페인 전쟁에 참전했던 걸로 아네. 그때 참전했다면 그 전쟁을 잊을 수 없겠지. 여담이지만, 셀륀 소령, 자네는 다른 사람만큼은 아니더라도 전쟁의 기억이 자네 얼굴에 지워지지 않을 만큼 깊게 새겨져 있지 않나."

　늙은 메닐그랑 씨 옆에 앉은 셸륀 소령은 메닐과 마주하고 있었다. 장대하고 늠름한 군인 풍채의 남자로 기즈 공작이라기보다 발라프레*라고 하는 게 나을 만했다. 왜냐하면 스페인 전방 초소에서 근무할 때 휘어진 칼에 얼굴을 심하게 베인 상처가 어찌나 엄청나게 큰지, 왼쪽 관자놀이에서 코를 지나 오른쪽 귀까지 비스듬히 깊게 패어 있었기 때문이다. 보통의 상태라면 얼굴에 제법 고결한 효과를 주는 것으로 그쳤겠지만 당시 군의관은 다급해서인지 서툴러서인지 벌어진 상처 부위를 엉성하게 봉합하고 말았다. 전쟁이 한창이었기에 불편을 감수해야 하는 법이다. 부대는 진격하는 중이었고 상처의 응급 처치가 급선무였던 터라 봉합된 상처 한쪽에 손가락 두 개 폭만큼 삐져나온 살을 가위로 잘라버렸는데, 이 때문에 셸륀의 얼굴에는 살짝 파인 홈이 아닌 끔찍한 골짜기가 생겨나게 됐다. 소름이 끼치는 상처였지만 누가 뭐래도 웅장해 보였다. 그 상처는 욱하는 성미의 셸륀이 화를 내기라도 하면 피가 쏠려 붉어졌고, 구릿빛으로 그을린 얼굴을 가로지르는 넓고 붉은 띠처럼 보였다. "자네는 2등급 레종도뇌르 훈장을 달기 전에 얼굴에 먼저 훈장을 받았구먼. 하지만 조용히 기다리게. 가슴에도 훈장을 달게 될 걸세."

　훈장은 가슴으로 내려오지 않았다. 제정이 그 전에 막을 내렸던 것이다. 셸륀은 훈장 없는 기사가 되었다.

---

* 16세기 프랑스 최고의 권문세가였던 기즈 가문의 프랑수아 드 로렌 기즈와 그의 아들 앙리 드 로렌 기즈의 별명이다. 구교도를 이끌고 위그노 전쟁을 치르다 1563년 오를레앙 근처에서 신교도(위그노)에게 암살된 아버지 프랑수아는 젊은 시절 이탈리아 원정 중에 이마에 상처를 입은 탓에 '발라프레'(le Balafré: 얼굴에 칼자국이 있는 사람)라고 불렸다. 그의 맏아들 앙리도 아버지를 따라 참가한 위그노 전쟁에서 얼굴에 부상을 입어, 아버지처럼 '발라프레'라고 불렸다.

"자! 여러분," 메닐그랑이 말을 계속했다. "우리는 스페인에서 아주 잔혹한 일을 목격했어요. 그렇지 않나요? 우리가 그런 일을 저지르기도 했고. 하지만 내가 지금부터 여러분에게 이야기하려는 것보다 더 혐오스러운 일을 본 적이 없을 겁니다."

"나는 말일세." 셸륀이 하찮은 일에 신경 쓰지 않으려 하는 완고한 노인네처럼 거들먹거리며 태평하게 말했다. "나는 어느 날 수녀 80명이 두 개 중대에 실컷 능욕당한 뒤 반쯤 죽은 상태로 우물에 차곡차곡 내던져지는 광경을 보았네."

"병사는 난폭하지!" 메닐그랑이 차갑게 말했다. "하지만 내 이야긴 세련된 장교에 관한 것일세."

그는 술잔을 들어 입술을 축이고 식탁을 포위하듯 하나하나 둘러보았다.

"여러분, 여러분 중에 혹시 이도프 소령을 아는 사람 있소?" 그가 물었다.

아무도 대답하지 않았다. 랑소네만 "나!" 하고 말했다.

"이도프 소령, 알지! 제기랄! 제8용기병에서 함께 근무했어."

"자네가 그를 알고 있다니 말하겠네." 메닐그랑이 말을 이었다. "그 자만 알았던 것은 아닐 거야. 그는 보란 듯이 한 여자를 데리고 제8용기병 연대에 도착했지."

"'푸디카'*라는 별칭으로 불렸던 로잘바, 그 유명한……" 랑소네가 말했다. "그는 이 이름을 노골적으로 입에 올렸지."

"그래." 메닐그랑이 생각에 잠긴 듯 다시 말을 잇기 시작했다. "그

---

* '얌전한, 수줍어하는'의 뜻.

여자는 정부라 하기엔 그런, 특히 이도프 소령 정부라 보기엔 어려운 여자였소. ……이도프는 그녀를 이탈리아에서 데려왔다고 했소. 스페인으로 오기 전 이탈리아 예비군 부대에서 대위로 있을 때 말이오. 랑소네, 여기서 자네만 이도프 소령을 아니까 이 양반들에게 그를 소개하도록 허락해주게. 그녀를 십자가형으로 매달고 참 유난스럽게 제8용기병 연대로 온 이 괴짜 사내가 어떤 자였는지 대충이라도 알아야 할 테니까…… 알고 보니 그는 프랑스 출신이 아니었어요. 프랑스에겐 오히려 다행이죠. 일리리아*인지 보헤미아인지 하는 데에서 태어났다는데, 확실하진 않고. ……하긴 어디서 태어났건 그는 기이한 사람이었죠. 어디에나 국외자는 다 그렇지만. 누구라도 그를 보면 여러 인종이 섞인 혼혈이라 했을 거요. 그는 자신이 그리스 출신이므로 이도프란 이름을 그리스식으로 '아이도브'로 발음해야 한다고 했고, 사람들은 으레 수려한 외모를 보고 그렇구나 하고 믿을 정도였지. 나 원! 군인치고는 지나치게 잘생겼으니까. 그런 얼굴이라면 누가 망가뜨리지 않을까 걱정하는 게 당연지사일 테지, 안 그런가? 그런 사람들은 걸작에 갖는 존경심을 자신에게도 품게 마련이죠. 하지만 걸작이라 해도 남들과 똑같이 싸움터로 나가야 했어요. 이도프 소령에 관해 말할 수 있는 건 이게 다였소. 그는 그저 자신이 해야 할 일만 할 뿐 그 이상은 하는 법이 없었으니까. 황제가 '신성한 불'이라 불렀던 그런 열정이 없었죠. 난 그의 수려함은 분명 인정해요. 하지만 그 빛나는 용모에 감춰진 짓궂은 모습을 보았소이다. 여러분 같으면 절대 안 가겠지만 나는 미술관엘 가곤 하오. 한데 어느 날 미술관을 거닐다 이도프 소령과 꼭 닮은 조각상과 마주친 적이 있어요. 안티노우스**의 흉상 중 한 개

---

* 아드리아 해 동쪽, 오늘날의 발칸 반도 서쪽 지방.
** 로마 황제 하드리아누스의 총신. 하드리아누스 황제가 사후에 그를 신격화할 만큼 사랑하

가…… 깜짝 놀랄 정도로 똑같았죠! 조각가의 기발한 착상 탓인지 악취
미 탓인지 대리석 동공 부위에 에메랄드를 박은 흉상이 꼭 이도프 얼굴
같았소. 하얀 대리석 대신 소령의 바다 같은 푸른 눈동자가 짙은 올리브
색으로 바뀌며 나무랄 데 없이 훌륭한 각도로 빛났지만, 우울한 저녁별
같은 희미한 눈빛 속에 관능적으로 깃들어 있는 건 엔디미온*이 아니라
호랑이였지요. 하루는 그것이 깨어나는 것을 보았소. 이도프 소령의 머리
칼은 갈색이었고 수염은 금색이었소. 좁은 이마 주위에서 관자놀이까지
숱 많은 흑발 머리칼이 곱슬곱슬했고, 길고 비단처럼 부드러운 콧수염은
검은 담비의 엷은 황갈색, 거의 노란색에 가까운 금색이었지. 머리칼과
수염 색이 다른 것은 배반이나 배신의 징후라고들 하지요? 이 소령도 훗
날 배반자가 되고, 다른 많은 이처럼 황제를 배반할 운명이었을 게요. 다
만 시간이 모자랐을 뿐이죠. 제8용기병 연대로 부임했을 때 그는 교활한
사람에 불과했겠지요. 물론 교활한 인간을 가려내는 데 정통한 영리한 수
바로프 노인의 눈을 피해갈 만큼 교활한 건 아니었을 테지만…… 동료들
사이에서 오명이 돌기 시작한 게 이런 태도 탓이 아니었을까? 아무튼 얼
마 지나지 않아 그는 연대에서 가장 미움을 받는 존재가 되었죠. 나라면
그런 잘생긴 얼굴보다는 내가 아는 사람들의 못생긴 용모가 훨씬 좋지만,
잘생긴 얼굴로 거들먹거리던 그는 끝내, 군대에서 하는 말로, 뭐랄까, 랑
소네가 좀 전에 입에 올렸던 로잘바를 비추는 거울에 불과한 듯했지요.
이도프 소령은 서른다섯 살이었습니다. 알다시피 어떤 여자이건 간에 심
지어 아무리 자존심이 강한 여자라도 미남한테는 마음이 끌리는 법이잖아

던 동성 연인이었다. 황제를 따라 지중해 전역을 수차례 여행했으나 이집트 방문 도중 나
일 강에서 익사했다. 하드리아누스는 그를 위해 제국 전역에 신전을 세웠다.
* 그리스 신화에 나오는 아나톨리아(소아시아)의 카리아 지방의 양치기 미소년.

요. 이게 여자들의 문제점이죠. 이도프 소령도 여자들에게 끔찍이 환대를 받고 그녀들이 옮기는 온갖 악덕에 물들었을 거요. 게다가 그는 여자들에게서 옮은 것도 아니고 서로 물드는 것도 아닌, 갖가지 나쁜 습관을 가지고 있다고들 했어요. 물론 그 시절 우리는, 랑소네, 자네라면 이렇게 말했겠지만, 독실한 신자 행세를 하는 자는 아니었지요. 심지어 우리는 꽤 사악한 인물, 노름꾼, 방탕아, 호색한에 걸핏하면 결투를 했고 술주정뱅이가 되어 온갖 방식으로 돈을 써버리는 그런 남자였소. 우리는 그에게 까다롭게 굴 권리가 거의 없었죠. 그런데! 당시에 우리도 그랬지만, 그는 우리보다 훨씬 더 나쁜 남자로 통했지요. 우리가 아무리 악마 같았어도 차마 할 수 없는 일이 그리 많지는 않더라도 한두 개는 있었어요. 하지만 그는 못할 게 없었죠—사람들이 그렇다고들 하더군요. 제8용기병 연대는 내 소속이 아니었어요. 그 부대의 장교들을 알고 있었을 따름이지. 그들은 그에 관해 가혹하게 말했어요. 그들은 그가 상관에게 비굴하고 품위가 낮고 속된 야심을 품고 있다고 비난했지요. 그의 성격을 의심하거나 심지어 그가 밀정 노릇을 하지나 않을지 수상히 여기기까지 했지요. 부지불식간에 퍼져 나가는 이런 의혹을 막고자 두 번이나 단호히 싸웠음에도 그 소문을 잠재울 수 없었소. 이 남자 주변에 낀 안개를 걷어낼 수가 없었던 거요. 갈색 머리칼과 금색 수염을 한 얼굴—이는 참 드문 경우랄 수 있지—처럼 그는 여자와 도박이란 두 분야에서 묘한 운이 따랐지만 그런 운—이 또한 일반적인 경우는 아니지—으로 비싼 대가를 치러야 했지요. 그러한 성공, 로칭 공* 같은 풍모, 질투를 불러일으키는 미(美) 앞에

---

* Antoine Nompar de Caumont Lauzun(1633~1723): 루이14세의 해외 용기병 대령으로 출발하여 왕의 경호대장이 되었다. 1690년 아일랜드에서 프랑스 군대를 지휘했고, 1692년 공작 작위를 받았다.

서는 — 추한 용모가 문제될 때 남자는 강하고 냉정한 척하면서 자신의 말[馬]이 놀라지 않았으니 그럭저럭 괜찮은 얼굴이라 자위하게 되는 법이지만 — 남자도 서로를 시샘하는 여자처럼 비열하고 비겁하게 질투하기 마련이지요. 사람들이 그에게 반감을 품었던 것도 다 이런 데 원인이 있었던 게요. 증오에서 생겨난 이 반감은 경멸의 형태를 띠게 마련이었소. 아마 증오를 경험해본 자라면, 경멸이 증오보다 더 모욕적이란 사실을 알 거외다! ……꼭 확증해야 마땅한, 그러나 딱히 이도프를 '위험하고 너절한 놈'이라고 확증할 만한 게 없었음에도 사람들은 그를 증오했소. 사람들의 수군거림이 얼마나 자주 들려왔는지 모르오. 여러분에게 이야기를 하는 지금 이 순간까지도 나로선 이도프 소령이 과연 사람들 이야기처럼 정말 그런 인간인지 확신이 서지 않아요…… 하지만 빌어먹을! (메닐그랑은 공포와 활기가 기묘하게 뒤섞인 목소리로 말했다.) 나는 사람들이 말하지 않았던 것, 그의 과거, 그때 그가 어떠했는지를 잘 알고 있는데, 내게는 그것으로 충분하지요!"

"우리도 그거면 충분할 걸세." 랑소네가 활기차게 말했다. "제길! 한데 먼저 해명해야 할 건 자네 아닌가? 자네가 일요일 저녁에 성당으로 들어간 것하고, 성체 안치대의 황금과 귀금속을 집어 방탕한 제 여자한테 패물로 줬을, 스페인을 비롯해 전 세계의 크고 작은 성당을 죄다 털고도 남았을 제8용기병 연대의 그 빌어먹을 소령이란 작자하고 도대체 무슨 상관이란 말인가?"

"대열에서 벗어나지 마, 랑소네!" 메닐이 마치 대대의 작전을 지휘하기라도 하는 듯 위엄 있게 말했다. "제발 잠자코 있어! 자네는 여전히 성미가 급하군 그래. 아무데서나 적의 면전인 양 조발거릴 텐가? 내 방식대로 이야기를 끌고나가도록 그냥 내버려두게."

"좋아! 그래 진군해보셔!" 격정적인 연대장이 말했다. 냉정을 되찾으려는 듯이 그는 피카르당* 한 잔을 꿀꺽 마셨다. 그러자 메닐이 말을 이었다.

"이도프를 따라온 여자는 정부일 뿐 그자의 성을 취하진 않았소. 하지만 사람들은 너나 할 것 없이 그녀를 이도프의 아내라고 불렀죠. 그녀가 아니었다면 이도프 소령은 분명 제8용기병 연대의 장교들과 거의 어울리지 않았겠지요. 하지만 사람들은 그와 같은 남자에게 매달려 있는 것에서 그 여자의 됨됨이를 완전히 추측할 수 있었소. 그녀 덕분에, 그녀가 없었다면 텅 비었을 소령 주변에 적막한 분위기가 만들어지지는 않았던 거죠. 나는 여러 연대에서 그런 경우를 목격했소. 한 남자가 의심을 받고 신용을 잃게 되면, 누구나 그와는 직무상 관계만 맺으려 할 뿐 가까이 지내려 하지 않는 법이죠. 악수조차 하지 않으려 했죠. 장교들이 드나드는 카페, 어떤 냉정한 마음도 훈훈함으로 누그러뜨리는 분위기 좋은 카페에서조차 사람들은 거리를 두고, 폭발하기 직전까지는 억지로 정중한 태도를 보이는 법이잖소. 틀림없이 소령의 경우도 마찬가지였을 거요. 그러나 여자란 악마의 자력을 지녔지요! 소령만 있었다면 그자를 만나지 않았을 사람들도 그녀를 보고 그를 만났으니까요. 카페에서 자기 여자를 동반하지 않은 장교에게는 슈니크** 한잔 제공하지 않았을 이들도 그의 반쪽을 생각하면서 혹시나 집으로 초대받아 그녀를 볼 수 있지 않을까 하는 속셈으로 이도프에게 한잔 내곤 했어요…… 철학자가 종이에 끼적이지 않아도 남자의 가슴속에는 일찌감치, 여자란 '열번째 연인을 사귀게 되면 첫번째 연인은 까마득히 잊는 법'이라는 악마의 격려 같은 도덕 산술 비례가

---

 * 랑그도크 지방의 포도 묘목 피카르당의 포도로 만든 백포도주.
** schnick: 품질이 나쁜 증류주, 화주.

새겨져 있기 마련인데, 이건 소령의 아내로 불리던 그녀에게 딱 들어맞는 말 같았소. 그녀로선 그에게 몸을 맡겼으니 다른 남자에게도 몸을 맡길 수 있었던 거죠. 그래요! 모든 이가 다른 남자가 될 수 있었지요. 아주 짧은 기간이지만 제8용기병 연대에선 누구나 후안무치의 내색을 표하지 않고서도 이런 기대를 품을 수 있었죠. 여자한테서 직감을 느낄 줄 알고, 여자를 둘러싼 갖가지 향긋하고 하얀 장막을 헤치고 들어가 여자의 진정한 냄새를 맡을 줄 아는 모든 남자에게 로잘바는 곧장 타락한 여자 중에서 가장 타락한 여자로, 죄악의 관점에서 볼 때 타의 추종을 불허하는 여자로 받아들여졌으니까요!

절대로 그녀를 비웃고 헐뜯으려는 게 아니오. 그렇지 않나, 랑소네? 자네도 아마 그녀와 관계를 가졌을 테지. 그랬다면 이제는 그것이 얼마나 빛나고 매혹적인 악덕의 결정체였는지 알 거야! 소령이 그녀를 어디서 데려왔을까, 도대체 그녀는 어디서 태어났을까…… 너무 젊지 않나? 이런 의문점을 감히 먼저 꺼내려는 자가 없었지. 하지만 그 우물거림도 오래 가지 않았지. 그녀가 제8용기병 연대에만 불을 지른 게 아니었거든. 내가 소속된 기병연대, 랑소네, 자네 기억할 걸세, 우리가 속한 원정군의 참모부에도 죄다 불을 질렀잖아. 그가 지른 불은 예사롭지 않은 규모로 금세 번졌소. 우리는 장교들의 정부로 있던 숱한 여자를 봐온 터였소. 사치를 감당할 능력이 있는 유능한 장교를 따라 이리저리 여러 연대를 전전하곤 하는 여자를. 연대장들은 더러 당사자가 되기도 하면서 이런 악습을 묵인해주었소. 하지만 로잘바처럼 처신하는 여자는 상상도 못했소. 우리는, 글쎄, 그 아가씨란 게, 아름답지만 항상 거의 비슷한 유형의 단호하고 대담하고 거의 남성적이고 뻔뻔하고, 대개 웬만큼은 정열적이고 어딘지 선머슴 같은 아가씨들, 장교들이 이따금 변덕을 부려 제복을 입히기도 하는데, 그 경우 매우 요염하고 관능적으로 보이는 갈색 머리칼 미녀들에게 익숙해져 있었소. 장교들의 정숙한 본처들은 모두 군대 사회에서 살아가기 때문에 공통적으로 특별한 어떤 것에 의해 여느 여자들과 구별되죠. 물론 정부들이라면 이 어떤 것이 아주 다르게 나타나긴 하지만요. 한데 이도프 소령의 로잘바는 우리에게 익숙한 부대 주변의 모험적인 여자나 연대를 어슬렁거리는 여자들과 전혀 달랐어요. 한눈에 봐도 키가 크고 얼굴이 새하얀—여러분이 곧 알게 되겠지만 계속 그런 건 아닌— 젊은 아가씨였어요. 머리숱이 풍성한 금발이었고. 이게 다요. 큰 소리로 떠들 만한 게 없었소. 낯빛이 희긴 해도 여자란 모두 피부 아래로 싱싱하고 건강한 피가 흐르므로 유별나다고 할 정도는 아니었소. 그녀의 금발은 내가 만나본 몇몇 스웨덴 여자의 금발처럼 눈부신 금발도 아니었지요. 스웨덴 여자는 황금빛 금속성 광채가 나고 잿빛 호박(琥珀)의 부드럽고 나른한 색조가 느껴지잖소. 그녀는 카메오 장신구 같은 얼굴이라 할 고전적인 얼굴이었지요. 하지만 늘 정확하고 조화로운 표정을 하고 있어서 열정적인 자들에게는 굉장히 짜증나게 보이는 그런 얼굴이었소. 그 상태를 받아들이든 말든 확실히 그녀는 전체적으로 봐서 누구나 아름다운 아가씨라 부를 만한 여자였소. ……하지만 그녀가 우리에게 마시도록 부추긴 그 미약(媚藥)은 그녀의 미모에 있지 않았소. 외려 다른 데 있었지요. ……여러분이 결코 추측하지 못할 곳에…… 순결한 존재에 부여해야 할 그런 무구한 이름, 흰색 장미라는 뜻의 로잘바라는 터무니없는 별명도 모자라서 순결한 여자라는 의미의 푸디카라는 별명이 더해지기까지 한 그 엄청난 음란성에 있었소!"

"마찬가지로 '얌전한 남자'라 불리던 베르길리우스 역시 '코리돈 아르데바트 알렉심'*이란 말을 썼지요." 라틴어를 잊지 않은 르니앙이 넌지시 말했다.

"한데 로잘바라는 별명은 절대 우리가 지어낸 게 아니오. 물론 반어적인 것도 아니고. 자연이 창조해낸 장미에 새겨진, 애당초 그녀의 이마에서 읽을 수 있는 것이었거든요." 메닐이 말을 계속했다. "로잘바는 놀랍도록 순진함을 풍기는 외모뿐 아니라 확실히 수줍음을 보이는 성격을 지녔죠. 비록 나중에는 그렇지 않았지만 그래도 천사의 눈길 밑에서 얼굴을 붉히는 천상의 동정녀처럼 순수해 보였거든요. 세계는 미친 악마의 작품이라고 말한 자가 누구였지? — 틀림없이 영국인일 테지 — 광기가 폭발하는 상태에서 로잘바를 창조한 건 분명 그 미친 악마의 짓일 거요. 자신을 위해 악마의 즐거움을 만들고 수줍음 속에 관능을 넣고 뒤이어 관능 속에 수줍음을 넣어 푹 익혀, 소멸되게 마련인 남자에게 한 여자가 줄 수 있는 지옥의 스튜를 만들고 거기에 천상의 양념을 뿌린 자 말이오. 수줍어하는 로잘바의 몸가짐은 단순히 관상학적으로는 설명할 수 없는 것이에요. 그러니까 그녀는 라바터*의 체계를 송두리째 뒤엎을 만했소. 아니 그녀에게 수줍음은 그 외모에서만 드러나는 게 아니라 겉과 속에서 동시에 나오는 것이었지요. 소름이 돋는 피부뿐 아니라 핏속에서도 떨고 가슴이 두근거려 했지요. 그 수줍음은 위선도 아니었소. 로잘바의 악덕은 미덕에 위선적인 방식으로 경의를 표하는 법이 없었소. 어떤 경의도 표하지 않았죠. 정말 진실했지요. 로잘바는 관능적이었고 또 정숙했어요. 가장 놀라

---

* Corydon ardebat Alexim: 고대 로마 시인 베르길리우스(Maro Publius Vergilius, BC 70~BC 19)가 쓴 「전원시」에 나오는 내용. '목동 코리돈이 알렉시스에게 몸이 달아오르다'라는 뜻이다.
* Johann Kasper Lavater(1741~1801): 스위스의 신학자이자 의사. 관상학과 골상학의 연구로 유명하다. 그는 생리학, 해부학, 동물학 등 당시에는 새로운 과학을 총망라해 관상학을 집대성했다.

운 건 이 두 태도를 한순간에 드러내 보였다는 점이오. 아주 대담한 것에 관해 말하거나 행동할 때 그녀는 '부끄러워요!' 하고 정말 사랑스럽게 말했지요. 그 말이 여전히 귓전에 맴도는 듯하오. 믿기지 않는 일이지! 누구나 그녀와는 심지어 관계가 끝난 후에도 늘 처음 같은 설렘을 갖게 되었죠. 바쿠스 신의 무녀(巫女)들 연회에서 빠져나오면서 원죄에서 벗어난 것처럼요. 정복되어 반쯤 죽은 것처럼 황홀해진 상태에서도 늘 신선하고 우아한 떨림을 보이고 동틀 녘처럼 매력적으로 얼굴을 붉히면서 부끄러워하는 모습을 살짝 내보였소. ……온갖 비유를 쓴다 해도 내가 느꼈던 그 열렬한 느낌을 여러분 가슴에 되살려내긴 어려워 보이오. 그걸 표현하려다간 내가 죽을 것 같소!"

그가 말을 멈췄다. 사람들도 그와 같이 그 느낌을 상상하고 있었다. 그가 방금 말한 내용으로 그는, 믿기 어려울 테지만, 이 자리에 있는 온갖 전투로 경험을 쌓은 전사들을 몽상가로 바꿔놓았다. 타락한 수도사, 늙은 의사, 현실로 돌아온 이 모든 인생의 모리배를 말이다. 언행이 기운차고 사나운 랑소네조차 말 한마디 하지 않았다. 그 역시 회상에 잠겨 있었다.

"여러분도 분명히 느꼈겠지만." 메닐이 말을 이었다. "이 놀라운 현상은 나중에야 알려졌죠. 제8용기병 연대에 처음 왔을 당시 그녀는 그저 성숙하고 아름다운, 그리고 지극히 외모가 예쁜 아가씨에 지나지 않았던 거요. 예컨대 황제의 누이동생 폴린 보르게세* 황녀 스타일에 외모까지 닮았지요. 황녀 폴린 또한 이상적으로 순진한 외모를 지녔는데, 그녀가 어떻게 죽었는지는 여러분 모두 잘 알고 계시지요…… 폴린이 매력적인

---

* Pauline Borghèse: 나폴레옹의 여동생으로 이탈리아의 보르게세 공비가 된 폴린 보나파르트(Pauline Bonaparte, 1780~1825)를 말한다. 색정증의 화신이라 불렸다.

육체의 가장 가장 작은 곳을 장밋빛으로 물들일 만큼의 수줍음도 지니고 있지 않았다면, 로잘바는 온몸을 붉게 물들일 만큼 수줍음이 많았지요. 누군가 폴린에게 어떻게 카노바* 앞에서 발가벗고 자세를 취할 수 있었냐고 물었을 때, 그녀는 다음과 같이 황당하고 순진하게 대답했다지 않소. '그래도 아틀리에는 따뜻했어요. 난로가 있었거든요!' 그러나 로잘바는 결코 보르게세처럼 말하지 못했을 거요. 누군가 로잘바에게 똑같은 질문을 던졌다면 분홍색이 된 두 손으로 홍조 띤 얼굴을 가리고 말았을 겁니다. 그 자리를 피하며 드레스 엉덩이 쪽에 지옥의 온갖 유혹이 깃든 주름을 남겨두었을 게 틀림없어요!

연대에 왔을 당시 처녀의 얼굴로 우리 모두를 속인 로잘바는 바로 그런 모습이었소. 이도프 소령은 우리에게 그녀를 본처나 심지어 딸로 소개할 수도 있었을 것이고 그랬다 하더라도 우리는 그대로 믿었을 거요. 그녀는 맑고 파란 눈이 굉장히 예뻤지요. 특히 눈을 내리깔았을 때가 가장 아름다웠어요. 시선에서 드러나는 것보다 눈꺼풀로 드러나는 표정이 더 우세했지요. 전쟁터를 누볐고, 여자, 그것도 보통이 아닌 여자를 무수히 겪은 사내들에게, 상스럽지만 힘찬 표현을 빌려 말하자면, '고해하지 않아도 성체 배령을 허했을' 이 창조물은 새로운 감동을 선물했지요. 참 멋진 처녀야! 고참 병사나 노련한 병사가 서로 귓속말을 속삭였지요. 하지만 어찌나 새침하던지! 도대체 어떻게 해서 소령을 행복하게 만든 걸까? ……소령은 그걸 알고 있었지만 말하지는 않았어요. ……그는 혼자 술을 퍼마시는 진짜 술꾼처럼, 아무 내색 않고 자기 행복을 들이켰죠. 그는 은

---

* Antonio Canova(1757~1822): 이탈리아의 조각가. 나폴레옹의 초대를 받아 파리에 체류한 뒤 로마로 돌아와 나폴레옹의 나상과 나폴레옹의 누이동생 폴린의 반나상을 고대 양식으로 제작했다.

밀한 행복을 아무에게도 알려주지 않았고, 이 점은 자신을 지나치게 과시하고 거들먹거리던 로찡 공 같던 그를, 나폴리에서 같이 복무했던 장교들이 유혹의 고적대장(鼓笛隊長)이라 부르던 그를, 난생처음 신중하고 충직한 사람이 되게 만들었소. 이도프 소령은 수려한 자기 외모에 넘치는 자긍심을 갖고 있던 터라 스페인의 아가씨들이 모두 그에게 반해 발밑에 고꾸라졌대도 눈 하나 깜짝하지 않을 위인이었소. 그 무렵 우리는 스페인과 포르투갈 전선에서 영국군과 대치하면서 조제프 왕*에게 적대적이지 않은 도시들을 점령해가고 있었지요. 거기서 이도프 소령과 로잘바는 평상시 군 주둔 도시에서 그랬듯이 함께 살았소. 여러분은 맹렬하고 더디게 진행된 스페인 전쟁이 얼마나 치열했는지 기억할 거요. 그 전쟁은 어떤 전쟁과도 달랐지. 우리는 단순히 정복을 위해서가 아니라 그 나라에 왕조와 새로운 조직을 세우기 위해 싸웠으니까요. 여러분 모두 기억들 하시겠지만, 그런 격렬한 상황에도 휴식의 시기는 있는 법이오. 끔찍한 전투들 사이에 우리에게 한 부분을 침략당한 고장의 한복판에서 우리는 점령지의 사람들 중 가장 프랑스에 우호적인 스페인 사람들에게 축제를 열어주면서 즐겼소. 이도프 소령의 아내는 앞서 이야기한 것처럼 이미 많은 주목의 대상이 되고 있던 터라 이 축제에서 유명인사가 되었지요. 여러 가닥 흑옥(黑玉) 다발 사이로 빛나는 다이아몬드같이 그녀는 정말 흑발의 스페인 아가씨들 사이에서 단연 빛났소. 그녀가 남자를 매혹하기 시작한 건 그 축제에서였지요. 아마 그녀의 타고난 악마적인 부분에서 기인했을 이러한 매혹에 힘입어 그녀는 라파엘로가 그린 숭고하기 그지없는 마돈나의 모습을 한 가장 광적인 화류계 여자가 되었어요.

---

* 조제프 나폴레옹 보나파르트Joseph-Napoléon Bonaparte(1768~1844)는 나폴레옹 보나파르트의 맏형으로 나폴리와 시칠리아 국왕을 지냈다.

어둠 속에서 정념의 불이 서서히 피어올랐소. 얼마간 시간이 흐르고, 고참 장교건 나이가 지긋하고 분별력 있는 일반 장교건 모두 '푸디카'에 향한 정념을 불태웠어요. 이름만 불러도 자극적이라 여길 정도였으니까요. 곳곳에서 공공연히 그녀를 원한다는 요구가 들끓고 그녀의 환심을 사려는 수작과 결투 같은 소동이 뒤따랐죠. 늘 칼을 뽑아대는 불굴의 남자들 마음속에는 가장 열렬한 친절의 중심에 서게 된 탓으로 온통 삶이 흔들린 그녀가 자리하고 있었죠. 그녀는 이 무시무시한 하렘의 남자들을 다스리는 군주 같았지요. 마음에 드는 남자에게 손수건을 던졌는데, 그렇게 간택된 자가 한둘이 아니었거든요. 그런데 이도프 소령은 그녀를 내버려두었소. 자존심 강한 남자라 질투를 내색하지 않았던 건가요, 아니면 자신이 증오와 멸시의 대상이 된다고 보고 소유주로서 오만에 사로잡혀 자신의 여자가 적들에게 불러일으키는 정념을 즐겼던 건가요. 그녀가 하는 짓을 몰랐을 리 만무한데 말이오. 난 가끔 당시 사람들이 그녀의 다른 반쪽이라고 수군대던 아무개라는 작자 앞에서 이도프의 에메랄드빛 눈이 석류석처럼 검게 변하는 걸 본 적도 있소. 하지만 그는 이내 자제하더군요.

사람들은 그에게 여전히 타인을 모욕하는 듯한 태도가 있다고 여겼기에 그가 보이는 초연한 침착성과 의도적인 외면이 모종의 비열한 동기에서 나온 것이라고 생각했죠. 그녀가 이도프를 자신의 허영심을 채워줄 받침대로 썼다기보다는, 오히려 그가 그녀를 자신의 야심을 달래줄 사다리로 이용한다고. 이런 식의 갖가지 소문이 돌았지만 그는 아랑곳하지 않았소. 그를 나름대로 관찰해볼 이유가 있고 사람들의 증오와 경멸이 부당하다고 여겼던 나는 정부에게 허구한 날 배신당하고도 질투의 상흔을 전혀 내보이지 않는 이 남자의 침울하리만치 냉정한 태도가 어디서 연유하는지 자문해봤소. 나약해서일까, 강해서일까. 한번 떠올려봅시다! 사람들이다 비난하는 여자를 신뢰하고 열광할 수 있는지, 자신을 배신했다는 사실이 뼈저리게 확실하게 마음속 깊이 느껴지는데 복수는커녕 오히려 비열한 행복에 빠지고 머리쓰개처럼 치욕을 제 쪽으로 끌어당기는 남자를 만난 적이 있는지, 도대체 누가 그럴 수 있는지!

이도프 소령도 이런 남자들 중 하나였을까요? 어쩌면 그럴지도. 푸디카는 틀림없이 품위를 손상시킬 광신을 그에게 불어넣고도 남을 여자였소. 남자를 짐승으로 변화시키는 고대 키르케 여신도 이 점에서는 푸디카, 이 숫처녀 메살리나*와 비교할 때 더 탁월한 부분이, 이전에도, 그동안에도, 이후에도 전혀 없었어요. 그녀는 자기 존재의 밑바닥에서 타오르는 정념과 장교들의 마음에 일으킨 그녀의 민감한 정념 탓에 금세 평판이 위태로워지긴 했지만, 스스로가 자기 평판을 갉아먹는 존재는 아니었소. 이 미묘한 차이를 잘 이해할 필요가 있습니다. 솔직히 그녀의 행동은 흠잡을 구석이 전혀 없었소. 그녀에게 애인이 있었다 해도, 그건 규방의 비밀일 뿐이지요. 겉보기에도 그녀는 이도프 소령에게 사소한 언쟁의 빌미도 잡히지 않았소. 그녀는 그를 사랑했던 걸까? ……그들은 함께 살았어요. 만일 그녀가 원했다면 확실히 다른 남자의 재산을 차지할 수도 있었을 거요. 한번은 제정 시대의 장군 하나가 그녀에게 홀딱 빠졌지요. 자신의 지휘봉을 깎아 양산의 손잡이를 만들어 그녀에게 선물해줄 정도로. 하지만 이 양반의 경우도 마찬가지였소. 내가 말한 남자들처럼 누군가 사랑하는 여자는 있는데 그 여자가 연인은 아니었다는 말씀이지요. 하긴 우리

---

* 로마황제 클라우디우스의 아내이자 로마의 황후인 메살리나(Valerius Messalina, 22~48)를 말한다. 고대 로마 시대의 타락한 성의 상징으로 허영심과 물욕, 성욕의 화신이다. 현대 이탈리아어로 '메살리나'라는 이름은 '성욕을 억제하지 못하고 아무 남자와 동침하는 몸가짐이 헤픈 여자'를 의미한다.

입장에서나 연인인 것이긴 하지만요. 잉어는 진흙탕을 그리워한다고 맹트농 부인이 그렇게 말하지 않았소. 로잘바는 진흙탕을 그리워할 이유가 없었죠. 그녀는 거기서 나오려 하지 않았으니까. 내가 그 진흙탕으로 들어갔어요."

"칼로 중간 단계를 삭둑 잘라버리는군!" 연대장 모트라베르가 말했다.

"그게 어때서!" 메닐이 말을 이었다. "눈치를 봐야 되나, 내가? 다들 알 테지만 18세기에 다음과 같은 샹송이 불렸지요.

부플레르*가 궁정에 나타났을 때,/누구나 사랑의 여왕이라고 믿었지./다들 그녀의 환심을 사려 애썼네,/그리고 각자 차례대로 그녀를…… 차지했지.

그러니까 내 차례였소. 나는 예전에 여자들을 무더기로 가졌소. 하지만 로잘바 같은 여자는 가져본 적이 없었죠. 그건 의심할 여지가 없는 일이었어요. 진흙탕은 낙원이더군요. 소설가처럼 여러분에게 그걸 이러쿵저러쿵 분석해 보이진 않겠소. 난 알마비바 백작**처럼 여자를 거칠게 다루는 남자여서 그녀의 소설에 나오는 방식의 고상한 사랑을 품지 않았어요. 전혀 아니었지요. 그녀가 내게 선사한 행복은 영혼이니 정신이니 자만심이니 하는 것과 일절 관계가 없었죠. 그 행복은 가볍고 일시적인 게 아니었소. 나는 육체적 쾌락이 심오할 수 있으리라고 생각지 않았죠. 그

---

* 마리 드 보보크라옹 후작 부인(Marie de Beauvau-Craon, marquise de Bouffleurs, 1711~1787). 가벼운 언행 때문에 '관능 부인'이라는 별명이 붙었다.
** 프랑스의 극작가 보마르셰의 희극 「피가로의 결혼」에 나오는 인물. 이 작품에서 권태기에 빠진 알마비바 백작은 하녀인 수잔나를 노려 자신이 폐지했던 귀족의 하녀에 대한 초야권을 행사하려고 한다.

런데 그녀가 내게 대단히 심오한 육체적 쾌락을 주었소. 붉은 과육의 아름다운 복숭아를 하얀 이로 깨물어 먹는 것을 그려보시오. 아니 차라리 아무 생각도 마시오. ……슬쩍 눈길만 주어도 깨물린 듯이 붉어지는 그 인간 복숭아에서 솟구치는 쾌락은 어떤 말로도 표현할 수 없소. 그 흥분한 붉은 살갗에 시선이 아니라 정념의 입술과 이가 닿을 때의 모습을 상상해보시오. 아! 그 여자는 몸이 유일한 영혼이었소! 어느 날 저녁 그녀는 그 육체로 내게 축제를 베풀었지요. 온갖 말을 덧붙여 설명하는 것보다 이 축제 하나로도 그녀를 판단할 근거가 될 거외다. 맞소, 그날 저녁, 그녀는 대담하고 음란하게 나를 맞이했지요. 입은 옷이라곤 투명한 인도산 모슬린이 전부였소. 구름과 증기 사이로 관능과 겸양의 이중적이고 유동적인 주홍빛에 물든, 순수한 몸의 윤곽이 엇비쳤소. 악마에게 맹세하건대, 구름같이 하얀 옷 속의 그녀는 살아 있는 산호 조각상을 방불케 했소! 그때부터 난 여자의 하얀 살결에도 관심을 갖게 됐소!"

이렇게 말하고 나서 메닐은 오렌지 껍질을 손가락으로 튕겨서, 왕의 머리를 떨어뜨린 대표자 르카르팡티에의 머리 위를 지나 벽면 돌출부로 날아가게 했다.

"우리 관계는 한동안 이어졌지요." 그가 말을 계속했다. "하지만 내가 싫증을 냈다고 여기진 마시오. 누구도 그녀에게 싫증을 느끼진 않았소. 종잡을 수 없는 철학자의 고약한 말로 하자면, 그녀는 유한한 감각에 무한을 도입했죠. 아니 내가 떠난 이유는 도덕적 환멸 때문에, 정신없이 애무하는 동안에도 나를 사랑한다는 믿음을 전혀 주지 않는 그녀를 경멸해서, 그러니까 내 알량한 자존심 때문에 그랬죠. ……내가 '날 사랑해?' 하는 ─ 사랑받고 있다는 증거가 지천에 널려 있어도 묻지 않을 수 없는 ─ 질문을 던질 때면 그녀는 '아니요!'라고 하거나 수수께끼같이 머리만 갸웃거렸소. 그녀는 수줍음과 수치심으로 몸을 움츠리고 흥분된 감각이 무질서하게 난무하는 가운데 내 밑에서 스핑크스처럼 불가해한 상태로 있었죠. 스핑크스는 차갑지만 그녀는 차갑지 않았다는 것이 다를 뿐이었죠…… 맞소! 날 애태우고 짜증나게 한 그 불가해성, 또 오래되지 않아 그녀가 예카테리나 2세*의 방식으로 환상을 품고 있다는 확신, 이것들이 이유였소. 내 욕망을 채워주던 그 여자의 전능한 품에서 빠져나오려 사납고 거칠게 굴욕을 가한 이유가 그거였지요! 난 그녀를 떠났소. 더 정확히 말하면 다시 돌아가지 않았어요. 한편으론 다시 그런 여자를 만나볼 수 없을 거란 생각도 했소. 그런 생각이 들자 그때부터 난 여자에 무관심해지고 얌전해졌소. 그녀가 날 장교로 완성시킨 것이죠. 그녀를 떠난 뒤로 난 오로지 군대만 생각하게 됐소. 그녀는 날 스틱스 강물에 담근 것이오."

"그래서 넌 완전히 아킬레우스가 돼버렸지!" 늙은 메닐그랑이 오만하게 말했다.

"제가 뭐가 된 건지는 모르겠습니다." 메닐이 말을 이었다. "하지만 분명한 것은, 우리가 결별한 후 사단의 다른 장교들처럼 나하고도 교류가 있던 이도프 소령이 어느 날 카페에서 아내의 임신 소식을 전했다는 사실이죠. 우리에게 자신이 곧 아버지가 될 거라고 기뻐하며 아내의 임신 소식을 알렸지요. 뜻밖의 이 소식에 서로 눈길을 주고받는 이도 있고 슬며시 빙긋거리는 작자도 있었지요. 하지만 그는 눈치채지 못했거나 이미 각오가 돼 있다는 듯이 그저 직접적으로 모욕을 가해오는 것에만 신경을 썼어요. 그가 나가자 '자네 아들인가, 메닐?' 하고 동료 중 하나가 내 귀에

---

* 예카테리나 2세Ekaterina II(1729~1796) : 러시아의 여황제. 쿠데타로 남편 표트르 3세를 폐위시키고 권력을 장악하였으며, 적극적인 통치를 통해 러시아를 강대국의 반열에 올려놓았다.

대고 속삭이듯 묻더군요. 그 순간 내 머릿속에서 은밀한 목소리가, 그 동료의 목소리보다 더 또렷한 목소리가 계속해서 되풀이해 들려오더군요. 나는 감히 아무런 대답도 할 수 없었지요. 로잘바 그녀는 우리 둘만 나누는 허심탄회한 대화에서도 나나 소령, 다른 누군가의 아들일 그 아기의 존재에 대해 일언반구 말을 하지 않았으니까요⋯⋯"

"군대 깃발의 자식이야!" 모트라베르가 마치 흉갑기병의 군도 찌르기를 하듯 끼어들었다.

"결단코." 메닐이 말을 이었다. "그녀는 임신에 관해 어떤 암시도 안 했소. 하지만 놀랄 게 없지 않소? 이미 말했잖아요. 푸디카는 스핑크스, 쾌락을 소리 없이 먹어치우고 제 비밀을 간직하는 스핑크스였다고. 마음의 어떤 것도 이 여자의 육체적 장벽을 뚫고 나오지 못해요. 그녀는 오로지 쾌락 쪽으로만 열려 있고, 그 수줍음도 쾌락에서 터져 나온 최초의 두려움, 최초의 떨림, 최초의 타오름이었을 뿐일 테니! 그녀의 임신 사실을 알고 나자 이상한 느낌이 들었지요. 여러분, 지금은 우리가 정념의 동물계에서 벗어났다고 칩시다. 여럿이 함께 공유하는 사랑, 그 공동의 밥그릇에서 발견할 수 있는 가장 역겨운 것은 공유의 불결함만이 아니오. 아버지에 대한 인식의 혼란, 인간 본성에 귀 기울이길 방해하고 떨쳐버릴 수 없는 의심에 짓눌리는 끔찍한 불안감도 있죠. 이런 상황에 처하면 우린 속으로 중얼거리게 되죠. 혹시 내 자식? ⋯⋯ 수치스럽게 굴복하게 되는 가증스러운 공유에 대한 처벌같이, 여러분을 따라다니는 그 불확실함! 양심적이라면 그것을 오래 생각하는 것만으로도 미쳐버릴 수 있죠. 하지만 가볍고 강력한 삶의 물결은 여러분에게 이내 다시 밀려와 뽑혀 나뒹구는 코르크 마개처럼 우리를 실어가는 법이지요. 이도프 소령이 우리에게 그 사실을 공표한 뒤, 내가 마음 깊이 느꼈다고 생각한 아버지로서의 동요는 그렇게 부지불식간에 진정됐죠. ……사실 며칠 후 나는 어린 애 같은 푸디카 말고 다른 걸 생각해야 했소. 우리는 탈라베라에서 전투를 벌였는데, 이 전투의 첫 돌격작전에서 제9기병대 지휘관 티탕이 전사하는 바람에 내가 지휘봉을 잡아야 했거든요.

탈라베라의 치열한 육박전은 전쟁을 더욱 격화시켰소. 우리는 더 앞으로 진격했고 적과 더 가까워졌고 적의 위협에 더 노출되었죠. 그런 판국이니 당연히 푸디카는 자연히 문제가 되지 않았죠. 그녀는 짐마차를 타고 연대를 따라다녔는데, 그녀가 그 마차에서 출산을 했다고들 하더군요. 아기의 아버지임을 자신하던 이도프 소령은 아기를 정말 자기의 아들인 양 사랑했죠. 적어도 그 아기가 죽었을 때—태어난 지 몇 달 되지 않아 아기는 죽었습니다— 소령은 미칠 듯이 괴로워했습니다. 연대 내에서 아무도 그의 격앙된 비애를 비웃지 않았죠. 처음으로 그에 대한 반감이 사그라졌지요. 사람들은 아기 엄마보다 그를 더 동정했지요. 그녀가 아무리 자기 자식의 죽음을 애도한다 해도 그녀는 여전히 우리 모두의 로잘바, 악마에게 수줍음을 공급받는지, 자유분방한 품행에도 하루에 골백번도 더 홍조를 띠는 기적 같은 능력을 가진 특이한 창녀였으니까! 그녀의 아름다움은 쇠퇴하지 않았고 온갖 훼손을 다 견뎌냈죠. 그렇지 않았다면 그녀가 꾸려가는 삶을 봐서는, 그녀는 한순간에 기병들 사이에서 천상 낡은 안장깔개*가 될 팔자였소."

"그렇게 되지 않았단 얘긴가? 그럼 혹시 자넨 그 암캐 같은 년이 어떻게 됐는지 알고 있는 거 아냐?" 랑소네는 왕성한 호기심을 유발하던 메닐의 성당 방문은 잊었다는 듯 흥분해서 물었다.

---

* 늙은 화류계 여성을 비유적으로 나타내는 표현.

"그래." 마치 이야기의 가장 깊은 지점을 건드린 듯 메닐이 나직한 목소리로 말했다. "다른 사람들처럼 자네도 우리 모두를 몰아넣고 우리 대부분을 흩어져 사라지게 한 전쟁의 소용돌이에 그녀와 이도프도 휘말려 들었을 거라고 여겼을 거야. 하지만 오늘 그 로잘바의 운명을 밝히겠네."

연대장 랑소네는 식탁에 팔꿈치를 괴고 넙적한 손으로 칼자루처럼 술잔을 어르며 귀를 기울였다.

"전쟁은 쉬 종결되지 않았어요." 메닐이 말을 이었다. "무어인을 몰아내는 데 150년을 들인 이 침착하고 정열적인 사람들은 우리를 내쫓는 데 그만큼의 세월이 필요했다면 그리했을 것이오. 우리는 이 나라에서 걸음을 뗄 때마다 조바심을 쳐야 겨우 나아갈 수 있었소. 우리는 점령한 마을들을 즉각 요새화했고 마을을 적군의 대항 진지로 만들었죠. 우리가 점령한 작은 마을 알쿠디아는 오랫동안 우리의 주둔지였죠. 넓은 수도원을 병영으로 개조했고요. 참모부는 마을의 가옥들에 군인들을 나누어 배치하면서 이도프 소령에게 마을 법관의 집을 배정했어요. 한데 이 집이 가장 넓었기에 그는 가끔 저녁에 장교들을 초대했죠. 당시 우리는 우리끼리만 만났어요. 프랑스에 우호적인 이들마저 믿을 수 없어서 관계를 끊었고. 그만큼 프랑스인에 대한 증오가 그 지역에 만연했죠! 이따금 우리 쪽 초소로 쏘아대는 적군의 총소리로 중단되곤 했던 그 모임에서 로잘바는 내가 늘 악마의 장난이라고 여긴, 비할 데 없이 순수한 태도로 친절하게 펀치를 만들어주었소. 그녀는 거기서 제물이 될 남자를 고르곤 했죠. 하지만 난 그 후임자들에게 신경 쓰지 않았어요. 나는 내 영혼을 그런 종류의 관계에서 빼냈을 뿐 아니라, 누군가 말했듯이 어떠한 헛된 희망의 사슬도 질질 끌고 다니지 않았죠. 분노도 질투도 원한도 없었소. 그저 구경꾼으로 순결의 가장 매력적인 표현인 어리둥절함 아래 가장 뻔뻔스러운 악덕을 감춘 여자의 모습과 행동을 지켜볼 뿐이었지요. 나는 그런 마음으로 그녀의 집에 가곤 했는데, 사람들 앞에서 그녀는 우물가나 숲 속에서 우연히 마주친 아가씨처럼 내게 수줍은 듯 짧게 말을 걸었어요. 도취와 열광, 현기증, 그녀가 내 안에 불붙인 격렬한 감각, 견디기 힘든 이 모든 것이 다 사라지고 없어졌죠. 나는 이 모든 것이 사라지고 희미해져 되돌아오지 않으리라고 믿었소! 다만 말 한마디, 눈길 한 번으로 얼굴을 환하게 만드는 그 묘한 홍조가 여전하다는 것을 다시 발견하고는 금방 들이켠 빈 술잔에 남은 분홍빛 샴페인의 마지막 한 방울을 보고, 잊고 있던 그 마지막 한 방울과 함께 남은 술잔을 깨끗이 비우고 싶은 남자의 감정만큼은 숨길 수가 없더군요.

어느 날 저녁 나는 그녀에게 이런 느낌을 전했죠. 그날 집에는 나와 그녀밖에 없었소.

나는 카드놀이와 당구 게임을 시작해 한창 열을 올리던 장교들을 카페에 남겨두고 일찍 바깥으로 나왔어요. 뜨거운 해가 좀체 지지 않는 스페인의 저녁. 그녀는 몸이 훤히 드러나는 옷을 걸쳤던 터라 아프리카의 작열하는 태양에 그을린 어깨, 내가 수없이 깨물던 팔, 격정의 순간마다 화가들의 표현처럼 딸기 속살 같은 색조로 바뀌던 아름다운 팔이 보였지요. 더위 탓에 늘어진 머리칼은 노랗게 탄 목덜미 위로 무겁게 흘러내렸고요. 흐트러진 머리칼, 아무렇게나 차려입은 듯한 옷에 나른한 모습을 한 그녀는 이브를 유혹한 사탄에게 대신 복수라도 해주고플 만큼 예뻤소! 조그만 원탁에 반쯤 엎드린 자세로……편지를 쓰고 있었어요. 그런데 푸디카 그녀가 편지를 쓰고 있다면 의심할 여지가 없는 거죠! 어느 연인에게 만날 약속을 하여 이도프 소령 몰래 새로운 부정을 저지르려던 거였을 테니까요. 이도프는 그녀가 쾌락을 게걸스레 먹어치우듯 그녀의 부정을 말없이 삼켰지요. 내가 들어섰을 때 그녀는 편지을 다 쓴 뒤 봉인을 하려고 은빛으로 번쩍이는 파란 봉랍(封蠟)을 촛불에 녹이고 있었소. 그 봉랍이 아직도 눈에 선하오. 은빛으로 빛나는 그 푸른 봉랍을 왜 그리 또렷이 기억하고 있는지 곧 알게 될 거외다.

'소령님은 어디 계시죠?' 그녀는 나의 출현에 당황해하며 물었소. 언제나처럼 동요하고 혼란스러워하면서. 그녀는 흥분하는 것처럼 믿게 해서 남자의 자존심과 감각을 세워주었죠.

'오늘 저녁에는 노름에 정신이 팔려 있던데.' 나는 그 달콤하고 보드레한 장밋빛으로 화끈 달아오른 그녀의 얼굴을 바라보고 빙긋 웃으며 대답했지요. '난 오늘 저녁 딴 일에 넋이 빠져 있어.'

그녀는 내 말을 알아듣더군요. 그 말은 그녀를 그리 놀라게 하지 않았던 겁니다. 사방에서 남자들을 불러들여 욕망의 불을 지르는 데 이골이 난 여자에게는 놀랄 게 없으니까요.

'흥!' 그녀의 사랑스럽고도 혐오스러운 얼굴에서 내가 들이마시고픈 선홍빛 색조는 나의 자극으로 인해 더 짙어졌지요. 하지만 그녀는 느긋하게 말을 했지요. '흥! 당신의 열정은 끝났잖아요.' 그러고는 부글부글 끓는 봉랍으로 편지를 봉했고, 봉랍은 식어가며 딱딱하게 굳어졌지요.

'자요!' 그녀가 도발적으로 말했어요. '이게 당신의 모습이에요! 방금 전까지 타올랐지만 바로 차가워지고 마는 이 봉랍이 당신이죠.'

이 말을 뱉고선 그녀는 바로 편지를 뒤집더니 고개를 숙여 주소를 썼어요.

그때 내가 무슨 생각을 했는지 질리게 반복해야겠소? 물론이오. 난 그녀를 질투하지 않았소. 하지만 우리 모두 똑같은 인간이오. 나도 모르게 그녀가 누구에게 편지를 썼는지 궁금해졌고, 한참 서 있던 터라 다리도 아파 그녀 위쪽으로 몸을 굽혔죠. 하지만 난 어깨 너머, 수없이 입맞춤을 해댔던 솜털로 덮인 그 황홀한 골짜기에 가로막혔소. 정말이오! 그 풍경에 매혹되어 다시 한 번 사랑의 개울에 입을 축이려 했지만 내 의도를 알아차린 듯 그녀는 주소를 적다 말더군요.

그러더니 그녀는 불침에 허리를 쏘인 양 숙였던 머리를 처들어 안락의자 등받이에 상체를 기대고 머리를 젖혔어요. 관능과 겸양이 뒤섞인 매력적인 표정으로 눈을 치뜨고 뒤에 있는 날 봤죠. 어깨 사이로 향하던 내 입술은 살풋 벌어진 그녀의 촉촉한 장밋빛 입으로 옮겨졌소.

이 예민한 여자는 호랑이 신경을 지녔나 보오. 갑자기 튀어오르더니 '소령이 돌아와요!' 하더군요. '아마 그이가 내기에서 졌나 보네요. 그이는 돈을 잃고 나면 질투가 심해지거든요. 내게 상욕을 퍼부어댈 거예요. 이봐요! 저기 들어가 계세요. ……잘 구슬려서 다시 나가게 할게요.' 그녀는 이내 일어나 드레스를 걸어놓는 넓은 벽장에 날 밀어넣더군요. 남편이나 남편 자격을 지닌 남자가 집에 도착할 때 벽장 안으로 피신해본 남자는 거의 없을 거라고 생각하는데요……"

"벽장에서 행복했겠네!" 셀륀이 말했다. "나는 말이야, 한번은 석탄자루에 들어가본 적도 있는데! 물론 이 빌어먹을 상처를 입기 전이었지만. 그때 우리 경기병 제복은 백색이었는데, 석탄자루에서 나와 보니…… 그 꼴이 어땠을지 상상들 해봐요!"

"맞아." 메닐이 쏩쓸한 표정으로 맞장구를 쳤다. "그건 간통과 공유로 생긴 임시 수익이지. 그런 경우라면 아무리 허세가 센 자라도 나서지 못하죠. 겁에 질린 여자를 도와준다는 미명하에 여자만큼 비겁해져서 몸을 숨기게 되죠. 군복을 입고 옆구리에 칼을 찬 채로, 더구나 잃을 명예도 없고 사랑하지도 않는 여자 탓에 벽장에 들어갔으니 우스꽝스러움의 극치죠! 그걸 생각하면 지금도 토할 것 같아요!

그녀의 드레스가 얼굴을 스치고 특유의 체취가 날 취하게 하는 어두운 벽장 속에서 초등학생처럼 숨죽이고 있는 건 그야말로 천한 짓이지만, 난 머뭇거릴 시간이 없었어요. 그러나 들려오는 말 덕분에 음탕한 감정에서 빠져나왔죠. 소령이 들어온 거요. 그녀의 짐작대로 몹시 기분이 상한 듯했고, 그녀의 말처럼 그는 우리 모두에게 늘 감정을 감추었기에 더 폭발적인 질투에 휩싸여 있더군요. 의심하고 욱하는 성미인 그가 분명 탁자에 놓인 편지를 봤겠지만, 내 입맞춤에 푸디카가 주소를 쓰지 못한 상태였죠.

'이 편지는 뭐야?' 그가 퉁명스럽게 묻더군.

'이탈리아로 부칠 편지예요.' 푸디카가 침착하게 답했지요.

그는 이 평온한 대답을 쉽게 넘기지 않았지.

'거짓말 마!' 그가 거칠게 말했소. 로칭 공처럼 정말 훌륭한 외모를 지닌 이 남자 안에 잠재된 군인의 난폭한 본색을 드러내는 데는 그리 큰 자극이 필요 없었소. '거짓말 마'라는 말 하나로 나는 이 둘 사이의 사사로운 삶을 간파했죠. 사실 둘 사이에는 온갖 종류의 설전이 벌어졌을 테고, 그중 하나가 그날 드러날 판이었소. 실제 나는 벽장 안에서 이들 관계의 전형을 목격한 셈이었어요. 그들을 볼 순 없었어도 주고받는 말을 들었고, 내 생각에 말을 듣는 것은 보는 것과 마찬가지였소. 그들의 말과 억양에서 몸짓이 그대로 드러났으니까요. 그들의 목소리는 순식간에 온갖 격분이 섞여 최고조에 달했죠. 소령은 주소 없는 그 편지를 보여달라고 끈질기게 요구했고, 푸디카는 손에 편지를 쥐고 한사코 건네주지 않으려 했어요. 이윽고 그가 강제로 편지를 뺏으려 했어요. 옥신각신하는 동안 발 구르는 소리, 종이가 구겨지는 소리가 들려왔고, 여러분의 짐작대로 그녀보다 힘이 더 센 소령이 마침내 편지를 빼앗아 읽었어요. 어느 남자에게 보내는 밀회의 약속. 편지에는 그 남자와 행복했고 다시 행복을 제공받고 싶다는 내용이 담겨 있었죠. ……하지만 그 남자의 이름은 적혀 있지 않았소. 질투에 빠진 자가 대개 그렇듯이 터무니없는 호기심에 사로잡힌 소령은 자신을 속인 그자의 이름을 탐색했지만 헛수고였어요. …… 푸디카는 편지를 빼앗기는 과정에서 손이 상처를 입었거나 피투성이가 됐나 보오. 싸우는 와중에 '손 찢겨 나가, 이 비열한 인간아!' 하고 비명을 질렀으니까요. 아무것도 알아내지 못해 제정신이 아니었고, 그녀에게 또 한 명의 연인이 있다는 사실만 알려줄 뿐인 편지 탓에 무시와 조롱을 당했다고 느낀 이도프 소령은 성격 파탄자처럼 격분에 싸여 푸디카에게 온갖 상스런 욕설을 퍼부었소. 마부들이나 지껄이는 상스런 욕설을 말이오. 그녀를 구타하겠구나 싶었지요. 하지만 두들겨 패는 건 나중에 일어난 일이고, 그는 그녀에게 왜 이 지경이 되었느냐고 비난을 퍼부었는데, 정말 고약한 상말이 난무하더군요! 난폭하고 비열하고 차마 눈 뜨고 볼 수 없을 정도로. 그의 격분에 그녀도 막 가자는 태도를 보였지요. 가릴 게 하나도 없다는 듯이 자신과 통정한 남자들을 속속들이 잘 아는 여자로, 동거라는 이 진흙탕의 본질이 끝없는 싸움임을 아는 진짜 여자로 대처했어요. 그녀는 격분에 싸인 그보다는 덜 역겨웠지만, 더 잔인했고 모욕적이었고 냉혹했지요. 최악의 증오로 내지르는 신경질적인 웃음과 오만하기 그지없는 낯빛으로 그를 빈정거렸다오. 면전에서 쉴 새 없이 쏟아지는 소령의 욕설에 그녀는 여자들이 우리의 염장을 지를 때 쓰는 말을 찾아내어 남자의 폭력과 폭동의 화약 속으로 소형 폭탄을 던지듯이 응수했지요. 그녀가 예리하게 다듬은 냉정하고 모욕적인 말 중 그를 가장 날카롭게 내리찍은 것은 그녀가 그를 사랑하지 않는다는 것, 그녀가 결코 그를 사랑하지 않았다는 것이었소. '결코! 결코! 결코!' 마치 그의 가슴 위에서 앙트르샤*를 추듯 미친 듯이 쾌활하게 되풀이했지요. 그런데 그녀가 그를 결코 사랑한 적이 없다는 이 생각은 행복에 거들먹거렸던 남자, 아름다움으로 도배되어 있고 그녀에 대한 사랑 뒤에 허영심을 감추고 있던 그에게는 가장 가혹하고 가장 뼈저린 것이었죠! 그녀가 그를 사랑하지 않았다고 비정하게 되풀이한 말, 그가 믿고 싶지 않아서 계속 쳐냈던 독침 같은 말 때문에 그는 더는 분을 참지 못했어요.

'그럼 우리 아기는?' 아기를 증인으로, 추억을 증거로 내세우려는 듯 미친 사람처럼 반박했죠!

'아! 우리 아기!' 그녀가 웃음을 터뜨리면서 말했어요. '당신 씨가 아냐!'

나는 야생 고양이의 목멘 울음소리 같은 그 말을 들으면서 소령의 파란 눈이 어떻게 변했을지 상상했어요. 그는 천지가 개벽할 욕설을 내뱉었지요.

'누구 씨야, 그럼? 가증스런 년아!' 그는 곧 사람 목소리가 아닌 것 같은 소리를 지르며 물었어요.

하지만 그녀는 하이에나처럼 계속 웃어댔어요.

'넌 죽어도 몰라!' 그녀가 비웃었지요. 이 '넌 죽어도 몰라'를 수없이 되풀이하며 그를 모욕했고, 그 말이 싫증이 나자 믿기지 않겠지만 팡파르처럼 노래로 읊어댔소! 광분해 있는 이 남자를, 손에 쥐고 있다 망가뜨릴 꼭두각시에 불과했던 이 남자를 이 말로 실컷 후려쳤고, 마치 채찍으로 돌아가는 팽이처럼 이 말로 그를 돌려 불안과 의심의 소용돌이로 몰아넣

---

* 발레 용어로서 발레의 대표적 기법. 무용수가 공중으로 뛰어올라 두 다리를 빠르게 앞뒤로 서로 교차시키며 부딪치는 스텝.

었죠. 그뿐 아니라 증오가 넘친 나머지 파렴치하게도 자기와 관계했던 애인들 이름을 일일이 나열하며 장교단 전체를 들먹였죠.

'나는 그들 모두를 가졌어.' 그녀가 외쳤어요. '하지만 그들은 날 갖지 못했다고! 너는 너무 바보 같아서 그 아기를 네 자식이라고 믿고 있지만, 그 아기는 내가 예전에 유일하게 사랑했고 우상처럼 숭배했던 남자한테서 생긴 거야! 짐작 못했어? 아직도 짐작 못하는 거야?'

거짓말이었지요. 그녀는 아무도 사랑한 적 없었으니까요. 하지만 이 거짓말이 소령에게 심한 고통을 안기리라 느끼면서 그 거짓말의 단검으로 그를 찌르고 후비고 잘게 썰었지요. 이 고문 집행도 싫증이 나자, 그녀는 끝장을 내려고 칼을 깊이 찌르듯 마지막 고백을 그의 가슴에 꽂아 넣었죠.

'그래! 누군지 말도 못하겠지. 그런 혀는 개한테나 줘버려, 멍청아! 메닐그랑이야.'

거짓말이었을 테지만, 그녀가 입에 올린 이름은 총알처럼 벽장을 뚫고 내게 날아와 박혔소. 이 이름이 발설되자마자 누군가의 목이 베인 뒤처럼 정적이 흘렀소. '아무 대꾸 없이 그녀를 죽였나?' 내가 이런 잡생각을 하는 순간, 유리가 세차게 내던져져 바닥에서 산산조각 나는 소리가 들려왔소.

이미 말한 대로 이도프 소령은 제 자식이라 믿고 아기에게 엄청난 부성애를 쏟았지요. 그래서 아기를 잃게 되자 한동안 그는 죽음 같은 허무에, 영영 헤어나지 못할 큰 비애에 빠져 있었소. 아들을 위한 비석을 세우고 날마다 찾아가려고 했을 만큼 — 무덤에 대한 우상 숭배! — 말이오. 하지만 매번 싸움터를 옮겨야 하는 군인 처지에 그건 쉬운 일이 아니었지요. 그는 급기야 아들의 심장을 방부처리해서 수정 항아리에 넣어뒀어요. 어디서든 쉽게 갖고 다니려고 수정 항아리 안에 소중히 아기 심장을 담아

됐던 거요. 산산조각 깨진 건 그의 침실 모퉁이 세모꼴 장롱에 놓여 있던 바로 그 수정 항아리였소.

'뭐? 내 아기가 아니었다고, 이 사악한 창녀야!' 그가 소리 질렀죠. 그러곤 군홧발로 항아리 파편을 짓이기고 아들이라 믿어왔던 아기의 심장을 짓밟는 소리가 들려왔죠.

아마 그녀는 그걸 주워 담으려 했을 겁니다. 그에게서 그걸 빼앗고 싶었을 겁니다. 황급히 달려가는 소리, 상대를 때리는 소리, 서로 다투는 소리가 다시 잇따랐으니까요.

'좋아! 그렇게 원하면 가져, 옜다! 네 아들 심장이다, 이 뻔뻔한 창녀야!' 그렇게 말하고 나서 소령은 자신이 그토록 사랑했던 그 심장을 가지고 그녀를 내리쳤고 또 포탄처럼 던져버렸소. 재난은 재난을 부른다고 하죠. 불경스러움이 불경스러움을 불러들였소. 극도로 흥분한 푸디카 역시 소령이 한 그대로 했지요. 남자가 끔찍하게 굴지 않았다면 간직하고 있었을 아기의 심장을 그의 머리 쪽으로 내던졌지요. 고문에는 고문으로, 치욕에는 치욕으로 대응하려 했던 거지요. 그렇게 해괴망측한 상황은 난생처음이었소! 아버지와 어머니가 죽은 제 자식의 심장으로 서로 번갈아 따귀를 때리다니!

그 부도덕한 전투는 몇 분 동안이나 지속됐소. ……너무 끔찍하고 비극적이어서, 나는 벽장문을 어깨로 부수고 끼어들 생각조차 하질 못하고 있었죠. 그런데 바로 그때, 전쟁터에서 소름 끼치는 비명을 숱하게 들은 우리지만 여러분도 나도 들어보지 못했을 끔찍한 외침을 듣고 힘껏 벽장문을 부쉈는데…… 그만 차마 못 볼 광경을 보고 말았죠! 푸디카가 편지 쓰던 탁자에 널브러져 있고, 소령은 우악스럽게 한 손으로 그녀를 짓누르고 있었소. 여자는 옷이 위로 걷어붙여져 하얀 알몸이 드러난 채로 그의 악력에 토막 난 뱀처럼 버둥거렸지. 한데 그의 다른 한 손이 무슨 짓을 하고 있었는지 아시오, 여러분?

글 쓰던 그 탁자 위, 불 켜진 양초와 그 옆에 놓인 봉랍을 보고는 그 상황에서 소령은 사악한 발상을 떠올렸던 거외다. 그녀가 편지를 봉인한 것처럼 그녀의 죄스러운 곳을 봉인해버리자. 이 잔악한 발상에 빠진 질투의 화신은 변태적이고 끔찍한 복수에 집착하게 된 것이었죠!

'죄 지은 곳에 벌을 주마, 더러운 년!' 그가 외쳤어요.

아무 소리도 지르지 못하는 희생물 위로 몸을 숙인 채 끓는 봉랍에 칼끝을 여러 차례 담갔다 빼고 담갔다 빼면서 봉인 작업에 열중하느라 그는 날 보지 못했던 모양이오!

나는 등 뒤에서 그에게 확 달려들어 양 어깨 사이에 칼을 푹 꽂았소. 당시 내 심정은 그를 더 확실히 죽이기 위해 내 칼과 함께 손과 팔까지도 쑤셔 넣고 싶을 정도였소!"

"잘했어, 메닐!" 셀뢴 소령이 말했다. "그런 놈은 우리같이 앞에서 칼을 받을 자격도 없어!"

"저런, 아벨라르* 대신 엘로이즈가 고통을 당한 격이로군!" 르니앙 신부가 말했다.

"외과적으로 아주 고약하고 드문 사례로군!" 의사인 블레니 박사가 말했다.

---

* 12세기 유명한 러브 스토리의 주인공, 아벨라르(1079~1142)와 그보다 16살 어린 엘로이즈(1095~1163)는 스승과 제자로 처음 만났다. 당시 철학의 대가이자 성직자였던 아벨라르와 영민한 처녀였던 엘로이즈의 사랑은 중세 유럽을 발칵 뒤집은 실제 스캔들이다. 사랑에 빠진 두 사람이 비밀결혼을 하고 아들까지 낳은 사실을 알게 된 엘로이즈의 삼촌 퓔베르는 청부업자들을 시켜 아벨라르에게 잔혹하게 복수했다. 그 복수란 아벨라르의 국부를 잘라내버린 것이었다.

메닐은 내친 김에 좀더 말을 이어갔다.

"그는 정신을 잃고 까무러친 자기 아내의 몸뚱이 위로 고꾸라져 죽었소." 그가 말을 이었다. "나는 칼을 뽑아 멀찌감치 던져버리고 시신을 발로 밀어냈소. 내 뱃속까지 뒤흔든 그 비명, 푸디카가 내지른 비명, 암늑대의 음문(陰門)에서 터져 나온 듯한 그 소리가 어찌나 사납고 거칠었던지 하녀가 문 앞에 뛰어 올라와 있었소. 나는 다음과 같이 말하면서 하녀를 보냈소.

'제8용기병 연대 외과 전문 군의관을 부르시오. 오늘 저녁 여기서 할 일이 있다고 하고!'

그러나 군의관이 도착할 때까지 기다릴 짬이 없었죠. 갑자기 전투 개시를 알리는 안장 준비 나팔이 맹렬히 울렸던 탓이오. 불시에 적군이 습격하여 칼로 보초병들의 목을 베어갔던 것이었어요. 황급히 말에 올라타야 했어요. 나는 일부가 훼손됐지만 여전히 아름다운 여자의 몸을 봤소. 마지막으로 말이오. 사내의 눈길 아래 꼼짝 않는 그 몸이 창백해 보인 건 그때가 처음이었지. 자리를 뜨기 전에 나는 먼지 쌓인 바닥에 팽개쳐진 가엾은 심장을 집어 들었소. 그걸 차지하려고 서로 단검으로 찌르고 난자하기까지 했다니. 나는 그녀가 내 자식이라고 말한 아기의 심장을 경기병 가죽 전대에 넣어 가지고 갔죠."

여기서 메닐그랑 기사는 이야기를 멈추었다. 함께 자리한 유물론자와 난봉꾼들도 그가 격한 감정에 휩싸여 침묵하는 것에 토를 달지 않았다.

"그런데 푸디카는……?" 술잔을 만지작거리던 랑소네가 머뭇머뭇하며 물었다.

"푸디카라고 불렸던 로잘바 소식은 이후로 듣지 못했네." 메닐그랑이 답했다. "죽었을까, 아직 살아 있을까? 외과 전문 군의관은 그녀에게 갔을까? 우리가 치명적인 패배를 하고 말았던 알쿠디아 기습이 끝난 뒤 그 군의관을 수소문해보았지만 헛수고였네. 수많은 사람이 그랬듯이 그도 종적을 감춰버렸지. 막대한 병력 손실을 입고 지리멸렬해진 연대로 귀환하지 않았던 걸세."

"그게 전부야?" 모트라베르가 말했다. "그렇다면 자랑할 만한 이야깃거리지! 메닐, 자네가 옳아. 능욕당한 뒤 우물 속으로 내던져진 80명의 수녀 이야기를 듣고 난 후 자네가 셸뵌에게 갑절로 갚아주겠다고 했잖아. 다만 랑소네가 지금 요리를 앞에 두고 멍하게 있으니까, 대신 내가 자네에게 다시 묻겠네. 근데 지금 해준 이야기하고 자네가 성당에 간 것하고 무슨 연관이 있는가……?"

"옳은 지적일세, 예리하군." 메닐그랑이 말했다. "자네가 물으니, 랑소네와 자네에게 할 말이 남아 있었군그래. 내 자식인지는 의심스러웠지만, 난 수년간 어딜 가든 그 아기의 심장을 성유물처럼 지니고 다녔네. 모트라베르, 자네에게 단언컨대, 가벼워 보이는 그 심장이 실상은 아주 무거웠다네. 난 그 심장이 들어 있던 장교용 가죽 전대를 맨 채로 죽길 바랐지. 하지만 워털루 전투에서 패하고 그 가죽 전대를 벗어야 할 때가 되자 철이 들었던 건지, 심하게 모독 당한 그 심장을 더 이상 모독하는 게 두려워졌네. 그래서 기독교도의 땅에 묻어주기로 했지. 오늘처럼 자세히 밝힌 건 아니지만 오래전부터 마음을 짓누르던 그 심장 이야기를 이 도시의 한 사제에게 했고, 얼마 뒤에 제실 고해소에서 그것을 직접 건네주고 나왔네. 한데 그때 랑소네가 성당 측도에서 두 팔로 날 잡아챘던 것이지."

이쯤이면 랑소네 대위도 납득을 했을 것이라 여길 만했다. 그러나 랑소네는 아무런 말도 하지 않았다. 다른 사람들도 말이 없기는 마찬가지였다. 아무도 감히 자신의 견해를 말하려 들지 않았다. 어떤 심사숙고의 순

314

간보다 더 의미심장한 침묵에 모두 입을 다물고 있었다.

여기에 모인 무신론자들은 깨달았을까? 죽은 심장이든 살아 있는 심장이든, 교회란 곳은 어느 누구도 어떻게 처리할지 모르는 그런 심장을 받아들여줄 때 비로소 아름다워질 것이란 사실을.

"자, 커피들 드시오!" 늙은 메닐그랑이 높은 음역의 목소리로 말했다.

"메닐, 네 이야기만큼 진하다면 맛이 좋을 게야."

어느 여인의 복수극

현대 문학이 뻔뻔스럽다고 하는 소리가 자주 들린다. 하지만 나는 그렇게 생각해본 적이 한 번도 없다. 그런 비난은 도덕군자들의 과장에 지나지 않는다. 아주 오랫동안 사람들은 문학이 사회의 표현이라고들 했는데 그건 말이 되지 않는 소리이다. 반대로 문학은 사회를 전혀 표현하지 못하고 있다. 다른 사람들보다 유난히 용감한 척하는 사람이 더 대담한 행동을 하려고 할 때 그가 어떤 소리를 지르는지 하느님은 알고 있다. 자세히 보면 사회에서는 놀랄 만큼 주기적이고 수월하게, 하루도 예외 없이 비밀리에 범죄가 저질러지지만 벌도 받지 않고, 문학은 그 반도 표현하지 않는다. 고해신부들에게 물어봐라. 만약 고해실에서 사람들이 그들의 귀에 흘려 넣는 그 이야기들을 전부 입 밖에 낼 수 있다면, 고해신부야말로 세상에서 가장 위대한 소설가가 되었을 것이다. 더할 수 없이 당당하고 고귀한 가문에, 예를 들면 근친상간이 얼마나 많이 감추어져 있는지 그들에게 물어보라. 그리고 사람들이 그토록 부도덕하고 뻔뻔스럽다고 비난하는 문학이 과연 한 번이라도(겁을 주기 위해서라도) 감히 그런 이야기를 쓴 적이 있던가 생각해보라! 기껏해야 짧은 호흡으로, 『르네』에서 경건한 샤토브리앙*이 내쉰 숨처럼 훅 하고 한 번 일시적으로 숨을 내쉬었을 뿐이다. 그것을 제외하면 우리 사회에서 근친상간이라 하면 상류층보다 하류층에서 더 많겠지만, 하여간 상류층 하류층 가리지 않고 흔한 일인데, 이 문제에 솔직히 접근하여 정말 비극적인 교훈을 이끌어낼 수 있는 이야기를 담은 책은 한 권도 없었다. 정숙한 티를 내는 자들은 현대 문학에 돌멩이를 던지지만 언제 한번 미라**나 아그리피나,*** 오이디푸스 이야기 같은 주제를 감히 문학에서 다룬 적이 있었던가. 그런 이야기들은 아직도 완벽한 생명력을 지니고 있다 해도 과언이 아닌데 말이다. 나는 적어도 지금까지는 사회라는 지옥 외에 다른 지옥에서 살아보지는 못했지만, 그럼에도 개인적으로든 사교계의 생활에서든 수많은 미라, 오이디푸스, 그리고 아그리피나와 친분이 있었거나 그들을 만났다. 물론 그런 일이 연극이나 이야기에서처럼 드러내놓고 벌어지는 법은 없다. 사회의 표면이나 사람들의 조심성과 두려움, 그리고 위선 너머로 언뜻 보일 뿐이다. 나는 여느 파리 사람들처럼 '앙리 3세 부인'이란 여자를 알고 있다. 그녀는 푸른색 벨벳 옷에 죽은 자들의 얼굴을 조각한 황금 묵주를 허리춤에 차고 다녔고, 그렇게 참회의 스튜에 앙리 3세의 쾌락의 스튜를 섞으면서 스스로를 채찍질했다. 경건한 책을 써 예수회에서도 남자라 생각했을 뿐 아니라(아주 재미있는 일화가 아닌가!) 성자라고까지 믿었던 이 여자 이야기를

---

* Chateaubriand(1768~1848): 프랑스의 작가·정치가. 낭만주의 문학의 선구자.
** Myrrha: 친아버지와 근친상간을 범한 죄로 향나무가 된 여인. 나무로 변한 그녀의 껍질을 찢고 나온 것이 아도니스로, 훗날 아프로디테 여신의 연인이 된다.
*** Agrippina: 첫 남편은 도미티우스 아헤노바르부스였고, 둘 사이에서 네로가 태어났다. 그 후 과부가 되었다가 삼촌인 황제 클라우디우스와 결혼하여 남편을 마음대로 주물렀다. 세번째 남편을 독살했으나 자신도 그의 아들에게 독살당한다.

누가 써주겠는가? 그리 오래되지 않은 이야기 중 파리 사람들이 다 아는 다른 이야기가 있다. 생제르맹 사교계의 한 여자가 어머니의 애인을 빼앗았다. 그러나 그녀는 사랑받는 방법에 정통한 노련한 어머니에게 다시 애인을 빼앗겼다. 그러자 그녀는 자신이 그토록 사랑했던 애인에게 보낸 어머니의 정열적인 편지를 훔쳐낸 뒤 수천 장을 복사해 오페라 극장의 '천국'*(그런 행동에 대한 적절한 명칭이다)에서 첫 공연이 열리기 직전에 뿌려버렸다. 누가 이 여자 이야기를 쓴 적이 있던가? 가엾은 문학은 그런 이야기를 어디부터 손대야 하는지조차 모르고 있을 것이다.

대담한 사람이 해야 할 일은 바로 그것이다. 역사에는 타키투스나 수에토니우스 같은 이들이 있지만 소설에는 그런 인물이 없다. 적어도 격조 있고 도덕적인 재능과 문학성을 유지하고 있는 경우에서는 말이다. 사실 라틴어는 이교적인데다 정직성에 대해 도전적이다. 반면 우리 프랑스어는 클로비스** 때 생레미에서 세례를 받고 거기서 불멸의 순결을 길어 올린 것 같다. 그렇지 않고서야 여태껏 이리 부끄러워할 수 있을까. 그래도 감히 용기를 낼 수 있다면 소설가 수에토니우스, 아니면 타키투스가 나올 수 있을 것이다. 소설이란 풍습의 역사를 이야기하거나 극화한 것이다. 역사 자체도 그렇기 쓰이는 경우가 허다하지 않은가. 소설이 가공의 인물을 내세우는 데 비해 역사는 실제 이름과 주소가 나오는 것만 다를 뿐이다. 단 소설이 역사보다 더 깊이 파고들긴 한다. 소설에는 추구하는 이상이 있지만 역사에는 없다. 역사는 현실에 묶여 있다. 소설은 사건의 장면

---

* 일반적으로 극장의 맨 꼭대기 층에 있는 관람석을 말한다.
** Clovis(466?~511): 메로빙거 왕조의 창시자. 496년 로마가톨릭으로 개종함으로써 성직자를 비롯한 기독교 공동체의 지지를 받은 덕에 갈리아의 주요 지역을 석권하고 프랑크 왕국을 탄생시켰다.

을 역사보다 더 오래 붙들어놓는다. 타키투스가 쓴 티베리우스*보다 리처드슨**이 쓴 러블레이스 이야기가 더 길다. 하지만 타키투스가 티베리우스를, 리처드슨이 러블레이스를 쓰듯 자세히 쓴다 해서 역사가 없어지거나 타키투스가 시시해질까? 물론 나는 화가로서의 타키투스가 모델로서의 티베리우스에겐 압도됐을 것이라고 주저 없이 말할 수 있다.

그렇지만 그것만이 전부는 아니다. 현실에서 문학이 지니고 있는 평판에 비해 왠지 모르게 두드러져 보이는 문학의 빈사 상태와 말할 수 없이 감미로운 진보의 시대에 저질러지는 범죄의 양상을 나란히 놓고 보라! 극도로 발달한 문명은 범죄에게서 섬뜩한 시를 빼앗고 작가에게 그 시를 되돌려주지 않는다. 끔찍한 것까지도 윤색해주길 바라는 사람들에게 그것은 소름 끼치는 일이다. 박애주의로 얻는 이득은 다 그런 식이다! 바보 같은 법률가들이 형량을 줄이고 멍청한 도덕가들이 범죄를 줄이지만 그건 형량을 줄인다는 것 외엔 아무런 의미가 없다. 그러나 극도로 발달한 문명이 저지르는 죄는 극도의 야만성이 저지르는 죄보다 더 잔인하다. 현대의 범죄는 아주 교묘하고 지적인 데다 부패가 전제되어 있기 때문이다. 종교재판소는 잘 알고 있었다. 신앙과 공중 도덕이 강했던 시절, 사람의 생각을 심판하는 법정, 생각만 해도 가느다란 신경이 오그라들고 홍방울새처럼 경솔한 머리가 둘로 쪼개질 그 어마어마한 기관인 종교재판소도 정신적인 범죄를 최고의 중죄로 여기고 합당한 형벌을 내리곤 했다. 사실

---

* Tiberius(B.C. 42~A.D. 37): 로마의 제2대 황제. 아우구스투스 황제의 의붓아들로 북 게르마니아, 판노니아를 정벌할 때 공을 세웠으며, 재위에 올라 속주 통치와 국가 재정의 재건에 힘썼다.
** Samel Richardson(1689~1761): 영국의 소설가. 연애, 결혼 등을 주제로 한 가정생활을 그렸으며, 특히 여성의 심리를 치밀하게 해부했다. 러블레이스Lovelace는 그의 소설 『클라리스 할로』에 등장하는 난봉꾼, 색마이다.

그런 범죄는 감각보다 생각에 더 호소한다. 하기야 생각이라는 건 결국 우리가 지닌 가장 깊은 내면의 것이다. 그러므로 소설가는 얼마든 이런 범죄로부터 사람들이 모르는 비극을 찾아낼 수 있다. 그런 범죄는 물리적 이라기보다 정신적이며, 물질을 중시하는 늙어빠진 사회가 갖는 천박성보 다 더 범죄와 관련이 없다. 피도 흘리지 않고 살인마저 감정과 풍습의 수 준에서 저질러지기 때문이다. 이제 이야기하려는 끔찍하고 희귀한 복수극 도 바로 그런 비극의 한 예이다. 피도 흘리지 않고 칼이나 독도 없다. 한 마디로 '문명화된' 범죄의 하나로, 이야기를 전하는 방식을 빼고는 하나 도 지어낸 게 없는 사건이다.

　　루이 필리프*의 통치가 끝나갈 무렵이었다. 어느 날 저녁 한 젊은 남 자가 바스뒤랑파르 거리를 들어서고 있었다. 당시 그 거리는 '바스'라는 명칭이 무색하지 않게 대로변보다 지대가 낮은 데다가 우묵하게 파인 구 덩이처럼 볕이 들지 않아 컴컴했다. 대로에서 사람들이 사는 쪽으로 들어 오려면 (이런 표현이 괜찮은지 모르겠지만) 서로 등을 돌리고 있는 두 계 단으로 내려와야 했다. 지금은 없어졌지만 그 구덩이 같은 거리는 쇼세당 탱 거리에서 내려와 다시 코마르탱 거리에서 대로변과 같은 높이를 찾기 전까지 그 사이에 있었다. 사람들은 낮에야 그 어두운 골짜기로 들어갈 엄두를 내지, 밤이면 거의 인적이 끊기다시피 했다. 악마는 어둠의 왕이 다. 그 남자는 바스뒤랑파르 거리에 자신의 영지 가운데 하나를 가지고 있었다. 구덩이 같은 거리의 한쪽은 큰 거리가 테라스처럼 둘러싸여 있고

---

* Louis Philippe(1773~1850): 프랑스의 왕. 왕족이면서 프랑스 혁명에 동조하였으며, 7월 혁명으로 왕위에 추대됐으나 금권 정치의 부패로 인하여 2월 혁명이 일어나 왕좌에서 쫓겨 났다.

다른 쪽은 마차가 드나들 수 있을 만큼 큰 문이 있는 조용하고 커다란 집들과 고물상 몇 군데가 있었다. 그 중간쯤에 포장 안 된 좁다란 길이 나 있었다. 바람이 조금만 불면 플루트를 부는 듯한 소리를 내는 그 좁은 길을 따라 가면 한창 짓고 있는 집과 긴 담을 지나 뇌브데마튀랭 거리에 이른다. 문제의 젊은이는 옷을 아주 잘 차려입고 있었다. 그런데 그가 방금 들어선 길은 그에 어울리는 고상한 곳이 아니었다. 아무렇지도 않은 듯 주저 없이 그 어둡고 수상쩍은 통로로 들어간 어떤 여자를 뒤쫓았을 뿐, 다른 이유는 없었다. 젊은이는 멋쟁이였다. 당시의 유행어로 '노란 장갑'이라 부르는 깔끔한 멋쟁이. 그는 파리 카페*에서 느긋하게 저녁을 먹고 이쑤시개를 씹으며 이리저리 거닐다 토르토니 반신상의 난간(지금은 사라졌다)에 기대어 서서 지나가는 여자들을 흘깃흘깃 훔쳐보고 있었다. 그런데 마침 그 여자가 몇 번씩 그의 앞을 왔다 갔다 했다. 그런 상황을 연출하며, 지나치게 요란한 옷차림을 하고 엉덩이를 씰룩이며 걷는 자세는 그녀가 과연 어떤 신분인지 훤히 알 수 있게 해주었다. 그뿐 아니라 로베르 드 트레시니라는 이름의 젊은이는 세상만사에 완전히 흥미를 잃고 시큰둥한 데다 막 동방에서(그곳에서 그는 여자라는 동물이라면 인종과 종류를 막론하고 빠짐없이 두루 다 구경했다) 귀국한 참이었다. 그런데도 그는 밤거리의 여자가 다섯번째로 앞을 지나갔을 때 그녀의 뒤를, 자신을 비웃으며 그가 말했듯이 '개처럼' 쫓아갔다. 왜냐하면 그는 자신의 행동을 스스로 관찰하고 판단할 수 있는 능력을 갖춘 사람이었고, 이따금 행동과 모순되는 판단을 하긴 해도 그렇다고 행동을 멈추거나 판단을 흐리지도 않는 사람이었기 때문이다. 그는 가볍게 볼 사람이 분명 아니었다. 트레시니는

---

* Café de Paris: 19세기에 파리의 예술 애호가들이 주로 드나들던 유명한 카페.

서른 살이 넘었다. 오다가다 만난 여자에게 한눈에 혹하여 자신의 직감에 속는 조크리스* 초년병 시절은 이미 지난 남자였다. 그럴 시기가 지난 것이다. 그는 실증주의 시대를 살아가면서 이미 차가워졌고 지나치게 까다로워진 자유사상가, 감각에 대해 생각하고 생각한 끝에 더 이상 속지도, 두려워하거나 무서워하지도 않는 매우 지성적인 자세를 갖추게 된 자유사상가였다. 그런데 그가 방금 본 것, 아니 본 것 같은 그 무언가가 그에게 새로운 감각의 밑바닥까지 가보고픈 야릇한 호기심을 불러일으켰다. 그래서 그는 동상의 난간에 앉아 있다가 일어나 그것을 쫓기 시작했다. 언뜻 상스럽기 그지없는 모험이란 생각이 들었지만, 어디 끝까지 가보자는 단단한 결심이 섰다. 사실 그에게, 파도처럼 물결치며 앞장서 걸어가는 그 여자는 가장 천한 계급의 여자에 지나지 않았다. 그러나 저 고운 용모의 여자가 어째서 더 고상한 신분으로 태어나지 못했을까, 하다못해 밤거리의 여자라는 비천한 신분에서 구해줄 만한 남자라도 하나 없었을까 의아스러울 만큼 그녀는 아름다웠다. 왜냐하면 파리에서는 하느님이 예쁜 여자를 심어놓으면 악마가 그에 대한 보복으로 그녀를 데리고 살 바보를 즉시 심어놓기 때문이다.

그뿐만이 아니었다. 트레시니가 그 여자를 따라간 건 진정한 아름다움에 대한 안목도 없고 다른 것처럼 미를 식별하고 가늠하는 일까지 민주화되어 수준이 떨어지는 파리 사람들 눈에 미처 띄지 못한 아름다움 때문만이 아니었다. 여자가 누군가를 닮은 듯했기 때문이다. 그녀는 바이런이 자신의 회고록에서 짙은 우수에 젖어 묘사한 종달새를 흉내 낸 앵무새였다. 그녀를 보면서 어디선가 본 듯한…… 다른 어떤 여자가 생각났다. 물

* Jocrisse: 통속극에 등장하는 멍청이를 말한다.

론 그녀는 그가 생각한 여자가 아니라는 건 확실했다. 그러나 누가 누군지 못 알아본다는 것이 가능하다면 그녀는 혼동할 만큼 흡사했다. 게다가 그는 그녀에게 놀랐다기보다 사로잡혔다. 관찰자로서 쌓은 수많은 경험으로 그는 사람의 얼굴은 협소하고 경직된 기하학의 지배를 받으며 몇몇 유형으로 분류해 일반화할 수 있어서, 결국 생각처럼 다양하지 않다는 것을 알고 있었다. 아름다움은 단일하다. 오직 추함만이 여러 가지지만 그것도 곧 바닥이 나기 마련이다. 표정만이 영원하리라는 것이 하느님의 뜻이다. 바르든 비뚤어졌든, 깨끗하든 흐리든 영혼은 얼굴의 선을 통해 투영되기 때문이다. 트레시니는 꾸불꾸불 대로를 따라가다 낫으로 베듯 휙 하고 길을 가로지르기도 하는 여자의 걸음에 보조를 맞추며 두서없이 이런 말을 중얼거리고 있었다. 금색 바탕에 사프란 색(로마 시대의 젊은 여성들이 좋아했던 색이다) 수자(繡子)로 된 드레스를 입은 여자는 틴토레토*가 그린 시바의 여왕보다 당당해 보였으며, 걸음을 옮길 때마다 비치는 옷 주름이 차갑게 번쩍이며 내는 소리는 마치 군대를 호령하는 소리 같았다. 과장돼 보일 정도로 상체를 뒤로 젖힌(프랑스 여자에겐 드문 일이다) 그녀는 백색, 진홍색, 금색의 굵은 줄무늬가 있는 멋진 터키식 숄을 몸에 단단히 감고 있었다. 그리고 하얀 모자에 달린 천박하다 싶게 휘황찬란한 붉은 깃털은 어깨까지 치렁치렁 내려왔다. 그 시절 여자들이 '눈물 짓는 버들가지'라 불리던 긴 깃털 장식을 모자에 꽂고 다녔던 것이 기억난다. 그러나 그녀에게는 떨어질 눈물이 없어 보였다. 여자의 모자는 우수가 아닌 다른 느낌을 주었다. 트레시니는 여자가 수천 개의 가로등이 번쩍대는 쇼세당탱 거리로 들어가리라 생각했다. 그런데 놀랍게도 그녀는 거리의 여

* Tintoretto(?1518~1594) : 이탈리아 화가. 베네치아파에 속하며 역사화, 종교화, 초상화에 뛰어났다.

자들이 부리는 허세의 사치와 그녀 자신과 그녀가 끌고 다니는 비단 옷에 대한 뻔뻔스런 자만심을 다 휘감은 채, 그 시대의 가장 수치스러운 거리라 할 수 있는 바스뒤랑파르 거리로 들어가는 거였다. 잘 닦은 장화를 신은 신사는 여자보다 덜 대담했는지 '그 안으로' 들어가기 전에 약간 망설였다. 하지만 그것도 잠시, 금빛 드레스가 멀리 어둠에 문신을 넣은 양 켜진 외딴 가로등을 지나 캄캄한 구덩이 속으로 사라지자 그는 그녀를 뒤쫓아 냅다 달렸다. 그러나 별로 힘 들일 필요는 없었다. 그녀는 그가 따라오리라 확신하고 있었는지 멈춰 서서 기다리고 있었다. 그가 그녀를 따라잡자 그녀는 그가 결정을 내릴 수 있게 직업여성다운 대담함으로 그의 코앞에 바싹 다가가 얼굴을 보여주었다. 새빨간 분을 두껍게 발랐지만 무슨 곤충의 날개처럼 구릿빛으로 그을린 갈색 피부의 얼굴은 창백하고 가느다란 가로등 불빛에도 하얗게 변하지 않았고, 그 아름다움에 남자는 말 그대로 눈이 멀어버리는 것 같았다.

"스페인 사람입니까?"

트레시니가 물었다. 스페인 사람의 가장 아름다운 한 전형을 그녀에게서 봤기 때문이다.

"그래요."

여자가 대답했다.

그 시대에 스페인 여자라는 것은 대단한 일이었다. 그것 하나만으로도 파리에서는 가치가 있었다. 당시 유행하던 소설이나 클라라 가쥘의 연극,* 알프레드 드 뮈세의 시, 마리아노 캉프뤼비와 돌로레스 세랄의 춤 덕분에 석류 같은 뺨과 오렌지색 피부를 지닌 여자들은 지나칠 정도로 높

---

* 프랑스의 소설가 메리메(Prosper Mérimée, 1803~1870)가 쓴 희곡집 『클라라 가쥘의 연극 *Le Théâtre de Clara Gazul*』을 말한다.

이 평가받고 있었다. 물론 스페인 사람이라고 자랑하는 여자치고 진짜 스페인 여자는 많지 않았다. 그래도 여자들은 그렇다고 자랑했다. 그러나 그녀는 자기 매력을 돋보이게 할 수 있는 다른 장점들과 마찬가지로 스페인 여자라는 사실도 특별히 강조하려는 것 같지 않았다. 쓰는 말도 프랑스어였다.

"갈래요?"

여자가 다짜고짜, 그것도 풀리 거리(당시에도 있었다)의 가장 비천한 여자들이나 할 것 같은 반말 투로 물었다. 그 여자들이 기억나시는지? 한마디로 쓰레기죠!

그 말투, 이미 쉬어버린 목소리, 아직 때가 이른 친숙함, 사랑하는 여인의 입에서 나왔다면 참 기분좋았을(오 하느님!) 반말, 그러나 한낱 스쳐가고 말 여인의 입에서 나왔기에 참을 수 없으리만큼 무례하게 들리는 반말, 이런 것들이 혐오감을 주고 환상을 깨기에 충분했을 것이다. 그런데 악마가 씐 모양이다. 그에게 그녀는 반드러운 비단옷에 파묻혀 있는 황홀한 살덩어리 이상이었다. 그녀를 본 순간 그는 욕정이 가미된 호기심에 빠져 이브의 사과는 물론 늪에 우글대는 두꺼비까지 삼킬 것 같은 기분이 들었다.

"갈 거냐고? 그럼!"

그가 말했다. 마치 여자가 의심이라도 하고 있다는 듯.

'내일 깨끗이 씻지 뭐'라고 생각했다.

두 사람은 길 끝까지 가서 마튀랭 거리로 접어들었다. 여기저기 널려 있는 거대한 건축 석재, 아직 다 올리지 못한 건물들 가운데 이웃도 없이 서 있는 집 한 채가 있었다. 좁고 더럽고 꺼림칙한 데다 흔들거리는 집이었다. 너덜너덜한 벽은 각 층마다 벌어지는 온갖 악과 범죄를 목격했을 것 같았다. 그대로 더 두고 보라고 철거하지 않은 듯한 그 집은 이미 검게 변한 하늘을 등지고 한층 더 깜깜한 그림자가 되어 서 있었다. 비쩍 마른 키다리 같은 눈먼 집(창은 집의 눈인데 그 집 창문은 모두 불이 꺼져 있었다)은 어둠 속을 더듬거리다 지나가는 당신을 덥석 붙들 기색이었다. 그 섬뜩한 집 역시 좋지 않은 장소가 으레 그렇듯 빠끔히 문이 열려 있었고, 복도 끝에는 내리비추는 불빛을 받으며 수치스럽고 더러운 계단 몇 개가 드러나 있었다. 여자가 좁다란 복도로 들어섰다. 복도는 여자의 어깨와 풍성하기 그지없는 드레스로 꽉 찼다. 여자는 익숙한 발걸음으로 달팽이 껍데기 같은 나선계단을 날렵하게 올라갔다. 계단이 끈적끈적해 그 이미지가 더욱 그럴듯했다. 그런 저속한 곳에 있는 끔찍한 계단에 불이 켜져 있다니 의외였다. 더구나 2층 벽까지는 기름내가 코를 찌르는 캥케식 양등(洋燈)의 짙은 불빛이더니, 3층에 올라서자 갑자기 불빛이 확 퍼지면서 눈이 부시도록 밝아졌다. 벽에 박아 넣은 두 개의 발톱 모양의 청동 촛대의 불이 어울리지 않게 호사스런 빛을 내며 문 하나를 비추고 있었다. 그 문은 다른 문과 똑같은 모양이었고, 누구의 방으로 들어간다는 것을 알 수 있게 이름표가 붙어 있었다. 이름표는 좀 유명하거나 아름답다고 알려진 여자들이 중립국 깃발을 단 선박이라면 적국의 화물을 수송하더라도 건드리지 않는다는 원칙이 적용될 수 있도록 문에 붙인 것이다. 트레시니는 그 같은 장소와 전혀 어울리지 않는 호사에 깜짝 놀란 데다 예술가의 힘찬 손으로 꼬아 만든 웅장하기까지 한 대형 샹들리에에 정신이 팔려 이름표는 미처 눈여겨보지 못했다. 하기야 여자와 함께 왔으니 이름을 확인할 필요가 없었다. 그녀가 휘황한 불빛의 세례를 받고 있는 괴상한 장식의 문을 여는 걸 보자니, 문득 루이 15세 시대에 선물로 많이 주고받았던 작은 집들이 생각났다. '이 여자는 그런 소설이나 회고록을 읽었나 보네.

아무도 생각 못할 관능적인 우아함으로 가득한 예쁜 방을 꾸미는 상상을 했나' 하고 생각했다. 그런데 문이 열렸을 때 눈에 들어온 광경은 더욱 놀라운 것이었다. 물론 역설적인 의미로 말이다.

사실 그 방은 그런 여자들에게서 흔히 볼 수 있는 상스럽고 어수선한 방에 불과했다. 가구란 가구에는 온통 너저분하게 옷이 널려 있고 여자의 연병장이라 할 수 있는 넓직한 침대도 마찬가지였다. 침대가 놓인 안쪽 벽감과 천장에는 난잡한 거울이 붙어 있어서 누구의 방에 들어온 건지 금방 실감할 수 있었다. 벽난로 위에는 야간작전에 뛰어들면서 화장품 병을 닫고 나오는 걸 잊었던 듯, 미적지근한 향수 냄새가 방 안에 진동하고 있어서 몇 번만 숨을 들이쉬어도 사내의 기력이 다 쇠할 지경이었다. 복도의 것과 동일한 양식의 두 촛대가 난로 양편에서 불을 밝히고 있었다. 바닥 양탄자는 사방으로 짐승 가죽을 덧깔아놓았다. 모든 게 예상 그대로였다. 마지막으로 방 한쪽에 열린 문의 커튼 아래로 여사제들의 제의실인 화장실이 보였다.

그러나 그 모든 것은 트레시니가 나중에 본 것들이다. 처음엔 주인공 여자만 보였다. 그는 자신이 들어온 곳이 어딘지 잘 알고 있었으므로 주저하지 않았다. 그는 아무렇게나 소파 위에 앉아서, 막 안락의자에 모자와 숄을 벗어던진 여자를 두 무릎 사이로 끌어당겼다. 양손을 맞잡고 고리로 졸라매듯 여자의 허리께를 안았다. 그러고는 그녀 얼굴을 아래에서 위로 마치 포도주를 단숨에 들이켜기 전에 잔을 들어 빛에 비쳐보는 술꾼처럼 죽 훑어보았다. 거리에서 받은 느낌이 틀리지 않았다. 여자의 값어치를 판단할 줄 아는 남자거나, 여자에게 정나미가 떨어졌을지라도 힘센 남자라면 흥미를 가질 만한 정말 아름다운 여자였다. 어두침침한 거리의 흔들리는 불빛 속에서 봤을 적에 꼭 누군가와 닮았다 싶었던 그 느낌은 환한 실내의 고정된 불빛 속에서 봤을 때에도 변함이 없었다. 그랬다. 이 여자와 이 여자가 생각나게 한 '그 여인'은 동일인이라 할 정도로 윤곽이나 선이 서로 닮았다. 하지만 '그 여인'은 무정부주의자의 유쾌한 아버지인 악마가 공작 부인에게는 거절했으면서 무엇 때문인지는 모르나 거리의 여자에게는 허락한 단호하다 못해 무섭기까지 한 그 도도한 표정을 갖고 있지는 않았다. 그녀가 모자를 벗자 검은 머리칼, 노란 드레스, 넓은 어깨와 그보다 더 넓은 엉덩이가 화가 베르네*가 그린 유디트**를 연상시켰다. 하지만 그녀의 몸매는 유디트보다 좀더 사랑을 위해 만들어진 것 같았고 얼굴은 좀더 사나웠다. 그녀가 어둡고 사납게 보인 것은 아름다운 두 속눈썹 사이에서 관자놀이까지 파인 주름살 때문인 듯했다. 터키에 갔을 때 그곳의 아시아 여성들을 본 적이 있었지만, 이 여자도 근심으로 항상 찌푸려서 그런지 얼굴에 완전히 금이 그어진 것처럼 보였다. 몸매는 자기 직업에 어울리는 몸매인데 얼굴은 전혀 그렇지 않았다. 따귀를 맞고 정신이 번쩍할 만큼 대조적이었다. 화류계 여인다운 몸은 절절하게 '날 가지세요!'라고 말하고 있고 잘록한 허리는 남자의 손과 입술을 절로 끌 것만 같았다. 하지만 얼굴은 욕정도 멈추게 할 만큼 오만한 표정이었고 그걸 보게 되면 아무리 뜨거운 육체의 희열도 존경심으로 돌처럼 굳을 것 같았다. 다행히 상냥한 태를 한 화류계 여인의 미소는 철저한 경멸의 표정을 그리던 입꼬리를 가려주어, 그녀의 차가운 얼굴 탓에 겁에 질려 있던 자들을 다시 불러 모았다. 거리에서 그녀는 새빨간 입술로 뻔뻔하고

---

* Horce Vernet(1789~1863): 프랑스의 화가. 그가 그린 「유디트와 홀로페르네스」는 루브르에 보관되어 있었다.
** Judith: 유대교 전설에 나오는 여자 영웅. 평화롭던 유대의 산악 도시 베툴리아를 침략한 아시리아의 장군 홀로페르네스를 유혹하여 술에 취하게 하고 목을 자른 베툴리아 최고의 여인.

뇌쇄적인 미소를 지은 채 돌아다니며 손님을 끌었다. 그러나 트레시니가 무릎 사이에 세웠을 때 그녀는 진지했고 얼굴엔 이상하리만큼 냉혹한 기운이 서리는 것이, 반월도만 있었다면 멋쟁이 트레시니도 여지없이 홀로페르네스가 됐을 것 같은 기분이 들었다.

다행히 무장 해제된 여자의 손을 잡고 다시 보니 기품이 있는 아름다움이었다. 여자는 묵묵히 자신을 살피게 내버려두었다. 곧 그녀도 남자를 바라보았다. 진위가 의심 가는 금괴를 들어보는 여자처럼 더러운 욕심에서 나오는 그런 일시적인 호기심은 아니었다. 얼마를 받게 될지, 상대를 어떻게 만족시켜야 할지, 그런 생각을 하고 있는 것은 분명 아니었다. 옆으로 봉긋 솟은 코끝도 눈만큼 풍부한 표정과 뜨거운 정열의 불길을 뿜고 있었고, 범죄를 실행에 옮기려는 굳은 의지가 서려 있었다.

'이 냉혹한 얼굴이 혹시 사랑과 감각도 냉혹하다는 뜻이라면 힘이 다 빠져버린 이 시대에 태어난 나나 여자에게 얼마나 다행스러운 일인가!' 트레시니는 이렇게 생각했다. 환상의 세계로 들어가기 전 영국 말을 검사하듯 여자를 자세히 뜯어보았다. 여자 경험도 많고 까다롭기 짝이 없는 그는 터키의 아드리노플 노예시장에서 가장 아름답다는 처녀들을 흥정해본 사람이라 자기 앞에 있는 여자와 같은 색깔의 밀도가 있을 때 몸값이 어느 정도 하는지 훤히 꿰고 있었다. 그는 손이 닿는 높이에 있는 테이블 위의 푸른 크리스털 잔에 두 시간 동안 그녀를 데리고 있을 대가로 금화 한 줌을 던졌다. 여자는 그렇게 많은 금화를 받은 적이 없었으리라.

"아! 내가 마음에 들었나 보군요?"

그녀는 대담하게 소리쳤다. 방금 그가 한 행동 때문인지 무슨 짓이라도 서슴지 않을 태도였다. 욕정보다는 호기심이 더 강해 보이는 남자가 뜯어보는 눈초리에 초조해졌을지도 몰랐다. 그 따위 짓은 그녀로선 시간

낭비요 모욕이었기 때문이다. 그녀가 덧붙였다. "내가 벗죠."

옷이 무겁기라도 하다는 양 어느새 블라우스의 맨 위쪽 단추 두 개를 풀고 있었다. 그러면서 그의 무릎 사이에서 빠져나와 화장실로 들어갔다. 아주 익숙한 동작이었다! 의상을 '준비'하려는 것일까? 이런 일을 하는 여자들에게는 옷이 도구인 것. 트레시니는 여자의 얼굴을 보면서 메살린*처럼 끝없는 욕구를 느끼리라 여겼지만, 다시 맥 빠진 진부한 세계로 추락해버렸다. 그는 다시 한 번 창녀의 집에 와 있다는 사실을 실감했다. 그녀가 그 운명과는 잔인하도록 어울리지 않는 천사의 아름다움을 가졌다손 쳐도, 그녀가 파리의 창녀라는 것은 변함이 없었다. '젠장! 이런 천한 계집들에게 시(詩)란 절대로 껍데기뿐이지, 그러니 껍데기에서만 찾아야지'

그리고 그는 바로 거기서 시를 찾겠다고 다짐했다. 하지만 정작 그가 찾은 곳은 엉뚱한 곳, 시가 있으리라고는 상상도 못한 바로 그곳이었다. 지금까지 이 여자를 쫓아오면서 억제할 수 없는 호기심과 고상할 것도 없는 환상에만 복종했다. 그러나 그렇게 순간적인 영감을 불어넣었던 여자가 저녁 때 걸치고 있던 장식용 망토를 모두 벗어버리고 막 싸움터로 나가려는 로마의 투사 차림으로 다가왔을 때, 여자를 보는 조각가다운 안목과 훈련된 눈을 가진 그는, 아까 거리에서는 여자의 옷이나 걸음걸이의 숨결로 미처 꿰뚫어보지 못한 아름다움에 말 그대로 머리를 한 방 얻어맞은 듯했다. 그녀 대신에 갑자기 이 문으로 벼락이 떨어져 들어왔대도 이처럼 놀라진 않았으리라. 완전히 벗은 것은 아니었지만, 차라리 다 벗은 게 더 나았다! 그랬다면 훨씬 덜 자극적이었을 것이고, 솔직히 다 벗어던졌으면 오히려 화가 치밀 정도로 야하게 보이진 않았으리라. 대리석 조

---

* Messaline: 오디세우스를 이타케 왕국으로 돌아가지 못하게 붙들었던 아름다운 마녀 키르케를 말한다.

각상들이 나신상이 많은 것은 아무것도 입지 않은 모습이 순결하기 때문이다. 순결한 미의 용기라고도 할 수 있다. 그런데 범죄자처럼 뻔뻔한 이 여자는 네로의 정원에서 불타는 인간 횃불처럼 남자의 감각에 더 빨리 불을 지피기 위해 스스로 불을 붙이고, 세상에서 가장 천한 그 직업을 통해 배운 듯 눈을 속이는 투명한 옷감과 '대담하게 드러낸' 살을 불쾌하고 교묘히 결합시켜 갈 데까지 간 탕녀답게 서 있었다. 누가 알겠는가. 기왕에 끔찍한 방탕에 빠질 바에는 천박함을 즐기는 게 곧 힘이 있다는 증거 아니겠는가. 기괴할 정도로 도발적인 여자의 차림을 보자 트레시니는 당시 파리의 공예품 상점에 빠지지 않고 진열되던 무어라 말하기 어려운 한 청동 조각상 앞에 걸음을 멈추었던 기억이 떠올랐다. 그 받침대엔 '위송 부인상'이란 수수께끼 같은 말만 새겨져 있었다. 위험천만의 음탕한 몽상이라고? 그런데 여기선 그 몽상이 현실 아닌가. 혼란스런 현실. 절대적인 아름다움을 가졌음에도 그런 여자 같지 않게 얼음 같은 차가움이 없는 여자 앞에서 트레시니는 기독교나 은둔 수도승의 감수성을 되찾을망정 '터키에서 온' 남자라 그럴까, 꼬리가 셋인 터키 태후의 후궁이 와도 별 감흥이 생길 것 같지 않았다. 그래서 여자가 오늘도 예외 없이 남자를 사로잡았다는 확신이 들어서였는지 사정없이 그에게 다가와 파올로 베로네세*의 그림 속 성자를 유혹하는 유녀(游女)처럼 익숙한 동작으로 부드럽고 싱싱한 유방을 그의 입술 가까이에 열어 보였을 때 성자도 아닌 트레시니는 그 여자의 진열장에 갑작스런 허기를 느껴…… 그 돌발적인 유혹을 두 팔로 끌어안았다. 여자도 남자의 격정을 함께 나누고 있었음은 둘이 동시에 몸을 던진 것으로 알 수 있었다. 남자들이 팔로 감으면 늘 이렇게 안겼

---

* Paolo Veronese(1528~1588): 이탈리아 화가. 풍속적인 요소가 강한 종교화를 그렸다.

을까? 직업이든 예술이든 아무리 뛰어난 화류계 여자라 해도, 그날 밤 왜 그렇게 사납고 거친 열정에 휩싸였는지 병적이고 강렬한 격정이라는 말로는 설명되지 않았다. 그렇게 격렬한 것을 보면 진저리 나는 창녀의 길에 들어선 지 얼마 안 되는 여자일까? 하지만 정말로 너무나 야생짐승 같은 격렬한 무언가가 있어서, 도대체 이 여자는 남자를 안을 때 '자신의 생명을 버리려는 건가, 아니면 남자의 생명을 빼앗으려는 건가?' 하는 의심이 들 정도였다. 당시 파리에 있는 그녀와 같은 부류의 여인들은 '로레트'라는 예쁜 이름으로 불렸다. 그 이름은 문학 작품에 애용되었고 가바르니* 같은 화가에 의해 많은 사람에게 깊은 인상을 남겼다. 하지만 그녀들은 그 이름이 천해서 싫다며 동양풍으로 '표범'이라 불러달라고 했다. 그건 그렇고! 그런 여자들 중 어느 누가 이 여자만큼 그 호칭이 잘 어울릴 수 있을까? 그날 밤 그녀는 정말 표범처럼 탄력 있고 유연하게 몸이 휘고 펄쩍 뛰어오르며 할퀴고 물어뜯었다. 트레시니는 지금까지 팔에 안아본 어떤 여자도 그날 밤 그 피조물이 준 것처럼 짜릿한 감각을 준 적이 없다고 맹세할 수 있었다. 미친 듯이 날뛰는 여자의 몸은 그에게도 광기를 전염시켰지만, 트레시니는 그게 좋았다. 그런데 그런 느낌이 인간 본성에 대한 모욕일까 아니면 찬양일까? 사람들이 쾌락이라 부르는 것 속에는 필요 이상의 경멸이 들어 있다. 하지만 그 속에도 사랑에 들어 있는 것과 똑같은 깊은 구렁이 파여 있다. 그녀가 그를 굴러 떨어뜨린 곳이 바로 그 깊은 구렁이었을까? 뛰어난 헤엄꾼을 바다가 집어삼키듯이? 그녀는 그가 경험한 가장 방탕한 시절의 추억을 훨씬 넘어섰을 뿐 아니라 가장 난폭하고 타락한 상상력으로 꿈속에 그려본 여자보다도 더한 여자였다. 그는 모든

---

* Paul Gavarni(1804~1866) : 프랑스의 화가. 파리의 노트르담 드 로레트 거리의 고급 창녀들을 주로 그렸다.

것을 잊어버렸다. 그리고 그가 누구인지, 왜 여기 이 집에 오게 되었는지, 들어오면서 역겹기까지 하던 이 방에 왜 들어왔는지조차…… 정말 그녀는 자신의 몸속에서 그의 영혼을 빼앗아버렸다. 도취되기 어려웠던 감각조차 완전히 미쳐버리게 했다. 마지막으로 그녀는 관능의 희열로 가득 차오르게 하다가, 사랑에 있어서 무신론자이며 인간사 모든 것에 회의론자인 그가, 그것도 몸 파는 여자한테 일순간 뭔지 모를 환상이 확 피어오르는 발광 상태를 겪게 했다. 스승 로버트 러블레이스의 강철 같은 냉정을 거의 기질적으로 가지고 있는 로베르 트레시니는 생각했다. '그래, 내가 이 창녀한테 적어도 한 가지 변덕은 불러일으켰나 보군. 다른 남자하고 다 이런 것은 아니겠지. 그랬다가는 얼마 안 가서 완전히 거덜나고 말 테니까'라고. 그는 잠시 동안 그런 생각을 했다. 그렇게 강인한 남자가 바보처럼 그런 생각을 다 하다니! 그러나 여자가 사랑에서 우러나온 것처럼 격렬한 쾌락의 불꽃으로 붙여놓은 자만심은 두 번의 포옹을 거치면서 불현듯 의심에 사로잡혔다. 존재의 깊은 곳에서 '그녀가 네게서 사랑한 건 너 자체가 아니야!'라는 목소리가 울려 나왔기 때문이다. 그녀는 가장 표범 같은 탄력을 가지고 가장 부드럽게 그를 감은 순간, 시선이 그에게서 벗어나 팔에 차고 있던 팔찌 하나를 넋을 잃고 바라보고 있었던 것이다. 트레시니는 그 팔찌에 남자의 초상이 그려져 있는 것을 언뜻 보았다. 그녀는 스페인 말로 몇 마디 했지만 스페인어를 전혀 모르는 트레시니는 무슨 뜻인지 알 수 없었다. 그렇지만 바쿠스 여신의 비명에 섞인 그 말은 바로 그 남자 얼굴에 대고 하는 것 같았다. 그는 자신이 다른 남자를 위해 자세를 취하고 있었다, 즉 다른 놈을 대신해 그 자리에 있었다는 생각이 들었다. '불행하게도 그런 일이 망할 놈의 우리 생활 전반에 얼마나 많은가? 우리의 상상력은 얼마나 과열되어 있으며 얼마나 타락해 있는가? 욕망의 대상을 손에 넣지 못해 미쳐 날뛰던 영혼이 겉으로 드러난 모양에 몸을 던져 불가능한 사랑을 보상받을 속셈이구나.' 돌연 이런 생각이 들면서 싸늘한 분노에 휩싸였다. 터무니없는 질투, 그리고 남자도 자제하지 못하는 엄청난 자존심이 치밀어 오르면서 그런 순간만큼은 여자의 모든 것이 자기 것이어야 함에도 불구하고 분명 자신의 것이 아니게 만든 그 팔찌, 그녀가 활활 타는 시선으로 바라보았던 그 팔찌를 보려고 여자의 팔을 거칠게 움켜쥐었다.

"얼굴을 보여줘!"

그는 그녀 손을 낚아채며 더욱 거친 목소리로 말했다. 여자는 남자의 말이 무슨 뜻인지 알아들었다. 그러나 그녀는 거만한 표정을 거두고 차갑게 말했다.

"나 같은 창녀한테 질투를 하면 안 되죠."

물론 여자가 정말로 '창녀'라는 말을 쓴 것은 아니었다. 그녀는 단지 트레시니의 갑작스런 태도에 마치 그녀를 거칠게 모독하는 짐꾼을 대하듯이 반사적으로 다음과 같이 운을 맞춰 덧붙였을 뿐이다.

"보고 싶어요? 자, 봐요!"

그리고는 방금 나눈 황홀한 쾌락의 땀이 아직 마르지 않은 팔을 그의 눈 가까이 미끄러뜨렸다.

못 생기고 빈약한 체구에 올리브색 피부와 황색기가 도는 검은 눈을 가진, 아주 어두워 보이긴 하지만 귀족의 태가 없지 않은 남자였다. 산적 아니면 스페인 최고 귀족 같은 얼굴이었다. 그리고 둘 중에 하나를 선택하라면 틀림없이 귀족 쪽인 것 같았다. 목에 '황금양털 기사단'의 목걸이를 하고 있었기 때문이다.

"이 팔찌 어디서 훔쳤어?"

트레시니가 말했다.

그는 여자가 무슨 이야기를 꺼낼 것이고, 매일 손님을 어떻게 꾀는지, '첫경험'이 어땠는지 따위의 하나같이 똑같은 이야기를 늘어놓으리라고 생각했다.

"훔치다니! 하느님께 맹세코 그 사람한테 받은 거예요!"

여자가 화를 내며 대답했다.

트레시니는 이렇게 비꼬았다.

"그 사람? 누군데? 애인이겠지? 그자를 속이고 부정을 저지르니까 그자가 널 버렸고 그러다 여기까지 굴러왔겠지."

"애인이 아니에요."

그녀는 모욕적인 추측에 청동 조각처럼 차갑게 답했다.

"지금은 아니겠지. 그래도 아직 사랑하고 있잖아. 당신 눈을 보면 알 수 있어."

그러자 여자가 씁쓸하게 웃으며 답했다.

"아! 당신, 사랑이 뭔지 증오가 뭔지 모르는 사람이군요. 이 남자를 사랑한다고요? 천만에요. 치가 떨리는 남자예요. 이 남자는 내 남편이에요."

"남편이라고?"

그러자 여자가 말했다.

"그래요. 남편이죠. 스페인에서 제일 막강한 귀족이에요. 공작 칭호를 세 번, 후작은 네 번, 백작은 다섯 번 받은 귀족 중의 귀족, 황금양털 기사단 단원이에요. 난 아르코스 드 시에라레오네 공작 부인이고요."

믿을 수 없는 그녀의 말에 트레시니는 소스라치게 놀랐다. 하지만 여자의 말이 거짓말이라는 생각은 전혀 들지 않았다. 허튼소리를 할 여잔 아닌 것 같았다. 생각해보니 이미 여자의 신분을 알아본 터였다. 거리에서 누구를 무척이나 닮았다고 생각한 것도 무리가 아니었던 거다.

그는 이미 그 부인을 만난 적이 있었다. 그것도 그리 오래된 일이 아니었다. 어느 해인가 해수욕 철에 생장드뤼즈에 갔을 때였다. 바로 그해에 스페인의 최고 가문이 프랑스로 건너와 해변의 작은 마을에 모인 적이 있었다. 그곳은 프랑스 마을이었지만 스페인에서 아주 가까워서 꼭 스페인에 있는 것 같은 착각이 들 정도였고, 아무리 이베리아 반도만 좋아하는 스페인 사람이라도 여기서는 고국을 저버렸다는 자책을 하지 않아도 되는 마을이었다. 풍습이나 기질이나 생김새나 역사에서 스페인 풍의 냄새가 물씬 풍기는 곳이었다. 게다가 프랑스 왕 중 유일하게 스페인 왕과 닮았다고 할 수 있는 루이 14세의 결혼식이 치러진 곳이기도 했고, 위르생 왕녀*의 재산을 가득 실은 배가 난파하여 떠돌아다니다가 닿은 곳이기도 했다. 시에라레오네 공작 부인은 여름 내내 그 시골 마을에서 지냈다. 들리는 말로는 시에라레오네 공작 부인은 당시 스페인에서 가장 막강하고 부유한 영주와 밀월여행 중이라고 했다. 트레시니가 악명 높은 카리브 해적들의 고향인 그 작은 어촌에 왔을 때 공작 부인은 그 마을이 루이 14세 이후 처음으로 받은 귀한 손님이었다. 이곳 바스크 여자들도 고대 그리스의 처녀상 같은 몸매에 연한 청록색의 아쿠아마린 같은 눈동자로 그 아름다움에서는 따를 자가 없다고들 하지만, 부인의 아름다움 앞에서는 기가 죽어버렸다. 그런 아름다움과 어떤 자리에 나가도 꿀리지 않을 재산과 가문에 끌린 로베르 드 트레시니는 부인에게 접근하려고 애를 썼다. 하지만

---

* Ursins: 마리 안 드 트레무아유Marie-Anne de la Trémoille(1642~1722)를 말한다. 펠리페 5세의 부인인 마리 루이즈 드 사부아 왕비의 측근으로 스페인 궁정에서 상당한 영향력을 발휘했다. 여왕 사후에 파면되어 프랑스로 쫓겨났다.

공작 부인을 정점으로 하는 스페인 사교계는 그해 외부인이 들어오는 것을 엄격하게 차단해 생장드뤼즈로 여름 한철을 보내러 온 프랑스인 누구에게도 문을 열어주지 않았다. 트레시니는 공작 부인을 그저 해안 모래언덕 위나 교회에서 먼발치서만 보았을 뿐, 인사도 나누지 못한 채 떠나보내고 말았다. 그 때문에 공작 부인은 사라진 별똥별처럼 그의 기억 속에 남아 있었다. 한번 지나가면 다시는 돌아오지 않기에 더욱 기억에 남는 별똥별 말이다! 그 후 그는 그리스와 아시아 지역 몇 군데를 방랑했다. 그러나 아름다운 여자 없이는 천국을 생각할 수 없을 정도로 여자의 아름다움을 중요시하는 그 나라들을 다니면서도, 아무리 경탄을 자아내는 여자들을 만나면서도 그는 끈질기게 타오르는 공작 부인의 영상을 지우지 못했다.

그런데 오늘 불가사의한 우연의 힘으로 한순간 연모의 대상으로 떠올랐다 사라진 공작 부인이 도저히 믿기지 않는 인생 경로를 거쳐 그의 인생 속으로 돌아왔다! 부인은 천한 일을 하고 있었다. 그가 돈으로 살 정도로. 방금 전에는 그의 것이었다. 그녀는 한낱 창녀에 불과할뿐더러 그것도 최하층 창녀였다. 그런 비천한 세계에도 급이 있으니 말이다. 수없이 마음에 그려보고 사랑(우리 영혼이 꿈을 꾼다는 것은 사랑한다는 것과 거의 비슷한 감정이 아닐까)까지 느낀 하늘 같은 시에라레오네 공작 부인이었는데, 이젠 한낱 창녀라니…… 그게 정말 가능한 일일까? 파리에서 거리의 여자가 된다는 게! 정말 그 공작 부인이 방금 내가 안았던 여자일까? 전날 밤엔 다른 남자의 팔에, 나처럼 처음 만난 남자의 팔에 안겼을 테고, 내일이면 또 다른 남자의 팔에 안길 그런…… 누가 알겠는가, 당장 한 시간 뒤에 남자가 바뀔지! 아, 그 가증스런 우연의 장난에 그는 차가운 망치로 가슴과 이마를 호되게 얻어맞은 기분이었다. 1분 전만 해도 그 마음은 활활 타올랐고 신음을 내지르면서 천장 끝까지 불길이 치솟는 환영이 보이고 쾌감으로 온몸에 불이 붙는 기분이 들었건만, 이제 취기는 싹 달아나버리고 온몸이 얼어붙고 으스러지는 느낌이었다. 진짜 시에라레오네 공작 부인이라는 생각, 아니 확신은 욕망을 되살리기는커녕 촛불을 혹 불어 끄듯 일순간에 사라지게 했고 목이 메어서 한입 가득 들이마셨던 불덩이에 다시는 탐욕스럽게 입을 댈 수 없었다. 공작 부인의 정체가 밝혀지면서 화류계의 여인이라는 신분은 없어지고! 그에겐 이젠 공작 부인일 뿐이었다. 그러나 이게 무슨 꼴이람! 그녀는 더럽혀지고 망가지고 타락한 밑바닥 여인, 레우카스 절벽*의 바위보다 더 높은 곳에서 다시는 낚시질할 마음이 생기지 않는 구역질 나는 끔찍한 바다 밑 진흙뻘로 떨어진 여인이었다. 그는 멍하게 여자를 쳐다보았다. 의자에 똑바로 앉아 어두운 표정을 짓고 있는 그녀는 비극의 주인공처럼 변해 있었다. 메살리나 같았던 여자가 갑자기 불가사의하게 아그리피나의 모습이 되어 둘이 뒹굴었던 소파 한쪽 끝에 앉아 있으니…… 방금까지만 해도 두 손으로 힘이 넘치는 그녀의 형상을 우상처럼 쓰다듬었는데 이제 손가락 하나 대고 싶지 않았다. 정말 이것이 그를 펄펄 끓게 했던 여자의 육체인가, 환영이 아니었나, 꿈을 꾸고 있는 게 아닌지, 자신이 미친 것은 아닌지…… 확인하고 싶었다! 창녀의 허물에서 공작 부인이 튀어나와 완전히 그를 절망에 빠뜨려버린 것이다.

"그래요, '부인을' 믿어요(그는 어느새 더는 반말을 쓰지 않았다). 전에 본 적이 있었으니까요. 3년 전 생장드뤼즈에서였지요."

좀 전에 들은 이야기에 말문이 막힌 탓에 목구멍 속에서 억지로 끄집

어내는 듯한 목소리로 그가 말했다. 생장드뤼즈라는 이름이 튀어나오자, 믿기지 않는 고백으로 그에게서 멀어져 칠흑 같은 어둠 속에 잠겨버린 여자의 이마에 번쩍 빛이 이는 듯했다. 추억의 희미한 빛에 잠겨 그녀는 이렇게 말했다.

"그때는 더없이 황홀한 생활을 누렸죠. 그런데 지금은……"

빛은 이내 스러져버렸다. 하지만 그녀는 꼿꼿한 자세를 지키며 고갤 떨어뜨리지 않았다.

"지금은?" 트레시니가 말을 이어받아 물었다.

그러자 여자가 다시 말했다.

"지금은 복수에 취해 있을 뿐이죠." 그녀는 잠깐 몸을 떨다 이를 악물며 덧붙였다. "하지만 끝까지 할 거예요. 실컷 피를 빨고 배가 터져 죽는 모기처럼 나도 복수하면서 죽을 거예요"

그리고 나서 트레시니의 표정을 살피면서 말했다.

"당신은 날 이해 못할 거예요. 이해해달라고도 하지 않을 거고. 당신은 내가 누군지 안다고 했지만 다는 모를 거예요. 알고 싶나요? 내 이야기가 궁금해요? 듣고 싶어요?"

그녀는 흥분한 듯 다시 말을 이었다.

"여길 찾아온 사람들에게 전부 말해주고 싶어요. 지구상에 있는 모든 사람에게 말이에요! 그럴수록 더 파렴치해지겠지만 그래야 더 복수를 하게 되니까."

"말해주시오!"

트레시니가 대답했다. 지금까지 살아오면서 소설이나 연극을 접하면서도 그렇게 강렬한 호기심과 흥미를 느껴보긴 처음이었다. 여자의 이야기는 여태껏 전혀 들어보지 못한 이야기일 것만 같았다. 더 이상 그녀의 아름다움 따위는 생각나지 않았다. 그는 시체를 다시 부검하는 데 참여하길 원하는 것처럼 그녀를 바라보았다. 여자가 그를 위해 시체를 다시 열어 보일 것인가?

여자는 다시 말을 하기 시작했다.

"그렇게 하죠. 여기 올라온 남자들에게 벌써 몇 번 이야기하려 했지만 그들은 제 이야기나 들으러 여기 온 게 아니라나요. 말을 하려고만 해도 남자들은 그만두라 하거나, 아니면 그냥 방에서 나가버리곤 했죠. 자기들 욕구만 실컷 채우면 그뿐인 짐승들이니까! 제 이야기엔 관심도 없고 그저 놀리거나 욕을 퍼붓거나, 심지어 거짓말 말라고 하는 사람도 있었고 아예 미친 여자 취급하는 사람도 있었지요. 지금까지 아무도 절 믿어주지 않았는데 그래도 당신은 다르군요. 당신이 생장드뤼즈에서 절 보았을 때 전 여자로선 더 바랄게 없는 행복한 귀부인이었고, '시에라레오네'라는 이름을 왕관처럼 쓰고 다니면서 최고의 지위를 누리고 있었지요. 그런데 지금은 그 이름을 드레스 자락에 매달고 시궁창에서 마구 굴리고 있네요. 옛날의 명예를 실추시킨 기사가 자신의 문장(紋章)을 말꼬리에 달고 질질 끌고 다녔던 것처럼 말예요. 전 제 이름이 증오스러워요. 그 이름을 버리지 않는 건 단지 그 이름을 더럽히기 위해서죠. 스페인의 귀족들, 왕보다 적어도 열 배는 더 고귀한 가문 출신이라는 자만심으로 왕 앞에서도 모자를 벗지 않는 특권을 지닌 귀족들 가운데 가장 잘난 귀족이 아직도 그 이름을 쓰고 있지요. 아르코스 드 시에라레오네 공작이 카스티유, 아라곤, 트랑스타마르,* 오스트리아, 부르봉같이 스페인을 통치했던 유명한 가문을 어떻게 여기는지 알기나 하세요? 자기네가 훨씬 오래된 가문이라는 거

---

* 카스티야-레온의 왕 엔리케 2세Enrique II(1333~1379) 가문을 말한다.

예요. 고대 고트 왕의 후손이고 브룬힐트* 때 프랑스의 메로빙거 왕조와 맺어졌다면서. 옛날 유서 깊은 가문들은 점차 비천한 신분의 사람들과 혼인하여 품격이 떨어지는 바람에 귀족의 피가 겨우 몇 방울밖에 안 남았지만, 자기들한테는 '순결한 천품'이 흐르고 있다고 자랑스레 떠벌리곤 했지요. 하지만 제가 비천한 신분으로 시에라레오네 공작이자 오트로스 공인 크리스토발 다르코스와 결혼한 건 절대 아니었어요. 저는 유서 깊은 이탈리아 가문 튀르크레마타의 딸입니다. 말하자면 튀르크레마타의 마지막 후손이죠. 저희 대에 와서 집안의 대가 끊기고 말았지만, 전 튀르크레마타('불타는 탑')라는 이름에 부끄럽지 않은 여자예요. 지옥에서 뿜어내는 온갖 불길에 이미 몸을 태웠으니까. 우리 가문 출신인 토르크마다는 위대한 종교재판관이었는데, 그가 평생 구형한 형벌보다 제 저주받은 가슴이 받은 형벌이 훨씬 더 클걸요. 아무튼 튀르크레마타 가문의 자긍심이 시에라레오네 가문에 절대 뒤지지 않는다는 걸 잊지 말아주셨으면 합니다. 가문이 둘로 갈라진 뒤에도 계속 명성을 유지할 수 있었던 튀르크레마타는 이탈리아와 스페인에서 수세기 동안 전능한 권력을 휘둘렀지요. 15세기 교황 알렉산드로스 6세 때 교회의 막강한 권세에 도취했던 스페인 출신의 보르히아** 가문은 유럽 왕가와 혼인을 맺으려는 목적에서 자신들이 우리 가문과 친척이라고 우긴 적도 있답니다. 하지만 튀르크레마타 가문은 이런 터무니없는 주장들을 물리쳤고, 그 방약무인의 가문 사람들 중 둘이 우리한테 목숨을 잃고 말았지요. 사람들은 그들이 체사레에게 독살당했다

---

* Brunhild(534경~613): 프랑크족이 세운 아우스트라시아 왕국의 여왕이며, 서(西)고트 왕 아타나길트의 딸. 메로빙거 왕조 시대에 가장 세력이 컸던 인물 가운데 한 사람이었다.
** Borgia: 이탈리아어로는 '보르자', 교황 알렉산드로스 6세는 자신의 아들 '체사레 보르자'를 추기경으로 삼아 교황의 권자를 세습하려 했다.

고 했지요. 제가 시에라레오네 공작과 결혼하게 된 것도 가문 사이에 벌어지던 일상사 중 하나였지요. 우리 집안이나 그쪽 집안이나, 사랑으로 한 결합은 아니고 그저 튀르크레마타 가문 여자와 시에라레오네 가문 남자 사이의 정략적인 혼인에 지나지 않았어요. 아주 간단해요. 전 에스퀴리알*의 예의범절을 대표한다고 할 수 있는 유서 깊은 스페인 가문의 예의범절 속에서 자라났어요. 하지만 제 결혼은 강철 코르셋으로 조여서 요동치는 심장의 박동을 잠재우곤 하던 그런 끔찍하고 숨 막히는 예의범절에 길들어진 채 자라온 저에게조차 대단히 밋밋한 결혼이었죠. 전 뜨거운 심장의 소유자였어요. 전 돈 에스테반을 몹시 사랑했지요. 그를 만나기 전에는 비록 행복하다는 감정이 없어도(저는 그런 감정이 무엇인지도 몰랐어요) 신앙심 깊고 격식을 따지는 스페인의 전통에 따라 결혼생활을 아주 중시했죠. 지금은 옛 풍습을 보존한 귀족 가문에서나 이례적으로 그렇게 여긴다고들 하더군요. 시에라레오네 공작은 뼛속 깊이 스페인 사람인지라 이미 한물간 옛 풍습을 감히 버리지 못했답니다. 공작은 프랑스에서 언급되곤 하는, 조용하고 침울한 한편 근엄하기도 한 스페인 사람의 기질을 고스란히 갖고 있었고 때론 그게 지나치다 싶기까지 했지요. 자기 소유지 밖에 모르는 자존심 강한 공작은 오직 포르투갈 국경의 영지에서만 살며 세월을 보냈어요. 자신의 낡은 성채보다 더 봉건적인 그런 사람이었어요. 저는 남편과 고해신부님과 시중드는 하녀들 사이에서 화려하지만 단조로운, 서글픈 생활을 이어가고 있었어요. 만약 저보다 조금이라도 더 마음 약한 여자였다면 그녀는 아마 지루해서 영혼이 망가져버렸을 거예요. 그

---

* Escurial: 스페인 마그리드 북서쪽에 있는 궁전과 사원. 거대한 대리석 건축물로 펠리페 2세가 지었다고 한다. 그곳에는 스페인 역대 왕과 왕비의 무덤을 중앙에 두고 탑, 조각, 벽화, 장서와 양탄자 등 수많은 유적이 있다.

렁지만 전 그런 생활을 위해 길러진 여자였답니다. 스페인 최고 귀족의 부인으로 말이죠. 저는 저와 같은 신분의 여자가 지녀야 할 신앙에, 심각한 표정을 하고 철심 박은 코르셋, 왕족 복장 차림으로 방마다 걸려 있는 초상화 속의 시에라레오네 여인들 못지않게 냉정하고 무감각했어요. 한마디로 저는 범접할 수 없는 고귀한 여자들, 사자가 샘물을 지키듯 자신의 부덕을 자존심 하나로 물리쳐왔던 여자들의 세대를 훌륭히 이어줄 운명이었지요. 그래서 시에라레오네를 둘러싼 붉은 대리석 산맥 못지않은 고요한 저의 영혼에 비추어볼 때, 그 외로운 생활이 그다지 큰 부담은 아니었어요. 게다가 그 대리석이 활화산을 감추고 있으리라곤 상상조차 못했고요. 저는 아직 태동하기 전의 혼동 상태에 처해 있다가 한 남자가 던진 한 번의 눈길에 불의 세례를 받고 다시 태어났던 거죠. 그 한 남자란 바로 바스콘셀로스 후작으로 불리는 돈 에스테반 공이죠. 포르투갈 출신의 남자로 남편과 사촌 간이었고 우리의 시에라레오네 성에는 그저 한 번 들렀을 뿐이었어요. 그런데 그 한 번의 방문에 책에서 나올 법한 수수께끼 같은 사랑의 감정이 제 심장에 쿵 하고 떨어졌답니다. 독수리가 공중에서 수직하강해 아이를 단숨에 낚아채가듯 말예요. 아이처럼 저도 비명을 질렀어요. 제가 괜히 오래된 스페인 가문의 피를 이어받은 건 아니었어요. 위험해 보이는 에스테반이 격렬하게 제 마음을 사로잡았지만, 제 감정은 자존심을 내세우며 그 사람을 완강히 밀어내려고 했지요. 그를 쫓아내기 위해 공작에게 이런저런 핑계를 다 대면서 가능한 빨리 그를 성에서 나가게 해달라고 했답니다. 그가 제게 이상한 감정을 품고 있는 게 분명하고, 저 자신은 뻔뻔스러운 결례를 당한 것 같은 기분이라고 하면서 말이죠. 앙리 3세는 자신이 암살당할지 모른다는 경고 앞에서도 '기즈 공작은 감히 그렇게 하진 못할걸!' 했다지요. 돈 크리스토발의 대답도 마찬가지였어요.

그는 운명의 신을 우습게 본 죄로 보복을 받게 됐던 셈이지요. 바로 그 말 자체가 저를 에스테반에게 던져버리게 만들었으니까요."

그녀는 잠시 말을 멈추었다. 그는 곁에서 잠자코 듣고 있었다. 처음엔 의심했지만 그녀가 구사하는 격조 높은 언어만으로도 그 주장이 거짓이 아니라고 확신했기 때문이다. 그랬다! 그러고 보니 천박한 거리의 여자는 온데간데없이 사라져버리고 가면 뒤의 진짜 얼굴, 본래의 모습이 나타난 거였다! 고삐 풀린 망아지 같던 육체도 이내 정숙해졌다. 이야기를 하면서 그녀는 소파 등받이에 널브러져 있던 숄을 집어 어깨에 감았다. 그리고 숄의 양끝을 '저주받은' (그녀는 그렇게 불렀다) 가슴 한복판으로 여몄다. 그 천박한 몸 파는 일도 그 동그란 가슴골에서 뿜어 나오는 완벽한 향내와 처녀 같은 탄력을 앗아가진 못했다. 그녀의 이야기가 환상을 심어준 탓일까? 거리에서 들었던 그 쉰 목소리도 어느새 사라지고…… 그녀의 음색이 맑게 들려왔으며, 트레시니는 그녀가 귀족적인 품위를 되찾은 듯이 느껴졌다.

그녀는 말을 계속 이어갔다.

"다른 여자들도 그런지 모르겠지만, 그 오만하고 건방지고 태연자약한 돈 크리스토발은 '감히 그렇게 하지는 못할걸'이라며 제가 사랑하는 남자를 염두에 두고 언질을 주면서 절 모욕했어요. 하지만 그 남자는 이미 신같이 마음속 깊은 곳에서 저를 사로잡고 있었던걸요. '당신이 감히 그럴 수 있다는 걸 그에게 보여줘!' 사랑을 고백한 그날 밤 그에게 전 이렇게 말했지요. 하지만 그런 말조차 할 필요가 없었어요. 에스테반은 처음 본 순간부터 저를 흠모하고 있었기 때문이에요. 우리 둘의 사랑은 서로를 마주한 채 동시에 발사된(동시에 서로를 죽이는) 두 자루의 권총과 같았죠. 남편에겐 이미 경고했으니 아내의 의무는 다한 셈이죠. 감정은 마음대로 할 수 없는 것인지, 그에겐 단지 아내로서의 제 인생만 빚지고 있었던 거예요. 제 요청대로 에스테반을 성에서 쫓아내기만 했다면, 크리스토 발은 절 확실히 붙잡을 수 있었을 거예요. 하지만 물불 가리지 않으리만 치 미쳐 있던 그때의 감정을 돌이켜보면, 만약 그를 다시 보지 못하게 되었다면 전 죽어버렸을지도 몰라요. 그래서 그 끔찍한 기회에 자진해서 빠져들기로 했지요. 그렇지만 제 남편은 제 말을 잘 이해하지 못했고, 더구나 자신이 훨씬 높은 지위에 군림하고 있어서 바스콘셀로스가 감히 자기 아내인 나를 넘보지 못할 거라고 생각했던 거지요. 하지만 저는 제 주인이었던 사랑을 희생하면서까지 부부의 의무를 꿋꿋이 지키려 하진 않았답니다. 지금 그때 느낀 사랑이 어땠는지 정확히 설명하려는 건 아니에요. 당신도 못 믿을지 모르죠. 당신이 뭐라 하든 상관없어요. 제 말을 믿건 말건 마음대로 하세요. 불타는 듯 뜨거우면서도 정숙한 사랑, 기사다우면서도 낭만적인 사랑, 신화처럼 몽환적이면서도 이상적인 사랑 말이에요. 그때 우리 둘의 나이는 갓 스물이었고, 비바르*나 이그나스 드 로욜라, 그리고 성녀 테레사를 배출한 고장 출신이었던 것도 사실이죠. 아무리 동정녀 마리아의 기사인 이그나스가 하늘나라의 여왕을 순수하게 사랑했다지만 바스콘셀로스가 저를 사랑한 것에는 미치지 못할 거예요. 저 역시 성녀 테레사가 전능한 '지아비'에게 바쳤던 것과 같은 황홀한 사랑을 그에게 바쳤답니다. 간음이라니, 참 우습군요! 간음을 할 수 있다고 우리가 상상이나 했게요? 우리 둘의 가슴속은 너무나 세차게 고동쳤고 세상을 초월하여 고양된 감정을 나누며 살았던 터라 털끝만큼의 그릇된 욕망도, 속

* Rodrigo Diaz de Vivar(1043?~1099): 엘시드El Cid로 잘 알려진 스페인의 국민적 영웅. 무어 인과의 싸움에서 이름을 떨쳤다. 그 후 사라고사의 무어 왕국 정치 고문이 되었으며, 여러 차례 공적을 쌓았다. 발렌시아를 정복한 후에는 왕과 동등한 지위를 구축했다.

된 사랑에 흔히 끼어들기 마련인 육욕도 전혀 느끼지 않았답니다. 맑디맑은 푸른 하늘 속에서만 살았지요. 다만 그 하늘이 아프리카의 창공처럼 뜨겁게 불타고 있었을 뿐이지요. 그런 마음이 얼마나 갈 수 있을까요? 도대체 지탱할 수 있기나 한 것인가요? 미처 생각하기도 전에, 알지도 못하면서 나약한 피조물에 불과한 우리가 위험천만한 놀이를 했던 건 아니었을까요? 그러다가 때가 되어 그 순진무구한 숭고함에서 빠져 나오려 발버둥친 건 아니었을까요? 에스테반은 사제들이나 알부케르케* 시대의 포르투갈 기사처럼 독실한 믿음을 지닌 사람이었어요. 그에 비하면 전 정말 아무것도 아니었죠. 하지만 전 그 사람과 그 사람의 순수한 사랑을 굳게 믿었고, 그 믿음이 제 마음에 순수한 사랑의 불길을 높이 치솟게 했어요. 그는 가슴 깊은 곳에서 저를 갖고 있었던 거예요. 발치에 영원히 타는 등불을 켜놓고, 황금으로 바른 벽 속에 마돈나를 고이 모셔두듯이. 그는 제 영혼 자체를 사랑했고, 자신이 숭배하는 여자가 훌륭한 여자가 되길 바라는 아주 드문 남자였지요. 그는 스페인이 강성했던 시대의 위대한 여인처럼 제가 고상하며 헌신적이고 또한 영웅적이기를 바랐어요. 제가 그와 입김이 닿을 듯 가까이서 춤을 추는 것보다는 뭔가 훌륭한 행동을 하는 것을 더 좋아했을 거예요! 만일 천사들이 하나님 옥좌 앞에서 서로 사랑할 수 있다면 아마 우리처럼 했을 거예요. 우린 서로 하나가 되어서 손에 손을 잡고 그저 서로 눈을 쳐다보며 몇 시간이고 마냥 보내곤 했어요. 우리 둘뿐이어서 무슨 짓이든 할 수 있었지만, 그 자체가 너무 행복해서 더 이상 바랄 게 아무것도 없었어요. 때로는 밀려오는 행복이 너무 거대하고

---

* Affonso de Albuquerque(1453~1515): 포르투갈의 군인·항해 정복자. 인도에 파견되어 최남단의 코친 왕에게 근거지 설립의 허가를 얻고 고아를 점령하여 식민지의 근거로 삼아 실론·말라카에도 진출했으며, 사이암·수마트라·자바로부터 조공을 받았다.

강렬히 느껴지면 그 고통을 견디느니 차라리 죽고 싶다는 느낌마저 들기도 했어요. 서로 함께하기 위해, 더욱이 서로만을 위해서였기 때문에 우리는 성녀 테레사의 '죽을 수 없기 때문에 죽겠다'라는 말씀을 차츰 이해하기 시작했답니다. 영원한 사랑에 정복된 유한한 피조물이 죽어가며 갖게 마련인 욕망인 셈이죠. 몸이 찢겨 죽음을 맞이한다면 그것으로 영원한 사랑의 격류를 흐르게 할 길이 트인다고 믿게 되는 거지요. 전 지금 더럽혀질 대로 더럽혀진 여자예요. 하지만 그때는 전혀 그렇지 않았어요. 단한 번도 에스테반의 입술이 제 입술에 와 닿은 적이 없었지요. 그가 입맞춤한 장미 꽃잎이 제 입술에 닿기만 해도 제가 마음을 빼앗겼다고 한다면믿을 수 있겠어요? 스스로 몸을 던진 이 끔찍한 심연의 바닥에서 매순간가해지는 형벌을 견뎌내기 위해 제가 할 수 있는 일은 옛날 우리 두 사람의 너무나도 깨끗한 사랑이 낳은 숭고한 환희에 대한 기억을 되살리는 일뿐이랍니다. 그 높고 고운 사랑이 너무나 깨끗했기에, 아마도 속이 훤히다 들여다보였겠죠. 돈 크리스토발은 우리의 사랑을 어렵지 않게 눈치챌수 있었어요. 우린 머리를 하늘 위에 두고 살다시피 했어요. 그러니 그가질투에 사로잡혀 있는지, 어떤 식으로 우리를 질투하고 있는지 짐작할 수나 있었겠어요? 그가 할 수 있는 일이란 오로지 오만한 질투뿐이었어요.당연하겠죠. 으레 숨고자 하는 자가 놀라는 법인데, 우리는 도통 감추는것이라곤 없었으니까요. 왜 숨겠어요? 대낮에 타는 불꽃처럼 솔직해서눈에 훤히 드러나는 데다가 행복마저 넘쳐흐르니 그 누구의 눈엔들 띄지않을 수 있나요. 공작의 눈에도 마찬가지였겠죠! 우리 두 사람이 만들어낸 사랑의 눈부신 아름다움이 마침내 자존심 강한 그의 두 눈에 선명히비치고 말았지요. 그래요, 에스테반은 '감히 그렇게' 했죠! 물론 저도 그랬고요. 그러던 어느 날 저녁이었어요. 우리가 서로의 사랑을 확인한 이

후 언제나 그랬듯이 얼굴과 얼굴을 마주보고 시선만으로 결합된 채 함께 하던 중이었어요. 그는 저의 발치에서 동정녀 마리아를 올려다보듯 아주 그윽한 시선으로 저를 응시하고 있어서 포옹조차 필요 없었어요. 그런데 갑자기 남편이 오랫동안 총통으로 있던 스페인 식민지에서 데려온 흑인 둘과 함께 저희 방으로 들어왔어요. 그때 우리 두 사람은 영혼이 한데 묶여 하늘로 오르는 듯 황홀경에 잠겨 있어 전혀 못 느끼고 있었는데, 갑자기 에스테반의 머리가 제 무릎 위로 천천히 떨어지더군요. 목이 졸렸던 거예요! 그 흑인들이 멕시코에서 야생황소를 잡을 때 흔히 쓰는 올가미 줄로 목을…… 벼락 치듯 순식간에 일어났어요. 그런데 그 벼락이 저는 피해가더군요. 저는 기절도 하지 않았고 소리도 지르지 않았어요. 눈물도 안 흘렸어요. 말도 할 수 없이 꼿꼿이 앉은 채 무어라 형언할 수 없는 충격에 빠져 있었어요. 제 모든 것이 갈가리 찢겨야 빠져나올 수 있을 것만 같았어요. 누군가 제 가슴을 벌려서 심장을 끄집어내는 듯했어요. 그런데 웬일일까요. 그들이 꺼내는 건 제 심장이 아니었어요. 에스테반의 심장이 었지요. 목 졸린 시체가 되어 제 발치에 쓰러져 있는 에스테반의 가슴이 그 짐승들의 손에 자루처럼 찢겨 나가 내장이 휘저어져 있는 게 아니겠어 요! 사랑이 에스테반과 저를 한몸으로 만들었는지, 그가 살아 있다면 느 꼈을 고통을 제가 생생하게 느끼고 있었던 거예요. 그의 죽은 몸이 느끼 지 못하는 아픔을 제가 느끼고 있었어요. 그가 목 졸려 죽는 모습을 보고 경악해서 꼼짝도 못하는 상태에서 가까스로 저를 빠져나오게 만들었던 것 도 바로 그 아픔이었어요. 전 그들에게 몸을 던져 '내 것도 가져가!' 하고 소릴 질렀어요. 저도 똑같이 죽고 싶었으니까. 그래서 그 소름 끼치는 밧 줄에 제 머리를 갖다 댔어요. 그런데 그들이 제 목을 잡으려 하자 '마님에 겐 손대지 마라' 하고 왕보다 더 높은 귀족이라 믿는 그 오만한 공작이 말하더군요. 그러고는 사냥용 채찍을 휘두르며 그들을 방에서 내보냈어요. 그러고는 제게 이러더군요. '안 돼, 부인, 당신은 살아야 하오, 살아서 이제 보게 될 장면을 늘 기억해야 하오.' 이렇게 말하곤 갑자기 휘파람을 불었고, 그러자 엄청나게 사나운 개 두 마리가 뛰어들더군요.

'개들아, 이 배반자의 심장을 먹어치워라!' 하더군요. 아! 그 말을 듣는 순간 저의 가슴속에선 알 수 없는 무언가가 울컥하고 치밀어 올랐어요.

'자, 그럼 더 멋있게 복수해보시지! 나에게 그걸 먹게 해야지!' 제가 남편을 향해 말했어요. 그는 제 말을 듣고 기가 막힌 표정으로 한참 가만히 있더군요. 그러다가 다시 말을 꺼냈어요.

'이자를 그렇게 무섭도록 사랑했단 말이오?'

아, 저의 사랑은 죽어가는 그가 방금 전에 격화시켰던 바로 그런 사랑이었어요. 피 흐르는 심장이 무섭지도, 더구나 싫지도 않을 만큼 그를 사랑했던 거예요. 그의 내부에는 제가 가득 차 있었고, 그렇다면 저로 인해 여전히 따뜻한 심장 아니겠어요. 전 그 심장을 제 가슴속에라도 간직하고 싶었던 거예요. 전 양 무릎을 꿇고 두 손 모아 그렇게 하게 해달라고 간절히 빌었어요! 제가 그토록 사랑한 그 고귀한 심장이 그런 끔찍스런 능욕을 당하게 놔두지 않으려는 마음에…… 그 심장을 제물 대신 바치고 싶었어요. 그는 저에겐 신이 아니었겠어요? 에스테반과 저, 둘이 함께 읽고 또 읽었던 가브리엘 드 베르지*의 이야기 하나가 제게 떠올랐어요. 그녀가 부럽기까지 하더군요! 사랑했던 남자에게 자기 가슴을 살아 있는 무덤이 되게 했으니, 그녀는 행복하다고 생각했지요. 하지만 저의 그런 사랑 앞에서 공작은 이미 잔인할 대로 잔인해져 있었어요. 마침내 그가 풀

---

* Gabrielle de Vergy: 13세기 프랑스 시 「베르지 성의 여주인」의 주인공. 애인에게 배신당했다고 여겨 스스로 목숨을 끊었다.

어놓은 개들이 제가 보는 앞에서 에스테반의 심장을 먹어치워 버렸어요. 전 그걸 빼앗으려고 개들과 뒤엉켜 싸우기 시작했지요. 하지만 심장을 빼앗을 수 없었어요. 개들은 사정없이 저를 물어뜯고, 피투성이가 된 아가리로 제 옷을 찢어발겼어요."

그녀는 잠시 말을 멈추었다. 옛 기억이 되살아나자 얼굴은 이내 납처럼 창백해졌다. 거칠게 숨을 몰아쉬며 미친 듯이 자리를 박차고 일어나 구리 손잡이가 달린 서랍을 열어 군데군데 핏자국이 남아 있는 너덜너덜해진 드레스 하나를 꺼내 그에게 보여주었다. 그러곤 이렇게 말했다. "자! 이게 바로 제가 사랑했던 사람의 심장에서 나온 피예요. 개의 이빨에서 구해내지도 못했죠! 이렇게 더러운 생활을 하다 난 혼자구나 생각하게 되면, 문득 역겨움이 치밀고 진흙덩이 같은 것이 왈칵 솟구쳐 목이 메기도 하지요. 혹은 복수의 정령이 약해져 공작 부인으로 되돌아가고 싶어하는 건지 창녀 노릇이 두려워질 때가 종종 있답니다. 그럴 때마다 전 이드레스로 몸을 감싸고, 더럽혀진 몸을 이 붉은 치마폭에 감싸고 바닥을 뒹굴곤 한답니다. 그러면 옷은 늘 뜨거워지고 저의 복수심이 다시 타오르곤 했지요. 피로 얼룩진 이 누더기가 제 부적이지요! 이걸 몸에 감으면 사랑했던 이의 원수를 갚아야 한다는 분노가 뼛속까지 절 움켜쥐고, 제가 느끼는 영원한 힘이 어느새 다시 기운을 북돋아주니까!"

트레시니는 비로소 이 무서운 여인의 말을 들으며 오싹한 한기를 느꼈다. 그 몸짓, 말, 그리고 고르곤*처럼 변한 얼굴이 그를 떨게 만들었다. 그녀의 가슴 깊이 숨겨져 있던 뱀들이 그녀의 머리를 감싸고 있는 듯이 보였다. 이제 비로소 이해가 되기 시작했다. 장막이 걷히고 있었던 것이

---

* Gorgone: 그리스 신화의 괴물. 그녀의 머리를 쳐다본 사람은 모두 돌로 변한다.

다! '복수'라는 말을 그렇게 여러 번 했는데 아직도 그녀의 입술은 활활 타고 있지 않은가!

그녀가 다시 말을 이어갔다.

"그래요, 복수예요. 이제 제가 어떤 복수를 꿈꾸고 있는지 짐작하시는 것 같군요! 아, 마치 모든 종류의 칼 중에서 증오하는 인간을 갈기갈기 찢어버리는 데 가장 적합한 톱칼이나 상대방을 가장 고통스럽게 죽일 수 있는 칼을 고르듯, 저는 신중하게 복수의 방법을 고르고 또 골랐어요. 그 남자를 그냥 단번에 죽이다니! 결코 그러긴 싫었어요. 그가 바스콘셀로스를 귀족답게 칼로 죽였던가요. 아니었어요. 자기 하인을 시켜서 죽였어요. 심장을 개한테 던져주었고 시체는 아마 어느 구덩이에 아무렇게나 던져버렸을 거예요. 전 그를 잘 모르고 있었던 거예요. 단 한 번도 제대로 안 적이 없었던 셈이죠. 하지만 이 모든 이유로 그를 단번에 죽인다? 결코 아니죠! 그렇게 죽이고 마는 건 너무나 쉽고 너무나 관대한 처사예요! 좀더 오래 끌 수 있고 좀더 잔인한 방식이 필요했어요. 게다가 공작은 강퍅한 사람이었어요. 죽음 따위를 무서워하는 사람은 아니었지요. 시에라레오네 남자들은 대대로 죽음과 맞서 싸워온 사람들이에요. 하지만 그의 자존심, 그 거대한 자존심만은 분명히 불명예를 몹시 겁내고 있었음이 분명해요. 그토록 자부심을 갖고 있는 그 이름에 먹칠해야 하는 거였죠. 그 이름을 가장 치욕스런 진흙탕에 처박아버리자! 그 이름을 수치로, 오물 덩어리로, 똥으로 만들어버리자! 이렇게 결심한 거예요. 그리고 그렇게 하기 위해 지금의 제가 된 거죠. 누구나의 여자, 시에라레오네 가문의 여자, 오늘 당신을 끌어들인 창녀가요!"

마지막 말을 뱉던 그녀의 두 눈이 갑자기 기쁨에 반짝이기 시작했다. 그때 트레시니가 말했다.

"하지만 당신이 어떻게 됐는지, 지금 공작이 알고 있기나 해요?"

그녀는 이미 온갖 궁리를 다 해보고 미래를 확신하게 됐다는 투로 또렷이 답했다.

"모르고 있다면 언젠가 알게 되겠죠. 제가 무슨 일을 하는지 소문이 나면 언젠가 그도 치욕의 흙탕물을 뒤집어쓰겠죠! 여기 온 남자 중에 한 명이 공작의 아내가 저지르는 불명예스러운 행동을 공작의 얼굴에 뱉어버릴지도 모르잖아요. 그러면 그 치욕은 평생 지워지지 않을걸요. 그렇지만 그런 일이 벌어지려면 연때가 맞아야겠지요. 물론 전 우연에만 기대진 않아요! 일을 확실히 해두기 위해 저는 기꺼이 죽을 생각이에요. 제 죽음과 동시에 복수도 끝나고 자연스럽게 모든 정황이 확실해지겠죠."

그녀의 마지막 말이 무슨 뜻인지 몰라 트레시니는 좀 당황스러웠다. 그러나 여자는 공포에 가득 찬 자신의 의중을 그에게 말해주었다.

"저는 저 같은 창녀들이 죽는 곳에서 죽을 거예요. 기억나요? 프랑수아 1세 때 어떤 남자가 있었는데, 사창가를 찾아와 일부러 섬뜩하고 더러운 병을 얻은 뒤, 그 병을 아내에게 전염시키고 그 병으로 기어코 왕까지 독살했다고 하죠. 아내가 왕의 정부였으니까요. 그 두 사람 모두에게 그렇게 복수를 해줬던 것이지요. 제가 하려는 것도 그에 못지않아요. 매일 밤 벌어지는 이 방탕하고 더러운 생활이 계속되다 보면 언젠가 썩어문드러질 이 몸은 병에 걸릴 테고 이내 온몸에 병이 번질 거예요. 그렇게 되기만 한다면 만신창이가 된 몸으로 수치스럽게 병원에서 숨이 끊기겠죠. 그러면 제 삶도 보상받는 거죠!" 그러더니 끔찍한 희망에 들뜬 목소리로 덧붙였다. "그러면 시에라레오네 공작에게도 자기 아내 시에라레오네 공작 부인이 어떻게 살다 어떻게 죽었는지 알게 될 때가 오고 마는 거예요!"

트레시니는 지금껏 이렇게 의미심장한 복수를 생각해본 적이 없었다.

역사책에서 읽은 것들도 이 정도는 아니었다. 16세기 이탈리아 역사나 코르시카의 통사 같은 걸, 즉 원한을 품으면 절대 용서하지 않는 것으로 유명한 그곳의 역사들을 샅샅이 뒤져도 이 여자의 복수만큼 무섭고 사전에 심사숙고한, 자기 자신에게 직접 복수를 가하는 경우는 결코 없을 것이다. 더구나 몸과 마음이 일치되어 복수를 감행한 예가 이 여자 말고 또 있겠는가? 이런 생각이 들면서 그는 절정에 이른 이 끔찍함에 몸을 부르르 떨고만 있었다. 감정의 강도도 이 정도면 절정 아니겠는가. 오직 지옥의 절정이란 게 다를 뿐이었다.

이윽고 그녀가 다시 말을 이었다. 그녀의 말 때문에 트레시니는 이 여자가 어떤 마음을 지닌 사람인지 좀더 잘 알 수 있었다.

"설사 그가 끝까지 모르는 채로 살더라도, 어쨌든 저는 알고 있을 테니까요! 매일 밤 제가 하려는 짓이 무엇을 의미하는지, 지금 어떤 흙탕물을 마시고 있는지, 이 복수는 더없이 달콤한 진액이 되리란 것도! 그러니 매순간 지금 제 처지가 어떤지 생각만 해도 즐겁지 않겠어요? 오만한 남편의 명예를 더럽히는 순간, 제 깊은 곳에서 이미 그의 명예를 더럽혔다는 황홀한 생각이 들지 않겠어요? 그가 알았을 때 느끼게 될 모든 고통이 제 머릿속에 또렷이 각인되지 않겠어요? 저 같은 감정을 지닌 사람은 어딘가 미치광이 같은 데가 있지만 광기 그 자체가 이미 행복이에요! 시에라레오네에서 도망칠 때, 전 그가 제 수치스러운 생활을 보게 하려고 이 초상화를 가지고 왔어요. 이 생활을 그에게 직접 보여준다고 상상하는 거예요. 그가 절 볼 수 있고 제 말을 들을 수 있다는 듯이 '자, 봐요, 봐!' 하고 얼마나 자주 외치곤 했는지, 당신은 모르실 거예요. 다른 남자하고도 그랬지만 당신 팔에 안겨 있을 때 공포에 질린 표정을 지었던 건 제가 항상 겁에 질려 있기 때문이에요. 이 진흙탕은 아무리 익숙해지려 애써도 잘 안 되네요." 이렇게 말하고는 좀 과장된 몸짓으로 아름답고 하얀 팔을 들었다.

"제가 팔에 끼고 있는 이 팔찌는 제 복수의 원천이에요. 이 불 같은 고리가 제 골수까지 태워버린다 해도, 그리고 이 팔찌를 차고 있는 게 아무리 아프다 해도 저는 결코 이걸 벗지 않아요. 에스테반을 죽인 망나니들을 결코 잊지 않기 위해서, 그들의 환영을 보며 절정의 쾌감과 증오에 찬 복수의 황홀감을 느끼려면 그럴 수 없지요. 남자들은 다 바보 같고 허풍이 세서 그저 자신들이 만족을 주는 줄로만 알더군요. 전 당신이 누군지도 모르고 더구나 그런 부류의 남자들 중에 당신이 처음인 것도 아니지만, 방금 전 당신은 저를 여전히 인간으로, 신경이 살아 있는 사람으로 대해줬어요. 제겐 '여기 이 얼굴'에게 빚진 에스테반의 원수를 갚아야 한다는 생각뿐이에요! 아, 이 얼굴을 볼 때마다 박차로 차이는 기분이죠. 아라비아인들이 사막을 건널 때 말 옆구리를 후려치곤 했다는 칼처럼 넓게 만든 박차로요. 충분히 능욕당하려면 아직 멀었어요. 그래서 이 지긋지긋한 얼굴을 제 눈과 심장에 새겼던 거예요. 당신이 제 위에서 그짓을 할 때, 밑에서 더 잘 튀어오르기 위해서였죠. 이 초상화는 남편이나 마찬가지죠. 그림이지만 눈이 꼭 우릴 보고 있는 것 같죠! 왜 옛날 사람들이 인형으로 해코지를 했나 이제야 잘 알 것 같아요. 죽이고픈 놈을 그려 인형으로 만들고 그 심장에 칼을 꽂을 때 얼마나 행복할지 알 것 같아요. 제가 신앙심이 깊었을 때, 그러니까 에스테반을 사랑하게 되어 그이가 신을 대신하기 전까진 십자가에 못 박힌 분을 더 잘 기억하기 위해 십자가상이 필요했지만, 아마 사랑이 아닌 증오를 품은 불경한 사람이었대도, 신을 더 모독하고 욕되게 하기 위해서라도 십자가상은 꼭 필요했을 거예요. 그런데 어쩌면 좋아……" 이제 말투가 바뀌어 잔인하고 격렬했던 감정은 믿기지 않을 만큼 우울한 감정으로 변해 가슴 저미도록 애틋한 사랑을 뿜어내고 있었다. 그러더니 이렇게 덧붙였다. "에스테반의 초상화는 갖고 있지 않아요…… 마음으로만 그려볼 수 있지요. 그게 다행인지 몰라요. 눈앞에 지금 그이의 초상화가 있다면 형편없는 제 마음을 세우지 못하거나, 천하게 굴러 떨어진 제 모습에 저절로 얼굴이 붉어질 테니까요. 회개를 하면 복수를 못하지 않겠어요!"

고르곤 괴물은 이제 사람의 마음을 아프게 했다. 그러나 두 눈은 여전히 메말라 있었다. 트레시니는 지금까지 그녀가 불러일으킨 감정과 또 다른 감동을 느끼면서, 얼마든 멸시할 수도 있는 여자의 손을 부여잡고 동정 어린 존경의 키스를 했다. 이 여자가 내뿜는 엄청난 힘과 불행을 알게 되자 여자가 위대해 보였던 것이다. 그는 이렇게 생각했다. '세상에, 이런 여자가 다 있다니! 이 여자가 시에라레오네 공작 부인이 아니라 바스콘셀로스 후작 부인이 됐다면, 에스테반에 대한 순수하고 열정적인 사랑은 페스케르* 부인과 비교해도 전혀 손색없을 그런 감탄의 대상이 되었을 텐데. 하지만 이 여자가 지니고 있는 마음의 심연과 굳은 의지는 아무도 몰랐겠구나. 아무도 알 수 없었을 거야.' 아무리 회의적인 태도가 만연한 시대라 해도, 또 아무리 로베르 트레시니가 자신의 행동을 비춰보고 자기 일을 조롱거리로 삼는 습관이 있다고 해도, 여자의 손에 입을 맞춘 행동은 조금도 우스꽝스럽게 여겨지지 않았다. 그러나 무슨 말을 해줘야 할지 막막했다. 그녀와의 관계는 뒤죽박죽이 되고 말았다. 그녀가 자신의 내밀한 사연을 풀어놓는 바람에 둘의 일시적인 관계가 도끼에 찍힌 듯 갈라져버렸다. 마음에는 경탄과 경악과 멸시가 형언할 수 없이 착잡한 모습

* Pescaire: 빅토리아 콜로나Victoria Colonna를 말한다. 당대 최고의 여류 시인이자 귀족이며 미켈란젤로와의 두터운 정신적 교분으로 유명하다. 부부애의 모델로 자주 인용된다.

으로 복잡하게 뒤얽혀 있었다. 그러나 무슨 권고를 하거나 훈계를 건넨다는 것이야말로 고약한 습관이 아닐까. 연극이나 소설을 아는 체하거나 딱히 그럴 임무나 권위도 없이 도덕군자연하는 족속은 엎어진 꽃병을 세우듯 타락한 여자를 위무하며 점잔을 빼겠지만, 그런 시대의 풍조를 비웃던 사람이 트레시니 아니던가. 그는 비록 회의주의자였지만 그녀를 끌어올릴 수 있는 건 어쩌면 고해신부들이나 죄를 사해주는 사제들뿐일 것이라는 정도의 상식은 있었다. 그렇지만 그는 이 여자의 영혼에 부딪히면 오히려 사제들이 부서지고 말 거라고 믿었다. 그는 마음속으로는 그녀의 괴로움을 이해하고, 그 여자를 위해서라기보다 자기 자신을 위해서 무거운 침묵을 지키고 있었다. 그러나 여자는 여전히 고통스런 과거의 추억과 치밀어오르는 착잡한 생각에 휩쓸린 채 계속 말을 이어갔다.

"세상에서 말하는 것처럼, 남편을 서서히 지속적으로 고통받게 하자는 생각이 단번에 떠오른 건 아니에요. 그걸 생각해내기까지 꽤 오랜 시간이 걸렸지요. 바스콘셀로스가 죽었다는 사실조차 성에서는 몰랐을지 모르죠. 그의 시체는 아마 그를 죽였던 흑인들과 함께 어느 지하감옥에 던져졌을 거예요. 이후로 공작은 사람들 앞에서 건네는 간단하고 의례적인 말 외에는 제게 전혀 말을 걸지 않았어요. 카이사르의 아내*는 부정을 의심을 받아선 안 되며, 사람들 앞에선 항상 흠잡을 데 없는 아르코스 드 시에라레오네 공작 부인으로 있어야 했기 때문이죠. 하지만 둘만 있게 되면 그는 어떤 말도 표정도 건네지 않았지요. 침묵, 그 가증스러운 침묵은 스스로 양분을 섭취할 줄 알기에 아무것도 필요 없었던 셈이지요. 돈 크리스토발과 저, 두 사람은 강인함과 오만함으로 맞서 싸우고 있었던 거죠.

---

* 카이사르는 카이사르의 아내가 될 사람은 부정을 저질러서도 안되지만 부정을 저질렀다는 의심조차 받아서는 안 된다고 했다.

전 눈물을 꿀꺽 삼켰어요. 저도 튀르크레마타 가문 출신이랍니다. 이탈리아 사람다운 강인한 자제력이 있거든요. 청동상처럼 단단한 이마 속에서 발효되는 복수극이 의심받지 않게 하느라 두 눈까지 냉혹해지고 말았지요. 아무도 날 읽을 수 없었어요. 고이 간직한 비밀이 새어 나가지 않게 하루하루 힘을 다해 틀어막고 철저히 숨긴 덕분에 쥐도 새도 모르게 들키지 않고 성 밖으로 도망칠 준비를 할 수 있었죠. 그러지 않았다면 복수를 공작의 손아귀 안에서 감행해야 했을 테고, 그랬다간 곧바로 그가 손을 처들어 제 복수를 무사히 막아냈을 테죠. 전 절대로 아무에게도 말하지 않았어요. 할멈이나 하녀들이 감히 제 눈을 들여다보며 무슨 생각을 하는지 살필 수나 있었겠어요? 처음엔 마드리드로 갈 계획이었어요. 하지만 그곳은 공작의 권력이 막강한 곳이라 곧바로 경찰이 깔려 잡히지 않을까 싶더군요. 일단 잡혔다 하면 저를 수도원 독방에 처박아두고 숨통을 조여 죽게 해서 이 세계로부터 영영 지워버렸겠지요. 복수를 하기 위해 세상이 필요한 저를 말이에요! 파리는 더 확실한 도시였어요. 파리가 더 나아 보였어요. 복수를 위해 더러운 짓거리를 그럴싸하게 진열하기에 가장 적합한 무대가 그곳이었어요. 더구나 언젠가는 이 모든 사실이 날벼락 치듯 만천하에 공개되길 바라고 있었으니까, 온갖 메아리의 중심이자 사통팔달로 세계 각국으로 통하는 파리보다 더 좋은 곳이 어디 있겠어요! 전 여기서 창녀로 살기로 작정했지요. 그런 생활이 두렵지는 않았어요. 아무리 더러운 놈이라도 제게 한 푼만 던져주면 몸 파는 창녀 중에서도 가장 천박한 창녀로 굴러 떨어지기로 결심했던 거예요! 신을 밀어내고 그 자리를 차지한 에스테반을 만나기 전에는 저도 신앙이 두터웠어요. 저는 예전부터 자주 밤에 일어나 몸종들도 깨우지 않은 채 어두운 성당에 나가 성모 마리아님께 기도를 올리곤 했지요. 바로 그 성당에 있다가 어느 날 밤 저

는 대담하게 시에라 계곡으로 도망을 쳤어요. 도망칠 때 가능한 한 많은
보석과 돈을 함께 가지고 왔지요. 그러다 한 농부의 집에 몰래 숨어들었
는데, 그분들의 안내로 국경까지 무사히 도착할 수 있었답니다. 그리고
곧장 파리로 갔죠. 전 주저 없이 복수를 위해 지금의 이런 생활 속으로 뛰
어들었지요. 복수를 하겠다는 무서운 집념에 너무 사로잡혀 있던 나머지
젊고 힘센 남자를 부추겨 제 추악한 꼴을 남편한테 당장 전해달라고 할까
하는 생각도 더러 해보았지만 그때마다 생각을 접었죠. 그의 이름과 저의
기억 위에 그저 쓰레기 몇 덩이 더 얹자고 하는 일이 아니니까. 쓰레기로
피라미드를 만든다면 모를까! 복수가 더뎌지면 더뎌질수록 더 확실히 복
수하게 되겠지요."

그녀는 잠시 말을 멈추었다. 창백했던 얼굴이 어느새 발갛게 달아올
라 있었다. 땀방울이 관자놀이에서 송골송골 맺혀 나왔다. 목소리도 이미
쉬어 있었다. 수치심 때문일까? 열에 들뜬 사람처럼 탁자 위에 놓여 있던
물병을 들어 커다란 잔에 따르더니 단숨에 삼켜버리는 거였다.

"수치심이란 건 매우 소화해내기 어려운 거지요! 하지만 그래도 해야
겠죠! 석 달 전부터 전 그걸 소화하느라 닥치는 대로 집어삼키고 있어
요."

"그럼 이런 생활을 석 달이나 계속하고 있단 말입니까?"

트레니시가 대꾸했다. 그는 더 이상 마땅히 할 말을 찾지 못했다. 하지
만 명확한 질문보다 이렇게 막연한 질문이 사실은 더 소름 끼치는 법이다.

"그래요, 벌써 석 달이나 됐네요" 하면서 그녀는 이렇게 덧붙였다.
"하지만 그깟 석 달이 대수겠어요? 에스테반의 심장을 먹게 해달라는 애
원을 거절한 값을, 남편이 톡톡히 값을 치르게 하려면 제가 준비한 복수
의 요리를 끓이고 또 끓이기 위해서 시간이 더 필요한 것 아니겠어요?"

358

그녀의 얼굴에는 잔인한 격정과 황량한 우수가 젖어들고 있었다. 트레시니가 볼 때, 한 여자에게 그토록 헌신적인 사랑과 냉혹한 잔인함이 공존해 있을 수 있다는 건 전혀 상상 밖이었다. 그는 자기 눈앞에 있는 독창적이고 전능한 복수의 예술가를 쳐다봤다. 어느 누구도 이토록 잘 빚어진 걸작 작품들만 골라 주의 깊게 조목조목 뜯어볼 기회를 얻진 못했으리라. 그런데 그때 더 놀라운 뭔가가 느껴졌다. 의지를 갖지 않고 그녀에 대해 느낀 감정은 이미 끝났다고 여기던 찰나에, 마부가 말을 길들일 때 말을 물어버리듯, 음산한 웃음을 터뜨리며 감정적 동요 따윈 신랄하게 씹어대던 그가 여자의 분위기에서 어쩐지 험한 낌새를 느꼈던 것이다. 방은 육체적이고 야만스런 격정으로 가득 차 문명인의 숨통을 죄었다. 그는 신선한 공기가 필요했던 터라 되돌아오더라도 일단 방을 나서자고 생각했다. 그녀는 남자가 가버리는 줄 알았던 모양이다. 그녀의 걸작 중엔 그가 아직 다 감상하지 못한 작품이 남아 있었다.

"그런데 이건 뭐죠?"

그녀는 트레시니가 금화를 채워넣었던 푸른 크리스털 잔을 손가락으로 가리켰다. 마치 공작 부인의 자태를 되찾은 듯 오만한 말투였다.

"이 돈을 어서 도로 가져가요. 혹시 누가 알아요, 당신보다 제가 더 부자일지? 여기에 황금은 들어오지 못해요. 누구한테도 받지 않았으니까."

그러더니 단지 복수를 위해 비굴하게 변했을 뿐이라던 여자가 자부심에 차 이렇게 말했다.

"저는 단지 백 수짜리 여자일 뿐이에요."

그것이 그 여자의 사고방식을 단적으로 보여주는 것이리라. 방금 그에게 구경시켜준 지옥의 극치와 전도된 절정을 보여주는 마지막 손질이었던 셈이다. 아마 위대한 비극 작가 코르네유도 이런 반전이 숨어 있으리라고는 꿈에도 생각지 못했으리라. 그녀의 역겨운 마지막 말이 트레시니를 아주 쫓아내버렸다. 그는 잔에서 금화를 다시 쓸어 담은 후, 여자가 요구하는 만큼만 남겨놓았다. "뭐, 당신이 그렇게 하라니까! 당신 가슴에 스스로 꽂은 칼이니 힘껏 찔러나 주려고. 더구나 흙탕물에 목말라 하니 내 얼룩도 같이 남겨줘야지." 트레시니는 몹시 화가 난 채로 방을 빠져나와 버렸다. 커다란 샹들리에는 여전히 환한 불빛을 쏟아내 방문을 비추고 있었다. 아까 방으로 들어갈 때 열었던 어디서나 볼 수 있는 그런 흔한 문이었다. 이 창녀의 집 간판처럼 그녀의 방문에 붙어 있는 딱지를 보고서야 그는 비로소 왜 거기에 그녀가 불을 밝혀놓았는지 이해하게 되었다. 딱지엔 커다란 글자로 다음과 같이 쓰여 있었던 것이다.

'아르코스 드 시에라레오네 공작 부인'

그 밑에 그녀의 천한 직업이 적혀 있었던 건 말할 것도 없고 말이다.

트레시니는 그날 밤의 믿기지 않는 모험에서 빠져나와 집으로 돌아오자 너무나 혼란스러워 자괴감이 들 정도였다. 바보들, 즉 거의 모든 사람들은 대개 회춘을 인간 본성에 따른 매력적인 고안품이라 여긴다. 그러나 좀 살아본 사람이라면 거기서 나오는 유익함이 무언지 더 잘 알 것이다. 그는 자신이 너무 젊어진 게 아닌가 걱정됐다. 그 탓에 호기심이 동하긴 했지만, 아니 그 난데없는 여자가 안겨준 호기심 탓에, 다시는 공작 부인에게 발을 들여놓지 않기로 결심했다. 그는 이렇게 중얼거렸다. "귀하게 태어나신 여인께서 자진해 들어갔다고 해서 나까지 전염병이 가득한 불결한 곳에 다시 갈 이유가 어디 있나? 그 여자가 살아온 이야기도 이제 다

들었고 더 자세한 사연은 들어보나마나 뻔한 이야기일 텐데, 뭐. 보나마나 나날이 똑같이 소름 끼치는 일의 연속이겠지." 대략 이 정도가 트레시니가 방 한구석 난롯가에 혼자 앉아 단호하게 결심한 내용이다. 얼마간은 바깥일이나 잡사를 피해 방에 혼자 틀어박혀 그날 밤 영혼 깊숙이 맛본 감미로운 기억과 감동을 호젓이 되새기며 보냈다. 그가 느낀 것은 여느 시에서는 물론, 가장 애호하는 바이런이나 셰익스피어의 작품에서도 느끼지 못했던 야릇하고 강렬한 감동의 시였다. 그래서인지 트레시니는 몇 시간이고 소파에 팔을 기댄 채 흉악한 활력으로 기록된 이 시집의 한 페이지를 펼쳐두고 늘 마음에서나마 멍하니 들여다보곤 했다. 거기엔 그의 고향 파리의 살롱을 잊게 해주는 연꽃 한 송이가 피어 있었다. 파리로 다시 돌아가려면 대단한 의지력을 발휘해야 했다. 그곳을 드나드는 흠잡을 데 없는 공작 부인들에겐 무언가 방점 같은 게 빠진 느낌이었다. 트레시니나 친구들 모두 그렇게 얌전 빼는 성격의 소유자가 아니었음에도 자신이 생각하기에도 어리석은 미묘한 감정에 지배되어 그때의 모험에 관해선 한마디도 하지 않았다. 사실 그런 미묘한 감정이 터무니없게 느껴진 것은 만나는 사람마다 자기 이야기를 알려주라고 부탁한 공작 부인 때문이었다. 그런데 그는 오히려 그녀의 이야기를 자기만을 위해 간직했고, 자기 안에 있는 가장 신비한 구석에 넣어 꽁꽁 묶어놓았던 것이다. 마치 냄새만 맡아도 다 날아가버릴까 걱정되는 희귀한 향수병의 뚜껑을 단단히 닫아놓듯이. 트레시니 같은 기질의 사람이 그렇게 한다니 놀라운 일 아닌가! 파리 카페나 극장이나 친구들과의 모임이나, 여하튼 남자들끼리 만나 할 이야기 못할 이야기 다 털어놓는 어떤 자리에서도 그는 혹시 자기와 똑같은 모험담을 늘어놓는 자가 있지나 않을지 걱정돼서 친구들과 접촉하는 것마저 두려워했다. 더구나 그 일은 누구에게든 일어날 가능성이 있지 않은

가. 그는 타인들과 이야기가 시작되고 나서 첫 10분 동안에는, 혹시나 하는 걱정 탓에 몸을 가볍게 떨곤 했다. 그럼에도 그는 결코 아무 말도 꺼내지 않았고, 바스 뒤 랑파르 거리는 물론 그날 저녁의 광장 근처에도 다시는 얼씬거리지 않았다. 그 당시의 멋쟁이 젊은이들인 '노란 장갑'이 하듯 토르토니 반신상의 난간에 몸을 기대는 짓도 그만두었다. 혼잣말로 '그 이상한 노란 드레스를 다시 만나면 아마 또 따라가게 될 거야'라고 중얼거리기만 할 뿐. 그래서인지 그는 노란 옷만 보면 몽상에 잠기게 됐다. 전엔 그토록 싫어했던 노란색 드레스가 이젠 좋아지기까지 한 것이다. '내 취향까지 다 빼앗아가셨군.' 곧잘 이런 말도 중얼거렸다. 이렇게 댄디 트레시니는 인간을 비웃곤 했다. 그러나 댄디를 잘 아는 스탈 부인이 어디선가 '악마의 생각'이라고 한 바 있는 바로 그것이, 사실 남자보다 그리고 댄디보다 더욱 강한 것이라고 생각하니, 트레시니의 얼굴은 다시 어두워졌다. 그는 사교계에서 쾌활하고 사랑스러우면서도 두려움을 주는 명랑한 성격의 소유자라는 평을 들어왔던 사람이었다. 자리에 모인 사람들을 즐겁게 만들면서도 좀 떨리게 해야 경멸당하지 않는 사교계의 생리상 그런 재능은 어쩌면 꼭 필요한 것이었다. 그런데 그런 그의 이야기에 예전 같은 활기가 사라졌으니…… "혹시 사랑에 빠진 걸까?" 말 많은 주위 사람들이 수군거렸다. 나이를 제법 먹은 클레랑보 후작 부인은 그가 사크레쾨르 대성당을 막 나온 데다 당시 사람들처럼 더할 바 없는 열정적인 성격을 지닌 자신의 손녀에게 마음을 빼앗겼다고 짐작하고는 화가 치밀어 이렇게 말하기까지 했다. "당신이 햄릿 같은 표정을 지으면, 당신 냄새가 잘 안 나는군요." 그러면 그의 우울한 표정은 이내 고통스러움으로 변했고 안색도 따라 납빛으로 변하는 것이었다. "트레시니 씨에게 도대체 무슨 일이 있는 거예요?" 하며 사람들이 물었다. 궁금증에 사로잡힌 사람들

이 드디어 그의 가슴에서 보나파르트의 위장만 한 암조직이 퍼져 있다는 걸 막 발견한 참이었는데, 어느 날 갑자기 그는 장교다운 재빠른 솜씨로 가방을 챙겨 재빨리 어두운 구멍 속으로 숨어들 듯 사라짐으로써 그 모든 질문과 호기심을 일소시켜버리고 말았다.

과연 그는 어디로 간 것일까, 누가 보살펴주기라도 하는 걸까? 여하튼 그는 한 일 년쯤 어디론가 떠나 있다가 파리에 돌아와 사교계 생활을 다시 시작했다. 그러던 어느 날 스페인 대사 집에서 개최한 야외 파티에서 벌어진 일이었다. 마침 파리의 최고 명사라는 사람들이 득실거리는 자리에 그가 느지막이 도착했다. 마침 사람들은 밤참을 먹으러 간 참이었다. 사람들이 식당에 몰려 북새통을 이루느라 살롱은 한적했다. 몇몇 사람은 카드놀이를 하는 방에 틀어박힌 채 휘스트를 치고 있었다. 그런데 갑자기 트레시니의 파트너가 된 어떤 작자가 매번 사람들이 '롭'*을 할 때마다 돈의 액수를 적어두곤 하던 작은 수첩을 넘기다가 어떤 구절을 읽고는 문득 까맣게 잊어버린 기억을 다시 되찾았을 때처럼 '아!' 하고 탄성을 지르는 것이었다.

그자는 "스페인 대사님, 마드리드엔 아직도 시에라레오네 가문 사람들이 있습니까?"라고 집주인인 대사에게 물어보았다. 대사는 뒷짐 지고 카드놀이를 구경하던 참이었다.

대사가 말했다.

"있고말고요! 우선 귀족 중에서도 둘째가라면 서러워할 공작이 아닙니까?"

"그럼, 시에라레오네 공작 부인이라는 여자가 얼마 전 파리에서 죽었

---

* rob: (카드놀이의) 2선승 게임.

다던데, 대체 누구죠? 혹시 공작과 정말 무슨 관계가 있는 사람이었나요?"

처음 말을 꺼낸 그 남자가 대사에게 다시 물어보았다.

그러자 대사는 조용히 대답했다.

"부인 말고 누구겠소…… 하지만 부인은 벌써 이태 전부터 죽은 사람이나 다름없다고 들었소만. 왜, 어떻게 사라졌는지도 모르게 사라졌다니까요. 그 진상이 아직 수수께끼처럼 남아 있죠! 아르코스 드 시에라레오네 공작 부인 같은 위엄 있는 부인이, 애인한테 미쳐 달아나는 요즘 여자 같지 않은 정숙한 여인이었다는 사실을 한번 생각해보세요. 스페인을 통틀어 가장 자존심 강한 권세가인 남편과 비교해도 오만하기로 따지자면 조금도 뒤지지 않는 그런 부인인데, 게다가 신앙심도 깊어서 거의 수도원에서나 볼 수 있을 정도로 독실한 생활을 했다 하고. 붉은 대리석 사막이랄까, 아무튼 첩첩산중에 독수리가 살다가도 지루해서 질식해 죽어버리고 말 시에라레오네에서 다른 곳으로 가본 적도 없었다는데. 그런데 어느 날 부인이 사라졌고, 더욱이 아무도 그 흔적을 찾지 못했다 하는군요. 그때부터 그 누구도 카를 5세* 시대의 남자인 공작에게 이 사실에 관해선 묻지도 못하고, 단 한 마디 입도 뻥끗 못했다지. 그는 지금 마드리드로 와서 사는데, 부인이나 실종 사건에 대해선 입 다물고 그녀가 존재하지 않았다는 듯 지내고 있지요. 그 부인은 이탈리아에서 분파한 튀르크레마타 가문의 마지막 혈통이었지요."

그러자 처음 말을 꺼낸 카드 치던 그가 불쑥 끼어들었다.

"그 말이 맞습니다."

---

* Karl IV(1500~1558): 신성로마제국의 황제·스페인 왕·오스트리아의 대공. 재위 기간은 1519~1556년이다.

그리고 수첩 한쪽에 적어두었던 것을 읽기 시작했다. 그러더니 엄숙하게 덧붙이는 것이었다.

"저런! 스페인 대사님께 삼가 전해드립니다. 오늘 아침 시에라레오네 공작 부인의 영결식이 있었다는 사실을 말입니다. 그리고 대사님께서는 전혀 짐작하시지 못할 일이 하나 있습니다. 부인은 살페트리에르 병원에서 환자로 지내다가 오늘 그곳 교회에 묻혔답니다."

그 말을 듣자 카드놀이를 하던 남자들이 들고 있던 카드를 한 번씩 쳐다보더니 탁자 위에 그대로 내려놓았다. 그러고 두 눈을 휘둥그레 뜨고선 대사와 그 소식을 전한 남자를 번갈아 쳐다보았다.

프랑스에 이렇게 흥미로운 사실도 있느냐는 듯 그가 다시 말했다.

"정말이고말고요! 오늘 아침 제가 그곳을 지나왔는걸요. 교회 벽을 쭉 따라오다가 굉장히 장엄한 음악 소리가 들리기에 한번 들어가봤지요. 그런 행사는 좀처럼 열리지 않거든요. 그런데 그곳에 들어가자마자 기절할 뻔했답니다. 두 개의 문장이 점점이 박힌 검은 휘장이 둘러쳐져 있는 정문을 지나자 홀 한가운데에는 휘황찬란한 관이 하나 나타나는 것이었어요. 성당은 거의 비어 있더군요. '빈민석'에는 거지들 몇 명과 근처 병원에 입원해 있던 끔찍한 문둥이들 중 아직 완전히 미치지 않고 좀 걸을 만한 여자들이 몰려와 드문드문 앉아 있고요. 그런 관 앞에 그런 초라한 조문객이라니. 그 광경이 하도 놀라워서 대체 누구의 관인가 가까이 다가가 쳐다보게 됐지요. 그랬더니 검은색 바탕에 커다란 은색 글자로 이런 비명 (碑銘)이 새겨져 있는 게 아니겠어요! 정말 얼마나 놀랐는지 잊어버릴까 봐 적어왔답니다."

여기

'산치아 플로린다 콘셉치온 드 튀르크레마타'였으며

'아르코스 드 시에라레오네 공작 부인'으로

○○○○년 ○○월 ○○일 살페트리에르 병원에서 숨을 거둔

회개한 창녀가 묻히도다.

평안히 잠드시기를!

　　카드놀이를 하던 사람들은 아무 생각도 할 수 없었다. 외교관으로서
놀란다는 것 자체가 전쟁터의 장교가 겁을 먹는 것과 마찬가지인 대사는
너무 놀라 그 평판이 실추된 것 같은 기분이었다.

　　"또 다른 이야기는 없나요⋯⋯" 하고 꼭 부하에게 명령하는 투로 말
했다.

　　"아무도 알려주지 않더군요, 대사님. 가난한 사람들밖에 없었고 신부
님께 물어보면 좀 알려주실까 했지만 모두 미사를 올리던 참이라서. 게다
가 오늘 저녁 각하를 뵈어야 할 약속도 생각나고 해서⋯⋯"

　　카드놀이를 하던 한 남자가 이렇게 대답했다.

　　그러자 대사는 "내일 제가 직접 가서 알아보도록 하지요" 했다.

　　카드놀이는 겨우 끝이 났지만 사람들의 탄성으로 끊긴 데다가 모두
저마다 몽상 속에 깊이 빠져 제일 잘한다는 노름꾼들마저도 실수를 연발
하는 통에, 하얗게 질려 있던 트레시니가 모자를 집어 들고 인사도 없이
그곳을 빠져나가는 것을 아무도 눈치채지 못했다.

　　다음 날 아침 일찍 트레시니는 살페트리에르 병원으로 찾아갔다. 특
별 미사 담당인 신부님(나이가 지긋한 마음씨 좋은 신부님이었다)에게 부
탁하니 그는 친절하게도 119번 환자였다가 아르코스 드 시에라레오네 공

작 부인으로 바뀐 이 환자에 대해 아는 것을 전부 말해주었다. 불쌍한 그 여자는 전에 예언한 바로 그곳에서 거꾸러졌던 것이다. 그녀가 벌인 끔찍한 놀이 때문에 세상에서 가장 무서운 병에 걸렸던 것이다. 신부님 말에 따르면, 병세가 심해 몇 달 사이에 뼛속까지 썩어들어갔다고 했다. 갑자기 한쪽 눈이 빠져나와 커다란 동전처럼 발치 위에 툭 하고 떨어지더니, 다른 쪽 눈마저 흐물흐물해져 고름처럼 녹아버렸다고…… 그렇게 그녀는 죽어갔다고…… 그것도 고행자처럼 참을 수 없는 고문을 받으면서…… 돈과 보석이 많이 남아 있었던 여자는 남은 재산을 모두 자신을 받아준 병원의 병자들을 위해 내놓았으며, 죽기 전에 마지막으로 엄숙한 장례를 치러달라고 유언했다고 한다. 그 여자에 대해 아무것도 모르는 늙은 신부님은 이렇게 계속 말을 이어갔다. "다만 타락한 자신의 인생을 속죄하기 위해 그랬는지 어쨌는지, 혹은 지나치게 겸손해서 그랬는지, 관하고 무덤의 가문의 이름 밑에다 꼭 '회개한……창녀'라는 말을 새겨달라고 유언했어요." 그 여자의 고해를 곧이곧대로 믿고 있는 신부님은 이런 말도 덧붙였다.

"참, 하나 더 있어요. 그 여인 겸손해서 그랬는지 자꾸 '회개한'이란 말도 빼달라더군요."

트레시니는 사람좋은 신부님의 말에 씁쓸한 미소를 지었다. 그러나 순진한 영혼을 지닌 신부님의 환상을 깰 생각은 추호도 없었다.

그녀가 결코 회개하지 않았다는 것을, 그토록 감동적인 겸손 또한 죽음으로써 그녀 자신이 갚아낸 치밀한 복수극의 일부였다는 것을, 그 혼자만은 알고 있었으니까!

화산과 지옥과 관능의 詩*

쥘 바르베 도르비이(Jules Barbey d'Aurevilly, 1808~1889)는 19세기 프랑스 작가 가운데 가장 독특한 문학 세계를 구축했던 작가이다. 그는 프랑스 노르망디에서 하급 귀족의 아들로 태어나 평생 노르망디인의 정신과 생활 양식을 고수하며 살았다. 정치적으로는 끝까지 공화주의(민주주의)에 반대한 왕당파였고, 종교적으로는 열렬한 로마 가톨릭 교도였지만 정통 교리를 따르지 않았다. 파리에 정착한 1837년부터 신문과 잡지에 글을 쓰기 시작했고, 비록 가난하고 불안정한 삶을 살았지만 여유 있는 멋쟁이로 보이기 위해 어떤 불편도 마다하지 않는 댄디 특유의 기질을 발휘하여 화려한 옷차림과 당당한 태도로 하나의 전설이 되었다.

1868년에 『르 콩스티튀시오넬Le Constitutionnel』지에서 샤를 오귀스탱 생트뵈브와 교대로 문학 평론을 써달라는 부탁을 받았고, 1869년에 생트뵈브가 죽자 이 신문의 유일한 평론가가 되었다. 이때부터 그의 명성은

---

* 이형식, 『프랑스 문학, 그 천년의 몽상』(서울대학교 출판부, 1998)에 실린 논문에서 제목을 따옴.

높아지기 시작했으며, 얼마 뒤 그는 '문학 총사령관'으로 알려지게 되었다. 많은 경우 그의 평론은 독단적이거나 격렬했다. 빅토르 위고나 에밀 졸라 같은 당대 문학의 거장들에게도 거침없이 비판의 날을 세웠고, 특히 졸라를 비롯한 자연주의자들에겐 인신 공격도 서슴지 않았다. 그러나 그는 발자크, 스탕달, 보들레르가 정당한 평가를 받지 못할 때 그들의 진가를 알아본 몇 안 되는 사람 중 하나이기도 했다.

신문과 잡지에 남긴 1,300개 이상의 기사는 대부분 '작품과 인물Les Œuvres et les Hommes'이라는 제목 아래 26권 분량의 책으로 정리되어 있다. 그가 지은 『조지 브러멀과 댄디즘에 대하여Du dandysme et de George Brummell』는 댄디즘을 이론적으로 정초하고 당시 새로운 계급으로 부상한 부르주아의 속악한 현실주의와 문화예술에 대한 몰취미에 노골적으로 멸시와 혐오를 드러낸 책으로 댄디즘 연구의 귀중한 자료이다. 그는 보들레르와 함께 단순한 몸단장이나 겉멋만 든 생활태도의 단계를 뛰어넘어 미학적이고 윤리적이며 동시에 종교적인 '심오한 댄디즘'을 보여주었다.

바르베 도르비이의 소설은 노르망디를 무대로 하고 있으며, 대부분 병적인 열정이 기이한 범죄로 표출되는 환상소설이다. 『늙은 정부Une vieille maîtrese』(1851)는 묘하게 비틀려 지속되는 남녀 관계의 파란만장한 이야기이며, 『마법에 걸린 여인L'ensorcelée』(1854)과 『투슈의 기사Le Chevalier des Touches』(1864)는 프랑스 혁명에 반대하는 왕당파(특히 올빼미당)의 길고도 외로운 좌절의 기록이자 반혁명 세력이 걸어간 몰락의 역사를 보여주는 작품이다.

사교계 남성이나 귀족 여인들이 주인공으로 등장하는 도르비이 소설의 특징은 일상에서 쉽게 모습을 드러내지 않는데다 순간적으로 포착되는 인간의 사악한 본성을 살짝 열린 창틈으로 들여다보듯 파헤치는 데 있다.

『악마 같은 여인들Les Diaboliques』은 그런 작가의 특성을 가장 잘 보여주는 작품집으로 천상의 순결함과 악마의 모습을 공유할 수밖에 없는 인간, 그 인간의 본성을 포장하지 않고 날것 그대로 드러낸 그의 대표작이다.

『악마 같은 여인들』은 중편소설 여섯 편으로 구성된 작품집이다. 수록된 작품 가운데 가장 먼저 발표된 것은 「휘스트의 숨겨진 패」이다. 바르베 도르비이는 이 작품을 1848년에 쓰기 시작해 1850년에 『라 모드La Mode』라는 신문에 발표했다. 작가는 이 작품을 필두로 하여 '대화의 반향 Ricochets de conversations'이란 제목 아래 중편소설 모음집을 낼 계획이었다. 하지만 1866년경 소설의 기법을 강조하는 처음의 제목 대신 '악마 같은 여인들'이라는 제목을 선택했고, 악과 유혹을 상징적으로 보여주는 새로운 제목은 독자들에게 소설의 내용과 묘사 방법에 관한 궁금증을 증폭시켰다. 새로운 여성의 전형을 창조한 『악마 같은 여인들』은 1874년 출간되어 큰 관심을 불러일으키는 데 성공했지만, 비평가들의 의견은 양분되어 책은 재판에 회부되기에 이른다. 표면적인 부도덕성 이면에 진정한 도덕성에 대한 열망이 감춰져 있다고 해석하는 비평가도 있었지만, 악을 미화한다는 비판이 강하게 대두되면서 초판본 480권이 압수되는 수난을 겪었다. 그러다가 1882년에 이르러서야 다시 책을 출판할 수 있었다.

여자, 그 수수께끼 같은 존재

1874년에 붙인 『악마 같은 여인들』의 서문에서 작가는 사악한 본성을 지닌 "여자들을 모아 작은 박물관을 만들고 싶다"는 의도를 밝힌다.

그렇다면 그가 언급한 여자들이란 대체 어떤 이들인가? 바르베 도르비이는 『악마 같은 여인들』의 서문에서 이렇게 말한다.

"이 이야기에 등장하는 여자들이 '악마'가 아니라고 할 근거가 있을까? 〔……〕 악마는 본디 천사였다. 다만 하늘에서 거꾸로 떨어진 천사였을 뿐이다. 주인공들도 악마처럼 머리는 밑에 있고 나머지는 저 위에 있지 않은가! 천진하고 정숙하고 순결한 여자는 여기에 없다. 괴물도 별종 괴물로 모두 예민한 감각과 아주 희박한 도덕성을 가진 여자들이다."

작가는 소설 속에서 끊임없이 여자와 악마의 유사성을 강조한다. 그가 보기에 그 둘은 같은 종족이다. "악마는 여자들에게 그녀들이 누구인지를 알려준다. 아니 정확히 말해 악마가 그것을 모르고 있다면 여자들은 악마에게 그 사실을 알려줄 것이다." 여자와 악마의 유사성은 『악마 같은 여인들』에서 되풀이되는 주제로, "지옥의 알베르트" "이 악마 같은 여자"라는 표현이나 "여자는 자석처럼 악마를 끌어당긴다" 같은 묘사가 이를 잘 보여준다.

우선 아득한 옛날부터 치명적인 유혹의 존재였던 여자는 바르베 도르비이의 작품에서 필연적으로 '뱀'과 연결되어 있다. 뱀은 낯설고 불안하고 두려운 존재이자 감춰진 인간의 악한 본성에서 비롯된 온갖 위험을 함축하고 있다. 「휘스트의 숨겨진 패」에 등장하는 스타스빌 백작 부인은 "매력적인 비늘과 뱀의 세 갈래 혀"를 가지고 있고, 때때로 그녀는 "살무사 같은 혀끝으로 피리 소리를 내며 입술을" 훔친다. 그리고 「어느 여인의 복수극」에 나오는 아르코스 공작 부인은 "몸을 둥글게 웅크리는"것으로 관능을 자아내고, 「진홍빛 커튼」에서 그려진 알베르트의 첫번째 몸동작은 "옷걸이를 향해 팔을 든 채 내 인기척에 몸을 살짝 틀더니 고개를 돌려……" 뱀처럼 몸을 꼬아서 쳐다보는 것이었다. 이렇게 그의 소설 속에서 여자와 뱀은 정신적인 면뿐 아니라 신체적인 면에서도 유사한 것으로 나타나 있다.

『악마 같은 여인들』에 등장하는 여자들의 태도와 동작을 나타내는 데 흔히 쓰이는 표현은 뱀과 관련된 것들로, 이를테면 '꿈틀댐' '유연한 곡선' '구불구불함' 등이다. 「죄악 속에 꽃핀 행복」에서 여주인공 오트클레르의 외모는 다음과 같이 묘사된다. "V시의 바람난 아이들이 곧잘 하던 그런 옷차림을 하고 있었소. 투구같이 생긴 머리쓰개도 그랬고, 돌돌 말린 채 뺨 위까지 길게 내려오는 곱슬머리도 그랬소. 당시 도덕군자들은 이런 머리를 뱀이라고 불렀다오." 유연한 "물고기 같은" 그녀는 정부(情夫)인 사비니 백작의 부인이 거처하는 곳에 "미끄러지듯이" 슬그머니 들어간다. 오트클레르는 사비니 백작 부부 사이에 슬그머니 끼어든 타인이다. 그녀는 악(惡)과 악마적 소유를 상징한다. 그녀는 우리 안에 스며 있는 사악한 본성을 대변한다. 「죄악 속에 꽃핀 행복」에서 토르티 박사는 다음과 같이 말한다. "이런 뱀 같은 여자들은 아주 사소한 이익이라도 있을 때에는 그 가증스러운 육체로 무슨 일이든 마음먹은 대로 해치울 수 있겠다."

뱀과 함께 여자 주인공들을 묘사하는 데 사용된 또 다른 이미지는 표범이다. 보들레르가 사랑한 혼혈 여인 잔 뒤발처럼 오트클레르는 '인간 표범'으로 묘사된다. "검고 탄력이 있으면서도 강인한 골격을 지니고 왕녀 같은 태도를 보이는 그녀는 표범과 같은 종족이었다. 아름다움 자체는 비슷했지만, 사람의 마음을 뒤흔드는 엄청난 매력을 지녔다. 그 낯선 여자는 표범 앞에 우뚝 서서 우리에 갇혀 있는 표범을 압도하고 마는 인간 표범이었다."

그녀는 유부남인 정부의 곁에 머물기 위해 외랄리라는 가명을 쓰며 하녀로 일을 한다. 그녀가 매일 상대하는 정부의 아내, 고귀하고 "부드러운" 사비니 백작 부인도 어느새 (고양잇과의) "맹수"가 되어버린다. 그녀의 도발적인 행동은 어떤 의미에서는 한 마리의 고양잇과 동물이 다른 고양잇과 동물(백작 부인)에게 던진 도전이라 할 수 있을 것이다.

오트클레르는 백작 부인이 사망한(오트클레르에 의해 독살됨) 후에 백작에 대한 사랑을 공공연히 드러낸다. 그녀는 이야기 도입부에 묘사된 파리 동물원의 표범처럼 자신의 동물적 본능에 따라 행동한다. 한 걸음 더 나아가 그녀는 표범의 힘을 자신의 것으로 만들기까지 한다. 그녀가 동물원에 있는 표범을 만나고 난 후 표범은 다음 해 겨울에 마치 "여자아이처럼 가슴앓이를 하다가" 숨을 거두기 때문이다.

『악마 같은 여인들』에 등장하는 여자들은 모두 낯설고 두렵고 불안한 존재이다. 그녀들은 비밀스럽고 이해하기 어려운 존재로 묘사되는데, 이러한 묘사는 그런 측면을 더욱 강화한다. 「진홍빛 커튼」의 알베르트는 바르베 도르비이의 작품에 등장하는 여주인공들의 특징을 가장 잘 보여주는 인물이다. 그녀는 이중적이고 양면적이다. 그녀는 "마치 안에서부터 뜨겁게 달아오르기 시작한 두껍고 단단한 대리석 덮개와도 같다." 그녀의 "슬픈 입은, 그 입맞춤을 빼고는, 그 모든 것에 대해 묵묵부답일 뿐"이다. 그녀는 '숨기는 일'에 선천적 재능을 소유하고 있으며, 거짓말 속에서도 자연스러움을 보여주는 재능을 발휘할 줄 안다.

정념을 숨기는 이런 능력은 신화 속의 스핑크스를 떠올리게 한다. 「진홍빛 커튼」에서 주인공 브라사르가 그린 것은 바로 "수수께끼 같은 알베르트의 얼굴," 자신을 "홀린 악마 같은 여인"의 얼굴이었다. 그는 예측 불가능한 그녀의 태도 앞에서 큰 시련에 빠진다. 그녀는 말로 '표현할 수 없는' 존재이다. 브라사르에게 알베르트는 "제정 시대 풍의 내 방 구석구석에서 날 둘러싸고 있던 모든 스핑크스들을 단지 혼자서 능가해버리는 진짜 스핑크스였"던 것이다.

「무신론자들의 저녁 만찬」에 나오는 로잘바 또한 알베르트와 차이가
있긴 하지만 "쾌락을 소리 없이 먹어치우고 제 비밀을 간직하는 스핑크
스"이다. 『악마 같은 여인들』에 등장하는 여주인공들의 눈동자는 대체로
검은색이며 그 깊이를 알 수가 없다. "노란색 줄무늬"가 새겨진 듯한 스
타스빌 백작 부인의 에메랄드빛 눈은 거의 이해할 수 없는 눈이다. "푸르
스름한 정맥이 서로 엉키고 부풀어 있는" 그녀의 손은 "고대인들의 전설
에 등장하는 괴물의 발톱" 같다. 그녀는 스핑크스의 시(詩)를 간직하고 있
는 심연이다. 차갑고 무관심하고 신비에 싸여 있어서 도저히 그녀의 진실
한 감정을 알 길이 없어 보인다. 의심만 갈 뿐 그녀가 하는 행동의 비밀은
이야기가 끝난 후에도 그대로 남는다.

성모 마리아이자 창녀인 여자

『악마 같은 여인들』 속의 여자들은 낭만주의 시대의 문학 작품에 빈
번히 등장하는 천사 같은 여자들과는 거리가 있다. 그녀들 가운데 "과장
하지 않고 진심으로 '나의 천사여'라고 말할 수 있는 여자는 단 한 명도
없다." 바르베 도르비이가 소설 속에서 재현하는 여자들은 이중성과 양면
성을 지닌 보들레르의 여자들과 유사하다.

『악마 같은 여인들』에 등장하는 여자들은 '잠잠한 물eau dormante'처럼
무언가를 숨기고 있다. 그들은 본질적으로 이중적이다. 악마와 같으면서
도 동시에 신과 같은 존재인 그들은 사탄과 하느님의 모습을 동시에 보여
준다. 공작 부인이자 창녀인 아르코스 시에라레오네는 이 점을 상징적으

로 보여준다. 그녀가 연인 에스테반에 대해 품고 있는 사랑은 순수하고 "거의 맹목적이며" "종교적 희열 상태"의 사랑이다. 그녀는 그와의 애정 관계를 스페인 출신의 카르멜 수녀이자 신비주의자인 테레사 다빌라와 "전능한 지아비"인 예수 그리스도의 관계와 비교하고 있다. 그녀는 자신이 체험한 정념을 통해 몸과 마음으로 성녀 테레사의 고뇌를 이해한다. 그녀는 성 테레사의 말씀, 즉 "죽을 수 없기 때문에 죽겠다"라는, "영원한 사랑에 정복된 유한한 피조물이 죽어가면서 갖게 마련인" 이 고통을 이해한다고 말한다. 플라토닉하지만 화염에 휩싸인 듯한 두 사람의 사랑은 영혼의 일치로 이루어진다. 그 속에서 사랑하는 두 연인은 서로 신비주의적인 명상에 몰두한다. 그녀가 열렬히 사랑하는 에스테반은 공작 부인의 발치에서 "동정녀 마리아를 올려다보듯" 그녀를 바라본다.

공작 부인에 대한 또 다른 묘사에서 우리는 창녀와 성모 마리아의 모습을 발견하기도 한다. 그녀는 사랑하는 애인을 잔인하게 죽인 남편에게 복수하기 위해 파리의 거리에서 몸을 판다. 그녀의 상대인 트레시니는 창녀인 그녀에게서 종교적 희열과 같은 흥분을 느끼게 된다. "정말로 너무나 야생 짐승 같은 격렬한 무언가가 있어서, 도대체 이 여자는 남자를 안을 때 '자신의 생명을 버리려는 건가? 아니면 남자의 생명을 빼앗으려는 건가?' 하는 의심이 들 정도였다." 트레시니는 그녀와 관계를 맺으면 '이 세상에서 볼 수 없는' 경지, "지옥의 경지"를 체험했다고 회상한다.

「무신론자들의 저녁 만찬」에 나오는 로잘바도 이러한 심오한 이중성을 보여주고 있다. 그녀는 "라파엘로가 그린 숭고하기 그지없는 마돈나의 모습을 한 가장 광적인 화류계 여자"이며 "숫처녀 메살리나" 같은 여인이다. 그녀는 두 가지를 종합한 인물이다. 하지만 그녀는 신보다 야수에 더 가깝다. "그 여자는 몸이 유일한 영혼이다." 살아 있는 모순이라고 할 수 있는 그녀는 육체와 정신, 수줍음과 방탕함을 동시에 갖추고 있지만 무엇보다 그녀는 "악마에게 수줍음을 공급받는 특이한 창녀"다.

「진홍빛 커튼」의 알베르트 또한 이러한 이중적인 인물로 구현되어 있다. 그녀는 감정의 분출과 가장 완전한 냉담, 즉 불과 얼음의 만남을 나타낸다. 「동 쥐앙의 가장 아름다운 사랑」에 등장하는 열세 살짜리 어린 소녀도 마찬가지다. 그녀는 침울하고 폐쇄적인 성격을 지니고 있으며, "중세 스페인 같은 어둡고 미신적인 신앙"을 가지고 있다. 하지만 "그을린 작은 황옥(黃玉)"이라는 표현에서 알 수 있듯이 그녀는 단지 유혹자 동 쥐앙이 앉았던 소파에 다시 앉기만 했을 뿐인데도 정념의 불길에 휩싸였다고 한다.

비록 내면의 불길에 의해 몸이 끓고 있다 하더라도 『악마 같은 여인들』의 여자들은 표면적으로 차가운 존재들이다. 감정적인 불감증의 징후라 할 수 있는 "너무 차가워 기침이 나올 정도"인 스타스빌 백작 부인의 예가 그것을 잘 보여주고 있다. 이러한 무감각한 여성들은 고통스러운 어머니상, 마침내 석상(石像)으로 변하는 신화 속의 '니오베'같이 돌처럼 굳어버린다. 이처럼 바르베 도르비이의 작품 속에 등장하는 여자들의 무감각성은 마침내 그녀들을 도저히 상처 입힐 수 없는 존재로 만든다. 오트클레르의 경우, 어떤 남자도 검으로 그녀를 건드릴 수 없다. 그녀는 늘자신을 숨기고, 이 가면에서 저 가면으로 옮겨 다니기 때문에 그녀에게 다가가기는 더욱 어렵다. 산책을 할 때 그녀는 "지나치게 크고 두꺼운 베일"을 쓰고 투구 모양의 풀 먹인 흰 삼베 모자를 썼으며, 가끔은 백년 전쟁 시대의 프랑스 왕비 "이자보 드 바비에르의 원추형 모자를 닮은 전형적인 노르망디식 하녀 모자"를 쓰기도 한다. 그녀가 사비니 백작과의 관계에서 신비롭고 육체적인 정념에 사로잡혔다 해도 그녀는 근본적으로 차갑고 두려운 존재이다. 또한 그녀는 육체적으로 남자를 능가하는 강한 존재이다. 그것이 결정적으로 그녀를 남자들에게 낯선 존재로 만들어버린다.

강한 여성에 딸린 약한 남성

신과 악마 사이의 존재, 성모 마리아이자 동시에 창녀인 『악마 같은 여인들』 속의 여자들은 성적으로 모호한 존재들이다. 대부분 댄디인 남자 주인공들이 여성화되어 있다면 그녀들은 흔히 남성화되어 있다고 할 수 있다. 이러한 측면은 아마존의 모티프에서 두드러지게 나타난다. 아마존은 그리스 신화에 나온 전설적인 여전사를 가리킨다. 아마존의 특징은 여왕이 부족을 통치하고 백성들도 죄다 여자라는 점이다. 여전사들은 전쟁의 신 아레스와 사냥의 여신 아르테미스를 숭배했다. 그들은 여자라고 볼 수 없을 만큼 호전적이고 야만적인 성향을 지녔다. 남자처럼 능숙하게 말을 타고 전쟁터를 누비며 화살도 거침없이 쏘아댄 그녀들은 가공할 무력으로 남자들의 간담을 서늘하게 만들었다.

『악마 같은 여인들』에서 아마존의 모습을 가장 잘 구현하고 있는 것은 오트클레르이다. 그녀는 「롤랑의 노래」에 등장하는 롤랑의 동료 '올리비에'가 차고 있던 칼 오트클레르와 이름이 같다. 그녀는 남자들의 직업을 가지고 있다. 그녀의 직업은 자신의 아버지처럼 검술 선생이다. 세를롱 드 사비니 백작과의 첫번째 대결에서 그녀는 클로린다와 비교된다. "오트클레르 스타생은 클로린다를 방불케 하도록 성실했소. 백작은 그녀가 수업하는 것을 지켜보고 나서 자기와 대결을 해보자고 청했소! 그러나 사비니 백작은 탄크레디와는 전혀 딴판이 아니었겠소! 오트클레르 스타생 양은 몇 번이나 칼이 낫처럼 휘도록 미남 세를롱의 심장을 눌렀는 데 비해 세를롱의 칼은 단 한 번도 오트클레르의 몸에 닿지 못했다오."

오트클레르는 타소의 「해방된 예루살렘Gerusalemme liberata」에 등장하는 용감한 회교도 여전사 클로린디이지만, 사비니는 십자군 용사 탄크레디와는 전혀 딴판이다. 달빛 아래에서 "칼을 들고" 사랑을 나눌 때에도 오트클레르의 "아마존의 처녀 같은 허리와 근육질의 몸"이 더욱 돋보인다.

세를롱 드 사비니 백작은 이야기의 도입부에서 여자 같은 댄디로 묘사되어 있다. 그는 허약해 보이는 남자는 아니지만 (아주 여성스러운 동성애자들이었던) "앙리 3세의 총신(寵臣)들"을 닮았다. 반면에 사비니 백작만큼이나 키가 큰 오트클레르는 남자다운 힘을 지니고 있다. 두 사람 가운데 근육이 발달한 것은 오히려 여자 쪽이었다. "아닌 게 아니라 눈길을 끄는 것은 오히려 남자보다는 그와 같이 있는 여자 쪽이었다. 그녀는 키도 남자의 머리에 닿을 정도로 컸고, 더욱이 남자와 똑같이 검은 옷차림과 육감적인 몸매나 신비한 자태, 거기서 느껴지는 기이한 힘이 이집트 박물관에 있는 키 큰 검은 여신 이시스를 연상시켰다. 그 아름다운 남녀를 가까이서 보니 여자가 근육질인 편이었고 오히려 예민해 보이는 것은 남자였으니…… 이상한 일이 아닌가!"

일반적으로 『악마 같은 여인들』에 등장하는 대부분의 여자 주인공들은 남성적인 측면을 보여주고 있다. 알베르틴이라는 이름이 아닌 알베르트로 불리면서 더욱 남성적이 된 「진홍빛 커튼」의 여주인공은 남자 주인공인 브라사르보다 훨씬 더 근육질인 것으로 묘사된다. 알베르트의 손은 "청년의 손처럼 힘 있고" "큼직하다." 그녀는 "무모한 정열"로 주인공 브라사르의 손을 "강압적으로" 잡고 있다. 물론 이 이야기에는 남자 주인공의 우월한 남성성을 강조하는 대목도 여러 군데 나타난다. 브라사르는 용감한 군인이고, 수많은 여자들을 정복한 남자("공식적인 애인 수만 일곱이었다")이며, 엄청난 주량을 자랑("보헤미아 술잔으로 한 번에 열두 잔의 술을 마시는")하는 남자이다. 하지만 이런 표면적인 강조에도 불구하고 이야기 곳곳에서 여성화의 징후를 볼 수 있다. 예를 들면 다음과 같은 표현이 바로 그것이다. "브라사르 대위는 무도회에서 여인이 앞가슴을 내밀 듯 포화 속에 자신의 가슴을 '달랑 드러내놓고' 돌진을 감행했다."

「진홍빛 커튼」에서 남성과 여성의 역할은 전도되어 있다. 주도권을 쥐는 것은 여자다. 그녀보다 "사내답지 못하다는 생각에 부끄러워"하는 젊은 브라사르는 그녀가 그에게 잡혔다기보다 그녀가 그를 잡았다고 말한다. 여기에서 여자도 남자도 아닌 "악마 같은 여인" 알베르트는 조금씩 고대의 신화적 창조물인 안드로진androgyne의 형상을 띠게 된다. 「동 쥐앙의 가장 아름다운 사랑」에 등장하는 동 쥐앙의 정부(情婦)들은 "궁정 여인"처럼 대담해지고, "원탁의 여기사들"이 되며, (동 쥐앙의 최후를 알리는) 신성 모독적인 「최후의 만찬」 속 사도들이 된다.

『악마 같은 여인들』의 남자 주인공들은 흔히 그들의 상대인 여자 주인공들에게 복종하거나 지배당한다. 바르베 도르비이 연구가인 자크 프티의 지적처럼, 여기서 순종적 사랑의 환상을 보아야 할까? 아니면 사도마조히즘적인 환상을 보아야 할까? 여기서 말하는 "잠들어 있는 엄청난 쾌락의 꿈" "감춰진 관능"의 꿈은 근친상간의 꿈이 아닐까? 여기서 확실한 것은 이러한 '지배적인 여성'의 이미지가 야기하는 것이 여성에 대한(혹은 모성에 대한) 감미로움이라기보다는 공포라는 사실이다.

『악마 같은 여인들』에 등장하는 여자들은 이중적이고 양면적인 존재들이다. 바르베 도르비이는 여성에 대한 이러한 묘사를 통해 낯설고 차갑고 두려운 존재, 나아가 악마적인 특성을 지닌 존재로서의 여성을 강조한다. 우선 그는『악마 같은 여인들』에 등장하는 몇몇 여자들을 '거세하는 여자'로 만든다. 예를 들면 파리의 고급 매춘부 시에라레오네(아르코스 공작 부인)는『구약성경』외경에 나오는 유디트와 비교될 수 있다. 유디트는 난폭한 침략자인 적장 홀로페르네스를 유혹해 그의 정욕을 자극하고 그를 흥분시켜 불같은 정사를 나눈 후 처참하게 목을 베어 죽인다. 유디트 설화에서 남자와 여자의 생물학적인 힘은 역전되고 여자는 가해자요, 남자는 비참한 희생자로 바뀐다. 시에라레오네와 그녀의 '고객' 트레시니의 관계에서 그녀는 성의 주도권을 행사하고 그런 그녀 앞에서 트레시니는 공포와 두려움을 강하게 느낀다.

『악마 같은 여인들』에 등장하는 여자들은 종종 신화 속의 괴물 메두사와 비교되곤 한다. 메두사는 스테노와 에우뤼알레, 메두사로 이루어진 고르곤 세 자매 중 하나다. "돌돌 말린 채 뺨 위까지 길게 내려오는" 오트클레르의 곱슬머리는 뱀과 흡사한데, 이는 한 올마다 살아 꿈틀거리는 징그러운 뱀으로 이루어진 고르곤 자매의 머리카락을 연상케 한다. 메두사는 매혹적이면서 한없이 잔인한 여자의 전형이다. 남자들은 그녀와 눈길만 닿아도 화석처럼 굳어져 죽음 같은 고통을 겪게 된다. 그녀의 아름다움에 홀린 순간 남자는 종말을 맞는다. 사비니 백작은 사악하고 치명적인 오트클레르-메두사의 마력에 사로잡혀 영원한 침묵의 세계에서 살아가게 된다. 그녀는 상징적으로 그에게서 모든 남성성을 빼앗는다.

오트클레르는 또한 명백하게 남자 성기의 상징이라 할 수 있는 칼을 찬 여자이다. 몰래 하녀 역할을 할 때에도 그녀는 칼의 대체물인 '바늘'을 지니고 있었다. 그것은 특이하게 공격적인 방어물이다. "이윽고 그녀가 들어왔소. 미처 벗어놓을 여유가 없었던지 손가락에 골무를 낀 채였고 실을 꿴 바늘을 그대로 가슴에 꽂고 있었소. 그렇지 않아도 도발적인 가슴에 이미 바늘이 촘촘히 꽂혀 그녀를 장식하고 있었소."

오직 둘만을 위한 사랑의 정념

『악마 같은 여인들』에 등장하는 여자들은 아이들을 사랑할 줄 모른다. 그들은 친근하고 따뜻하고 부드러운 존재가 아니라 자신의 아이들에게조차 낯설고 차갑고 두려운 존재들이다.

「무신론자의 저녁 만찬」에 나오는 로잘바가 그 점을 잘 보여준다. 그녀는 동거인인 이도프가 믿고 있는 것처럼 동거인의 아이를 가지고 있었다. 하지만 그 아이는 태어난 지 몇 달 뒤에 죽고, 아버지는 상심에 젖는다. 물론 아이의 죽음 때문에 그녀의 눈에서도 눈물이 흐른다. 하지만 그것이 그녀가 늘 하던 방탕 행위를 방해하지는 않는다. 로잘바와 이도프는 서로 심하게 다툰 후에 방부처리한 아기의 심장을 서로의 얼굴에 집어 던진다. 그리고 남자는 일종의 유골함인 수정 항아리를 깨트리고 안에 있던 심장을 짓밟는다. 그 유골함에는 "자신의 아들이라고 믿었던 아이"의 심장이 보관되어 있었다. 이 장면에서 우리가 특히 주목해야 하는 것은 바로 그녀가 어머니로서의 사랑 자체를 망각하고 있다는 것이다.

'죽은' 아이는 또한 거부된 아이이기도 하다. 「동 쥐앙의 가장 아름다운 사랑」에서 주인공 소녀의 아이는 환상 속에서만 존재할 뿐이다. 그녀의 엄마는 그녀를 거의 이해하지 못한다. 단지 딸의 '상상' 임신이 가지는 의미에 대해 심각하게 오해할 뿐이다. 동 쥐앙의 정부이기도 한 그녀는 딸에 대해 사랑보다는 이기심을 보인다. 그녀는 자신의 애인과 딸 사이의 충돌을 피하려 하며, 자신의 딸이 임신했을지도 모른다는 사실에 대해 불안해한다. 그 불안감이 가시자 그녀는 웃음을 터뜨리며 모든 불안에서 해방된다.

「죄악 속에 꽃핀 행복」의 오트클레르는 자신이 아이를 거부하고 있음을 "여왕처럼 근엄한 목소리로" 외친다. 그녀에게 아이는 하나의 악(惡)이다. 사랑하는 사람들 사이를 갈라놓거나 갈라놓을 위험이 있기 때문이다. 바르베 도르비이의 세계에서 3인 1조의 관계는 대개의 경우 생각조차 할 수 없는 관계이다. 아이가 죽거나 아니면 커플이 깨져야 한다.

이런 맥락에서 토르티 선생에게 답한 오트클레르의 말을 해석해야 한다. 선생이 아이를 갖지 않은 것을 후회하지 않느냐고 묻자 그녀가 이렇게 대답한다. "아이는 바라지 않는답니다! 아이가 생기면 아이 때문에 세를롱을 덜 사랑하게 되겠죠"라고. 그리고 경멸스럽다는 말투로 "아이란 불행한 여자들에게나 필요한 거예요"라고 덧붙인다. 이 거만한 대답은 작품 전체를 관통한다. 사랑의 정념과 아이의 존재는 양립할 수 없는 것이다.

「죄악 속에 꽃핀 행복」에 나오는 진술처럼 직접적이지는 않지만 「진홍빛 커튼」이나 「어느 여인의 복수극」에 등장하는 남녀 커플들도 그들 자신만의 자족적인 세상을 만들어간다. 만약 그들 남녀가 쌓아올린 관계가 새것을 요구하는 것이라면 기존의 질서는 여지없이 파괴돼버리면서 구축된다. 그 파괴의 과정에서 관계의 삼각구도는 긴장감을 일으키면서 이야기 자체에 묘한 위기감과 불안감을 불어넣는다.

도르비이 작품이 뿌린 수많은 씨앗

프랑스 문학사에서 바르베 도르비이는 종종 인간의 심리를 파고든 환상문학 작가로 언급된다. 하지만 인간이 감추고 있는 이면의 삶을 드러낸다는 면에서 지극히 현실적인 작가라고도 할 수 있다. 그의 소설적 목표는 몰락해가는 귀족주의와 더불어 새로 태동한 부르주아 계급의 허위의식과 기만, 거짓과 위선을 고발하는 데 있었다. 하지만 그렇다고 무조건 귀족주의를 옹호하거나 신흥 부르주아 계급을 폄하한 것도 아니다. 그의 관심은 인간이었고 인간의 본질을 탐구하는 것이었다. 인간의 이중성과 속물 근성을 까발리는 것이 그의 숙제였다. 온갖 꾸밈을 벗겨내고 인간의 참모습을 당당하게 드러내기. 이것이 어쩌면 그의 작품이 오늘날까지 생명력을 유지하고 있는 비결일 것이다.

『악마 같은 여인들』은 그동안 꾸준히 여타 예술 장르에도 무수히 많은 영감을 제공했다. 가장 비근한 예로 영화를 들 수 있다. 「까마귀」 「공포의 보수」 등으로 유명한 앙리 조르주 클루조 감독이 1955년에 '디아볼릭'이란 제목으로 바르베 도르비이의 악마적인 여성상을 빌려 영화화한 이래, 이 영화는 두 차례나 다시 만들어져 관객에게 서늘한 심리적 공포를 안겨주기도 했다. 클루조의 영화는 "하나의 묘사는 비극적이고 혐오감을 줄 때 늘 교훈적이다"라는 도르비이의 문장으로 시작된다.

또한 「팻걸」 「섹스 이즈 코미디」 등으로 유명한 프랑스 감독 카트린 브레야는 2007년에 도르비이의 작품 『늙은 정부』를 각색한 동명 영화로, 묘하게 비틀려 지속되는 남녀 관계의 파란만장한 서사를 통해 그만의 개성이 넘치는 세계를 선보인 바 있다. 오랫동안 도르비이 작품의 애독자였다는 그녀는 심지어 자신이 그의 환생이 아닐까 싶다고 할 만큼 이 19세기 작가의 세계에 깊이 빠져 있다고 한다. 이처럼 오늘날까지 바르베 도르비이는 끊임없이 다시 조명 받고 있다.

『악마 같은 여인들』에 등장하는 여자들은 낯설고 두렵고 불안한 존재, 비밀스럽고 이해하기 어려운 존재, 신과 악마 사이의 존재, 성모 마리아이자 창녀이다. 남자를 능가하는 강한 육체를 지닌 그녀들은 강한 남자, 약한 여자라는 이분법의 구도를 무너뜨리는 모호한 존재이다. 오늘날 도발적인 영화나 소설 속에 등장하는 팜므 파탈의 원형이 이미 1세기 전의 작가 바르베 도르비이에 의해 입체적으로 작품화되었다는 사실은 주목을 요한다. 새로운 여성적 전형을 구체화한 그 창조성! 귀족주의에서 자본주의로 이행하는 단계의 댄디즘, 세기말의 분위기, 악마성과 퇴폐성, 고정화되고 관념화된 성 역할의 붕괴 등, 그의 작품엔 시대를 초월해 인간을 성찰하게 하는 수많은 씨앗이 뿌려져 있다.

작가 연보

1808	11월 2일 프랑스 북부 노르망디 지방의 생소뵈르르비콩트의 가톨릭 왕당파 집안에서 태어남. 우울한 유년 시절을 보냄.
1816	발로뉴에서 초등 교육을 마침. 자유주의자이자 무신론자인 삼촌 퐁타스 뒤 메릴 박사와 사촌 에델레스탕 뒤 메릴의 영향을 받음.
1827	파리의 스타니슬라스 중학교에서 수학. 시인 모리스 드 게랭(Maurice de Guerin, 1810~1839)을 만남. 이 두 사람은 서로 깊은 호감을 느껴 지속적으로 우정을 나눔.
1829	캉 대학의 법학과에 등록. 4년간 법학을 공부함.
1831	캉의 서적상이자 출판인인 트레뷔시앵(Guillaume-Stanislas Trébutien, 1800~1870)과 절친한 사이가 됨. 사촌 알프레드 뒤 메릴의 아내인 루이즈 캉트뤼 데 코스틸을 사모함. 그녀를 위해 첫번째 단편 「오닉스 도장Le Cachet d'onyx」을 발표함.
1832	에델레스탕, 트레뷔시앵과 함께 잡지 『르뷔 드 캉Revue de Caen』 창간. 단편소설 「레아Léa」 발표.

1834	단편소설 「아니발의 반지La Bague d'Annibal」 구상. 자유분방한 댄디 생활을 시작함.
1837	트레뷔시앵과 불화를 겪음. 자신의 성(姓)에 도르비이d'Aurevilly를 붙임.
1838	『르 누벨리스트Le Nouvelliste』지에 글을 기고하기 시작. 수수께끼 같은 여인 폴라Paula와 사귐. 정서적 위기를 경험함.
1839	친구인 모리스 드 게랭 사망.
1840	독실한 가톨릭 신자로 혁명 이전의 옛 질서를 회복하고자 했던 정통주의자인 메스트르 남작 부인의 살롱에 출입.
1841	단편소설 「불가능한 사랑L'Amour impossible」 발표. 트레뷔시앵과 화해함.
1842	「아니발의 반지」를 『르 글로브Le Globe』지에 연재함.
1843	『모니퇴르 드 라 모드Moniteur de la Mode』지에 유행과 패션에 관한 기사 기고. 유명한 댄디인 브러멀의 전기를 쓰기 시작함. 소설 『늙은 정부Une vieille maîtresse』의 주인공의 모델이 될 신비한 여인과 깊은 관계를 맺음.
1845	댄디즘 연구의 귀중한 자료가 될 『조지 브러멀과 댄디즘에 대하여Du dandysme et de George Brummell』 출간.
1846	정신적 불안정과 경제적 어려움을 겪음. 방탕한 생활에 대한 환멸을 느끼고 가톨릭 왕당파 노선을 다시 찾음.
1847	『가톨릭 세계La Revue du monde catholique』라는 잡지를 창간하고 편집장을 맡음.
1848	프랑스 2월 혁명 발발. 일시적으로 혁명에 대해 호의적인 태도를 보임.
1850	정통주의 경향의 신문인 『라 모드La Mode』지에 당대의 종교와 정치에 대한 논쟁적인 기사를 발표함. 『악마 같은 여인들Les Diaboliques』에 수록된 첫 작품인 「휘스트의 숨겨진 패Le Dessous de cartes d'une partie de whist」를 발표함.

1851 『과거의 선지자들 *Prophètes du passé*』과 『늙은 정부』 출간. 메스트르 남작
부인의 살롱에서 부글롱 남작 부인을 만남. 그녀와 결혼을 하지는 않
았지만 그녀에게서 마음의 평안을 찾음.

1852 보통선거를 통해 대통령이 되었던 나폴레옹의 조카 루이 보나파르트
가 1851년 12월 쿠데타를 일으켜 황제가 되자 전폭적으로 지지함. 이
후 10년 동안 보나파르티즘의 경향을 표방했던 『르 페이 *Le Pays*』 지에
서 평론 활동을 함.

1854 『마법에 걸린 여인 *L'ensorcelée*』 출간.

1856 가족과 화해하고 20년 만에 고향 노르망디를 다시 찾음. 『발자크의
사상과 격언 *Maximes et Pensées de H. de Balzac*』 출간.

1857 공중도덕, 미풍양속을 해치며 유해하다는 선고를 받은 보들레르의
『악의 꽃 *Les Fleurs du mal*』을 옹호함.

1860 신문과 잡지에 발표한 기사들을 모은 평론집 『작품과 인물 *Les Œuvres et les
Hommes*』 제1권 출간. 나중에 26권 분량의 책으로 완성됨. 파리 14구의
루슬레 거리에 정착.

1862 『르 페이』 지에 빅토르 위고의 『레미제라블 *Les Misérables*』을 신랄하게 비
판하는 글을 발표함.

1863 『르 피가로 *Le Figaro*』와 협력 관계를 유지하면서 다양한 글을 기고함.

1864 반혁명 올빼미당원의 반란을 그린 『투슈의 기사 *Le Chevalier des Touches*』
출간.

1865 혁명 이후의 새로운 체제에서 성직자가 겪는 고통을 다룬 장편소설
『결혼한 사제 *Un prêtre marié*』 출간.

1866 '대화의 반향 *Ricochets de conversations*' (나중에 『악마 같은 여인들』로 출간)
이란 제목 아래 중편소설 모음집을 낼 계획을 세움.

1867   부르주아 세계와 실증주의를 날카롭게 비판하고 독특한 문체의 블랙
        유머를 구사한 작가 레옹 블루아를 비서로 채용. 블루아는 그의 정신
        적 후계자가 됨.

1869   파리의 영향력 있는 일간지『르 콩스티튀시오넬*Le Constitutionnel*』에서 유
        명한 문예비평가인 생트뵈브 사후 이 신문의 문예 평론을 담당함. '문
        학 총사령관le Connetable des Lettres'으로 알려지게 됨.

1870   프랑스와 프로이센이 전쟁을 벌일 당시 국민 방위대에 참여함. 트레
        뷔시앵 사망.

1871   파리 함락 후 고향 노르망디로 돌아감.『악마 같은 여인들』집필 작
        업을 계속함.

1872   파리로 돌아옴.『르 피가로』지에서 공화정에 반대하는 운동을 펼침.

1874   『악마 같은 여인들』출간. 악을 미화한다는 비판이 강하게 제기되어
        재판에 회부될 위기에 처함. 강베타Gambetta와 우세Houssaye 덕분에 기
        소 중지 처분을 받음. 초판본 480권이 압수되는 수난을 겪음.

1875   에밀 졸라와 불화를 겪고 서로 앙숙이 됨.

1877   『유식한 체하는 여류작가들 *Les Bas-bleus*』출간.

1879   루이즈 리드를 만남. 삶을 마칠 때까지 그녀는 작가의 비서이자 친구
        역할을 함.

1882   『말로 형용할 수 없는 이야기*Une histoire sans nom*』출간.「한 페이지의 이
        야기*Une page d'histoire*」발표.『악마 같은 여인들』재출간.

1883   『질 블라*Gil Blas*』지에 단편「죽지 않는 것*Ce qui ne meurt pas*」발표.

1884   블루아, 위스망스, 펠라당, 리슈팽에 대한 평론 발표.

1889   4월 23일 바르베 도르비이 사망. 파리의 몽파르나스 묘지에 안장됨.

1926   유해가 생소뵈르르비콩트로 이장됨.

'대산세계문학총서'를 펴내며

2010년 12월 대산세계문학총서는 100권의 발간 권수를 기록하게 되었습니다. 대산세계문학총서의 발간은 앞으로도 계속될 것이고, 따라서 100이라는 숫자는 완결이 아니라 연결의 의미를 지니는 것이지만, 그 상징성을 깊이 음미하면서 발전적 전환을 모색해야 하는 계기가 된 것은 분명합니다.

대산세계문학총서를 처음 시작할 때의 기본적인 정신과 목표는 종래의 세계문학전집의 낡은 틀을 깨고 우리의 주체적인 관점과 능력을 바탕으로 세계문학의 외연을 넓힌다는 것, 이를 통해 세계문학을 바라보는 우리의 시각을 전환하고 이해를 깊이 해나갈 수 있도록 한다는 것이었다고 간추려 말할 수 있습니다. 그리고 궁극적으로는 우리의 인문학을 지속적으로 발전시켜나갈 수 있는 동력이 될 수 있기를 희망하는 것이었습니다. 이러한 기본 정신은 앞으로도 조금도 흐트러지지 않고 지켜나갈 것입니다.

이 같은 정신을 토대로 대산세계문학총서는 새로운 변화의 물결 또한 외면하지 않고 적극 대응하고자 합니다. 세계화라는 바깥으로부터의 충격과 대한민국의 성장에 힘입은 주체적 위상 강화는 문화나 문학의 분야에서도 많은 성찰과 이를 바탕으로 한 발상의 전환을 요구하고 있습니다. 이제 세계문학이란 더 이상 일방적인 학습과 수용의 대상이 아니라 동등한 대화와 교류의 상대입니다. 이런 점에서 대산세계문학총서가 새롭게 표방하고자 하는 개방성과 대화성은 수동적 수용이 아니라 보다 높은 수준의 문화적 주체성 수립을 지향하는 것이며, 이것이 궁극적으로 한국문학과 문화의 세계화에 이바지하게 되리라고 믿습니다.

또한 안팎에서 밀려오는 변화의 물결에 감춰진 위험에 대해서도 우리는 주의를 게을리하지 말아야 할 것입니다. 표면적인 풍요와 번영의 이면에는 여전히, 아니 이제까지보다 더 위협적인 인간 정신의 황폐화라는 그늘이 짙게 드리워져 있는 것이 사실입니다. 대산세계문학총서는 이에 대항하는 정신의 마르지 않는 샘이 되고자 합니다.

'대산세계문학총서' 기획위원회

대 산 세 계 문 학 총 서

001-002 소설 **트리스트럼 샌디** (전 2권) 로렌스 스턴 지음 | 홍경숙 옮김

003 시 **노래의 책** 하인리히 하이네 지음 | 김재혁 옮김

004-005 소설 **페리키요 사르니엔토** (전 2권)

호세 호아킨 페르난데스 데 리사르디 지음 | 김현철 옮김

006 시 **알코올** 기욤 아폴리네르 지음 | 이규현 옮김

007 소설 **그들의 눈은 신을 보고 있었다** 조라 닐 허스턴 지음 | 이시영 옮김

008 소설 **행인** 나쓰메 소세키 지음 | 유숙자 옮김

009 희곡 **타오르는 어둠 속에서/어느 계단의 이야기**

안토니오 부에로 바예호 지음 | 김보영 옮김

010-011 소설 **오블로모프** (전 2권) I. A. 곤차로프 지음 | 최윤락 옮김

012-013 소설 **코린나: 이탈리아 이야기** (전 2권) 마담 드 스탈 지음 | 권유현 옮김

014 희곡 **탬벌레인 대왕/몰타의 유대인/파우스투스 박사**

크리스토퍼 말로 지음 | 강석주 옮김

015 소설 **러시아 인형** 아돌포 비오이 까사레스 지음 | 안영옥 옮김

016 소설 **문장** 요코미쓰 리이치 지음 | 이양 옮김

017 소설 **안톤 라이저** 칼 필립 모리츠 지음 | 장희권 옮김

018 시 **악의 꽃** 샤를 보들레르 지음 | 윤영애 옮김

019 시 **로만체로** 하인리히 하이네 지음 | 김재혁 옮김

020 소설 **사랑과 교육** 미겔 데 우나무노 지음 | 남진희 옮김

021-030 소설 **서유기** (전 10권) 오승은 지음 | 임홍빈 옮김

031 소설 **변경** 미셀 뷔토르 지음 | 권은미 옮김

032-033 소설 **약혼자들** (전 2권) 알레산드로 만초니 지음 | 김효정 옮김

034 소설 **보헤미아의 숲/숲 속의 오솔길** 아달베르트 슈티프터 지음 | 권영경 옮김

035 소설 **가르강튀아/팡타그뤼엘** 프랑수아 라블레 지음 | 유석호 옮김

036 소설 **사탄의 태양 아래** 조르주 베르나노스 지음 | 윤진 옮김

037 시 **시집** 스테판 말라르메 지음 | 황현산 옮김

038 시 **도연명 전집** 도연명 지음 | 이치수 역주

039 소설 **드리나 강의 다리** 이보 안드리치 지음 | 김지향 옮김

040 시 **한밤의 가수** 베이다오 지음 | 배도임 옮김

041 소설 **독사를 죽였어야 했는데** 야샤르 케말 지음 | 오은경 옮김

042 희곡 **볼포네, 또는 여우** 벤 존슨 지음 | 임이연 옮김

043 소설 **백마의 기사** 테오도어 슈토름 지음 | 박경희 옮김

044 소설 **경성지련** 장아이링 지음 | 김순진 옮김

045 소설 **첫번째 향로** 장아이링 지음 | 김순진 옮김

046 소설 **끄르일로프 우화집** 이반 끄르일로프 지음 | 정막래 옮김

047 시 **이백 오칠언절구** 이백 지음 | 황선재 역주

048 소설 **페테르부르크** 안드레이 벨르이 지음 | 이현숙 옮김

049 소설 **발칸의 전설** 요르단 욥코프 지음 | 신윤곤 옮김

050 소설 **블라이드데일 로맨스** 나사니엘 호손 지음 | 김지원·한혜경 옮김

051 희곡 **보헤미아의 빛** 라몬 델 바예-인클란 지음 | 김선욱 옮김

052 시 **서동 시집** 요한 볼프강 폰 괴테 지음 | 안문영 외 옮김

053 소설 **비밀요원** 조지프 콘래드 지음 | 왕은철 옮김

054-055 소설 **헤이케 이야기**(전 2권) 지은이 미상 | 오찬욱 옮김

056 소설 **몽골의 설화** 데. 체렌소드놈 편저 | 이안나 옮김

057 소설 **암초** 이디스 워튼 지음 | 손영미 옮김

058 소설 **수전노** 알 자히드 지음 | 김정아 옮김

059 소설 **거꾸로** 조리스-카를 위스망스 지음 | 유진현 옮김

060 소설 **페피타 히메네스** 후안 발레라 지음 | 박종욱 옮김

061 시 **납** 제오르제 바코비아 지음 | 김정환 옮김

062 시 **끝과 시작** 비스와바 쉼보르스카 지음 | 최성은 옮김

063 소설 **과학의 나무** 피오 바로하 지음 | 조구호 옮김

064 소설 **밀회의 집** 알랭 로브-그리예 지음 | 임혜숙 옮김

065 소설 **홍까오량 가족** 모옌 지음 | 박명애 옮김

066 소설 **아서의 섬** 엘사 모란테 지음 | 천지은 옮김

067 시 **소동파사선** 소동파 지음 | 조규백 역주

068 소설 **위험한 관계** 쇼데를로 드 라클로 지음 | 윤진 옮김

069 소설　**거장과 마르가리타**　미하일 불가코프 지음 | 김혜란 옮김

070 소설　**우게쓰 이야기**　우에다 아키나리 지음 | 이한창 옮김

071 소설　**별과 사랑**　엘레나 포니아토프스카 지음 | 추인숙 옮김

072-073 소설　**불의 산**(전 2권)　쓰시마 유코 지음 | 이송희 옮김

074 소설　**인생의 첫출발**　오노레 드 발자크 지음 | 선영아 옮김

075 소설　**몰로이**　사뮈엘 베케트 지음 | 김경의 옮김

076 시　**미오 시드의 노래**　지은이 미상 | 정동섭 옮김

077 희곡　**셰익스피어 로맨스 희곡 전집**　윌리엄 셰익스피어 지음 | 이상섭 옮김

078 희곡　**돈 카를로스**　프리드리히 폰 실러 지음 | 장상용 옮김

079-080 소설　**파멜라**(전 2권)　새뮤얼 리처드슨 지음 | 장은명 옮김

081 시　**이십억 광년의 고독**　다니카와 슌타로 지음 | 김응교 옮김

082 소설　**잔지바르 또는 마지막 이유**　알프레트 안더쉬 지음 | 강여규 옮김

083 소설　**에피 브리스트**　테오도르 폰타네 지음 | 김영주 옮김

084 소설　**악에 관한 세 편의 대화**　블라디미르 솔로비요프 지음 | 박종소 옮김

085-086 소설　**새로운 인생**(전 2권)　잉고 슐체 지음 | 노선정 옮김

087 소설　**그것이 어떻게 빛나는지**　토마스 브루시히 지음 | 문항심 옮김

088-089 산문　**한유문집-창려문초**(전 2권)　한유 지음 | 이주해 옮김

090 시　**서곡**　윌리엄 워즈워스 지음 | 김숭희 옮김

091 소설　**어떤 여자**　아리시마 다케오 지음 | 김옥희 옮김

092 시　**가윈 경과 녹색기사**　지은이 미상 | 이동일 옮김

093 산문　**어린 시절**　나탈리 사로트 지음 | 권수경 옮김

094 소설　**골로블료프가의 사람들**　미하일 살티코프 셰드린 지음 | 김원한 옮김

095 소설　**결투**　알렉산드르 쿠프린 지음 | 이기주 옮김

096 소설　**결혼식 전날 생긴 일**　네우송 호드리게스 지음 | 오진영 옮김

097 소설　**장벽을 뛰어넘는 사람**　페터 슈나이더 지음 | 김연신 옮김

098 소설　**에두아르트의 귀향**　페터 슈나이더 지음 | 김연신 옮김

099 소설　**옛날 옛적에 한 나라가 있었지**　두산 코바체비치 지음 | 김상헌 옮김

100 소설　**나는 고故 마티아 파스칼이오**　루이지 피란델로 지음 | 이윤희 옮김

101 소설　**따니아오 호수 이야기**　왕정치 지음 | 박정원 옮김

102 시　**송사삼백수**　주조모 엮음 | 이동향 역주

103 시　**문턱 너머 저편**　에이드리언 리치 지음 | 한지희 옮김

104 소설　**충효공원**　천잉전 지음 | 주재희 옮김

105 희곡　**유디트/헤롯과 마리암네**　프리드리히 헤벨 지음 | 김영목 옮김

106 시　**이스탄불을 듣는다**　오르한 웰리 카늑 지음 | 술탄 훼라 아크프나르 여·이현석 옮김

107 소설　**화산 아래서**　맬컴 라우리 지음 | 권수미 옮김

108–109 소설　**경화연**(전 2권)　이여진 지음 | 문현선 옮김

110 소설　**예피판의 갑문**　안드레이 플라토노프 지음 | 김철균 옮김

111 희곡　**가장 중요한 것**　니콜라이 예브레이노프 지음 | 안지영 옮김

112 소설　**파울리나 1880**　피에르 장 주브 지음 | 윤 진 옮김

113 소설　**위폐범들**　앙드레 지드 지음 | 권은미 옮김

114–115 소설　**업둥이 톰 존스 이야기**(전 2권)　헨리 필딩 지음 | 김일영 옮김

116 소설　**초조한 마음**　슈테판 츠바이크 지음 | 이유정 옮김

117 소설　**악마 같은 여인들**　쥘 바르베 도르비이 지음 | 고봉만 옮김